國家古籍整理出版專項資助項目
教育部人文社會科學重點研究基地重大項目
安徽省高校學術帶頭人培養資助項目
安徽師範大學中國詩學研究中心項目

中國古典文學理論批評專著選輯

金代詩論輯存校注

上

胡傳志 校注

人民文學出版社

圖書在版編目（CIP）數據

金代詩論輯存校注：全2册/胡傳志校注. —北京：人民文學出版社，2017
(中國古典文學理論批評專著選輯)
ISBN 978-7-02-013395-6

Ⅰ.①金… Ⅱ.①胡… Ⅲ.①古典詩歌—詩歌評論—中國—金代 Ⅳ.①I207.22

中國版本圖書館CIP數據核字(2017)第239893號

責任編輯　葛雲波
責任印製　王景林

出版發行　人民文學出版社
社　　址　北京市朝内大街166號
郵政編碼　100705
網　　址　http://www.rw-cn.com

印　　刷　三河市鑫金馬印裝有限公司
經　　銷　全國新華書店等

字　　數　940千字
開　　本　880毫米×1230毫米　1/32
印　　張　42　插頁4
印　　數　1—4000
版　　次　2017年12月北京第1版
印　　次　2017年12月第1次印刷

書　　號　978-7-02-013395-6
定　　價　125.00圓(全兩册)

目次

卷四 王若虛

卷五　元好問

輯文

卷六 其他作者詩歌

輯文

卷七 其他作者文章

輯文

卷八 歸潛志

卷九　《中州集》作者小傳

前言

在中國古代文學批評史上，金代文學批評是重要的一環，各種文學批評史都給予一定的關注。近些年來，隨著遼金文學及批評史研究的深入推進，金代文學批評特別是詩學批評又得到進一步的重視。人們從不同的角度，探討金代主要詩人的詩學觀點，梳理金代文學批評發展的軌跡。但金代文學批評史一方面沒有完全擺脱正統思想的長期潛在制約，對其價值和地位有所低估，另一方面對其內容及形式的新變認識不夠準確，即以最受人們關注的元好問《論詩三十首》、王若虛《滹南詩話》而言，其獨特性也未被充分揭示出來，其他一些散見的普通文獻，更是被忽視。即以批評形式來看，金代的詩學批評亦自具特色，並推動了古代詩學批評的發展。

中國古代詩學的批評形式豐富多彩，早期的毛詩序、史傳，都是文學批評的源頭，而『詩文評之作，著於齊梁』①，齊梁時期出現了鍾嶸《詩品》、劉勰《文心雕龍》這樣代表性的理論著作，可惜高峰難繼，經唐歷宋，漸漸形成了其他幾種更具民族特色、更受人們喜愛的文學批評形式。張伯偉《中國古代文學批評方法研究》認為有『六種最具民族特色的批評形式，即選本、摘句、詩格、論詩詩、詩話和評

① 《四庫全書總目》卷一百四十八，中華書局一九六五年版，第一二六七頁。

點』①。金代沒有評點、詩格、摘句類的著作，姑且不論，詩話、論詩詩、選本等幾種形式在金代得到不同程度的發展，此外金代還出現了新的批評形式——評傳，以下試逐次論之。

一

自歐陽修創制《六一詩話》以來，詩話以其短小自由的形式、隨筆閒談的風格而流行開來，長盛不衰。兩宋詩話著述如林，金王朝佔有北宋故土，與南宋聲氣相通，其詩話自然承北宋而來，並受到南宋詩話的影響。

受金代文學水準和文人隊伍等諸多因素所限，金代詩話相對於兩宋詩話的興盛而言，顯得有些冷落。目前可考的詩話僅有寥寥七種：朱弁《風月堂詩話》、祝簡《詩說》（佚）、范墀《詩話》（佚）、魏道明《鼎新詩話》（佚）、文商《小雪堂詩話》（佚）、樂著《相臺詩話》（殘）、王若虛《滹南詩話》。其中完整傳世的僅有《風月堂詩話》和《滹南詩話》兩種。正因為金代詩話數量少，所以更容易被忽視，更容易受到簡單化的對待。從現存詩話來看，仍然可以看出這些詩話自具特點和價值。

---

① 張伯偉《中國古代文學批評方法研究・導言》，中華書局二〇〇二年版，第九頁。

（一）金代前期詩話

金代前期的詩話可知有三種：范墀《詩話》、祝簡《詩説》和朱弁《風月堂詩話》，都是由宋入金文人所作。

范墀其人，生平不詳。《中州集》卷八范墀小傳特別簡略：『墀字元涉，系出潁川，有《詩話》行於世。』①説明元好問對其人瞭解很少。該卷所收詩人具有補遺性質，大體按照時代先後編排。從編輯順序來看，范墀當是金初人。《詩話》應是簡稱，大概元好問也不知道其原名。《中州集》入選其詩《和高子初梅》，高子或是金初文人高士談。《建炎以來繫年要録》卷一百二十九載，南宋紹興九年（一一三九）六月方庭實奏言：『潁昌府進士范墀風度夷粹，論事慷慨，流離顛沛，志不忘君。』《建炎以來繫年要録》並稱：『墀，鎮玄孫也。』②不知此潁昌進士是否就是《中州集》所載之范墀？

祝簡為北宋政和年間進士，入金後曾仕偽齊。所著《詩説》已佚，《中州集》卷二《祝太常簡》徵引《詩説》一則，討論杜詩注問題，其觀點得到元好問的贊同。不論原書内容如何，元好問所引一則，恰好與金初崇杜思潮一致。

以上二種詩話，因文獻不足，看不出與宋代詩話有何區别。《風月堂詩話》完整傳世，可以讓我們

---

① 元好問《中州集》卷八，中華書局上海編輯所一九五九年版，第三九七頁。
② 李心傳《建炎以來繫年要録》卷一百二十九，中華書局二〇一三年版，第二四二二—二四二三頁。

瞭解金初詩話之一斑。

儘管人們習慣上將《風月堂詩話》視為宋代詩話，但不能否認《風月堂詩話》對金代詩話具有草創之功。《風月堂詩話》不僅作於朱弁羈金期間，還在金王朝刊刻、傳播，在金代產生影響。南宋咸淳八年（一二七二），月觀道人見到已經『斷爛脱誤』①的《風月堂詩話》就是『北方所傳本』，這是《風月堂詩話》傳入南宋的最早紀錄，也是在北方刊行的證據之一。王若虚《滹南詩話》早在此前數十年，就曾兩次具名徵引朱弁的詩論，所引言論見於今本《風月堂詩話》，這是《風月堂詩話》在北方刊行的又一證據。

朱弁由宋入金，《風月堂詩話》自然與北宋詩話一脈相承，從内容到形式，與北宋詩話并無大的區别。但是，獨特的寫作時間、寫作地點，賦予了它不同於北宋其他詩話的個性。北宋詩話大多寫於作者晚年賦閑期間，用於資閒談。朱弁約生於哲宗元祐五年（一〇九〇）②，建炎二年（一一二八）以通問副使使金，紹興十三年（一一四三）回南宋，次年去世。《風月堂詩話》寫作於金天眷三年（一一四〇）。該年朱弁約五十歲，雖然已經是其生命中的晚年，但他自己並沒有意識到這一點。他在序末暢想未來，打算將《風月堂詩話》帶回南宋，『歸詒之孫，異時幅巾林下，摩挲泉石時取觀之，則溱洧風月，猶在

---

① 月觀道人《風月堂詩話跋》，見《冷齋夜話 風月堂詩話 環溪詩話》（以下簡稱《風月堂詩話》），中華書局一九八八年版，第一一六頁。

② 參見王慶生《金代文學家年譜》，鳳凰出版社二〇〇五年版，第一二一五頁。

吾目中也』①，顯然他是將《風月堂詩話》作為晚年未來的把玩之物。不幸的是，『幅巾林下』的晚年生活還沒有到來，就突然離世。《風月堂詩話》的寫作地在雲中（今山西大同），遠離北宋故都汴京，遠離南宋首都臨安，是第一部寫作於北方的詩話。時間、空間的阻隔，加深了這位使金宋人對往日生活、對北宋王朝的思念之情。所以，《風月堂詩話》的基本內容是追憶曩昔於風月堂中所談的不關政治時事的『風月』，也就是詩詞文。在這種充滿懷念之情的追憶中，還夾雜著對昔日言論環境的戒懼，請看他的序言：

予心空洞無城府，見人雖昧平生，必出肺腑相示，以此語言多觸忌諱而招悔吝。每客至，必戒之曰：『是間止可談風月，捨此不談而泛及時事，請酹吾大白。』②

時事是非，可以不談，但『風月』又豈能完全超越於時代、不關乎時事？且不說文學與時代的密切聯繫，即北宋後期厲行的元祐黨禁，就已讓很多談風月者避談元祐詩歌。宣和五年（一一二三），阮閱編輯詩話總集《詩話總龜》，『獨元祐以來諸公詩話不載焉』③。隨著宋政權的南遷，元祐黨禁逐漸鬆弛。離開趙宋政權十餘年的朱弁，身居遙遠的北方，更沒有了在北宋時的言論禁忌，所以他在《風月堂詩

① 《風月堂詩話》，第九七頁。
② 《風月堂詩話》，第九七頁。
③ 胡仔《序漁隱詩評叢話前集》，《苕溪漁隱叢話》前集，人民文學出版社一九六二年版，第一頁。

話》中大談蘇黄等元祐詩人，公開反對元祐黨禁：

東坡詩文，落筆輒為人所傳誦。……崇寧、大觀間，海外詩盛行，後生不復有言歐公者。是時朝廷雖嘗禁止，賞錢增至八十萬，禁愈嚴而其傳愈多，往往以多相誇。士大夫不能誦坡詩者，便自覺氣索，而人或謂之不韻。①

崇寧間，凡元祐子弟仕宦者，並不得至都城。晁以道自洛中罷官回，遣妻兒歸省廬，獨留中牟驛累日，以詩寄京師姻舊，其落句云：『一時雞犬皆霄漢，獨有劉安不得仙。』此語傳於時，議者美之。②

范德孺崇寧之貶，與山谷唱和甚多。德孺有一聯云：『慣處賤貧知世態，飽闇遷謫見家風。』議者謂此語可以識范氏之名節矣，當國者能無愧乎？③

這種觸犯時忌、甚至直接批評當國者的言論，可能就是朱弁當年想談而不敢談的『風月』，朱弁入金後，則可以坦然言之。所以，《風月堂詩話》的一大價值就在於其中所記載的元祐諸人的軼聞和詩論。《風月堂詩話》的另一個價值就是跳出江西詩派的勢力範圍，反思江西詩派，主張自然，反對以故

---

① 《風月堂詩話》卷上，第一〇六頁。
② 《風月堂詩話》卷下，第一〇八頁。
③ 《風月堂詩話》卷下，第一〇七頁。

實相詩。在江西詩派盛行的大背景下，朱弁何以能夠與衆不同？其中原因之一，就是雲中及北方地區缺少江西詩派生長的土壤，朱弁本人入金後其創作觀念和創作路數也偏離了江西詩派，進而學習李商隱和杜甫。朱熹稱贊他的這位叔祖，『於詩酷嗜李義山，而詞氣雍容，格力閒暇，不蹈其險怪奇澀之弊』①。朱弁批評西崑體『句律太嚴，無自然態度』，稱贊黄庭堅『獨用崑體功夫，而造老杜渾成之地』②。杜甫的渾成是他更加嚮往的境界。

《風月堂詩話》崇尚蘇黄等元祐詩人、崇尚杜詩、不愛江西的傾向，容易在紛紜的詩話中被埋没。如果我們將之放在宋金詩話的發展史上來看，就能看出，它實際上開啟金源百年詩論、詩歌崇蘇尚杜、貶斥江西的思潮。

（二）金代中期的詩話

金代中期的詩話較為沉寂，目前可知的僅有兩種：魏道明《鼎新詩話》、文商《小雪堂詩話》。魏道明出身名門，父親是遼天慶中進士，兄弟四人『俱第進士，又皆有詩學』，其中魏道明『最知名，

① 朱熹《奉使直秘閣朱公行狀》，《朱文公文集》卷九十八。
② 《風月堂詩話》卷下，第一一二頁。

仕至安國軍節度使』①，《中州集》卷八有傳。著有《蕭閑老人明秀集注》六卷（現存三卷），編有《國朝百家詩略》。他的生卒年、及第時間，均不可考。其兄魏元真於皇統二年（一一四二）及第，魏道明及第時間當在其後。明昌二年（一一九一）二月，王寂按部遼東，至完顏守貞所建之明秀亭，發現魏道明的題詩，稱『魏元道今為尚書』②，王寂為其同時代人，所言定當有據。可見，魏道明仕途較為順達。《鼎新詩話》一名，不同於以書齋、自號、籍貫等常見的詩話命名方式，體現了改朝換代、去舊布新的時代氣息。很懷疑，該書類似於《中州集》的作者小傳，是一部評論金代詩歌的詩話著作。如果此推論不錯，《鼎新詩話》體現了金代詩話的當代性。

文商《小雪堂詩話》的成書年代應該遲於《鼎新詩話》。作者文商，字伯起，蔡州人，明昌五年（一一九四），因王寂臨終前的推薦，特賜同進士出身，召為國子助教、遷登仕郎。《小雪堂詩話》雖然已佚，但我們可以通過現存線索，得出如下幾點認識：

其一，書名『小雪堂』相對於『雪堂』而言，雪堂是蘇軾貶官黄州在東坡所築之居室，蘇軾有《雪堂記》。文商崇拜蘇軾，小雪堂當是文商的住處。書名反映了該書的取向，再結合其他信息，可以判斷，該書是第一部專論蘇軾的詩話，充分體現了文商對蘇軾的尊崇之情，也反映了金代中期的詩歌風尚。此前，北宋曾有《東坡詩話》之類著作，舊題蘇軾著，實為好事者將蘇軾論詩文字編輯而成，並非評價蘇

① 元好問《中州集》卷八，第四〇一頁。
② 賈敬顔《五代宋金元人邊疆行記十三種疏證稿》，中華書局二〇〇四年版，第一七九頁。

軾詩歌之作。南宋人蔡夢弼於嘉泰年間(一二〇一——一二〇四)編成專論杜甫的《草堂詩話》,一般作為專家詩話之始。《草堂詩話》與《小雪堂詩話》的寫作時間,孰先孰後,尚有待進一步考證。

其二,《元好問文集》卷三十六《東坡樂府集引》曾引用文商《小雪堂詩話》,曰:『絳人孫安常注坡詞,參以汝南文伯起《小雪堂詩話》,删去他人所作《無愁可解》之類五十六首,其所是正,亦無慮數十百處,坡詞遂為完本,不可謂無功。』①可見,《小雪堂詩話》包括詞話的内容,含有對蘇軾詞的考據辨偽,剔除了一些在他看來是偽作的詞作,其觀點為孫鎮(安常)所借鑒。只是元好問所言『删去他人所作《無愁可解》之類五十六首』,是完全依照《小雪堂詩話》而來,還是孫鎮部分參考了《小雪堂詩話》,現已不可曉。

其三,《滹南遺老集》卷三十九《詩話》:『陳後山謂子瞻以詩為詞,大是妄論。……文伯起曰:「先生慮其不幸而溺於彼,故援而止之,特立新意,寓以詩人句法。」』②所引文伯起之論,當出自《小雪堂詩話》。而此論很可能源於南宋湯衡所作的《張紫微雅詞序》,原文曰:『東坡慮其不幸而溺於彼,故援而止之,惟恐不及。其後元祐諸公,嬉弄樂府,寓以詩人句法,無一毫浮靡之氣,實自東坡發之也。』③此論旨在提高蘇軾以詩為詞的自覺意識,强調其扭轉詞風的意義,有溢美之嫌。王若虚與元好

① 《元好問全集》卷三十六《東坡樂府集選引》,山西古籍出版社二〇〇四年版,第七五一頁。
② 《滹南遺老集校注》卷三十九《詩話》,遼海出版社二〇〇六年版,第四六〇頁。
③ 《張孝祥詞校箋》,宛敏灝校箋,中華書局二〇一〇年出版,第三一頁。

問所引都是論東坡詞的内容，不排除《小雪堂詩話》是一部東坡詞話類著作。在宋金之際，詞話並没有完全獨立，詩話中含有詞話，是普遍現象，借詩話之名，行詞話之實，亦有可能。

其四，王若虚《滹南遺老集》卷三十一《著述辨惑》：『前人以杜預、顔師古為丘明、孟堅忠臣，近世趙堯卿、文伯起之於東坡，亦以此自任。予謂臣之事主，美則歸之，過則正之，所以為忠。觀四子之所發明補益，信有功矣，然至其失處，亦往往護諱，而曲為之説，恐未免妾婦之忠也。』①文中將文商與南宋趙夔相提並論。趙夔花了三十多年的精力，遍注東坡詩歌，自許為蘇軾忠臣。文商除了《小雪堂詩話》之外，不見有其他有關蘇軾詩詞的著作。文商不太可能在蘇詩注方面，與趙夔比肩，他的用力點很可能在蘇詞上。文商並非狂妄之輩，能公然自許為蘇門忠臣，《小雪堂詩話》篇幅當不會太小，必然有較多發明。也許過於喜愛蘇軾，不承認蘇軾的短處，致使被王若虚譏為『妾婦之忠』。

由此可見，金代中期的兩部詩話，個性鮮明，《小雪堂詩話》是蘇軾研究的重要文獻，可惜失傳了。

（三）金代後期詩話

金代後期詩話，目前已知兩種，一是樂著《相臺詩話》（殘），另一種是著名的《滹南詩話》。

《相臺詩話》作者樂著，據《續相臺志》記載：『樂著字仲和，永和人，為荊王府文學，博辯多識，能

① 《滹南遺老集校注》，第三四六頁。

為賦。北渡居聊城，嘗以事至都下，諸公聞著至，索詩，著詩曰：「滿院落花春避戶，一窗寒雨夜挑燈。」皆服，後還鄉里，恐鄉哲無聞，乃作《相臺詩話》三卷。今采其可誦說者，著於篇。』①薛瑞兆《金代科舉》考訂，樂著於大安元年（一二〇九）進士及第②。據此記載，《相臺詩話》當作於金亡之後。該書以地名命名，相州即今天的河南安陽。在唐代，有以地域為界限的詩歌選本，如《丹陽集》，至宋代，地域觀念加强，方志編寫興盛，地域性的詩話也就應運而生。《相臺詩話》應該是第一部地方性詩話。

《相臺詩話》原書三卷，內容應該較為豐富。《續相臺志》徵引若干條，當是撮要徵引，多數較為簡單，如：

> 赫牨字進道，性峭直，篤學，仕至刺史，有詩名。
>
> （薛）居中字鼎臣，性明斷，所至著稱，登封令。

後一則根本沒有涉及詩歌，恐非原文。有的側重表彰人品，如：

> （張）仲周字君美，性醇靜，終日默坐，亡戲談，不臧否人，雖休沐，惟覽誦經史，自監察御史，授大府丞。冬，監卒取木炭皮為仲周爨，仲周曰：『此亦官物。』卻之。

下面一則相對完整：

---

① 《鄴都佚志輯校注》，許作民輯校注，中州古籍出版社一九九六年版，第三〇五—三〇六頁。

② 薛瑞兆《金代科舉》，中國社會科學出版社二〇〇四年版，第一八三頁，

（張）敏修字忠傑，戶部郎中，北渡居館陶。《甲午元日》詩曰：『憶昔三朝侍紫宸，鳴鞘聲送鳳池春。繁華已逐流年逝，潦倒猶甘昔日貧。蓂曆怕看驚換世，椒觴愁舉痛思親。異鄉節物偏多感，但覺愁添白髮人。』後還林慮。《游黃華》詩：『溪流漱石振蒼崖，林樹號風吼怒雷。為謝山靈幸寬貰，漫郎投劾已歸來。』①

如果這一則接近原著，那麼《相臺詩話》主要是記載當地詩人的生平梗概，徵引一些詩作，未作多少詩歌評論，其文獻價值高於理論價值。

王若虛的《滹南詩話》無疑是金代最重要、最具代表性的詩話。金末文人輩出，文學創作興盛，王若虛（一一七四—一二四三）是當時最活躍的文人之一，與眾多一流文人交往密切。他的《滹南遺老集》包括《滹南詩話》在內，生前並未刊刻，直到至元三十一年（一二九四）才刊行，因此，可以說《滹南詩話》是金代最後一部詩話。但其觀點早在其生前，就廣為傳播，就已經產生影響。他去世之前一年，將其書稿託付給其弟子王鶚，曰：『吾平生頗好議論，向所雜著，往往為人竊去，今記憶止此，子其為我去取之。』②所謂雜著，應該包括《滹南詩話》在內。驗之劉祁《歸潛志》（一二三五年成書）卷九所引王若虛關於山谷詩穿鑿之論，可見其言不虛。

《滹南詩話》最鮮明的特色有兩個：其一是辯論性。與王若虛喜歡談辯的天性相關，《滹南遺老

① 《鄴都佚志輯校注》，第三〇六—三〇七頁。『蓂曆』，原文作『黃曆』，誤。
② 王鶚《滹南遺老集引》，《滹南遺老集校注》，第四頁。

集》四十五卷，有三十七卷冠以『辨』字，諸如《史記辨惑》、《臣事實辨》、《文辨》等。《滹南詩話》雖然沿用北宋以來的『詩話』一名，但實際上卻是『詩辨』，堪稱北宋以來辯論性最强的詩話。而其辯論的對象，主要是宋代詩人、詩話中的觀點，特別是南宋《苕溪漁隱叢話》等書中的文獻①，體現出有意批評宋人特別是南宋人的傾向。其二是嚴厲批評黄庭堅及江西詩派的詩歌，諸如批評『山谷之詩，有奇而無妙，有斬絶而無横放，鋪張學問以為富，點化陳腐以為新』，將山谷的法寶『奪胎換骨、點鐵成金』指斥為『剽竊之黠者』云云，都是廣為人知的名言。雖然王若虚『品題先儒之是非，其間多持平之論』②，但對黄庭堅及江西詩派的激烈抨擊，很難算作持平之論，反映了王若虚對黄庭堅及江西詩派的堅決否定態度。《滹南詩話》這兩個特色，都體現作為金代文人有意對抗南宋的立場，旨在探索金代文學自身獨立的發展之路。

綜觀金代七部詩話，可以看出與宋人詩話漸行漸遠的大趨勢。金初三部詩話出於入金宋人之手，尚較多沿襲北宋詩話傳統，但朱弁《風月堂詩話》已經表現出與當時其他詩話貌合神離的端倪。金代中期的兩部詩話，遼人後代魏道明所著的《鼎新詩話》，以革故鼎新相標榜，當與宋人詩話迥然不同，文商《小雪堂詩話》將宋人詩話的焦點人物蘇軾單列出來，發展為專家詩話，推動了蘇軾（詩）詞的研究與傳播。金代後期兩部詩話，一為純粹地方性的《相臺詩話》，與宋人詩話無關，一為《滹南詩話》，幾

① 參見胡傳志《宋金文學的交融與演進》，北京大學出版社二〇一三年版，第一八九—二〇〇頁。
② 《四庫全書總目》卷一百六十六，第一四二一頁。

乎是為批評宋人而作。這些與宋人詩話不同之處，正是金代詩話的特點和價值所在。

二

論詩詩，由杜甫《戲為六絕句》首開其端，緩慢發展，由唐入宋，韓愈、白居易、梅堯臣、歐陽修、蘇軾等人都有論詩詩，然數量和品質有限，沒有形成大的突破。學界論起論詩詩（主要是論詩絕句），幾乎公認，到了南宋戴復古、金代元好問手裏，才取得突破性進展。其實，戴復古的《論詩十絕》的理論性、藝術性以及在後代的影響都遠不及元好問《論詩三十首》，其寫作年代也明顯晚於《論詩三十首》①，真正帶動論詩絕句走向高峰的無疑是元好問。

元好問的論詩絕句何以異峰突起？除了自身因素之外，還與金代論詩絕句長期發展有關。金初尚處於戰亂時期，詩人寫詩抒發流離之悲，不遑談詩論藝。少數含有論詩內容的詩歌也都出自入金宋人，一如既往地沿襲北宋論詩詩的傳統。馬定國由宋進入偽齊再入金，他的《宣政末所作》作於北宋末年，元好問將之收入《中州集》卷一：『蘇黄不作文章伯，童蔡翻為社稷臣。三十年來無定論，到頭奸党是何人？』詩中雖為蘇、黄的命運鳴不平，但重點是批判童貫、蔡京，直白地表達自己的政見，與其說是論詩詩，不如說是一首政論詩。馬定國的《懷高圖南》（五古）將高鯤化比為唐代狂士劉

---

① 參見胡傳志《元好問與戴復古論詩絕句比較論》，《文學遺產》二〇一二年第四期。

又，評價其『文章善變化，不以一律持』，論詩只是懷人的細部。倒是朱弁有兩首論詩詩，茲引於下：

> 長城五字屹逶迤，可笑偏師敢出奇。句補推敲未安處，韻更瘀絮益難時。癡迷竟作禽填海，辛苦真成蟻度絲。卻羨彌明攻具速，劉侯漫說也能詩。（《次韻劉太師苦吟之什》）

> 絕域山川飽所經，客蓬歲晚任飄零。詞源未得窺三峽，使節何容比二星。蘿蔦施松慚弱質，蒹葭倚玉怪殊形。齊名李杜吾安敢，千載公言有汗青。（《李任道編錄濟陽公文章，與僕鄙製合為一集，且以雲館二星名之。僕何人也，乃使與公抗衡，獨不慮公是非者紛紜於異日乎！因作詩題於集後，俾知吾心者不吾過也。庚申六月丙辰江東朱弁書》）

第一首評價劉太師（其人不詳）的苦吟之詩，論及其用字用韻方面，突出其苦吟功夫，卻並未予以多少肯定，說明他對其詩歌有所保留。第二首作於天眷三年（一一四〇），李任道將他與宇文虛中文章合編為《雲館集》，還比成李杜，如此不倫的言行，引發朱弁的主動糾正。詩歌以自謙為主，自稱不能與宇文虛中並列，更不敢齊名李杜。朱弁這兩首詩，採用的是嚴整的七律，所以對以七絕為主的論詩詩影響有限。

金代中期，論詩詩發展仍然緩慢。『國朝文派』的代表人物蔡珪《太白捉月圖》借題畫詩評價詩人李白：『寒江覓得釣魚船，月影江心月在天。世上不能容此老，畫圖常看水中仙。』該詩僅就捉月傳說而發，並非嚴格意義的論詩詩。稍後的劉迎有首相對單純的論詩詩：

片雲蹤跡任飄然，南北東西共一天。萬里山川悲故國，十年風雪老窮邊。名高冀北無全馬，詩到西江別是禪。頗憶米家書畫否，夢魂應逐過江船。（《題吴彦高詩集後》）

由吴激淪落北方的經歷寫到其詩念國懷鄉的主題以及其江西詩派的詩風。劉迎另有一首《題歸去來圖》（七律），論及陶淵明其人，中心並非論詩。辛棄疾的北方同學党懷英有首詩歌，題曰《壬辰二月六日夜，夢作一絕句，其詞曰：『矯冗連天花，春風動光華。人眠不知眠，我佩絳紅霞。』夢中自以為奇絕，覺而思之，不能自曉，故作是詩以紀之》，該詩論及夢中作詩這一特殊現象：

夢中作詩真何詩，夢中自謂清且奇。覺來反覆深諷味，字偏句異誠難知。豈非夢語本真語，無乃造物為予嬉。君不見莊周古達士，栩栩尚作蝴蝶飛。我生開眼尚如此，況在合眼夫何疑。

說出自己的疑惑，亦沒有多少理論。

真正對論詩絕句作出有力推動的是王若虚的舅舅周昂，他有三首論詩絕句：

功名翕忽負初心，行和騷人澤畔吟。開卷未終還復掩，世間無此最悲音。（《讀柳詩》）

詩健如提十萬兵，東坡真欲避時名。須知筆墨渾閑事，猶與先生抵死爭。（《魯直墨跡》）

子美神功接混茫，人間無路可升堂。一斑管内時時見，賺得陳郎兩鬢蒼。（《讀陳後山詩》）

『讀……詩』，是元好問之前論詩詩的一種常見詩題。《讀柳詩》從柳宗元貶官嶺南寫到其詩中悲怨之

情，準確把握了柳詩的主要特徵，表達了自己的深切同情和理解。《魯直墨跡》而針對流行的蘇、黃爭名說，不是直接說山谷不及東坡，而是將東坡置身於爭名之外，讓山谷失去爭名的對象，其高低不言自明，還顯得輕鬆幽默。《讀陳後山詩》評價陳師道，將之與杜甫相比。前兩句宣揚杜詩上薄雲天不可企及的詩歌神功，後兩句以管中窺天、鬢髮斑白來形容閉門覓句、苦苦作詩的陳師道，形象鮮明。周昂這三首論詩絕句中有兩首譏評江西詩派代表詩人，立論明確，表達生動，做到了理論性與藝術性的結合，堪稱佳作，體現了論詩詩發展的主流。周昂的論詩文字經過其外甥王若虛的宣揚，在金代後期產生較大影響。

但周昂畢竟不是詩壇領袖，無力主導論詩詩的發展方向。論詩詩的發展依然散漫曲折。明昌四年（一一九三），翰林修撰趙渢舉行詠雪詩會，路鐸、秦略、趙秉文等一批名流參加，現傳二詩都不是詠雪，而是討論如何寫作詠雪詩。請看趙渢的《分韻賦雪得雨字》：

> 大雪初不知，開門已無路。驚喜視曆日，此瑞固有數。池冰凍欲合，林鴉噤仍聚。已成玉壺瑩，尚作寶花雨。造物固多才，中有無盡句。大兒擬圭璧，小兒比鹽絮。後人例蹈襲，彌復入窘步。聚星號令嚴，亦自警未悟。誰有五色筆，繪此天地素。好語覓不來，更待偶然遇。（《中州集》卷四）

面對詠雪詩的寫作傳統，趙渢主張順其自然，反對歐陽修、蘇軾聚星堂詠雪不用形容詞的戒律。趙秉文的《陪趙文孺、路宣叔分韻賦雪》，也是首論詩詩：

堂堂翰林公，清癯如令威。雪花對尊酒，浩氣先春歸。一還天地素，平盡山川巇。松竹瀉清聲，窗戶明幽輝。呼童設茶具，巡簷收落霏。清寒入詩腸，思繞昏鴉飛。力除鹽絮俗，改事文章機。後生那辦此，顰眉正宜揮。請看西溪老，傳著東坡衣。（《閑閑老人滏水文集》卷三）

前半稱贊趙渢，後半復述趙詩觀點，認為後人未必能自然為詩，就像作詩雕刻的西溪老人秦略，正在按照蘇軾《聚星堂雪》的路數作詩呢！趙秉文並不否定歐、蘇詠雪詩的創新努力，似乎更加寬容。

貞祐南渡前後，詩歌創作越來越活躍，而作為後期詩壇領袖的趙秉文、楊雲翼、風雲人物李純甫對論詩絕句關注不夠。趙秉文有些詩歌含有論詩成分，如他的名作《寄王學士》：

寄與雪溪王處士，年來多病復何如。浮雲世態紛紛變，秋草人情日日疏。李白一杯人影月，鄭虔三絕畫詩書。情知不得文章力，乞與黃華作隱居。（《閑閑老人滏水文集》卷七）

該詩寫於貞祐南渡之前，頗能概括前輩名流王庭筠（一一五六—一二〇二）的才華和性情，為人傳誦。他的另一首《送宋飛卿》作於正大元年（一二二四），稱贊宋九嘉『雄豪兩妙秀而文』，惋惜『瘦李髯雷隔存沒，只愁詩壘不能軍』。楊雲翼《李平甫為裕之畫繫舟山圖，閑閑公有詩，某亦繼作》（五古）評價元好問詩歌，『五言造平淡，許上蘇州壇。我嘗讀子詩，一倡而三歎』。這些詩歌既非純粹的論詩詩，亦非七絕。李純甫亦是如此，他的《為蟬解嘲》、《趙宜之愚軒》均為七言古詩，後者評價趙元詩歌：『先生有膽乃許大，落筆突兀無黃初。軒昂學古澹，家法出《關雎》。暗中摸索出奇語，字字不減瓊瑤琚』，體現了李純甫奇崛不羈的個性，說明在貞祐南渡初期論詩絕句還沒有成為論詩詩的主流。

相較而言，一些中下層詩人更熱衷於寫作論詩詩。劉勳《張仲揚詩因題上》分明有感而發，直指泰和年間因詩而成名、受皇帝召見的布衣詩人張著名不符實：『布衣一日見明君，俄有詩名四海聞。楓落吳江真好句，不須多示鄭參軍。』認為張著的詩如同唐人崔明信，雖有『楓落吳江冷』這樣一舉成名的佳句，但其他詩篇不值一讀，被鄭世翼投於江中。詩中先揚後抑，用典恰切，跌宕生姿，頗具鋒芒。

元好問的一些師友、親人陸續創作論詩絕句，直接帶動了元好問的創作。興定初年，趙元卜居盧氏（今河南盧氏），辛愿來訪，趙元作《詩送辛敬之東歸二首》，送其東歸女几山（在今河南宜陽境內）：

風埃憔悴舊霜袍，老去新詩價轉高。橡栗漫山猶可煮，不須低首向兒曹。

文章無力命有在，一點浩然天地間。風雪滿頭人不識，又攜詩稿出西山。

趙元為元好問同鄉，年長於元好問，辛愿是元好問的『三知己』之一。這兩首送行詩，抓住詩人的身份，稱贊其清貧樂道的品格。元好問的老師王中立有首論詞絕句《題裕之樂府後》：

常恨小山無後身，元郎樂府更清新。紅裙婢子那能曉，送與淩煙閣上人。

在王中立看來，元好問詞作清新，可以媲美晏幾道，而其中的內涵又非歌女們所能理解，言外之意，元好問詞中並非只是男女相思愛恨，還有理想抱負。近年來，論詞絕句愈發受到學界的重視，學界在討

論論詞絕句的起源時，或認為起源於清初，或認為起源於元明時期①，都忽略了金代論詞絕句的存在。元好問本人也有論詞絕句《題山谷小豔詩》：『法秀無端會熱謾，笑談真作勸淫看。只消一句修修利，李下何妨也整冠。』可以進一步證明金代就已經有了論詞絕句。②

最值得注意的是元好問的父親和兄長的論詩詩。元好問父親元德明（號東巖）喜愛與朋友論詩，王敏夫《同東巖元先生論詩》稱『邂逅茅齋話終夕』，可以證明。元德明《詩》自稱：『少有吟詩癖，吟來欲白頭。科名不肯換，家事幾曾憂。含咀將誰語，研摩若自讎。百年閑伎倆，直到死時休。』元好問之兄元好古也喜歡論詩，現存三首論詩絕句，題作《讀裕之弟詩稿，有『鶯聲柳巷深』之句，漫題三詩其後》：

阿翁醉語戲兒癡，說著蟬詩也道奇。吳下阿蒙非向日，新篇爭遣九泉知。

鶯藏深樹只聞聲，不著詩家畫不成。慚愧阿兄無好語，五言城下把降旌。

---

① 程郁綴、李靜著《歷代論詞絕句箋注・前言》曰：『如論詞絕句者，以絕句論詞之謂也。論其源起，當始於元明之世。以目今所輯元人元淮的《讀李易安文》與明人瞿佑的《易安樂府》等數家六首絕句而論，其時雖然題目上沒有顯現論詞絕句的字樣，但就這些絕句所論的實際內容看，其實質則大體同於後來的論詞絕句，故可視為論詞絕句之肇興。而且，元明時所出現的吳寬的《易安居士畫像題辭》、王象春的《題〈漱玉集〉》、張嫻婧的《讀李易安〈漱玉集〉》等，可視為後世題辭類論詞絕句的濫觴。』北京大學出版社二〇一四年版，第一頁。

② 參見胡傳志《論詞絕句的發源与中斷》，《吉林師範大學學報》二〇一六年第四期。

傳家詩學在諸郎，剖腹留書死敢忘。〔一〕背上錦囊三箭在，直須千古説穿楊。

詩中稱贊元好問不負父親之期望，詩藝不斷精進。元好問讀過此詩，是否有和作，現已不可知。可以肯定的是，其父、兄的論詩詩，一定會激發他的論詩詩創作。

經過長時間的螺旋式發展，論詩詩漸入佳境，迎來了有史以來的第一個高峰。這就是元好問、王若虚的論詩絶句。元好問的論詩絶句具有以下特點：一是數量衆多，論詩絶句最終脱穎而出，成為論詩詩的主流體裁。元好問於南渡之初（一二一七）創作大型組詩《論詩三十首》，後來又陸續寫下《自題二首》、《又解嘲二首》、《感興四首》、《論詩三首》、《答俊書記學詩》、《自題中州集後五首》、《題山谷小豔詩》等論詩絶句，總數在五十首左右。元好問雖然還有其他體裁的論詩詩，如《贈答楊焕然》、《别李周卿三首》（其二）《繼愚軒和党承旨雪詩四首》（其二）之類五言古詩，但數量上不及七言絶句。二是自覺意識强烈。在此前詩人的論詩詩中，還没有人在題目中標明『論詩』二字，元好問至少兩次使用『論詩』二字，還有如《答俊書記學詩》這樣指明論詩意圖的詩歌，而在其他體裁的篇章中，僅有一次使用『論文』的記録，即《與張仲傑郎中論文》（五古）。可見，元好問認識到論詩絶句的優越性，是有意識地選擇七絶。三是提出一系列新人耳目的見解，如『論詩若准平吴例，合著黄金鑄子昂』『詩家總愛西崑好，獨恨無人作鄭箋』『切切秋蟲萬古情，高天厚地一詩囚』『拈出退之山石句，始知渠是女郎詩』

〔一〕 原注：『先人臨終，有破腹留書之語。』

『鴛鴦繡了從教看，莫把金針度與人』『詩為禪客添花錦，禪是詩家切玉刀』等等，都是傳在人口的論詩名句。這些名言大大激發了後人的創作興趣。四是綜合運用比喻、引用、對比、反問等多種修辭手法，成功克服了自杜甫以來就存在的論詩絶句篇幅短小、長於即景抒情、短於議論説理的體制局限，大大發揮了論詩絶句的體制潛能，真正做到了理論與藝術的完美結合①，引起後人紛紛仿效，如王士禛《戲效元遺山論詩絶句》（三十五首）、馬長海《效元遺山論詩絶句四十七首》、袁枚《效元遺山論詩》（三十八首）等等。

元好問獨領風騷，與之相輔翼的是王若虛的論詩絶句。王若虛有三組十三首論詩絶句，總數不及元好問，寫作時間應該略晚於《論詩三十首》。王若虛論詩絶句與元好問的論詩絶句有兩個明顯區别：其一，每一組詩都是一個主題。第一組《題淵明歸去來圖》五首，借題畫之機，質疑陶淵明隱居言行，如云：『靖節迷途尚爾賒，苦將覺悟向人誇。此心若識真歸處，豈必田園始是家？』第二組詩，是蘇、黄優劣論，題曰《山谷於詩每與東坡相抗，門人親黨遂謂過之。而今之作者，亦多以為然，予嘗戲作四絶云》：

駿步由來不可追，汗流餘子費奔馳。誰言直待南遷後，始是江西不幸時。

信手拈來世已驚，三江衮衮筆頭傾。莫將險語誇勍敵，公自無勞與若爭。

① 參見胡傳志《元好問與戴復古論詩絶句比較論》，《文學遺産》二〇一二年第四期。

戲論誰知是至公，蝤蛑信美恐生風。奪胎換骨何多樣，都在先生一笑中。

文章自得方為貴，衣鉢相傳豈是真？已覺祖師低一著，紛紛法嗣復何人！

其觀念甚至構思都與其舅周昂《魯直墨跡》如出一轍。第三組反駁王庭筠的白詩論，題作《王子端云：『近來陡覺無佳思，縱有詩成似樂天。』其小樂天甚矣。予亦嘗和為四絶》。其二，王若虛的論詩絶句都是辯論性質，與其《文辨》、《詩話》相似，反駁他人的觀點，較為有力，但缺少獨到新穎的正面立論。王若虛的論詩絶句，在這三個話題上，比元好問論述得更加集中充分，但總體水準、學術影響沒有超過元好問。

金亡前後，還有一些詩人寫有論詩詩，如曹之謙《讀〈唐詩鼓吹〉》、房皞《讀杜詩三首》，但相對零散，只能算是金代論詩詩的餘音了。

三

由於選本體現編者的編選眼光，其中的序跋、凡例、傳記、評點等等往往是重要的文學批評資料，所以，選本成了越來越重要的文學批評形式。

金代之前，已有許多文學選本。金代的文學選本，數量有限。從現存文獻來看，金代前期、中期未見有文學選本。金代後期，文學選本集中出現。主要有以下七八種：趙秉文編《明昌辭人雅製》、承

安老人編《承安樂府》、元好問編《東坡詩雅》、《東坡樂府集選》、《唐詩鼓吹》、魏道明編《國朝百家詩略》、元好問編《中州集》、馮渭編金代文章。大體可以分爲三類：

第一類，金代承平時期詩詞選本，包括《明昌辭人雅製》、《承安樂府》。

趙秉文編《明昌辭人雅製》，僅見於《中州集》卷四《王隱君磵》曰：『閑閑公嘗集党承旨、趙黄山、路司諫、劉之昂、尹無忌、周德卿與逸賓七人詩，刻木以傳。目爲《明昌辭人雅製》云。』原書早已失傳，根據這一條資料，可以推測以下幾點：第一，《明昌辭人雅製》收録党懷英、趙渢、路鐸、劉昂、尹無忌（師拓）、周昂、王磵等七人詩歌。這七位都是活躍於明昌（一一九〇—一一九五）年間的代表性詩人，對趙秉文而言，都是前輩詩人。第二，該書編於何時，已不可考，應該編於趙秉文主盟文壇之後。有學者推測，『可能編於衛紹王時期』①，即貞祐南渡之前（一二〇九—一二一一），大體不差。從元好問『嘗集』一語來看，趙秉文編纂此書似乎是比較久遠的事，當時這七人的詩歌已經不易找尋，所以趙秉文才將之集在一起，予以刊行。第三，元好問應該没有見過該書，因爲《中州集》中所收的周昂詩歌全部來自王若虚的記憶，否則元好問會從中選取周昂的詩歌。該書很可能在金末就已經失傳。第四，明昌時期的詩人，自然遠非這七人，趙秉文之所以編集此七人的詩歌，一定是因爲七人詩歌有共同點。『雅製』二字透露出七人的共同傾向，那就是都符合風雅傳統。這體現趙秉文崇尚雅正的文學思想。

承安老人編《承安樂府》，僅見於元人袁桷《清容居士集》卷四十八《題金承安樂府》：『幼歲見老

① 劉達科《〈明昌辭人雅製〉與趙秉文的詩學思想》，《學術交流》二〇〇六年第四期。

樂工歌梨園音曲，若不相屬，而均數無少間斷，猶纍纍貫珠之遺意也。承安老人所補歌曲，按其音節無少異，此殆以文為戲者。黄豫章嘗評小山樂府，為狹邪之鼓吹，豪士之大雅，風流日遠，惜不得共論承平王孫故態，為之慨然。』①據此可知，《承安樂府》是『承安老人』所編、收錄承安年間（一一九六—一二〇〇）詞作的選本。相對於詩歌選本而言，這部詞選體現出以文為戲的特點，類似黄庭堅評價晏幾道小山樂府一般，這也反映出編者的詞學觀。

以某一年號為限，直接作為選本的名稱，並不始於金代。唐代無名氏所編《貞元英傑六言詩》可能是較早的一部以年號命名的詩選。稍後令狐楚所編《御覽詩》又名《元和御覽》，因為該書『編於元和九年至十二年間』（八一四—八一七），『所收三十位詩人，都是肅、代和德宗時人，即主要是大曆和貞元時代的詩人』②，也就是說，《元和御覽》入選的並不是元和時期的詩歌。唐代還有一種選本《元和三舍人集》，收錄令狐楚、王涯、張仲素三家詩。《明昌辭人雅製》和《承安樂府》與此有所不同，其中的年號在標明入選對象時限之外，還別有一層寓意。明昌、承安是金王朝承平時期，衛紹王大安元年（一二〇九）之後，承平時代已經不再。二書編纂時間都在所標示年號之後，是後代對前代的回顧，寄寓著對承平時代的懷念，即袁桷所謂『承平王孫故態』。

第二類，唐宋詩詞選本，包括《東坡詩雅》、《東坡樂府集選》、《唐詩鼓吹》。在蘇軾詩詞長盛不衰

① 《袁桷集·清容居士集》卷四十八，吉林文史出版社二〇一〇年版，第六八四頁。

② 傅璇琮等《唐人選唐詩新編·御覽詩·前記》，中華書局二〇一四年版，第五三三頁、五三五頁。

的大背景下，元好問編選東坡詩詞選本，其目的是反思蘇軾，引導時人正確認識蘇軾。《東坡詩雅》編於正大六年（一二二九）。元好問有感於詩歌發展過程中『雜體愈備』『去風雅愈遠』的趨勢，有感於蘇軾詩歌『爲風俗所移』『不能近古之恨』①，編選出這樣一部能體現風雅傳統的蘇詩選本。《東坡樂府集選》編於金亡之後（一二三六）。元好問從孫鎮《注東坡樂府》中選取七十五首詞作，重點剔除蘇軾《沁園春》（野店雞號）之類的『極害義理』的『僞作』②，辯明文字異同。二書都已失傳，現已無法考知其得失，但被他刪除的《沁園春》（野店雞號）其實並非僞作，那些被他刪除的『雜體』詩歌，是否就真的就是雜體？從其序中可以看出元好問比較嚴苛的儒家詩學思想。《唐詩鼓吹》亦編於金亡之後，專選唐人七律，原本是元好問教授弟子的唐詩讀本，由其弟子郝天挺作注後刊行，體現了金末元初的宗唐詩風③。

由此可見，這三種唐宋詩詞選本，無不體現了金代文學發展的大背景，具有鮮明的當代性。

第三類，金代詩文總集，包括《國朝百家詩略》、《中州集》以及馮渭所編金代文章④。

① 元好問《東坡詩雅引》，《元好問文編年校注》卷二，狄寶心校注，中華書局二〇一二年版，第一八〇頁。
② 元好問《東坡樂府集引》，《元好問文編年校注》卷四，第三九七—三九八頁。
③ 參見胡傳志《〈唐詩鼓吹〉與金末元初的宗唐詩風》，《金代文學研究》，安徽大學出版社二〇〇〇年版，第一〇九—一二一頁。
④ 姚燧《中書右三部郎中馮公神道碑》曰：『蒐輯金代文章，凡若干百卷。』查洪德等輯校《姚燧集》，人民文學出版社二〇一一年版，第三二二頁。

魏道明《國朝百家詩略》，可能編於其晚年致仕之後，即明昌、承安年間，編成後，沒有刊行，商衡抄錄一部，並作了增補，原書已佚。從書名可以看出，明顯受到了王安石《唐百家詩選》、曾慥《宋百家詩選》的影響，表現出對金王朝的認同。金亡後，元好問在《國朝百家詩略》的基礎上，編纂成《中州集》。《國朝百家詩略》的體例特點、文獻資料應該保留在《中州集》中。《中州集》前七卷體例一致，入選詩人一〇九位，與『百家』之數相近，其主體部分應該來自《國朝百家詩略》。《國朝百家詩略》是否為入選詩人作傳？已不得而知。元好問編纂《中州集》，旨在搶救、保存一代文獻，以詩系人，以詩存史，所以不以個人詩學趣尚作為選詩標準，入選詩歌『不主一格』。其詩學思想不體現在入選詩歌中，而主要體現在詩人小傳中①。

完善選本的體例，為二百五十位金代詩人作傳，是《中州集》體例上的一大貢獻。此前，少數詩歌選本有詩人小傳，如姚合《極玄集》、曾慥《宋百家詩選》，但比較簡略。《中州集》作了大發展，主要表現為兩個方面：一是將歷史人物傳記引入選本中，特別是後三卷中，有的詩人僅入選一兩首詩歌，卻有三四百字的傳記，傳記似乎成了主體，詩歌反而退居次要位置。元人編纂《金史》，就大量參考了《中州集》中的人物傳記。二是將詩話、筆記引入選本詩人傳記中。《中州集》中的詩人傳記，經常徵引傳主的詩句，類似摘句評點，有時還能放在歷史中作出多方面的評價，將詩人小傳發展成為詩人評傳（詩傳）。如卷一《蔡丞相松年》曰：

① 參見胡傳志《金代文學研究》，第一二二一——一三一頁。

松年字伯堅，父靖，宋季守燕山，仕國朝為翰林學士。伯堅行臺尚書省令史出身，官至尚書右丞相，鎮陽別業有蕭閑堂，自號蕭閑老人，薨謚文簡。百年以來，樂府推伯堅與吴彦高，號吴蔡體，有集行於世。其一自序云：『王夷甫神情高秀，……』。好問按：此歌以『離騷痛飲』為首句，公樂府中最得意者，讀之則其平生自處為可見矣。二子：珪字正甫，璋字特甫，俱第進士，號稱文章家，正甫遂為國朝文宗，特甫非其比也。自大學至正甫，皆有書名，其筆法如出一手，前輩之貴家學蓋如此。

這一篇傳記，對其生平履歷介紹較為簡略，蔡松年貴為丞相，生平自當為人所知。所以重點評價其詞，徵引其《念奴嬌》(離騷痛飲)詞序，肯定其詞的地位。末段介紹其家學傳承。

第三類選本具有總結性質，寄寓了故國之思。

與《中州集》詩人傳記相關的，其他作者也撰寫了一些人物傳記，主要有李純甫《屏山故人外傳》和劉祁《歸潛志》中的人物傳記。

李純甫(一一八五—一二三一)所撰《屏山故人外傳》已佚，其具體寫作時間、人物數量均難以確考，但肯定在其晚年。他的一些朋友陸續凋零，觸發其傷感情緒，促使他為這些故人作傳。元好問《中州集》曾先後九次徵引《屏山故人外傳》，從中可以看出這部傳記含有文學批評的內容。茲舉一例：

《屏山故人外傳》云：『正夫為人短小精悍，滑稽玩世，中明昌五年詞賦、經義第。詩清便可喜，賦甚得楚辭句法，尤長於古文，典雅雄放，有韓柳氣象，教授弟子王若虚、高法颺、張履、張雲

卿，皆擢高第。學古文者，翕然宗之曰劉先生。以省掾從軍南下，改授應奉翰林文字，為主帥所重，常預秘謀，書檄露布，皆出其手。軍還授左司都事，將大用矣，會卒。』（《中州集》卷四《劉左司中》）

該文為劉中（字正夫）傳，生平、履歷介紹較少，重點是評價其詩、賦、古文，這樣的傳記不僅有助於知人論世，更有助於認識其文學創作。

劉祁《歸潛志》寫於金亡第二年（一二三五），雖然是筆記體裁，卻以人物為主。其自序曰：『獨念昔所與交遊，皆一代偉人，人雖物故，其言論、談笑，想之猶在目。且其所聞所見可以勸戒規鑒者，不可使湮沒無傳，因暇日記憶，隨得隨書，題曰《歸潛志》。』①全書十四卷，前六卷都是以人物為條目，為一百二十五人作傳，第七卷至第十卷，多是金末政壇、文壇軼事，第十一至第十四卷為金末史事。換言之，前十卷都與文學批評相關。《歸潛志》中的人物傳記，明顯地偏重文藝，具有詩話性質。如卷一開篇三則：

金海陵庶人讀書有文才，為藩王時，嘗書人扇云：『大柄若在手，清風滿天下。』人知其有大志。正隆南征，至維揚，望江左賦詩云：『屯兵百萬西湖上，立馬吳山第一峰。』其意氣亦不淺。

宣孝太子，世宗子，章宗父也，追謚顯宗。好文學，作詩，善畫，人物、馬尤工，迄今人間多有

① 劉祁《歸潛志序》，中華書局一九八三年版，第一頁。

存者。

章宗天資聰悟，詩詞多有可稱者。《宫中》絶句云：『五雲金碧拱朝霞，樓閣崢嶸帝子家。三十六宫簾盡卷，東風無處不揚花。』真帝王詩也。……

完顔亮、完顔允恭、金章宗其實並非其『交遊』對象，上述三則也不是完整的人物傳記，對完顔亮、金章宗的生平没有一句介紹，只是記録和評價其文學活動。其他人物傳記，或長或短，長者數百字，短者數十字，一般包括字號、里籍、經歷等内容，但重點仍然是評詩論文，如：

史懷字季山，陳郡人。少遊宦不羈，然有才思。既壯，乃折節為學，與名士李子遷、侯季書、王飛伯游。作詩甚有功，《冬日即事》云：『簷雪日高晴滴雨，爐煙風定暖生雲。』亦可喜也。又作《古劍》詩，極工。陳陷，死。①

王元節字子元，宏州人，余高祖南山翁婿也。家世貴顯，才高，以詩酒自豪。擢第，得官輒歸，不樂仕宦。與余從曾祖西巖子多唱酬。其《明妃詩》云：『環佩魂歸青塚月，琵琶聲斷黑河秋。漢家多少征邊將，泉下相逢也自羞。』甚為人所傳。②

這類傳記是傳記、詩話、筆記的結合，是因人評詩的評傳，與元好問《中州集》中的詩人小傳高度相似，

① 《歸潛志》卷三，第二七頁。
② 《歸潛志》卷四，第三一頁。

可以相互補充，是金代文學批評的重要文獻。李純甫、劉祁、元好問不約而同地撰寫性質相似的傳記，體現了保存詩人、記載歷史、寄託感情的共同點。

在金代之前，詩人的傳記主要集中在正史中，散見於文集、筆記、選本中。即便是成就最高的唐代詩人，元代之前也没有一部唐代詩人傳記類著作，直到元代大德八年（一三〇四）辛文房才寫出《唐才子傳》一書。辛文房『為一代詩人寫傳』，被視為『是一項開拓性的工作』，『在中國古代，似乎只有錢謙益的《列朝詩集小傳》能與它相並比』①。其實，《列朝詩集小傳》是模仿《中州集》而來。早在《唐才子傳》之前，《中州集》、《歸潛志》就已經為一代詩人寫傳，《歸潛志》也為金代中後期詩人寫傳。《唐才子傳》的寫法，與《中州集》、《歸潛志》中的人物傳記，基本相同。辛文房曾在大都為官，有條件讀到《中州集》、《歸潛志》等書。不管《唐才子傳》是否受到《中州集》、《歸潛志》的影響，都可以肯定，《中州集》、《歸潛志》在詩人傳記、詩歌評論史上具有繼往開來的意義。

綜觀金代文學批評形式，詩話相對冷落，卻體現出遠離宋人詩話、獨立發展的傾向；論詩詩逐漸興盛，並確定七絕為論詩絕句的主流方式，元好問等人的論詩絕句是論詩詩史上的高峰，影響深遠；選本及詩人傳記，完善了選本這一批評方式，大力發展了評傳這一新型文學批評方式。所以，金代文學批評不僅對金代文學的研究作出了重要貢獻，還推動了中國古代文學批評史的發展。

---

① 傅璇琮主編《唐才子傳校箋・前言》，中華書局二〇〇〇年版，第二頁。

金代詩學批評文獻相對分散，本次整理努力將有關文獻彙集在一起，以便於讀者閱讀和研究。收錄標準從寬，將一些詞論、文論、《歸潛志》和《中州集》中的傳記亦收入其中。這些文獻，除了元好問和王若虛的詩文有注本之外，其他文獻都没有注釋。所以，統一作了注釋。校勘部分，相對簡略。受時間和水平所限，錯謬之處不可避免，懇請讀者批評指正。

凡例

一、金代詩學批評文獻相對分散，為便於讀者閱讀和研究，收錄標準從寬。

二、《風月堂詩話》作者朱弁，一般劃歸宋人，而該書寫作於其羈金期間，在金王朝刊刻傳播，故予以收錄。

三、元好問編纂《中州集》，以詩存史，其詩人小傳具有詩話性質，故予以全文收錄。

四、劉祁《歸潛志》主體部分為人物傳記，其人物傳記包括較多詩人生平、創作的資料，故亦節要收錄。

五、前五卷以人物為綱，其他人物詩論文字較少者，分別以『其他作者詩歌』、『其他作者文章』列為卷六、卷七。

六、對於篇幅較長的墓誌、序跋，一般只節選其中與詩論相關的文字。

七、編次大體按時代先後，以作者為綱目，分卷編排。相關作者和著作均有簡介。

八、校勘以重要的異文為主，注釋不作繁瑣的徵引，不作理論闡釋。

九、所用文獻版本，以通行本為主，詳參書後所附《引用書目》。

卷一　朱弁

朱弁（？—一一四四），字少章，號觀如居士，徽州婺源人。朱熹叔祖。南宋建炎二年（一一二八）以通問副使使金，被留，守節不屈，居雲朔十六年之久，金皇統三年（一一四三）回南宋。生平見《朱文公文集》卷九十八《奉使直秘閣朱公行狀》、《宋史》卷三百七十三《朱弁傳》。在金期間，著有《騁遊集》（已佚）、《風月堂詩話》、《曲洧舊聞》等。

風月堂詩話

風月堂詩話序

予在東里〔一〕，於所居之東，小園之西，有堂三楹。壁間多皇朝以來諸名卿畫像〔二〕，而文籍中多與左、司馬、班、韓、歐、蘇數公相對〔三〕。以其地無松竹，且去山水甚遠，而三徑閑寂〔四〕，庭宇虚敞，凡過我門而滿我座者，唯風與月耳，故斯堂也，以風月得名。又，予心空洞無城府，見人雖昧平生，必出肺腑相示，以此語言多觸忌諱而招悔吝〔五〕。每客至，必戒之曰：

『是間止可談風月，捨此不談，而泛及時事，請酹吾大白〔六〕。』厥後山淵反覆，兵火肆虐〔七〕，堂於茲時均被赭垣之酷〔八〕。風月雖存，賓客安往？予復以使事羈絆灤河〔九〕，閱歷星紀〔一〇〕，追思曩游風月之談，十僅省四五〔一一〕，乃纂次為二卷，號《風月堂詩話》，歸詒之孫〔一二〕。異時幅巾林下〔一三〕，摩挲泉石時取觀之，則溱洧風月〔一四〕，猶在吾目中也。庚申閏月戊子觀如居士朱弁敘〔一五〕。

【注釋】

〔一〕東里：在新鄭（今屬河南）故城内。《宋史·朱弁傳》：『少穎悟，讀書日數千言。既冠，入太學，晁説之見其詩，奇之，與歸新鄭，妻以兄女。新鄭介汴、洛間，多故家遺俗，弁遊其中，聞見日廣。』

〔二〕皇朝：此指北宋。

〔三〕左：左丘明。司馬：司馬遷。班：班固。韓：韓愈。歐：歐陽修。蘇：蘇軾。

〔四〕三徑：漢蔣詡辭官隱於杜陵，園竹間三徑，唯與羊仲、求仲游。典見晉趙岐《三輔決録》卷一。後指隱士的家園。陶淵明《歸去來辭》：『三徑就荒，松竹猶存。』

〔五〕悔吝：災禍。《易·繫辭上》：『悔吝者，憂虞之象也。』

〔六〕酹：以酒祭地。大白：酒盃。

〔七〕『山淵反覆』二句：指金兵南侵，北宋滅亡。

〔八〕赭垣之酷：指家園被燒毀。朱熹《晦庵集》卷九十八《奉使直秘閣朱公行狀》：『靖康之難，家碎

賊手。』

〔九〕使事羈絆灤河：朱弁於建炎元年（一一二七）使金，被金人扣留。灤河：桑乾河，指山西北部一帶。朱弁長期羈押於雲州（今山西大同）。

〔一〇〕星紀：古代天文學家為了量度日、月、行星的位置和運動，把黃道帶分成十二個部分，叫作『十二星次』，每次有若干星官作標誌。星紀是十二星次中的第一個星次，起點為大雪節氣，中點為冬至中氣。閱歷星紀，謂經歷了一個個冬天，經過了一年又一年。

〔一一〕省：記憶。

〔一二〕詒：給予。

〔一三〕幅巾：簡易的頭巾，與朝服相對，士大夫、隱居文人常戴之。

〔一四〕溱洧：兩條河流名，在河南。《詩經・鄭風》有《溱洧》，此代指詩騷風雅。

〔一五〕庚申：天眷三年（一一四〇）。閏月：此年閏六月。

風月堂詩話卷上

一

魏曹植詩出於《國風》〔一〕，晉阮籍詩出於《小雅》〔二〕，其餘遞相祖襲，雖各有師承，而去《風》、《雅》猶未遠也。自魏、晉至宋，雅奧清麗，尤盛於江左〔三〕；齊梁已下，不足道矣。唐

初，尚矜徐庾風氣〔四〕，逮陳子昂始變。若老杜，則凜然欲方駕屈宋，而能允蹈之者〔五〕。其餘以詩名家尚多，有江左體制〔六〕。至五季則掃地無可言者〔七〕。唐人尚不能及，況晉宋乎？晉宋尚不能及，況《風》、《雅》乎？

【注釋】

〔一〕『魏曹植詩』句：《詩品上·魏陳思王植詩》：『其源出於《國風》。骨氣奇高，詞采華茂，情兼雅怨，體被文質，粲溢今古，卓爾不群。』

〔二〕『晉阮籍詩』句：《詩品上·晉步兵阮籍詩》：『其源出於《小雅》。雖無雕蟲之巧，而《詠懷》之作，可以陶性靈，發幽思。言在耳目之內，情寄八荒之表。洋洋乎會於《風》、《雅》，使人忘其鄙近，自致遠大，頗多感慨之詞。厥旨淵放，歸趣難求。』

〔三〕江左：此指南朝。

〔四〕徐庾：南朝梁時，徐摛、徐陵及庾肩吾、庾信父子，詩文浮豔，時稱徐庾體。

〔五〕屈宋：屈原和宋玉。杜甫《戲為六絕句》：『不薄今人愛古人，清詞麗句必為鄰。竊攀屈宋宜方駕，恐與梁齊作後塵。』允蹈：恪守、遵循。

〔六〕江左體制：指南朝詩風。

〔七〕五季：唐宋之間的後梁、後唐、後晉、後漢、後周五代。掃地：此指風雅掃地，被摧毀無餘。《新唐書》卷一百九《祝欽明傳》：『是舉五經掃地矣！』

二

詩人勝語，咸得於自然，非資博古。若『思君如流水』〔一〕、『高臺多悲風』〔二〕、『清晨登隴首』〔三〕、『明月照積雪』之類〔四〕，皆一時所見，發於言辭，不必出於經史〔五〕。故鍾嶸評之云：『吟詠性情，亦何貴於用事？』〔六〕顏謝椎輪〔七〕，雖表學問，而太始化之〔八〕，寖以成俗。當時所以有書鈔之譏者，蓋為是也〔九〕。大抵句無虛辭，必假故實；語無空字，必究所從。拘攣補綴而露斧鑿痕迹者，不可與論自然之妙也〔一〇〕。詩之重用韻，音同義異者，古人用之無嫌，如《民勞》詩一章用二『休』字韻是也〔一一〕。後人狃於科舉之習〔一二〕，遂不敢用。唐韓退之《答張徹》詩用二『庭』字〔一三〕，《石鼓》詩用二『科』字〔一四〕，老杜《夔府書懷》詩用二『旋』字〔一五〕，即其例也。

【注釋】

〔一〕思君如流水：徐幹《室思詩》：『思君如流水，何有窮已時。』

〔二〕高臺多悲風：曹植《雜詩六首》其一：『高臺多悲風，朝日照北林。』

〔三〕清晨登隴首：張華佚題詩：『清晨登隴首，坎壈行山難。嶺阪峻阻曲，羊腸獨盤桓。』

〔四〕明月照積雪：謝靈運《歲暮》：『殷憂不能寐，苦此夜難頹。明月照積雪，朔風勁且哀。』

〔五〕不必出於經史：此論出自《詩品序》：『「思君如流水」，既是即目；「高臺多悲風」，亦唯所見；「清晨登隴首」，羌無故實；「明月照積雪」，詎出經史；觀古今勝語，多非補假，皆由直尋。』

〔六〕『吟詠性情』二句：《詩品序》：『一品之中，略以世代為先後，不以優劣為詮次。又其人既往，其文克定；今所寓言，不錄存者。夫屬詞比事，乃為通談。若乃經國文符，應資博古，撰德駁奏，宜窮往烈。至乎吟詠情性，亦何貴於用事？』

〔七〕顏謝：顏延之、謝靈運。椎輪：無輻的車輪，借喻草創而未至完美。

〔八〕太始：即『泰始』，宋明帝年號（四六五—四七二）。

〔九〕書鈔之譏：《詩品序》：『故大明、泰始中，文章殆同書抄。近任昉、王元長等，詞不貴奇，競須新事，爾來作者，寖以成俗。』

〔一〇〕『大抵句無虛辭』六句：《詩品序》：『遂乃句無虛語，語無虛字，拘攣補衲，蠹文已甚。但自然英旨，罕值其人。詞既失高，則宜加事義。雖謝天才，且表學問，亦一理乎！』

〔一一〕《民勞》：《詩經·大雅·民勞》：『民亦勞止，汔可小休。惠此中國，以為民逑。無縱詭隨，以謹惛怓。式遏寇虐，無俾民憂。無棄爾勞，以為王休。』

〔一二〕狃：因襲，拘泥。

〔一三〕『《答張徹》』句：韓愈《答張徹》詩有『疊雪走商嶺，飛波航洞庭』和『豈獨出醜類，方當動朝廷』兩句。

〔一四〕『《石鼓》詩』句：韓愈《石鼓歌》詩有『辭嚴義密讀難曉，字體不類隸與科』和『故人從軍在右輔，為我量度掘臼科』兩句。

〔一五〕『《夔府書懷》』句：杜甫《秋日夔府詠懷奉寄鄭監李賓客一百韻》有『雖云隔禮數，不敢墜周旋』和『淡交隨聚散，澤國遶迴旋』兩句。

三

詩人體物之語多矣〔一〕，而未有指一物為題而作詩者。晉、宋以來，始命操觚〔二〕，而賦詠興焉。皆倣詩人體物之語，不務以故實相誇也〔三〕。梁庾肩吾《應教詠胡牀》云：『傳名乃外域，入用信中京。足欹形已正，文斜體自平』是也〔四〕。至唐杜甫詠蒹葭云：『體弱春苗早，藂長夜露多』〔五〕，則亦未始求故實也。如其他詠薤云：『束比青芻色，圓齊玉筯頭』〔六〕，黄粱云：『味豈同金菊，香宜配綠葵』〔七〕，則於體物外又有影寫之功矣〔八〕。予與晁叔用論此〔九〕，叔用曰：『陳無己嘗舉老杜詠子規云〔一〇〕：「渺渺春風見，蕭蕭夜色淒。客懷那見此，故作傍人低。」如此等語，蓋不從古人筆墨畦徑中來，其所鎔裁，殆別有造化也，又惡用故實為哉！』

【校記】

那見此：《杜詩詳注》卷十四《子規》作『那聽此』。

【注釋】

〔一〕體物：摹狀事物。

〔二〕操觚：原指執簡寫字，這裏指創作詠物詩。

〔三〕故實：典故，出處。

〔四〕應教：應諸王之命而和的詩文。《應教詠胡牀》，又題作《詠胡牀應教詩》、《賦得詠胡牀詩》。

〔五〕杜甫詠蒹葭：杜甫《蒹葭》詩：『摧折不自守，秋風吹若何。暫時花戴雪，幾處葉沉波。體弱春苗早，叢長夜露多。江湖後搖落，亦恐歲蹉跎。』

〔六〕詠薤：杜甫《秋日阮隱居致薤三十束》：『隱者柴門内，畦蔬繞舍秋。盈筐承露薤，不待致書求。束比青芻色，圓齊玉筯頭。衰年關鬲冷，味暖並無憂。』薤，一種蔬菜類植物。小蒜、薤白頭。

〔七〕黄粱：杜甫《佐還山後寄三首》之二：『白露黄粱熟，分張素有期。已應舂得細，頗覺寄來遲。味豈同金菊，香宜酌緑葵。老人他日愛，正想滑流匙。』

〔八〕影寫：摹寫，描摹，把紙蒙在帖上照着描寫。《文心雕龍·比興》：『至於揚班之倫，曹劉以下，圖狀山川，影寫雲物，莫不織綜比義，以敷其華。』

〔九〕晁叔用：晁沖之（一〇七三—一一二六），字叔用，一字用道，開封（今屬河南）人。晁補之從弟，南宋藏書家晁公武之父，終生無功名。善詩文，有《具茨集》傳世。精音律，詞風清朗。趙萬里輯得《晁叔用詞》。《曲洧舊聞》卷五：『晁叔用云：「東坡如毛嬙、西施，淨洗卻面，而與天下婦人鬬好，質夫豈可比耶！」』

〔一〇〕陳無己：陳師道（一〇五三—一一〇二），字履常，一字無己，號後山居士，彭城（今江蘇徐州）人。歷仕太學博士、潁州教授、秘書省正字。一生安貧樂道，閉門苦吟，著有《後山先生集》。老杜詠子規：見《杜詩詳注》卷十四《子規》詩。

四

詩之句法，自三言至七言，《三百篇》中皆有之矣。三言如『麟之趾』〔一〕、『夜未央』〔二〕、『從夏南』〔三〕、『思無邪』之類是也〔四〕。五言如『誰謂鼠無牙』〔五〕、『胡為乎株林』〔六〕、『或燕

燕居息，或盡瘁事國』之類是也〔七〕。七言如『維昔之富不如時，維今之疚不如茲』〔八〕、『學有緝熙於光明』之類是也〔九〕。而世之論五言則指蘇、李〔一〇〕，論七言則指柏梁為始〔一一〕，是不求其源也。然世多作七言、五言，而三言、四言，類施於銘頌之中，雖間有用七言者，獨於韓吏部、蘇端明集見之〔一二〕。前輩云：按柏梁之體，句句用韻，其數以奇，韓、蘇亦皆如此。然歐公作《孫明復墓誌》，乃與此說不同〔一三〕，又未知如何也？豈歐公特變前人法度，欲自我作古乎？當更討論之耳。

【注釋】

〔一〕麟之趾：《詩經・周南・麟之趾》：『麟之趾，振振公子，于嗟麟兮。』

〔二〕夜未央：《詩經・小雅・庭燎》：『夜如何其？夜未央。』

〔三〕從夏南：《詩經・陳風・株林》：『胡為乎株林？從夏南。』

〔四〕思無邪：《詩經・魯頌・駉》：『思無邪，思馬斯徂。』

〔五〕誰謂鼠無牙：《詩經・召南・行露》：『誰謂鼠無牙，何以穿我墉？』

〔六〕胡為乎株林：同注〔三〕。

〔七〕『或燕燕居息』二句：出自《詩經・小雅・北山》。

〔八〕維昔之富不如時：出自《詩經・大雅・召旻》。

〔九〕學有緝熙於光明：《詩經・周頌・敬之》：『日就月將，學有緝熙於光明。』

〔一〇〕蘇、李：指蘇武、李陵。《詩品序》：『逮漢李陵，始著五言之目矣。』蘇、李五言詩不可信。

〔一一〕柏梁：據説，漢武帝元封三年（一〇八），作柏梁臺，與群臣共賦七言句，每人一句，句句押韻。後人稱之柏梁體。

〔一二〕韓吏部：韓愈，晚年任吏部侍郎。蘇端明：蘇軾，曾任端明殿學士。

〔一三〕《孫明復墓誌》：歐陽修《孫明復先生墓誌銘》：『銘曰：聖人既殁經更焚，逃藏脱亂僅《傳》存。衆説乘之汩其原，怪迂百出雜僞真。後生牽卑習前聞，有欲患之寡攻群。往往止燎以膏薪，有勇夫子闢浮雲。刮磨蔽蝕相吐吞，日月卒復光破昏。博哉功利無窮垠，有考其不在斯文。』用七言作銘辭，没有句句押韻，也不是奇數。

五

道林嶽麓寺〔一〕，老杜詩云：『宋公放逐曾題此，物色分留遺老夫。』〔二〕監察御史唐扶詩云：『兩祠物色採拾畫，壁間杜甫真少恩。』〔三〕宋考功以詩在天台時與沈詹事齊名〔四〕，唐扶詩亦有聞於世。今觀甫所自述及扶詩之語，則是宋之問猶有未道盡處，扶雖冥搜，不能出其右。

【校記】

採拾畫：《四庫全書》本、《全唐詩》卷四百八十八《使南海道長沙題道林嶽麓寺》作『採拾盡』，當是。

天台：《四庫全書》本作『天后』，疑是。

【注釋】

〔一〕道林嶽麓寺：道林寺、嶽麓寺，在長沙。

〔二〕『宋公』二句：見《杜詩詳注》卷二十二《岳麓山道林二寺行》作『宋公放逐曾題壁，物色分留待老夫』。宋公，指宋之問。老夫，杜甫自指。宋之間題壁詩，或謂已失傳，楊倫《杜詩镜銓》謂為《高山引》，當代學者有謂指其《題鑒上人房二首》。

〔三〕唐扶：字雲翔（？—八三九），晉陽（今山西太原）人。元和五年（八一〇）登進士第，歷官監察御史、州刺史，終福建觀察使。生平見新、舊《唐書》本傳。『兩祠』二句：見《全唐詩》卷四百八十八《使南海道長沙題道林嶽麓寺》，其詩意謂杜甫將兩寺景色寫盡，不給後人留下一點空間，所以顯得『少恩』。

〔四〕宋考功：宋之問（六五六—七一三），一名少連，上元二年（六七五）進士，曾官考功員外郎，世稱宋考功。沈佺期（六五六—七一五），字雲卿，上元二年（六七五）進士，官至太子少詹事，世稱沈詹事。二人齊名，並稱沈宋。

六

韓昌黎《謁衡嶽廟》詩云〔一〕：『五嶽祭秩皆三公，四方環鎮嵩當中。火維地荒足妖怪，天假神柄專其雄。噴雲泄霧藏半腹，雖有絕頂誰能窮。我來正逢秋雨節，陰氣晦昧無清風。潛心默禱若有應，豈即正直能感通。須臾淨掃眾峰出，仰見突兀撐青空。』東坡作《退之廟記》云〔二〕：『公之精誠，能開衡山之雲。』即取此詩也。其議論雄偉，讀者皆竦。或謂坡取此似傷於太易，予曰：《三百篇》詩中，有婦人女子自言志者，仲尼不刪去，以垂訓後世，乃獨疑坡

之於退之乎？況坡所閲文字，過眼無遺者，他人縱時有所採，不過蓄以為詩材耳〔三〕。必有未作大碑版〔四〕，而能取之以為議論者，此便是坡不可及處，君又何病哉！

【校記】

淨掃：《韓昌黎詩繫年集釋》卷三作『靜掃』。

【注釋】

〔一〕《謁衡嶽廟》：即《謁衡嶽廟遂宿嶽寺題門樓》。

〔二〕《退之廟記》：指《蘇軾文集》卷十七《潮州韓文公廟碑》。

〔三〕詩材：創作詩歌的素材。

〔四〕碑版：碑誌類的文章。大碑版：重要的碑誌類大作。

七

長安太一湫〔一〕，林木陰森，水色湛然，魚游水面不怖人，人莫敢取者。林間葉落，鳥輒銜去遠棄之，終年無一葉能墮波上者。韓退之詩云〔二〕：『魚蝦可俯掇，神物安敢寇〔三〕。林柯有脱葉，欲墮鳥驚救。爭銜彎環飛，投棄急哺鷇〔四〕。』蓋實載其事。自唐以來已如此，今人所傳非過論也〔五〕。鷇音寇，鳥子生哺者〔六〕。

【注釋】

〔一〕太一湫：《陝西通志》卷八《南山》：『澄源池，一名太一湫，其上環以群山，雄偉秀特，勢逼霄漢，水廣可數丈，深丈許，錦鱗浮游，人莫敢觸。』

〔二〕韓退之詩：指韓愈《南山詩》。

〔三〕神物：視魚為神物。寇：强取。

〔四〕彎環：形容飛鳥回翔的樣子。鷇：初生的雛鳥。

〔五〕今人所傳：《中州集》卷四楊雲翼《太一湫》：『傍人爭出魚依勢，銜葉飛來鳥護靈。』可見金代中後期還有此傳說。

〔六〕鳥子：幼鳥。

八

韓退之云：『餘事作詩人。』未可以為篤論也〔一〕。東坡以詞曲為詩之苗裔〔二〕，其言良是。然今之長短句，比之古樂府歌詞，雖云同出於詩，而祖風已埽地矣。晁無咎晚年〔三〕，因評小晏並黃魯直、秦少游詞曲〔四〕，嘗曰：『吾欲託興於此，時作一首以自遣，政使流行，亦復何害，譬如雞子中元無骨頭也。』〔五〕

【注釋】

〔一〕餘事作詩人：韓愈《和席八十二韻》：『多情懷酒伴，餘事作詩人。』篤論：確切可信的觀點。

〔二〕『東坡』句：蘇軾認為詩詞同源，《蘇軾文集》卷六十二《祭張子野文》曰：『微詞宛轉，蓋詩之裔。』

〔三〕晁無咎：晁補之（一〇五三—一一一〇），字無咎，濟州巨野（今山東巨野）人，晁端友子。著有《雞肋集》七十卷。

〔四〕小晏：晏幾道。黄魯直：黄庭堅。秦少游：秦觀。

〔五〕吾欲託興於此：晁補之此論出處不詳。雞子：雞蛋。

九

歐公評聖俞〔一〕：『初喜為清麗閑肆平淡，久則涵演深遠〔二〕，間以琢刻以出怪巧，然氣完力餘，益老以勁。其應於人者多，故詞非一體，於他文章皆可喜，非如唐諸子號詩人者，僻固而狹陋也〔三〕。又為人樂易，未嘗忤於物。至於窮愁感憤，有所譏罵笑謔，一發於詩，然用以為驩，而不怨懟，可謂君子者也。』

【校記】

間以：《歐陽修全集》卷三十三《梅聖俞墓誌銘》作『間亦』。

於他文章：《歐陽修全集》卷三十三《梅聖俞墓誌銘》作『至於他文章』。

又為人樂易：《歐陽修全集》卷三十三《梅聖俞墓誌銘》作『聖俞為人仁厚樂易』。

【注釋】

〔一〕歐公：歐陽修。聖俞：梅堯臣。下文所引見《歐陽修全集》卷三十三《梅聖俞墓誌銘》。

〔二〕涵演：含蓄鋪陳。

〔三〕僻固：偏執、固執。

十

歐公居潁上，申公呂晦叔作太守，聚星堂燕集〔一〕，賦詩分韻，公得『松』字〔二〕，申公得『雪』字〔三〕，劉原父得『風』字〔四〕，魏廣得『春』字〔五〕，焦千之得『石』字〔六〕，王回得『酒』字〔七〕，徐無逸得『寒』字〔八〕。又賦室中物，公得鸚鵡螺盃〔九〕，申公得癭壺〔一〇〕，劉原父得張越琴〔一一〕，魏廣得澄心堂紙〔一二〕，焦千之得金星研〔一三〕，王回得方竹杖，徐無逸得月硯屏風〔一四〕。又賦席間果，公得橄欖〔一五〕，申公得紅蕉子〔一六〕，劉原父得溫柑〔一七〕，魏廣得鳳棲，焦千之得金橘，王回得荔枝，徐無逸得楊梅〔一八〕。又賦壁間畫像，公得杜甫〔一九〕，申公得李文饒〔二〇〕，劉原父得韓退之〔二一〕，魏廣得謝安石，焦千之得諸葛孔明，王回得李白，徐無逸得魏鄭公〔二二〕。詩編成一集〔二三〕，流行於世。當時四方能文之士及館閣諸公，皆以不與此會為恨。

【注釋】

〔一〕歐公：歐陽修於皇祐元年（一〇四九）知潁州。申公晦叔：呂公著（一〇一八—一〇八九）字晦叔，壽州人，呂夷簡子。仁宗時，以父蔭補奉禮郎。登進士第，召試館職，不就，通判潁州，與郡守歐陽修為講學之友。熙

寧二年（一〇六九）為御史中丞，出知潁州，知河陽。卒後贈太師、中國公，謚正獻。著有《呂正獻集》二十卷，已佚。歐陽修作太守，呂公著為潁州通判，非太守。聚星堂：歐陽修所建，因其地此前曾有晏殊、蔡齊、韓琦等名公任知州，故曰聚星。聚星堂燕集，事在皇祐二年（一〇五〇）正月人日。

〔二〕公得『松』字：《歐陽修全集》卷四有《人日聚星堂燕集探韻得豐字》。得松字，或是朱弁誤記。

〔三〕申公得『雪』字：呂公著該詩已不可考。

〔四〕劉原父：劉敞（一〇一九—一〇六八），字原父，號公是先生，臨江新喻（今江西新餘市）人。有《公是集》七十五卷，已佚。《四庫全書》有輯本《公是集》五十四卷。《全宋詩》卷四六三至四九〇錄其詩二十八卷。得『風』字：原詩失考。

〔五〕魏廣：其人不詳。《歐陽修全集》卷一百四十五《與晏元獻公》（作於慶曆七年）云：『有魏廣者，好古守道之士也。其為人外柔而内剛，新以進士及第，為滎陽主簿。今因吏役至府下，非有他求，直以卑賤不能自達，欲一趨門仞而已。伏惟幸賜察焉。』劉敞撰《公是集》卷十五有《和永叔十九韻送魏廣》。魏廣無詩傳世。

〔六〕焦千之：字伯强，潁州焦陂（今阜南縣焦陂鎮）人。自幼好學，在鄉里有好名聲，可惜屢試不中，仁宗時歐陽修知潁州，焦千之從其學習，受到歐陽修賞識。呂公著為潁州通判，聘千之教其子。呂公著任御史中丞，邀焦千之同往。歐陽修寫《送焦千之秀才》詩相贈。治平二年（一〇六五）以殿中丞為樂清令，熙寧三年（一〇七〇），呂公著推薦他任秘書省校理，遷殿中丞，又知無錫縣。寓居無錫時，蘇軾作《求焦千之惠山泉詩》。晚年兩袖清風，得其門生呂希純之助，定居潁州城南以終，人稱『焦館』。《全宋詩》卷六八九錄其詩六首，無『石』字韻詩。

〔七〕王回：字深父（一〇二三—一〇六五），福州侯官（今福建福州）人，後徙汝陰（今安徽阜陽）。嘉祐二年（一〇五七）進士，補亳州衛真縣主簿，歲餘自免去。本傳見《宋史》卷四三二。有文集二十卷，又有《清河崔氏譜》

一卷，均已佚。《全宋詩》卷五九九錄其詩二首，無『酒』字韻詩。

〔八〕徐無逸：　字從道，生卒年不詳考，婺州永康人。歐陽修有《懷嵩樓晚飲示徐無黨無逸》。宋劉攽撰《彭城集》卷五有《晚步寄徐從道》詩，宋劉子翬撰《屏山集》卷十六有《和徐從道韻二首》詩。得『寒』字韻詩，失考。

〔九〕公得鸕鷀螺盃：　《歐陽修全集》卷四有《鸕鷀螺》詩。

〔一〇〕申公得癭壺：　呂公著詩題為《分題得癭木壺》，見《宋文鑒》卷十七、《全宋詩》卷四五二。癭木：　長有結疤的樹木。

〔一一〕劉原父得張越琴：　劉敞此詩失考。張越琴：　唐代樂師張越所製之琴。

〔一二〕澄心堂紙：　精品紙張，唐代起產於徽州，受到南唐後主的推崇和眾多名家的喜愛。魏廣原詩已失傳。劉敞有《去年得澄心堂紙，甚惜之，輒為一軸，邀永叔諸君各賦一篇，仍各自書藏以為玩，故先以七言題其首》。

〔一三〕金星研：　金星硯，以金星石為材料磨製雕刻而成，產於王羲之故里臨沂。焦千之金星研詩，失考。

〔一四〕『王回得方竹杖』二句：　原詩失考。

〔一五〕公得橄欖：　《歐陽修全集》卷四有《橄欖》詩。

〔一六〕申公得紅蕉子：　呂公著原詩失考。

〔一七〕劉原父得溫柑：　劉敞《公是集》卷十三有《溫柑》詩。

〔一八〕『魏廣得鳳棲』四句：　魏廣等四人詩失考。鳳棲，鳳棲梨，一種名貴的水果。

〔一九〕公得杜甫：　《歐陽修全集》卷五十四有《堂中畫像探題得杜子美》。

〔二〇〕申公得李文饒：　呂公著原詩失考。李文饒：　李德裕（七八七—八五〇），字文饒，趙郡贊皇（今河北贊皇縣）人，曾兩度為相，進封太尉、趙國公。

〔二一一〕劉原父得韓退之：劉敞原詩失考。

〔二二二〕『魏廣得謝安石』四句：魏廣等四人詩失考。魏鄭公：魏徵（五八〇—六四三），字玄成，巨鹿郡人，曾任諫議大夫、左光禄大夫，宰相，封鄭國公，謚文貞。

〔二二三〕詩編成一集：失考。

十一

聚星堂詠雪，約云：玉、月、梨、花、練、絮、白、舞、鵝、鶴等事，皆請勿用〔一〕。杜祁公覽之嗟賞〔二〕，作詩贈歐公云〔三〕：『嘗聞作者善評議，詠雪言白匪精思。及窺古人今人詩，未能一一去其類。不將柳絮比輕揚，即把梅花作形似。或誇瓊樹鬭玲瓏，或取瑤臺造嘉致。散鹽舞鶴實有徒，吮墨含毫不能既。深悼無人可踐言，一旦見君何卓異。』又云：『萬狀驅從物外來，終篇不涉題中意。宜乎眾目詩之豪，便合登壇推作帥。回頭且報郢中人，從此《陽春》不為貴。』祁公耆德碩望，歐公為文章宗師，祁公禮所宜厚。然前輩此風，類多有之，所可歎息者，後來無繼耳。

【注釋】

〔一〕聚星堂詠雪：《歐陽修全集》卷五十四《雪》詩題下自注：『時在潁州作。玉、月、梨、梅、練、絮、白、舞、鵝、鶴、銀等字，皆請勿用。』

〔二〕杜祁公：杜衍（九七八—一〇五七），字世昌，越州山陰（今浙江紹興）人。大中祥符元年（一〇〇八）進士。歷仕州郡，以善辨獄聞。仁宗特召為御史中丞，兼判吏部流内銓。改知審官院。慶曆三年（一〇四三）任樞密使，次年拜同平章事，為相百日而罷，出知兗州。以太子少師致仕，封祁國公，謚正獻。《宋史》卷三百一十有傳。

〔三〕作詩贈歐公云：杜衍詩題為《聚星堂詠雪贈歐公》，見《全宋詩》卷一四四。

十二

蘇子美竹軒之集，皆當時名士〔一〕。王勝之賦詩，人皆屬和〔二〕。子美詩其略云：『君與我同好，數過我不窮。對之酌綠酒，又為鳴絲桐。作詩寫此意，韻如霜間鐘。清篇與翠幹，歲久日益穠。惜哉嵇阮放，當世已不容。吾儕有雅尚，千載挹高蹤。』〔三〕後月餘，『一網打盡』之語既喧物論〔四〕，而梅聖俞為賦『覆鼎傷眾賓』之詩〔五〕，乃悟子美『當世已不容』之句，遂成詩讖，亦可怪也。

【注釋】

〔一〕蘇子美：蘇舜欽（一〇〇八—一〇四八）字子美，開封（今屬河南）人，曾任縣令、大理評事、集賢殿校理，監進奏院等職。罷職閒居蘇州。後來復起為湖州長史。有《蘇學士文集》。竹軒之集：當是眾人唱和集，已佚。竹軒集會，慶曆四年（一〇四四）由蘇舜卿發起，王勝之首賦，他人唱和。

〔二〕王勝之：王益柔（一〇一五—一〇八六），字勝之，河南（今河南洛陽）人。用蔭至殿中丞，知介丘縣。仁宗慶曆初以范仲淹薦，除集賢校理。因參與蘇舜欽進奏院宴會，黜監復州酒稅。久之，為開封府推官，出為兩

浙、京東西轉運使。神宗熙寧元年(一〇六八),入判度支審院。歷知制誥、兼直學士院,遷龍圖閣直學士、秘書監,知蔡、揚、亳州,知江寧、應天府。哲宗元祐元年(一〇八六)卒,年七十二。《東都事略》卷五十三、《宋史》卷二百八十六有傳。與司馬光、蘇軾等著名人物有深交。《全宋詩》卷四〇八錄其詩六首。所賦竹軒詩,已佚。梅堯臣有《蘇子美竹軒和王勝之》,見《梅堯臣集編年校注》卷十四,詩曰:『庭無十步廣,有竹纔百個。子時哦其間,賓友或來和。琴壺置於旁,圖籍亦在左。誰憐脩脩影,只畏寒日過。誰憐青青枝,下有暗葉墮。我期霰雪時,來聽幽聲臥。應當為設榻,勿使賞心剉。持以報主人,此興不可破。』

〔三〕子美詩:蘇舜卿該詩賴此書而傳世。《蘇舜欽集編年校注》卷三、《全宋詩》卷三一七作為佚詩收入,題作《竹軒》。

〔四〕一網打盡:據《宋史》卷四百四十二《蘇舜欽傳》,蘇舜卿支持范仲淹等人的改革,為守舊派所恨。慶曆四年(一〇四四)十一月,御史中丞王拱辰讓其屬官劾奏蘇舜欽,劾其在進奏院祭神時,用賣廢紙錢宴請賓客,十餘人被牽連,『世以為過薄,而拱辰等方自喜曰:「吾一舉網盡矣。」』物論:眾人的議論。

〔五〕覆鼎傷眾賓:《詩話總龜》前集卷三十七:『蘇子美監進奏院,因賽神召館中同舍,是時江南人李中舍因梅聖俞謁子美,且願預此會。聖俞以為言。子美曰:「食中不設蒸饅餅夾,坐上安有國舍虞臺。」李銜之,遂暴其事於言語,為劉元瑜所彈,子美坐謫。故聖俞有《客至》詩云:「有客十人至,共食一鼎珍。一客不得食,覆鼎傷眾賓。」蓋指李也。』宋魏泰撰《東軒筆錄》卷四有類似記載。今按:此詩朱東潤《梅堯臣集編年校注》卷十四題作《雜興》:『主人有十客,共食一鼎珍。一客不得食,覆鼎傷眾賓。雖云九客沮,未足一客嗔。古有弑君者,羊羹為不均。莫以天下士,而比首陽人。』

十三

晁美叔秋監以集句示劉貢父〔一〕，貢父曰：『君高明之識，輔以家世文學，乃作此等生活〔二〕，殊非我素所期也。吾嘗謂集古人句，譬如蓬蓽之士，適有重客〔三〕，既無自己庖廚，而器皿肴蔌悉假貸於人，收拾餖飣〔四〕，盡心盡力，意欲强學豪奢，而寒酸之氣終是不去，若有不速排闥而入〔五〕，則倉皇敗績矣。非如貴公子供帳不移〔六〕，水陸之珍，咄嗟而辦也〔七〕。』美叔深味其言，歸告其子曰：『吾初為戲，不知貢父愛我一至於此也。』

【注釋】

〔一〕晁美叔：晁端彦（一〇三五—一〇九五）字美叔，晁説之（字以道）之父。其先清豐（今屬河南）人，後徙彭城。仁宗嘉祐四年（一〇五九）進士。熙寧四年（一〇七一），權開封府推官。七年，以都官員外郎提點淮南東路刑獄，徙兩浙路。哲宗元祐元年（一〇八六），以司勳郎中為賀遼國正旦使，後又為江淮荆浙等路發運使。紹聖初以秘府少監黜知陝州。二年卒。著有《晁端彦文集》三十卷。朱弁《曲洧舊聞》卷三、卷五、卷六皆載有晁美叔事蹟。劉貢父：劉攽（一〇二三—一〇八九），北宋史學家，劉敞之弟。字貢父，號公非。臨江新喻（今江西新餘）人，慶曆進士，歷任曹州、兖州、亳州、蔡州知州，官至中書舍人。一生潛心史學，助司馬光纂修《資治通鑒》，著有《東漢刊誤》、《中山詩話》等。《宋史》卷三百一十九有傳。《全宋詩》卷六〇〇至六一六録其詩十七卷。

〔二〕此等生活：此指作集句詩。

〔三〕蓬蓽之士：貧寒文人。重客：貴賓。

〔四〕餖飣：多而雜的食品。

〔五〕不速：不速之客。排闥：推門。

〔六〕供帳：供宴飲之用的帷帳、用具、飲食等物。

〔七〕咄嗟而辦：一呼一諾之間，就能辦妥。《世說新語·汰侈》：『石崇為客作豆粥，咄嗟便辦。』

十四

東坡云：『詩文豈在多，一頌了伯倫。』〔一〕是伯倫他文字不見於世矣。予嘗閱《唐史·藝文志》，劉伶有文集三卷，則伯倫非無他文章也，但《酒德頌》幸而傳耳，東坡之論，豈偶然得於落筆之時乎？抑別有所聞乎？〔二〕

【注釋】

〔一〕『詩文豈在多』二句：原詩題為《崔文學甲攜文見過，蕭然有出塵之姿，問之，則孫介夫之甥也。故復用前韻，賦一篇，示志舉》，見《蘇軾詩集》卷四十五。劉伶字伯倫，竹林七賢之一，嘗著《酒德頌》。

〔二〕『東坡之論』云云：王若虛不同意朱弁此論。一者如《晉書》卷四十九《劉伶傳》所說：『未嘗厝意文翰，惟著《酒德頌》一篇。』二者『公意本謂只此一篇，足以道盡平生，傳名後世，則他文有無，亦不必論也。』見《滹南遺老集》卷三十九。

十五

唐張司業籍得裴晉公馬〔一〕，謝詩云：『乍離華廄蹄猶澀，初到貧家眼尚驚。』王介甫曰：『觀詩意，乃是一匹不善行眼生駑馬耳。我若作晉公，見此詩當須大慚也。』〔二〕或曰：籍為晉公所厚，以詩謝馬，必不敢爾。況詩人用意不以此為工，自是介甫所以期籍者淺也〔三〕。

【校記】

『乍離華廄』二句：《張籍集繫年校注》卷四《謝裴司空寄馬》作『乍離華廄移蹄澀，初到貧家舉眼驚』。

【注釋】

〔一〕張司業籍：張籍。裴晉公：裴度（七六五—八三九），字中立，河東聞喜（今山西聞喜東北）人。貞元五年（七八九）進士。憲宗元和時累遷司封員外郎、中書舍人、御史中丞。視行營中軍，還朝遇刺傷首。拜中書侍郎，同中書門下平章事。封晉國公，穆宗時數出鎮拜相。官終中書令。

〔二〕王介甫：王安石。朱弁引王安石語出處不詳。

〔三〕『自是』句：是王安石將張籍看淺了的緣故。

十六

白樂天自中書舍人出知蘇州〔一〕，劉夢得《外集》有《戲酬白舍人曹長寄詩言游宴之盛》一篇〔二〕，破題云：『蘇州刺史例能詩，西掖今來替左司。』〔三〕左司，謂韋應物也。

【注釋】

〔一〕出知蘇州：白居易於寶曆元年（八二五）出任蘇州刺史。

〔二〕劉夢得：劉禹錫。《戲酬白舍人曹長寄詩言游宴之盛》：《劉禹錫集》卷三十一題作《白舍人曹長寄新詩，有游宴之盛，因以戲酬》：『蘇州刺史例能詩，西掖今來替左司。二八城門開道路，五千兵馬引旌旗。水通山寺笙歌去，騎過虹橋劍戟隨。若共吳王鬬百草，不如應是欠西施。』

〔三〕蘇州刺史：韋應物曾於貞元四年至七年（七八八—七九一）任蘇州刺史，此前韋應物任左司郎中。西掖：中書省，白樂天此前曾任中書舍人，後出任杭州刺史和蘇州刺史。

十七

晁伯宇少與其弟沖之叔用俱從陳無己學〔一〕。無己建中靖國間到京師〔二〕，見叔用詩，曰：『子詩造此地，必須得一悟門。』叔用初不言，無己再三詰之，叔用云：『別無所得，頃因看韓退之雜文，自有入處。』無己首允之曰：『東坡言杜甫似司馬遷〔三〕，世人多不解，子可與論此矣。』

【注釋】

〔一〕晁伯宇：晁載之（一〇六六—？）字伯宇，濟州巨野（今山東巨野）人，晁補之從兄。著有《封丘集》二十卷，已佚。《全宋詩》卷一〇二九錄其詩二首。晁沖之（？—一一二六）字叔用，一字用道。著《晁具茨先生詩集》、《晁叔用詞》。《全宋詩》卷一二一六至一二三〇錄其詩十五卷。陳無己：陳師道。

〔二〕建中靖國：宋徽宗年號，僅一年，即一一〇一年。

〔三〕杜甫似司馬遷：《蘇軾文集》卷七十三《荔枝似江瑤柱說》：『昨日見畢仲遊，僕問「杜甫似何人」？仲遊云：「似司馬遷。」僕喜而不答，蓋與曩言會也。』

十八

沈造嘗言〔一〕：『湖陰有遺鞭驛，蓋識晉明帝微行視王敦營事也〔二〕。溫飛卿所賦《湖陰辭》刻石在驛中〔三〕，前後過客作詩甚多，唯一篇最佳而不著姓名，其詩云：「鷁船犀甲下荊州，蜂目將軍擁碧油〔四〕。虎帳覺來驚日墮，龍媒嘶去劇星流〔五〕。奸萌問鼎身何在〔六〕，計中遺鞭事可羞。幽草野花埋石徑，無人為作《晉陽秋》〔七〕。」』造為新鄭令〔八〕，以差車運糧事不均，力爭，罷去。已而朝廷知其愛民不屈，俾還本任。有識者稱其慈惠出於至誠，以比古循吏。造字會道，蔡之西平人，霍榜擢第〔九〕，官止於奉議郎，良可惜也。

【注釋】

〔一〕沈造：據本則末，沈造字會道，蔡州西平（今河南西平）人。《歐陽修全集》卷八十六有《賜知建昌軍沈造敕書》。

〔二〕遺鞭驛：據《晉書》卷六《元帝紀》載，東晉太寧二年（三二四）大臣王敦謀反，晉明帝『密知之』，乃便衣輕騎『至於湖』，暗察王敦營壘，被發覺追捕。為脫身，明帝將七寶馬鞭給路旁一『賣食老嫗』，曰：『後騎來，可以此示』。片刻『追者至』，見鞭珍貴，『傳玩良久』，明帝乘機遠遁。

〔三〕温飛卿：温庭筠。《湖陰辭》，又題《湖陰詞》，其序曰：『王敦舉兵至湖陰，明帝微行，視其營伍，由是樂府有《湖陰曲》，而亡其詞，因作而附之。』其詩曰：『祖龍黄鬚珊瑚鞭，鐵驄金面青連錢。虎髯拔劍欲成夢，日壓賊營如血鮮。海旗風急驚眠起，甲重光搖照湖水。蒼黄追騎塵外歸，森索妖星陣前死。五陵愁碧春萋萋，灞川玉馬空中嘶。羽書如電入青瑣，雪腕如搥催畫鞞。白虯天子金煌鋩，高臨帝座回龍章。吴波不動楚山晚，花壓欄杆春晝長。』見《温庭筠全集校注》卷一。

〔四〕蜂目將軍：指王敦。《世説新語·識鑒》：『潘陽仲見王敦小時，謂曰：「君蜂目已露，但豺聲未振耳。必能食人，亦當為人所食。」』碧油：青緑色的軍帳。

〔五〕虎帳：指將軍的營帳。龍媒：御馬廄六閑之一。《新唐書》卷五十《兵志》：『又以尚乘掌天子之御。左右六閑：一曰飛黄，二曰吉良，三曰龍媒，四曰騊駼，五曰駃騠，六曰天苑。』

〔六〕奸萌：圖謀作奸違法的人，指王敦。

〔七〕《晉陽秋》：三十二卷，東晉孫盛撰。該書記述兩晉史事，久佚。

〔八〕新鄭：今河南新鄭。

〔九〕霍榜：指霍端友一榜。霍端友（一〇六六—一一一五），字仁仲，號誠齋，常州武進（今江蘇武進）人。崇寧二年（一一〇三）狀元，歷官宣議郎、中書舍人、給事中、禮部侍郎、以顯謨閣待制知平江、陳州，為政以寬聞，官至通議大夫，著有《霍端友内制》三十卷和《霍端友外制》五卷。《宋史》卷三百五十四有傳。

十九

『山行有常程，中夜尚未安。微月没已久，崖傾路何難。大江動我前，洶若溟渤寬〔一〕。

篙師理暗楫〔二〕，歌嘯輕波瀾。霜濃木石滑，風急手足寒。入舟已千憂，陟險仍萬盤。回眺積水外，始知眾星乾〔三〕。遠遊令人疲，衰疾慚加餐。』此《水會渡》詩也〔四〕。

【校記】

歌嘯：《杜詩詳注》卷九《水會渡》作『歌笑』。

陟險：《杜詩詳注》卷九《水會渡》作『陟巘』。

令人疲：《杜詩詳注》卷九《水會渡》『令人瘦』。

【注釋】

〔一〕溟渤：溟海和渤海，泛指大海。

〔二〕篙師：船夫。理楫，划槳，操舟。

〔三〕眾星乾：眾星不在水中，故曰乾。

〔四〕《水會渡》：杜甫詩篇名，其地為嘉陵江上的渡口。

二十

東坡云：『老杜自秦州越成都，所歷輒作一詩，數千里山川在人目中，古今詩人殆無可擬者。獨唐明皇遺吳道子乘傳畫蜀道山川〔一〕，歸對大同殿，索其畫無有，曰：「在臣腹中，請匹素寫之。」半日而畢。明皇后幸蜀，皆默識其處。惟此可比耳。』〔二〕

【注釋】

〔一〕唐明皇：唐玄宗。吴道子：唐代著名畫家。乘傳：乘坐驛車。

〔二〕『東坡』云云：所引東坡語，出處不詳。多被明人轉錄。

二十一

老杜《劍閣》詩云：『惟天有設險，劍門天下壯。連山抱西南，石角皆北向。』宋子京知成都過之〔一〕，誦此詩，謂人曰：『此四句蓋劍閣實録也。』〔二〕

【校記】

劍閣：《杜詩詳注》卷九題作『劍門』。

【注釋】

〔一〕宋子京：宋祁（九九八—一〇六一），嘉祐元年（一〇五六）知成都府。

〔二〕此四句蓋劍閣實録也：此語出處失考。

二十二

『閉門覓句陳無己〔一〕，對客揮毫秦少游〔二〕。正字不知溫飽未〔三〕，春風吹淚古藤州〔四〕。』此黄魯直詩也〔五〕。魯直作此詩時〔六〕，無己作正字，尚無恙。建中靖國間，樓異試可知襄邑縣〔七〕，夢無己來相别，且云：『東坡、少游在杏園相待久矣。』〔八〕明日無己之訃至，乃

大驚異，作書與參寥言其事〔九〕。杏園，見道家書〔一〇〕，乃海上神仙所居之地也。仙龕虛室以待白樂天之說〔一一〕，豈不信然耶？

【注釋】

〔一〕陳無己：陳師道，作詩好苦吟。《苕溪漁隱叢話》前集卷五十一引《王直方詩話》：「無己作詩有『閉門十日雨，吟作饑鳶聲』之句，大為山谷所愛。」

〔二〕秦少游：秦觀，才思敏捷。

〔三〕正字：陳師道，時任秘書省正字，故稱。陳師道一生清貧，故曰『不知溫飽未』。

〔四〕古藤州：廣東藤州。當時，秦觀已病死於藤州。

〔五〕黃魯直詩：黃庭堅此詩為《病起荊江亭即事十首》其八，見《黃庭堅詩集注·山谷詩集注》卷十四。

〔六〕魯直作此詩時：該詩寫於建中靖國元年（一一〇一）初。

〔七〕建中靖國：一一〇一年。樓異試可：樓異（？—一一二三）字試可，明州奉化（今屬浙江）人，樓鑰祖父。元豐八年（一〇八五）進士。據樓鑰《攻媿集》卷七十六《跋先大父嵩岳圖》，樓異元符二年（一〇九九）任登封縣令。三年後，遷度支員外郎，以養親求知泗水。襄邑：今河南睢縣西。樓異試可知襄邑縣：不可考。

〔八〕東坡、少游：東坡已於當年（一一〇一）去世，少游於一年前去世。杏園：據下文，為道教所說的海上神仙居地。

〔九〕參寥：僧道潛。原名何曇潛，蘇軾與之交遊，將之更名為道潛。

〔一〇〕見道家書：出處不詳。

〔一一〕『仙龕虛室』句：白居易《客有說》：『近有人從海上回，海山深處見樓臺。中有仙龕虛一室，多傳此待樂天來。』

二十三

東坡知貢舉〔一〕，李豸方叔久為東坡所知〔二〕，其年到省〔三〕，諸路舉子人人欲識其面。考試官莫不欲得方叔也。坡亦自言有司以第一拔方叔耳。既拆號，十名前不見方叔，眾已失色。逮寫盡榜，無不駭歎。方叔歸陽翟〔四〕，黃魯直以詩敘其事送之〔五〕，東坡和焉〔六〕，如『平生漫說古戰場，過眼真迷日五色』之句〔七〕，其用事精切，雖老杜、白樂天集中未嘗見也。

【注釋】

〔一〕東坡知貢舉：事在元祐三年（一〇八八）。

〔二〕李豸：李廌（一〇五九—一一〇九）字方叔，為『蘇門六君子』之一，詩詞文俱工。《全宋詩》卷一一九九錄其詩四卷。

〔三〕其年到省：指參加省試。

〔四〕陽翟：今河南禹州。

〔五〕『黃魯直』句：指黃庭堅《次韻子瞻送李豸》：『驥子墮地追風日，未試千里誰能識。習之《實錄》葬皇祖，斯文如女有正色。今年持槖佐春官，遂失此人難塞責。雖然一閧有奇偶，博懸於投不在德。君看巨浸朝百川，此豈有意潢潦前。願為霧豹懷文隱，莫愛風蟬蛻骨仙。』

〔六〕東坡和焉：　此是朱弁誤記，送別李豸，蘇軾是原唱，黄庭堅作次韻詩（見上）。蘇軾詩題為《余與李廌方叔相知久矣，領貢舉事，而李不得第，愧甚，作詩送之》，見《蘇軾詩集》卷三十：『與君相從非一日，筆勢翩翩疑可識。平生謾說古戰場，過眼終迷日五色。我慚不出君大笑，行止皆天子何責。青袍白紵五千人，知子無怨亦無德。買羊酤酒謝玉川，為我醉倒春風前。歸家但草淩雲賦，我相夫子非癯仙。』

〔七〕戰場：　比喻科場。李華有《吊古戰場文》，是古文名篇。終迷日五色：　據《唐摭言校注》卷八《已落重收》，李程貞元中參試，作《日有五色賦》，其破題曰：『德動天鑒，祥開日華。』開榜後，榜上無名。楊於陵深不平，攜之見主考官，李程因此獲狀元。

二十四

參寥自餘杭謁坡於彭城〔一〕，一日燕郡寮，謂客曰：『參寥不與此集，然不可不惱也。』遣官妓馬盼盼持紙筆就求詩焉〔二〕。參寥詩立成，有『禪心已似沾泥絮，不逐春風上下狂』之句〔三〕。坡大喜曰：『吾嘗見柳絮落泥中，私謂可以入詩，偶未曾收拾，遂為此人所先。可惜也。』〔四〕

【注釋】

〔一〕彭城：　今江蘇徐州。蘇軾於熙寧十年（一〇七七）五月到達徐州，任太守，元豐二年（一〇七九）二月離任。據孔凡禮《蘇軾年譜》，參寥於元豐元年九月來訪，有《訪彭門太守蘇子瞻學士》，十二月離開。

〔二〕馬盼盼：　徐州官妓、歌女，死於元豐七年（一〇八四）。《慶湖遺老詩集校注》卷六《和彭城王生悼歌人

盼盼》詩題下注云：『盼盼馬氏，善書染。死葬南臺，即鳳凰原也。生賦詩十篇，因和其一，甲子四月望。』

〔三〕參寥詩：《參寥子集》卷三《子瞻席上令歌舞者求詩，戲以此贈》：『底事東山窈窕娘，不將幽夢屬襄王。禪心已作沾泥絮，肯逐春風上下狂。』前兩句詩《冷齋夜話》卷五作：『寄語巫山窈窕娘，好將魂夢惱襄王。』

〔四〕此則內容又見於朱弁《續骫骳說》。

二十五

坡在餘杭日〔一〕，因會客，以彩牋作墨竹贈官妓，且令索詩於參寥。參寥援筆立就，其詩曰〔二〕：『小鳳團牋已自奇，謫仙重掃歲寒枝〔三〕。梢頭餘墨猶含潤，恰似梳風洗雨時。』

【注釋】

〔一〕坡在餘杭日：蘇軾於元祐四年（一〇八九）七月至元祐六年（一〇九一）二月，任杭州太守。

〔二〕其詩：《參寥子集》無此詩。《全宋詩》卷九二二據《風月堂詩話》錄此詩，題作《題東坡墨竹贈官妓》。

〔三〕謫仙：指蘇軾。掃：描畫。

二十六

辯才大師梵學精深〔一〕，戒行圓潔，為二浙歸重〔二〕，當時無一語文章。一日，忽和參寥寄秦少游詩〔三〕，其末句云：『臺閣山林本無異，想應文墨未離禪。』東坡見之，題其後云：『辯才生來未嘗作詩，今年八十一歲矣。其落筆如風吹水，自成文理。我輩與參寥如巧人織繡

耳。』〔四〕

【注釋】

〔一〕辯才大師：《宋詩紀事》卷九十一《元淨》：『元淨字無象，於潛徐氏子。住持杭州上下二天竺，賜紫衣及辨才號，學徒踰萬人。趙閱道、蘇子瞻、秦少游皆與倡酬。退居龍井聖壽院。』

〔二〕歸重：推重。

〔三〕參寥寄秦少游詩：見《參寥子集》卷七，題作《四照閣奉陪辯才老師夜坐，懷少游學士》，詩如下：『猿鳥投林已寂然，芭蕉過雨小樓前。雲依絕壁中間破，月自遙峰缺處圓。照坐不須紅蠟炬，可人唯有蕙爐煙。校讎御府圖書客，疇昔還同此夜禪。』辨才大師和詩題作《和參寥寄秦少游》：『岩棲木食已皤然，交舊何人慰眼前。素與晝公心印合，每思秦子意珠圓。當年步月來幽谷，拄杖穿雲冒夕煙。臺閣山林本無異，故應文字未離禪。』見《全宋詩》卷三八二。蘇軾亦錄此詩，題作《次韻參寥詩》。

〔四〕題其後云：蘇軾題記見《蘇軾文集》卷六十八《書辯才次韻參寥詩》，先引出其詩，然後曰：『辯才作此詩時，年八十一矣。平生不學作詩，如風吹水，自成文理。而參寥與吾輩詩，乃如巧人織繡耳。』

二十七

陳無己與晁以道俱學文於曾子固〔一〕，子固曰：『二人所得不同，當各自成一家，然晁文必以著書名於世。』無己晚得詩法於魯直〔二〕。他日二人相與論文，以道曰：『吾曹不可負曾南豐。』又論詩，無己曰：『吾此一瓣香，須為山谷道人燒也。』

【注釋】

〔一〕陳無己：陳師道。晁以道：晁説之（一〇五九—一一二九）字以道，一字伯以，因仰慕司馬光為人，又自號景迂生，開封人，晁端彦子。元豐五年（一〇八二）進士。著述甚豐，大多散佚，現存《嵩山景迂生文集》（或稱《嵩山集》）二十卷、《晁氏客語》一卷。《全宋詩》卷一二〇七至一二一二録其詩六卷。據朱弁《曲洧舊聞》，朱弁與晁説之交往甚密，與晁説之弟晁詠之（之道）、晁沖之（叔用、用道）亦有交往。曾子固：曾鞏（一〇一九—一〇八三）字子固，世稱南豐先生，建昌軍南豐（今屬江西）人。

〔二〕魯直：黄庭堅，號山谷道人。

二十八

政和以後，花石綱寖盛〔一〕。晁伯宇有詩云〔二〕：『森森月裏栽丹桂，歷歷天邊種白榆。雖未乘槎上霄漢，會須沈網取珊瑚。』人多傳誦。伯宇名載之，少作《閔吾廬賦》〔三〕，魯直以示東坡曰：『此晁家十郎所作，年未二十也。』東坡答云：『此賦甚奇麗，信是家多異材邪！凡文至足之餘，自溢為奇怪，今晁傷奇太早。可作魯直微意論之，而勿傷其邁往之氣。』〔四〕伯宇自是文章大進。東坡之語委曲如此，可謂善成人物者也。〔五〕

【注釋】

〔一〕政和：宋徽宗年號（一一一一—一一一七）。綱：謂成幫結隊地運輸貨物。宋徽宗於東京（今河南開封）造壽山艮嶽，亦稱『萬歲山』。崇寧四年（一一〇五）置應奉局，搜刮南方奇花異石，所費巨大，民怨沸騰。當時運花石的船隊不斷往來於淮汴間，號稱『花石綱』。寖盛：逐漸興盛。

〔二〕晁伯宇：晁載之（一〇六六—？）字伯宇，濟州巨野（今山東巨野）人，晁補之從兄。所引詩歌題目不詳，《全宋詩》卷一〇二九據此收錄，題作《感時事作》。

〔三〕《閔吾廬賦》：已佚。

〔四〕東坡答云：原文見《蘇軾文集》卷五十二《答黃魯直》：『某啟。晁君騷詞，細看甚奇麗，信其家多異材耶！然有少意，欲魯直以己意微箴之。凡人文字，當務使平和，至足之餘，溢為怪奇，蓋出於不得已也。晁文奇麗似差早，然不可直云爾，非謂避諱也，恐傷其邁往之氣，當為朋友講磨之語乃宜。不知以為然否？不宣。』邁往：超越凡俗。

〔五〕本則亦見於朱弁《曲洧舊聞》卷八。

二十九

東坡文章，至黃州以後〔一〕，人莫能及，唯黃魯直詩時可以抗衡。晚年過海，則雖魯直亦瞠若乎其後矣〔二〕。或謂東坡過海，雖為不幸，乃魯直之大不幸也〔三〕。

【注釋】

〔一〕至黄州：蘇軾元豐三年（一〇八〇）貶官黄州。

〔二〕晚年過海：蘇軾紹聖四年（一〇九七）貶官儋州。瞠若乎其後：在别人後面乾瞪眼，無法趕上别人。《莊子·田子方》：『夫子奔逸絶塵，而回瞠若乎其後矣。』

〔三〕『或謂東坡』三句：此爲蘇黄優劣論而發。黄庭堅的門人或江西詩派成員，或認爲蘇軾不及黄庭堅。《文獻通考》卷二百三十六云：『元祐間蘇、黄並世，以碩學宏才，鼓行士林，引筆行墨，追古人而與之俱。……然世之論文者必宗東坡，言詩者必右山谷，其然，豈其然乎？山谷自黔州以後，句法尤高，筆勢放縱，實天下之奇作，自宋興以來，一人而已。』王十朋《梅溪集·後集》卷十四《讀東坡詩》序云：『學江西詩者謂蘇不如黄，又言韓、歐二公詩乃押韻文耳。予雖不曉詩，不敢以其説爲然。因讀坡詩，感而有作。』其詩云：『東坡文章冠天下，日月爭光薄風雅。誰分宗派故謗傷，蚍蜉撼樹不自量……莫年海上詩更高，《和陶》之詩文過陶。地辟天開含萬匯，少陵相逢亦應避。』

三十

東坡詩文，落筆輒爲人所傳誦。每一篇到歐公處，公爲終日喜。前後類如此。一日，與棐論文及坡〔一〕，公歎曰：『汝記吾言，三十年後，世上人更不道著我也。』崇寧、大觀間，海外詩盛行〔二〕，後生不復有言歐公者。是時朝廷雖嘗禁止，賞錢增至八十萬，禁愈嚴而其傳愈多，往往以多相誇。士大夫不能誦坡詩者，便自覺氣索〔三〕，而人或謂之不韻。〔四〕

【注釋】

〔一〕棐：歐陽棐（一〇四七—一一一三），字叔弼，歐陽修第三子。

〔二〕崇寧、大觀：宋徽宗年號（一一〇二—一一一〇）。海外詩：指蘇軾貶官儋州期間的詩歌。

〔三〕氣索：沮喪消沉。

〔四〕此則亦見朱弁《曲洧舊聞》卷八。

三十一

趙明誠妻，李格非女也〔一〕。善屬文，於詩尤工。晁無咎多對士大夫稱之〔二〕。如『詩情如夜鵲，三遶未能安』〔三〕，『少陵也自可憐人，更待來年試春草』之句〔四〕，頗膾炙人口。格非，山東人，元祐間作館職。

【注釋】

〔一〕趙明誠妻：指李清照。李格非：字文叔，濟南章丘人，李清照父。登熙寧九年（一〇七六）進士第。元祐元年（一〇八六）為太學錄，轉太學博士。著有詩文四十五卷，今已佚。《全宋詩》卷一七九一錄其詩九首。

〔二〕晁無咎：晁補之。

〔三〕詩情如夜鵲：為李清照佚詩殘句，《全宋詩》卷一六〇二據此收錄。曹操《短歌行》：『月明星稀，烏鵲南飛。繞樹三匝，無枝可依。』

〔四〕少陵也自可憐人：為李清照佚詩殘句，《全宋詩》卷一六〇二據此收錄。《杜詩詳注》卷六《瘦馬行》：

『誰家且養願終惠，更試明年春草長。』

三十二

參寥在詩僧中，獨無蔬筍氣〔一〕，又善議論，嘗與客評詩，客曰：『世間故實小說〔二〕，有可以入詩者，有不可以入詩者，惟東坡全不揀擇，入手便用，如街談巷說，鄙俚之言，一經坡手，似神仙點瓦礫為黃金，自有妙處。』參寥曰：『老坡牙頰間，別有一副爐鞴〔三〕，他人豈可學邪？』座客無不以為然。

【注釋】

〔一〕參寥：僧道潛。蔬筍氣：詩僧因生活環境所限，所用詩料多山、水、風、雲、花、竹、琴、僧、寺之類，故而詩風常不脫衲子習氣、蔬筍氣。

〔二〕故實：典故，過去的事件。小說：瑣屑小道之言。

〔三〕鞴：風箱。爐鞴：熔爐。

三十三

草木之葉，大者莫大於芭蕉。晁文元《詠芭蕉詩》云〔一〕：『葉外更無葉。』非獨善狀芭蕉，而對之曰：『心中別有心。』〔二〕其體物亦無遺矣。

【注釋】

〔一〕晁文元：晁迥（九五一—一〇三四），字明遠，太平興國五年（九八〇）進士。累官工部尚書，集賢院學士，景祐元年（一〇三四）卒，贈太子太保，謚文元。著述甚富，現存《昭德新編》三卷，《道院集》十五卷，《法藏碎金錄》十卷。《全宋詩》卷五五錄其詩五十六首。

〔二〕《詠芭蕉詩》：原詩已佚。晁迥《法藏碎金錄》卷四曰：『《維摩經》云：「是身如芭蕉，中無有堅。」僧肇注云：「芭蕉之草，唯葉無幹。」予詳大意，止喻人身不堅實也。今又別得新意，可喻人心亦不堅實。往年自作《芭蕉》詩，句云：「葉外應無葉，心中更有心。」蓋言草木之葉，無有長大於芭蕉葉者，故言「葉外應無葉」，而又抽心，其葉漸展，復有葉從中而出，故言「心中更有心」，芭蕉葉展重重，盡非堅實，世人心生念念，悉為虛幻。予以身心對比，豈不二理俱然？』

三十四

聖俞少時，專學韋蘇州〔一〕，世人咀嚼不入，唯歐公獨愛玩之〔二〕。然歐公之論不及者，蓋有深旨。後有知聖俞者，當自知之耳。

【注釋】

〔一〕聖俞：梅堯臣。韋蘇州：韋應物。

〔二〕『世人咀嚼』二句：《歐陽修全集》卷二《水谷夜行寄子美聖俞》曰：『梅翁事清切，石齒漱寒瀨。作詩三十年，視我猶後輩。文詞愈清新，心意雖老大。譬如妖韶女，老自有餘態。近詩尤古硬，咀嚼苦難嘬。初如食橄

欖，真味久愈在。蘇豪以氣轢，舉世徒驚駭。梅窮獨我知，古貨今難賣。』

風月堂詩話卷下

一

東坡南遷〔一〕，參寥居西湖智果院，交遊無復曩時之盛者〔二〕，嘗作《湖上十絕句》，其間一首云：『去歲春風上苑行，爛窺紅紫厭平生。如今眼底無姚魏〔三〕，浪蘂浮花懶問名。』又一首曰：『城根野水綠逶迤，颭颭輕帆掠岸過〔四〕。日暮蕙蘭無處採，渚花汀草占春多。』此詩既出，遂有反初之禍〔五〕。建中靖國間，曾子開為明其非辜〔六〕，乃始還其故服。

【校記】

湖上十絕句：《參寥子集》卷五題作『春日雜興』。

【注釋】

〔一〕東坡南遷：指蘇軾貶官惠州、儋州之事。

〔二〕『參寥』句：元祐五年（一〇九〇），蘇軾在杭州任上，參寥卜居孤山之智果院，蘇軾率賓客相送，會者十六人。後又率客參訪參寥。

〔三〕姚魏：姚黃、魏紫，兩種著名的牡丹花。

〔四〕逶迤：彎曲的水流。颭颭：飄動的樣子。

〔五〕反初：還俗。

〔六〕建中靖國：一一〇一年。曾子開：曾肇（一〇四七—一一〇七），字子開，曾鞏之弟。在朝任過禮、吏、户、刑四部侍郎和中書舍人，對朝中事敢直抒胸臆；在十四個州、府任地方官時，多有政績，為人稱頌。元符三年（一一〇〇），曾肇任中書舍人，後改任翰林院學士、龍圖閣學士。

二

范德孺崇寧之貶〔一〕，與山谷唱和甚多〔二〕。德孺有一聯云：『慣處賤貧知世態，飽閻遷謫見家風。』〔三〕議者謂此語可以識范氏之名節矣，當國者能無愧乎？

【注釋】

〔一〕范德孺：范純粹（一〇四六—一一一七）字德孺，蘇州吴縣（今江蘇蘇州）人，范仲淹第四子。《宋史》卷三一四有傳。《全宋詩》卷一〇三〇録其詩一聯，即據《風月堂詩話》。崇寧：宋徽宗年號（一一〇二—一一〇六）。崇寧之貶：據《宋史·范純粹傳》：『徽宗立，起知信州，復故職，知太原，加龍圖閣直學士，再臨延州。改知永興軍。尋以言者落職，知金州，提舉鴻慶宫。又責常州別駕，鄂州安置，錮子弟不得擅入都。』

〔二〕與山谷唱和甚多：黄庭堅崇寧元年至鄂州，次年范德孺貶至鄂州。二人唱和即在此期間。《黄庭堅詩集注·山谷詩集注》卷十九有《德孺五丈和之字詩，韻難而愈工，輒復和成，可發一笑》、《次韻德孺五丈新居病起》、《次韻德孺感興二首》、《次韻德孺五丈惠貺秋字之句》，《黄庭堅詩集注·山谷詩別集補》有《范德孺須筆哀諸

工佳者共成十枝分送》等詩。

〔三〕『慣處賤貧』二句： 原詩不存。 闇： 諳。

三

王介甫在館閣時〔一〕，僦居春明坊，與宋次道宅相鄰〔二〕，次道父祖以來藏書最多，介甫借唐人詩集，日閱之，過眼有會於心者，必手錄之。歲久殆遍。或取其本鏤行於世，謂之《百家詩選》〔三〕，既非介甫本意，而作序者曰：『公獨不選杜、李與韓退之，其意甚深。』〔四〕則又厚誣介甫而欺世人也。不知李、杜、韓退之外，如元、白、夢得、劉長卿、李義山輩，尚有二十餘家，以予觀之，介甫固不可厚誣，而世人豈可盡欺哉！ 蓋自欺耳。

【注釋】

〔一〕王介甫： 王安石。在館閣時： 王安石曾擔任群牧司判官。

〔二〕宋次道： 宋敏求（一〇一九—一〇七九）字次道，趙州平棘（今河北趙縣）人。著述甚富，現僅存《春明退朝錄》三卷、《長安志》二十卷，餘皆散佚。《全宋詩》卷五一四錄其詩六首。《宋史》卷二九一有傳。《曲洧舊聞》卷四《世畜書以宋次道為善本》曰： 『宋次道龍圖云： 「校書如掃塵，隨掃隨有。」其家藏書皆校三五徧者，世之畜書，以宋為善本。居春明坊，昭陵時，士大夫喜讀書者多居其側，以便於借置故也。當時春明宅子比他處僦直常高一倍。陳叔易常為予言此事，歎曰： 「此風豈可復見耶！」』

〔三〕《百家詩選》：《唐百家詩選》二十卷，選錄一百四家詩一千二百餘首，因王安石編李白、杜甫、韓愈詩入

《四家詩選》(不傳)，故亦不取三人詩。《唐百家詩選原序》：『余與宋次道同為三司判官時，次道出其家藏唐詩百餘編，諉余擇其精者，次道因名曰《百家詩選》，廢日力於此，良可悔也。雖然，欲知唐詩者觀此足矣。』

〔四〕今本《唐百家詩選》序中不見此語。

四

杜牧之風味極不淺〔一〕，但詩律少嚴，其屬辭比事殊不精緻〔二〕，然時有自得處，為可喜也。

【注釋】

〔一〕杜牧之：杜牧。

〔二〕屬辭比事：連綴文辭，排比事實。

五

元豐之末，盜賊蜂起〔一〕，聞司馬溫公入相〔二〕，眾皆盡散。

【注釋】

〔一〕元豐：宋神宗年號(一〇七八—一〇八五)。盜賊：指一些群體性的搶盜活動，包括農民起義。

〔二〕司馬溫公：司馬光。司馬光於元祐元年(一〇八六)拜尚書左僕射，兼門下侍郎。九月，病卒。

六

『令作對隨家雞』〔一〕，晁以道云〔二〕：『指呼市人如使兒，東坡最得此三昧。』其和人詩用韻妥帖圓成，無一字不平穩。蓋天才能驅駕，如孫、吳用兵〔三〕，雖市井烏合，亦皆為我臂指，左右前却，在我顧盼間，莫不聽順也。前後集似此類者甚多〔四〕，往往有唱首不能逮者。

【注釋】

〔一〕令作對隨家雞：蘇軾譏評集句詩之語。《蘇軾詩集》卷二十二《次韻孔毅父集古人句見贈五首》其一：『羨君戲集他人詩，指呼市人如使兒。天邊鴻鵠不易得，便令作對隨家雞。退之驚笑子美泣，問君久假何時歸。世間好句世人共，明月自滿千家墀。』作對：配對，讓家雞與鴻鵠配對。

〔二〕晁以道：晁説之。參見卷一第二十七則注〔一〕。

〔三〕孫、吳：孫臏、吳起。

〔四〕前後集：指《東坡前集》、《東坡後集》。

七

崇寧間，凡元祐子弟仕宦者，並不得至都城〔一〕。晁以道自洛中罷官回〔二〕，遣妻兒歸省廬〔三〕，獨留中牟驛累日〔四〕，以詩寄京師姻舊，其落句云：『一時雞犬皆霄漢，只有劉安不得仙。』〔五〕此語傳於時，議者美之。〔六〕

【注釋】

〔一〕崇寧：宋徽宗年號（一一〇二—一一〇六）。元祐子弟：指元祐黨人的子弟。《宋史·范純粹傳》：『徽宗立……錮子弟不得擅入都。』

〔二〕晁以道：晁說之。洛中罷官：具體不詳。崇寧三年（一一〇四），晁說之監嵩山中嶽寺，常往返洛陽省親。

〔三〕省廬：回家探親。

〔四〕中弁：今河南中弁。

〔五〕落句：律詩的尾聯。『一時雞犬』二句：用劉安一人得道、雞犬升天典。原詩已佚，《全宋詩》卷一二一二亦未輯此佚句。

〔六〕此則亦見於朱弁《曲洧舊聞》卷九，文字略有不同。

八

政和戊戌三月雪〔一〕，昭德諸晁皆賦詩〔二〕。以《晉書·五行志》著為大異〔三〕，頗艱於落筆。獨晁沖之叔用用王維雪圖事云〔四〕：『從此斷疑摩詰畫，雪中自合有芭蕉。』〔五〕人稱其工。陳文惠以使相守鄭日〔六〕，嘗有《後園》十絕句，其間一聯云：『雨網蛛絲斷，風枝鳥夢搖。』〔七〕議者謂『風枝鳥夢搖』之語極工，惜所對不稱耳。吾鄉人汪愷伯強易『雨網蛛絲斷』為『露葉螢光濕』〔八〕，工詩者往往多愛之。伯強畢榜及第〔九〕，力學不倦，仕宦所至皆有聲。

【注釋】

〔一〕政和戊戌：政和八年（一一一八）。

〔二〕昭德諸晁：晁氏世居汴京（今河南開封）昭德坊。周必大《文忠集》卷七十五《迪功郎致仕晁子與墓誌銘》：『晁氏自漢御史大夫錯以身徇國，閱千餘年，宋興而翰林文元公諱迥、參政文莊公諱宗父子，以文章德業被遇真宗、仁宗，繼掌内外制，賜第京師昭德坊。子孫蕃衍，分東西眷，散處汴、鄭、澶、濟間，皆以昭德為稱。』據《晁氏宗譜》，晁家以漢代晁錯為其遠祖，晁迪為一世祖。生於唐末天祐年間（九〇四—九〇七）的晁佺有晁迪、晁迥、晁遘三子，均居住於開封昭德坊。到晁迪之子晁宗簡時，晁迪一支移居濟州巨野，是為東眷；晁遘一支遷往濟州任城，是為西眷；晁迥子孫仍居京師昭德坊，是為中眷。

〔三〕《晉書·五行志》著為大異：《晉書》卷二十九《五行志》：『（元興）五年三月己亥，雪，深數尺。』

〔四〕王維雪圖事：指王維所繪《雪中芭蕉》圖。《夢溪筆談校證》卷十七《書畫》：『書畫之妙，當以神會，難可以形器求也。世之觀畫者，多能指摘其間形象、位置、彩色、瑕疵而已，至於奥理冥造者，罕見其人。如彦遠《畫評》言：「王維畫物，多不問四時，如畫花，往往以桃、杏、芙蓉、蓮花同畫一景。」予家所藏摩詰畫《袁安卧雪圖》，有雪中芭蕉。此乃得心應手，意到便成。故造理入神，迥得天意，此難可與俗人論也。』

〔五〕『從此』二句：不見《晁具茨先生詩集》，當是其佚作。《全宋詩》卷一二二三亦未收録。

〔六〕陳文惠：陳堯佐（九六三—一〇四四），字希元，號知餘子，閬州閬中人（今四川閬中），陳省華次子，兄陳堯叟、弟陳堯咨皆狀元。端拱元年（九八八）進士，歷官翰林學士、樞密副使、參知政事。工書法，喜歡寫特大的隸書，咸平初，任潮州通判，建韓吏部祠。景祐四年（一〇三七），拜同中書門下平章事。仁宗慶曆四年（一

〇四四）卒。贈司空兼侍中，謚文惠。《宋史》卷二八四有傳。《全宋詩》卷九七錄其詩五十首。使相：有平章政事銜，但不行使宰相的權力者。

〔七〕『雨網蛛絲斷』二句：司馬光《溫公續詩話》引出全詩：『雨網蛛絲斷，風枝鳥夢搖。詩家零落景，采石合如樵。』《全宋詩》據《溫公續詩話》收錄，惜未署題。

〔八〕汪愷伯強：汪愷（一〇七〇—一一四二）字伯強，德興（今屬江西）人。紹聖元年（一〇九四）進士，調晉陵縣主簿，歷撫州、袁州、江州知州，終知全州。詳《浮溪集》卷二十六《左朝請大夫知全州汪公墓誌銘》。詩不傳。

〔九〕畢榜：紹聖元年狀元為畢漸，見《宋史》卷三百五十五《楊畏傳》。畢漸（一〇五五？—一一二五？）字之進，潛江（今湖北潛江）人。紹聖四年（一〇九七）在襄陽峴山題名，元符二年（一〇九九）九月在潭州通判任，曾出使福建，在朝，任膳部員外郎，出知荊南府，卒於任。

九

韓師朴，元符末自大名入相〔一〕，其所引正人端士，徧滿臺閣，然不能勝一曾布〔二〕。而張天覺於政和初〔三〕，欲以一身回蔡京黨紹述之論〔四〕，難矣。未幾果罷去，自西都留守徙南陽〔五〕。道過汝州香山〔六〕，謁大悲〔七〕，題長句於寺中。其略云：『大士悲智度有情，亦要時節因緣並。也應笑我勞經營，雖多手眼難支撐。』〔八〕讀者莫不憐之。〔九〕

【注釋】

〔一〕韓師朴：韓忠彥（一〇三八—一一〇九），字師朴，安陽（今屬河南）人。韓琦長子。歷官開封府判官、

知瀛州、給事中、禮部尚書、以樞密直學士知定州、戶部尚書、尚書左丞、同知樞密院事、知院事、門下侍郎、知大名府、尚書右僕射兼中書侍郎、左僕射，遭謫，以宣奉大夫致仕。《宋史》卷三百一十二有傳。韓忠彥入相事在元符三年（一一〇〇）宋徽宗即位之後。

〔二〕曾布：（一〇三六—一一〇七），字子宣，南豐（今屬江西）人，曾鞏弟。《宋史》卷四七一有傳。宋徽宗即位後，任尚書右僕射兼中書侍郎。《宋史·韓忠彥傳》曰：『進左僕射兼門下侍郎，封儀國公。而曾布為右相，多不協。』

〔三〕張天覺：張商英（一〇四三—一一二一），字天覺，號無盡居士，蜀州新津（今屬四川）人。治平二年（一〇六五）進士。初與蔡京相善，崇寧初拜尚書右丞，轉左丞。大觀四年（一一一〇），拜尚書右僕射，變更蔡京之政。政和元年（一一一一），為臣僚所攻，罷知河南府，旋落職。《宋史》卷三五一有傳。《全宋詩》卷九三三至九三四收其詩。

〔四〕紹述之論：宋哲宗時對神宗所實行的新法的繼承。宋神宗年熙寧、元豐年間，推行新法。神宗死，哲宗嗣立，太皇太后高氏主政，盡廢新法。八年太皇太后死，哲宗親政，次年改元紹聖，任章惇執政，以紹述熙寧、元豐新政為名，盡復高太后臨朝時所廢新法。

〔五〕西都：宋代稱洛陽為西都，因為在開封之西。據《宋史·張商英傳》，政和元年（一一一一）出知河南府，河南府治在洛陽。不久落職知鄧州，再謫汝州團練副使。張商英未曾在南陽任職，疑朱弁誤記。

〔六〕汝州香山：今河南平頂山市香山寺。

〔七〕大悲：大悲寺。

〔八〕『大士悲智』四句：張商英佚作，《全宋詩》卷九三四據此收錄，未署題目。

〔九〕此則亦見於朱弁《曲洧舊聞》卷九。

十

劉伯壽〔一〕，洛陽九老中一老也〔二〕。築室嵩山下，每登高頂回，則於峻極中院援筆記歲月〔三〕。捐館之年〔四〕，題云：『予今年若干歲，登頂凡七十四次矣，精力雖疲，而心猶未足也。』王輔道學士與其孫宣義郎字元靜（忘其名）遊嵩〔五〕，至中院，作一絕句，示宣義君云：『爛紅一點出浮漚，夜坐嵩峰頂上頭。笑對僧窗談祖德，當年七十四回游。』〔六〕伯壽既結庵玉華峰下，號玉華庵主，有妾名萱草、芳草，皆秀麗而善音律，伯壽出入乘牛，吹鐵笛，二草以蘄笛和之〔七〕，聲滿山谷。出門不言所之，牛行即行，牛止即止。其止也，必命壺觴，盡醉而歸。嵩前人以為地仙云。

【注釋】

〔一〕劉伯壽：劉几（一〇〇八—一〇八八），字伯壽（唐代九老會中劉真亦字伯壽），洛陽人，以秘書監致仕。謝事二十年，築室嵩山玉華峰下，號玉華庵主。元豐五年（一〇八二），年七十五，預洛陽耆英會，賦詩詠事。《全宋詩》卷三七四錄其詩二首。事迹見《東都事略》卷三十、《宋史》卷二百六十二《劉漫叟傳》附傳。

〔二〕洛陽九老：受中唐洛陽九老會啟發而來的洛陽耆英會。由文彥博與富弼、司馬光等聚集洛陽高年者共十三人（一說十一人）置酒相樂，見《宋史·文彥博傳》。司馬光《溫國文正公文集》卷六十五《洛陽耆英會

序》：『昔白樂天在洛與高年者八人遊，時人慕之，為《九老圖》傳於世。宋興，洛中諸公繼而為之者凡再矣，皆圖形普明僧舍。普明，樂天之故第也。元豐中，文潞公留守西都，韓國富公納政在里第，自餘士大夫以老自逸於洛者，於時為多。潞公謂韓公曰：「凡所為慕於樂天者，以其志趣高逸也，奚必數與地之襲焉。」一旦悉集士大夫老而賢者於韓公之第，置酒相樂，賓主凡十有一人，既而圖形妙覺僧舍，時人謂之「洛陽耆英會」。』

〔三〕峻極中院：峻極寺。

〔四〕捐館：去世。

〔五〕王輔道：王寀（一〇七八—一一一八），字輔道，江州（今江西九江）人，王韶之子。登第，任校書郎。工詞，好談神仙事，徽宗朝，妄奏天神降於家而被棄市。符靜：當是劉幾之孫，生平不詳。

〔六〕『爛紅一點』四句：《全宋詩》卷一四〇九據此收錄，題作《遊嵩山峻極中院作》。

〔七〕蘄笛：用蘄竹製成的笛子。

十一

張天覺，庚寅年六月拜相〔一〕，唐庚子西賦《內前行》〔二〕，所紀皆當時實事，云：『內前車馬撥不開，文德殿下聽麻回〔三〕。紫微侍郎拜右相〔四〕，中使押赴文昌臺〔五〕。旄頭昨夜光照牖，是夕收芒如禿帚〔六〕。明朝化作甘雨來〔七〕，官家新得調元手〔八〕。周公禮樂未要作，致身姚宋也不惡〔九〕。我聞二公作相年，人間斗米三四錢。』蔡嶷見其詩〔一〇〕，惡之，遂中以事，貶嶺外〔一一〕。天覺相繼亦出。子西又賦《益昌道中三月梅花》詩云〔一二〕：『桃花能紅李能白，春深無處無顏色。不應尚有數枝梅，可是東君苦留客。向來開處當嚴冬，桃花未在交遊中。

即今已自丈人行，勿與少年爭春風。』此詩亦為新進所忌。

【注釋】

〔一〕張天覺：張商英，參本卷第九則注釋〔三〕。庚寅：大觀四年（一一一〇）。

〔二〕唐庚子西：唐庚（一〇七一—一一二一），字子西，眉州丹陵人。哲宗紹聖元年（一〇九四）進士，徽宗大觀中為宗子博士。經宰相張商英推薦，授提舉京畿常平。商英罷相，庚亦被貶，謫居惠州。後遇赦北歸，復官承議郎，提舉上清太平宮。後於返蜀道中病逝。有《眉山唐先生文集》、《唐子西文錄》等。

〔三〕文德殿：在北宋皇城內大慶殿西側，是皇帝主要政務活動場所。聽麻：聽皇帝宣佈詔令。唐、宋任免宰相、對外戰爭等重大事件，皆由翰林學士以麻紙書寫皇帝詔令，在朝廷宣佈，稱宣麻。

〔四〕紫微侍郎：張商英此前任中書舍人。

〔五〕中使：宮中派出的使者。文昌臺：尚書省。

〔六〕旄頭：昴星，二十八宿之一。

〔七〕『明朝』句：原詩末自注：『右相視事，明日始得雨。上喜甚，書商霖二大字賜之。』

〔八〕官家：皇帝。調元手：執掌大政，治理國家的能人。

〔九〕姚宋：盛唐名相姚崇、宋璟。

〔一〇〕蔡嶷：字文饒（一〇六七—一一二三），開封人，崇寧五年（一一〇六）因巴結蔡京而獲狀元，除秘書省正字，遷起居舍人，任中書舍人、禮部尚書等職，因依附權貴，貶單州團練副使。《宋史》卷三百五十四有傳。

〔一一〕嶺外：指惠州。

〔一二〕《益昌道中三月梅花》：《眉山唐先生文集》卷十九題作《劍州道中見桃李盛開，而梅花猶有存者，漫賦短歌》。劍州：治在今四川劍閣。益昌：在今四川廣元境內。

十二

元祐間，哲宗皇帝幸太學〔一〕，宰相呂微仲有詩四韻〔二〕，其第三聯云：『再拜新儀瞻魯聖，一篇古訓監周王。』〔三〕謂是日謁先聖，初行再拜之禮，及祭酒豐稷講《無逸》也〔四〕。然韓退之《處州孔子廟碑》云：『自天子而下，北面拜跪薦祭，進誠肅退，禮如親弟子。』則唐以來行之矣，豈本朝偶未舉此禮也邪？不然，安得謂之『新儀』哉？或云：本朝雖曾行，而止於再拜，遂著之禮典，乃從當時曲臺之請也〔五〕。

【校記】

進誠肅退：《韓昌黎文集校注》卷七《處州孔子廟碑》作『進退誠敬』。

【注釋】

〔一〕哲宗皇帝幸太學：據《宋史》卷十七《哲宗本紀》：元祐六年（一〇九一）十月，『還幸國子監，賜祭酒豐稷三品服，監學官賜帛有差』。《玉海》卷一百一十三《元祐幸大學》：『元祐六年十月十五日庚午，朝獻景靈宮，退幸國子監，詣文宣王殿，行釋奠禮。一獻再拜，幸大學。御崇化堂，召宰臣、執政官、親王，賜坐。監官侍立，學生坐東西廡。侍講吳安詩執經，祭酒豐稷講《無逸》終篇。』

〔二〕呂微仲：呂大防（一〇二七—一〇九七），字微仲，京兆府藍田（今屬陝西）人。皇祐九年（一〇四九）進

士及第，元祐元年（一〇八六）拜尚書右丞，進中書侍郎，封汲郡公。三年，拜尚書左僕射兼門下侍郎，提舉修《神宗實錄》。《宋史》卷三四〇有傳。《全宋詩》卷六二〇錄其詩六首。呂大防所賦詩題為《幸太學倡和》：『清曉金輿出建章，祠宮轉仗指虞庠。三千逢掖裾如雪，十萬勾陳錦作行。再拜新儀瞻魯聖，一篇古訓贊周王。崇儒盛世無云補，扈蹕空慚集論堂。』

〔三〕魯聖：孔子。古訓：指《尚書·無逸》。監周王：《尚書·無逸》：『周公曰：「嗚呼！嗣王！其監於茲。」』

〔四〕祭酒：國子監祭酒。豐稷：（一〇三三—一一〇八），字相之，明州鄞縣（今浙江寧波）人。嘉祐四年（一〇五九）進士，歷官穀城令、監察御史。元祐六年（一〇九一）任國子監祭酒，後任吏部侍郎、御史中丞，奏劾蔡京，轉工部尚書兼侍讀，改禮部，盡言守正，積忤貴近，出知越州，蔡京得政，貶道州別駕、台州安置，除名，徙建州卒。《宋史》卷三二一有傳。

〔五〕曲臺：太常寺的別稱，掌管宗廟禮儀。

十三

李義山題馬嵬一聯云：『此日六軍同駐馬，當時七夕笑牽牛。』〔一〕溫庭筠題蘇武廟云：『回日樓臺非甲帳，去時冠蓋是丁年。』〔二〕嘗見前輩論詩云，用事屬對如此者罕有。

【校記】

冠蓋：《溫庭筠全集校注》卷八《蘇武廟》作『冠劍』。

【注釋】

〔一〕李義山題馬嵬：李商隱《馬嵬》其二：『海外徒聞更九州，他生未卜此生休。空聞虎旅傳宵柝，無復雞人報曉籌。此日六軍同駐馬，當時七夕笑牽牛。如何四紀為天子，不及盧家有莫愁？』六軍同駐馬：指馬嵬兵變。七夕笑牽牛：指當年李楊的纏綿愛情。

〔二〕溫庭筠題蘇武廟：溫庭筠《蘇武廟》：『蘇武魂銷漢使前，古祠高樹兩茫然。雲邊雁斷胡天月，隴上羊歸塞草煙。迴日樓臺非甲帳，去時冠劍是丁年。茂陵不見封侯印，空向秋波哭逝川。』甲帳：漢武帝所造的帳幕。《北堂書鈔》卷一百三十二引《漢武帝故事》：『上以琉璃珠玉，明月夜光，雜錯天下珍寶為甲帳，次為乙帳。甲以居神，乙以自居。』蘇武始元六年（西元前八一）從匈奴回漢，漢武帝已於六年前死亡。丁年：壯年。蘇武出使時，三十一歲，正值壯年。唐朝規定二十一至五十九歲為丁。蘇武回漢時已經六十歲，不再是丁年。

十四

李義山《文帝廟》詩云：『可憐半夜虛前席，不問蒼生問鬼神。』〔一〕用事如此，可謂有功矣。本朝趙周翰亦有詩云〔二〕：『露臺枉惜千金費，卻把銅山賜幸臣。』〔三〕可與義山並驅爭先矣。

【校記】

《文帝廟》：《李商隱詩歌集解》題作《賈生》。

【注釋】

〔一〕《文帝廟》：文帝指漢文帝。李商隱《賈生》：『宣室求賢訪逐臣，賈生才調更無倫。可憐夜半虛前席，

不問蒼生問鬼神。』《史記·屈原賈生列傳》，文帝召見賈誼，『問鬼神之本。賈生因具道所以然之狀。至夜半，文帝前席』。

〔二〕趙周翰：趙師民，字周翰，青州臨淄（今山東淄博東北）人。天聖末進士及第。《宋史》卷二九四有傳。著有文集三十卷，已佚。《全宋詩》卷二六三錄其詩一首。

〔三〕露臺枉惜千金費：原詩已佚，《全宋詩》據此輯佚。《史記·孝文本紀》：『孝文帝從代來，即位二十三年，宫室苑囿狗馬服御無所增益，有不便，輒弛以利民。嘗欲作露臺，召匠計之，直百金。上曰：「百金中民十家之產，吾奉先帝宫室，常恐羞之，何以臺為！」』銅山賜幸臣：《史記·佞幸列傳》載，漢文帝寵倖鄧通，『上使善相者相通，曰「當貧餓死」。文帝曰：「能富通者，在我也，何謂貧乎？」於是賜通蜀嚴道銅山，得自鑄錢。』

十五

唐秦系和韋蘇州詩，具銜云：『東海釣客試秘書省校書郎』〔一〕。本朝陳恬叔易，隱居潁川陽翟澗上，號『澗上丈人』〔二〕。大觀間，宋喬年諷監司〔三〕，薦於朝，起為館閣，書疏間猶不去『丈人』之號，晁以道作詩譏之曰〔四〕：『東海一生垂釣客，石渠萬卷校書郎〔五〕。丈人風味今如此，鶴到揚州興更長。〔六〕』其後以道謁叔易於京師，有婢應門，嚴妝麗服，熟視之，乃故時澗上赤腳也。以道又作一絕云：『處士何人為作牙〔七〕，盡攜猿鶴到京華。可憐岩壑空惆悵，六六峰前少一家。』〔八〕王平甫閱韓退之送石洪、溫造二處士詩序云〔九〕：『退之善與處士作牙。』

【注釋】

〔一〕秦系：　字公緒（七二〇？—八〇〇？），自稱東海釣客，排行十四。會稽（今浙江紹興）人。天寶末避亂剡溪。貞元七年（七九一）徐泗節度張封建徵為從事，檢校校書郎。韋蘇州：　韋應物。和韋蘇州詩：　指其《即事奉呈郎中使君》：　『久臥雲間已息機，青衫忽著狎鷗飛。詩興到來無一事，郡中今有謝玄暉。』《韋應物集校注》卷五《答秦十四校書》詩後附錄此詩，原署『東海釣客試秘書省校書郎秦系』。

〔二〕陳恬叔易：　陳恬（一〇五八—一一三一），字叔易，號存誠子，又號澗上丈人，閬中（今屬四川）人。不事科舉，躬耕於陽翟（今河南禹州）。又與晁以道同隱居於嵩山。大觀中，召赴闕下，除校書郎，致仕還山。建炎三年（一一二九），再召為主管嵩山崇福宮。著有《澗上丈人詩》二十卷，已佚。《全宋詩》卷一一九九錄其詩七首。

〔三〕大觀：　宋徽宗年號（一一〇七—一一一〇）。宋喬年（一〇四七—一一一三），字仙民，宋庠之孫，曾任開封尹，知河南府、知陳州。《宋史》卷三百五十六有傳。諷：　勸告。監司：　有監察州縣之權的地方長官簡稱。宋轉運使、轉運副使、轉運判官與提點刑獄、提舉常平皆有監察轄區官吏之責，統稱監司。

〔四〕晁以道：　晁説之。

〔五〕石渠：　漢代皇家圖書館。

〔六〕鶴到揚州：　殷芸《小説》卷六：　『有客相從，各言所志，或願為揚州刺史，或願多貲財，或願騎鶴上昇。其一人曰：　「腰纏十萬貫，騎鶴上揚州。」欲兼三者。』

〔七〕牙：　介紹人。

〔八〕六六峰前少一家：　《全宋詩》卷一二一二據此收錄，題作《聞叔易隱居被召》。

〔九〕王平甫：　王安國（一〇二八—一〇七四），字平甫，臨川（今江西撫州）人，王安石弟。《宋史》卷三百二

十七有傳。所做詩文大多已佚，今僅存《王校理集》一卷，收入《兩宋名賢小集》。《全宋詩》卷六三一錄其詩一卷。
送石洪、溫造二處士詩序：指韓愈《送石處士序》、《送溫處士赴河陽軍序》。

十六

館職劉彥祖《寄友人詩》〔一〕，一聯云：『別後頻芳草，愁邊更落花。』〔二〕予舉示晁以道，云：『此語酷似劉夢得，殊可喜也。』〔三〕唐張繼《宿平望》詩云：『姑蘇城外寒山寺，半夜鐘聲到客船。』〔四〕永叔云：『句誠佳，其奈夜半非撞鐘時。』〔五〕予覽《南史》載，齊宗室讀書，常以中宵鐘鳴時為限〔六〕。前代自有半夜鐘，豈永叔偶忘之也？江浙間至今有之〔七〕。

【注釋】

〔一〕劉彥祖：失考。徽宗宣和年間以朝請大夫知撫州。

〔二〕別後頻芳草：《全宋詩》卷一八〇三據此收錄。

〔三〕劉夢得：劉禹錫。

〔四〕平望：鎮名，在江蘇吳江縣南。張繼此詩題作《楓橋夜泊》。

〔五〕永叔：歐陽修。《歐陽修全集》卷一百二十八《詩話》：『詩人貪求好句，而理有不通，亦語病也……唐人有云：「姑蘇臺下寒山寺，夜半鐘聲到客船。」說者亦云，句則佳矣，其如三更不是打鐘時。』

〔六〕『常以中宵』句：《南史》卷七十二《丘仲孚傳》：『仲孚字公信，靈鞠從孫也。少好學，讀書常以中宵鐘鳴為限。』

〔七〕江浙間至今有之：葉夢得《石林詩話》卷中：『「姑蘇城外寒山寺，夜半鐘聲到客船。」此唐張繼題城西楓橋寺詩也。歐陽文忠公嘗病其夜半非打鐘時，蓋公未嘗至吳中。今吳中山寺，實以夜半打鐘。』

十七

蘇黄門評參寥詩，云：『酷似唐儲光羲。』〔一〕參寥曰：『某平生未嘗聞光羲名，況其詩乎？』或曰：『公暗合孫、吳，有何不可？』

【注釋】

〔一〕蘇黄門：指蘇轍。蘇轍曾任門下侍郎，故名。蘇轍語出處不詳。朱弁《續骫骳說》：『蘇黄門每稱曰：「此釋子詩，無一點蔬筍氣，其體制絕似儲光羲，非近世詩僧所能比也。」』

十八

《劉夢得嘉話》云〔一〕：『九日作詩欲用餻字韻，苦無故實。』〔二〕予觀《隋·五行志》載謡言曰：『八月刈禾傷早，九月食餻正好。』〔三〕則不為無故實矣，豈夢得偶未見之耶？

【注釋】

〔一〕《劉夢得嘉話》：韋絢編《劉賓客嘉話録》，多記劉禹錫的談話。因劉禹錫任過太子賓客，故稱劉賓客。

〔二〕九日作詩欲用餻字韻：《劉賓客嘉話録》：『為詩用僻字，須有來處。……緣明日是重陽，欲押一「餻」

字，尋思六經，竟未見有「餂」字，不敢為之。』

〔三〕謠言：童謠。《隋書》卷二十二《五行志》：武平二年，『又有童謠曰：「七月刈禾傷早，九月喫餂正好。十月洗蕩飯甕，十一月出卻趙老。」』

十九

曹暌字彥達〔一〕，慈聖光獻太皇太后之再世孫也〔二〕。氣直不苟合，善屬文，為曾子開所知〔三〕。張芸叟嘗與其父侍讀使北〔四〕，暌後見芸叟於長安，芸叟贈詩云：『故人有子早遺孤，三十陞朝短丈夫。但取聲名似祖德，不曾辛苦謁當塗。』〔五〕其為名流所器重如此。

【注釋】

〔一〕曹暌字彥達：生平不詳。

〔二〕慈聖光獻太皇太后：宋仁宗趙禎的第二位皇后曹氏（一〇一六—一〇七九），真定（今河北正定）人，祖父為北宋名將曹彬，父親為曹玘。明道二年（一〇三三）入宮，次年冊為皇后。

〔三〕曾子開：曾肇（一〇四七—一一〇七），字子開，曾鞏之弟。

〔四〕張芸叟：張舜民（約一〇三四—一一〇〇），字芸叟，自號浮休居士，邠州（今陝西彬縣）人。英宗治平二年（一〇六五）進士，官至右諫議大夫，後多次遭貶，以集賢殿修撰致仕。《宋史》卷三四七有傳。著有《浮休全集》，已佚。僅存《畫墁集》及《畫墁錄》。《全宋詩》卷八三三至卷八三八錄其詩六卷。張舜民於紹興元年（一〇九四）以秘書少監使遼。其父侍讀：曹暌父，其人不詳。

〔五〕『故人有子』四句：此詩為張舜民佚作，《全宋詩》未收。

二十

太學生雖以治經答義為能，其間甚有可與言詩者。一日，同舍生誦介甫《明妃曲》，至『漢恩自淺胡自深，人生樂在相知心。』〔一〕『君不見咫尺長門閉阿嬌，人生失意無南北。』〔二〕詠其語稱工。有木抱一者〔三〕，艴然不悅曰〔四〕：『詩可以興，可以怨。雖以諷刺為主，然不失其正者，乃可貴也。若如此詩用意，則李陵偷生異域，不為犯名教，漢武誅其家為濫刑矣。當介甫賦詩時，溫國文正公見而惡之，為別賦二篇〔五〕，其詞嚴，其義正，蓋矯其失也，諸君曷不取而讀之乎？』衆雖心服其論，而莫敢有和之者。

【注釋】

〔一〕『漢恩』二句：見《王荆公詩注補箋》卷六《明妃曲二首》之二。

〔二〕『君不見』三句：見《王荆公詩注補箋》卷六《明妃曲二首》之一。

〔三〕木抱一：其人不詳。

〔四〕艴然不悅：非常生氣。

〔五〕溫國文正公：指司馬光。為別賦二篇：司馬光有《和王介甫明妃曲》一首。二篇當是朱弁誤記。詩如下：『胡雛上馬唱胡歌，錦車已駕白橐駝。明妃揮淚辭漢主，漢主傷心知奈何。宮門銅環雙獸面，回首何時復來見。自嗟不若住巫山，布袖蒿簪嫁鄉縣。萬里寒沙草木稀，居延塞外使人歸。舊來相識更無物，只有雲邊秋雁

飛。愁坐泠泠調四絃，曲終掩面向胡天。侍兒不解漢家語，指下哀聲猶可傳。傳遍胡人到中土，萬一他年流樂府。妾身生死知不歸，妾意終期寤人主。目前美醜良易知，咫尺掖庭猶可欺。君不見白頭蕭太傅，被讒仰藥更無疑。』見《溫國文正公文集》卷三。

二十一

崇寧中，羅竦叔恭嘗為予言〔一〕，頃赴太學秋試時，自廣陵取道隋堤，見官驛中木槿花，過客題詩甚多，其間一絕句云：『朝炊不及黔，暮車不生角〔二〕。故應庭下花，無人見開落。』人亦有題字於其側而賞歎之者，但恨不見賦詩者姓名耳。竦與兄靖仲謀俱登科〔三〕，亦有能詩聲。

【校記】

仲謀：《宋元學案》卷二十七作『仲恭』，疑是。

【注釋】

〔一〕崇寧：宋徽宗年號（一一〇二—一一〇六）。羅竦叔恭：據《宋元學案》卷二十七，羅靖之弟竦，字叔恭，開封人，徙居江都（今江蘇揚州）。南渡初，兄弟二人講學婺源，與東萊呂和問、呂廣問並稱婺源四先生。

〔二〕『朝炊』二句：《淮南鴻烈集解》卷十九《修務訓》：『孔子無黔突，墨子無暖席。』陸龜蒙《甫里集》卷七《古意》：『君心莫淡薄，妾意正棲托。願得雙車輪，一夜生四角。』車輪生出四角，使友人無法遠行。

〔三〕兄靖：羅靖，字仲恭，嘗官教授，與周紫芝多有唱和。

二十二

杜牧之《九日齊山登高》詩，落句云：『牛山何必淚沾衣。』〔一〕蓋用齊景公游於牛山，臨其國流涕事〔二〕。泛言古今共盡，登臨之際，不必感歎耳，非九日故實也。後人因此乃於詩或詞，遂以『牛山』作九日事用之，亦猶牧之用顏延年『一麾出守』為『旌麾』之麾〔三〕，皆失於不精審之故也。

【校記】

淚沾衣：《杜牧集繫年校注》卷三作『獨霑衣』。

【注釋】

〔一〕落句：最後一句。杜牧《九日齊山登高》：『江涵秋影雁初飛，與客攜壺上翠微。塵世難逢開口笑，菊花須插滿頭歸。但將酩酊酬佳節，不用登臨歎落暉。古往今來只如此，牛山何必獨霑衣。』

〔二〕齊景公游於牛山：《晏子春秋集釋》卷一：『景公游於牛山，北臨其國城，而流涕曰：「若何滂滂去此而死乎！」艾孔、梁丘據皆從而泣。晏子獨笑於旁，公刷涕而顧晏子曰：「寡人今日游悲，孔與據皆從寡人而涕泣，子之獨笑，何也？」晏子對曰：「使賢者常守之，則太公、桓公將常守之矣；使勇者常守之，則莊公、靈公將常守之矣。數君者將守之，則吾君安得此位而立焉？以其迭處之，迭去之，至於君也，而獨為之流涕，是不仁也。不仁之君見一，諂諛之臣見二，此臣之所以獨竊笑也。」』

〔三〕一麾出守：顏延年《五君詠·阮始平》：『屢薦不入官，一麾用出守。』杜牧《將赴吳興登樂游原一

絕》：『清時有味是無能，閑愛孤雲靜愛僧。欲把一麾江海去，樂游原上望昭陵。』《夢溪筆談校證》卷四：『今人守郡謂之「建麾」，蓋用顏延年詩「一麾乃出守」，此誤也。延年謂一麾者，乃「指麾」之麾，如武王「右秉白旄以麾」之「麾」，非「旌麾」之「麾」也。延年《阮始平》詩云「屢薦不入官，一麾乃出守」者，謂山濤薦咸為吏部郎，三上，武帝不用，後為荀勖一擠，遂出始平，故有此句。延年被擯，以此自託耳。自杜牧為《登樂游原》詩云「擬把一麾江海去，樂游原上望昭陵」，始謬用「一麾」，自此遂為故事。』

二十三

王立之、夏均父俱以宗女夫入仕〔一〕。立之讀書喜賓客，黄魯直、諸晁皆與之善，著《歸叟詩話》行於世。均父名倪，饒財亦好學。立之晚年中風，以左手作字，均父寄詩云：『猶喜平生蟹螯手，尚能半幅寫行書。』〔二〕晁以道見其詩，遂與之往還。立之名直方，為人正，稱其名，然罕有知者。

【注釋】

〔一〕王立之：王直方（一〇六九—一一〇九），字立之，號歸叟，汴京人。娶宗室女，以假承奉郎監懷州酒稅，易冀州糴米，僅數月，辭官歸。著有《歸叟詩話》六卷、《歸叟集》一卷，已佚。郭紹虞《宋詩話輯軼》共輯錄其詩話三百〇六則。《全宋詩》卷一三五錄其詩五首。夏均父：夏倪（？—一一二七），字均父，蘄州蘄春（今屬湖北）人。與黄庭堅、饒節、汪革、惠洪、呂本中等友善，入江西詩派。著有《遠遊堂集》二卷，已佚。《全宋詩》卷一三一八錄其詩十九首。

〔二〕『猶喜』二句：原詩已佚，《全宋詩》卷一三一八據此輯佚。蟹螯手：《世說新語校箋》卷下《任誕》：『畢茂世云：「一手持蟹螯，一手持酒杯，拍浮酒池中，便足了一生。」』

二十四

朱行中知廣州〔一〕，東坡自海南歸，留廣甚久，其唱和詩亦多。坡還嶺北，聞行中到廣，士大夫頗以廉潔少之〔二〕。至毗陵〔三〕，夢中得詩一首〔四〕，寄行中云：『舜不作六器，誰能貴璵璠〔五〕。哀哉楚狂士，抱璞號空山。〔六〕』其末章云：『何如鄭子産，有禮國自閑。』『至今不貪寶，凜然照塵寰。』紙尾又題云：『夢中得此詩，自不曉其意，今寫以奉寄，夢中分明用此色紙也。』或言東坡絶筆於此詩〔七〕。其愛行中也甚矣，不欲正言其事，聊假夢以諷之耳。其後行中果以此免，坡真知言哉！

【校記】

誰能：《蘇軾詩集》卷四十五《夢中作寄朱行中》作『誰知』。

【注釋】

〔一〕朱行中：朱服（一〇四八—？），字行中，湖州烏程（今浙江吳興）人。熙寧六年（一〇七三）進士。徽宗即位後曾知廬、廣二州。黜知泉州，再貶蘄州安置，改興國軍，卒。著有文集十三卷，已佚。《宋史》卷三四七有傳。《全宋詩》卷一〇四三錄其詩十三首。

〔二〕少之：看不起他，意謂朱行中不夠廉潔。

〔三〕毗陵：今江蘇常州。

〔四〕詩一首：指蘇軾《夢中作寄朱行中》：『舜不作六器，誰知貴璵璠。哀哉楚狂士，抱璞號空山。相如起睨柱，頭璧與俱還。何如鄭子產，有禮國自閑。雖微韓宣子，鄙夫亦辭環。至今不貪寶，凜然照塵寰。』注曰：『舊傳先生本序云：前一日夢作此詩寄朱行中，覺而記之，自不曉所謂，漫寫去，夢中分明用此色紙也。』

〔五〕六器：古人在祭祀、朝會、交聘等禮儀場合使用的玉器。《周禮·春秋·大宗伯》載：『以玉作六器，禮天地四方。以蒼璧禮天，以黄琮禮地，以青圭禮東方，以赤璋禮南方，以白琥禮西方，以玄璜禮北方。』璵璠：美玉。

〔六〕楚狂士：楚人卞和。因獻璞玉於厲王、武王，被刖足，『乃奉玉璞而哭於楚山中』。詳《韓非子·和氏》。

〔七〕『或言』句：《詩話總龜》前集卷三十六引《王直方詩話》：『東坡將亡前數日，夢中作一詩寄朱行中云……覺而記之，自不曉所謂。東坡絶筆也。』

二十五

李義山擬老杜詩云：『歲月行如此，江湖坐渺然。』直是老杜語也。其他句『蒼梧應露下，白閣自雲深』〔一〕『天意憐幽草，人間重晚晴』之類〔二〕，置杜集中亦無愧矣。然未似老杜沉涵汪洋筆力有餘也。義山亦自覺，故别立門戶成一家。後人挹其餘波，號『西崑體』。句律太嚴，無自然態度。黄魯直深悟此理，乃獨用崑體工夫，而造老杜渾成之地〔三〕。今之詩人少有及此者，禪家所謂更高一著也。

【校記】

『歲月』二句：《李商隱詩歌集解》未編年詩《河清與趙氏昆季讌集得擬杜工部》作『客鬢行如此，滄波坐渺然』。

【注釋】

〔一〕『蒼梧』二句：見《李商隱詩歌集解》編年詩《念遠》。

〔二〕『天意』二句：見《李商隱詩歌集解》編年詩《晚晴》。

〔三〕崑體：指李商隱詩歌。對朱弁此說，後人有不同意見。王若虛《滹南遺老集》卷四十：『朱少章論江西詩律，以為用崑體功夫，而造老杜渾全之地。予謂用崑體功夫，必不能造老杜之渾全，而至老杜之地者，亦無事乎崑體功夫，蓋二者不能相兼耳。』

二十六

鄭谷都官，在唐號耽句者〔一〕，嘗有詩云：『衰遲自喜添詩學，時取前題改數聯』是也〔二〕。然氣格不高，初以《鷓鴣》詩得名〔三〕，人謂之鄭鷓鴣。近世士人有贈一貴官詩云：『賦令處士慚鸚鵡，詩遣都官讓鷓鴣。』〔四〕世亦多誦之，而莫有能道其姓名者。

【校記】

時取：《全唐詩》卷六百七十六《中年》作『更把』。

【注釋】

〔一〕鄭谷：字守愚，宜春（今屬江西）人。光啟進士，官都官郎中，人稱鄭都官。耽句：喜歡琢磨詩句。

〔二〕『衰遲』二句：見《全唐詩》卷六百七十六《中年》。

〔三〕《鷓鴣》：見《全唐詩》卷六百七十五：『暖戲煙蕪錦翼齊，品流應得近山雞。雨昏青草湖邊過，花落黃陵廟裏啼。遊子乍聞征袖濕，佳人才唱翠眉低。相呼相應湘江闊，苦竹叢深春日西。』題下注曰：『谷以此詩得名，時號為鄭鷓鴣。』

〔四〕『賦令處士』二句：作者不詳。《文選》卷十三禰衡《鸚鵡賦序》曰：『時黃祖太子射，賓客大會。有獻鸚鵡者，舉酒於衡前曰：「禰處士，今日無用娛賓，竊以此鳥自遠而至，明彗聰善，羽族之可貴，願先生為之賦，使四座咸共榮觀，不亦可乎？」衡因為賦，筆不停綴，文不加點。』

二十七

東坡言：『玉川子《月蝕詩》云〔一〕：「歲星主福德〔二〕，官爵奉董秦〔三〕。忍使黔婁生，覆尸無衣巾。」〔四〕詳味此句，則董秦當時無功而享厚祿者。董秦，李忠臣也。天寶末，驍勇屢立戰功，雖粗暴，亦頗知忠義。代宗時，吐蕃犯闕，徵兵，忠臣即日赴難。或勸擇日，忠臣怒曰：「君父在難，乃擇日邪！」後卒汙朱泚偽命而誅〔五〕。考其終始非無功而享厚祿者，不知玉川子何以有此句？』〔六〕

【注釋】

〔一〕玉川子：盧仝（七七五？—八三五）自號，范陽（今河北涿州）人。《月蝕詩》為其名作，見《全唐詩》卷三百八十七。

〔二〕歲星：木星。星占家認為歲星是人主之象，司春，主五穀，又主道德。

〔三〕董秦：《舊唐書》卷一四五：『李忠臣，本姓董，名秦，平盧人也。世家於幽州薊縣。』本為史思明部下，後降，肅宗以其戰功賜名李忠臣，代宗時官至同中書門下平章事，封西平郡王，後隨朱泚反，伏誅。

〔四〕黔婁：戰國時齊國隱士，家貧，死時衣不蔽體。

〔五〕朱泚：幽州昌平（今北京昌平南）人，建中四年（七八三），自立為帝，後為部將所殺。

〔六〕蘇軾此語見《仇池筆記》卷下《論董秦》，字句略有不同。對蘇軾之說，後人有所討論。《容齋隨筆·容齋續筆》卷十四《玉川月蝕詩》：『近世有嚴有翼者，著《藝苑雌黄》，謂：「坡之言非也，秦守節不終，受泚偽官，為賊居守，何功之足云？詩譏刺當時，故言及此。坡乃謂非無功而食祿，謬矣！」有翼之論，一何輕發至詆坡公為非為謬哉！予案，是時秦之死，二十七年矣，何為而追刺之？使仝欲譏逆党，則應首及祿山與泚矣。竊意元和之世，吐突承璀用事，仝以為嬖倖擅位，故用董賢、秦宫輩喻之，本無預李忠臣事也。』

二十八

東坡《中秋》詩云〔一〕：『暮雲收盡溢清寒，銀漢無聲轉玉盤。此生此夜不長好，明月明年何處看。』紹聖元年自錄此詩，仍題其後云〔二〕：『予十八年前中秋夜，與子由觀月彭城時作此詩，以《陽關》歌之。今後遇此夜宿於贛上，方南遷嶺表〔三〕，獨歌此曲。聊復書之，以識

一時之事，殊未覺有今日之悲，但懸知為它日之喜也。』

【校記】

中秋：《蘇軾詩集》卷十五題作『中秋月』。

今日之悲：《蘇軾文集》卷六十八《書彭城觀月詩》作『今夕之悲』，當是。

【注釋】

〔一〕《中秋》詩：為《陽關詞》三首之三，作於熙寧十年（一〇七七）。蘇軾時知徐州。

〔二〕紹聖元年：一〇九四年。仍題其後：見《蘇軾文集》卷六十八《書彭城觀月詩》。

〔三〕南遷嶺表：紹聖元年，蘇軾貶官惠州，途經贛地。

二十九

晁察院季一，名貫之〔一〕，清修善吐論。客言東坡嘗自詠《海棠》詩〔二〕，至『雨中有淚亦悽愴，月下無人更清淑』之句，謂人曰：『此兩句乃吾向造化窟中奪將來也。』客曰：『坡此語蓋戲客耳，世豈有奪造化之句？』季一曰：『韓退之云：「語妙斡元造。」〔三〕如老杜「落絮游絲白日靜，鳴鳩乳燕青春深」〔四〕，雖當隆冬沍寒時誦之〔五〕，便覺融怡之氣生於衣裾，而韶光美景宛然在目，動盪人思，豈不是斡元造而奪造化乎？』

【校記】

語妙斡元造：《韓昌黎詩繫年集釋》卷五《城南聯句》作『大句斡玄造』。

落絮：《杜詩詳注》卷六《題省中院壁》作『落花』。

【注釋】

〔一〕晁察院：晁貫之，字季一，與晁説之為兄弟輩，曾任檢討官，其他不詳，著有《墨經》一卷，現存。呂本中《東萊呂紫微師友雜誌》亦云：『叔用從兄貫之季一、謂之季此，皆能文博學。』

〔二〕《海棠》詩：《蘇軾詩集》卷二十題為《寓居定惠院之東，雜花滿山，有海棠一株，土人不知貴也》。

〔三〕元造：造化，上天。

〔四〕『落絮』二句：見《杜詩詳注》卷六《題省中院壁》。

〔五〕冱寒：寒氣凝結。謂極為寒冷。

三十

賈伋為予言〔一〕：『文潞公出鎮長安日〔二〕，吾祖文元公知許昌〔三〕，游公曲水園〔四〕，留詩云：「夭桃穠李豔芳辰，丞相園林瀵水濱〔五〕。虎節麟符抛不得〔六〕，卻將佳景付游人。」公得詩甚喜，乃作書並封園券與文元，曰：「可便作園中主人也。」』〔七〕伋字仲思，文元五世孫也。

【注釋】

〔一〕賈伋： 除本則末介紹外，其他不詳。

〔二〕文潞公： 指文彦博（一〇〇六—一〇九七），字寬夫，封潞國公。文彦博皇祐四年（一〇五二）知許州，至和二年（一〇五五）拜相，嘉祐三年（一〇五八）罷相。

〔三〕文元公： 指賈昌朝（九九八—一〇六五），字開明，真定獲鹿（今河北獲鹿）人。真宗朝賜同進士出身。慶曆中同中書門下平章事，封魏國公，謚文元，卒年六十八。善文，工書。《宋史》卷二八五有傳。

〔四〕曲水園： 在許昌，本為文彦博所有。

〔五〕潩水： 河流名，流經許昌。

〔六〕虎節麟符： 虎形和麟形的符節，借指朝廷任命的官職。

〔七〕可便作園中主人： 葉夢得《石林詩話》卷上：『賈文元曲水園在許昌城北，有大竹三十餘畝，潩河貫其中，以入西湖，最為佳處。初為本州民所有，文潞公為守，買得之。潞公自許移鎮北門，而文元為代。一日，挈家往遊，題詩壁間云：「畫船載酒及芳辰，丞相園林潩水濱。虎節麟符抛不得，卻將清景付閒人。」遂走使持詩寄北門，潞公得之大喜，即以地券歸賈氏，文元亦不辭而受。然文元居京師後，亦不復再至，園今荒廢，竹亦殘毀過半矣。』

三十一

鄭廣文，唐諸儒多稱其善著書，而不及其詩〔一〕。杜甫《八哀詩》云：『昔獻書畫圖，新詩亦俱往。滄洲動玉陛，宫鶴誤一響。三絶自御題，四方尤所仰。』〔二〕則與史官所載亦略相似，是能畫之外所能亦不少。然甫於虔詩，則其相推服之語，不及許十四、高三十五、元道州輩遠

甚〔三〕，豈其詩之工比其畫不為愧也邪？不然甫於虔情分如彼，論其詩不應如此略也。

【校記】

宮鶴：《杜詩詳注》卷十六作『寡鶴』。

【注釋】

〔一〕鄭廣文：鄭虔（？—七六四？）字若齊，一作弱齊，原籍河南滎陽。學識淵博，工詩，善畫，擅書法，唐玄宗稱之『鄭虔三絕』。天寶九載（七五〇）授廣文館博士，人稱『鄭廣文』。與杜甫、蘇源明友善，杜甫《八哀詩》中頌其才學之高與聲名之盛。著述甚多，已佚。《全唐詩》存詩一首。傳見《新唐書》卷二百〇二。

〔二〕『昔獻』六句：《八哀詩》中一首，題作《故著作郎貶台州司戶滎陽鄭公虔》，見《杜詩詳注》卷十六。

〔三〕許十四：杜詩中無許十四其人，疑為許十一之誤。許十一，許損又作許十、許生、許主簿、許簿公。杜甫有《與任城許主簿游南池》、《對雨書懷走邀許主簿》、《夜聽許十一誦詩愛而有作》。高三十五：高適，排行三十五。元道州：元結，曾任道州刺史。

三十二

僧惠崇善畫〔一〕，人多寶其畫，而不知其能詩。宋子京以書託梵才大師編集其詩〔二〕，則當有可傳者，而人或未之見，恐雖編集而未大行於世耳〔三〕。

【注釋】

〔一〕惠崇：北宋僧人（九六五—一〇一七），福建建陽人，擅詩畫。詩歌專精五律，多寫自然小景，忌用典，尚白描；繪畫「工畫鵝雁鷺鷥，尤工小景，善為寒汀遠渚、瀟灑虛曠之象」。（《圖畫聞見志》）

〔二〕宋子京：宋祁（九九八—一〇六一），字子京，安州安陸（今湖北安陸）人，官翰林學士、史館修撰。與歐陽修等合修《新唐書》，書成，進工部尚書，拜翰林學士承旨。梵才大師：即長吉，天台山高僧，與宋氏兄弟、林逋等人交往，作有《柏臺硯》等詩。胡宿有《臨海梵才大師真贊》。

〔三〕「恐雖」句：《直齋書錄解題》卷二十著錄《惠崇集》十卷，《宋史》卷二百〇八著錄《僧惠崇詩》三卷。

三十三

晁季一檢討嘗為予言〔一〕：「《歸田錄》所記聖俞賦河豚云〔二〕：『春洲生荻芽，春岸飛楊花。河豚於此時，貴不數魚蝦。』〔三〕則是食河豚時，正在二月。而吾妻家毗陵〔四〕，人爭新相問遺〔五〕，會賓客，惟恐後，時價雖高，無吝色，多在臘月，過上元則不復貴重〔六〕。所食時節，與歐公稱賞聖俞絶不相同。豈聖俞賦詩之地與毗陵異邪？」風氣所產，隨地有早晚，亦未可一概論也，故為記之。

【校記】

於此時：《梅堯臣集编年校注》卷八《范饒州坐中客語食河豚魚》作「當是時」。

【注釋】

〔一〕晁季一：見本卷第二十九則注釋〔一〕。

〔二〕《歸田録》：歐陽修晚年辭官閒居潁州時所作的筆記，二卷，多記朝廷舊事和士大夫瑣事。聖俞賦河豚：指梅堯臣《范饒州坐中客語食河豚魚》。

〔三〕『春洲生荻芽』四句：見於《歐陽修全集》卷一百二十八《詩話》：『梅聖俞常於范希文席上賦《河豚魚》詩云：「春洲生荻芽，春岸飛楊花。河豚當是時，貴不數魚蝦。」河豚常出於春暮，群游水上，食絮而肥。南人多與荻芽為羹，云最美。故知詩者謂祇破題兩句，已道盡河豚好處。聖俞平生苦於吟詠，以閑遠古淡為意，故其構思極艱。此詩作於尊俎之間，筆力雄贍，頃刻而成，遂為絕唱。』

〔四〕毘陵：今江蘇常州。

〔五〕問遺：慰問饋贈。

〔六〕上元：元宵節。

三十四

有論詩者曰：『老杜以稷、契自許〔一〕，而有志於斯人者，故於《茅屋為秋風所破歌》其詞云：「安得廣廈數千間，大庇天下寒士俱歡顏。」又云：「嗚呼眼前何如突兀見此屋，吾廬獨破受凍死亦足。」意在是也。』予曰：『孟子論士「窮則獨善其身，達則兼善天下」。』〔二〕又言：『得志事雖不兩立，而窮能不忘兼善，不得志而能不忘澤民，乃仁人君子之用心也。白樂天《新製布裘》詩云：「安得萬里裘，溫暖被四垠。」〔三〕亦其例也。然韓退之作《謝鄭羣簟》詩，

則曰：「側身甘寢百疾愈，卻願天日長炎曦。」〔四〕其意與子美、樂天絕不相似，然退之豈是無意於斯人者，但於援毫之際，偶輸二老一著耳。』客大笑曰：『退之文章，不喜蹈襲前人，其用意豈出於此邪？抑為人木强，於吟詠猶然，果如歐、梅所論也？〔五〕』

【校記】

數千間：杜甫《茅屋為秋風所破歌》作『千萬間』。

溫暖被四垠：《白居易集箋校》卷一《新製布裘》作『蓋裹周四垠』。

謝鄭群簟：《韓昌黎詩繫年集釋》卷四題作『鄭羣贈簟』。

側身：《韓昌黎詩繫年集釋》卷四《鄭羣贈簟》作『倒身』。

【注釋】

〔一〕以稷、契自許：杜甫《自京赴奉先縣詠懷五百字》：『許身一何愚，竊比稷與契。』

〔二〕孟子論士：《孟子·盡心上》：『古之人，得志，澤加於民；不得志，修身見於世。窮則獨善其身，達則兼善天下。』

〔三〕『安得』二句：見《白居易集箋校》卷一《新製布裘》。

〔四〕《謝鄭群簟》：見《韓昌黎詩繫年集釋》卷四《鄭群贈簟》。

〔五〕歐梅所論：《歐陽修全集》卷一百二十八《詩話》：『退之筆力無施不可，而嘗以詩為文章末事，故其詩曰「多情懷酒伴，餘事作詩人」也。然其資談笑，助諧謔，敘人情，狀物態，一寓於詩，而曲盡其妙，此在雄文大手，固

不足論。而予獨愛其工於用韻也。蓋得其韻寬，則波瀾橫溢，泛入傍韻，乍還乍離，出入迴合，殆不可拘以常格，如《此日足可惜》之類是也。得韻窄，則不復傍出，而因難見巧，愈險愈奇，如《病中贈張十八》之類是也。余嘗與聖俞論此，以謂譬如善馭良馬者，通衢廣陌，縱橫馳逐，惟意所之。至於水曲蟻封，疾徐中節，而不少蹉跌，乃天下之至工也。聖俞戲曰：「前史言退之為人木强，若寬韻可自足，而輒傍出。窄韻難獨用，而反不出，豈非其拗强而然歟？」坐客皆為之笑也。」

三十五

客或謂予曰：『篇章以故實相誇，起於何時？』予曰：『江左自顏、謝以來〔一〕，乃始有之。可以表學問，而非詩之至也。觀古今勝語，皆自肺腑中流出，初無綴緝工夫〔二〕，故鍾嶸云：「經國文符〔三〕，應資博古。撰德駁奏，宜窮往烈〔四〕。至於吟詠情性，亦何貴於用事？『思君如流水』〔五〕，既是即目；『高臺多悲風』〔六〕，亦唯所見；『清晨登隴首』〔七〕，羌無故實；『明月照積雪』〔八〕，詎出經史？」其所論為有淵源矣。』客又曰：『僕見世之愛老杜者，嘗謂人曰：此老出語絕人，無一字無來處〔九〕。審如此言，則詞必有據，字必援古，所由來遠，有不可已者。』予曰：『論事當考源流，今言詩不究其源而踵其末流，以為標準，不知《國風》、《雅》、《頌》祖述何人？此老句法妙處，渾然天成，如蟲蝕木，不待刻雕，自成文理。其鼓鑄鎔瀉，殆不用世間橐籥〔一〇〕。近古以還，無出其右，真詩人之冠冕也。如近體格俯同今作，則詞不遺奇，雜以事實，掇英擷華，妥帖平穩，殆以文為滑稽，特詩中之一事耳。豈見其大全者邪？

予每竊有所恨，故樂以嶸之言告人。吾子誠嗜詩，試以嶸言於愛杜者求之，則得矣。』

【注釋】

〔一〕顏、謝：指顏延之、謝靈運。

〔二〕綴緝：編排。

〔三〕經國文符：治理國家的文書。以下所引鍾嶸語見《詩品序》。

〔四〕撰德駁奏：撰述德行的駁議奏疏。往烈：古人以往的勳業。

〔五〕思君如流水：徐幹《室思》：『思君如流水，何有窮已時。』

〔六〕高臺多悲風：《文選》卷二十九曹植《雜詩六首》其一：『高臺多悲風，朝日照北林。』

〔七〕清晨登隴首：張華佚題詩：『清晨登隴首，坎壈行山難。嶺阪峻阻曲，羊腸獨盤桓。』

〔八〕明月照積雪：謝靈運《歲暮》：『殷憂不能寐，苦此夜難頹。明月照積雪，朔風勁且哀。』

〔九〕無一字無來處：黃庭堅《答洪駒父書》：『自作語最難，老杜作詩，退之作文，無一字無來處，蓋後人讀書少，故謂韓杜自作此語耳。』

〔一〇〕橐籥：鼓風吹火的器具。

風月堂詩話跋

右《風月堂詩話》二卷，得之於永城人朱伯玉家〔一〕，斷爛脱誤，蓋北方所傳本也。予嘗見北客元遺山詞，謂劉几伯壽騎牛吹笛，使二草和之〔二〕。意其得之山中故老，本無所出也。今其事乃具於此〔三〕，信乎讀者之不可以不博也。故為鈔之楮中〔四〕，而識於篇末如此。咸淳壬申嘉平月交年節月觀道人誌〔五〕。

【注釋】

〔一〕永城：今河南永城。朱伯玉：其人不詳。

〔二〕元遺山詞：《遺山樂府校注》卷一《水調歌頭》（山家釀初熟）序曰：『玉華詩老，宋洛陽耆英劉几伯壽也。劉有二侍妾，名萱草、芳草，吹鐵笛，騎牛山間。玉華亭榭遺址在焉。』詞曰：『見説玉華詩老，袖有忘憂萱草，牛背穩於船。鐵笛久埋沒，雅曲竟誰傳。』

〔三〕其事乃具於此：參見本卷第十則。

〔四〕楮：楮樹，樹皮是造紙的原料，故用作紙的代稱。

〔五〕咸淳壬申：咸淳八年（一二七二）。嘉平月：農曆十二月。交年節：宋代以十二月二十四日為交年節。月觀道人：其人不詳。

晁以道言本朝文物之盛從江南來

晁以道嘗為余言〔一〕：本朝文物之盛，自國初至昭陵時〔二〕，並從江南來〔三〕。二徐兄弟以儒學顯〔四〕，二楊叔姪以詞章進〔五〕，刁衎、杜鎬以明習典故用〔六〕，而晏丞相、歐陽少師巍乎為一世龍門〔七〕。紀綱法度，號令文章，燦然具備，有三代風度。慶曆間，人材彬彬，號稱衆多，不減武、宣者〔八〕，蓋諸公實有力焉。然皆出於大江之南，信知山川之氣，蜿蜒磅礴，真能為國產英俊也。予嘗因賦《澄心堂紙》詩〔九〕，記其事以告後來之俊秀，其詩見予文集中。（《曲洧舊聞》卷一）

【校記】

刁衎：當作「刁衎」

【注釋】

〔一〕晁以道：晁說之。

〔二〕文物：文人。昭陵：宋仁宗（趙禎），葬永昭陵。

〔三〕江南：此指南唐。

〔四〕二徐兄弟：指徐鉉、徐鍇。二人精小學。徐鉉（九一七—九九二），字鼎臣，宋廣陵人。初仕吳，又仕南唐，官至吏部尚書。入宋，為太子率更令。與句中正等人重校《說文解字》，又參與編撰《文苑英華》。徐鍇（九二一—九七五），字楚金，第進士，仕南唐為秘書省正字、內史舍人，因徐鉉使宋，憂懼而卒。著有《說文解字繫傳》等。

〔五〕二楊叔姪：楊億、楊紘。楊億（九七四—一〇二〇），字大年，建州浦城（今福建浦城）人。年十一，太宗聞其名，詔送闕下試詩賦，授秘書省正字。淳化中賜進士，曾為翰林學士兼史館修撰，官至工部侍郎。性耿介，尚氣節。卒謚文，人稱楊文公。楊紘（生卒年不詳），字望之，福建浦城人。楊億從子，以蔭歷官知鄞縣。又獻楊億文，賜進士出身。通判越州、知筠州，提點江東刑獄，除轉運按察使。

〔六〕刁衎：當作『刁衎』。刁衎（九四五—一〇一三），字元賓，昇州（今江蘇南京）人。仕南唐為秘書郎，集賢校理。從李煜歸宋，授太常寺太祝。太平興國初，李昉扈蒙在翰林，勉其出仕，因撰聖德頌。詔復本官，出知睦州。太平興國中，詔群臣言事，衎上諫刑書，授大理寺丞。獻文四十篇。預修《冊府元龜》，書成，授兵部郎中，卒。《宋史》卷四百四十一有傳。杜鎬（九三八—一〇一三），字文周，常州府無錫（今屬江蘇）人。歷官直秘閣、郎中、右諫議大夫、龍圖閣直學士、給事中、禮部侍郎。預修《冊府元龜》。博聞强記，治史謹嚴，為士論推重，稱其為『杜萬卷』。《宋史》卷二百九十六有傳。

〔七〕晏丞相：晏殊。歐陽少師：歐陽修。歐陽修以太子少師致仕。

〔八〕慶曆：宋仁宗年號（一〇四一—一〇四八）。武、宣：周武王、周宣王。

〔九〕澄心堂紙：古代精品紙張，李煜將之藏於澄心堂，後代稱之為澄心堂紙。細薄光潤，為人所貴重。朱弁《澄心堂紙》詩已佚。

趙元考恭謹神宗嘉歎

趙元考彥若，周翰之子也〔一〕。無書不記，世謂著脚書樓。然性不伐〔二〕，而尤恭謹。……元豐間，三韓人使在四明唱和詩〔三〕，奏到御前，其詩序有『慚非白雪之詞，輒效青唇之唱』之句〔四〕。神宗問青唇事〔五〕，近臣皆不知，因薦元考。元考對：『在某小說中，然君臣間難言也，容臣寫本上進。』本入，上覽之，止是夫婦相酬答言語。因問大臣：趙彥若何以不肯面對？或對曰：『彥若素純謹，僚友不曾見其惰容，在君父前，宜其恭謹如此也。』上嘉歎焉。

【注釋】

〔一〕趙元考彥若：趙彥若，字元考，趙師民（字周翰）之子。歷官秘書監、禮部尚書、翰林學士，紹聖初貶安遠軍節度副使，澧州安置，卒。趙周翰：趙師民，詳見《風月堂詩話》卷下第十四則注釋。

〔二〕不伐：不誇耀。

〔三〕元豐：宋神宗年號（一〇七八—一〇八五）。三韓：漢時朝鮮南部有馬韓、辰韓、弁韓，合稱三韓。人使：使節，據王闢之《澠水燕談錄》卷九，指高麗使朴寅亮。四明：今浙江寧波。

〔四〕白雪之詞：用陽春白雪典，指高雅之詞。青唇，黑色的嘴唇，形容貌醜陋。

〔五〕神宗問青唇事：王闢之《澠水燕談錄》卷九：『元豐中，高麗使朴寅亮至明州。象山尉張中以詩送之，寅亮答詩序有「花面豔吹，愧鄰婦青唇之斂；桑間陋曲，續郢人白雪之音」之語。有司劾：中小官，不當外交夷使。奏上，神宗顧左右：「青唇何事？」皆不能對。乃問趙元老，元老奏：「不經之語，不敢以聞。」神宗再諭之，元老誦《太平廣記》云：「有睹鄰夫見婦吹火，贈詩云：『吹火朱唇斂，添薪玉腕斜。遙看煙裏面，恰似霧中花。』其妻告夫曰：『君豈不能學也？』夫曰：『汝當吹火，吾亦效之。』夫乃為詩云：『吹火青唇斂，添薪墨腕斜。遙看煙裏面，恰似鳩槃茶。』」元老之强記如此，雖怪僻小說，無不該覽。』

富韓公家淩霄花樹

富韓公居洛〔一〕，其家圃中淩霄花無所因附而特起〔二〕，歲久遂成大樹，高數尋，亭亭然可愛。韓秉則云〔三〕：『淩霄花必依它木，罕見如此者，蓋亦似其主人耳。』予曰：『是花豈非草木中豪傑乎？所謂「不待文王猶興」者也。〔四〕』秉則笑曰：『君言大是，請以此為題而賦之。』予時為作近體七字詩一首，詩見予家集中〔五〕。（以上《曲洧舊聞》卷二）

【注釋】

〔一〕富韓公：富弼（一〇〇四—一〇八三），字彦國，河南（今河南洛陽）人。以韓國公致仕。

〔二〕淩霄花：紫葳科植物，為落葉藤木，借氣生根，攀援他物向上生長。

〔三〕韓秉則：韓撝字秉則。朱弁與他交往頗多。呂本中《東萊詩集》卷八有《送韓撝秉則赴棣倅》詩。

〔四〕不待文王猶興：《孟子·盡心上》：『待文王而後興者，凡民也。若夫豪傑之士，雖無文王猶興。』

〔五〕近體七字詩一首：已佚。

伊川謂聖人書熟讀之其義自見

周茂叔，居濂溪，前輩名士多賦濂溪詩〔一〕。茂叔能知人。二程從父兄南游時〔二〕，方十餘歲。茂叔愛其端爽〔三〕，謂人曰：『二子他日當以經行為世所宗。』其後果如其言。崇寧以來，非王氏經術皆禁止〔四〕，而士人罕言。其學者號伊川學，往往自相傳道。舉子之得第者，亦有棄所學而從之者。建安尤盛〔五〕。伊川一日對群弟子取《毛詩》，讀一二篇，掩卷曰：『詩人託興立言，引物連類，其義理炳然如此，其文章渾然如此，諸君尚何疑耶！若勞苦旁求，謂我所自得以眩惑後生輩，吾不忍也。非獨《詩》為然。凡聖人書熟讀之，其義自見，藏之於心，終身可行。患在信之不篤耳！』

【注釋】

〔一〕周茂叔：周敦頤（一〇一七—一〇七三），字茂叔，因居於濂溪（今湖南道縣境內），後人稱濂溪先生。

〔二〕二程：程顥、程頤。程顥（一〇三二—一〇八五），字伯淳，世稱明道先生。程頤（一〇三三—一一〇

七），字正叔，世稱伊川先生。程顥與弟程頤並受學於周敦頤，並稱『二程』。

〔三〕端爽：正直爽朗。

〔四〕崇寧：宋徽宗年號（一一〇二—一一〇六）。王氏經術：指王安石經學。

〔五〕建安：指游酢。游酢（一〇五三—一一二三），字定夫，建州建陽（今屬福建）人。建陽晉時屬建陽郡，隋時併入建安縣，故名。元豐六年（一〇八三）進士，泉州判官，召還為監察御史，歷知漢陽軍、和、濠三州而卒。游酢師事程頤，盡棄故所習。《宋史》卷四百二十八有傳。

老杜賦《八哀》不及顏魯公

晁之道讀《舊唐書》〔一〕，謂予曰：『杜甫論房琯，肅宗大怒〔二〕，當時人莫不為甫危之，而崔圓等皆營救〔三〕。時顏魯公為御史中丞〔四〕，曾無一言。』予嘗謂魯公忠烈如此，而老杜賦《八哀》〔五〕，獨不及之，豈賦此詩時，魯公尚無恙耶〔六〕！將詩人不無所憾，初未可知也。吾更考之耳。（以上《曲洧舊聞》卷三）

【注釋】

〔一〕晁之道：晁詠之，字之道，濟州巨野（今山東巨野）人，晁説之弟。以蔭入官。調揚州司法參軍，未赴。時蘇軾守揚州，補之倅州事，元祐間復舉進士，又舉宏詞，為河中教授。元符末，應詔上書論事，入黨籍，罷官。後

為京兆府司錄事。秩滿，提點崇福宮，卒。《宋史》卷四百四十四有傳。

〔二〕杜甫論房琯：《舊唐書·杜甫傳》：『其年十月，琯兵敗於陳濤斜。明年春，琯罷相。甫上疏言琯有才，不宜罷免。肅宗怒，貶琯為刺史，出甫為華州司功參軍。』

〔三〕崔圓：字有裕（七〇五—七六八），青州益都人。歷任劍南節度副使、中書侍郎、同中書門下平章事等職。《舊唐書》卷一百〇八、《新唐書》卷一百四十有傳。

〔四〕顔魯公：顔真卿（七〇九—七八四），字清臣，京兆長安（今陝西西安）人，開元二十二（七三四）進士及第，歷仕秘書省校書郎、監察御史，出為平原（今屬山東）太守。人稱顔平原。安史亂起，起義抵抗。肅宗時，拜工部尚書兼御史大夫，為河北招討使。至鳳翔，授憲部尚書，遷御史大夫。代宗時官至吏部尚書、太子太師，封魯郡公，人稱『顔魯公』。興元元年（七八四）為李希烈所害。《舊唐書》卷一二八、《新唐書》卷一百五十三有傳。

〔五〕老杜賦《八哀》：《八哀詩》所哀八人是：王思禮、李光弼、嚴武、李璡、李邕、蘇源明、鄭虔和張九齡。

〔六〕賦此詩時：《八哀詩》非一時所作，當作於大曆元年（七六六）秋之前。《八哀詩序》曰：『傷時盜賊未息，興起王公、李公，歎舊懷賢，終於張相國。八公前後存歿，遂不詮次焉。』晁詠之及朱弁此論，甚無理。杜甫死於顔真卿之前，無論《八哀詩》作於何時，也不可能哀及顔真卿。

牡丹花品

歐公作《花品》〔一〕，目所經見者才二十四種。後於錢思公屏上〔二〕，得牡丹凡九十餘種，

然思公《花品》無聞於世。宋次道《河南志》於歐公《花品》後又增二十餘名〔三〕。張峋或云為留臺，字子堅撰譜三卷〔四〕，凡一百一十九品，皆敍其顏色容狀及所以得名之因。又訪於老圃，得種接養護之法，各載於圖後，最為詳備。韓玉汝為序之而傳於世〔五〕。大觀、政和以來〔六〕，花之變態，又有在峋所譜之外者，而時無人譜而圖之，其中姚黃尤驚人眼目，花頭面廣一尺，其芬香比舊特異，禁中號『一尺黃』。予在南平城，作《謝范祖平朝散惠花詩》云〔七〕：『平生所愛曾莫倦，天遣花王慰吾願。姚黃三月開洛陽，曾觀一尺春風面。』〔八〕蓋記此事也。祖平字准夫，忠文公之諸孫也〔九〕。以雄倅致仕〔一〇〕，居許下〔一一〕，被俘。惠予花時，年六十一歲矣。

【注釋】

〔一〕歐公作《花品》：歐陽修《洛陽牡丹記·花品序第一》：『余居府中時，嘗謁錢思公於雙桂樓下，見一小屏立坐後，細書字滿其上。思公指之曰：「欲作花品，此是牡丹名，凡九十餘種。」余時不暇讀之，然余所經見而今人多稱者纔三十許種，不知思公何從而得之多也。計其餘，雖有名而不著，未必佳也。故今所錄，但取其特著者而次第之。姚黃、魏花、細葉壽安、鞓紅、牛家黃、潛溪緋、左花、獻來紅、葉底紫、鶴領紅、添色紅、倒暈檀心、朱砂紅、九蕊真珠、延州紅、多葉紫、粗葉壽安、丹州紅、蓮花萼、一百五、鹿胎花、甘草黃、一擫紅、玉板白。』

〔二〕錢思公：錢惟演（九七七—一〇三四），字希聖，卒後初諡思，後改諡文僖。錢惟演留守西京時，謝絳、尹洙、歐陽修、梅堯臣等，齊集於其幕府。

〔三〕宋次道：宋敏求，參見《風月堂詩話》卷下第三則注。《郡齋讀書志》卷二下：『《河南志》二十卷。右

皇朝宋敏求以唐韋述《兩京記》為未備，演之為《長安》、《河南志》。』《河南志》佚，《長安志》存。

〔四〕張峋： 字子堅，滎陽（今屬河南）人。治平二年（一〇六六）為著作佐郎，熙寧二年（一〇六九）以太常博士管勾兩浙路常平廣惠倉。《全宋詩》卷八七四錄其詩一首。所撰《洛陽花譜》已佚。《直齋書錄解題》卷十作《花譜》二卷。《宋史·藝文志》作一卷。

〔五〕韓玉汝： 韓縝（一〇一九—一〇九七），字玉汝，原籍靈壽（今屬河北），徙雍丘（今河南杞縣）。韓絳、韓維之弟。慶曆二年進士。英宗時任淮南轉運使，神宗時自龍圖閣直學士進知樞密院事。曾出使西夏。哲宗立，拜尚書右僕射兼中書侍郎，罷知潁昌府。謚莊敏，封崇國公。傳見《宋史》卷三百一十五。韓縝所作花譜序，已佚。

〔六〕大觀、政和： 宋徽宗年號（一一〇七—一一一〇，一一一一—一一一八）。

〔七〕范祖平： 范鎮之孫，靖康之難後流落北方，洪皓勸說金人將其釋放。

〔八〕『平生所愛』四句： 原詩已佚。《全宋詩》卷一六三三據此輯佚。

〔九〕忠文公： 范鎮（一〇〇九—一〇八八），字景仁，華陽（今四川成都）人。舉進士第一。仁宗時，知諫院。嘗後為翰林學士，論新法，與王安石不合，致仕。哲宗即位，累封蜀郡公。卒，謚忠文。鎮著有文集及《東齋記事》，凡百餘卷，《宋史》卷三百三十七有傳。

〔一〇〕雄倅： 雄州（今河南雄縣）州倅。

〔一一〕許下： 今河南許昌。

松柏皆可為舟不可溺於所見

凡人溺於所見，而於所不見，則必以為疑。孫皓問張尚曰〔一〕：『「汎彼柏舟」〔二〕，柏中舟乎？』尚曰：『《詩》又云「檜楫松舟」〔三〕，則松亦中舟矣。』皓忌其勝己，因下獄〔四〕。南方多佳木，而下舟不及松、柏，此皓所以疑也。今西北率以松、柏為舟材之最良者，有溺於所見，遂謂柏不可以為舟，斷以己意，以訓導學者，而棄先儒之說，可怪也。《邶之風》言舟宜濟渡〔五〕，猶仁人宜見用，柏宜為舟。《鄘風》亦然〔六〕，乃獨於《邶風》釋之，可以概見也。況非其地之所有、風俗所宜，詩人不形於歌詠，昔人蓋嘗明之矣。孫皓雖忌張尚之勝己，然不敢以訓人也。（以上《曲洧舊聞》卷四）

【注釋】

〔一〕孫皓：字元宗（二四二—二八四），一名彭祖，字皓宗。三國時期吳國末代皇帝，孫權之孫，後投降西晉，被封為歸命侯，卒於洛陽。張尚（生卒年不詳），廣陵郡（今江蘇省揚州市）人，張紘之孫、在孫皓時擔任侍郎，《江表傳》稱他有俊才。因為詞辯敏捷而聞名，被拔擢升為侍中、中書令。

〔二〕汎彼柏舟：《詩經·邶風·柏舟》：『汎彼柏舟，亦汎其流。』

〔三〕檜楫松舟：《詩經·衛風·竹竿》：『淇水滺滺，檜楫松舟。駕言出遊，以寫我憂。』

〔四〕皓忌其勝己：《三國志》卷五十三《吳書·張紘傳》裴松之注引環氏《吳紀》曰：『皓嘗問：「《詩》

云：『汎彼柏舟』，惟柏中舟乎？」尚對曰：「《詩》言『檜楫松舟』，則松亦中舟也。」……晧性忌勝己，而尚談論每出其表，積以致恨。後問：「孤飲酒以方誰？」尚對曰：「陛下有百觚之量。」晧云：「尚知孔丘之不王，而以孤方之！」因此發怒收尚。』

〔五〕《邶之風》：見《詩經·邶風·柏舟》。

〔六〕《鄘風》：指《詩經·鄘風·柏舟》。

秦少游見秦城鋪舉子題詩涕淚雨集

秦少游自郴州再編管横州，道過桂州秦城鋪〔一〕。有一舉子，紹聖某年省試下第〔二〕，歸至此，見少游南行事，遂題一詩於壁曰：『我為無名抵死求，有名為累子還憂。南來處處佳山水，隨分歸休得自由〔三〕。』至是，少游讀之，涕淚雨集。道君踐阼，流人皆牽復〔四〕，而少游竟死貶所，豈非命耶！

【注釋】

〔一〕秦少游：秦觀（一〇四九—一一〇〇），字少游。紹聖初，入黨籍，出為杭州通判。御史劉拯論劾其敗壞場務，以不職罷，削秩徙郴州（今屬湖南）。紹聖四年（一一九七），編管横州（今屬廣西）。元符元年（一一九八），除名，徙雷州。桂州：今廣西桂林。秦城鋪：在廣西興安縣西南。

〔二〕紹聖：宋哲宗年號（一〇九四—一〇九七）。

〔三〕隨分：順隨本分。歸休：辭官，歸隱。

〔四〕道君：宋徽宗自號教主道君皇帝，時人稱為道君。踐阼：即位。亦作『踐胙』、『踐祚』。牽復：復官。

東坡過金陵晤荆公

東坡自黄徙汝，過金陵，荆公野服乘驢謁於舟次〔一〕。東坡不冠而迎揖曰：『軾今日敢以野服見大丞相。』荆公笑曰：『禮為我輩設哉！』坡曰：『軾亦自知相公門下用軾不著。』荆公無語，乃相招游蔣山〔二〕。在方丈飲茶次，公指案上大硯，曰：『可集古人詩聯句賦此硯。』東坡應聲曰：『軾請先道一句。』因大唱曰：『巧匠斫山骨。』〔三〕荆公沈思良久，無以續之，乃曰：『且趁此好天色，窮覽蔣山之勝，此非所急也。』田晝承君是日與一二客從後觀之〔四〕。承君曰：『荆公尋常好以此困人，而門下士往往多辭以不能，不料東坡不可以此懾伏也。』〔五〕承君，建中靖國間為大宗正丞〔六〕，曾布欲用為提舉常平〔七〕，以非其所素學，辭不受，士論美之。

【注釋】

〔一〕『東坡』三句：蘇軾於元豐二年（一〇七九）七月遭遇『烏臺詩案』，被捕入獄，責授黃州團練副使。元豐七年（一〇八四），詔移汝州團練副使。舟次：船停靠之處。

〔二〕蔣山：即紫金山、鍾山。

〔三〕巧匠斫山骨：見《韓昌黎詩繫年集釋》卷八《石鼎聯句詩》。

〔四〕田晝承君：田晝，字承君，信都（今河北衡水市冀州區）人。《田晝集》二卷，已佚。《全宋詩》卷一二三一錄其詩四首。

〔五〕慴伏：因畏懼而屈服。

〔六〕建中靖國：一一〇一年。

〔七〕曾布：曾鞏之弟，宋徽宗時曾任宰相。提舉常平：提舉常平司，簡稱倉司，掌常平倉、免役、市易、坊場、河渡、水利等事。

東坡論秦少游、張文潛

東坡嘗語子過曰〔一〕：『秦少游、張文潛才識學問〔二〕，為當世第一，無能優劣二人者。少游下筆精悍，心所默識而口不能傳者，能以筆傳之。然而氣韻雄拔，疏通秀朗，當推文潛。二人皆辱與予遊，同升而並黜。有自雷州來者，遞至少游所惠書詩累幅〔三〕。近居蠻夷得此，

如在齊聞《韶》也〔四〕，汝可記之，勿忘吾言。』

【注釋】

〔一〕子過：蘇軾幼子蘇過（一〇七二—一一二三）。

〔二〕張文潛：張耒（一〇五四—一一一四），字文潛，號柯山，人稱宛丘先生，淮陰人，蘇門四學士之一。著有《柯山集》。《宋史》卷四四四有傳。

〔三〕雷州：秦觀於元符元年（一一九八）徙雷州。其時，蘇軾在儋州。

〔四〕蠻夷：指儋州。在齊聞《韶》：《論語·述而》：『子在齊，聞韶，三月不知肉味。』

東坡和章質夫詞聲韻諧婉

章楶質夫作《水龍吟》詠楊花〔一〕，其命意用事，清麗可喜。東坡和之〔二〕，若豪放不入律呂〔三〕，徐而視之，聲韻諧婉，便覺質夫詞有織繡工夫〔四〕。晁叔用云：『東坡如毛嬙、西施，淨洗卻面，而與天下婦人鬬好，質夫豈可比耶！』〔五〕

【注釋】

〔一〕章楶：字質夫（一〇二七—一一〇二），浦城（今屬福建）人。編有《成都古今詩集》六卷，已佚。《全宋

詩》卷六二六錄其詩十首。其《水龍吟》詞曰：『燕忙鶯懶芳殘，正堤上、柳花飄墜。輕飛點畫青林，誰道全無才思。閑趁遊絲，靜臨深院，日長門閉。傍珠簾散漫，垂垂欲下，依前被、風扶起。　蘭帳玉人睡覺，怪春衣、雪霑瓊綴。繡床旋滿，香毬無數，才圓卻碎。時見蜂兒，仰粘輕粉，魚吹池水。望章臺路杳，金鞍遊蕩，有盈盈淚。』見《全宋詞》第一冊。

〔二〕東坡和之：蘇軾《水龍吟·次韻章質夫楊花詞》：『似花還似非花，也無人惜從教墜。拋家傍路，思量卻是，無情有思。縈損柔腸，困酣嬌眼，欲開還閉。夢隨風萬里，尋郎去處，又還被、鶯呼起。　不恨此花飛盡，恨西園，落紅難綴。曉來雨過，遺蹤何在，一池萍碎。春色三分，二分塵土，一分流水。細看來，不是楊花點點，是離人淚。』見《蘇軾詞編年校注》元豐四年。

〔三〕律呂：音律。

〔四〕織繡工夫：比喻細緻的編排文字。

〔五〕東坡如毛嬙、西施：《詩人玉屑》卷二十一《章質夫》：『章質夫詠楊花詞，東坡和之。晁叔用以為東坡如毛嬙西施，淨洗卻面，與天下婦人鬥好，質夫豈可比，是則然矣。余以為質夫詞中，所謂「傍珠簾散漫，垂垂欲下，依前被、風扶起」，亦可謂曲盡楊花妙處。東坡所和雖高，恐未能及。詩人議論不公如此耳。』

李方叔祭東坡文

東坡之歿，士大夫及門人作祭文甚多，惟李廌方叔文尤傳〔一〕，如：『道大不容，才高為

累。』『皇天后土，鑒平生忠義之心；名山大川，還千古英靈之氣。』『識與不識，誰不盡傷；聞所未聞，吾將安放。』〔二〕此數句，人無賢愚，皆能誦之。（以上《曲洧舊聞》卷五）

【注釋】

〔一〕李廌：蘇門六學士之一。參見《風月堂詩話》卷上第二十三則注。

〔二〕『道大不容』十句：出自李廌《追薦東坡先生疏》：『端明尚書德尊一代，名滿五朝。道大不容，才高為累。惟行能之蓋世，致忌娼之為仇。久蹭蹬於禁林，不遇故去；遂飄零於障海，卒老於行。方幸賜環，忽聞亡鑒。識與不識，罔不盡傷；聞所未聞，吾將安倣！皇天后土，知一生忠義之心；名山大川，還千古英靈之氣。繫斯文之興廢，占吾道之盛衰。茲乃公議之共憂，非獨門人之私義。所恨一違師席，九易歲華。意徒生還，遂有死別。慕子貢築場之意，每罄哀誠；誦普賢行願之文，庶資冥福。阿僧祇劫，為轉法輪；兜率陀天，頓居福地。仰祈諸聖，俯鑒微情。』見《全宋文》卷二八五三。

歐公春帖子溫成皇后詞

歐公與王禹玉、范忠文同在禁林〔一〕。故事，進春帖子，自皇后、貴妃以下諸閣皆有〔二〕。是時，溫成薨未久〔三〕，詞臣闕而不進。仁宗語近侍，詞臣觀望，溫成獨無有，色甚不懌，諸公聞之惶駭。禹玉、忠文倉卒作不成。公徐云：『某有一首，但寫進本時，偶忘之耳。』乃取小紅

箋，自錄其詩云：『忽聞海上有仙山，煙鎖樓臺日月閑。花下玉容長不老，只因春色勝人間。』〔四〕既進，上大喜。禹玉拊公背，曰：『君文章真是含香丸子也。』〔五〕

【校記】

觀望：《四庫全書》本作『進帖』。

【注釋】

〔一〕歐公：歐陽修。王禹玉：王珪（一〇一九—一〇八五），字禹玉。范忠文：范鎮（一〇〇九—一〇八八），字景仁，謚忠文。禁林，翰林院的別稱。

〔二〕春帖子：又名春貼，立春時剪帖在宮中門帳上，書有詩句，多為五、七言絕句，文字工麗，或歌頌升平，或寓意規諫。

〔三〕溫成：宋仁宗妃張氏。《宋史》卷十二《仁宗本紀》：『至和元年春正月……癸酉，貴妃張氏薨，輟視朝七日，禁京城樂一月。丁丑，追冊為皇后，賜謚溫成。』至和元年為一〇五四年。

〔四〕『忽聞海上』四句：魏泰《臨漢隱居詩話》作王珪詩。

〔五〕彭乘《續墨客揮犀》卷四《歐公贈禹玉詩》：『歐公、王禹玉俱在翰苑，立春日當進詩帖子。會溫成皇后薨，閣虛不進，有旨亦令進。歐公經營，禹玉口占，促寫曰：「昔聞海上有仙山，煙鎖樓臺日月閑。花下玉容長不老，只應春色勝人間。」歐公喜其敏速。禹玉，歐公生也，而同局，近世盛事。』魏泰《臨漢隱居詩話》亦載春帖子事，略有差異：『溫成皇后初薨，會立春進詩帖子。是時，永叔、禹玉同在翰林院，以其虛閣，故不進。俄而有旨，令進

溫成閣帖子，永叔未能成，禹玉口占一首云云』上述記載，當比朱弁的記載更加可信。

真定康敦復事

真定康敦復嘗謂予曰〔一〕：『河東見所在酒壚，皆飾以紅牆，詢之父老，云：「相沿襲如此，不知其所始也。」後讀《李留臺集》〔二〕，有《懷湘南舊遊寄起居劉學士》詩云〔三〕：「老情詩思闕何處，渾是湘南水岸頭。殘白晚雲歸嶽麓，濃香秋橘滿汀洲。靜尋綠徑煎茶寺，徧上紅牆賣酒樓。西洛分臺索拘檢，繡衣不得等閑遊。」據此詩，則湖南亦有之，不獨河東也。但留臺不著所出為可恨也。』又謂予曰：『典籍自五季以後，經今又不知幾厄，秉筆之士所用故實，有淹貫所不究者，有蹈前人舊轍而不討論所從來者，譬侏儒觀戲，人笑亦笑，謂衆人決不誤我者，比比皆是也。』敦復抵掌，曰：『請為我於《曲洧舊聞》並録之。』敦復字德本，事親孝，為吏廉，種學績文，孜孜不輟。見書必傳寫，其家所藏，往往皆是手自抄者。近時服膺儒業，罕有其比焉。（以上《曲洧舊聞》卷七）

【校記】

又謂予曰：據孔繁禮點校本《曲洧舊聞》，諸本皆作『予曰』。

【注釋】

〔一〕康敦復：除此條相關內容外，其他無考。

〔二〕李留臺：指李建中（九四五—一〇一三），洛陽人，曾先後三掌西京留司御史臺。《宋史》卷四百四十一有傳。

〔三〕劉學士：劉騭，湘鄉人，雍熙二年（九八五）進士及第，歷官譚州教授、秘書丞、直集賢院。

翫月盛於中秋

中秋翫月，不知起何時。考古人賦詩，則始於杜子美〔一〕。而戎昱《登樓望月》〔二〕、冷朝陽《與空上人宿華嚴寺對月》〔三〕、陳羽《鑑湖望月》〔四〕、張南史《和崔中丞望月》〔五〕、武元衡《錦樓望月》〔六〕，皆在中秋。則自杜子美以後，班班形於篇什，前乎杜子美，想已然也。第以賦詠不著見於世耳。江左如梁元帝《江上望月》〔七〕、朱超《舟中望月》〔八〕、庾肩吾《望月》〔九〕，而其子信亦有《舟中望月》〔一〇〕，唐太宗《遼城望月》〔一一〕，雖各有詩，而皆非為中秋宴賞而作也。然則翫月盛於中秋，其在開元以後乎？今則不問華夷，所在皆然矣。

【注釋】

〔一〕翫月：賞月。杜甫《八月十五日夜月二首》，其一：『滿目飛明鏡，歸心折大刀。轉蓬行地遠，攀桂仰

天高。水路疑霜雪，林棲見羽毛。此時瞻白兔，直欲數秋毫。』其二：『稍下巫山峽，猶銜白帝城。氣沈全浦暗，輪仄半樓明。刁斗皆催曉，蟾蜍且自傾。張弓倚殘魄，不獨漢家營。』

〔二〕戎昱：荆南（今湖北荆州）人，曾任侍御史、辰州刺史等職。生平事迹見《新唐書·藝文志四》、《唐詩紀事》卷二十八、《唐才子傳》卷三。《全唐詩》録其詩一卷。《登樓望月》，《全唐詩》卷二百七十題作《中秋夜登樓望月寄人》：『西樓見月似江城，脈脈悠悠倚檻情。萬里此情同皎潔，一年今日最分明。初驚桂子從天落，稍誤蘆花帶雪平。知稱玉人臨水見，可憐光彩有餘清。』

〔三〕冷朝陽：江甯（今南京）人。大曆四年（七六九）進士及第，不待授官，歸省親，李嘉祐、韓翃、錢起、李端等大會賦詩餞行，為一時盛事。工詩，嚴羽謂『在大曆才子中為最下』。《全唐詩》録其詩十二首。所引詩《全唐詩》卷三〇五題作《中秋與空上人同宿華嚴寺》：『埽榻相逢宿，論詩舊梵宮。磬聲迎鼓盡，月色過山窮。庭簇安禪草，窗飛帶火蟲。一宵何惜别，回首隔秋風。』

〔四〕陳羽：吴縣（今蘇州）人，貞元八年（七九二）登進士第。歷官東宫尉佐。事迹見《直齋書録解題》卷十九、《唐才子傳》卷五、《唐詩紀事》卷三十五。《全唐詩》録其詩一卷。所引詩《全唐詩》卷三四八題作《中秋夜臨鏡湖望月》：『鏡裏秋宵望，湖平月彩深。圓光珠入浦，浮照鵲驚林。澹動光還碎，嬋娟影不沈。遠時生岸曲，空處落波心。迥徹輪初滿，孤明魄未侵。桂枝如可折，何惜夜登臨。』

〔五〕張南史：字季直，幽州（今北京）人。事迹見《新唐書·藝文志四》、《中興間氣集》卷下、《唐詩紀事》卷四一。《全唐詩》録其詩一卷。所引詩《全唐詩》卷二九六題作《和崔中丞中秋月》：『秋夜月偏明，西樓獨有情。千家看露濕，萬里覺天清。映水金波動，銜山桂樹生。不知飛鵲意，何用此時驚。』

〔六〕武元衡：字伯蒼（七五八—八一五），緱氏（今河南偃師東南）人。武則天曾姪孫。建中四年（七八三）

登進士第。生平見《新唐書》、《舊唐書》本傳。《全唐詩》錄其詩二卷。所引詩《全唐詩》卷三一六題作《八月十五夜與諸公錦樓望月得中字》：『玉輪初滿空，迥出錦城東。相向秦樓鏡，分飛碣石鴻。桂香隨窈窕，珠綴隔玲瓏。不及前秋月，圓輝鳳沼中。』

〔七〕梁元帝：指蕭繹。《江上望月》：《文苑英華》卷一五二題作《望江中月》：『澄江涵月影，水影若浮天。風來如可汎，流急不成圓。秦鏡斷復接，和璧碎還聯。裂紈依岸草，斜桂逐行船。即此清江上，無俟百枝然。』

〔八〕朱超：仕梁為中書舍人。原有集，已散佚。《舟中望月》曰：『大江闊千里，孤舟無四鄰。唯餘故樓月，遠近必隨人。入風先遶暈，排霧急移輪。若教長似扇，堪拂豔歌塵。』

〔九〕庾肩吾：字子慎，南陽新野（今屬河南）人。梁代文人。其《望月》云：『桂殿月偏來，留光引上才。圓隨漢東蚌，暈逐淮南灰。渡河光不濕，移輪澈詎開。此夜臨清景，還承終宴杯。』

〔一〇〕其子信：庾信。其《舟中望月詩》其一：『舟子夜離家，開舲望月華。山明疑有雪，岸白不關沙。天漢看珠蚌，星橋視桂花。灰飛重暈闕，蓂落獨輪斜。』《望月詩》曰：『夜光流未曙，金波影上賒。照人非七子，含風異九華。蓂新半璧上，桂滿獨輪斜。乘舟聊可望，無假逐靈槎。』

〔一一〕唐太宗《遼城望月》：詩如下：『玄兔月初明，澄輝照遼碣。映雲光暫隱，隔樹花如綴。魄蒲桂枝圓，輪虧鏡彩缺。臨城卻影散，帶暈重圍結。駐蹕俯九都，佇觀妖氛滅。』見《全唐詩》卷一。

李太白遊興唐寺詩

歙溪據二浙上流〔一〕，古為新安郡，清淺可愛。沈休文詩所謂『洞徹隨清淺，皎鏡無冬春。』

千仞寫喬樹，百丈見遊鱗』〔二〕，即此也。溪西太平寺，舊號興唐〔三〕，李太白嘗遊而留題焉。其詩曰：『天台國清寺，天下為四絕。今到興唐遊，奇踪更無別。枏木劃斷雲，高僧頂殘雪。檻外一條溪，幾回碎明月。』〔四〕溪即取太白詩名之也，郡人以為登覽勝處，石刻尚存，而太白集中不見此詩〔五〕，故予特著之。

【注釋】

〔一〕歙溪：新安江。

〔二〕沈休文：沈約，字休文。所引詩句出其《新安江至清淺深見底貽京邑遊好》。

〔三〕太平寺：在歙縣郡城練水西，唐至德二年（七五七）建。宋太平興國中敕改太平興國寺。

〔四〕天台國清寺：王琦《李太白全集》卷三十題為《普照寺》：『天台國清寺，天下為四絕。今到普照遊，到來復何別。枏木白雲飛，高僧頂殘雪。門外一條溪，幾回流歲月。』王琦注云『右一篇見《咸淳臨安志》』。

〔五〕太白集中不見此詩：《苕溪漁隱叢話》後集卷四：『苕溪漁隱曰：新安水西寺，寺依山背，下瞰長溪，太白題詩斷句云：「檻外一條溪，幾回留碎月。」今集中無之。』

宣和末畿北馬鋪無名子題詩

中山劉元密長卿嘗為予言〔一〕：『宣和末，親於畿北馬鋪中見無名子題詩云〔二〕：「花

已栽成愁歎本，石仍砌出亂亡基〔三〕。如今應奉歸真宰〔四〕，論道經邦付與誰？」』

【注釋】

〔一〕劉元密長卿：其人不詳。

〔二〕畿北：京畿之北，指汴京之北地區。

〔三〕『花已栽成』二句：批評北宋末花石綱禍國殃民。

〔四〕應奉：應奉局，當時負責搜集運送奇花異石的機構。真宰：君主。

無盡居士赤岸監酒稅召還謝啟

無盡居士少有俊譽〔一〕，氣陵輩行，然頗以躁進獲譏。元豐中，嘗上裕陵百韻詩〔二〕，有『回看同列驟，不覺寸懷忙』之句〔三〕，裕陵讀之大笑。王岐公、蔡新州惡其敢言〔四〕，因舒亶斥為赤岸監酒稅〔五〕。其後召還，有謝啟，其間一聯云：『三年去國，門前之雀可羅；一日還朝，屋上之烏亦好。』當時傳誦，而亦不免為有識者所窺也〔六〕。

【注釋】

〔一〕無盡居士：張商英，參見《風月堂詩話》卷下第九則注釋。

〔二〕裕陵：宋神宗。張商英上裕陵百韻詩，已佚。

〔三〕『回看同列驟』二句：為張商英佚句，《全宋詩》卷九三四末輯錄。

〔四〕王岐公：王珪（一〇一九—一〇八五），字禹玉，封岐國公。蔡新州：蔡確（一〇三七—一〇九三），字持正，泉州晉江（今福建晉江）人。舉進士，擢監察御史里行，初附王安石，及王安石罷相，即議論其過失，任御史中丞、參知政事等。元豐五年（一〇八二），任尚書右僕射，元祐初出知陳州，徙安州，游車蓋亭，吟詩寄意，被指謗譏宣仁太后，貶為英州別駕，安置新州。死於貶所。

〔五〕舒亶：字通道（一〇四一—一一〇三），號懶堂，慈溪（今屬浙江）人。治平二年（一〇六五）狀元，授臨海尉。神宗時，任監察御史里行，與李定同劾蘇軾，進知雜御史、判司農寺，拜給事中，權直學士院，後為御史中丞。崇寧元年（一一〇二）知南康軍，蔡京以開邊功，由直龍圖閣進待制。張商英貶監赤岸酒：據《續資治通鑒長編》，事在元豐三年（一〇八〇）九月，地點是江陵，《宋史·舒亶傳》亦曰江陵，故赤岸應在江陵（今湖北荆州市江陵區）轄區內。

〔六〕為有識者所窺：指上引文字有所因襲。《能改齋漫錄》卷八：『張天覺既相，謝表有云：「十年去國，門前之雀可羅；一日歸朝，屋上之烏亦好。」徽宗親題於所御扇，然丁晉公詩固嘗云「屋可占烏曾貴仕，門堪羅雀稱衰翁」矣。』

劉宜翁論新法疏

新安郡黃山，有三十六峰，與池陽接境〔一〕。在郡西，巖岫秀麗可愛，仙翁釋子多隱其中，

圖經不著其名。山有溫泉，其色紅，其源可瀹卵〔二〕。劉宜翁嘗遊焉〔三〕，題詩寺壁，其略曰：『山有靈砂泉色紅，滌除身垢信成功。不除心上無明業，只與山間衆水同。』〔四〕宜翁名誼，元豐間自廣東移江西，皆為提舉常平官。上疏論新法，勒停〔五〕。或云，宜翁晚得道，不出，東坡紹聖所與書〔六〕，可見矣。《論新法疏》大略有云：『自唐租庸調法壞，五代至皇朝，稅賦凡五增其數矣，今又大更張，不原其本，斂愈重，民愈困，為害凡十。』又言：『變祖宗法者，陛下也；承意以立法者，安石也；討論潤色之者，惠卿、曾布、章惇之徒也。』其語激切深至。內批云：『誼張皇上書，公肆誕謾，上惑朝廷，外搖衆聽，可特勒停。』〔七〕（以上《曲洧舊聞》卷八）

【注釋】

〔一〕池陽：今安徽池州。

〔二〕瀹卵：煮蛋。

〔三〕劉宜翁：劉誼，字宜父，晚號宜翁，長興（今屬浙江）人。治平四年（一〇六七）進士。蘇軾貶徙嶺南，與之有詩啟相通問，如《劉誼知韶州》、《與劉宜翁書》。著有文集三十卷，已佚。《全宋詩》卷八四一錄其詩六首。

〔四〕『山有靈砂』四句：《全宋詩》卷八四一題作《題黃山溫泉》。無明業：佛教語，指於人有害的癡愚惡業。

〔五〕上疏論新法：據《續資治通鑑長編》卷三百二十四，元豐五年（一〇八二）三月，劉誼上書。《全宋文》卷二〇一三據此收錄，題作《論出錢害法十事奏》。勒停：勒令停職。

〔六〕東坡紹聖所與書：蘇軾《與劉宜翁書》，見《蘇軾文集》卷四十九。

〔七〕內批：皇帝批語。《續資治通鑒長編》卷三百二十四曰：『上批：劉誼職在奉行法度，既有所見，自合公心陳露，輒敢張惶上書，惟舉一二偏僻不齊之事，意欲堅壞大法，公肆誕謾，上惑朝廷，外搖眾聽，宜加顯絀，以儆在位。特勒停。』

參寥謂東坡天才無施不可

或曰：『東坡詩始學劉夢得，不識此論誠然乎哉？』〔一〕予應之曰：『予建中靖國間，在參寥座，見宗子士暕以此問參寥〔二〕，參寥曰：「此陳無己之論也。東坡天才，無施不可。以少也實嗜夢得詩，故造詞遣言，峻峙淵深，時有夢得波峭，然無己此論，施於黃州以前可也。坡自元豐末還朝後，出入李杜，則夢得已有奔逸絕塵之歎矣〔三〕。無己近來得渡嶺越海篇章〔四〕，行吟坐詠，不絕舌吻。常云此老深入少陵堂奧，他人何可及。其心悅誠服如此，則豈復守昔日之論乎！」予聞參寥此說三十餘年矣〔五〕，不因吾子，無由發也。』

【注釋】

〔一〕東坡詩始學劉夢得：《後山詩話》：『蘇詩始學劉禹錫，故多怨刺，學不可不慎也。晚學太白，至其得意，則似之矣。然失於粗，以其得之易也。』

〔二〕建中靖國：一一〇一年。宗子士暕：趙士暕，字明發，漢王元佐玄孫。元符元年（一〇九八）賜進士出身。紹興五年（一一三五）由密州觀察使轉清遠軍承宣使。《全宋詞》收其詞四首。參寥：參見《風月堂詩話》卷上第二十二則注釋。

〔三〕奔逸：疾馳。絕塵：腳不沾塵土，形容走得極快，比喻才華出眾，無人企及。《莊子・田子方》：『夫子奔逸絕塵，而回瞠若乎其後矣。』

〔四〕渡嶺越海篇章：指蘇軾貶官惠州、儋州期間所寫的詩歌。

〔五〕三十餘年：以建中靖國元年（一一〇一）起，三十年後當是金皇統元年（一一四一）。

安信可復新東坡雪堂

中大夫直徽猷閣安詠，字信可〔一〕。宣和初守齊安，下車訪東坡雪堂〔二〕，遺址雖存，堂木瓦已為兵馬都監拆而為教場亭子矣。信可即呼都監責之，且命復新之。堂成，多燕飲其上。茲事士大夫喜稱道之。信可亦喜作詩，在黃，有詩云：『萬古戰爭餘赤壁，一時形勝屬黃岡。』〔三〕時爭傳誦，惜不見全篇也。（以上《曲洧舊聞》卷九）

【注釋】

〔一〕安詠：其人失考。《曲洧舊聞》卷八記載其在黃州訪王禹偁竹樓之事。

〔二〕齊安：即黄州。東坡雪堂：蘇軾在黄州，寓居臨皋亭，就東坡築雪堂，故址在今湖北黄岡。
〔三〕『萬古戰爭』二句：原詩已佚，《全宋詩》未收安詠其人其詩。

續骫骳説序

予居東里〔一〕，或有示予晁無咎《骫骳説》二卷〔二〕，其大概多論樂府歌詞，皆近世人所無也。予不自揆，亦述所見聞以貽好事，名之曰《續骫骳説》。信筆而書，無有倫次，豈可彷佛前輩？施諸尊俎，止可為掀髯捧腹之具〔三〕。壬戌六年辛巳，騁游子序〔四〕。

【校記】

六年：當作『六月』。

【注釋】

〔一〕東里：在新鄭故城内。
〔二〕晁無咎：晁補之。《骫骳説》：已佚，亦未見著録。
〔三〕尊俎：宴席。掀髯捧腹之具：談笑之資。
〔四〕壬戌：金皇統二年（一一四二），朱弁尚羈留金國。騁游子：當是朱弁自號，朱弁著《騁游集》四十二卷，已佚。

女真之讖

政和中，袁裪為教坊判官制撰文字〔一〕。一日，為蔡京撰《傳言玉女》詞〔二〕，有『淺淡梳妝，愛學女真梳掠』之語。上見之，索筆改『女真』二字為『漢宮』，而人莫解。蓋當時已與女真盟於海上矣，而中外未知帝惡其語，故竄易之也。

【校記】

袁裪：《全宋詞》作『袁綯』。

淺淡梳妝：《全宋詞》作『眉黛輕分』。

【注釋】

〔一〕政和：宋徽宗年號（一一一一—一一一七）。袁裪：其人不詳。《全宋詩》一八〇三收其佚詩兩句。《全宋詞》收其詞兩首。

〔二〕《傳言玉女》：詞牌名。全詞如下：『眉黛輕分，慣學女真梳掠。豔容可畫，那精神怎貌？鮫綃映玉，鈿帶雙穿纓絡。歌音清麗，舞腰柔弱。　宴罷瑤池，御風跨皓鶴。鳳凰臺上，有蕭郎共約。一面笑開，向月斜褰珠箔。東園無限，好花羞落。』

元宵詞

都下元宵觀游之盛〔一〕，前人或於歌詞中道之，而故族大家，宗藩戚里〔二〕，宴賞往來，車馬駢闐，五晝夜不止。每出必窮日，盡夜漏乃始還家，往往不及小憩，雖含酲溢疲思〔三〕，亦不暇寐，皆相呼理殘粧，而速客者已在門矣。又婦女首飾，自此一新，髻鬟篸插，如蛾、蟬、蜂、蝶、雪柳、玉梅、燈球，裊裊滿頭，其名件甚多，不知起何時，而詞客未有及之者。晁叔用作《上林春慢》云〔四〕：『帽落宮花，衣惹御香，鳳輦晚來初過。鶴降詔飛，龍擎燭戲，端門萬枝燈火。滿城車馬，對明月，有誰閑坐。任狂遊，更許傍禁街，不扃金鎖。　玉樓人、暗中擲果。珍簾下、笑著春衫裊娜。素蛾繞釵，輕蟬撲鬢，垂垂柳絲梅朵。夜闌飲散，但贏得、翠翹雙嚲。醉歸來，又重向、曉窗梳裹。』此詞雖非絕唱，然句句皆是實事，亦前人所未嘗道者，良可喜也。

【校記】

《上林春慢》：　明陳耀文輯《花草稡編》卷二十一全文引該詞，題作《元宵》。

【注釋】

〔一〕都下：　京城。

〔二〕宗藩戚里：　宗室、外戚的住地。

〔三〕含酲：含有醉意。
〔四〕晁叔用：晁沖之。

參寥子

參寥子〔一〕，妙總大師曇潛也。俗姓王氏，杭州錢塘縣人。幼不茹葷，父母聽出家。以童子誦《法華經》，度爲比丘〔二〕，受具戒，於内外典無所不窺〔三〕。能文章，尤喜爲詩，秦少游與之有支許之契〔四〕。嘗在臨平道中作詩云〔五〕：『風蒲獵獵弄輕柔，欲立蜻蜓不自由。五月臨平山下路，藕花無數亂汀洲。』東坡一見，爲寫而刻諸石。宗婦曹夫人善丹青，作《臨平藕花圖》〔六〕。人爭影寫，蓋不獨寶其畫也。東坡守彭城，參寥常往見之，在坡座，賦詩援筆立成，一坐嗟服。坡遣官妓馬盼盼索詩，參寥笑作絶句，有『禪心已作沾泥絮』之語。坡曰：『予嘗見柳絮落泥中，私謂可以入詩，偶未嘗收拾，乃爲此老所先，可惜也。』〔七〕住西湖智果院。坡南遷，素不快者捃詩語謂有刺譏，得罪，反初服。建中靖國元年，曾子開爲翰林學士，言其非辜，詔復祝髮〔八〕，紫方神師號如故。故蘇黄門每稱曰〔九〕：『此釋子詩，無一點蔬笋氣，其體制絶似儲光羲，非近世詩僧所能比也。』欲集其詩序之，竟不果而卒。參寥，崇寧末歸老江湖，既示寂，其傳孫法穎以其集行於世〔一〇〕，然猶有不傳者。（以上《續骫骳説》）

【注釋】

〔一〕參寥子：參見《風月堂詩話》卷上第二一則注釋。

〔二〕比丘：和尚。

〔三〕內外典：佛教徒稱佛書以內的典籍為內典，佛書以外的典籍為外典。

〔四〕支許：支遁、許詢。支許之契：《晉書·謝安傳》：『寓居會稽，與王羲之及高陽許詢、桑門支遁遊處，出則漁弋山水，入則言詠屬文，無處世意。』

〔五〕臨平：鎮名，在浙江餘杭境內。

〔六〕曹夫人：曹仲婉，北宋女畫家。生平不詳，其畫作著錄於《宣和畫譜》。參寥《觀宗室曹夫人畫》之三：『臨平山下藕花洲，旁引官河一帶流。雨棹風帆有無處，筆端需與細冥搜。』詩來自注：『尝許作《臨平藕花圖》。』曹夫人畫作流傳入金，元好問《松上幽人圖》注曰：『宋宗婦曹夫人仲婉所畫，上有曹道沖題詩。』

〔七〕『東坡守彭城』九句：參見《風月堂詩話》卷上第二十五則。

〔八〕『坡南遷』八句：參見《風月堂詩話》卷下第一則。

〔九〕蘇黄門：蘇轍。

〔一〇〕法穎：《蘇軾文集》卷七十二《法穎》：『法穎沙彌，參寥子之法孫也。七八歲，事師如成人。上元夜，予作樂於寺，穎坐一夫肩上。予謂曰：「出家兒亦看燈耶？」穎愀然變色，若無所容，啼呼求去。自爾不復出嬉遊，今六七年矣，後當嗣參寥者。』

次韻劉太師苦吟之什〔一〕

長城五字屹逶迤，可笑偏師敢出奇〔二〕。句補推敲未安處，韻更瘀絮益難時〔三〕。癡迷竟作禽填海〔四〕，辛苦真成蟻度絲〔五〕。卻羡彌明攻具速，劉侯漫說也能詩〔六〕。

【注釋】

〔一〕劉太師：其人不詳。

〔二〕『長城五字』二句：《新唐書·秦系傳》：『長卿自以為五言長城，系用偏師攻之，雖老益壯。』

〔三〕韻更瘀絮：白居易《和微之詩二十三首》序云：『微之又以近作四十三首寄來，命僕繼和。其間瘀絮四百字，車斜二十篇者流，皆韻劇辭殫，瓌奇怪譎。』瘀絮四百字，指其中《和三月三十日四十韻》一詩，該詩以瘀、絮等字為韻，五言四十韻，計四百字。

〔四〕禽填海：指精衛填海。

〔五〕蟻度絲：螞蟻穿絲，形容艱難。正覺《圓覺經頌·普賢章》：『神珠九曲蟻絲穿。』

〔六〕彌明：軒轅彌明，唐代衡山道士。元和七年（八一二）入長安，與劉師復、侯喜等人作《石鼎聯句》詩。事見《太平廣記》卷五十五引《仙傳拾遺》。劉侯：劉師復，借指劉太師。

李任道編錄濟陽公文章〔一〕，與僕鄙製合為一集，且以雲館二星名之。僕何人也，乃使與公抗衡，獨不慮公是非者紛紜於異日乎！因作詩題於集後，俾知吾心者不吾過也。庚申六月丙辰江東朱弁書〔二〕

絕域山川飽所經，客蓬歲晚任飄零。詞源未得窺三峽〔三〕，使節何容比二星。蘿蔦施松慚弱質〔四〕，蒹葭倚玉怪殊形〔五〕。齊名李杜吾安敢，千載公言有汗青〔六〕。（以上《中州集》卷十）

【注釋】

〔一〕李任道：其人不詳。濟陽公：宇文虛中（一〇七九—一一四六），字叔通，參見《中州集》卷一《宇文大學虛中》。

〔二〕庚申：天眷三年（一一四〇）。

〔三〕『詞源』句：杜甫《醉歌行》：『詞源倒流三峽水，筆陣獨掃千人軍。』

〔四〕蘿蔦：女蘿和蔦。兩種蔓生植物，常緣樹而生。詩人用以自比。

〔五〕蒹葭倚玉樹：形容兩者懸殊。《世說新語·容止》：『魏明帝使后弟毛曾與夏侯玄並坐，時人謂「蒹葭倚玉樹」。』

〔六〕『齊名』二句：詩末原有注曰：『濟陽公謂宇文叔通。叔通受官，而少章以死自守，恥用叔通見比，故此詩以不敢齊名自託。至於書年為庚申，與稱江東朱弁者，蓋亦有深意云。』

卷二　王寂

王寂（一一二八—一一九四），字元老，蓟州玉田（今河北玉田）人。天德三年（一一五一）進士及第，仕為祁縣令、通州御史、中都副留守、戶部侍郎、提點遼東刑獄、中都路轉轉使，攝禮部尚書。卒謚文肅。生平參見《中州集》卷二《王都運寂》。著有《拙軒集》，原書已佚，現存六卷為四庫館臣輯本。另有《遼東行部志》、《鴨江行部志》。二者為王寂明昌年間以提點遼東刑獄之職巡視所部諸地所作的行志，多記載其途中見聞及詩歌創作。

遼東行部志（節選）

癸卯〔一〕，是日得《海山文集》，乃遼司空大師居覺花島海雲寺時所製也，故目其集曰《海山》〔二〕。師姓郎，名思孝〔三〕，蚤年舉進士第，更歷郡縣。一日，厭棄塵俗，祝髮披緇〔四〕。已而行業超絕，名動天下。當遼興宗時〔五〕，尊崇佛教，自國主以下，親王貴主皆師事之。嘗賜大師號曰『崇祿大夫守司空輔國大師』〔六〕。凡上章表，名而不臣。興宗每萬機之暇，與師對榻，以師不肯作詩，先以詩挑之曰：『為避綺吟不肯吟〔七〕，既吟何必昧真心〔八〕。吾師如此過形

外，弟子爭能識淺深？』師和之曰：『為愧荒疏不敢吟，不吟恐忤帝王心。本吟出世不吟意，以此來批見過深。』『天子天才已善吟，那堪二相更同心。直饒萬國猶難敵，一智甯當三智深。』〔九〕二相，謂杜令公、劉侍中也〔一〇〕。後遇天安節〔一一〕，師題《松鶴圖》上進云：『千載鶴棲萬歲松，霜翎一點碧枝中〔一二〕。四時有變此無變，願與吾皇聖壽同。』師自重熙十七年離去海島〔一三〕，住持縉雲山〔一四〕，興宗特遣閤門張世英賫御書並賜香與麻絲等物〔一五〕，書云：『冬寒，司空大師法候安樂〔一六〕，比及來冬差人請去，幸望不賜違阻〔一七〕。』末云：『方屬祁寒，順時善加保攝〔一八〕。』詳其始終，問訊禮如平交。非當時道行有大過人者，安能使時君推慕如此，然亦千載一遇，豈偶然哉！

【注釋】

〔一〕癸卯：明昌元年（一一九〇）二月十九日。該年王寂以遼東提點刑獄，巡視所部諸地，途中作《遼東行部志》。

〔二〕《海山文集》：已佚。司空大師：參下注〔三〕。覺花島：又作覺華島、菊花島，在今遼寧省興城市十五里海中。

〔三〕郎思孝：遼興宗時高僧，著述衆多。生平亦見沙門即滿《妙行大師行狀碑》：『師契丹氏，諱志智，字普濟，國舅、大丞相、楚國王之族。……越妙年，遇海山守司空輔國大師赴闕，因得參覲，及蒙訓教，深厭塵俗，懇祈出家，……遂依司空為師。』《妙行大師行狀碑》，載《全遼金文》卷十。

〔四〕祝髮披緇：指出家為僧。

〔五〕遼興宗：耶律宗真（一〇一六—一〇五五），聖宗長子，一〇三一—一〇五五年在位。

〔六〕崇祿大夫：即光祿大夫，因避遼太宗諱而改，為從一品或正二品的文散官。

〔七〕綺吟：佛教語，指涉及愛情或閨門的豔麗辭藻及一切雜穢語。

〔八〕真心：佛家語，指真實無妄之心。

〔九〕三智：指天子与二相之智。

〔一〇〕杜令公：即杜防，涿州歸義縣人，開泰五年（一〇一六）進士，重熙十三年（一〇四四）拜南府宰相，尋拜右丞相，加尚父，卒贈中書令，謚元肅，故稱杜令公。《遼史》卷八十六有傳。劉侍中：即劉六符，河間（今屬河北）人，舉進士。遼興宗時任翰林學士，重熙年間兩度赴宋，返遼後加至同中書門下平章事。被彈劾受宋賄賂，出為長寧軍節度使。《遼史》卷八十六有傳。

〔一一〕天安節：遼興宗生日。《遼史》卷二十一《道宗紀》：清寧元年（一〇五五）『冬十月丁亥，有司請以帝生日為天安節，從之。』

〔一二〕霜翎：白色羽毛。

〔一三〕重熙十七年：一〇四八年。海島：指覺華島。

〔一四〕縉雲山：遼延慶州永寧縣之縉雲山，今北京延慶縣永寧鎮。山上有縉陽寺，據鄭昉《添修縉陽寺功德碑記》載：縉陽寺創建於光啟二年（八八六）。鄭文見《遼代石刻文獻·道宗編下》。

〔一五〕閣門：閣門使，執掌禮儀的使職官。五代十國至宋代設置，屬大內諸使司之一，從六品至正五品。張世英：生平不詳。齎：帶著。

〔一六〕法候：對僧人的問候語。

〔一七〕違阻：拒絶。

〔一八〕祁寒：嚴寒。保攝：保養。

辛亥〔一〕，僧上首性潤邀予啜茶於東軒〔二〕，壁間有張譚王樂之皇統乙丑歲遊山詩碑〔三〕，中有《游輞川問山神》詩云〔四〕：『古棧松溪曲繞岩，亂石隨步翠屏開。不知摩詰幽棲後〔五〕，更有何人曾到來？』《代山神答詩》云：『好山好水人誰賞？古道荆榛鬱不開。一自施僧為寺後，而今再見右丞來〔六〕。』按公《自序》云：『頃在闕下閱摩詰所畫《輞川圖》〔七〕，愛其山水幽深，恐非人世所有，疑當時少加增飾。暨奉命來長安，暇日與都運劉彦謙、總判李愿良同遊此川〔八〕，將次藍田望玉山〔九〕，已覺氣象清絶。自川口至鹿苑寺〔一〇〕，左右峰巒重複，泉石清潤，花草蒙茸，錦繡奪目，與夫浮空積翠之氣，上下混然，宛如在碧壺中，雖顧陸復生〔一一〕，不可狀其萬一。方知昔之所見圖本，乃當時草草寓意耳。』時公方為行臺尚書右丞〔一二〕，以王摩詰亦唐之右丞也，故尾句及之。又《鹿苑》詩云：『前旌臨輞水，一雨霽藍關。』予戲謂坐客曰：『前旌之説，大似松下喝道。』〔一三〕至其次云：『怒浪平欺石，晴雲猶戀山。』予曰：『賴有此耳。』坐上為之絶倒，然觀其《游高冠》古詩中有『人間無此景，樹下悟前生』之句〔一四〕，平淡渾成，意趣高遠，向使生晉、唐間，必當升陶彭澤之堂，入韋蘇州之室矣〔一五〕。蓋

公胸次自有一丘一壑〔一六〕，故信口肆筆，絕無俗語。自公仙去，於今三十年〔一七〕，未嘗見如此人物，縱有，亦未易識也，悲夫！

【注釋】

〔一〕辛亥：明昌元年（一一九〇）二月二十七日。

〔二〕上首：佛家語，指一座中的主位。性潤，僧名，其人不詳。

〔三〕張譚王樂之：即張通古，字樂之，易州易縣人。遼天慶二年（一一一二）進士，仕金任工部侍郎、兼六部事，海陵天德初，進拜平章政事，封譚王。《金史》卷八十三有傳。皇統乙丑，即皇統五年（一一四五）。

〔四〕輞川：在今陝西省藍田縣南，王維曾隱居於此。

〔五〕摩詰：王維之字。

〔六〕再見右丞：據下文，當時張通古任行臺尚書右丞，故云。

〔七〕闕下：皇帝所居之地，文中指金上都會寧（今黑龍江阿城）。

〔八〕劉彥謙：其人不詳。李愿良：名師魏。楊萬里《題畢少董繙經圖》序：『畢敷文少董，名良史，紹興初陷虜境，居汴，閉戶著《春秋正辭》、《論語探古》書，有宋哲夫、李願良輩執經師之，好事者寫為《繙經圖》，宋執一卷書背立，董坐一榻上，後有二女奴，各有所執，而阿冬者坐其間，少董之季子也。女奴之髽者曰孫壽，冠者曰馬惠真，哲夫名城，願良名師魏云。』

〔九〕玉山：即藍田山，在藍田縣東南。

〔一〇〕鹿苑寺：在陝西西安市高陵區西南。

〔一一〕顧陸：南朝畫家顧愷之、陸探微並稱顧陸。
〔一二〕行臺：天會十五年（一一三七）十一月，金廢偽齊，於汴京設行臺尚書省。
〔一三〕松下喝道：李商隱《雜纂》將之列為『殺風景』之例。
〔一四〕高冠：在今陝西戶縣境內，為唐時長安附近著名遊覽區。
〔一五〕陶彭澤：陶淵明。韋蘇州：韋應物。
〔一六〕一丘一壑：《世說新語·品藻》：『明帝問謝鯤：「君自謂何如庾亮？」答曰：「端委廟堂，使百僚準則，臣不如亮，一丘一壑，自謂過之。」』
〔一七〕自公仙去：據《金史》卷八十三《張通古傳》，張通古卒於正隆元年（一一五六）年。

己未〔一〕，晚達榮安縣，昔在遼為榮州〔二〕，借榻於蕭寺，僧舍壁間有《施食放生記》〔三〕，乃墨蠟石本，裝飾成軸。三復其文，辭理俱妙，大概假賓主問答云。有大沙門於佛誕施食放生時〔四〕，一居士謂沙門曰：『聚食施食，真汝慳貪〔五〕；取生放生，真汝殺害。彼餓鬼等，以慳貪故，彼畜生等，以殺害故，不應利彼而隨墮彼。』云云。沙門即應之曰：『以實不食，施少分食，作無數食，一切餓鬼無不能食。以實不生，放今日生，令無盡生，一切畜生無不能生。』此其大略也，餘不具錄。其後云：『至和二年四月八日嘉禾陳舜俞記〔六〕。熙寧七年五月七日〔七〕，眉山蘇軾書。』予以宋史考之：至和二年，仁宗朝乙未歲也。熙寧七年，神宗朝甲寅歲也。又按三蘇文集，熙寧四年冬，東坡通守餘杭〔八〕，七年秋，移守高密〔九〕，以九月二十四日

辭天竺觀音〔一〇〕，去杭之密。今此記云熙寧七年五月七日蘇某書，即是猶在杭州時也。東坡忠厚，不妄許可，如歐陽永叔作《韓魏公德威堂記》〔一一〕、范仲淹作《狄梁公神道碑》〔一二〕，皆公手書，自餘非文章議論有大過人者，未嘗容易作一字。今陳公所記施食放生事，坡公特為之書者，意可知矣。公往在黃州時，率錢救不舉之子〔一三〕，在儋耳時，臨江放垂死之魚〔一四〕。以是觀陳公之記，意必有會於心者〔一五〕，故為書之。其字端謹，大小頗與《枕中經》相類〔一六〕，真所謂傳世之墨寶云。

【注釋】

〔一〕己未：明昌元年（一一九〇）三月初五。

〔二〕榮安：在今遼寧康平縣附近。

〔三〕《施食放生記》：北宋陳舜俞所作，原文見宗曉《施食通覽》，《全宋文》卷一五四四據之收錄，題作《施食放生文》。施食：將飲食佈施給他人鬼道眾生。放生：把捕獲的動物放掉。

〔四〕沙門：出家為僧道之人。佛誕：釋迦牟尼誕生之日，即農曆四月初八。

〔五〕慳貪：吝嗇而貪得。

〔六〕至和二年：一〇五五年。嘉禾：今浙江嘉興。陳舜俞：字令舉（一〇二六—一〇七六），湖州烏程人，號白牛居士。慶曆六年（一〇四六）進士及第，授天台從事，後在台州、明州等地任職，熙寧初，以屯田員外郎知山陰縣，因反對青苗法而罷官。熙寧九年卒。《宋史》卷三百三十一《張問傳》有附傳。

〔七〕熙寧七年：一〇七四年。

〔八〕通守餘杭：指任杭州通判。

〔九〕高密：密州，今山東諸城。

〔一〇〕辭天竺觀音：《蘇軾文集·蘇軾佚文彙編》卷一《別天竺觀音詩序》曰：『余昔通守錢塘，移莅膠西，以九月二十日，來別南北山道友。』天竺：山名，在杭州。

〔一一〕歐陽永叔：歐陽修。韓魏公：韓琦（一〇〇八—一〇七五），字稚圭，相州安陽（今河南安陽）人。北宋大臣，封魏國公。《韓魏公德威堂記》：不詳，或為王寂誤記。《蘇軾文集》卷十九《德威堂銘並序》，乃為文彥博所作。

〔一二〕《狄梁公神道碑》：即《唐狄梁公碑》，見《范文正公集》卷十一。

〔一三〕救不舉之子：《蘇軾文集》卷七十二《黃鄂之風》：『近聞黃州小民，貧者生子多不舉。初生便於水中浸殺之，江南尤甚，聞之不忍。會故人朱壽昌康叔守鄂州，乃以書遺之，俾立賞罰，以變此風。黃之士古耕道，雖椎魯無它長，然頗誠實，喜為善。乃使率黃人之富者，歲出十千，如願過此者，亦聽。使耕道掌之，多買米布絹絮，使安國寺僧繼蓮書其出入。訪閭里田野有貧甚不舉子者，輒少遺之。若歲活得百箇小兒，亦閑居一樂事也。吾雖貧，亦當出十千。』

〔一四〕儋耳：今海南儋州。《蘇軾文集》卷七十一《書城北放魚》：『儋耳魚者漁於城南之陂，得鯽二十一尾，求售於東坡居士。坐客皆欣然，欲買放之，乃以木盎養魚，舁至城北淪江之陰，吳氏之居，浣沙石之下放之。時吳氏館客陳宗道，為舉《金光明經》流水長者因緣說法念佛，以度是魚。曰無明緣，行行緣，識識緣，名色名色緣，六入六入緣，觸觸緣，受受緣，愛愛緣，取取緣，有有緣，生生緣，老死憂悲苦惱，南無寶勝如來。爾時宗道說法念佛

已，其魚皆隨波赴谷，衆會歡喜，作禮而退。會者六人，吳氏之老劉某，南海符某，儋耳何旻，潮陽王介石，溫陵王懿、許琦；　昇者二人，吉童、奴九。元符二年三月丙寅書。』。

〔一五〕有會於心者：《蘇軾文集·蘇軾佚文彙編》卷五有同類之作《施餓鬼文》。

〔一六〕《枕中經》：　即《太上老君枕中經》。

庚申〔一〕，以軍民田訟未判，為留再宿。午飯後，信手取故書遮眼，乃《韓文公集》，開帙得詩云：『居閑食不足，從事力難任。二者俱害性，一生恒苦心。』〔二〕三復其言，掩卷為之太息。非韓公飽閲窮通，備嘗艱阻，斷不能作是語。予丁丑筮仕，凡四十年〔三〕，俸入雖優，隨手散去，家貧累重，生理索然，汗顏竊禄，則不免鐘鳴漏盡之罪〔四〕。謀身勇退，則其如啼饑號寒之患，行藏未決，悶默自傷，為作五十六字云：『舉家千指食嗷嗷〔五〕，不食誰能等繫匏〔六〕。掠剩大夫湯沃雪〔七〕，定交窮鬼漆投膠〔八〕。春蠶已老不成繭，社燕欲歸猶戀巢。莫待良田徑須去，移山聊解北山嘲〔九〕。』

【校記】

二者俱害性：《韓昌黎詩繫年集釋》卷一《從仕》作『兩事皆害性』。

丁丑：《續修四庫全書》本作『丁年』，疑是。

移山：《續修四庫全書》本作『移文』。

【注釋】

〔一〕庚申：明昌元年（一一九〇）三月初六。

〔二〕『居閑』四句：出自韓愈《從仕》詩，見《韓昌黎詩繫年集釋》卷一。

〔三〕丁丑：正隆二年（一一五七）。筮仕：指出仕為官。此處疑有誤：一是從正隆二年至明昌元年，不足四十年。二是王寂於天德二年（一一五〇）進士及第，步入仕途，以天德二年計，至明昌元年恰為四十年。

〔四〕鐘鳴漏盡：晨鐘已經敲完，漏壺的水也將滴完，比喻年老力衰。

〔五〕舉家千指：全家百人。

〔六〕繫匏：《論語·陽貨》：『吾豈匏瓜也哉，焉能繫而不食？』

〔七〕掠剩：宋時俗語，掠剩大夫，民間傳說之神，意謂收掠命中注定之外的多餘之物。湯沃雪：熱水澆在雪上，比喻迅速、容易。

〔八〕窮鬼：韓愈有《送窮文》，見《韓昌黎文集校注》卷八。漆投膠：如同膠和漆那樣黏結。

〔九〕『移山』句：孔稚圭有《北山移文》。

丙寅〔一〕，老兵自遼陽來〔二〕，得兒子欽哉安信〔三〕，又附到葛次仲《集句詩》〔四〕。亞卿平日喜作此，是亦得遊戲文章三昧者。至於事實貫串，聲律妥帖，渾然可愛，自非才學該贍，豈能自成一家如此。其《即事》云：『世路山河險〔五〕，權門市井忙〔六〕。』《田家》云：『雀語嘉賓笑〔七〕，蟬鳴織婦忙〔八〕。』《僧釋子》云：『有營非了義〔九〕，無事乃真筌〔一〇〕。』《送別》云：

『世界多煩惱〔一一〕，人生足別離〔一二〕。』又云：『寂寞憐吾道〔一三〕，淹留見俗情〔一四〕。』《晦日》云：『百年莫惜千回醉〔一五〕，三月惟殘一日春〔一六〕。』《春望》云：『楊王盧駱真何者〔一七〕，許史金張安在哉〔一八〕。』《寄死達》云：『舉世盡從愁裏老〔一九〕，何人肯向死前休〔二〇〕。』《秋郊寓目》云：『不堪回首還回首〔二一〕，未合白頭今白頭〔二二〕。』其偶對精絶多此類，東坡所謂『信手拈得俱天成』者〔二三〕，亞卿有焉。

【校記】

三月：《全唐詩》卷三百三十四《三月晦日會李員外，座中頻以老大不醉見譏，因有此贈》作『二月』。

楊王：《全唐詩》卷八百三十七《贈楊公杜之舅》作『王楊』。

肯向：《韓昌黎詩繫年集釋》卷四《和歸工部送僧約》一作『更得』。

【注釋】

〔一〕丙寅：明昌元年（一一九〇）三月十二日。

〔二〕遼陽：今遼寧遼陽。

〔三〕欽哉：據《中州集》卷二《王都運寂》，王寂有三子，長子即欽哉。安：疑是钦哉之名。

〔四〕葛次仲：字亞卿（一〇六三—一一二一），常州江陰人，葛勝仲之兄，紹興四年（一〇九七）進士，仕至大司成。《全宋詩》卷一二七五有小傳，收錄其詩四首、佚句一句，未錄以下所引詩句。《集句詩》：三卷，見葛勝仲《丹陽集》卷十五《太中大夫大司成葛公行狀》。

〔五〕世路山河險：出自劉禹錫《九日登高》，見《劉禹錫集》卷三十八。

〔六〕權門市井忙：出自白居易《分司洛中多暇，數與諸客宴遊，醉後狂吟，偶成十韻，因招夢得賓客，兼呈思黯奇章公》。

〔七〕雀語嘉賓笑：出自張祜《江南雜題三十首》（其十九）。

〔八〕蟬鳴織婦忙：出自白居易《渭村退居，寄禮部崔侍郎、翰林錢舍人詩一百韻》。

〔九〕有營非了義：出自白居易《感悟妄緣題如上人壁》。

〔一〇〕無事乃真筌：出自權德輿《奉送韋起居老舅百日假滿歸嵩陽舊居》，見《全唐詩》卷三百二十三。

〔一一〕世界多煩惱：出自白居易《郡齋暇日，憶廬山草堂，兼寄二林僧社三十韻，皆敘貶官已來出處之意》。

〔一二〕人生足別離：出自于武陵《勸酒》，見《全唐詩》卷五百九十五。

〔一三〕寂寞憐吾道：出自杜牧《自貽》。

〔一四〕淹留見俗情：出自杜甫《久客》。

〔一五〕『百年』句：出自翁綬《詠酒》，見《全唐詩》卷六百。

〔一六〕『三月』句：出自令狐楚《三月晦日會李員外，座中頻以老大不醉見譏，因有此贈》，見《全唐詩》卷三百三十四。

〔一七〕『楊王』句：出自貫休《贈楊公杜之舅》，見《全唐詩》卷八百三十七。

〔一八〕『許史』句：出自貫休《山居詩二十四首》（其七），見《全唐詩》卷八百三十七。

〔一九〕『舉世』句：出自杜荀鶴《秋宿臨江驛》，見《全唐詩》卷六百九十二。

〔二〇〕『何人』句：出自韓愈《和歸工部送僧約》。

〔一一〕『不堪』句：出處失考。

〔一二〕『未合』句：杜荀鶴《雋陽道中》，見《全唐詩》卷六百九十二。

〔一三〕『信手』句：出自蘇軾《次韻孔毅甫集古人句見贈五首》之三。

丁卯〔一〕，予臥榻圍屏四幅，皆著色畫大曲故事〔二〕，公餘少憩，各戲題一絕句。《湖渭州》云〔三〕：『相如遊倦弄琴心，簾下文君便賞音〔四〕。犢鼻當年卜偕老〔五〕，不妨終有《白頭吟》』〔六〕。《新水》云〔七〕：『徐郎生別一酸辛，破鏡還將淚粉勻〔八〕。縱使三年不成笑，祇應學得息夫人〔九〕。』《薄媚》云〔一〇〕：『深知歲不利西行，鄭六其如誓死生。異類猶能保終始，秦樓風月卻無情。』〔一一〕《水調歌頭》云〔一二〕：『牆頭容易許平生，繩斷翻悲覆水瓶。子滿芳枝亂紅盡，東君不管儘飄零。』〔一三〕（以上選自賈敬顏《王寂遼東行部志疏證稿》）

【校記】

不成笑：《續修四庫全書》本作『不言笑』。

【注釋】

〔一〕丁卯：明昌元年（一一九〇）三月十三日。

〔二〕大曲：一曲多遍，諸部合奏之曲為大曲，是一種大型歌舞曲。

〔三〕《湖渭州》：一作《胡渭州》，《宋史·樂志》小石調、林鐘商均有《胡渭州》。

〔四〕『相如』二句：所詠為司馬相如、卓文君故事。事見《史記·司馬相如列傳》：司馬相如客臨邛，富人卓王孫召飲於家。其女文君新寡，相如以琴挑之，文君心動，遂夜奔之。

〔五〕犢鼻：《漢書·司馬相如傳》：『相如與俱之臨邛，盡賣車騎，買酒舍，乃令文君當盧，相如身自著犢鼻褌，與庸保雜作，滌器於市中。』

〔六〕《白頭吟》：《西京雜記》卷三謂相如既貴，將聘茂陵人女為妾，文君乃作《白頭吟》以自絕，相如乃止。

〔七〕《新水》：教坊大曲名，《宋史》卷一百四十二《樂志》有《雙調·新水調》。

〔八〕徐郎：指南朝陳太子舍人徐德言。本詩詠破鏡重圓之事。見孟啟《本事詩》卷一：『陳太子舍人徐德言之妻，後主叔寶之妹，封樂昌公主，才色冠絕。時陳政方亂，德言知不相保，乃破一鏡，人執其半，約曰：「他日必以正月望日，賣於都市，我當在，即以是日訪之。」及陳亡，其妻果入越公楊素之家，寵嬖殊厚。德言流離辛苦，僅能至京。遂以正月望日訪於都市。有蒼頭賣半鏡者，大高其價，皆笑之。德言直引至其居，設食，具言其故，出半鏡以合之，乃題詩曰：「鏡與人俱去，鏡歸人不歸。無復嫦娥影，空留明月輝。」陳氏得詩，涕泣不食。素知之，愴然改容，即召德言，還其妻，仍厚遺之。聞者無不感歎。仍與德言陳氏偕飲，令陳氏為詩，曰：「今日何遷次，新官對舊官。笑啼俱不敢，方驗做人難。」遂與德言歸江南，竟以終老。』

〔九〕息夫人：春秋時息國息侯之妻。楚文王滅息，擄息夫人，生堵敖及成王。她以國破夫死之痛，與楚文王三年不笑。事見《左傳·莊公十四年》。

〔一〇〕《薄媚》：教坊大曲名，《宋史》卷一百四十二《樂志》道調宮、南呂宮內均有《薄媚》。

〔一一〕『深知』四句：所詠故事出自沈既濟《任氏傳》。鄭六於長安遇狐女任二十娘，情好無間。後歲餘，得官金城縣，欲攜之往，任氏不欲，曰「巫者言是歲不利西行」。鄭强之，遂俱西。至馬嵬，有獵犬騰出於草，任氏墜

地，現原形，為群犬所斃。

〔一二〕《水調歌頭》：唐教坊大曲名。

〔一三〕『牆頭』四句：故事出自白居易《井底引銀瓶》：『井底引銀瓶，銀瓶欲上絲繩絕。……妾弄青梅憑短牆，君騎白馬傍垂楊。牆頭馬上遥相顧，一見知君即斷腸。……到君家舍五六年，君家大人頻有言：聘則為妻奔是妾，不堪主祀奉蘋蘩。終知君家不可住，其奈出門無去處。』

鴨江行部志（選錄）

甲辰〔一〕，次熊岳縣〔二〕，宿興教寺。晚登經閣，南望王元仲海岳樓〔三〕，不及一牛鳴〔四〕，但以謁禁〔五〕，不得一登覽為歉。舊聞京師名公皆有題詠〔六〕，已刻石於樓下，命借副本，因得詳觀。蓋玉照老人劉鵬南為之序〔七〕，平章公張仲澤首唱『通』字韻詩〔八〕，自餘賡和者，張御史壽甫〔九〕、鄭侍講景純〔一〇〕、蔡濰州正父〔一一〕、李禮部致美〔一二〕，如此凡二十五人。中間唯趙獻之作賦〔一三〕，又不用元韻者四人。玩味再四，有以起予，亦漫繼兩詩，他日登門，庶以是為先容耳〔一四〕。然强韻傑句，皆為人所先，要不蹈襲一字，亦出於倔强也。『飛甍縹緲拂層空，覽勝觀瀾左右雄。秋氣拍簾千嶂雨，夜潮春枕半天風。盟尋鷗去滄浪上，目送鴻歸滅沒中。聖世文明方講禮，征車行起叔孫通〔一五〕。』『先生勇退冀北空〔一六〕，坐笑百雌無一雄。咄咄諸郎有高著，紛紛餘子甘下風。龍媒懶行陸地上〔一七〕，鵬翼要舉青雲中。舊學淵源慎勿廢，逸

書當續《白虎通》〔一八〕。』

【注釋】

〔一〕甲辰：明昌二年（一一九一）二月二十五日。其時王寂按部鴨綠江一帶，途中作《鴨江行部志》。

〔二〕熊岳：今遼寧營口市熊岳鎮。

〔三〕王元仲：王遵古字元仲，熊岳人，王庭筠之父。《中州集》卷八有傳。海岳樓：當是王遵古所建，因建於離海較近的山上，故名。

〔四〕一牛鳴：指牛鳴聲可到之地，比喻距離較近。

〔五〕謁禁：禁止接見請託者的條令。

〔六〕京師名公皆有題詠：現存王珦（汝玉）《王元仲海岳樓同諸公賦》：『十二朱欄倚半空，元龍高臥定誰雄。簷楹翠濕蓬山雨，枕簟涼生弱水風。物色橫陳詩卷裏，雲濤飛動酒杯中。謫仙會有騎鯨便，八極神游路可通。』見《中州集》卷八。另外，李純甫有《子端山水同裕之賦》：『遼鶴歸來萬事空，人間無地著詩翁。只留海岳樓中景，長在經營慘淡中。』見《中州集》卷四。《元好問全集》卷四《王學士熊岳圖》：『長松手種欲摩天，海岳樓空落照邊。』

〔七〕劉鵬南：名著，舒州皖城人，政和末登進士第。入金，年六十餘始入翰林，充修撰，出守武遂，終於忻州刺史。號玉照老人。見《中州集》卷二《劉內翰著》。

〔八〕張仲澤：張汝霖（？—一一九〇），字仲澤，遼陽人，貞元進士，大定二十八年（一一八七）拜平章政事，封芮國公。《金史》卷八十三有傳。其詩已佚。

〔九〕張御史壽甫：　張景仁，遼西人，累官翰林待制，大定二十年（一一八〇）召為御史大夫。《金史》卷八十四有傳。

〔一〇〕鄭侍講景純：　鄭子聃（一一二六—一一八〇），大定府人。天德三年（一一五一）進士及第，正隆二年（一一五七）狀元，除翰林修撰，大定十九年（一一七九）遷侍講學士，次年卒。《金史》卷一百二十五有傳。

〔一一〕蔡濰州正父：　即蔡珪（一一三一—一一七四），字正甫，大定十四年（一一七四）出守濰州，道卒。《中州集》卷一、《金史》卷一百二十五有傳。

〔一二〕李禮部致美：　李晏（一一二三—一一九七），字致美，澤州高平人，皇統六年（一一四八）進士及第，大定二十九年（一一八九）任禮部尚書。《中州集》卷二、《金史》卷九十六有傳。

〔一三〕趙獻之：　趙可（？—一一八九），高平人，號玉峰散人。貞元二年（一一五四）進士，仕至翰林直學士。《中州集》卷二有傳。

〔一四〕先容：　先加修飾，後引申為事先聯絡、介紹。

〔一五〕叔孫通：　漢代薛縣（今山東省滕州市官橋鎮）人。初仕秦，後降漢，為博士，號稷嗣君。漢之朝廟典禮，多由叔孫通擬定。《史記》卷九十九有傳。

〔一六〕冀北空：　韓愈《送溫處士赴河陽軍序》：『伯樂一過冀北之野，而馬群遂空。』見《韓昌黎文集校注》卷四。

〔一七〕龍媒：　龍媒，指駿馬。《漢書·禮樂志》：『天馬徠龍之媒。』

〔一八〕《白虎通》：　即《白虎通義》，漢班固撰。後漢章帝詔諸儒考定《五經》同異，詔班固撰集其事，因其辯論地點在白虎觀，故云。王寂所題二詩，為『通』字韻次韻詩。

丙午〔一〕，遊北巖〔二〕觀瀑布水……壁有張仲宣、申君與留題歲月〔三〕，又有紇石烈明遠留題三詩〔四〕，蓋明遠嘗為曷蘇館節度使〔五〕，距此不及一舍〔六〕，所以屢來登覽。其《壬辰七月晦日》詩云〔七〕：『秋霽嵐光到眼青，層巒疊巘與雲平。解鞍暫借山僧屋，泉水潺湲漱玉聲。』此必領節之初，尚有佳興也。至《癸巳立夏後三日》詩云〔八〕：『春盡山嵐碧轉加，攜樽來醉梵王家。桃花半折東風裏，應笑劉郎兩鬢華〔九〕。』此必坐閱再歲，頗倦遊也。及《甲午春分日詩》云〔一〇〕：『春半遼東暖尚賒，青山苦恨亂雲遮。三年絕徼勞魂夢〔一一〕，向壁題詩一歎嗟。』此似淹留歲月，未有歸期，感慨之情，發於歌詠也。予嘗觀李太白《廬山瀑布》詩云：『日照香爐生紫煙』，意謂雄才健筆，能潤色如此，以今日驗之，乃知詩人題品物象，必有所以然。午飯後，獨坐於中流石上，酌泉煮茗，俯仰溪山，方悟山谷《茶詞》云：『口不能言，心下快活自省。』〔一二〕只今日政使著也。逼暮，題兩絕句於殿壁云：『九天無路不容攀，誰挽銀河落世間？卻恨青蓮老居士，衹將佳句賞廬山〔一三〕。』『强將懶腳掛枯藤，上到雲山第一層。幾欲刻詩題瀑布，卻嫌千古笑徐凝。〔一四〕』

【注釋】

〔一〕丙午：明昌二年（一一九一）二月二十七日。

〔二〕北巖：指龍門山北巖，在熊岳境內，龍門山，或謂今日之和尚帽山。

〔三〕張仲宣：其人不詳。《三朝北盟會編》卷二百四十五引《族帳部曲錄》曰：『張汝為字仲宣，汝霖之兄，浩之長子，石琚榜（一一三九）及第，葛王立，貶為庶人，次年復官，除戶部侍郎。』或是此人。申君與：其人不詳。

〔四〕紇石烈明遠：其人生平僅見王寂此書記載。

〔五〕曷蘇館：史書記載不一，當在今遼寧蓋州與大連市瓦房店市之間。或謂其遺址在今蓋州九寨鄉五美房村。

〔六〕一舍：古代以三十里為一舍。

〔七〕壬辰：大定十二年（一一七二）。晦日：每月最後一日。

〔八〕癸巳：大定十三年（一一七三）。

〔九〕劉郎：劉禹錫。其《再游玄都觀絕句》：『百畝中庭半是苔，桃花淨盡菜花開。種桃道士歸何處，前度劉郎今獨來。』見《劉禹錫集》卷二十四。

〔一〇〕甲午：大定十四年（一一七四）。

〔一一〕絕徼：極遠的邊地。

〔一二〕山谷：黃庭堅。其《品令·茶詞》：『鳳舞團團餅，恨分破、教孤令，金渠體淨，只輪慢碾，玉塵光瑩。湯響松風，早減了二分酒病。　味濃香永，醉鄉路，成佳境。恰如燈下，故人萬里，歸來對影，口不能言，心下快活自省。』

〔一三〕青蓮老居士：指李白。其《望廬山瀑布水》：『飛流直下三千尺，疑是銀河落九天。』王寂詩『九天無路』云云，即本於李詩。

〔一四〕徐凝：中唐詩人，有《廬山瀑布》：『虛空落泉千仞直，雷奔入江不暫息。千古長如白練飛，一條界

破青山色。』蘇軾作詩譏之：『世傳徐凝瀑布詩云：「一條界破青山色。」至爲塵陋。又僞作樂天詩稱美此句，有「賽不得」之語。樂天雖涉淺易，然豈至是哉！乃戲作一絶曰：「帝遣銀河一派垂，古來惟有謫仙詞。飛流濺沫知多少？不與徐凝洗惡詩。」』見《蘇軾詩集》卷二十三。

丁未〔一〕，次曷蘇館〔二〕，宿府署之公明軒，以『公明』名軒，自明遠始，題牓亦明遠之遺墨也。公平昔片言折獄，嫉惡若仇，自謂『公明』，亦不過矣。又其字剛正遒健，似其爲人。昔陳瑩中《跋朱表臣所藏歐陽文忠公帖》云〔三〕：『敬其人，愛其字。』〔四〕吾於明遠亦云。

【注釋】

〔一〕丁未：明昌二年（一一九一）二月二十八日。

〔二〕曷蘇館：見上段注〔五〕。

〔三〕陳瑩中：陳瓘（一〇五七—一一二四），字瑩中，號了齋，沙縣人。元豐二年（一〇七九）探花，授官湖州掌書記。歷任禮部貢院檢點官、越州、溫州通判、左司諫等職。精於書法。《宋史》卷三百四十五有傳。朱表臣：朱處仁字表臣，宣城人，曾任泗州守。

〔四〕敬其人，愛其字：《蘇軾文集》卷六十九《跋陳瑩中題朱表臣歐公帖》引陳瓘語：『敬其人，愛其字，文忠公之賢，天下皆知。使嘉祐以前見其書者，皆如今日，則朋黨之論何自興！元祐元年四月，延平陳瓘書。』

戊申〔一〕，予視睡榻四周，皆置素屏，迎明望之，猶有墨痕，依約可見，亟命濕去覆紙，皆明遠舊書也。其題云《奉謝登州太守符寶寄新鰒魚》詩〔二〕，云：『疇昔珍鱐得屢嘗〔三〕，流涎鮮嚼副牟平〔四〕。太羹純湆味中味〔五〕，明月半胎清外清〔六〕。曾比臘茶猶劣似〔七〕，直連楚國尚多卿。珍重寶鄰賢太守，馳封新剗寄頳明〔八〕。』其後《跋》云：『鰒魚，海錯之珍〔九〕，酒邊咀茹腴濡〔一〇〕，有味中之味。或問僕曰：「何物可與為比？」對之以臘茶。人或退而笑曰：「擬人物必以其倫，而曰鰒魚似臘茶，不亦異乎？」或問予以為定何似？曰：「似蛤蜊〔一一〕。」因識任昉亦不知味〔一二〕。暇日賦《乞茶》，語施丈〔一三〕，偶得此詩及評，並用一笑。煩元予舉似施丈〔一四〕，苟煮鰒魚之餘，真得一杯茶，便如「騎鶴上揚州」也〔一五〕。』予初見此詩，不知作者為何人，亦不知謝者為誰，及見《跋》文，乃知明遠去文登之後〔一六〕，後政以鰒魚寄明遠〔一七〕，明遠以詩謝之。首句云「疇昔珍鱐得屢嘗」，是舊曾為蓬萊閣主人也。然「嘗」字下押「清」字韻，豈非為「清」、「揚」字古詩亦通用耶〔一八〕？抑復效韓文公每寬韻輒旁出耶〔一九〕？不然，是誤書「烹」字作「嘗」字也。予恐誤者多矣。又以鰒魚比臘茶之說，「煩元予舉似施丈」，元予，則必謂酈元予也；施丈者，若指施明望言之，計明遠罷登州之後，施先生去世久矣〔二〇〕。他日見元予，必當首問此一端也。又一幅前序云：『偶檢二十年前，《干固哥林牙相公重午酒資》詩一首，云：「牢落他鄉道轉孤，半生窮餓坐詩書。蕤賓況復當佳節〔二一〕，歸夢猶能到弊廬。屈子沉江真是躁〔二二〕，田文及戶亦成虛〔二三〕。公如不為紅茵惜，

願學前人一吐車〔二四〕。』此詩東平馮可所作也〔二五〕。林牙者〔二六〕，遼之文職也，班列翰林之上。但固哥相公者，不知其誰也。又一幅，全是高特夫、孔遵度兩書〔二七〕，並和『堈』字韻四詩。信乎明遠之於交親，可謂至誠也已。此去汴梁，相隔半萬里，所得詩文皆裝裱為矮屏，是欲飲食起居皆得見之。聖師謂『晏平仲善與人交，久而敬之』〔二八〕，明遠其庶幾乎？

【注釋】

〔一〕戊申：明昌二年（一一九一）二月二十九日。

〔二〕登州：治在今山東省煙臺市牟平區。符寶，官職名。《金史》卷五十六《百官志》：『符寶郎四員，掌御寶及金銀等牌。舊名牌印祗候，大定二年改為符寶祗候，改牌印令史為符寶典書，四人。』鰒魚：鮑魚。

〔三〕珍鱐：珍貴的臘魚。

〔四〕牟平：縣名，即前登州治所在，以產鮑魚而聞名。

〔五〕太羹：大羹，不加任何調料的肉汁。純湇：純肉汁。

〔六〕明月半胎：形容鮑魚之外殼形狀。

〔七〕臘茶：一種早春茶，以其汁泛乳色，與溶蠟相似，故也稱蠟茶。

〔八〕頳明：指鮮豔的鮑魚。

〔九〕海錯：海味的總稱。

〔一〇〕咀茹：嚼食。腴濡：指肉質細嫩。

〔一一〕蛤蜊： 軟體動物，殼卵圓形，淡褐色，邊緣紫色，生活在淺海底，肉質鮮美。

〔一二〕任昉： 字彦升（四六〇—五〇八），樂安博昌（今山東壽光）人。為官清廉，任新安守時，『郡有蜜嶺及楊梅，舊為太守所采，昉以冒險多物故，即時停絶，吏人咸以百餘年未之有也。』（見《南史》卷五十九《任昉傳》），不知味蓋指此。

〔一三〕施丈： 疑是施宜生，字明望，但下文辯明時間不合。或另有他人。

〔一四〕元予： 或是酈權，字元輿，參見《中州集》卷四《酈著作權》。

〔一五〕騎鶴上揚州： 語出《殷芸小説》：『有客相從，各言所志，或願為揚州刺史，或願多資財，或願騎鶴上升，其一人曰：「願腰纏十萬貫，騎鶴上揚州」，欲兼三者。』

〔一六〕文登： 縣名，即今山東威海市文登區。據此，紇石烈明遠此前曾任登州太守。

〔一七〕後政： 後任。

〔一八〕『嘗字下』二句： 王寂認為首句與次句出韻。

〔一九〕韓文公： 韓愈。每寬韻輒旁出： 指韓愈詩歌寬韻出韻現象。《歐陽修全集》卷一百二十八《詩話》曰：『退之筆力無施不可……蓋得其韻寬，則波瀾横溢，泛入傍韻，乍還乍離，出入回合，殆不可拘以常格，如《此日足可惜》之類是也。』

〔二〇〕去世久矣： 施宜生（一〇九一—一一六三），卒於大定三年，紇石烈明遠任職曷蘇館為大定十二年。

〔二一〕蕤賓： 古人律曆相配十二律與十二月相適應謂之律應。十二律陰陽各六，陽六為律，其四曰蕤賓，位於午，在五月，故代指農曆五月。陶淵明《和胡西曹示顧賊曹》：『蕤賓五月中，清朝起南颸。』見《陶淵明集校箋》卷二。佳節： 此指端午節。

〔二二二〕屈子：屈原。

〔二二三〕田文：孟嘗君。及戶：身高及門相齊。《史記・孟嘗君列傳》：『初，田嬰有子四十餘人，其賤妾有子名文，文以五月五日生。嬰告其母曰：「勿舉也。」其母竊舉生之。及長，其母因兄弟而見其子文於田嬰。田嬰怒其母曰：「吾令若去此子，而敢生之，何也？」文頓首，因曰：「君所以不舉五月子者，何故？」嬰曰：「五月子者，長與戶齊，將不利其父母。」文曰：「人生受命於天乎？將受命於戶邪？」嬰默然。文曰：「必受命於天，君何憂焉？必受命於戶，則可高其戶耳，誰能至者！」嬰曰：「子休矣。」』

〔二二四〕『公如』二句：用《漢書》卷七十四《丙吉傳》事：『於官屬掾史，務掩過揚善。吉馭吏耆酒，數逋蕩，嘗從吉出，醉歐丞相車上。西曹主吏白欲斥之，吉曰：「以醉飽之失去士，使此人將復何所容？西曹但忍之，此不過汙丞相車茵耳。」遂不去也。』

〔二二五〕東平：縣名，在今山東。馮可：其人不詳。

〔二二六〕林牙：《遼史》卷四十六《百官二》：『行樞密院，有左、右林牙，有參謀。』掌文翰之事。

〔二二七〕高特夫：高公振，字特夫，仕至密州刺史。參見《中州集》卷八《高密州公振》。孔遵度：劉仲尹有《孔遵度後堂畫山水圖詩》，題下注曰：『後堂，號秀隱君。』見《中州集》卷三。

〔二二八〕聖師：孔子。晏平仲：晏嬰，謚平，字仲。孔子語見《論語・公治長》。

甲寅〔一〕，晝寢方寤，視臥屏後有草書數行，細視之，乃一故絹扇圖，上有詩云：『金壺漏盡禁門開，飛燕昭陽視寢回〔二〕。誰分獨眠秋殿裏〔三〕，遥聞笑語自空來〔四〕。』詞翰俱不俗，亦不知誰作也。其詩體致大似王建春詞〔五〕，未知是否？

【校記】

視寢：《全唐詩》卷二八六李端《長門怨》作『侍寢』。

誰分：《全唐詩》卷二八六李端《長門怨》作『隨分』。

笑語：《全唐詩》卷二八六李端《長門怨》作『語笑』。

【注釋】

〔一〕甲寅：明昌二年（一一九一）三月初六日。

〔二〕飛燕：趙飛燕，漢成帝皇后。昭陽，漢宮殿名，飛燕之所居。

〔三〕誰分：誰料。

〔四〕『金壺』四句：該詩見《全唐詩》卷二八六，題作李端《長門怨》。

〔五〕王建：字仲初，潁川（今河南許昌）人，中唐詩人，長於宮詞。春詞：指王建宮怨之作。

乙卯〔一〕，僧屋壁間，有冰溪魚叟詩及後序。冰溪者，張仲文也〔二〕。詩云：『七年重到舊招提〔三〕，影轉南窗日轉西。粗飯滿匙才脱粟〔四〕，藜羹供箸欲吹虀。城邊草木驚搖落，山下風煙正慘淒。欲覓前詩拂塵壁，已煩侍者掃黄泥〔五〕。』《後序》云：『大定歲在重光赤奮若新正後八日〔六〕，因審刑旅泊此舍，嘗夢中得句云：「客舍青熒寸燭殘，思歸驚怪帶圍寬。夜觀星斗穿雲去，不怕天風特地寒。」題諸此壁，以俟再遊。至今歲在强圉協洽律中無射上休後六

日〔七〕，因勾當公事〔八〕，復假館於此，尋曩日所題鄙語，已隨黄泥化為烏有先生也〔九〕。』予觀冰溪後來所作律詩，本以舊題《夢中》一絶句已為人掃去，乃引用坡公『恐煩侍者掃黄泥』故事〔一〇〕，前兩句歎旅食粗糲，次兩句言風物蕭條，其於『掃黄泥』之意，似不相干。而夢中小詩，句法清勁，語意貫串，勝於律詩遠矣。二詩既出於一手，何前進而後卻耶？得非文通之筆〔一一〕，有神助之，不然，無緣睡語勝於不睡時也，亦可一笑。且書生喜辯論，專以管見妄自分別，乃習氣使然。況人生大夢未覺，何者不為睡中語耶？今子所評，亦是夢中説夢也。當姑置之。（以上選自賈敬顔《王寂鴨江行部志疏證稿》）

【注釋】

〔一〕乙卯：　明昌二年（一一九一）三月初七日。

〔二〕張仲文：　其人不詳。元好問有《贈答張教授仲文》詩，其張仲文為彰德府教授，金末人，與王寂所説大定年間任職的張仲文顯非一人。

〔三〕招提：　梵語，指寺院。

〔四〕脫粟：　糙米，只去皮殼、不加精製的米。

〔五〕掃黄泥：　蘇軾《和張子野見寄三絶句》其二：『狂吟跌宕無風雅，醉墨淋漓不整齊。應為詩人一回顧，山僧未忍掃黄泥。』

〔六〕歲在重光赤奮若：　即辛丑歲，大定二十一年（一一八一）。太歲在辛曰重光，太歲在丑曰赤奮若。新正

後八日：正月初九。

〔七〕歲在强圉協洽：即丁未歲，大定二十七年（一一八七）。太歲在丁曰强圉，太歲在未曰協洽。無射：十二律中之十一律，與月份相對應，指九月。上休：每月初十。上休後六日：十六日。

〔八〕勾當公事：處理公務。

〔九〕烏有先生：司馬相如《子虛賦》：『烏有先生者，烏有此事也。』

〔一〇〕恐煩侍者掃黄泥：今本蘇軾集中無此語。

〔一一〕文通：江淹字文通，洛陽考城人。《太平廣記》卷二百七十七載：『江淹少時嘗夢人授以五色筆，故文彩俊發。』《南史·江淹傳》載：『嘗宿於冶亭，夢一丈夫自稱郭璞，謂淹曰：「吾有筆在卿處多年，可以見還。」淹乃探懷中得五色筆一，以授之。爾後為詩，絶無美句，時人謂之才盡。』

輯文

贈李彦猷郭伯達二首〔一〕

才氣無雙家世，中朝第一名儔〔二〕。茂藹登龍士譽〔三〕，醉揮倚馬詞頭〔四〕。南鄭囊封倜儻〔五〕，西崑詩律深幽〔六〕。自古卜鄰識面〔七〕，與君正合交遊。

豪氣從來角出〔八〕，雄文未易肩儔〔九〕。學驥翻輸牛後，點蠅誤失龍頭〔一〇〕。經火初驚玉

美〔一一〕，飲風久識蘭幽。他日相期林下，幅巾與赤松遊〔一二〕。（《拙軒集》卷二）

【注釋】

〔一〕李彥猷、郭伯達：二人失考。

〔二〕名儔：有名的朋輩。

〔三〕茂藹：形容才華豐茂。登龍：登龍門。《後漢書》卷六十七《李膺傳》：『膺獨持風裁，以聲名自高。士有被其容接者，名為登龍門。』李商隱《為僕陽公陳許舉人自代狀》：『人驚吞鳳之才，士切登龍之譽。』見《李商隱文編年校注》第五百一十一頁。

〔四〕倚馬詞頭：形容才思敏捷。《世說新語·文學》：『桓宣武北征，袁虎時從，被責免官。會須露布文，喚袁倚馬前令作。手不輟筆，俄得七紙，殊可觀。』

〔五〕南鄭：今陝西漢中。囊封：封事，密封的奏章。南鄭囊封：指諸葛亮作於南鄭的《出師表》，詩中用來稱讚對方的文章。

〔六〕西崑：指李商隱的詩歌，詩中用來稱讚李彥猷。

〔七〕卜鄰：選擇鄰居。識面：見過面，熟識。

〔八〕角出：特出。

〔九〕肩儔：比肩，同列。

〔一〇〕點蠅：把屏風上因誤筆而成的污點畫成蒼蠅，形容繪畫技藝高超。張彥遠《歷代名畫記》卷四：『曹不興，吳興人也。孫權使畫屏風，誤落筆點素，因就成蠅狀。權疑其真，以手彈之。』龍頭：狀元。

〔一一〕經火初驚玉美：玉經火之後，仍然不會改變，用以形容對方人品之美。
〔一二〕幅巾：簡易的頭巾。赤松：傳說中的漢代仙人赤松子。《史記·留侯世家》載張良語：『願棄人間事，欲從赤松子遊耳。』

題張子正運使所藏楊德懋《山居老閑圖》，仍次元韻四首（其四）〔一〕

張侯詩敏落黄間〔二〕，楊文規摹逼老關〔三〕。二妙通靈恐仙去〔四〕，夜窗風雨要防閑〔五〕。

【注釋】

〔一〕張子正：其人不詳。王寂另有《題張運使夢景圖》。楊德懋：楊邦基，字德茂（一作德懋），金代著名畫家。參見《中州集》卷八《楊秘監邦基》。
〔二〕黄間：一作黄閑，一種弩。落黄間：形容作詩敏捷。
〔三〕老關：關仝，五代時著名畫家。
〔四〕二妙：指張詩、楊畫。
〔五〕防：堤，用於制水。閑：圈欄，用於制獸。防閑：防備。

兒子以詩酒送文伯起，既而復繼三詩，予喜其用韻頗工，為和五首〔一〕

山肩吾子類賈島〔二〕，火色我儂輸馬周〔三〕。但得把螯同一醉，絕勝側目避監州〔四〕。

逢人不肯下顏色，砥柱屹然羞比周〔五〕。能詩怪有墨君僻，一派元出文湖州〔六〕。

樽酒但能供北海〔七〕，漁蓑安用釣西周〔八〕。七言五字得誰髓，老杜工部韋蘇州〔九〕。

轍底波臣渴欲死〔一〇〕，政煩斗酒亟呼周。錦囊詩草勿浪出〔一一〕，嫌怕聲名動九州。

畫餅虛名戰蠻觸〔一二〕，黃糧春夢閱商周。吾衰久矣百念冷，不用三刀兆益州〔一三〕。

【注釋】

〔一〕兒子：據《中州集》卷二《王都運寂》，王寂有三子：欽哉、直哉、鄰哉。詩中之子，具體是何人，失考。文伯起：文商，字伯起，蔡州人，明昌五年（一一九四），因王寂推薦，特賜同進士出身，召為國子助教，遷登仕郎。著有《小雪堂詩話》，已佚。

〔二〕山肩：消瘦的肩。吾子：指文商。賈島：終身貧寒，好苦吟，詩歌清瘦。《蘇軾詩集》卷八《是日宿水陸寺，寄北山清順僧二首》其二：『遙想後身窮賈島，夜寒應聳作詩肩。』

〔三〕火色：臉上的紅色。馬周：字賓王，（六〇一—六四八），唐初宰相，博州茌平（今山東茌平）人。少孤貧，勤讀博學，精《詩》、《書》，善《春秋》，後到長安，為中郎將常何家客，代常何上疏，深得太宗賞識，後累官至中書令。《舊唐書》卷七十四《馬周傳》引中書侍郎岑文本語：『吾見馬君論事多矣，援引事類，揚搉古今……然鳶肩

火色，騰上必速，恐不能久耳。」

〔四〕監州：監察州縣之官。

〔五〕比周：結黨營私。

〔六〕墨君：墨竹。文湖州：文同（一〇一八—一〇七九），字與可，曾知湖州。能詩擅畫，尤長畫竹。孫奕《履齋示兒編·雜記·易物名》：「文與可畫竹，亦名之曰墨君。」

〔七〕北海：孔融曾為北海相。好賓客，常歎曰：「坐上客恒滿，尊中酒不空，吾無憂矣。」

〔八〕釣西周：用姜太公釣魚之典。《史記》卷三十二《齊太公世家》：「呂尚蓋嘗窮困，年老矣，以漁釣奸周西伯。」

〔九〕七言：指七言律詩。五字：指五言古詩。老杜工部：杜甫。韋蘇州：韋應物。

〔一〇〕波臣：魚類。《莊子·外物》：「周顧視車轍中，有鮒魚焉。周問之曰：『鮒魚來，子何為者邪？』對曰：『我，東海之波臣也。君豈有斗升之水而活我哉？』」

〔一一〕「政煩」句：謂正要以酒來招呼莊周。

〔一二〕畫餅：《三國志》卷二十二《魏書·盧毓傳》：「選舉莫取有名，名如畫地作餅，不可啖也。」蠻觸：《莊子·則陽》：「有國于蝸之左角者，曰觸氏，有國於蝸之右角者，曰蠻氏。時相與爭地而戰，伏屍數萬，逐北旬有五日而後反。」蠻觸之戰，比喻無謂的爭奪。

〔一三〕三刀兆益州：《晉書》卷四十二《王濬傳》：「濬夜夢懸三刀於臥屋梁上，須臾又益一刀。濬驚覺，意甚惡之。主簿李毅再拜賀曰：『三刀為州字，又益一者，明府其臨益州乎？』及賊張弘殺益州刺史皇甫晏，果遷濬為益州刺史。」後遂以「三刀」作為刺史之代稱。

伯起善用强韻，往復愈工，再和五首（選二）〔一〕

耽詩竊比城南杜〔二〕，寄傲真同柱下周〔三〕。花底最宜文字飲〔四〕，不須羯鼓打《梁州》〔五〕。

曹植波瀾元自大〔六〕，嵇康禮法若為周〔七〕。試攜詩律摧堅敵，絕似乃翁平貝州〔八〕。

（《拙軒集》卷二）

【注釋】

〔一〕强韻：險韻，生僻少用的韻。

〔二〕城南杜：指杜甫。杜陵在長安城南，故云。杜甫《江上值水如海勢聊短述》：『為人性僻耽佳句，語不驚人死不休。』

〔三〕寄傲：寄託曠放高傲的情懷。柱下周：老子，曾為周柱下史。

〔四〕文字飲：文人間把酒賦詩論文。韓愈《醉贈張秘書》：『長安眾富兒，盤饌羅膻葷。不解文字飲，惟能醉紅裙。』

〔五〕羯鼓：羯族的鼓，由西域傳入內地，盛行於唐開元、天寶年間。《梁州》：樂曲名。葉夢得《臨江仙・詔芳草贈坐客》：『一醉年年今夜月，酒船聊更同浮。恨無羯鼓打梁州。』自注：『世傳《梁州》，西涼府初進

此曲，會明皇遊月宮還，記《霓裳》之聲適相近，因作《霓裳羽衣曲》，以《梁州》名之。』見《全宋詞》第二册七百七十五頁。或以為《梁州曲》即《涼州曲》。

〔六〕曹植波瀾：杜甫《追酬故高蜀州人日見寄》：『文章曹植波瀾闊，服食劉安德業尊。』

〔七〕嵇康：竹林七賢之一，不拘禮法。若為：如何。周：周全。

〔八〕乃翁：對方先人，此處指文彦博。貝州：治在今河北清河。平貝州：據《宋史》卷十一《仁宗紀》，慶曆八年（一〇四八）王則佔領貝州後，建國號安陽，自稱東平郡王。後由文彦博率軍平定貝州叛亂。

曲全子詩集序〔一〕

曲全子，予之母弟也〔二〕。少穎悟，天資孝友，以予有十年之長〔三〕，兒時嘗受經於予，故事予猶師也。性坦率，與人略無崖岸〔四〕，當酒酣耳熱，視世間富貴兒，皆臥之百尺樓下〔五〕。然不喜場屋之學〔六〕，人或勉之，笑而答曰：『吾兄已世其家，吾親已享其禄，吾事濟矣，誰能踽踽從原夫輩覓官耶？〔七〕』識者以為達。平居季孟間〔八〕，把酒賦詩，對床聽雨，眷眷然，不忍舍去。當是時，吾二親康健，歲時上壽，斑衣羅拜〔九〕，里人榮之，指以為慶門〔一〇〕，故牓其堂曰『雙橋』〔一一〕，一時名卿大夫士，爭相歌詠其事〔一二〕。

自爾洊罹憂患〔一三〕，生寡食衆〔一四〕，貧不能生，兄弟狼狽，糊口于四方，渠亦僶俛赴調，得監亳州酤〔一五〕，意愈不樂。自是日飲無何〔一六〕，似與世相忘者，未幾疾作，竟不起。平生所為

詩，無慮數百篇〔一七〕，既沒之後，而二子方啼笑梨栗〔一八〕，豈知乃父之遺文當真賞深藏以保於不朽哉？已而旅櫬北歸〔一九〕，予屢索於殘編斷藁中，了不可得，以是予與季弟每興言及此〔二〇〕，輒聲與涕俱出，蓋痛其不復見矣。況九原之恨，其能已乎！

大定己酉〔二一〕，予被命提點遼東等路刑獄事，閱再歲〔二二〕，會以公集飯素于大清安禪寺〔二三〕，偶于稠人中得故人李仲佐〔二四〕，握臂道舊，且復謂予曰：『元輔不幸，今十年矣〔二五〕。念一死一生之際，未能忘情，時令人誦曲全子集製，如對晤語。』予驚聞其說，懇請一見，既而得之長篇短章凡四十有七，惜乎所得之不多也，雖然，嘗一臠鼎味知矣，奚以多為？

吾弟名寀，字元輔，曲全子蓋道號云。明昌改元之明年，春正月中澣日〔二六〕，兄元老序。

（《拙軒集》卷六）

【注釋】

〔一〕曲全子：據本序，王寂之弟王寀號曲全子。《曲全子詩集》，已佚。

〔二〕母弟：同母之弟。

〔三〕十年之長：王寂生於太宗天會六年（一一二八），王寀約生於天會十五年（一一三七）。

〔四〕略無崖岸：完全沒有孤高的架子。

〔五〕臥之百尺樓下：意謂俯視他們。三國時，許汜去見陳登，未得禮遇，僅能睡下床。劉備聽了此事後對許汜說，像你這種只知求田問舍的人，要是遇上我，我就睡在百尺樓上，讓你睡在百尺樓下的地上。

〔六〕場屋之學：科舉考試方面的學問。

〔七〕踽踽：獨自走路孤零零的樣子。原夫：科舉程試律賦中的常用起轉語助詞，後借指場屋之學。《唐摭言校注》卷十二《輕佻》：『賈島不善程試，每試，自疊一幅，巡鋪告人曰：「原夫之輩，乞一聯！乞一聯！」』

〔八〕季孟間：兄弟之間。

〔九〕斑衣：身穿彩衣，裝作孩童戲耍、啼笑。羅拜：團團跪拜。

〔一〇〕慶門：吉祥之家。

〔一一〕雙橘：取名於陸績懷橘事。《三國志》卷五十七《吳書・陸績傳》：『績年六歲，於九江見袁術。術令人出橘。績懷三枚，去，拜辭墜地。術謂曰：「陸郎作賓客而懷橘乎？」績跪答曰：「欲歸遺母。」術大奇之。』

〔一二〕歌詠其事：現存党懷英《題大理評事王元老雙橘堂》，見《中州集》卷三。

〔一三〕洊罹：屢次遭遇。

〔一四〕生寡食衆：生活來源少，人口多。

〔一五〕僶俛：努力。監亳州酤：在亳州（今屬安徽）任收酒稅的官。

〔一六〕無何：無何有之鄉。日飲無何，形容生活頹唐。

〔一七〕無慮：大概。

〔一八〕啼笑梨栗：指年幼無知。陶淵明《責子》：『通子垂九齡，但覓梨與栗。』

〔一九〕旅櫬：客死者的靈柩。

〔二〇〕季弟：小弟，其人不詳。

〔二一〕大定己酉：大定二十九年（一一八九）。

〔二二二〕閲再歲： 過了兩年，即明昌二年（一一九一）。

〔二二三〕大清安禪寺： 原為廣祐寺，皇統五年擴建，更名為大清安禪寺。遺址在今遼陽白塔公園。

〔二二四〕李仲佐： 其人不詳。王寂《拙軒集》卷二有詩，題曰《李仲佐，遼東之豪士也。初識於大元帥席上。怪其議論英發，坐客盡傾。至於通練世務，商較人物，雖博學老儒或有所不及，僕喜其為人，臨分以二詩贈行，且將以為定交之券也》。

〔二二五〕元輔： 當是王寀的字。今十年矣： 以明昌二年相見推算，王寀約卒於大定二十一年（一一八一）。

〔二二六〕明昌改元之明年： 明昌二年。中澣： 中旬。

卷三　趙秉文

趙秉文（一一五九—一二三二），字周臣，磁州滏陽（今河北磁縣）人，號閑閑老人。大定二十五年（一一八五）進士，歷應奉翰林文字、知岢嵐軍州事、北京路轉運司度支判官、戶部主事、翰林修撰、寧邊州刺史、翰林侍講學士、禮部尚書等職，主盟金後期文壇三十年。著有《閑閑老人滏水文集》（下文簡稱《滏水文集》）等。生平參見《元好問全集》卷十七《閑閑公墓銘》、《中州集》卷三《禮部閑閑趙公秉文》、《金史》卷一百一十《趙秉文傳》。

輯文

陪趙文孺、路宣叔分韻賦雪〔一〕

堂堂翰林公，清癯如令威〔二〕。雪花對尊酒，浩氣先春歸。一還天地素，平盡山川巇〔三〕。松竹瀉清聲，窗戶明幽輝。呼童設茶具，巡簷收落霏。清寒入詩腸，思遶昏鴉飛。力除鹽絮俗〔四〕，改事文章機。後生那辦此，顰眉正宜揮。請看西溪老，傳著東坡衣〔五〕。

【注釋】

〔一〕趙文孺：趙渢，字文孺，時官翰林修撰。路鐸：字宣叔，時官右補闕。該詩作於明昌四年（一一九三）。分韻賦雪：趙渢有《分韻賦雪得雨字》，見《中州集》卷四。路鐸賦雪詩不傳。

〔二〕翰林公：指趙渢。令威：丁令威。舊題晉陶潛撰《搜神後記》卷一：『丁令威本遼東人，學道於靈虛山，後化鶴歸遼，集城門華表柱。時有少年舉弓欲射之，鶴乃飛，徘徊空中而言曰：「有鳥有鳥丁令威，去家千年今始歸，城郭如故人民非，何不學仙冢累累。」遂高上沖天。』

〔三〕巇：險峻。

〔四〕鹽絮：喻雪花。《晉書》卷九十六《王凝之妻謝氏》：『王凝之妻謝氏，字道韞，安西將軍奕之女也。聰識有才辯……嘗內集，俄而雪驟下，安曰：「何所似也？」安兄子朗曰：「散鹽空中差可擬。」道韞曰：「未若柳絮因風起。」安大悅。』趙渢有《分韻賦雪得雨字》：『大兒擬圭璧，小兒比鹽絮。後人例蹈襲，彌復入窘步。』

〔五〕西溪老：秦略，字簡夫，號西溪老人，陵川（今山西陵川縣）人。有《西溪老人集》，今佚。據此，秦略或許亦參加此詩會。趙秉文《滏水文集》卷六《和西溪思歸》有云：『舊竹多年合，新松幾許長。從渠黃不老，獨占白雲鄉。』又卷八《西溪》：『山垠西北塵沙少，水際東南風月寬。盡日朱門人不到，鳧鷖引子傍欄杆。』知西溪為秦略鄉居之所。《中州集》卷七《秦略》：『詩尚雕刻，而不欲見斧鑿痕，故頗有自得之趣。《悼亡》一詩，高出時輩，殆荊公所謂「看似尋常最奇崛，成如容易卻艱難」者耶！』

送李按察十首（其五）〔一〕

堂堂竹溪翁，如天有五星〔二〕。篆籀深漢魏，文章倣六經〔三〕。後生翫華藻，骫骳媲白青〔四〕。善哉劉與李，斯文見典刑〔五〕。（以上《滏水文集》卷三）

【注釋】

〔一〕李按察：李仲略，字簡之，李晏之子，號丹源釣徒，大定十九年（一一七九）進士，仕至山東路按察使，參見《中州集》卷二《李承旨晏》。據詩意，李仲略似乎是党懷英門人。

〔二〕竹溪翁：指党懷英（一一三四—一二一一），字世傑，號竹溪，有《竹溪先生文集》十卷。五星：金、木、水、火、土五大行星，詩中用以指党懷英具有詩歌、文章、書法、繪畫等多方面才華。

〔三〕篆籀深漢魏：《滏水文集》卷二十《題竹溪黃山書》：『竹溪先生篆第一，八分次之，正書又次之，皆當為本朝第一。』同卷《題竹溪篆》：『李監之篆，蔡中郎八分，虞永興之小楷，陶謝之詩，六一公之文，妙絕一世。公兼而有之。抑可謂全矣。後數百年，不幸文字散落，獨此篆存，亦足以知予言之不妄。』《歸潛志》卷十：『趙閑閑於前輩中，文則推党世傑懷英、蔡正甫珪。』

〔四〕骫骳媲白青：《漢書》卷五十一《枚皋傳》：『其文骫骳，曲隨其事，皆得其意。』顏師古注曰：『骫骳猶言屈曲也。』媲，匹配。白青，也叫石青，一種礦石顏料。

〔五〕劉與李：李當指李仲略，劉不詳。典刑：語出《詩經·大雅·蕩》：『雖無老成人，尚有典刑。』這裏

是典範的意思。

和淵明擬古九首(其八)〔一〕

張衡詠《思玄》,屈平賦《遠遊》〔二〕。高情薄雲天,意氣隘九州。朝攀扶桑枝,夕飲弱水流〔三〕。翻然不忍去,無女哀高丘〔四〕。嚴霜下百草,歲律聿其周〔五〕。蕭蘭共憔悴,已矣吾何求〔六〕。(《滏水文集》卷四)

【注釋】

〔一〕淵明擬古:陶淵明《擬古九首》其八:『少時壯且厲,撫劍獨行遊。誰言行遊近?張掖至幽州。饑食首陽薇,渴飲易水流。不見相知人,惟見古時丘。路邊兩高墳,伯牙與莊周。此士難再得,吾行欲何求!』

〔二〕『張衡詠《思玄》』二句:張衡有《思玄賦》,《楚辭》有屈原《遠遊》。

〔三〕扶桑:神木名,傳說日出其下。《楚辭·離騷》:『飲余馬于咸池兮,總余轡乎扶桑。』弱水:西方水名,傳說在西王母住處附近。

〔四〕無女哀高丘:《楚辭補注·離騷》:『忽反顧以流涕兮,哀高丘之無女。』王逸注:『楚有高丘之山。女以喻臣。言己雖去,意不能已,猶復顧念楚國無有賢臣,心為之悲而流涕也。』

〔五〕歲律:歲時,節令。聿:迅速。《滏水文集》卷三《雜擬十首》其一云:『豈不念時節,歲律聿其周。』

〔六〕已矣：罷了，算了。《莊子·人間世》：『已矣！勿言之矣，散木也。』賈誼《弔屈原賦》：『已矣！國其莫我知兮，子獨壹鬱其誰語？』

和淵明飲酒二十首（其十一）〔一〕

千載淵明翁，誰謂不知道。閑賦責子詩，調戲乃娛老〔二〕。杜陵蓋自況，亦豈恨枯槁〔三〕。壺觴清濁共，適意無醜好。歸來五柳宅，守我不貪寶〔四〕。長嘯天地間，獨立萬物表。

【注釋】

〔一〕淵明飲酒二十首：陶淵明《飲酒二十首》小序云：『余閒居寡歡，兼比夜已長，偶有名酒，無夕不飲。顧影獨盡，忽焉復醉。既醉之後，輒題數句自娛，紙墨遂多，辭無詮次，聊命故人書之，以為歡笑爾。』其第十一首：『顏生稱為仁，榮公言有道。屢空不獲年，長饑至於老。雖留身後名，一生亦枯槁。死去何所知，稱心固為好。客養千金軀，臨化消其寶。裸葬何必惡，人當解意表。』

〔二〕閑賦責子詩：陶淵明《責子》：『白髮被兩鬢，肌膚不復實。雖有五男兒，總不好紙筆。阿舒已二八，懶惰故無匹。阿宣行志學，而不愛文術。雍端年十三，不識六與七。通子垂九齡，但覓梨與栗。天運苟如此，且進杯中物。』《苕溪漁隱叢話》前集卷三：『山谷云：陶淵明《責子》詩曰……觀淵明此詩，想見其人慈祥戲謔可觀也。俗人便謂淵明諸子皆不慧，而淵明愁歎見於詩耳。』

〔三〕杜陵蓋自況：《苕溪漁隱叢話》前集卷三：『又云杜子美詩：「陶潛避俗翁，未必能達道。觀其著詩篇，頗亦恨枯槁。達生豈是足，默識蓋不早。生子賢與愚，何其掛懷抱！」子美困頓于山川，蓋為不知者詬病，以為拙於生事，又往往譏議宗文、宗武失學，故聊解嘲耳。其詩名曰《遣興》，可解也。俗人便為譏病淵明，所謂癡人前不得說夢也。』

〔四〕五柳宅：陶淵明有《五柳先生傳》，這裏指隱士居所。不貪寶：《左傳·襄公十五年》：『宋人得玉，以獻子罕，子罕不受，獻玉者曰：「玉人以為寶，故敢獻之。」子罕曰：「爾以玉為寶，我以不貪為寶。」』趙秉文此句當受蘇軾影響，《蘇軾詩集》卷三十五《和陶飲酒二十首》其十一有云『再拜賀吾君，獲此不貪寶』，卷三十六《王晉卿示詩……復次前韻》有云：『守子不貪寶，完我無瑕玉』。

送麻徵君知幾〔一〕

丹山五色鳳，一舉眇天隅〔二〕。文采瑞聖世，不為竹與梧。渥窪汗血種，逸氣淩九區〔三〕。可見不可攀，白璧誰敢沽。夫君號神童，七歲能草書〔四〕。二十上詞賦，下筆淩紫虛〔五〕。三十富經學〔六〕，兩魁天下儒〔七〕。娥眉眾女嫉，反畏知名譽〔八〕。一朝相捨去，願以道自娛。閑觀養性書，洞究《先天圖》〔九〕。姓字聞天朝，相公借吹噓左丞薦〔一〇〕。從容拜恩命，移疾還里閭〔一一〕。諸公惜其去，乞留侍玉除〔一二〕。掉頭不肯住，一飯吾豈無。君看澤中雉，飲啄良自如。一旦畜樊中，意氣慘不舒。又如田間牛，騰擲適有餘。被之以文繡，顧影反踟躕。君恩豈

不重，力疾須人扶〔一三〕。旁觀信美矣，違己非病歟。不如本無累，還我田園居。喜君節獨高，知君功名疏。可以激頹俗，可以勵貪夫。異時高士傳，名與西山俱。（以上《滏水文集》卷五）

【注釋】

〔一〕麻徵君知幾：麻九疇（一一八三—一二三二），初名文純，字知幾，莫州人。參見《中州集》卷六《麻徵君九疇》、《滏水文集》卷十五《送麻徵君序》。

〔二〕丹山：謂產鳳之山名。《呂氏春秋集釋》卷十四《本味》：『流沙之西，丹山之南，有鳳之丸，沃民所食。』

〔三〕渥窪：本水名，在今甘肅省瓜州縣境，傳說產神馬之處。《史記》卷二十四《樂書》：『又嘗得神馬渥窪水中，復次以為《太一之歌》。』後也用『渥窪』指代神馬。《蘇軾詩集》卷二十八《送錢承制赴廣西路分都監》詩：『舞鳳尚從天目下，收駒時有渥窪姿。』汗血：指汗血馬，古代西域駿馬名。流汗如血，故稱。《史記》卷一百二十三《大宛列傳》：『得烏孫馬好，名曰「天馬」。及得大宛血馬，益壯，更名烏孫曰「西極」，名大宛馬曰「天馬」云。』杜甫《洗兵馬》詩：『京師皆騎汗血馬，回紇喂肉蒲萄宮。』《蘇軾詩集》卷八《次韻孔文仲推官見贈》：『君如汗血馬，作駒已權奇。』九區：九州。《文選》卷二十陸機《皇太子宴玄圃宣猷堂有令賦詩》：『九區克咸，宴歌以詠。』李善注曰：『劉騊駼《郡太守箴》曰：「大漢遵周，化洽九區。」』

〔四〕『夫君』二句：《中州集》卷六《麻徵君九疇》：『三歲識字，七歲能草書，作大字有及數尺者，故所至有神童之目。章廟召見，問：「汝入宮殿中亦懼怯否？」對曰：「君臣，父子也。子寧懼父耶？」上大奇之。』《歸潛志》卷二：『幼穎悟，善草書，能詩，號神童。』

〔五〕二十上詞賦：泰和二年（一二〇二），麻九疇二十歲，《金史》卷一百二十六《麻九疇傳》：『弱冠入太學，有文名。』《歸潛志》卷二：『既長，入太學，刻苦自勵，為趙閑閑、李屏山所知。』

〔六〕三十富經學：貞祐二年（一二一四），麻九疇約三十二歲，入遂平西山讀書，精研經義之學。《金史》卷一百二十六《麻九疇傳》：『南渡後，寓居郾、蔡間，入遂平西山，始以古學自力。博通五經，于《易》、《春秋》為尤長。』《歸潛志》卷二：『入遂平西山讀書，為經義學，精甚。』《滏水文集》卷十九《答麻知幾書》：『談道，吾敬常先生、王賢佐；……經學與文章，不及李之純及足下。』

〔七〕兩魁天下儒：《金史》卷一百二十六《麻九疇傳》：『興定末，試開封府，詞賦第二，經義第一。再試南省，復然。聲譽大振，雖婦人小兒皆知其名。及廷試，以誤絀。士論惜之。已而，隱居不為科舉計。』

〔八〕娥眉眾女嫉：《滏水文集》卷十九《答麻知幾書》：『前者足下與李欽叔各魁省貢，群口嗷嗷，爭為毀譽。及欽叔連中兩科，然後藹然心服。』《歸潛志》卷十：『貞祐初，詔免府試，而趙閑閑為省試，有司得李欽叔賦，大愛之。蓋其文雖格律稍疏，然辭藻莊嚴絕俗，因擢為第一人，擢麻知幾為策論魁。於是舉子輩譁然，愬於臺省，投狀陳告趙公壞了文格，又作詩譏之。』

〔九〕《先天圖》：又稱《伏羲八卦圖》，據說由陳摶傳穆修，穆修傳李之才，李之才傳邵雍。

〔一〇〕相公：此指侯摯。侯摯曾任尚書右丞，平章政事，封蕭國公。左丞：疑為右丞之誤。《金史》卷一百二十六《麻九疇傳》：『平章政事侯摯、翰林學士趙秉文連章薦之，特賜盧亞榜進士第。以病，未拜官告歸。』《中州集》卷六《麻徵君九疇》：『正大三年，右相侯蕭公、趙禮部連章薦知幾可試館職，乃賜盧亞榜第二甲第一人及第，授太祝。』

〔一一〕移疾還里閭：麻九疇正大五年（一二二八），為太常寺太祝，權太學博士，應奉翰林文字。《中州集》

卷六《麻徵君九疇》：『授太祝，權太常博士、應奉翰林文字。』《金史》卷一百二十六《麻九疇傳》：『以病，未拜官告歸。再授太常寺太祝，權博士，俄遷應奉翰林文字。……九疇性資野逸，高蹇自便。與人交，一語不相入則逕去不返顧。自度終不能與世合，頃之，復謝病去。居郾城。』《歸潛志》卷二：『復以病去，居郾。……知幾為人耿介清苦。雖居貧，不妄干求，卓然以道自守。然性狹隘，交遊少不愜意，輒怒去，蓋處士之剛者也。』《滏水文集》卷十五《送麻徵君序》：『君以文學行義名天下，天下之人盡知之，固不待予言而顯。正大中，天子聞其名而召之，皤然而來，君子以為知義；悠然而辭，君子以為知命。退將窮先天之學，以極消息盈虛之理，是可量也哉？諸公賦詩以寵其行，而某為之引。』

〔一二〕玉除：玉階，借指朝廷。

〔一三〕力疾：勉强支撑病體。

寄王學士〔一〕

寄與雪溪王處士，年來多病復何如。浮雲世態紛紛變，秋草人情日日疏。李白一杯人月影，鄭虔三絕畫詩書〔二〕。情知不得文章力〔三〕，乞與黃華作隱居〔四〕。

【校記】

寄與：《中州集》卷四、《歸潛志》卷八作『寄語』。

【注釋】

〔一〕王學士：指王庭筠（一一五六—一二〇二），字子端，號黃華山主、黃華真逸、黃華老人，又號雪溪翁。大定十六年進士，仕至翰林修撰。《金史》卷一二六有傳。金毓黻輯有《黃華集》八卷。《歸潛志》卷八：『趙閑閑少嘗寄黃華詩，黃華稱之……其詩至今為人傳誦，且趙以此詩初得名。詩云：「寄語雪溪王處士……乞與黃華作隱居。」』詩稱庭筠為處士，則其時已隱。《歸潛志》卷一趙秉文小傳：『少擢第，作詩及字畫有名。王庭筠子端薦入翰林。』

〔二〕李白一杯人月影：用李白《月下獨酌》詩意。鄭虔三絕畫詩書：鄭虔，唐滎陽人。工書畫，曾將其詩畫呈獻，帝署曰：『鄭虔三絕。』《中州集》卷三《黃華王先生庭筠》：『字畫學米元章，其得意處頗能似之。墨竹殆天機所到，文湖州以下不論也。』《金史》卷一百二十六《王庭筠傳》：『庭筠尤善山水墨竹。』

〔三〕不得文章力：辛棄疾《霜天曉角·赤壁》：『雪堂遷客，不得文章力。』見《稼軒詞編年箋注》卷六。

〔四〕黃華：黃華山，在今河南林州境內。王庭筠大定年間，曾隱居於此近十年。

送宋飛卿二首（其一）〔一〕

雄豪兩妙秀而文〔二〕，不獨吾云人亦云。賀監早知仙李白〔三〕，薛宣那得吏朱雲〔四〕。秋風汴水傷今別，明月邠郊與子分〔五〕。瘦李髯雷隔存歿〔六〕，只愁詩壘不能軍。（以上《滏水文集》卷七）

【注釋】

〔一〕宋飛卿：宋九嘉（？—一二三三），字飛卿，夏津人。歷藍田、高陵、扶風、三水四縣令，召補省掾，後為當軸者所忌，正大元年（一二二四）辭職。趙秉文該詩作於此時。生平參見《中州集》卷六《宋內翰九嘉》。

〔二〕雄豪兩妙：《金史》卷一百二十六《文藝傳贊》：『鄭子聃、麻九疇之英俊，王郁、宋九嘉之邁往。』

〔三〕賀監：世以賀知章曾任秘書監，稱為賀監。早知仙李白：唐孟啟《本事詩·高逸》：『李太白初自蜀至京師，舍於逆旅。賀監知章聞其名，首訪之。既奇其姿，復請所為文。出《蜀道難》以示之。讀未竟，稱歎者數四，號為謫仙，解金龜換酒，與傾盡醉，期不間日，由是稱譽光赫。賀又見其《烏棲曲》，歎賞苦吟曰：「此詩可以泣鬼神矣。」』

〔四〕『薛宣』句：《蘇軾詩集》卷十九《重寄》有云：『蔣濟謂能來阮籍，薛宣直欲吏朱雲。』據《漢書·朱雲傳》記載，漢成帝時槐里令朱雲，曾上書切諫，指斥朝臣尸位素餐，請斬佞臣安昌侯張禹（成帝的師傅）以厲其餘。成帝大怒，欲誅雲，雲攀折殿檻。後來成帝覺悟，命保留折壞的殿檻，以旌直臣。『雲自是之後不復仕……薛宣為丞相，雲往見之。宣備賓主禮，因留雲宿，從容謂雲曰：「在田野亡事，且留我東閣，可以觀四方奇士。」雲曰：「小生乃欲相吏邪？」宣不敢復言。』

〔五〕明月邠郊與子分：《還山遺稿》卷上《洞真真人于先生碑》曰：『正大改元，上悼西軍戰歿，遣禮部尚書趙公秉文祭於平涼，充濟度師。』秉文因此有陝西之行。邠州屬慶原路，為京兆往平涼必經之道。

〔六〕瘦李鬍雷：『瘦李』原文後有小字注『之純』，『鬍雷』後有小字注『希顏』。時李純甫已卒（一二二三），雷淵時在翰林，趙秉文作醮平涼，故稱『只愁詩壘不成軍』。

遺安先生言行碣

先生姓王氏，諱磵，字逸賓，其先臨洺人〔一〕。先生實生於汴梁，嘗以洺水自稱〔二〕，不忘本也。自幼穎悟絕群，外頎如也〔三〕。初學詩于伯父震〔四〕，落筆驚人，震自以為不及。未幾，詩名大振，加之孝于親，友于弟，誠于人，篤於己，遠近論大行〔五〕，必曰王逸賓矣。

初，孟公宗獻友之、張公璧叔獻、趙公渢文孺皆師尊之〔六〕。先生天性謙至，待之反若居己上。及數公相繼魁天下，直玉堂〔七〕，然後先生之道益尊，名益重。朝賢兩薦明德，先生以書抵故人之位清要者，苦以親老為辭，議遂止。明昌末，聖天子詔舉德行才能之士，鄉人耆德諸生五百餘人，薦先生孝義忠信文章為世師表，朝廷以素知名，特賜同進士，授亳州鹿邑主簿〔八〕，先生年幾七十矣。以目苦昏暗，即日移文有司，以老疾乞致仕。朝廷猶以半俸優之。首葺先塋，次以分惠親舊，計月而盡。泰和三年八月二十有七日〔九〕，以疾終於家。臨終神色不變，戒其子：『棺周於身足矣。』語畢而逝。葬于祥符縣魏陵鄉蕭氏之園〔一〇〕。

先生教人，先行後文。與人交，終始不易。居喪齋蔬，衰服不去身三年〔一一〕。與二弟同居，終身無間言〔一二〕。平居循循醇謹，視若無能為。至不義，矯如也。其詩沖淡簡潔，似韋蘇州〔一三〕。嘲戲風月，一言不及也。所與游皆世知名士，若文商伯起〔一四〕、張公藥元石及其子

觀彥國〔一五〕、王琢景文〔一六〕、師拓無忌〔一七〕、酈權元輿〔一八〕、高公振特夫〔一九〕、王世賞彥功〔二〇〕、王伯溫和父〔二一〕、左容無擇〔二二〕、游道人宗之〔二三〕、路鐸宣叔〔二四〕。右丞唐括文正公鎮南都〔二五〕，以禮致之，不能屈。及與貧士談，饑坐終日，不知誰為主、誰為客也。嘗冬日詣一親知家，會坐客滿，主人貧窶，為代給所須。坐客疑其寒，物色所得，乃典錦衣以贈也。喪其母，鄉鄰或賻以布帛，拜而受之，異日復歸其人，曰：『吾親安吾貧，義不可受也。』其廉介類此。其真純之德，卓絕之才，淵深之學，廉正之操，黃叔度〔二六〕、陶淵明、元紫芝〔二七〕、司空表聖之徒歟〔二八〕！

以秉文明昌間轉河南轉運幕〔二九〕，過相，謁坡軒居士酈元輿，居士曰：『君知王逸賓乎？斯人當今顏子也。君不可不掃門求見之。』〔三〇〕既見，曰：『酈公知人矣。』自是之後，虛往實歸。及其重來，墓木已拱。嗚呼！使子雲見之，不當絕歎于李仲元〔三一〕；蘇元明見之，不當見稱於元子〔三二〕。不意千古之下，復有斯人，乃伐石樹碣，用旌不朽。於是為之銘，銘曰：

居今而行古，身晦而名彰，不獨以詩昌。猗！

【校記】

張公璧：《四部叢刊初編》本作『馮公璧』，誤。

【注釋】

〔一〕王磵：參見《中州集》卷四《王隱君磵》。臨洺：漢時縣名，金時為洺州永年縣臨洺鎮。

〔二〕洺水：洺河，在河北省南部。源出武安縣西山，東流經臨洺關北，自北以下，歷代屢經遷改，今東流經永年縣，北折匯入滏陽河。

〔三〕頩如：驚懼的樣子。

〔四〕王震：生平不詳。

〔五〕大行：高尚的品德。

〔六〕孟宗獻：字友之，開封人，號虛靜居士，大定三年（一一六三）詞賦狀元。王磵有《記南塘所見孟友之》、《次友之秋日雨後韻》詩，見《中州集》卷四。張璧，字叔獻，大定十六年（一一七六）詞賦狀元。趙渢，字文孺，大定二十二年（一一八二）詞賦進士。

〔七〕玉堂：指翰林院。

〔八〕鹿邑：金時屬亳州，今河南鹿邑縣。

〔九〕泰和三年：一二〇三年。

〔一〇〕祥符：今河南開封。

〔一一〕衰服：喪服。

〔一二〕間言：嫌隙之言。

〔一三〕『其詩沖淡』二句：《中州集》卷四《王隱君磵》：『閑閑公嘗集党承旨、趙黄山、路司諫、劉之昂、尹無忌、周德卿與逸賓七人詩，刻木以傳。目為《明昌辭人雅製》云。』

〔一四〕文商：　字伯起，蔡州人，明昌五年因王寂推薦而賜同進士出身，召為國子助教，遷登仕郎，著有《小雪堂詩話》，已佚。生平散見《金史·章宗本紀》、《拙軒集》。

〔一五〕張公藥：　字元石，張純孝之子，以蔭入仕，官至郾城令，有《竹堂集》。張觀，字彥國，仕為某軍節度副使。參見《中州集》卷九《張丞相孝純》。

〔一六〕王琢：　字器之，一字景文，號姑汾漫士，有《姑汾漫士集》、《次韻蒙求》，皆已佚。參見《中州集》卷七《姑汾漫士王琢》。

〔一七〕師拓：　字無忌，本姓尹，避國諱改。參見《中州集》卷四《師拓》。

〔一八〕酈權：　字元輿，號坡軒，又號漳水野翁，相州人，下文有『過相，謁坡軒居士酈元輿。』宋濂《文憲集》卷十四《跋東坡所書眉子石硯歌後》：『漳水野翁者，武甯軍節度使酈瓊之子，名權，字子輿。』工於詩，喜書法。有《坡軒居士集》。參見《中州集》卷四《酈著作權》。

〔一九〕高公振：　字特夫，亳州蒙城人，高士談之子，正隆二年（一一五七）進士。官至密州刺史。參見《中州集》卷八《高密州公振》。

〔二〇〕王世賞：　字彥功，號浚水老人，汴京人。明昌三年（一一九二），馬惠迪判開封府，以德行才能薦於朝，賜同進士出身，調鞏州教授，終鹿邑簿。有《浚水老人集》行於世。參見《中州集》卷九《浚水王先生世賞》。

〔二一〕王伯溫：　字和父，生平不詳。

〔二二〕左容：　字無擇，生平不詳。

〔二三〕游總：　字宗之。《金史》卷九《章宗紀》：明昌三年十月，『賜河南路提刑司所舉逸民游總同進士出身，以年老不樂仕進，授登仕郎，給正八品半俸終身』。

〔二四〕路鐸：字宣叔，號虛舟居士。有《虛舟居士集》。參看《中州集》卷四《路司諫鐸》。

〔二五〕唐括文正：唐括安禮，女真人，曾任南京留守、尚書右丞，《金史》卷八十八有傳。

〔二六〕黄叔度：黄憲，東漢時著名隱士。《後漢書》卷五十三《黄憲傳》：『林宗曰：「……叔度汪汪若千頃陂，澄之不清，淆之不濁，不可量也。」憲初舉孝廉，又辟公府，友人勸其仕，憲亦不拒之，暫到京師而還，竟無所就。年四十八終，天下號曰「徵君」。』

〔二七〕元德秀：字紫芝，（六九六—七五四），傳見《舊唐書》卷一百四十《文苑傳》、《新唐書》卷一百九十四《卓行傳》。少孤，事母孝。舉進士，自負母入京師。既擢第，母亡，廬墓側，食不鹽酪，藉無茵席。家貧，求為魯山令。歲滿去職。愛陸渾佳山水，乃居之，陶然彈琴以自娱。房琯每見，歎息道：『見紫芝眉宇，使人名利之心都盡。』卒，門人謚曰文行先生。學者高其行，稱曰元魯山。

〔二八〕司空表聖：司空圖（八三七—九〇八），晚唐詩人、詩論家。字表聖，自號知非子，又號耐辱居士。朱全忠召之，力拒不出。後梁開平二年（九〇八），唐哀帝被弑，他絶食而死，終年七十二歲。傳見《新唐書》卷一百九十四《卓行傳》。

〔二九〕『以秉文』句：趙秉文於明昌三年（一一九二），任南京路轉運判官。

〔三〇〕掃門：出自《史記》卷五十二《齊悼惠王世家》：『及魏勃少時，欲求見齊相曹參，家貧無以自通，乃常獨早夜掃齊相舍人門外。相舍人怪之，以為物，而伺之，得勃。勃曰：「願見相君，無因，故為子掃，欲以求見。」於是舍人見勃曹參，因以為舍人。』

〔三一〕李仲元：李弘，西漢人。揚雄《法言》卷八《淵騫》：『或問：「子，蜀人也，請人。」曰：「有李仲元者，人也。」「其為人也，奈何？」曰：「不屈其意，不累其身。」曰：「是夷、惠之徒與？」曰：「不夷不惠，可否之

間也。」『如是，則奚名之不彰也？』曰：「無仲尼，則西山之餓夫與東國之絀臣惡乎聞？」曰：「王陽、貢禹遇仲尼乎？」曰：「明星皓皓，華藻之力也與？」曰：「若是，則奚為不自高？」曰：「皓皓者，已也；引而高之者，天也。子欲自高邪？仲元，世之師也。見其貌者，肅如也；聞其言者，愀如也；觀其行者，穆如也。鄲聞以德詘人矣，未聞以德詘於人也。仲元，畏人也。」或曰：「育、賁。」曰：「育、賁也，人畏其力，而侮其德。」「請條。」曰：「非正不視，非正不聽，非正不言，非正不行。夫能正其視聽言行者，昔吾先師之所畏也。如視不視，聽不聽，言不言，行不行，雖有育、賁，其猶侮諸！」」』見《法言義疏》卷十七。《三國志》卷三十八《蜀書·秦宓傳》：『後（王）商為嚴君平、李弘立祠，宓與書曰：「疾病伏匿，甫知足下為嚴、李立祠，可謂厚黨勤類者也。觀嚴文章，冠冒天下，由、夷逸操，山嶽不移，使揚子不歎，固自昭明。如李仲元不遭《法言》，令名必淪，其無虎豹之文故也，可謂攀龍附鳳者矣。」』

〔三二〕蘇元明：一作蘇源明。元子：元德秀。《新唐書》卷一百九十四《元德秀傳》：『蘇源明常語人曰：「吾不幸生衰俗，所不恥者，識元紫芝也。」』

翰林學士承旨文獻党公碑〔一〕

先秦古文篆籀〔二〕，淳古簡嚴，後世邈乎不可及已。漢之文章，溫醇深厚，如折枯蘇以為明堂之楹，駕騄驥以遵五達之衢〔三〕，不憂傾覆，使人曉然知治道之歸。韓文公之文，汪洋大肆，如長江大河，渾浩運轉，不見涯涘，使人愕然不敢睨視。歐陽公之文，如春風和氣，鼓舞動盪，

了無痕跡，使讀之亹亹不厭。凡此皆文章之正也。至於書亦然。秦相、李監之篆〔四〕，漢、魏之八分〔五〕，虞、褚、魯公之楷〔六〕，見者莫不斂衽而敬。其下作者如零珠片玉，非無可喜，要非書法之正也。

本朝百餘年間，以文章見稱者，皇統間宇文公〔七〕，大定間無可蔡公〔八〕，明昌間則党公〔九〕，于時趙黄山、王黄華俱以詩翰名世〔一〇〕，至論得古人之正脈者，獨以公為稱首。公諱懷英，字世傑，泰安州奉符人〔一一〕。十一世祖宋太尉進〔一二〕。公少穎悟，日誦千餘言，及壯，以文名天下，取東府魁〔一三〕。大定十年，中進士優等，調城陽軍事判官〔一四〕，遷汝陰令〔一五〕。十八年，充史館編修，應奉翰林文字、翰林修撰、翰林待制。明昌元年，遷直學士。六年，預修《世宗實錄》及《遼史》，改翰林學士。承安二年，出知兖州泰定軍節度使〔一六〕。為政寬簡不嚴，而人自服化。三年，入為翰林學士承旨，致仕。大安二年九月〔一七〕，以壽終，享年七十有八。是夕，有大星隕于家居之階上，衆視之，公已逝矣。官至中大夫。

公性寬和容衆，犯而不校〔一八〕。未第之時，樂山水，不以世務嬰懷，簞瓢屢空，晏如也。夫人石氏，徂徠先生之後〔一九〕，亦能安貧守分。母始娠，夢唐道士吳筠來託宿，既而公始生。及長，儀觀偉異若仙然。其文章字畫蓋天性，儒、道、釋、諸子百家之説，乃至圖緯、篆籀之學，無不淹貫。文似歐陽公，不為尖新奇險之語。詩似陶謝，奄有魏晉。篆籀入神，李陽冰之後一人而已。嘗謂唐人韓、蔡不通字學〔二〇〕，八分自篆、籀中來，故公書上軋鍾、蔡〔二一〕，其下不論

也。小楷如虞、褚，亦當為中朝第一。書法以魯公為正，柳誠懸以下不論也〔二二〕。古人名一藝，公獨兼之，亦可謂全矣。銘曰：

文章非能為之為工，乃不能不為之為工也。非要之為奇，要之不得不然之為奇也。譬如山水之狀，煙雲之姿，風鼓石激，然後千變萬化，不可端倪，此先生之文與先生之詩也。至於篆、籀之妙，後數百歲復有一陽冰，則不可知；後數百歲無復一陽冰，則書止於斯。噫！（以上《滏水文集》卷十一）

【校記】

枯繇：《四庫全書》本、《畿輔叢書》本作『姑繇』。

【注釋】

〔一〕文獻公：党懷英（一一三四—一二一一），字世傑，號竹溪。陝西馮翊人，自其父輩遷居泰安奉符。曾任翰林承旨，謚文獻。有《竹溪先生文集》十卷。參見《中州集》卷三《承旨党公》。

〔二〕篆籀：篆文和籀文。晉左思《魏都賦》：『讎校篆籀，篇章畢覯。』唐韓愈《祭郴州李使君文》：『接雄詞於章句，窺逸蹤於篆籀。』

〔三〕枯繇：枯死搖動的樹木。一作『姑繇』，大木。楹：廳堂的前柱。騄驥：駿馬。

〔四〕秦相：李斯。秦統一天下後，李斯任丞相，以小篆為標準，統一全國文字。李斯精於小篆，後世尊為『小篆書法之祖』。李監：李陽冰（生卒年不詳），字少溫，趙郡（治今河北趙縣）人。曾為少監，人稱李監。李陽

冰精工小篆，圓淳瘦勁，為秦篆一大變革。

〔五〕八分：漢字書體名。字體似隸而體勢多波磔。相傳為秦時上谷人王次仲所造。近人以為八分非定名，漢隸為小篆的八分，小篆為大篆的八分，今隸為漢隸的八分。

〔六〕虞：虞世南（五五八—六三八），字伯施，浙江餘姚人，初唐四大書家之一。褚：褚遂良（五九六—六五九年），字登善，錢塘（今浙江杭州）人，唐著名書法家，尤工楷書。其書法，初師虞世南，後學王羲之父子，楷書尤得勁媚之趣。褚遂良與歐陽詢、虞世南、薛稷並稱為『初唐四大家』。魯公：顏真卿官至吏部尚書，太子少師，封為魯郡公，世稱顏魯公。

〔七〕皇統：金熙宗年號（一一四一—一一四八）。宇文公，指宇文虛中。參見《中州集》卷一《宇文大學虛中》。

〔八〕大定：金世宗年號（一一六一—一一八九）。蔡公：指蔡珪，字正甫，號無可居士，參見《中州集》卷一《蔡太常珪》。

〔九〕明昌：金章宗年號（一一九〇—一一九六）。

〔一〇〕趙黃山：趙渢，字文孺，號黃山。參見《中州集》卷四《黃山趙先生渢》。王黃華：王庭筠，字子端，號黃華山主、黃華真逸、黃華老人，又號雪溪翁。參見《中州集》卷三《黃華王先生庭筠》。

〔一一〕奉符：今山東泰安。

〔一二〕党進：宋開國勳臣，《宋史》卷二百六十有傳。

〔一三〕東府：東平府。党懷英於大定二年（一一六二）取府試魁。

〔一四〕大定十年，一一七〇年。《中州集》卷三《承旨党公》：『大定十年，擢進士甲科。』城陽：治在今山東

莒縣。

〔一五〕汝陰：今安徽阜陽。

〔一六〕承安二年：一一九七年。泰定軍：治在今山東兗州。

〔一七〕大安二年：一二一〇年。元好問《續夷堅志》卷二《党承旨生死之異》：『大安三年九月十八，終於家，是夕，有大星殞于所居。』見《元好問全集》卷四十九

〔一八〕犯而不校：受到別人的觸犯或無禮也不計較。《論語義疏》卷八《泰伯》：『以能問與不能，以多問於寡；有若無，實若虛，犯而不校。』

〔一九〕徂徠先生：石介（一〇〇五—一〇四五），字守道。宋天聖八年（一〇三〇）進士，官國子監直講。常以師道自居，學者稱徂徠先生。

〔二〇〕唐人韓、蔡：指唐代書法家韓擇木、蔡有鄰。韓擇木（生卒年不詳），昌黎（今遼寧義縣）人。為韓愈叔父，活動於開元年間，官至右散騎常侍、工部尚書。人稱『韓常侍』。書法宗蔡邕，精於隸書，傳世碑刻有《告華岳文》、《葉慧明碑》、《心經》等。蔡有鄰，唐代書法家。濟陽（今屬山東）人。官至胄曹參軍。活動於開元、天寶間（七一三—七五五）。擅長隸書，嚴勁而有情致。

〔二一〕鍾、蔡：指漢魏書法家鍾繇、蔡邕。鍾繇（一五一—二三〇），字元常，三國魏潁川（今河南許昌）人。因為做過太傅，世稱『鍾太傅』。他的書法尤精小楷。蔡邕（一三二—一九二），東漢著名文學家、書法家。字伯喈，陳留圉（今河南杞縣南）人。漢獻帝時曾拜左中郎將，故後人也稱他『蔡中郎』。

〔二二〕柳誠懸：柳公權（七七八—八六五），字誠懸，《舊唐書》卷一百六十五、《新唐書》卷一百六十三有傳。

竹溪先生文集引〔一〕

文以意為主，辭以達意而已。古之人不尚虛飾，因事遣詞，形吾心之所欲言者耳。間有心之所不能言者，而能形之于文，斯亦文之至乎！譬之水不動則平，及其石激淵洄，紛然而龍翔，宛然而鳳蹙，千變萬化，不可殫窮。此天下之至文也。亡宋百餘年間，唯歐陽公之文不為尖新艱險之語〔二〕，而有從容閒雅之態，豐而不餘一言，約而不失一辭，使人讀之者，亹亹不厭。蓋非務奇之為尚，而其勢不得不然之為尚也。

故翰林學士承旨党公，天資既高，輔以博學，文章沖粹〔三〕，如其為人。當明昌間，以高文大冊主盟一世〔四〕。自公之未第時〔五〕，已以文名天下。然公自謂入館閣後接諸公遊，始知為文法，以歐陽公之文為得其正。信乎，公之文有似乎歐陽公之文也。晚年五言古體，興寄高妙，有陶謝之風。此又非可與誇多鬥靡者道也。近歲寇攘〔六〕，喪亡幾盡，姑裒次遺文〔七〕，僅成十卷，藏之翰苑云〔八〕。（《滏水文集》卷十五）

【校記】

幾盡：原作『凡盡』，據《畿輔叢書》本改。

【注釋】

〔一〕竹溪先生：党懷英（一一三四—一二一一），字世傑，號竹溪，有《竹溪先生文集》十卷，已佚。參見上文。

〔二〕歐陽公：歐陽修。

〔三〕沖粹：中和純正。

〔四〕以高文大冊主盟一世：明昌元年（一一九〇），党懷英遷直學士，國子祭酒；次年遷侍講學士；三年在侍講學士，權禮部郎中，撰《誅皇叔永蹈詔》。《中州集》卷三《承旨党公》：『論者謂公之制誥，百年以來亦當第一。』

〔五〕未第時：党懷英於大定十年（一一七〇）進士及第。

〔六〕近歲寇攘：指大安三年（一二一一）以來蒙古入侵之事。

〔七〕裒次：搜集編排。

〔八〕翰苑：翰林院。大安三年，趙秉文任翰林修撰，至寧元年（一二一三）遷直學士，次年在任。該文當作於此前後。

東坡真贊

坡仙西來自峨嵋，手抉雲漢披虹霓。天庭射策如孤羆，奔走魍魎號狐狸〔一〕。大儒發蒙揮金錘〔二〕，要觀赤壁窺九嶷〔三〕。南宮玉堂鬢成絲〔四〕，鴻文大冊帝載熙〔五〕。入海簸弄明月璣，

歸來貌悴文益奇。荒墳不朽骨與皮，何況聞望江河馳〔六〕。壁間倏睹軒鬚眉〔七〕，無乃示吾橫氣機〔八〕。裹糧問道往從之，人言畫圖君絕癡。（《滏水文集》卷十七）

【注釋】

〔一〕『坡仙西來』四句：寫東坡少年及第。射策：指參加科舉考試。羆，熊的一種，也叫棕熊、馬熊等。韓愈《寄崔二十六立之》：『傲兀坐試席，深叢見孤羆。』奔走魍魎號狐狸，是『魍魎奔走狐狸號』的倒裝，形容蘇軾應試所向無敵。

〔二〕大儒、金錘：《莊子·外物篇》：『儒以詩禮發塚，大儒臚傳曰：「東方作矣，事之何若？」小儒曰：「未解裙襦，口中有珠。」「詩固有之，曰：『青青之麥，生於陵陂，生不布施，死何含珠為？』接其鬢，厭其顪，儒以金椎控其頤，徐別其頰，無傷口中珠。」』發蒙：啟發蒙昧。李白《古風五十九首》其三十：『大儒揮金椎，琢之詩禮間。』

〔三〕九嶷山：指代嶺南。

〔四〕南宮：指尚書省。玉堂：指翰林院。

〔五〕載熙：即熙載，指弘揚功業。

〔六〕聞望江河馳：聲名遠揚，傳之久遠。

〔七〕倏：同倏。軒鬚眉：高揚的鬚眉。形容志氣高昂的樣子。

〔八〕橫氣機：平靜均衡的心胸。《莊子·應帝王》：『列子入以告壺子，壺子曰：「吾鄉示之以大沖莫勝，是殆見吾衡氣機也。」』《蘇軾詩集》卷二十八《偶與客飲，孔常父見訪，方設席延請，忽上馬馳去，已而有詩，戲用其

韻答之》：『豈復見吾橫氣機，遣人追君君絕馳。』

答李天英書〔一〕

天英足下：

自足下失意東歸〔二〕，無日不思，況如三歲。忽得來音，具悉動靜，為慰所望。所寄雜詩〔三〕，疾讀數過，擊節屢歎。足下天才英逸，不假繩削，豈復老夫所可擬議〔四〕，然似受之天而不受之人〔五〕。屢欲貢悃誠，山川間之，坐成浮沉〔六〕。況勤厚如此，過望點化〔七〕。僕非其人，筆拙思荒，自濡其涸，況望餘波耶〔八〕？豈以犬馬齒在前，欲俯就先後進禮耶〔九〕？聊布一二所聞于師友間者，幸恕不揆〔一〇〕。

嘗謂古人之詩，各得其一偏，又多其性之似者。若陶淵明、謝靈運、韋蘇州、王維、柳子厚、白樂天得其沖淡〔一一〕，江淹、鮑明遠、李白、李賀得其峭峻〔一二〕，孟東野、賈浪仙又得其幽憂不平之氣〔一三〕。若老杜，可謂兼之矣。然杜陵知詩之為詩〔一四〕，未知不詩之為詩。而韓愈又以古文之渾浩溢而為詩，然後古今之變盡矣。太白詞勝於理，樂天理勝於詞。東坡又以太白之豪、樂天之理合而為一，是以高視古人，然亦不能廢古人。

足下以唐、宋詩人得處，雖能免俗，殊乏風雅，過矣。所謂近風雅，豈規規然如晉、宋詞人，

蹈襲用一律耶？若曰『子厚近古，退之變古』〔一五〕，此屏山守株之論〔一六〕，非僕所敢知也。詩至於李、杜，以為未足，是畫至於無形，聽至於無聲，其為怪且迂也甚矣。其於書也亦然〔一七〕。

足下立言措意，不蹈襲前人一語，此最詩人妙處。然亦從古人中入，譬如彈琴不師譜，稱物不師衡〔一八〕，工匠不師繩墨，獨自師心，雖終身無成可也。故為文當師六經、左丘明、莊周、太史公、賈誼、劉向、揚雄、韓愈；為詩當師《三百篇》、《離騷》、《文選》、《古詩十九首》，下及李、杜；學書當師三代金石、鍾、王、歐、虞、顏、柳〔一九〕。盡得諸人所長，然後卓然自成一家。非有意于專師古人也，亦非有意于專擯古人也。自書契以來，未有擯古人而獨立者。若揚子雲不師古人，然亦有擬相如四賦〔二〇〕；韓退之『惟陳言之務去』〔二一〕，若《進學解》則《客難》之變也〔二二〕，《南山》詩則《子虛》之餘也〔二三〕。豈遽汗漫自師胸臆〔二四〕，至不成語，然後為快哉？然此詩人造語之工，古人謂之一藝可也。至於詩文之意，當以明王道、輔教化為主。六經吾師也，可以一藝名之哉？賈誼、董仲舒、司馬遷、揚子雲、韓愈、歐陽、司馬溫公〔二五〕，大儒之文也，僕未之能學焉。梁肅、裴休、晁迥、張無盡〔二六〕，名理之文也，吾師之。太白、杜陵、東坡，詞人之文也，吾師其辭，不師其意。淵明、樂天，高士之詩也，吾師其意，不師其辭。然吾老矣，眼昏力薾〔二七〕，雖欲力學古人，力不足也。

足下來書，自言近日欲作大字，然滯于藏鋒〔二八〕，不能飛動；詩欲古體，然僻於幽

隱〔二九〕，不能豪放。足下自知之，僕尚何言？然藏鋒，書之一端，所貴遍學古人，昔人謂之法書〔三〇〕，豈是率意而為之也？又須真積力久〔三一〕，自楷法中來，前人所謂未有未能坐而能走者。飛動乃吾輩胸中之妙，非所學也。若市人能積學而不能飛動，吾輩能飛動而不能積學，皆一偏之弊耳。東坡論李十八草書似鸞哥嬌，數日相見，曰：『此書何如？』曰：『乃秦吉了耳〔三二〕。』足下之書，毋乃近似之乎！精神所注，間出奇逸，稍怠之際，如病痱腫〔三三〕，得免秦吉了足矣。想當捧腹大笑也。

寄來詩，如：『長河老秋凍，馬怯冰未牢。河山冷鞭底，日暮風更號。』『晨井凍不爨，誰料寒士饑。天廄玉山禾，不救我馬隤。〔三四〕』『塵埃汩沒伺候工，《離騷》不振矜魚蟲。風雲誰復話蓍蔡〔三五〕，不圖屨豨哀屠龍〔三六〕。』『挾箋搦管坐書空，伊優堂上醉歌鐘〔三七〕。乃知造化戲兒童，不妨遠目逐孤鴻。莫怪魏瓠無所容〔三八〕，此去未許江船東。五經不掃途轍窮，門庭日日生皇風。太阿剖室砥以石〔三九〕，坐掃鵜鶘搖天雄〔四〇〕。』『岩椒鬱雲〔四一〕，日夕生陰。雨雪縞夜〔四二〕，秋黃老林。人煙墨突〔四三〕，樵徑雲深。』『造物開岩地，石帳開劍壁。苔花張古錦，霜葉老秋碧。日夕雲竇陰，風鼓泉湧石。馬蹄忌磽確〔四四〕，樵道生枳棘。盤盤出井底，回首悵如失。長老不耐役，底事掛塵跡。披雲出山椒〔四五〕，白鳥表林隙。』其餘老昏殊不可曉。然此迄今大成，不過長吉、盧仝合而為一〔四六〕，未能以故為新，以俗為雅〔四七〕，非所望于吾友也。

昔人有吹簫學鳳鳴者〔四八〕，鳳鳴不可得聞，時有梟音耳。君詩無乃間有梟音乎？向者屏山嘗語足下云：『自李賀死，二百年無此作矣。』〔四九〕理誠有之，僕亦云然。李公愛才，然愛足下之深者，宜莫如老夫。願足下以古人之心為心，不願足下受之天而不受之人，如世輕薄子也。與足下心知，故道此意，幸少安毋躁。

【校記】

忽得：原作『向得』，據《石蓮盦刻九金人集》本改。

誰料寒士饑：《中州集》卷五作『誰療壯士饑』。

醉歌鐘：《中州集》卷五作『酣歌鐘』。

逐孤鴻：《中州集》卷五作『送孤鴻』。

鵜鶘：《中州集》作『鸛鶴』，四庫全書本作『鵜鶘』。

開劍壁：《中州集》卷五作『擗劍壁』。

霜葉：《中州集》卷五作『霜苦』。

不耐役：《中州集》卷五作『不耐事』。

【注釋】

〔一〕李天英：李經，字天英，號無塵道人，錦州人。《中州集》卷五有其小傳。李經於泰和六年（一二〇六）應試至京，不第，入太學。大安元年（一二〇九）再試，復不第，歸遼東，眾多詩人為之送行。東歸後不久有書寄趙

秉文，秉文復此書。

〔二〕失意東歸：指落榜還鄉，因其家在遼東錦州，故云東歸。

〔三〕雜詩：包括後文所引的詩歌，其他詩歌全部失傳。

〔四〕擬議：揣度議論。

〔五〕受之天而不受之人：指李經後天訓練不足。

〔六〕悃誠：誠懇。間：阻隔。浮沉：隨俗上下。

〔七〕該句謂李經真誠希望得到趙秉文的指點。

〔八〕自濡其涸：《莊子·大宗師》：『涸轍之鮒，相濡以沫，相煦以濕。』這裏謙稱自己的才學不高，如魚處於涸轍之中只能吐點沫，無法再幫助別人了。

〔九〕犬馬齒：謙稱自己年齡。先後進：趙秉文年長，為先進；李經年輕，為後進。

〔一〇〕不揆：不自量力。

〔一一〕韋蘇州：韋應物，曾官蘇州刺史。柳子厚：柳宗元。白樂天：白居易。

〔一二〕鮑明遠：鮑照。

〔一三〕孟東野：孟郊。賈浪仙：賈島。

〔一四〕老杜、杜陵：杜甫。

〔一五〕子厚近占，退之變古：此為李純甫之語，出處失考。其意並非李純甫首創。《蘇軾文集》卷六十七《評韓柳詩》：『柳子厚詩在陶淵明下，韋蘇州上。退之豪放奇險則過之，而溫麗靖深不及也。』同卷《書黃子思詩集後》：『李、杜之後，詩人繼作，雖間有遠韻，而才不逮意。獨韋應物、柳宗元發纖穠於簡古，寄至味於澹泊，非餘

子所及也。』《詩人玉屑》卷十五引蘇軾語：『詩之美者，莫如韓退之，然詩格之變，自退之始。』

〔一六〕屏山：李純甫（一一八五—一二三一），字之純，號屏山，金代著名文學家，與趙秉文同時。

〔一七〕書：書法。

〔一八〕衡：秤杆，泛指秤。

〔一九〕三代金石：夏商周三代金石銘文。鍾、王、歐、虞、顔、柳：分别指鍾繇、王羲之、歐陽詢、虞世南、顔真卿、柳公權。

〔二〇〕四賦：揚雄《甘泉賦》、《河東賦》、《羽獵賦》、《長楊賦》，皆模擬司馬相如《子虛賦》、《上林賦》。

〔二一〕惟陳言之務去：韓愈《答李翊書》：『惟陳言之務去，戛戛乎其難哉！』

〔二二〕《進學解》：韓文名篇，見《韓昌黎文集校注》卷一。《客難》：指東方朔《答客難》。

〔二三〕《南山》詩：韓詩名作，見《韓昌黎詩繫年集釋》卷四。

〔二四〕汗漫：漫無標準，不着邊際。

〔二五〕歐陽：指歐陽修。司馬溫公，指司馬光。

〔二六〕梁肅：字敬之，唐德宗時人，官至翰林學士、太子諸王侍讀。工古文，通佛學。裴休，字公美，唐穆公時人，官至吏部尚書加太子少師，精佛學。晁迥，字明遠，宋清豐人，官至禮部尚書，通佛道。張無盡：張商英，字天覺，號無盡居士，宋人，官至觀文殿大學士，精佛學。

〔二七〕薾：疲憊。

〔二八〕藏鋒：筆鋒藏而不露。

〔二九〕僻於幽隱：偏向於内斂隱蔽。

〔三〇〕法書：能作為楷模取法的書法作品。

〔三一〕真積力久：《荀子集解》卷一《勸學》：『真積力久則入。』楊倞注：『真，誠也。力，力行也。誠積力久則能入於學也。』指專心致志，長期積累。

〔三二〕東坡論李十八草書：本是劉攽與蘇軾評價李公擇書法語，趙秉文所記不確。《東坡志林》卷九：『劉十五論李十八草書，謂之鸜哥嬌。意謂鸜鵒能言，不過數句，即雜以鳥唱。十八其後稍進，以書問僕：「近日比舊如何？」僕答之：「可作秦吉了矣。」』劉十五：劉攽。李十八：李公擇。秦吉了，鳥名，即鷯哥。

〔三三〕痱腫：痱子癤腫。

〔三四〕隤：頹敗。

〔三五〕蓍蔡：猶言蓍龜，因蔡地出大龜，故名。

〔三六〕履狶：屠人用腳踩豬，以檢驗其肥瘦。《莊子·知北遊》：『正獲之問於監市，履狶也，每下愈況。』黃庭堅《寄上叔父夷仲三首》：『庖丁解牛妙世故，監市履狶知民心。』屠龍：《莊子·列禦寇》：『朱泙漫學屠龍於支離益，單千金之家。三年技成，而無所用其巧。』

〔三七〕伊優：本作『伊優亞』，小兒剛學話的聲音。《漢書》卷六十五《東方朔傳》：『伊優亞者，辭未定也。』後省作『伊優』，指逢迎諂媚之人說話沒有定見，迎合人意。《後漢書》卷八十下《趙壹傳》：『伊優北堂上，抗髒倚門邊。』李賢注云：『伊優，屈曲佞媚之貌……佞媚者見親，故升堂。婞直者見棄，故倚門。』

〔三八〕魏瓠：《莊子·逍遙遊》：『魏王貽我大瓠之種，我樹之成，而實五石。以盛水漿，其堅不能自舉也。剖之以為瓢，則瓠落無所容。非不呺然大也，吾為其無用而掊之。』

〔三九〕太阿：寶劍名，也作泰阿，據《越絕書·越絕外傳·記寶劍》記載，楚王持泰阿率眾擊破敵軍。

〔四〇〕鵝鸛：《左傳·昭公二十一年》：『鄭翩願為鸛，其御願為鵝。』杜注：『鸛、鵝皆陣名。』後多以『鵝鸛』並舉，指軍陣。

〔四一〕岩椒：山頂。鬱雲：濃雲。

〔四二〕縞夜：映照黑夜。

〔四三〕墨突：班固《答賓戲》：『孔席不暖，墨突不黔。』謂墨翟東奔西走，每至一地，煙囱尚未熏黑，又到別處去了。

〔四四〕磽確：多石而堅硬的路。

〔四五〕山椒：山頂。

〔四六〕長吉：李賀。

〔四七〕以故為新，以俗為雅：陳師道《後山詩話》：『閩士有好詩者，不用陳語常談，寫投梅聖俞。答書曰：子詩誠工，但未能以故為新，以俗為雅爾。』《蘇軾文集》卷六十七《題柳子厚詩》：『詩須要有為而作，用事當以故為新，以俗為雅；好奇務新，乃詩之病。』

〔四八〕吹簫學鳳鳴：舊題劉向撰《列仙傳》有《簫史》篇，述秦穆公時，簫史善吹簫，能致孔雀、白鶴於庭。穆公以女弄玉妻之，日教弄玉作鳳鳴。後數年，夫婦隨鳳凰飛去。

〔四九〕屏山：李純甫。其原話不可考，『二百年』不確。

答麻知幾書〔一〕

知幾足下：

相別數月，靡日不思。山川遼闊，致稽裁布〔二〕。人至，辱長書累幅，意貺勤厚，殊慰馳想。不審比來舊疾差減否〔三〕？甚懸懸也。聞御榜到日，足下與李濟之適同榻〔四〕。一升一沉，不能不悵然也，然此亦何足置懷？前者足下與李欽叔各魁省貢〔五〕，群口嗸嗸，爭為毀訾〔六〕。及欽叔連中兩科，然後藹然心服〔七〕。如使足下一第後，試制策，試宏詞，當與欽叔並馳爭先，未知鹿死誰手，豈可成敗論士哉！僕少時應舉被黜〔八〕，戚戚若不復堪處。然窮達自有數，顯晦自有時。以今觀之，向之戚戚者，何其妄也！

足下又以平生孤苦百狀，有『求鶖得鳩，種稷得稗』之說〔九〕，天生大賢如足下者，必將有用，又安知今日之窮，天將昌其道，非足下之福耶？若得一器淨水，照足下宿命，還本知見，當不出此言也。足下生知夙習，再來人也〔一〇〕。三生學道，豈不知此？大抵一時才人多恃聰辨，少積前路資糧，故佛謂之福慧兩足尊〔一一〕。足下無乃近此類，尚何怨耶？假使吾輩萬一臨死生之際，亦當安時處順，況未至是耶？足下所喜韓子、歐子之學，固為純正，如退之《感二鳥賦》、《上宰相三書》亦少年未知道時語也〔一二〕，其後諫佛骨南遷，若與生死利害相忘者〔一三〕。然過黃陵廟，求哀乞靈，恐死瘴霧中，亦學聖人而未至者〔一四〕。今之士人，以綴緝聲

律為學，趨時乾沒為賢〔一五〕，能留心于韓歐者幾人？僕固不當洗垢求瑕，若孔子與子貢、顔淵問答，有『不容何病』之語〔一六〕，第恐孔顔不爾爾也。因論聖賢之分，偶盡言之。至於所謂為忠誠、為謹廉、為放逸、為耿介，豈以窮達而異心哉？足下又謂山林有至道，芻蕘有至人〔一七〕，可隱可訪。誠哉是言！當今之世，豈必忘言如達摩〔一八〕，談道若莊生，然後為得也？談道，吾敬常先生、王賢佐〔一九〕；談禪，吾敬萬松秀、王泉政〔二〇〕；論醫，不及儀企賢、任子山〔二一〕；經學與文章，不及李之純與足下〔二二〕。如足下一病，自不能療，便謂舉世無知醫者，可乎？足下易學，自可忘憂遺老，至於釋、老二家，勿謂『秦無人』〔二三〕。聞頗喜雜學，然慎所以習之者。多難之世，盆成括之徒當敬而遠之〔二四〕。足下才高識明，過僕數倍，固不當為此喋喋，亦期有以告教我也。方屬新秋，善加調攝。不宣。（以上《滏水文集》卷十九）

【注釋】

〔一〕麻知幾：麻九疇。麻九疇興定五年（一二二一）御試被絀，隱居郾城。趙秉文此文當作於麻隱居後數月。

〔二〕致稽裁布：導致稽遲問候。

〔三〕審：知道。舊疾：《中州集》卷六《麻徵君九疇》謂其『少時有惡疾』。

〔四〕李濟之：生平不詳，當是興定五年進士。

〔五〕各魁省貢：貞祐三年（一二一五），麻九疇為省試策論第一，李獻能為詞賦第一。

〔六〕群口嗸嗸，爭為毀訾：《歸潛志》卷十：『貞祐初，詔免府試，而趙閑閑為省試，有司得李欽叔賦，大愛之。蓋其文雖格律稍疏，然詞藻莊嚴絕俗，因擢為第一人，擢麻知幾為策論魁，於是舉子輩譁然，怨於臺省，投狀陳告趙公壞了文格，又作詩譏之。』

〔七〕連中兩科：貞祐三年，李獻能於省試之後，又中廷試。懣然：煩悶不樂。

〔八〕應舉被黜：趙秉文於大定十九年參加進士考試，未及第。

〔九〕求鶩得鳩，種稷得稗：形容事與願違，當出自麻九疇寫給趙秉文的『長書』。

〔一〇〕再來人：佛教稱再度轉世皈依佛門的人。

〔一一〕福慧：福德與智慧。佛教謂福德、智慧二者圓滿叫『兩足尊』。

〔一二〕《上宰相三書》：韓愈貞元八年（七九二）登第後，以博學宏辭三試於吏部，無成。故十一年上宰相書求仕，凡三上，分別為《上宰相書》、《後十九日復上書》、《後二十九日復上書》。《感二鳥賦》：貞元十一年，韓愈三上宰相書不報之後，離開長安，途中見人進貢白烏和白鸜鵒，憤而作此賦，抒發其不遇之情。

〔一三〕諫佛骨南遷：元和十四年（八一九），韓愈上《論佛骨表》後，帝大怒，欲抵死，後貶潮州刺史。

〔一四〕過黃陵廟：《韓昌黎文集校注》卷七《黃陵廟碑》：『元和十四年春，余以言事得罪，黜為潮州刺史。其地於漢為南海之揭陽，厲毒所聚，懼不得脫死，過廟而禱之。』

〔一五〕綴緝聲律：指追求聲律的科舉詞賦。乾沒：投機圖利。

〔一六〕不容何病：見《史記·孔子世家》。孔子困於陳蔡之間，絕糧，『弟子有慍心』，孔子分別召見子路、子貢、顏回，問他們：『《詩》云：「匪兕匪虎，率彼曠野」。吾道非邪？吾何為於此？』三人各有應答，顏回說：『夫子之道至大，故天下莫能容。雖然，夫子推而行之，不容何病，不容然後見君子！夫道之不脩也，是吾醜也。

夫道既已大脩而不用，是有國者之醜也。不容何病，不容然後見君子！』

〔一七〕芻蕘：　割草打柴，也指割草打柴的人。

〔一八〕達摩：　中國禪宗始祖。達摩所教《楞伽經》，以『忘言忘念無得正觀為宗』。

〔一九〕常先生：　常用晦，字仲明，先世為雁門崞縣人，後移居河北平山縣。與麻知幾多有交往。生平見《元好問全集》卷二十四《真定府學教授常君墓銘》。王賢佐：　王澮字賢佐，一字玄佐，咸平人。深於易學，又通星曆讖緯。生平見《中州樂府》小傳。

〔二〇〕萬松秀：　即萬松行秀（一一六六——一二四六），俗姓蔡，河內（今河南懷慶）人，金末著名禪師。王泉政：　一作玉泉政，其人不詳。

〔二一〕儀企賢：　名師顏，字企賢，曾為太醫，後歸隱。《儒門事親》卷八《伏瘕》稱之為太醫。馮璧有《送國醫儀師顏企賢得請歸關中次朝賢韻》。任子山，名履真，金末名醫。《歸潛志》卷六：『任履真子山，許州長葛人。讀書，喜雜學。深於醫，又有鄉行，邑人皆信之。貞祐初，召入太醫院，旋告歸。與閑閑、屏山諸公及余先子善。先子主長葛簿，其修儒宮及太虛觀，子山之力居多。為醫，起人疾甚衆。既卒，閑閑志其墓云。』《滏水文集》卷十一有《任子山壙銘》。

〔二二〕李之純：　李純甫。

〔二三〕秦無人：　《左傳·文公十三年》：『秦伯師於河西，魏人在東，壽餘曰：「請東人之能與夫二三有司言者，吾與之先。」使士會，士會辭曰：「晉人，虎狼也。若背其言，臣死，妻子為戮，無益於君，不可悔也。」秦伯曰：「若背其言，所不歸爾帑者，有如河！」乃行。繞朝贈之以策，曰：「子無謂秦無人，吾謀適不用也。」』

〔二四〕盆成括：《孟子・盡心》：『盆成括仕于齊，孟子曰：「死矣盆成括！」盆成括見殺，門人問曰：「夫子何以知其將見殺？」曰：「其為人也小有才，未聞君子之大道也，則足以殺其軀而已矣。」』

東坡《四達齋銘》〔一〕

東坡先生，人中麟鳳也。其文似《戰國策》，間之以談道如莊周；其詩似李太白，而補之以名理似樂天〔二〕；其書似顏魯公〔三〕，而飛揚韻勝，出新意於法度之中，寄妙理於豪放之外〔四〕，竊嘗以為書仙。屹然贔屭巨鼇之欲前〔五〕，軒然飛動，大鵬之孤騫，狠石當道〔六〕，長松臨淵。其嚴勁之象，雄渾之狀，大臣正色，抑不可屈，凜然如見其叱希烈而誚祿山也〔七〕。千石之鐘，萬石之虡〔八〕，鏗鋐鍧鍧，儼然如見其宮廟之懸也。如偃而復植，如墮而反妍。秋風水波，春山雲煙，此猶可略而言。至於字外匠成風之妙〔九〕，筆端透具眼之禪〔一〇〕，蓋不可得而傳也。觀其胸中空洞無物，亦如此齋，廓焉四達，獨有忠義。數百年之氣象，引筆著紙，與心俱化，不自知其所以然而然，其有得於此而形之於彼，豈非得古人之大全也耶？

【注釋】

〔一〕《四達齋銘》：原文見《蘇軾文集》卷十九：『高郵使君趙晦之作齋東園，戶牖四達，因以名之。眉山蘇

軾過而為之銘曰：有藏於中，必諜於外。惟慢與謹，皆盜之誨。孰如此間，空洞無物。戶牖闔開，廓焉四達。擊去盜易，使無盜難。我無可攘，以守則完。趙侯無心，得法赤溪。四出其齋，以達民迷。』

〔二〕『其詩』二句：趙秉文《答李天英書》：『東坡又以太白之豪、樂天之理合而為一，是以高視古人。』

〔三〕顔魯公：顔真卿，封魯郡公，故稱。

〔四〕『出新意』二句：見《蘇軾文集》卷七十《書吳道子畫後》。

〔五〕贔屭：傳說中一種力大無比類似海龜的動物。

〔六〕狠石：很石，形狀如羊的石頭。蘇軾《甘露寺》題下自注：『寺有石如羊，相傳謂之狠石。云諸葛孔明坐其上，與孫仲謀論曹公也。』

〔七〕叱希烈而誚祿山：《滏水文集》卷二十《題楊少師侍御帖》云：『楊少師勸其父不以社稷與人，此與魯公拒安祿山、斥李希烈何異。』天寶十四年（七五五），安祿山發動叛亂，顔真卿聯絡從兄顔杲卿起兵抵抗，附近十七郡響應，合兵二十萬，使安祿山不敢急攻潼關。德宗興元元年（七八四），淮西節度使李希烈叛亂，奸相盧杞趁機借李希烈之手殺害他，派其前往勸諭，李希烈想盡辦法，終未能使顔真卿屈服，而將之殺害。

〔八〕虡：古時懸鐘鼓木架的兩側立柱。

〔九〕匠成風：運斤成風。《莊子・徐無鬼》：『郢人堊慢其鼻端，若蠅翼，使匠石斲之。匠石運斤成風，聽而斲之，盡堊而鼻不傷。』

〔一〇〕具眼：佛教稱能透見宇宙之原則，及一切現象之實相者為具眼。

題東坡書《孔北海贊》〔一〕

黨錮之禍〔二〕，豈不哀哉！此非獨小人之過，亦君子之過也。方梁冀跋扈，朝廷不能制，五侯誅之，自是宦者用事〔三〕。其後人主幼沖，女主制政，繼以桓、靈之不君，則其勢不得不權在宦豎。而天下賢士嫉之若仇，非朝士誅宦官，則宦官誅朝士必矣。及黨錮禍起，君子既去，而小人亦無以自立於世。自後英雄得志，假外兵以除內難。董卓既沒，曹操繼之，孔文舉雖有扶漢之志，勢亦難矣。何則？操挾天子以令諸侯，意逆而名順。文舉欲藉英雄以除君側之惡，意善而名逆。加之如操者，苟有可以寓其智巧，則亦無所不至，而文舉不過正義明道而已。操之奸雄，有所不為。是以小人常勝，君子常不勝，理固然也。東坡謂文舉使劉備誅操無難〔四〕，蓋亦有激而云。坡作此贊，實亦自況。元祐之黨，僅類黨錮。元豐之政，初亦有為。但荆公新法，不合人情，温公繼之〔五〕，力革前弊。然紹聖、崇寧，子也〔六〕，一旦使子改父道，小人得以藉口矣。向使如范忠宣輩〔七〕，稍變其不合者，漸以圖之，庶幾少安。其子孫亦安能為其父而咎其王父者哉？惜乎！慮不出此，而使賢士竄斥略盡，國隨以亡，亦君子之過也。然坡公身愈斥，志愈不衰。坡嘗稱太白『雄節邁倫，高氣蓋世』〔八〕，余於東坡亦云。

【注釋】

〔一〕孔北海：孔融（一五三—二〇八），字文舉，魯國（今山東曲阜）人，建安七子之一，是孔子的二十世孫。獻帝時任北海（山東壽光）相，世稱孔北海。為人不拘小節，剛正不阿。因非議曹操，被殺。《蘇軾文集》卷二十一《孔北海贊》：『文舉以英偉冠世之資，師表海內，意所予奪，天下從之，此人中龍也。而曹操陰賊險狠，特鬼蜮之雄者耳。其勢決不兩立，非公誅操，則操害公，此理之常。而前史乃謂公負其高氣，志在靖難，而才疏意廣，訖無成功，此蓋當時奴婢小人論公之語。公之無成，天也。使天未欲亡漢，公誅操如殺狐兔，何足道哉！世之稱人豪者，才氣各有高庳，然皆以臨難不懼，談笑就死為雄。操以病亡，子孫滿前而咿嚶涕泣，留連妾婦，分香賣履，區處衣物，平生奸偽，死見真性。世以成敗論人物，故操得在英雄之列。而公見謂才疏意廣，豈不悲哉！操平生畏劉備，而備以公知天下有已為喜，天若胙漢，公使備，備誅操無難也。予讀公所作《楊四公贊》，歎曰：方操害公，復有魯國一男子慨然爭之，公庶幾不死。乃作《孔北海贊》曰：晉有羯奴，盜賊之靡。欺孤如操，又羯所恥。我書《春秋》，與齊豹齒。文舉在天，雖亡不死。我宗若人，尚友千祀。視公如龍，視操如鬼。』

〔二〕黨錮之禍：東漢桓、靈二帝統治時期官僚士大夫因反對宦官專權而遭禁錮的政治事件。黨錮的政爭自延熹九年（一六六），一直延續到中平元年（一八四）。

〔三〕梁冀：（？—一五九），東漢外戚權臣。永和元年（一三六）為河南尹。因質帝當面稱梁冀為『跋扈將軍』，次年即被他所毒殺，另立十五歲的桓帝。此後他更加專擅朝政，結黨營私，且大封梁氏一門為侯為官。後桓帝派宦官單超、具瑗、唐衡、左悺、徐璜等五人帶兵圍攻梁冀宅，捕捉河南尹梁胤，梁家及其妻孫家，無論長幼皆棄市。從此，東漢外戚專權的時代基本結束，卻進入了宦官專權的時期。桓帝封單超等五人為侯。

〔四〕東坡謂文舉云云：見上引蘇軾《孔北海贊》。

〔五〕溫公：司馬光。

〔六〕紹聖、崇寧：宋哲宗和宋徽宗的年號，指代宋哲宗、宋徽宗。二人均是宋神宗之子。

〔七〕范忠宣：范純仁（一〇二七—一一〇一），字堯夫，謚忠宣，吳縣（今江蘇蘇州）人，范仲淹次子。仁宗皇祐元年進士，累官侍御史、同知諫院，出知河中府，徙成都路轉運使。哲宗立，除給事中，元祐元年同知樞密院事，後拜相。哲宗親政，累貶永州安置。徽宗繼位後，復觀文殿大學士，促入覲，以目疾乞歸。著有《范忠宣公集》。

〔八〕『雄節』二句：本是夏侯湛《東方朔畫贊》之語，蘇軾借之評價李白。《蘇軾文集》卷十一《李太白碑陰記》：『夏侯湛贊東方生云：「……雄節邁倫，高氣蓋世，可謂拔乎其萃，游方之外者也。」吾于太白亦云。』

題田不伐書後〔一〕

此田不伐書也，後一幅頗有東坡醉草風味。予嘗論杜牧之、石曼卿、秦少游〔二〕，雖寓之詩酒，其豪俊之氣見於自著，終不可沒，但命不偶耳〔三〕。使不伐修潔〔四〕，不失為才大夫。顧以小辭自憙〔五〕，惜哉！術不可不慎也。

【注釋】

〔一〕田不伐：田為（生卒年不詳），字不伐。政和末，充大晟府典樂。宣和元年（一一一九）罷典樂，為樂令。

擅琵琶，通樂律，工樂府。其詞鍛煉字句，妙於音律。《全宋詞》存詞六首。事迹見《宋史》卷一百二十九《樂志》。

〔二〕杜牧之：杜牧。石曼卿：石延年（九九四—一〇四一），宋城（今安徽阜陽）人，文辭勁健，尤工詩，善書法。秦少游：秦觀。

〔三〕命不偶：命運不好。

〔四〕修潔：品行高潔。《宋史》卷一百二十九《樂志》稱田為『善琵琶，無行』。《宋史》卷三百五十六《張朴傳》載張朴論田為『貪濫不法，物論弗齒』。

〔五〕小辭：詞。憙：喜。

題《巫山圖》後〔一〕

昔宋玉賦高唐之事〔二〕，其意言山水之峻激，林木之振蕩，鳥獸之號呼，足以使人移心易志。以諷襄王之荒淫，神志既蕩，夢與神遇，以無為有也。其卒章言『思萬方，憂國害。開賢聖，輔不逮』，勸百而諷一，亦已晚矣。其後卒賦神女之事〔三〕，豈荒淫之主竟不可以已耶？然亦玉之罪矣。惜乎！無是可也。後世不知者，遂實其事，乃知楚人事鬼尚矣。其後繪以為圖，公前征得之〔四〕。觀其群峰秀拔，雲煙葱蔚，意必有神主之。褻瀆如此，無乃汙靈尊乎？乃作此說，以為之辯。

【注釋】

〔一〕《巫山圖》：作者不詳。

〔二〕宋玉賦高唐之事：指宋玉創作《高唐賦》。

〔三〕賦神女：指宋玉《神女賦》。

〔四〕公：所指不詳。前征：一本作『南征』。

跋劉伯深《西巖歌》〔一〕

歌云：西巖逸人以天為衢兮，地為席茵。青山為家兮，流水為之朋。饑食芝兮渴飲泉，又何必有肉如林兮，有酒如澠〔二〕。世間清境端為我輩設，吾徒豈為禮法繩〔三〕。少文援琴眾山響〔四〕，太白弄月清波澄。人間行路，是處多炎蒸〔五〕。如何水前山後，六月赤腳踏層冰〔六〕？

南山翁子伯深《西巖歌》〔七〕，置之古人集中，誰能辨之？所謂不拘禮法，如晉之狂士〔八〕。公未及五紀致政〔九〕，臨終不亂，蓋有道者。公又有詩云：『身將隱兮文何用，人不知之味更真。』〔一〇〕尤可諷詠。

【注釋】

〔一〕劉伯深：劉汲，字伯深，號西巖，劉撝之子，天德三年（一一五一）進士。詳《中州集》卷二《劉西巖汲》。

〔二〕『有肉如林』二句：《左傳·昭公十二年》：『齊侯舉矢曰：「有酒如澠，有肉如陵，寡人中此，與君代興。」』

〔三〕我輩設：《世說新語·任誕》：『阮籍嫂嘗還家，籍見與別，或譏之。籍曰：「禮豈為我輩設也？」』

〔四〕少文：宗炳（三七五—四四三），字少文，著名畫家，並擅長書法和彈琴。晚年將遊歷所見景物，繪於居室之壁，自稱『澄懷觀道，臥以遊之』，『撫琴動操，欲令眾山皆響』。生平參《南史》卷七十五《宗少文傳》。

〔五〕炎蒸：炎熱地區。

〔六〕赤腳踏層冰：後漢馬融，夏夜直宿館中，蒸郁倍常，如坐甑中，謂同舍曰：『安得披襟赤腳，踏陰山之層冰，以洗滌塵煩乎？』見呂祖謙《詩律武庫》卷十四。杜甫《早秋苦熱堆案相仍》：『南望青松架短壑，安得赤腳踏層冰？』

〔七〕南山翁：劉撝，字仲謙，天會元年（一一二三）狀元。愛渾源山水幽勝，買田移居，晚號南山翁。

〔八〕晉之狂士：指阮籍。

〔九〕五紀：一紀十二年，五紀六十年。致政：致仕，退休。據王惲《渾源劉氏世德碑銘》，劉汲卒年五十八。

〔一〇〕身將隱兮：劉汲《題西巖》其二：『卜築西巖最可人，青山為屋水為鄰。身將隱矣文何用，人不知之味更真。自古交游少同志，到頭聲利不關身。清泉便當如澠酒，澆盡胸中累劫塵。』見《中州集》卷二。

題南麓書後〔一〕

『岱嶽夫如何，齊魯青未了。』〔二〕『夫如何』三字幾不成語，然非三字無以成下句，有數百里之氣象。若上句俱雄麗，則一李長吉耳〔三〕。此前人論詩也〔四〕。論書亦然。若有學南麓者，當以吾言參之。（以上《滏水文集》卷二十）

【校記】

岱嶽：杜甫《望嶽》作『岱宗』。

【注釋】

〔一〕南麓：任詢字君謨，號南麓，又號龍巖。『書法為當時第一』。參《中州集》卷二《任南麓詢》。《滏水文集》卷二《解朝酲賦》：『已而龍巖雪溪，襞烏絲而操翰墨；竹溪黃山，揮玉麈而談冰霜。』龍巖指任詢，雪溪指王庭筠，竹溪指党懷英，黃山指趙渢。《元好問全集》卷四十《國朝名公書跋》：『任南麓書如老法家斷獄。』

〔二〕『岱岳』句：出自杜甫《望岳》，此處當是任詢所書內容。

〔三〕李長吉：李賀。

〔四〕前人：指范温。《苕溪漁隱叢話》前集卷九引范温《潛溪詩眼》云：『老杜詩凡一篇，皆工拙相半。古人文章類如此。皆拙固無取，使其皆工則峭急無古氣，如李賀之流是也。然後世學者，當先學其工，精神氣骨皆在於此。如《望嶽》詩云：「齊魯青未了。」……《望嶽》詩無第二句，而云「岱宗夫何如」，雖曰亂道可也。』

乞伏村堯廟碑（節錄）〔一〕

《康衢》，古謠也，後世里歌社舞，笙簫嘈雜，有遺音矣〔二〕。土鉶土簋〔三〕，昔所御也，後世山肴野蔌〔四〕，膻薌苾芬〔五〕，有遺味者矣。《易》曰：『咸，感也。』夫咸而至於有心則不足以有感矣。（孫德謙輯《金源七家文集補遺》）

【注釋】

〔一〕乞伏村：在相州（今河南安陽）西六十里。

〔二〕《康衢》：康衢謠。《列子·仲尼篇》：『堯治天下，五十年，不知天下治歟，不治歟？不知億兆之願戴己歟，不願戴己歟？顧問左右，左右不知。問外朝，外朝不知。問在野，在野不知。堯乃微服游于康衢，聞兒童謠：「立我蒸民，莫匪爾極。不識不知，順帝之則。」堯喜，問曰：「誰教爾為此言？」童兒曰：「我聞之大夫。」問大夫，大夫曰：「古詩也。」堯還宮，招舜，因禪以天下。』謠詞前兩句出自《詩經·周頌·思文》，後兩句出自《詩經·大雅·皇矣》。

〔三〕土鉶土簋：《韓非子·十過》：『昔者堯有天下，飯於土簋，飲於土鉶。』《史記·太史公自序》有云：『墨者亦尚堯舜道，言其德行曰：堂高三尺，土階三等，茅茨不翦，采椽不刮。食土簋，啜土刑。』《正義》：『顏云：簋所以盛飯也，刑所以盛羹也。土謂燒土為之，即瓦器也。』

〔四〕山肴野蔌：指野味和蔬菜。歐陽修《醉翁亭記》：『山肴野蔌，雜然而前陳者，太守宴也。』

〔五〕膻薌：祭祀燒牛羊脂的氣味。《禮記·祭義》：『建設朝事，燔燎膻薌，見以蕭光，以報氣也。』苾芬：芬芳。《詩經·小雅·楚茨》：『苾芬孝祀，神嗜飲食。』

卷四　王若虛

王若虛（一一七四—一二四三），字從之，號慵夫、滹南遺老，稾城（今屬河北）人，承安二年（一一九七）擢經義進士，官鄜州録事，歷管城、門山縣令，皆有善政。入為國史院編修官，遷應奉翰林文字，又奉使西夏，還授同知泗州軍州事，後為著作佐郎，入為翰林直學士。生平見《元好問全集》卷十九《内翰王公墓表》、《金史》卷一百二十六《王若虛傳》、《中州集》卷六《王内翰若虛》。著有《滹南遺老集》四十五卷傳世。

文辨

卷一

一

相如《上林賦》設子虛使者、烏有先生以相難答，至亡是公而意終，蓋一賦耳〔一〕。而蕭統別之為二〔二〕，統不足怪也。至遷、固為傳，亦曰『上覽子虛賦而善之』〔三〕，相如以為此乃諸侯

之事，故別賦上林。何哉？豈相如賦子虛自有首尾，而其賦上林也復合之為一邪？不然，遷、固亦失也。

【注釋】

〔一〕一賦耳：《子虛賦》作於司馬相如為梁孝王賓客時，《上林賦》作於武帝召見之際，前後相去十年。兩賦內容連屬，構思一貫，可視為一篇完整作品的上下篇。

〔二〕蕭統別之為二：蕭統《文選》分為《子虛賦》、《上林賦》。

〔三〕遷、固：司馬遷、班固。《史記》卷一百一十七《司馬相如傳》：「上讀《子虛賦》而善之，曰：『朕獨不得與此人同時哉！』」《漢書·司馬相如傳》同此。

二

張衡《二京》〔一〕，一賦也，而《文選》析為二首。左思《三都》〔二〕，一賦也，而析為三首。若以字數繁多，一卷不能盡之，則不當稱某京某都而各云一首也。豈後人編輯者之誤而不出於統歟？然《世說》載庾亮評庾闡《南都賦》，謂可以『三《二京》』而『四《三都》』〔三〕，又何也？

【注釋】

〔一〕張衡：字平子（七八—一三九），南陽（今河南南陽）人。《二京》：《二京賦》以《西京賦》、《東京賦》

構成上下篇。

〔二〕左思：字太沖。曾作《三都賦》，十年乃成，豪貴之家，爭相傳寫，洛陽為之紙貴。

〔三〕《南都賦》：《世説新語》作《揚都賦》。《世説新語·文學》：『庾仲初作《揚都賦》成，以呈庾亮，亮以親族之懷，大為其名價，云可三《二京》，四《三都》。于此人人競寫，都下紙為之貴。』庾仲初即庾闡。庾亮此語是將《二京賦》當作兩篇賦、《三都賦》當成三篇賦來理解的。

三

《晉宋書》載淵明《歸去來辭》云〔一〕：『善萬物之得時，感吾生之行休，已矣乎，寓形宇內復幾時？曷不委心任去留，胡為皇皇欲何之。』『已矣乎』之語，所以便章而為斷，猶『系曰』、『亂曰』之類，則與上文不相屬矣。故當以『時』字、『之』字為韻，其『留』字偶與前『休』字相協而已。後之擬者，自東坡而下，皆雜和之〔二〕，然則果孰為韻邪？近見陶集本作『能復幾時』〔三〕，此為可從，蓋八字自是兩句耳。然陶集云：『胡為乎遑遑兮欲何之』〔四〕，殆不可讀，卻宜從史所載也。

【注釋】

〔一〕《晉宋書》：指《晉書》、《宋書》。二書《陶潛傳》均載《歸去來辭》。

〔二〕東坡而下，皆雜和之：《蘇軾詩集》卷四十七《和陶歸去來兮辭》：『望故家而求息，曷中道之三休。已矣乎，吾生有命歸有時，我初無行亦無留。駕言隨子聽所之。』

〔三〕能復幾時：今傳各本《陶淵明集》皆不作『能復幾時』。

〔四〕『胡為乎』句：與今本《陶淵明集》相同。

四

劉禹錫《問大鈞賦》云〔一〕：『楚臣《天問》不酬，今臣過幸，一獻三售。』上二句脱兩字〔二〕。《何卜賦》云〔三〕：『時乎時乎！去不可邀，來不可逃。淹兮孰含操〔四〕。』夫『操』所以對『含』也，上當脱三字。又云：『堇之毒豕苓，雞首之賤毛』〔五〕，亦有脱誤處，《禹錫集》、《文粹》所載皆然〔六〕，安得善本而考之？

【校記】

含操：《四庫全書》本作『捨操』。

【注釋】

〔一〕《問大鈞賦》：見《劉禹錫集》卷一。

〔二〕所引文字與今本一致，應無脱誤。

〔三〕《何卜賦》：見《劉禹錫集》卷一。

〔四〕淹兮孰含操：《劉禹錫集》卷一作『淹淹兮孰捨孰操』。

〔五〕堇之毒豕苓：今本《劉禹錫集》卷一作『堇喙之毒苓』。

〔六〕《文粹》：姚鉉《唐文粹》，該書卷八錄《何卜賦》。

五

東坡《杞菊賦》云〔一〕：『或糠覈而瓠肥，或粱肉而墨瘦。』諸本皆同。近觀秘府所藏公手書此賦，無『瓠』『墨』二字〔二〕，固當勝也。

【注釋】

〔一〕《杞菊賦》：指《後杞菊賦》，見《蘇軾文集》卷一。

〔二〕『瓠』『墨』二字：今本《蘇軾文集》有。

六

東坡《詩論》〔一〕，其末云：『嗟夫，天下之人，欲觀於《詩》，其必先知夫興之不可與比同，則詩之意可以意曉而無勞。』〔二〕而其中又有云：『嗟夫，天下之人，欲觀於詩，其必先知比興。』此十六字蓋重複也，不惟語言為贅，其於上下文理亦自間斷，此灼然可見，而諸本皆無去之者，蓋相承其誤而未嘗細考也。

【注釋】

〔一〕《詩論》：見《蘇軾文集》卷二。

〔二〕『嗟夫』五句：今本《蘇軾文集》卷二《詩論》原文是：『嗟夫，天下之人，欲觀於《詩》，其必先知夫興之

不可與比同，而無彊為之說，以求合其當時之事，則夫詩之意，庶乎可以意曉而無勞矣。』

七

左氏文章，不復可議，惟狀物論事，辭或過繁，此古今之所知也。如韓原之戰，晉侯乘鄭駟，慶鄭以其非土產而諫之，言其『進退不可，周旋不能』足矣，至云：『亂氣狡憤，陰血周作，張脈僨興，外强中乾』〔一〕，何必爾邪？

【注釋】

〔一〕鄭駟：鄭國的馬車。『慶鄭』云云：事見《左傳・僖公十五年》：『晉侯謂慶鄭曰：「寇深矣，若之何？」對曰：「君實深之，可若何？」公曰：「不孫。」卜右，慶鄭吉，弗使。步揚御戎，家僕徒為右，乘小駟，鄭入也。慶鄭曰：「古者大事，必乘其產，生其水土而知其人心，安其教訓而服習其道，唯所納之，無不如志。今乘異產，以從戎事，及懼而變，將與人易。亂氣狡憤，陰血周作，張脈僨興，外强中乾。進退不可，周旋不能，君必悔之。」』

八

左氏書晉敗於邲，軍士爭舟，『舟中之指可掬』〔一〕。《獻帝紀》云：帝渡河，不得渡者皆爭攀船，船上人以刃擽斷其指，舟中之指可掬〔二〕。劉子玄稱〔三〕：邱明之體，文雖缺略，理甚昭著，不言攀舟以刃斷指，而讀者自見其事〔四〕。予謂此亦太簡，意終不完，未若《獻帝紀》之

為是也。

【注釋】

〔一〕舟中之指可掬：事詳《左傳·宣公十二年》。

〔二〕《獻帝紀》：指《後漢書·獻帝紀》。所載渡河之事，不見於《獻帝紀》，而見於《後漢書·董卓傳》、《資治通鑒》卷六十一《孝獻皇帝丙》。王若虛或是概引之。

〔三〕劉子玄：劉知幾（六六一—七二一），字子玄，彭城（今江蘇徐州）人。永隆元年（六八〇）進士。任史官，撰起居注，歷任著作佐郎、左史、著作郎、秘書少監、太子左庶子、左散騎常侍等職，兼修國史。著有《史通》等。

〔四〕『邱明之體』五句：劉知幾《史通》卷八《模擬》：『蓋文雖缺略，理甚昭著，此丘明之體也。至如敘晉敗於邲，先濟者賞，而云：「上軍下軍爭舟，舟中之指可掬。」夫不言攀舟亂，以刃斷指，而但曰「舟指可掬」，則讀者自睹其事矣。』

九

洪邁《容齋隨筆》云：『「石駘仲卒，有庶子六人，卜所以為後者，曰：『沐浴佩玉則兆。』五人者皆沐浴佩玉。石祁子曰：『孰有執親之喪而沐浴佩玉者乎？』不沐浴佩玉。」此《檀弓》之文也〔一〕。今之為文者不然，必曰：「沐浴佩玉則兆，五人者如之，祁子獨不可，曰：『孰有執親之喪而若此者乎？』」似亦足以盡其事，然古意衰矣。』〔二〕慵夫曰：邁論固高，學者不可不知。然古今互有短長，亦當參取，使繁省輕重得其中，不必盡如此說也。沐浴佩玉，

字實多兩處〔三〕。夫文章惟求真是而已，須存古意何為哉？

【注釋】

〔一〕《檀弓》：上引文字見《禮記·檀弓下》：『石駘仲卒，無適子，有庶子六人，卜所以為後者。曰：「沐浴佩玉則兆。」五人者皆沐浴佩玉，石祁子曰：「孰有執親之喪，而沐浴佩玉者乎？」不沐浴佩玉。石祁子兆，衛人以龜為有知也。』

〔二〕上引洪邁文，見《容齋隨筆》卷八《沐浴佩玉》。

〔三〕字實多兩處：《禮記·檀弓》中，『沐浴佩玉』出現四次，確實重複。洪邁所舉今人寫法，則不再重複。

十

邵氏云〔一〕：『讀司馬子長之文〔二〕，茫然若與其事相背戾。《伯夷傳》曰：「予登箕山，其上有許由冢。」〔三〕意果何在？下用「富貴如可求，雖執鞭之士，吾亦為之」，「歲寒然後知松柏」等語〔四〕，殊不類，其事所以為宏深高古歟？視他人拘拘窘束，一步武不敢外者，膽智甚薄也。』慵夫曰：許由之事，何關伯夷？遷特以其讓國高蹈，風義略等，而傳聞可疑，因附見耳，然亦不足為法也。若夫『富貴不苟求』，『歲寒知松柏』等語，此正合其事矣，安得為不類？且為文者，亦論其是非當否而已，豈徒以膽智為貴哉？遷文雖奇，疏拙亦多，不必皆可取也。邵氏之言太高而過正，將誤後學，予不得不辨。

【校記】

甚薄：原作『甚略』，據《四庫全書》本及《邵氏聞見録》改。

其事所以：《邵氏聞見録》作『其所以』。

【注釋】

〔一〕邵氏：邵博。下引文字見《邵氏聞見録》卷十四，文字略有差異。

〔二〕司馬子長：司馬遷。

〔三〕『予登箕山』二句：見《史記·伯夷列傳》。

〔四〕『富貴如可求』等語：見《史記·伯夷列傳》。

十一

洪邁云：『司馬遷記馮唐救魏尚事〔一〕，其始曰：「魏尚為雲中守，與匈奴戰，上功幕府，一言不相應，文吏以法繩之，其賞不行。臣以為陛下賞太輕，罰太重。」而又申言之曰：「且雲中守魏尚，坐上功首虜差六級，陛下下之吏，削其爵，罰作之。」重言雲中守及姓名，而文勢益遒健有力，今人無此筆也。』予謂此唐本語，自當實錄，何關史氏之功？若以文法律之，則首虜差級、削爵罰作之語，宜移於前，而前語復換於後，乃愜。蓋始言者其事，而申言者其意，次第當如此耳。重言官職姓名，其實冗複，吾未見其益健也。宋末諸儒，喜為高論，而往往過正，詎可盡信哉！

【注釋】

〔一〕洪邁云：語出《容齋隨筆》卷十五《雲中守魏尚》，原文作：『《史記》、《漢書》所記馮唐救魏尚事』。

十二

洪邁云：『文之繁省者各有當〔一〕。《史記·衛青傳》云：「校尉李朔、校尉趙不虞、校尉公孫戎奴，各三從大將軍獲王，以千三百戶封朔為涉軹侯，以千三百戶封不虞為隨成侯，以千三百戶封戎奴為從平侯。」《前漢書》但云：「校尉李朔、趙不虞、公孫戎奴，各三從大將軍，封朔為涉軹侯，不虞為隨成侯，戎奴為從平侯。」減《史記》二十三字，然不若《史記》為樸贍可喜。』〔二〕予謂此本不足論，若欲較之，則封戶之實，當從《史記》，而校尉之稱，《漢書》為勝也。

【校記】

千三百戶：原作『三百户』，據《史記》、《容齋隨筆》及本文上下文增。

【注釋】

〔一〕『文之繁省』句：《容齋隨筆》卷一《文煩簡有當》：『夫文貴于達而已，繁與簡各有當也。』

〔二〕本條以上文字，見《容齋隨筆》卷一《文煩簡有當》，文字略有不同。

十三

司馬遷之法最疏，開卷令人不樂，然千古推尊，莫有攻其短者。惟東坡不甚好之〔一〕，而陳無己、黄魯直怪嘆以為異事〔二〕。嗚呼，吾亦以千古雷同者為不可曉也，安得如蘇公者與之語此哉？

【注釋】

〔一〕東坡不甚好之：如《東坡志林》卷三指責司馬遷『不知習俗』，《蘇軾文集》卷四十九《與王庠書》：『自賈誼、司馬遷，其文已不逮先秦古書。』

〔二〕陳師道：字無己。黄魯直：黄庭堅。《後山詩話》：『歐陽永叔不好杜詩，蘇子瞻不好司馬《史記》，余每與黄魯直怪歎，以為異事。』

十四

晉張輔評遷、固史云〔一〕：『遷敘三千年事，止五十萬言。固敘二百年事，乃八十萬言。繁省不同，優劣可知。』〔二〕此兒童之見也。遷之所敘，雖號三千年，其所列者幾人，所載者幾事，寂寥殘缺，首尾不完，往往不能成傳。或止有其名氏，至秦漢乃始稍詳，此正獲疏略之譏者，而反以為優乎？且論文者求其當否而已，繁省豈所計哉？遷之勝固者，獨其辭氣近古，有戰國之風耳。

【注釋】

〔一〕張輔：字世偉（？—三〇五），南陽西鄂人，官至秦州刺史，封宜昌亭侯。《晉書》卷六十有傳。

〔二〕『遷敘』六句：見《晉書》卷六十《張輔傳》。

十五

邵公濟嘗言遷史杜詩，意不在似，故佳〔一〕。此繆妄之論也。使文章無形體邪，則不必似，若其有之，不似則不是。謂其不主故常，不專蹈襲，可矣，而云意不在似，非夢中語乎？

【注釋】

〔一〕邵公濟：邵博。遷史杜詩：《邵氏聞見後錄》卷二十七：『畫花，趙昌意在似，徐熙意不在似，非高於畫者，不能以似不似，第其遠近，蓋意不在似者，太史公之於文，杜少陵之於詩也。』

十六

唐子西云〔一〕：『六經已後，便有司馬遷；三百篇已後，便有杜子美。故作文當學司馬遷，作詩當學杜子美。』〔二〕其論杜子美，吾不敢知，至謂六經已後，便有司馬遷，談何容易哉！自古文士過於遷者何限，而獨及此人乎？遷雖氣質近古，以繩准律之，殆百孔千瘡，而謂學者專當取法，過矣。

【校記】

故作文：强幼安《唐子西文録》在『故作文』之前有『六經不可學，亦不須學』。

【注釋】

〔一〕唐子西：唐庚。

〔二〕『六經已後』六句：見强幼安《唐子西文録》。

十七

馬子才《子長遊》一篇〔一〕，馳騁放肆，率皆長語耳〔二〕。自古文士過於遷者為不少矣，豈必有觀覽之助始盡其妙，而遷之變態亦何至於是哉？使文章之理，果如子才所説，則世之作者，其勞亦甚矣。其言吊屈原之魂，云『不知魚腹之骨尚無恙者乎』〔三〕，讀之令人失笑。雖詩詞詭激，亦不應爾，况可施于文邪？蓋馬氏全集〔四〕，其浮誇多此類也。

【注釋】

〔一〕馬子才：馬存（？——一〇九六），字子才，樂平人。元祐三年（一〇八八）進士。《子長遊》全稱為《子長遊贈蓋邦式序》，見宋祝穆《古今事文類聚·别集》卷二十五。該文認為司馬遷（子長）的文章不在『書』，而在『遊』，主張『子長之文，先學其遊』。

〔二〕長語：多餘的話。

〔三〕『吊屈原之魂』云云：馬存《子長遊贈蓋邦式序》：『泛沅渡湘，吊大夫之魂，悼妃子之恨。竹上猶有斑斑，而不知魚腹之骨，尚無恙者乎？』

〔四〕馬氏全集：《宋史》卷二百八《藝文七》著錄：『《馬存集》，十卷。』已佚。

十八

洪邁謂：『《漢書·溝洫志》載賈讓《治河策》云：「河從河內北至黎陽為石堤，激使東抵東郡平岡，又為石堤，使西北抵黎陽、觀下，又為石堤，使東北抵東郡津北，又為石堤，使西北抵魏郡昭陽，又為石堤，激使東北。百餘里間，河再西三東。」凡五用「石堤」字，而不為冗複，非後人筆墨畦徑所能到。』〔一〕予謂此實冗複，安得不覺？然既欲詳見其事，不如此當如何道？蓋班氏之美不必言，是特邁過愛而妄為高論耳。

【注釋】

〔一〕所引洪邁語，見《容齋隨筆》卷七《漢書用字》。

十九

退之于前人自班固以下不論〔一〕。以予觀之，他文則未敢知，若史筆，詎可輕孟堅也〔二〕？

【注釋】

〔一〕『退之』句：《新唐書》卷一百七十六《韓愈傳》：『然愈之才，自視司馬遷、揚雄，至班固以下不論也。』

〔二〕孟堅：班固。

二十

楊子雲《解嘲》云：『為可為於可為之時，則從；為不可為於不可為之時，則凶。』〔一〕此不成義理，但云『為於可為之時，為於不可為之時』，或云：『可為而為之，不可為而為之』〔二〕，則可矣。

【注釋】

〔一〕『為可為』二句：見《漢書》卷八十七下《揚雄傳下》。

〔二〕『為於可為』二句：劉知幾《史通·直言》有云：『夫為於可為之時則從，為於不可為之時則凶。』

二十一

陳後山曰：『楊子雲之文好奇，而卒不能奇，故思苦而辭艱。善為文者，因事出奇，江河之行，順下而已。至其觸山赴谷，風搏物激，然後盡天下之變。子雲雖奇，故不能奇也。』〔一〕此論甚佳，可以為後學之法。

【校記】

雖奇：《後山詩話》原文作『惟好奇』。

【注釋】

〔一〕『楊子雲』十二句：見《後山詩話》。

二十二

退之《送窮文》，以鬼為主名，故可問答往復〔一〕。楊子雲《逐貧賦》但云：『呼貧與語』，『貧曰唯唯』〔二〕，恐未妥也。

【注釋】

〔一〕《送窮文》：見《韓昌黎文集校注》卷八。《送窮文》開頭云：『三揖窮鬼而告之曰。』

〔二〕《逐貧賦》：揚雄晚年所作寓言賦。呼貧與語、貧曰唯唯，均見《逐貧賦》。

二十三

謝靈運嘗謂：『天下才共一石，子建獨得八斗，我得一斗，古今共得一斗。』〔一〕茅璞辨其不然〔二〕。慵夫曰：此自狂言，又何足論！然璞復云：『可當八斗者，唯坡云』〔三〕，亦恐不必道。坡文固未易及，要不可以限量定也。

【注釋】

〔一〕天下才共一石：劉宋無名氏《釋常談·八斗之才》：『文章多，謂之「八斗之才」。謝靈運嘗曰：「天下才有一石，曹子建獨得八斗，我得一斗，天下共分一斗。」』曹植，字子建。

〔二〕茅璞：字荆產，餘不詳。或是毛璞。《蜀中廣紀》卷九十九《毛伯玉集》云：『瀘州毛璞著。乾道中進士，仕至利州路，所著有《三餘錄》、《六經解》，自號方山子。』

〔三〕可當八斗者：茅璞語不可考。

二十四

凡為文，有遙想而言之者，有追憶而言之者，各有定所，不可亂也。《歸去來辭》〔一〕，將歸而賦耳，既歸之事，當想像而言之。今自問途而下〔二〕，皆追錄之語，其於畦徑無乃窒乎？『已矣乎』云者，所以總結而為斷也，不宜更及耘耔、嘯詠之事〔三〕。退之《感二鳥賦》亦然〔四〕。

【注釋】

〔一〕《歸去來辭》：見《陶淵明集校箋》卷五《歸去來兮辭》。

〔二〕問途：《歸去來兮辭》：『問征夫以前路。』

〔三〕耘耔、嘯詠之事：《歸去來兮辭》：『富貴非吾願，帝鄉不可期。懷良辰以孤往，或植杖而耘耔。登東皋以舒嘯，臨清流而賦詩。』

〔四〕《感二鳥賦》：見《韓昌黎文集校注》卷一。

二十五

《歸去來辭》本是一篇自然真率文字，後人模擬已自不宜，況可次其韻乎〔一〕？次韻則牽合而不類矣。

【注釋】

〔一〕次其韻：《蘇軾詩集》卷四十七有《和陶歸去來兮辭》。秦觀、晁補之、張耒、李之儀等都有次韻之作。

二十六

庾信《哀江南賦》堆垛故寔以寓時事〔一〕，雖記聞為富，筆力亦壯，而荒蕪不雅，了無足觀。如『崩于巨鹿之沙，碎于長平之瓦』，此何等語！至云：『申包胥之頓地，碎之以首』，尤不成文也。

【注釋】

〔一〕故寔：故實，過去的事。

二十七

杜詩云：『庾信文章老更成，淩雲健筆意縱横。今人嗤點流傳賦，未覺前賢畏後生。』〔一〕嘗讀庾氏諸賦，類不足觀，而《愁賦》尤狂易可怪〔二〕，然子美雅稱如此，且譏誚嗤點

者，予恐少陵之語未公，而嗤點者未為過也。

【注釋】

〔一〕『庾信文章』四句：即杜甫《戲為六絕句》之一，見《杜詩詳注》卷十一。

〔二〕狂易：疏狂輕率。如庾信《愁賦》曰：『誰知一寸心，乃有萬斛愁。』又曰：『攻許愁城終不破，蕩許愁門終不開。何物煮愁能得熟，何物燒愁能得然。閉門欲驅愁，愁終不肯去。深藏欲避愁，愁已知人處。』

二十八

張融《海賦》，不成文字，其序云：『壯哉水之奇也，奇哉水之壯也。』〔一〕何等陋語！

【注釋】

〔一〕張融《海賦》：見《南齊書》卷四十一《張融傳》：『蓋言之用也，情矣形乎，使天形寅內敷，情敷外寅者，言之業也。吾遠職荒官，將海得地，行關入浪，宿渚經波，傅懷樹觀，長滿朝夕，東西無里，南北如天，反覆懸烏，表裏菟色。壯哉，水之奇也。奇哉，水之壯也。』

二十九

孔德璋《北山移文》〔一〕，立意甚可喜，然其語亦有鄙陋處，如『林慚無盡，澗愧不歇，春蘿罷月』，既已大過，而又云：『叢條嗔膽，累穎怒魄，或飛柯以折輪，乍低枝而掃跡』，不亦怪

乎？且顒實未至，但為榜示檄諭之辭〔二〕，安得遽及此也？

【校記】

春蘿罷月：《北山移文》原文作：『秋桂遺風，春蘿罷月。』

累穎：《北山移文》原文作『疊穎』。

【注釋】

〔一〕孔德璋：孔稚珪（四四七—五〇一），字德璋。齊時官至太子詹事。博學能文。喜文詠，愛山水，不樂世務。所作以《北山移文》為最著名。有《孔詹事集》。

〔二〕顒：周顒，字彥倫。《文選》孔稚珪《北山移文》五臣注呂向云：『鍾山在都北，其先，周彥倫隱於此山，後應詔出為海鹽縣令，欲卻過此山。孔生乃假山靈之意移之，使不許得至。』見《六臣注文選》卷四十三。考《南齊書》卷四十一《周顒傳》，呂向之說，與事實不盡相符。《北山移文》本是一遊戲文字，所言周顒隱而復出事，未必皆有事實根據。

三十

東坡謂退之《畫記》『僅似甲乙帳，了無可觀』〔一〕。夫韓文高出古今，是豈不知體者，蓋其圖中人物，品數甚多，而狀態不一，公惜其去而不復見，故詳言而備書之，庶幾猶可得於想像耳，不必以尋常體制繩之也。秦少游《志五百羅漢》云：『嘗覽韓文公《畫記》，愛其善於敘事，該而不繁縟，詳而有軌律，讀其文恍然如即其畫，心竊慕焉，故仿其遺意而記之。』〔二〕此復

何如哉？或謂此退之最得意之文，則過矣。故東坡不得不辨，然其貶之不已甚乎？

【注釋】

〔一〕『東坡』句：見《東坡志林》卷二：『僕嘗謂退之《畫記》，近似甲乙帳耳，了無可觀。世人識真者少，可歎亦可滑也。』退之《畫記》：見《韓昌黎文集校注》卷二。

〔二〕秦少游《志五百羅漢》：見《淮海集箋注》卷三十八《五百羅漢圖記》。

三十一

今人作墓銘，必系以韻語，意謂敍事為志，而系之者為銘也。然古人初不拘此。退之作《張圓張孝權銘》〔一〕，皆止用散語以志，而終之曰『是為銘』。其銘乳母亦云：『刻其語于石，納諸墓為銘』〔二〕，而不必有所系也。而或者于《孝權銘》後注云：『銘亡』〔三〕，獨何與？

【注釋】

〔一〕《張圓張孝權銘》：指韓愈《唐故河中府法曹張君墓碣銘》，見《韓昌黎文集校注》卷六。

〔二〕其銘乳母：指《乳母墓銘》，見《韓昌黎文集校注》卷七。

〔三〕《孝權銘》：指《唐故虞部員外郎張府君墓誌銘》，見《韓昌黎文集校注》卷六。文末或注『疑闕銘詞』。

三十二

退之《送窮文》言鬼之數曰〔一〕：『子之朋儔，非三非四，在十去五，滿七除二。』此本欲不正言五字耳，而云：『在十去五』，則大顯矣，不如『在六去一』為愈。始言『屏息潛聽』，『若有言者』，鬼稱『單獨一身』，以紿主人，則是但聞其聲而無所見也，而復云：『張眼吐舌，跳樑偃僕，抵掌頓腳，失笑相顧』，以致『延之上座』，豈既言之後，復露其形耶？又云：『朝晦其形，暮已復然』，予謂此鬼不當言晦顯也。（以上《滹南遺老集》卷三十四，其中第二十九則之後四則，出自澹生堂抄本）

【校記】

朝晦：《韓昌黎文集校注》卷八《送窮文》作『朝悔』。

跳樑：《韓昌黎文集校注》卷八《送窮文》作『跳踉』。

【注釋】

〔一〕《送窮文》：見《韓昌黎文集校注》卷八。

卷二

一

退之《盤谷序》云：『友人李愿居之』〔一〕，稱『友人』則便知為己之友，其後但當云：『予聞而壯之』，何必用『昌黎韓愈』字〔二〕？柳子厚《淩准墓誌》既稱孤某以其先人善予，以誌為請〔三〕，而終云：『河東柳宗元哭以為誌』〔四〕。山谷《劉明仲墨竹賦》既稱『故以歸我』，而斷以『黃庭堅曰』〔五〕，其病亦同。蓋『予』、『我』者自述，而姓名則從旁言之耳。劉伶《酒德頌》始稱『大人先生』，而後稱『吾』〔六〕，東坡《黠鼠賦》始稱『蘇子』而後稱『予』〔七〕，蘇過《思子臺賦》始稱『客』而後稱『吾』〔八〕，皆是類也。前輩多不計此，以理觀之，其實害事，謹于為文者，當試思焉。

【注釋】

〔一〕《盤谷序》：《送李愿歸盤谷序》，見《韓昌黎文集校注》卷四。

〔二〕昌黎韓愈：《送李愿歸盤谷序》結尾有云：『昌黎韓愈聞其言而壯之，與之酒而為之歌曰。』

〔三〕《淩准墓誌》：指《故連州員外司馬淩君權厝志》，見《柳宗元集》卷十：『孤夷仲、求仲，以其先人之善余也，勤以誌為請。』

〔四〕河東柳宗元：《故連州員外司馬淩君權厝志》末曰：『執友河東柳宗元，哀君有道而不明白於天下，離

慇逢尤夭其生，且又同過，故哭以為志，其辭哀焉。』

〔五〕《劉明仲墨竹賦》： 見《山谷外集》卷一。

〔六〕《酒德頌》： 《晉書》卷四十九《劉伶傳》載有《酒德頌》全文，其中有云： 『有大人先生，以天地為一朝，萬期為須臾，……有貴介公子、搢紳處士，聞吾風聲，議其所以，乃奮袂攘襟……』

〔七〕《黠鼠賦》： 見《蘇軾文集》卷一。該文開頭說『蘇子夜坐』，結尾則曰『使童子執筆，記余之作』。

〔八〕《思子臺賦》： 見《斜川集校注》卷七。該文開頭說『客有自蜀游梁』，結尾說『吾將以嗜殺為戒也』。

二

崔伯善嘗言退之《送李愿序》『粉白黛綠』一節當刪去〔一〕，以為非大丈夫得志之急務。其論似高，然此自富貴者之常，存之何害？ 但病在太多，且過於浮豔耳。餘事皆略言，而此獨說出如許情狀，何邪？ 蓋不唯為雅正之累，而于文勢亦滯矣。『其於為人賢不肖何如也』，多卻『於』字。

【注釋】

〔一〕崔伯善： 崔禧，字伯善，衛州人。李純甫同年。南渡，官翰林侍制，出為永州刺史。生平見劉祁《歸潛志》卷四、卷九。《送李愿序》： 即《送李愿歸盤谷序》。粉白黛綠： 指文中所寫『大丈夫』之一情態： 『曲眉豐頰，清聲而便體，秀外而惠中，飄輕裾，翳長袖，粉白黛綠者，列屋而閒居，妬寵而負恃，爭妍而取憐。』

三

退之《行難》篇云〔一〕：『先生矜語其客曰：「某胥也，某商也，其生某任之，其死某誅之。」』予謂上二『某』字胥商之名也，下二某字先生自稱也。一而用之，何以別乎？又曰：『「某與某何人也，任與誅也非罪歟？」皆曰：「然。」』『然』者是其言之辭也。令先生問胥商之為人何如，己之任誅當否，其意未安，取決於眾，而皆以為然，何所是而然之哉？又云：『「其得任與誅也，有由乎？抑有罪不足任而誅之邪？」先生曰：「否，吾惡其初。」』又云：『先生之所謂賢者，大賢歟，抑賢於人之賢歟？齊也、晉也，且有二與七十；而可謂今之天下無其人邪？』又云：『「先生之與者盡於此乎？其皆賢乎？抑猶有舉其多而沒其少者乎？」先生曰：「固然，吾敢求其全。」』其問答之間所下字語，皆支離不相應，觀者試詳味之。

【注釋】

〔一〕《行難》：見《韓昌黎文集校注》卷一。

四

退之《行難》篇言取士不當求備〔一〕，蓋言常理，無甚高論，而自以為孟子不如〔二〕，其矜持亦甚矣。

【注釋】

〔一〕取士不當求備：《行難》：『先生曰：「固然，吾敢求其全。」愈曰：「由宰相至百執事凡幾位？由一方至一州凡幾位？先生之得者，無乃不足充其位邪？」見《韓昌黎文集校注》卷一。

〔二〕孟子不如：《行難》其末云：『先生曰：「然。子之言，孟軻不如。」』

五

退之《原道》云〔一〕：『寒，然後為之衣；饑，然後為之食；木處而顛，土處而病也，然後為之宮室。』三『然後』字，慢卻本意。又云：『責冬之裘者曰：「曷不為葛之之易？」責饑之食者曰：「曷不為飲之之易？」』『葛之』、『飲之』，多卻之字。

【注釋】

〔一〕《原道》：見《韓昌黎文集校注》卷一。

六

凡作序而並言作之之故者，此乃序之序，而非本序也。若記，若詩，若誌銘，皆然，人少能免此病者。退之《原道》等篇末云：『作《原道》、《原性》、《原毀》』〔一〕，歐公《本論》云『作《本論》』〔二〕，猶贅也。退之《送溫處士赴河陽軍序》云〔三〕：『洛之北涯曰石生，其南涯曰溫

生』，全篇皆從傍記錄之辭，而其末云『生既至，其為吾以前所稱為天下賀；以後所稱為吾致私怨於盡取』，此乃方與他人言，而遽與本人語，亦有方與本人語而卻與他人言者，自古詩文如此者何可勝數哉！

【校記】

生既至：《韓昌黎文集校注》卷四《送溫處士赴河陽軍序》作『生既至，拜公於軍門』。

【注釋】

〔一〕《原道》、《原性》、《原毀》：三篇皆見《韓昌黎文集校注》卷一。今本三篇末不見『作《原道》，作《原性》，作《原毀》』語。

〔二〕作《本論》：見《歐陽修全集》卷十七《本論下》。

〔三〕《送溫處士赴河陽軍序》：見《韓昌黎文集校注》卷四。

七

『伯樂一過冀北之野，而馬群遂空。夫冀北馬多天下，伯樂雖善知馬，安能遂空其群邪？解之者曰：「吾所謂空，非無馬也，無良馬也。」』〔一〕此一『吾』字害事，夫言『群空』及『解之者』，自是兩人，而云：『吾所謂』，卻是言之者自解也。若作『彼』字、『其』字，或云『所謂空者』，『吾謂空者』，皆可矣。又云：『生既至，拜公於軍門，其為吾以前所稱，為天下賀；以

後所稱，為吾致私怨於盡取也。』〔二〕二為『吾』字，當去其一。

【注釋】

〔一〕『伯樂一過』句：出自韓愈《送溫處士赴河陽軍序》，見《韓昌黎文集校注》卷四。

〔二〕『生既至』句：同上。

八

退之評伯夷〔一〕，止是議論散文，而以『頌』名之，非其體也。

【注釋】

〔一〕退之評伯夷：指韓愈《伯夷頌》，見《韓昌黎文集校注》卷一。

九

退之《送石處士序》云〔一〕：『河陽軍節度御史大夫烏公為節度之三月。』重卻『節度』字，但作『至鎮』、『到官』、『蒞事』之類可也。又云：『先生仁且勇，若以義請而彊委重焉，其何說之辭』，『之』字不妥。又云：『先生起拜祝辭曰：「敢不敬，蚤夜以求從祝規」』，當去『祝辭』字。

【注釋】

〔一〕《送石處士序》：又名《送石處士赴河陽參謀序》，見《韓昌黎文集校注》卷四。

十

退之論時尚之弊云：每為文得意，人必怪之，至應事俗作，下筆自慚者，人反以為好〔一〕。王元之嘗謂《祭裴少卿文》當是〔二〕，蓋得之矣。然《顏子不貳過論》〔三〕，亦此類耳，而置集中，何也？

【注釋】

〔一〕時尚之弊：韓愈《與馮宿論文書》：『僕為文久，每自則意中以為好，則人必以為惡矣，小稱意人亦小怪之，大稱意即人亦大怪之也。時時應事作俗下文字，下筆令人慚，及示人，人必以為好矣。小慚者亦蒙謂之小好，大慚者，即必以為大好矣。』見《韓昌黎文集校注》卷三。

〔二〕王元之：王禹偁（九五四—一〇〇一），字元之。太平興國八年（九八三）進士。《宋史》卷二百九十三有傳。有《小畜集》。《祭裴少卿文》指《祭裴太常文》，見《韓昌黎文集校注》卷五。《小畜集》卷十八《答張扶書》：『韓吏部曰：「僕之為文，意中以為好者，人必以為惡焉。或時應事作俗下文字，下筆令人慚，及示人，人即以為好者。」此蓋唐初之文有六朝淫風，有四子豔格。至貞元元和間，吏部首唱古道，人未之從，故吏部意中自是，而人能是之者，百不一二。下筆自慚而人是之者，十有八九，故吏部有是嘆也。今吏部自是者，著之於集矣，自慚者，棄之無遺矣。僕獨意《祭裴少卿文》在焉。』

〔三〕《顏子不貳過論》：指《省試顏子不貳過論》，見《韓昌黎文集校注》卷二。

十一

退之《祭柳子厚文》云：『嗟嗟子厚，而至然耶？自古莫不然，我又何嗟？』而其下復用『嗟』字〔一〕，似不可也。

【注釋】

〔一〕《祭柳子厚文》：見《韓昌黎文集校注》卷五。

十二

《石鼎聯句詩序》云：『斯須，曙鼓動冬冬。』〔一〕何必用『冬冬』兩字，當削去之。

【注釋】

〔一〕《石鼎聯句詩序》：見《韓昌黎文集校注》卷四。

十三

《李于墓誌銘》：『豚魚雞三者，古以養老；反曰：「是皆殺人，不可食。」。一筵之饌，禁忌十常不食二三。』〔一〕多卻『不食』二字。

【注釋】

〔一〕《李于墓誌銘》：指《故太學博士李君墓誌銘》，見《韓昌黎文集校注》卷七。

十四

《師說》云：『萇弘、師襄、老聃、郯子之徒，其賢不及孔子。孔子曰：「三人行，必有我師」』〔一〕，此兩節文理不相承。

【注釋】

〔一〕《師說》：見《韓昌黎文集校注》卷一。今本原文作：『聖人無常師，孔子師萇弘、師襄、老聃。郯子之徒，其賢不及孔子。孔子曰：「三人行，必有我師。」』不存在文理不相承的問題。

十五

《圬者王承福傳》云：『又曰：粟，稼而生者也。』〔一〕『又』字不妥，蓋前無承福語也。

【注釋】

〔一〕《圬者王承福傳》：見《韓昌黎文集校注》卷一。

十六

《貓相乳說》云〔一〕：『客曰：「夫功德如是，祥祉如是，其善持之也可知已。」既已，因敘

之以為《貓相乳》說云爾』，『既已』字不妥，『爾』字亦贅〔二〕。

【注釋】

〔一〕《貓相乳說》：今本《韓昌黎文集校注》卷二作《貓相乳》。

〔二〕說云爾：《韓昌黎文集校注》卷二《貓相乳》無『爾』字。

十七

《仲長統贊》云〔一〕：『自謂高幹有雄志而無雄才。』『自』字不妥〔二〕，言『嘗』可也。

【注釋】

〔一〕《仲長統贊》：見《韓昌黎文集校注》卷一《後漢三賢贊》。

〔二〕自謂高幹：今本《韓昌黎文集校注》卷無『自』字。

十八

《樊紹述墓誌》云：『紹述於斯術其可謂至於斯極者矣。』〔一〕『斯極』字殊不愜，古人或云何至斯極者，言若是之甚耳，非極至之極也。

【注釋】

〔一〕《樊紹述墓誌》：指《南陽樊紹述墓誌銘》，見《韓昌黎文集校注》卷七。

十九

退之論許遠之事云〔一〕：『城壞其徒俱死，獨蒙愧恥求活，雖至愚者不忍為，嗚呼，而謂遠之賢而為之邪？』『而』字上著不得『嗚呼』字。

【注釋】

〔一〕論許遠之事：見《韓昌黎文集校注》卷二《張中丞傳後敘》。

二十

《貓相乳說》云：『貓有生子同日者，其一母死焉。有二子飲於死母，母且死，其鳴咿咿。』『母且死』一句贅而害理，『且』字訓將也。

【校記】

《貓相乳說》：《韓昌黎文集校注》卷二作《貓相乳》。

二十一

《薛公達墓誌》云〔一〕：鳳翔軍帥設的命射，君三發連三中，『中輒一軍大呼以笑，連三大

呼笑』，下五字似不須用。《史記》云：『陳平從攻陳豨、黥布，凡六出奇計，輒益邑，凡六益封。』〔二〕亦此類。

【注釋】

〔一〕《薛公達墓誌》：指《國子助教河東薛君墓誌銘》，見《韓昌黎文集校注》卷六。

〔二〕『陳平從攻』四句：見《史記》卷十六《陳丞相世家》。

二十二

邵氏《聞見錄》云〔一〕：嘗得退之《薛助教誌》石〔二〕，與印本不同，『挾一矢』作『指一矢』，甚妙。又得《李元賓墓銘》〔三〕，亦與印本不同，印本云『文高乎當世，行過乎古人，竟何為哉』，石本乃作『意何為哉』，益歎石本之語妙。予謂『指』字太做造〔四〕，不若『挾』之自然，『意』字尤無義理，亦只當作『竟』。邵氏之評，殊未當也。茅荊產云：『碑本蓋初作時遂刻之，中間或有未安，他日自加點定，未可知也，若初本不同，當擇其善者取之，不必專以石刻為正。』〔五〕此說盡矣。

【注釋】

〔一〕邵氏《聞見錄》：《邵氏聞見後錄》卷十四曰：『予客長安藍田，水壞一墓，得退之自書《薛助教誌》石，

校印本殊不同。印本「挾一矢」，石本乃「指一矢」，為妙語。……又得退之《李元賓墓銘》，段季展書，校印本無「友人博陵崔弘禮賣馬葬國東門之外七里」之事，又印本銘云「已乎，元賓文高乎當世，行過乎古人，竟何為哉」，石本乃「意何為哉」。益嘆石本之語妙。歐陽公以下好韓氏學者皆未見之也。』

〔二〕《薛助教志》：指《國子助教河東薛君墓誌銘》，見《韓昌黎文集校注》卷六。

〔三〕《李元賓墓銘》：見《韓昌黎文集校注》卷六。

〔四〕做造：同『做作』，不自然。

〔五〕茅荆産：當是茅璞，其語出處失考。

二十三

陳後山云：『退之之記，記其事耳。今之記，乃論也。』〔一〕予謂不然。唐人本短於議論，故每如此議論，雖多何害為記？蓋文之大體，固有不同，而其理則一。殆後山妄為分別，正猶評東坡『以詩為詞』也〔二〕，且宋文視漢唐百體皆異，其開廓橫放，自一代之變，而後山獨怪其一二，何邪？

【注釋】

〔一〕『退之之記』句：見《後山詩話》。

〔二〕以詩為詞：《後山詩話》：『退之以文為詩，子瞻以詩為詞。如教坊雷大使之舞，雖極天下之工，要非本色。今代詞手，唯秦七、黄九爾。唐諸人不迨也。』

二十四

《後山詩話》云：『黃詩韓文〔一〕，有意故有工，左杜則無工矣〔二〕。然學者必先黃韓，不由黃韓而為左杜，則失之拙易。』此顛倒語也。左杜冠絕古今，可謂天下之至工而無以如之矣，黃韓信美，曾何可及，而反憂學者有拙易之失乎？且黃韓與二家亦殊不相似，初不必由此而為彼也。陳氏喜為高論而不中理，每每如此。

【注釋】

〔一〕黃詩韓文：黃庭堅的詩歌、韓愈的文章。

〔二〕左杜：左丘明、杜甫，指《左傳》與杜詩。

二十五

丹陽洪氏注韓文有云〔一〕：『字字有法，法左氏、司馬遷也。』予謂左氏之文固字字有法矣，司馬遷何足以當之？文法之疏，莫遷若也。

【注釋】

〔一〕丹陽洪氏：洪興祖（一〇九〇—一一五五），字慶善，鎮江丹陽人。撰有《韓文注》，已佚。

二十六

柳子厚謂退之《平淮西碑》猶有帽子頭，使己為之，便説用兵伐叛〔一〕。此爭名者忌刻〔二〕，妄加詆病耳，其實豈必如是論？而今世人往往主其説，凡有議論人者，輒援是以駁之，亦已過矣。

【注釋】

〔一〕『柳子厚』三句：阮閲《詩話總龜》前集卷五《評論門》：『劉夢得曰：柳八駁韓十八《平淮西碑》云：「左餐右粥」何如我《平淮西雅》之云「仰父俯子」。柳云：韓碑兼有帽子，使我為之，便説用兵伐叛矣。』帽子頭：指韓文開頭歷頌唐代列朝帝王，從高祖至憲宗，似是帽子。韓愈《平淮西碑》：見《韓昌黎文集校注》卷七。

〔二〕忌刻：嫉妒刻薄。

二十七

劉禹錫評段文昌《平淮西碑》云〔一〕：『碑頭便曰「韓弘為統，公武為將」〔二〕，用左氏「欒書將中軍，欒黶佐之」〔三〕，文勢也〔四〕。又是仿班固《燕然碑》樣〔五〕，別是一家之美。』〔六〕嗚呼，劉、柳當時譏病退之〔七〕，出於好勝而爭名，其論不公，未足深怪。至於文昌之作，識者皆知其陋矣，而禹錫以不情之語〔八〕，妄加推獎，蓋在傾退之，故因而為之借助耳，彼真小人也哉！

【注釋】

〔一〕段文昌：字墨卿（七七三—八三五），西河人，唐穆宗時任宰相。所撰《平淮西碑》，現存。《舊唐書》卷一百六十《韓愈傳》：『淮、蔡平，十二月隨度還朝，以功授刑部侍郎，仍詔愈撰《平淮西碑》，其辭多敍裴度事。時先入蔡州擒吴元濟，李愬功第一，愬不平之。愬妻出入禁中，因訴碑辭不實，詔令磨愈文。憲宗命翰林學士段文昌重撰文勒石。』

〔二〕韓弘為統，公武為將：《全唐文》卷六一七所收段文昌《平淮西碑》無此語。韓弘：元和十二年，任征討淮西行營諸軍都統，兩《唐書》有傳。公武：韓弘之子，時任宣武馬步都虞候。

〔三〕『欒書』二句：《左傳》中無此文。《左傳·成公十六年》：『欒書將中軍，士燮佐之。』《左傳·襄公十三年》：『欒黶將下軍，魏絳佐之。』

〔四〕文勢也：《唐語林校證》卷二《文學》引劉禹錫語，作『文勢也甚善』。

〔五〕班固《燕然碑》：東漢竇憲破匈奴，登燕然山，刻石紀功，命班固作《封燕然山銘》，銘文見蕭統《文選》卷五十六，常省作《燕然銘》、《燕山銘》。

〔六〕上引劉禹錫語，見《唐語林校證》卷二《文學》。

〔七〕劉、柳當時譏病退之：柳宗元評韓愈《平淮西碑》，參見上則。

〔八〕不情：不合情理。

二十八

東坡嘗欲效退之《送李愿序》作一文，每執筆輒罷，因笑曰：『不若且讓退之獨步。』〔一〕

此誠有所讓耶？抑其實不能邪？蓋亦一時之戲語耳。古之作者，各自名家，其所長不可强而同，其優劣不可比擬而定也。自今觀之，坡文及此者豈少哉！然使其必模仿而成，亦未必可貴也。

【注釋】

〔一〕《送李愿序》：《送李愿歸盤谷序》。《東坡志林》卷七：『歐陽文忠公言晉無文章，唯陶淵明《歸去來兮》一篇而已。予亦謂唐無文章，唯韓退之《送李愿歸盤谷序》一篇而已。平生欲效此作一文，每執筆，輒罷，因自笑曰：「不若且放，教退之獨步！」』

二十九

邵氏云：『韓文自經中來，柳文自史中來。』〔一〕定自妄説，恰恨韓文皆出於經，柳文皆出於史。或謂東坡學《史記》、《戰國策》，山谷專法《蘭亭序》者〔二〕，亦不足信也。

【注釋】

〔一〕邵氏：邵博。《邵氏聞見後録》卷十四：『韓退之之文自經中來，柳子厚之文自史中來。歐陽公之文和氣多，英氣少；蘇公之文英氣多，和氣少。』

〔二〕山谷專法《蘭亭序》：南宋《錦繡萬花谷》前集卷二十：『東坡嘗言，魯直雜文專法《蘭亭》。』

三十

世稱李杜，而李不如杜，稱韓柳，而柳不如韓，稱蘇黃，而黃不如蘇，不必辨而後知。歐陽公以為李勝杜〔一〕，晏元獻以為柳勝韓〔二〕，江西諸子以為黃勝蘇〔三〕，人之好惡，固有不同者，而古今之通論，不可易也。

【注釋】

〔一〕歐陽公以為李勝杜：《歐陽修全集》卷一百二十九《李白杜甫詩優劣說》：『「落日欲沒峴山西，倒著接䍦花下迷。襄陽小兒齊拍手，攔街爭唱白銅鞮。」此常言也。至於「清風明月不用一錢買，玉山自倒非人推」，然後見其橫放，其所以警動千古者，固不在此也。杜甫于白得其一節，而精強過之，至於天才自放，非甫可到也。』

〔二〕晏元獻：晏殊。其語出處不詳。

〔三〕『江西諸子』句：王十朋《讀東坡詩序》：『學江西詩者，謂蘇不如黃。』見《梅溪集·後集》卷十四。

三十一

晏殊以為柳勝韓，李淑又謂劉勝柳〔一〕，所謂『一蟹不如一蟹』〔二〕。

【注釋】

〔一〕李淑：字獻臣（一〇〇二—一〇五九），號邯鄲，徐州豐縣人，歷任國史院編官、翰林學士等職。生平見

《隆平集》卷七《李淑傳》。其著作《邯鄲集》、《書殿集》等皆不傳。關於劉勝柳之論見宋祁《宋景文筆記》卷上：『李淑之文，自高一代，然最愛劉禹錫文章，以為唐稱柳劉，劉宜在柳柳州之上。』

〔二〕一蟹不如一蟹：據《說郛》卷三十四下引蘇軾《艾子雜說》：『艾子行於海上，見一物圓而褊，且多足而差小，問居人曰：「此何物也？」曰：「蝤蛑也。」既又見一物，圓褊多足而差小，問居人曰：「此何物也？」曰：「螃蟹也。」又於後得一物，狀貌皆若前所見而劇小，問居人曰：「此何物也？」曰：「彭越也。」艾子喟然歎曰：「何一蟹不如一蟹也！」』後因以『一蟹不如一蟹』比喻一個不如一個。

三十二

柳子厚放逐既久，憔悴無聊，不勝憤激，故觸物遇事輒弄翰以自託，然不滿人意者甚多。若《辨伏神》、《憎王孫》、《罵尸蟲》、《斬曲几》、《哀溺》、《招海賈》之類〔一〕，苦無義理，徒費雕鐫，不作可也。《黔驢》等說〔二〕，亦不足觀。

【注釋】

〔一〕《辨伏神》等篇：均見《柳宗元集》卷十八。

〔二〕《黔驢》：《黔之驢》，見《柳宗元集》卷十九。

三十三

《罵尸蟲文》意本責尸蟲，而終之以祝天帝〔一〕，首尾相背矣。

【注釋】

〔一〕《罵尸蟲文》：見《柳宗元集》卷十八。其結尾處云：『祝曰：尸蟲逐，禍無所伏，下民百祿。惟帝之功，以受景福。尸蟲誅，禍無所廬，下民其蘇。惟帝之德，萬福來符。臣拜稽首，敢告于玄都。』

三十四

《捕蛇者說》云：『叫囂乎東西，隳突乎南北。』〔一〕殊為不美。退之無此等也，子厚才識不減退之，然而令人不愛者，惡語多而和氣少耳。（以上《滹南遺老集》三十五）

【注釋】

〔一〕《捕蛇者說》：見《柳宗元集》卷十六。

卷三

一

杜牧之《阿房宮賦》云：『長橋臥波，未雲何龍？複道行空，不霽何虹？』〔一〕或以『雲』為『雩』字之誤，其說幾是，然亦於理未愜。豈望橋時常晴，而觀道必陰晦邪？『鼎鐺玉石，金塊珠礫』〔二〕，曾子固以為『塊』當作『塊』，言視金珠如土塊、瓦礫耳〔三〕。然則鼎鐺玉石，亦謂

視鼎如鐺，視玉如石矣，無乃太艱詭而不成語乎？『棄擲邐迤』恐是『邐迤棄擲』。『滅六國者，六國也，非秦也；族秦者，秦也，非天下也。嗟乎！使六國各愛其人，則足以拒秦。使秦復愛六國之人，則遞三世，可至萬世而為君。』多『嗟乎』字，當在『滅六國』上。尾句云『亦使後人而復哀後人也』，此亦語病也。有『使』字則『哀』字下不當復云『後人』，言『哀後人』則『使』字當去。讀者詳之。

【校記】

金瑰珠礫：《四部叢刊》影明翻宋本《樊川文集》作『金塊珠礫』。

【注釋】

〔一〕《阿房宮賦》：見《杜牧集繫年校注》卷一。未雲：《四部叢刊》影明翻宋本《樊川文集》作『未雩』。

〔二〕鐺：平底鐵鍋。

〔三〕曾子固：曾鞏。其論見《潘子真詩話》，胡仔《苕溪漁隱叢話》前集卷二十三、王正德《餘師錄》卷四引。

二

王義方彈李義府章云〔一〕：『貪冶容之好，原有罪之淳于〔二〕；恐漏泄其謀，殞無辜之正義〔三〕。雖挾山超海之力，望此猶輕；回天轉日之威，方斯更劣。金風戒節，玉露啟塗，霜簡與秋典共清，忠臣將鷹鸇並擊。請除君側，少答鴻私〔四〕，碎首玉階，庶明臣節。』〔五〕其辭蕪

陋，讀之可笑，而林少穎《觀瀾集》顧選取之〔六〕。何其濫也！

【校記】

金風戒節：《舊唐書》作『金風屆節』。

【注釋】

〔一〕王義方（六一五—六六九）：泗州漣水縣（今江蘇漣水縣）人，仕至御史臺侍御史。新舊《唐書》有傳。李義府：時任中書侍郎。《舊唐書》卷一百八十七上《王義方傳》：『中書侍郎李義府執權用事，婦人淳于氏有美色，坐事繫大理，義府悅之，託大理丞畢正義枉法出之，高宗又勑給事中劉仁軌、侍御史張倫重按其事，正義自縊，高宗特原義府之罪。』王義方因此上書彈劾。

〔二〕淳于：指淳于氏女子。

〔三〕正義：大理丞畢正義。

〔四〕鴻私：鴻恩。

〔五〕上引文字出《舊唐書》卷一百八十七上《王義方傳》。

〔六〕林少穎：林之奇（一一一二—一一七六），字少穎，號拙齋，世稱三山先生。著有《尚書全解》、《論孟講義》、《拙齋文集》等。《宋史》卷四三三有傳。《觀瀾集》：《宋史》卷二〇九《藝文志》作《觀瀾文集》，六十三卷，《拙齋集》卷十六有《觀瀾集》前後序。

三

封敖為李德裕制辭云〔一〕：『謀皆予同，言不他惑。』斯亦無甚可嘉，而德裕大喜，且以金帶贈之〔二〕。蓋德裕得君，謀從計合，方自以知遇為幸，而敖適中其心故爾。又武宗使作詔書慰邊將傷夷者，云『傷居爾體，痛在朕躬』，『帝善其如意，賜以宮錦』〔三〕。予謂『居』字亦不愜也。

【注釋】

〔一〕封敖：字碩夫。渤海蓨（今河北景縣）人。元和十年（八一五）舉進士。唐文宗大和年間任右拾遺。唐武宗會昌初年以左司員外郎、知制誥召為翰林學士，拜中書舍人，遷御史中丞。唐宣宗即位，歷禮部、吏部侍郎，封渤海縣男。拜平盧、興元節度使，為左散騎常侍。《舊唐書》卷一百六十九、《新唐書》卷一百七十七有傳。

〔二〕『謀皆予同』五句：《新唐書》卷一百七十七《封敖傳》：『劉稹平，德裕以定策功進太尉，時敖草其制曰：「謀皆予同，言不它惑。」德裕以能明專任己以成功，謂敖曰：「陸生恨文不迨意，如君此等語，豈易得邪？」解所賜玉帶贈之。』

〔三〕『又武宗』三句：《新唐書》卷一百七十七《封敖傳》：『武宗使作詔書慰邊將傷夷者，曰：「傷居爾體，痛在朕躬。」帝善其如意，賜以宮錦。』

四

楚詞自是文章一絕，後人固難追攀，然得其近似可矣。如皮日休擬《九歌》有云〔一〕：

『王孫何處兮碧草極目，公子不來兮清霜滿樓。汀邊月色兮曉將曉，浦上蘆花兮秋復秋。』〔二〕此何等語邪！

【注釋】

〔一〕皮日休：字逸少，襄陽人。與陸龜蒙友善唱和，時稱皮陸。有《皮子文藪》、《松陵唱和詩集》。

〔二〕『王孫何處』四句：出自《皮子文藪》卷二《端憂》。

五

李翺《與王載言書》論文云〔一〕：『義雖深，理雖當，辭不工不成為文。陸機曰「怵他人之我先」〔二〕，退之曰「惟陳言之務去」〔三〕。假令述笑哂之狀，曰莞爾，則《論語》言之矣〔四〕；曰啞啞，則《易》言之矣〔五〕；曰粲然，則《穀梁子》言之矣〔六〕；曰逌爾，則班固言之矣〔七〕；曰囅然，則左思言之矣〔八〕。吾復言之，與前文何以異？』予謂文貴不襲陳言，亦其大體耳，何至字字求異？如翺之說，且天下安得許新語邪？甚矣，唐人之好奇而尚辭也。

【注釋】

〔一〕李翺：字習之（七七二—八四一），唐隴西成紀（今甘肅秦安東）人。王：《全唐文》卷六三五作『朱』。

〔二〕怵他人之我先：語出陸機《文賦》。

〔三〕惟陳言之務去：見《韓昌黎文集校注》卷三《答李翊書》。

〔四〕莞爾：《論語・陽貨》：『子之武城，聞弦歌之聲，夫子莞爾而笑。』朱熹注：『莞爾，小笑貌。』

〔五〕啞啞：《周易正義》卷五《震》：『笑言啞啞，後有則也。』啞啞，陸德明《經典釋文》引馬融云：『笑聲。』

〔六〕粲然：《穀梁傳・昭公二年》：『慶封曰：「子一息，我亦且一言。曰：有若楚公子圍弒其兄之子而代之為君者乎！」軍人粲然皆笑。』注：『粲然，盛笑貌。』

〔七〕逌爾：《漢書》卷一百上《敘傳》有云『主人逌爾而笑』，顏師古注曰：『逌，古攸字也。攸笑貌也。』

〔八〕囅然：《文選》卷五左思《吳都賦》，其中有云『東吳王孫囅然而咍』。囅然：劉逵注：『大笑貌。』

六

歐陽《晝錦堂記》〔一〕，大體固佳，然辭困而氣短，頗有爭張妝飾之態，且名堂之意，不能出脫，幾于罵題。或曰：記言魏公之詩『以快恩仇、矜名譽為可薄，而以昔人所誇者為戒』〔二〕，意者魏公自述甚詳，故記不復及，但推廣而言之耳，惜未見魏公之詩也。曰：是或然矣。然記自記，詩自詩，後世安能常並見而參考哉？東坡作《周茂叔濂溪》詩云〔三〕：『先生本全德，廉退乃一隅。因抛彭澤米，偶似西山夫。遂即世所知，以為溪之呼。』如此，則無病矣。

【注釋】

〔一〕《晝錦堂記》：《相州晝錦堂記》，見《歐陽修全集》卷四十。

〔二〕魏公：指韓琦（一〇〇八—一〇七五），字稚圭，相州安陽人。封魏國公。卒謚忠獻。『以快恩仇』三句：見《相州晝錦堂記》：『公在至和中，嘗以武康之節來治於相，乃作晝錦之堂於後圃，既又刻詩于石，以遺相人，其言以快恩讎、矜名譽為可薄，蓋不以昔人所誇者為榮，而以為戒，於此見公之視富貴為如何，而其志豈易量哉！』

〔三〕《周茂叔濂溪》：即《故周茂叔先生濂溪》，見《蘇軾詩集》卷三十一。周茂叔：指周敦頤。

七

《桑榆雜錄》云：『或言《醉翁亭記》用也字太多，荊公曰：「以某觀之，尚欠一也字。」坐有范司戶者曰：「禽鳥知山林之樂而不知人之樂，此處欠之。」荊公大喜。』〔一〕予謂不然，若如所說，不惟意斷，文亦不健矣。恐荊公無此言，誠使有之，亦戲云爾。

【注釋】

〔一〕《桑榆雜錄》：城陽居士作，失考。王若虛曾四次徵引該書。范司戶：不詳。

八

《醉翁亭記》言太守宴曰『釀泉為酒，泉香而酒洌』，似是旋造也〔一〕。

【注釋】

〔一〕旋造：剛釀造的。

九

宋人多譏病《醉翁亭記》，此蓋以文滑稽〔一〕。曰：何害為佳，但不可為法耳。

【注釋】

〔一〕以文滑稽：《東坡志林》卷二：『永叔作《醉翁亭記》，其辭玩易，蓋戲云爾，又不以為奇特也。』見文淵閣《四庫全書》本。

十

荆公謂王元之《竹樓記》勝歐陽《醉翁亭記》〔一〕，魯直亦以為然，曰：『荆公論文，常先體製而後辭之工拙。』〔二〕予謂《醉翁亭記》雖淺玩易，然條達迅快〔三〕，如肺肝中流出，自是好文章，《竹樓記》雖復得體，豈足置歐文之上哉？

【校記】

雖淺玩易：《四庫全書》本作『雖涉玩易』。

【注釋】

〔一〕王元之：王禹偁（一一三七—一一九四），字元之，濟州巨野人。《宋史》卷二九三有傳。《竹樓記》全名為《黄州新建小竹樓記》，見其《小畜集》卷十七。

〔二〕魯直：黄庭堅。黄庭堅《書王元之竹樓記後》：『某以謂荆公出此言未失也，荆公評文章，常先體制而後文之工拙。』黄庭堅此論又見《苕溪漁隱叢話》後集卷十九。

〔三〕條達：條理通達。迅快：明快。

十一

歐公《秋聲賦》云：『如赴敵之兵，銜枚疾走，不聞號令，但聞人馬之行聲。』多卻『聲』字。又云：『豐草緑縟而爭茂，佳木葱蘢而可悦。草拂之而色變，木遭之而葉脱。』多卻上二句。或云『草正茂而色變，木方榮而葉脱』亦可也。

十二

《憎蒼蠅賦》非無好處〔一〕，乃若『蒼頭丫髻〔二〕，巨扇揮揚，咸頭垂而腕脱，每立寐而顛僵〔三〕』，殆不滿人意，至於『孔子何由見周公於彷彿，莊生安得與蝴蝶而飛揚』，已為勉强，而又云『王衍何暇于清談，賈誼堪為之太息〔四〕』，可以一笑也，議者反謂非永叔不能賦此等語耶？

【注釋】

〔一〕《憎蒼蠅賦》：見《歐陽修全集》卷十五。

〔二〕蒼頭：僕人。丫髻：丫環。

〔三〕顛僵：跌倒。

〔四〕『賈誼』句：賈誼《治安策》：『臣竊惟時勢，可為痛哭者一，可為流涕者二，可為長太息者六。』

十三

宋人詩話言薛奎尹京〔一〕，下畏其嚴，號薛出油，奎聞之，後在蜀乃作《春游》詩十首，因自呼『薛春游』〔二〕，蓋欲換前稱也。歐公誌奎墓云〔三〕：『公在開封，以嚴為治，京師之民，至私以俚語目公，且相戒曰：「是不可犯也。」囹圄為之數空，而至今之人猶或目之。』歐公所謂『俚語』，必詩話所載者也，然後世讀之，安能知其意邪？刪之可也。

【校記】

以嚴為治：《歐陽修全集》卷二十六《資政殿學士尚書戶部侍郎簡肅薛公墓誌銘》上有『肅清京師』。

【注釋】

〔一〕薛奎：字宿藝（九六七—一〇三四），絳州正平（今山西新絳）人。淳化三年（九九二）進士。授書省校書郎，後任隰州軍事推官、莆田知縣、益州知州、戶部郎中直昭文館，知延州，官龍圖閣學士、權知開封府，參知政事。遷給事中、禮部侍郎。謚『簡肅』。著有《薛簡肅公文集》四十卷。《宋史》卷二百八十六有傳。

〔二〕薛出油：《詩話總龜》前集卷三十一《正訛門》：『薛簡肅公尹開封，以嚴為治，謂之「薛出油」。其後牧成都，歲豐，人樂其俗。與之游，作《春游好》十首，自號「薛春游」，欲換前稱也。』

〔三〕歐公：歐陽修，為薛奎之婿。墓誌：指《資政殿學士尚書戶部侍郎簡肅薛公墓誌銘》。

十四

歐公贊唐太宗，始稱其長，次論其短，而終之曰：『然《春秋》之法，常責備於賢者。』〔一〕此一『然』字，甚不順。公意本謂太宗賢者，故責備耳。若下『然』字，卻是不足貴也，必以『蓋』字乃安。世人讀之皆不覺，會當有以辨之者。又云『自古功德兼隆，由漢以來未之有也』〔二〕，既曰『由漢以來』，則『自古』字亦重複。

【注釋】

〔一〕『然《春秋》之法』二句：見《新唐書》卷二《太宗本紀》。

〔二〕『自古功德』二句：同上。

十五

歐公多錯下『其』字，如《唐書·藝文志》云：『《六經》之道，簡嚴易直而天人備，故其愈久而益明。』〔一〕《德宗贊》云〔二〕：『恥見屈於正論，而忘受欺於奸諛。故其疑蕭復之輕己，謂姜公輔為賣直，而不能容。』《薛奎墓誌》云〔三〕：『遭時之士，功烈顯於朝廷，名譽光於竹帛，

故其常視文章為末事。』《蘇子美墓誌》云〔四〕：『時發憤悶於歌詩，又喜行草書，皆可愛，故其雖短章醉墨，落筆爭為人所傳。』《尹師魯墓誌》云〔五〕：『所以見稱於世者，亦所以取嫉於人，故其卒窮以死。』此等『其』字，皆當去之。《五代史・蜀世家論》云：『龍之為物，以不見為神，今不上於天而下見於水中，是失職也。然其一何多歟！』『然其』二字，尤乖戾也。

【校記】

賈直：《新唐書》卷七作『賣直』。

『時發憤悶』四句：《歐陽修全集》卷三十《湖州長史蘇君墓誌銘》原文作：『而時發其憤悶於歌詩，至其所激，往往驚絕。又喜行狎書，皆可愛，故雖其短章醉墨，落筆爭為人所傳。』

『龍之為物』五句：見《新五代史》卷六十三：『龍之為物也，以不見為神，以升雲行天為得志。今偃然暴露其形，是不神也。不上於天而下見於水中，是失職也。然其一何多歟！』

【注釋】

〔一〕『《六經》之道』三句：見《新唐書》卷五十七。

〔二〕《德宗贊》：見《新唐書》卷七。

〔三〕《薛奎墓誌》：歐陽修《薛簡肅公文集序》，見《歐陽修全集》卷四十三。

〔四〕《蘇子美墓誌》：《湖州長史蘇君墓誌銘》，見《歐陽修全集》卷三十。

〔五〕《尹師魯墓誌》：《尹師魯墓誌銘》，見《歐陽修全集》卷二十八。

十六

歐公誌蘇子美墓云：『短章醉墨，落筆爭為人所傳。』〔一〕『爭』字不妥〔二〕。

【注釋】

〔一〕歐公誌蘇子美墓：《湖州長史蘇君墓誌銘》，見《歐陽修全集》卷三十。

〔二〕『爭』字不妥：指其位置不當，當言『落筆為人所爭傳』。

十七

張九成云：『歐公《五代史論》多感歎，又多設疑，蓋感歎則動人，設疑則意廣。此作文之法也。』〔一〕慵夫曰：歐公之論，則信然矣，而作文之法，不必如是也。

【注釋】

〔一〕張九成之論，出於其門人朗曄所編《橫浦日新》，宋張鎡《仕學規範》卷三十五《作文》引。

十八

歐公散文自為一代之祖，而所不足者，精潔峻健耳。《五代史論》曲折太過，往往支離蹉跌，或至渙散而不收。助詞、虛字，亦多不愜，如《吳越世家論》尤甚也。〔一〕

【注釋】

〔一〕《吳越世家論》：見《新五代史》卷六十七。

十九

《湘山野録》云〔一〕：『謝希深、尹師魯、歐陽永叔各為錢思公作《河南驛記》〔二〕，希深僅七百字，歐公五百字，師魯止三百八十餘字。歐公不伏在師魯之下，別撰一記，更減十二字，尤完粹有法。師魯曰：「歐九真一日千里也。」』〔三〕予謂此特少年豪俊一時爭勝而然耳。若以文章正理論之，亦惟適其宜而已，豈專以是為貴哉？蓋簡而不已，其弊將至於儉陋而不足觀也已。

【注釋】

〔一〕《湘山野録》：文瑩撰，共三卷，續録一卷，因作於荆州金鑾寺，故以湘山為名。所記皆北宋初至仁宗以前朝野雜事，其中多得於傳聞。

〔二〕謝希深：謝絳（九九四—一〇三九），字希深，富陽人。大中祥符八年（一〇一五）進士。《宋史》卷二九五有傳。尹師魯：尹洙（一〇〇一—一〇四七），字師魯，河南人。天聖二年（一〇二四）進士，《宋史》卷二九五有傳。錢思公：錢惟演（九五二—一〇三四），字希聖，臨安人。謚思，後改謚文僖。《河南驛記》：失考。

〔三〕以上引文見《湘山野録》卷中，字句略有不同。

二十

歐公《謝校勘啟》云〔一〕：『脱絇組之三十〔二〕，簡編多前後之乖；並《盤庚》於一篇〔三〕，文章有合離之異。以仲尼之博學，猶存郭公以示疑〔四〕；非元凱之勤經，孰知門王而為閏〔五〕。』其舉訛舛之類，初止於是，蓋亦足矣。而《播芳大全》載董由《謝正字啟》〔六〕，窮極搜抉，幾二千言，此徒以該贍誇人耳，豈為文之體哉？

【校記】

三十：《歐陽修全集》卷九十五作『三寸』。

門王：應是『門五』之誤。

【注釋】

〔一〕《謝校勘啟》：見《歐陽修全集》卷九十五。

〔二〕絇組：古代穿竹簡的絲繩。脱絇組之三寸：指竹簡脱落。

〔三〕《盤庚》：《尚書》中篇名，分上中下三篇。

〔四〕存郭公以示疑：《春秋·莊公二十四年》有『郭公』二字，沒有上下文。

〔五〕元凱：杜預。門王而為閏：是杜預校勘《左傳》訛誤之例。《左傳·襄公九年》：『十二月癸亥，門其三門。閏月戊寅，濟于陰阪，侵鄭。』杜注：『參《長曆》參校上下，此年不得有閏月戊寅，戊寅是十二月二十日。疑閏月當為門五日，五字上及門字合為閏，則後學者自然轉日為月。』

〔六〕《播芳大全》：葉棻、魏齊賢編纂，成書於紹熙元年（一一九〇）。董由：一作董逌，字彥遠，東平（今山東東平）人。政和年間官徽猷閣待制，以精於鑒賞考據擅名。《謝正字啟》：《除正字謝執政啟》，見《播芳大全》卷二十九。

二十一

邵公濟云〔一〕：『歐公之文，和氣多英氣少；東坡之文，英氣多和氣少。』〔二〕其論歐公似矣，若東坡，豈少和氣者哉？文至東坡無復遺恨矣。

【注釋】

〔一〕邵公濟：邵博。

〔二〕『歐公之文』四句：見《邵氏聞見後錄》卷十四。

二十二

趙周臣云〔一〕：『党世傑嘗言〔二〕：「文當以歐陽子為正，東坡雖出奇，非文之正。」』定是謬語。歐文信妙，詎可及坡？坡冠絶古今，吾未見其過正也。

【注釋】

〔一〕趙周臣：趙秉文（一一五九—一二三二），字周臣，號閑閑老人。

〔二〕党世傑：党懷英（一一三四—一二一一），字世傑，號竹溪。陝西馮翊人，自其父遷居泰安奉符大定十年（一一七〇）進士，仕至翰林學士承旨。《金史》卷一二五有傳。下引党懷英語，出處不可考。參見趙秉文《竹溪先生文集引》。

二十三

《冷齋夜話》載東坡經藏記事〔一〕，荊公愛之，至稱為人中龍〔二〕，苕溪辨之，以為坡平時譏切介甫極多，彼不能無芥蒂於懷，則未必深喜其文，疑冷齋之妄〔三〕。予觀坡在黃州《答李悰書》曰：『聞荊公見稱經藏文，是未離妄語也，便蒙印可，何哉？』〔四〕然則此事或有之，二公之趣固不同，至於公論，豈能遂廢，而苕溪輒以私意量之邪？李定鞫子瞻獄〔五〕，必欲置諸死地，疾之深矣。然而出而告人，以為天下之奇才，蓋歎息者久之〔六〕，而何疑于荊公之言乎？

【注釋】

〔一〕東坡經藏記事：指蘇軾《勝相院經藏記》，見《蘇軾文集》卷十二。《冷齋夜話》卷五《東坡藏記》載王安石稱讚東坡文之事。

〔二〕人中龍：《冷齋夜話》卷五《東坡藏記》：『公展讀於風簷，喜見眉鬚，曰：「子瞻，人中龍也。」』

〔三〕苕溪：胡仔。《苕溪漁隱叢話》前集卷三十八：『苕溪漁隱曰：熙寧間，介甫當國，力行新法，子瞻譏誚其非，形于文章者多矣，介甫豈能不芥蒂於胸次？想亦未必深喜其文章，今冷齋與子真所筆，恐非其實。然子瞻文章，豈待介甫譽之然後傳於世哉？』

〔四〕《答李悰書》：見《蘇軾文集》卷四十。

〔五〕李定：字資深，揚州人，曾受教於王安石，進士及第，任定遠縣尉，秀州判官。太子中允、監察御史里行，寶文閣待制，同知諫院，進知制誥，官御史中丞，元豐二年（一〇七九）同舒亶製造了『烏臺詩案』，後謫居滁州。《宋史》卷三百二十九有傳。鞫：審訊。

〔六〕『然而出而告人』三句：費衮《梁溪漫志》卷三《王定國記東坡事》：『王定國《甲申雜記》云天下之公論，雖讎怨不能奪。李定鞫治東坡獄正急，一日將朝，忽於殿門謂同列曰：「蘇軾誠奇才也。」衆莫敢對。定曰：「雖二三十年前所作文字詩句，引證經傳，隨問即答，無一字差舛，誠天下之奇才也！」』

二十四

荆公謂東坡《醉白堂記》為《韓白優劣論》〔一〕，蓋以擬倫之語差多，故戲云爾，而後人遂為口實，夫文豈有定法哉？意所至則為之，題意適然，殊無害也。

【注釋】

〔一〕《醉白堂記》：見《蘇軾文集》卷十一。胡仔《苕溪漁隱叢話》前集卷三十五：『《西清詩話》云：王文公見東坡《醉白堂記》云：「此乃是韓白優劣論。」』。

二十五

東坡《超然臺記》云：『美惡之辨戰乎中，去取之擇交乎前。』不若云『美惡之辨交乎前，去

取之擇戰乎中』也。『子由聞而賦之，且名其臺曰超然』〔一〕，不須『其臺』字，但作『名之』可也。

【注釋】

〔一〕《超然臺記》：見《蘇軾文集》卷十一。

二十六

東坡《潮州韓文公廟碑》云：『其不眷戀於潮也審矣。』〔一〕『審』字當作『必』，蓋『必』者，料度之詞，『審』者，證驗之語，差之毫釐而實若白黑也。

【注釋】

〔一〕《潮州韓文公廟碑》：見《蘇軾文集》卷十七。

二十七

或疑《前赤壁賦》所用『客』字不明〔一〕。予曰：始與泛舟及舉酒屬之者〔二〕，衆客也；其後吹洞簫而酬答者〔三〕，一人耳。此固易見，復何疑哉？

【注釋】

〔一〕《前赤壁賦》：見《蘇軾文集》卷一。

〔二〕始與泛舟：《前赤壁賦》：『蘇子與客泛舟，游於赤壁之下。』舉酒屬之：《前赤壁賦》：『舉酒屬客。』

〔三〕吹洞簫而酬答者：《前赤壁賦》：『客有吹洞簫者。』

二十八

《赤壁後賦》自『夢一道士』至『道士顧笑』〔一〕，皆覺後追記之辭也，而所謂『疇昔之夜，飛鳴過我者』，卻是夢中問答語，蓋『嗚呼噫嘻』上少『勾喚』字〔二〕。

【注釋】

〔一〕《赤壁後賦》：《後赤壁賦》，見《蘇軾文集》卷一。『夢一道士』云云：《後赤壁賦》：『須臾客去，予亦就睡。夢一道士，羽衣翩躚，過臨皋之下，揖予而言曰：「赤壁之游樂乎？」問其姓名，俛而不答。嗚呼噫嘻，我知之矣！「疇昔之夜，飛鳴而過我者，非子也耶？」道士顧笑，予亦驚悟。開戶視之，不見其處。』

〔二〕勾喚：召喚，傳呼。

二十九

《黠鼠賦》云〔一〕：『吾聞有生，莫智於人。擾龍、伐蛟、登龜、狩麟〔二〕，役萬物而君之，卒見使於一鼠，墮此蟲之計中，驚脫兔于處女。』夫役萬物者，通言人之靈也；見使於鼠者，一己之事也。似難承接。

【注釋】

〔一〕《黠鼠賦》：見《蘇軾文集》卷一。

〔二〕擾龍：馴龍。登龜：用龜殼占卜。

三十

東坡《祭歐公文》云：『奄一去而莫予追。』〔一〕『予』字不安，去之可。

【注釋】

〔一〕《祭歐公文》：即《祭歐陽文忠公文》，見《蘇軾文集》卷六十三。

三十一

東坡用『矣』字有不妥者，《超然臺記》云：『求禍而辭福，豈人之情也哉？物有以蔽之矣。』〔一〕《成都府大悲閣記》云：『髮皆吾頭而不能為頭之用，手足皆吾身而不能具身之智，則物有以亂之矣。』〔二〕《韓文公廟碑》云：『必有不依形而立，不恃力而行，不待生而存，不隨死而亡者矣。』〔三〕此三『矣』字皆不妥，明者自見，蓋難以言說也。

【注釋】

〔一〕《超然臺記》：見《蘇軾文集》卷十一。

〔二〕《成都府大悲閣記》：《成都大悲閣記》，見《蘇軾文集》卷十二。原文為：『彼皆吾頭而不能為頭之用，彼皆吾身而不能具身之智，則物有以亂之矣。』

〔三〕《韓文公廟碑》：《潮州韓文公廟碑》，見《蘇軾文集》卷十七。

三十二

東坡自言其文〔一〕：『如萬斛泉源，不擇地而出，滔滔汩汩，一日千里無難。及其與山石曲折，隨物賦形，而不自知。所之者，當行於所當行，而止於不可不止。』論者或譏其太誇，予謂惟坡可以當之。夫以一日千里之勢，隨物賦形之能，而理盡輒止，未嘗以馳騁自喜，此其横放超邁而不失為精純也邪？

【校記】

所之者：《蘇軾文集》卷六十六《自評文》作『所知者』。

【注釋】

〔一〕自言其文：見《蘇軾文集》卷六十六《自評文》。

三十三

東坡之文，具萬變而一以貫之者也。為四六而無俳諧偶儷之弊〔一〕；為小詞而無脂粉纖豔之失〔二〕；楚辭則略依仿其步驟〔三〕，而不以奪機杼為工；禪語則姑為談笑之資，而不以

窮葛藤為勝〔四〕。此其所以獨兼眾作，莫可端倪，而世或謂四六不精于汪藻〔五〕，小詞不工于少游，禪語楚辭不深于魯直〔六〕，豈知東坡也哉？（以上《滹南遺老集》卷三十六）

【注釋】

〔一〕四六：指駢文。因以四字六字為對偶，故名。

〔二〕小詞：指詞。

〔三〕楚辭：蘇軾的騷體類文章。

〔四〕禪語：即禪話。指蘇軾含有禪意或用禪話的詩文。葛藤：葛和藤皆纏樹蔓生，形容夾纏囉嗦。

〔五〕汪藻：字彥章（一〇七九—一一五四），德興人，工駢文，著有《浮溪集》，已佚。《宋史》卷四百四十五有傳。

〔六〕少游：秦觀。魯直：黃庭堅。二人都是蘇軾的門人。

卷四

一

古人或自作傳，大抵姑以託興云爾。如《五柳》、《醉吟》、《六一》之類可也〔一〕。子由著《潁濱遺老傳》〔二〕，歷述平生出處言行之詳，且詆訾眾人之短以自見，始終萬數千言，可謂好

名而不知體矣。既乃破之以空相之說，而以為不必存〔三〕，蓋亦自覺其失也歟。

【注釋】

〔一〕《五柳》：陶淵明《五柳先生傳》，見《陶淵明集》卷五。《醉吟》：白居易《醉吟先生傳》，見《白居易集箋校》卷七十一。《六一》：歐陽修《六一居士傳》，見《歐陽修全集》卷四十四。

〔二〕《潁濱遺老傳》：見蘇轍《欒城後集》卷十二、卷十三。

〔三〕破之以空相之說：《潁濱遺老傳》末尾云：『予居潁川六年，歲在丙戌，秋九月，閲篋中舊書，得平生所為，惜其久而忘之也，乃作《潁濱遺老傳》，凡萬餘言，已而自笑曰：「此世間得失耳，何足以語達人哉！」昔予年四十有二，始居高安，與一二衲僧游，聽其言，知萬法皆空，惟有此心不生不滅，以此居富貴、處貧賤二十餘年，而心未嘗動，然猶未睹夫實相也。及讀《楞嚴》以六求一，以一除六，至於一六兼忘，雖踐諸相，皆無所礙，乃油然而笑曰：「此豈實相也哉！」夫一猶可忘，而況《遺老傳》乎？雖取而焚之可也。』

二

蘇叔黨《思子臺賦》〔一〕，步驟馳騁，抑揚反復，可謂奇作。然引扶蘇事不甚切〔二〕。按始皇止以扶蘇數直諫，故使監兵於外，當時趙高輩未敢逞其奸。及帝病，亟為書召扶蘇，而高輩矯遺詔賜死耳〔三〕。責始皇不蚤定儲嗣則可，謂其信讒而殺之，非也。且秦何嘗築臺寄哀，而云『三后一律』、『同名齊實』乎〔四〕？『幸曾孫之無恙，聊可慰夫九原。』此兩句隔斷文勢，宜去之。其言晉惠事云：『寫餘哀于江陸，發故臣之幽契。』〔五〕夫江統、陸機之作誄，出於己意而

非上命，則『畦徑有礙』亦當刪削。其言曹操事云：『然後知鼠輩之果無。』此尤乖戾。本以愛蒼舒相明，而卻似惜華佗〔六〕。又云：『同舐犢於晚歲，又何怨於老臞。』操問楊彪何瘦，而答以老牛舐犢，操為改容〔七〕。是豈有怨意哉？但下疑怪等字可也。

【校記】

『幸曾孫』二句：《思子臺賦》原文作：『幸曾孫之無恙兮，或慰夫九原。』

畦徑有礙：《斜川集校注》及《宋文鑒》卷十《思子臺賦》，皆無此句。

【注釋】

〔一〕蘇叔黨：蘇過（一〇七二—一一二三），字叔黨，眉州眉山人，蘇軾幼子。有《斜川集》。《思子臺賦》：見《斜川集校注》卷七。思子臺有二：一為漢武帝哀其太子劉據冤死而建，在今河南靈寶市境內；一是晉惠帝為其滑懷太子所建。

〔二〕引扶蘇事：《思子臺賦》曰：『昔秦之亡也，禍始于扶蘇。』扶蘇：秦始皇長子。

〔三〕『始皇止以扶蘇數直諫』數句：參見《史記·秦始皇本紀》及《史記·李斯列傳》。

〔四〕三后一律、同名齊實：《思子臺賦》曰：『三后一律，皆以信讒而殺子，昵姦而敗國。各築臺以寄哀，信同名而齊實。彼昏庸者，固不足告也。』三后：指秦始皇、漢武帝、晉惠帝。秦始皇無築臺事。

〔五〕江陸：指江統、陸機。《晉書·滑懷太子傳》：『謚曰滑懷。六月己卯，葬于顯平陵。帝感閻纘之言，立思子臺，故臣江統、陸機並作誄頌焉。』

〔六〕蒼舒：曹操幼子曹沖字。《思子臺賦》曰：『彼楊公之愛修兮，豈减吾之蒼舒。恨元化之不可作兮，然後知鼠輩之果無。』楊公：楊彪，其子楊修被曹操所殺。元化：華佗字。曹操殺華佗後，曹沖病，曹操始悔。

〔七〕操問楊彪何瘦：《後漢書·楊彪傳》：『彪見漢祚將終，遂稱脚攣不復行積十年。後子修為曹操所殺，操見彪問曰：「公何瘦之甚？」對曰：「愧無日磾先見之明，猶懷老牛舐犢之愛。」操為之改容。』

三

蘇叔黨《颶風賦》云〔一〕：『此颶之漸也。』少箇『風』字。又云：『此颶之先驅耳。』卻多『颶』字，但云『此其先驅』足矣。風息之後，『父老來唁，酒漿羅列』，至於『理草木』，『葺軒檻』，『補茅茨』，『塞牆垣』，則時已久矣。而云『已而山林寂然，海波不興。動者自止，鳴者自停』，豈可與上文相應哉？

【校記】

補茅茨：《斜川集校注》卷七《颶風賦》作『補茅屋』。

海波不興：《斜川集校注》卷七《颶風賦》作『水波不興』。

【注釋】

〔一〕《颶風賦》：見《斜川集校注》卷七。

四

魯直《白山茶賦》云：『彼細腰之子孫〔一〕，與莊生之物化。方壞戶以思溫，故無得而淩跨。』竹溪党公曰：『此正謂冬無蜂蝶耳，何用如許？』〔二〕予謂詞人狀物之言，不當如是論。然數句自非佳語。『細腰子孫』既已不典，而又以『莊生物化』為蝶，不亦謬乎？

【校記】

壞戶：澮生堂抄本《滹南遺老集》作『培戶』。

【注釋】

〔一〕《白山茶賦》：見《山谷集》卷一。細腰：指蜂。

〔二〕竹溪党公：指党懷英。參卷三第二十二則注〔二〕。所引言論已失傳。

五

《江西道院賦》最為精密〔一〕，然『酌樽中之醁』一句頗贅〔二〕，但云『公試為我問山川之神』足矣。

【注釋】

〔一〕《江西道院賦》：見《山谷集》卷一。

〔二〕酌樽中之醁：該句是《江西道院賦》最後兩句，原文作：『公試酌樽中之渌，謝山川之神，為余問之。』

六

王元之《待漏院記》〔一〕，文殊不典〔二〕，人所以喜之者，特取其規諷之意耳。

【注釋】

〔一〕王元之：王禹偁。參卷三第十則注〔一〕。《待漏院記》：見其《小畜集》卷十六。

〔二〕不典：不合規則。

七

代古人為文者，必彼有不到之意，而吾為發之，且得其體制乃可。如柳子《天對》〔一〕，蘇氏《侯公說項羽》之類〔二〕，蓋庶幾矣。王元之《擬伯益上夏啟》、《子房招四皓》等書〔三〕，既無佳意，而語尤卑俗，只是己作，其徒勞亦甚，而選文者或錄之〔四〕，又何其無識也。

【注釋】

〔一〕柳子《天對》：即柳宗元《天對》，相對於屈原《天問》而作，見《柳宗元集》卷十四。

〔二〕蘇氏《侯公說項羽》：《蘇軾文集》卷六十四有《代侯公說項羽辭》。侯公說項羽，見《史記·項羽本紀》。

〔三〕《子房招四皓》：指王禹偁《擬留侯與四皓書》。

〔四〕選文者或錄之： 宋人所編《宋文選》卷七、南宋魏齊賢、葉棻《五百家播芳大全文粹》卷九十一入選《擬伯益上夏啟》、《子房招四皓》。

八

張伯玉以《六經閣記》折困曾子固，而卒自為之〔一〕，曰：『六經閣者，諸子百氏皆在焉。不書，尊經也。』〔二〕士大夫以為美談〔三〕。予嘗於《文鑒》見其全篇〔四〕，冗長汗漫，無甚可嘉，不應遽勝子固也。或言子固陰毀伯玉，且當時薦譽者大盛，故伯玉薄之云〔五〕。

【注釋】

〔一〕張伯玉： 字公達，建安人。皇祐間出知太平州。《六經閣記》： 全稱《吳郡州學六經閣記》。曾子固： 曾鞏。張伯玉折困曾鞏事，見《能改齋漫錄》卷十《張伯玉記六經閣取王弼傳易意》： 『予嘗見呂居仁言，曾子固初為太平州司戶，時張伯玉作守，歐陽公與荊公諸人咸薦之，伯玉殊不為禮。一日就設廳作大排，召子固，惟賓主二人，亦不交一談。既而召子固於書室，謂曰： 「人以公為曾夫子，必無所不學也。」子固辭避而退。一日，請子固作《六經閣記》，子固屢作，終不可其意，乃謂子固曰： 「吾試為之。」即令子固代書曰： 「六經閣者，諸子百家皆在焉，不書，尊經也。」乃知伯玉之意，取李畋發明弼傳易之意耳。』

〔二〕『六經閣者』四句： 是《六經閣記》的開頭幾句。

〔三〕以為美談： 邵博《邵氏聞見後錄》卷十五、洪邁《容齋五筆》卷五《嚴先生祠堂記》等記載此事。

〔四〕《文鑒》： 指《宋文鑒》。《吳郡州學六經閣記》，見《宋文鑒》卷七十九。

〔五〕『或言』三句：《能改齋漫錄》卷十《張伯玉記六經閣取王弼傳易意》：『伯玉字公達，范文正公客，所以揭己示子固如此者，子固年少，恃才名，私以不識字詆之，伯玉有所聞故耳。』

九

宋人稱胡旦喜玩人〔一〕，嘗草《江仲甫升使額制》云：『歸馬華山之陽，朕雖無愧；放牛桃林之野，爾實有功〔二〕。』江小字忙兒故也〔三〕。又行一巨璫誥詞云〔四〕：『久淹禁署，克慎行藏〔五〕。』由是宦豎切齒。夫制誥，王言也，而寓穢雜戲侮之語，豈不可罪哉？

【校記】

忙兒：一作『芒兒』。

【注釋】

〔一〕胡旦：字周父，濱州渤海人。博學，善文辭。太平興國三年（九七八）進士第一，仕至秘書監。《宋史》卷四三二有傳。《直齋書錄解題》卷三評其為人：『恃才輕躁，累坐擯斥，晚尤黷貨，持吏短長，為時論所薄。』玩人：戲弄他人。胡旦喜玩人之事，見載于王闢之《澠水燕談錄》卷十：『胡秘監旦，學冠一時，而輕躁喜玩人。其在西掖也，嘗草《江仲甫升使額誥》詞云「歸馬華山之陽，朕雖無愧；放牛桃林之野，汝實有功。」蓋江小字芒兒，俚語以牧童為「芒兒」。胡又嘗行巨璫誥詞云：「以爾久淹禁署，克慎行藏。」由是諸豎切齒。范應辰為大理評事，旦畫一布袋，中藏一丐者，以遺範，題云「袋裏貧士」也。』

〔二〕『歸馬華山』四句：《尚書・武成》：『乃偃武修文，歸馬于華山之陽，放牛于桃林之野，示天下弗服。』

胡旦文中譏諷江仲甫牧童出身。

〔三〕忙兒： 據《澠水燕談錄》卷十作『芒兒』，牧童之意。

〔四〕巨璫： 有權勢的宦官。

〔五〕久淹禁署，克慎行藏： 字面意思謂宦官長期在宮中小心盡職，背後意思是譏諷他們是閹餘之人。 淹，諧音字，同閹。

十

孫覿《求退表》有云〔一〕：『聽貞元供奉之曲，朝士無多〔二〕； 見天寶時世之妝，外人應笑〔三〕。 新豐翁右臂已折〔四〕，杜陵叟左耳又聾〔五〕。』夫臣子陳情于君父，自當以誠實懇惻為主，而文用四六，既已非矣，而又使事如此，豈其體哉？ 宋自過江後，文弊甚矣。

【注釋】

〔一〕孫覿： 字仲益（一〇八一—一一六九），號鴻慶居士，晉陵人。大觀三年（一一〇九）進士，博學能文，尤長於四六文，著有《鴻慶居士集》。《求退表》： 即《謝復敷文閣待制表》，見《鴻慶居士集》卷九。

〔二〕『聽貞元』二句： 劉禹錫《聽舊宮中樂人穆氏唱歌》：『休唱貞元供奉曲，當時朝士已無多。』

〔三〕『見天寶』二句： 白居易《上陽白髮人》：『小頭鞋履窄衣裳，青黛點眉眉細長。外人不見見應笑，天寶末年時世妝。』

〔四〕『新豐』句： 白居易《新豐折臂翁》：『玄孫扶向店前行，左臂憑肩右臂折。』

〔五〕『杜陵』句：杜甫《復陰》：『君不見夔子之國杜陵翁，牙齒半落左耳聾。』

十一

舊説楊大年不愛老杜詩，謂之村夫子語〔一〕。而近見《傅獻簡嘉話》云〔二〕：『晏相常言大年尤不喜韓、柳文，恐人之學，常横身以蔽之。』嗚呼，為詩而不取老杜，為文而不取韓柳，其識見可知矣。

【注釋】

〔一〕楊大年：楊億（九七四——一〇二〇），字大年，建州浦城人。宋初西崑體代表詩人。《宋史》卷三〇五有傳。《詩話總龜》前集卷五《評論門》：『楊大年不喜杜子美詩，謂之村夫子。』

〔二〕傅獻簡：傅堯俞（一〇二四——一〇九一），字欽之，鄆州須城人。累官至中書侍郎，謚獻簡。《宋史》卷三四一有傳。《直齋書録解題》卷七著録《傅獻簡佳話》一卷，曰：『不知何人作，記傅堯俞所談。』該書已佚。

十二

吾舅周君德卿嘗云〔一〕：『凡文章巧於外而拙於内者，可以驚四筵而不可適獨坐，可以取口稱而不可得首肯。』至哉！其名言也。杜牧之云：『杜詩韓筆愁來讀，似倩麻姑癢處抓。』〔二〕李義山云：『公之斯文若元氣，先時已入人肝脾。』〔三〕此豈巧於外者之所能邪？

【注釋】

〔一〕周君德卿：周昂（一一六二—一二一一），字德卿，真定人。大定二十五年（一一八五）進士，調南和簿、良鄉令，入為尚書省令史，歷任監察御史、戶部員外郎等職，大安二年（一二一〇）隨完顏承裕抵抗蒙古入侵，兵敗自縊。有《常山集》，已佚。《中州集》卷三、《金史》卷一二六有傳。

〔二〕『杜詩韓筆』二句：杜牧《讀韓杜集》：『杜詩韓集愁來讀，似倩麻姑癢處抓。天外鳳凰誰得髓，無人解合續弦膠。』

〔三〕『公之斯文』二句：出自李商隱《韓碑》。

十三

邵氏云：『楊、劉四六之體，必謹四字六字律令，故曰四六，然其弊類俳可鄙，歐、蘇力挽天河以滌之，偶儷甚惡之氣一除，而四六之法則亡矣。』〔一〕夫楊、劉惟謹於四六，故其弊至此。思欲反之，則必當為歐、蘇之橫放。既惡彼之類俳，而又以此為壞四六法，非夢中顛倒語乎？且四六之法，亦何足惜也！

【注釋】

〔一〕『楊、劉四六』七句：見邵博《邵氏聞見後錄》卷十六：『本朝四六，以劉筠、楊大年為體，必謹四字六字律令，故曰四六。然其敝類俳語可鄙。歐陽公深嫉之曰：「今世人所謂四六者，非脩所好。少為進士時不免作，自及第，遂棄不作。在西京佐三相幕府，於職當作，亦不為作也。」如公之四六云：「造謗於下者，初若含沙

之射影，但期陰以中人； 宣言於廷者，遂肆鳴梟之惡音，孰不聞而掩耳。」俳語為之一變。 至蘇東坡於四六，如曰：「禹治兗州之野，十有三載乃同； 漢築宣防之宮，三十餘年而定。 方其決也，本吏失其防，而非天意； 及其復也，蓋天助有德，而非人功。」其力挽天河以滌之，偶儷甚惡之氣一除，而四六之法則亡矣。』劉筠（一九七一—一〇三一），字子儀，大名人。 咸平元年（一〇〇一）進士。《宋史》卷三〇五有傳。

十四

四六，文章之病也。 而近世以來，制誥、表章率皆用之，君臣上下之相告語，欲其誠意交孚〔一〕，而駢儷浮辭，不啻如俳優之鄙，無乃失體耶？ 後有明王賢大臣一禁絕之，亦千古之快也。

【注釋】

〔一〕交孚： 互相信任。

十五

科舉律賦不得預文章之數，雖工不足道也。 而唐宋諸名公集，往往有之，蓋以編錄者多愛不忍，因而附入，此適足為累而已。 柳子厚《夢愈膏肓疾賦》〔一〕，雖非科舉之作，亦當去之〔二〕。

【校記】

不忍：《四庫全書》本作『不忍割』。

【注釋】

〔一〕《夢愈膏肓疾賦》：《柳宗元集》卷二題作《愈膏肓疾賦》。

〔二〕亦當去之：《柳宗元集》卷二注曰：『晏元獻公嘗書此賦，云膚淺不類柳文，宜去之。或謂公尚少時作。』

十六

凡人作文字，其他皆得自由，惟史書實錄、制誥王言，決不可失體。世之秉筆者，往往不謹，馳騁雕鐫，無所不至，自以為得意，而讀者亦從而歆羡。識真之士，何其少也？

十七

凡為文章，須是典實過於浮華，平易多於奇險，始為知本末。世之作者，往往致力於其末而終身不返，其顛倒亦甚矣。

【校記】

本末：原作『本求』，據澹生堂本改。

十八

或問：『文章有體乎？』曰：『無。』又問：『無體乎？』曰：『有。』『然則果何如？』曰：『定體則無，大體須有。』

十九

書傳中多有『自今以來』之語〔一〕，此亦疵病，蓋由昔至今，云『來』則順，由今至後者，言『往』可也。

【注釋】

〔一〕自今以來：如《史記・孝文本紀》：『自今以來有犯此者，勿聽治。』

二十

宋玉稱鄰女之狀曰：『增之一分則太長，減之一分則太短。著粉則太白，施朱則太赤。』〔一〕予謂上二『太』字不可下。夫其紅白適中，故著粉太白，施朱太赤。乃若長短，則相形者也，增一分既已太長，則先固長矣，而減一分乃復太短，卻是元短，豈不相窒乎？是可去之。

【注釋】

〔一〕『增之一分』四句：出自宋玉《登徒子好色賦》。

二十一

《史記・屈原傳》云：『每出一令，平伐其功曰：以為非我莫能為也。』『曰』字與『以為』意重複。柳文《鶻說》云：『余疾夫今之說曰：以呴呴而默，徐徐而俯者，善之徒；翹翹而厲，煙煙而白者，暴之徒。』〔一〕亦是類也。

【校記】

平伐其功曰：中華書局本《史記》將『曰』視為衍文。

煙煙而白：《柳宗元集》卷十六《鶻說》作『炳炳而白』。

【注釋】

〔一〕《鶻說》：見《柳宗元集》卷十六。

二十二

《史記・田敬叔完世家》云〔一〕：『太史敫女奇法章狀貌，以為非恒人而憐之。』〔二〕《梁鴻傳》云：『鄰里耆老見鴻非恒人』『蔡邕狀異恒人』〔三〕，孫權『骨體不恒』〔四〕，苻堅『骨相不恒』〔五〕，姚萇『志度不恒』〔六〕，此等『恒』字，皆當作『常』。蓋『恒』雖訓『常』，止是久遠之意，非『尋常』之『常』也。

【注釋】

〔一〕《史記·田敬叔完世家》：見《史記》卷四十六，通行本作《田敬仲完世家》。敬仲是謚號，完為名。

〔二〕『太史敫』二句：《史記·田敬仲完世家》原文作：『湣王之遇殺，其子法章變名姓，為莒太史敫家庸，太史敫女奇法章狀貌，以為非恒人，憐而常竊衣食之，而與私通焉。』

〔三〕『鄰里』二句：見《後漢書·蔡邕傳》。

〔四〕骨體不恒：見《三國志·吳書》卷二。

〔五〕骨相不恒：見《晉書·苻堅載記》。

〔六〕志度不恒：見《晉書·姚萇傳》。

二十三

張良問高祖曰：『上平生所憎誰最甚者？』〔一〕袁盎慰文帝曰：『上自寬〔二〕。』夫稱君為『上』，自傍而言則可，面稱之似不安也。

【注釋】

〔一〕『上平生』句：《史記·留侯世家》：『留侯曰：「上平生所憎群臣所共知誰最甚者？」』

〔二〕上自寬：《史記·袁盎列傳》：『盎曰：「上自寬。此往事，豈可悔哉？」』

二十四

張釋之言『盜長陵一抔土』〔一〕，抔，掬也。此本謂發冢，而云一抔者，蓋不敢指斥耳。駱賓王《檄武后書》云『一抔之土未乾』〔二〕，世皆稱工，而其語意實未安也。而唐彦謙詩復有『眼見愚民盜一抔』之句〔三〕，豈不益謬哉？

【注釋】

〔一〕張釋之：字季，西漢南陽（今河南省南陽）人。曾事漢文帝、漢景帝二朝，官至廷尉，以執法公正不阿聞名。《史記》、《漢書》有傳。盜長陵一抔土：《漢書·張釋之傳》：『假令愚民取長陵一抔土，陛下且何以加其法乎？』一抔土：一捧土。

〔二〕《檄武后書》：即《代李敬業傳檄天下文》。

〔三〕唐彦謙：字茂業（？—八九三），自號鹿門先生，并州晉陽人。博學多才。其《長陵》詩曰：『耳聞明主提三尺，眼見愚民盜一抔。』

二十五

張安世為光祿勳〔一〕，郎有小便殿上者，主事白行法，安世曰：『何以知其不反水漿耶？』〔二〕『何以』字別卻本意，當云安知非耳。

【注釋】

〔一〕張安世：（？—前六二），張湯之子，麒麟閣十一功臣之一。武帝時為尚書令，漢昭帝時，為右將軍，以輔佐有功，封富平侯。宣帝時官至大司馬衛將軍領尚書事，以為官廉潔著稱。

〔二〕郎有小便殿上事：《漢書·張安世傳》曰：『為光祿勳，郎有醉小便殿上。主事白行法。安世曰：「何以知其不反水漿邪？如何以小過成罪？」』

二十六

後漢張升見黨事起〔一〕，去官歸鄉里，與友人相抱而泣，陳留老父見而謂曰：『網羅張天，去將安所？』〔二〕朱泚敗走失道〔三〕，問野人，答曰：『天網恢恢，逃將安所？』二『所』字不成語，謂之『往』可也。

【校記】

網羅張天：《後漢書·陳留老父傳》作『網羅高懸』。

逃將安所：見《新唐書·朱泚傳》作『走將安所』。

【注釋】

〔一〕張升：字彥真（一二一—一六九），陳留尉氏（今河南開封）人。黨事：指黨錮之禍。

〔二〕去官歸鄉事：見《後漢書·陳留老父傳》。

〔三〕朱泚敗走事：見《新唐書·朱泚傳》。

二十七

《吳志》：蜀零陵太守郝普為呂蒙所紿而降，『慚恨入地』〔一〕。此不成義理。謂『有欲入地之意』則可，直云『入地』可乎？

【注釋】

〔一〕『郝普』投降之事：見《三國志・吳書・呂蒙傳》。

二十八

《新唐》記姚崇汰僧事云：『發而農者餘萬二千人。』〔一〕此本萬二千餘人耳。如子京所云〔二〕，則是多餘許數也。可謂求文而害理，然此病人多犯之者，不獨子京也。

【注釋】

〔一〕新唐：指《新唐書》。姚崇汰僧事：見《新唐書・姚崇傳》。

〔二〕子京：宋祁。《新唐書》列傳部分多出於宋祁之手。

二十九

范蜀公記狄青面具事，止云『帶銅面具』而已〔一〕，《澠水燕談》則曰『面銅具』〔二〕，《聞見錄》又曰『帶銅鑄人面』〔三〕。予謂邵氏語頗重濁，《燕談》似簡而文，然安知其為何具，俱不若

蜀公之真，蓋『面具』二字，自有成言也。

【注釋】

〔一〕范蜀公：范鎮（一〇〇九—一〇八八），字景仁，蜀華陽人。仕至戶部尚書，謚忠文。人稱范蜀公。所記狄青事，見其《東齋記事》卷三。

〔二〕《澠水燕談》：《澠水燕談錄》，十卷，北宋王闢之所撰，主要記載士大夫燕談之事。『面銅具』之語，見該書卷二。

〔三〕《聞見錄》：即邵伯溫《邵氏聞見錄》。所引文字見該書卷八。

三十

《通鑒》云吳主孫皓『惡人視己，群臣侍見，莫敢舉目。左丞相陸凱曰：「君臣無不相識之道，猝有不虞，不知所赴。」吳主乃聽凱自視，而他人如故。』〔一〕予謂『自視』字不安，若云『獨聽凱視』可矣。

【注釋】

〔一〕孫皓：東吳末代皇帝。所引孫皓事，見《資治通鑒》卷七十九。

三十一

《通鑑》劉聰朝崔暐説太弟乂曰：『四衛精兵，不減五千。』〔一〕晉孝武時，幽州治中平規謂唐公洛曰：『控弦之士，不減五十餘萬。』〔二〕唐懿宗每月宴設，『不減十餘。』〔三〕。予謂凡『不減』字，止可於比對處言之，而非所以料數也。宇文泰謂賀拔岳曰『費也頭控弦之騎，不下一萬』是矣〔四〕。餘『減』字皆當作『下』。《新唐書》劉仁軌諫校獵妨農事云：『役雖簡省，猶不損數萬。』〔五〕『損』字尤非也。

【校記】

太弟乂，原作『太弟义』，據《資治通鑑》卷八十九改。

【注釋】

〔一〕劉聰：一名劉載，字玄明，匈奴族，新興（今山西忻州）人，十六國時期漢趙君主，三一〇—三一八年在位。《晉書》卷一〇二有《劉聰載記》。崔暐：時爲太傅。太弟乂：指劉聰之弟劉乂。所引《通鑑》文見《資治通鑑》卷八十九。

〔二〕唐公洛：苻洛（？—三八五），前秦國名將。苻堅堂弟，北討大都督、安北將軍、幽州刺史、大司馬、唐公。『控弦之士』二句：見《資治通鑑》卷一〇四。

〔三〕不減十餘：見《資治通鑑》卷二百五十。

〔四〕費也頭：又稱破野頭、皂隸，北魏隸戶之一。所引宇文泰語，見《資治通鑑》卷一百五十六。

〔五〕『役雖簡省』二句：見《新唐書・劉仁軌傳》。

三十二

《通鑒》云謝安『好聲律，期功之慘，不廢絲竹』〔一〕。予謂『聲律』字不安，若作『聲伎』、『聲樂』或『音律』則可矣。

【注釋】

〔一〕『好聲律』三句：見《資治通鑒》卷一〇三。期功：古代的喪服名稱。

三十三

《通鑒》云苻堅『鋭意欲取江東，寢不能旦』〔一〕。『旦』字不妥。

【注釋】

〔一〕『鋭意欲取』二句：見《資治通鑒》卷一〇四。

三十四

《通鑒・宋紀》：蕭道成遣薛淵將兵助袁粲，淵固辭，道成曰：『但當努力，無所多言。』〔一〕《齊紀》：豫章王嶷常慮盛滿，求解揚州，武帝不許，曰：『畢汝一世，無所多

言。』〔二〕二『所』字殊剩。

【注釋】

〔一〕蕭道成：字紹伯（四二七—四八二），齊朝開國皇帝。所載遣兵事，見《資治通鑑》卷一百三十四。

〔二〕豫章王嶷：蕭嶷（四四四—四九二），字宣儼，蕭道成第二子，封為豫章郡王。見《資治通鑑》卷一百三十六。

三十五

《通鑑》：魏中尉元匡劾於忠專恣云：『觀其此意，欲以無上自處。』〔一〕《舊唐》上官婉兒為節滑太子所索〔二〕，大呼曰：『觀其此意，即當次索皇后以及大家〔三〕。』《周書》言齊王憲善處嫌疑云〔四〕：『高祖亦悉其此心，故得無患。』『其此』二字，豈可一處用？《新唐》李德裕論朋黨云：『仁人君子，各行其己，不可交以私。』〔五〕亦下不得『其』字。

【校記】

觀其此意：《資治通鑑》卷一百四十八作『原其此意』。

悉其此心：中華書局標點本《周書·齊煬王憲傳》無『其』字。其校勘記曰：宋本《周書》其字有一空格。《北史》卷五十八《周室諸王傳》亦作『悉其此心』。

【注釋】

〔一〕『魏中尉』三句：見《資治通鑑》卷一百四十八。

〔二〕節湣太子：李重俊（？—七〇七），唐中宗第三子，神龍二年立為皇太子。起兵欲殺韋太后等，敗後被殺。

〔三〕觀其此意：見《舊唐書·上官婉兒傳》。大家：皇上。

〔四〕齊王憲：宇文憲（五四四—五七八），字毗賀突，代郡武川（今內蒙古武川西）人，鮮卑族，北周文帝宇文泰第五子，封齊王。後被齊宣帝所殺。

〔五〕『仁人君子』三句：《新唐書·李德裕傳》：『賢人君子不然，忠於國則同心，聞于義則同志，退而各行其己，不可交以私。』

三十六

史傳中間，有不避俗語者，以其文之則失真也。齊後主欲殺斛律光，使力士『劉桃枝自後撲之，不倒』〔一〕。《通鑑》改為『不仆』〔二〕，仆亦倒也，然『撲』字下便不宜用。

【注釋】

〔一〕『齊後主』二句：《北史·斛律光傳》：『光將上馬頭眩，及至，引入涼風堂，劉桃枝自後撲之，不倒。』

〔二〕不仆：見《資治通鑑》卷一百七十一：『六月戊辰，光入至涼風堂，劉桃枝自後撲之，不仆。』

三十七

《通鑑》：唐文皇時，權萬紀言宣、饒二州銀利事，上曰：『卿欲以桓靈俟我邪？』〔一〕『俟』當作『待』，蓋『俟』雖訓『待』，乃『候待』之『待』，非『待遇』之『待』也。

【注釋】

〔一〕『唐文皇』四句：見《資治通鑑》卷一百九十四。

三十八

《通鑑》云唐宣宗時，吐蕃大掠河西鄯、廓等八州五千里，『赤地殆盡』〔一〕。卻是『幾無』也，不若作『遍』字。

【注釋】

〔一〕赤地殆盡：見《資治通鑑》卷二百四十九。

三十九

《通鑑》記周世宗禁銅事云：『唯官法物及寺觀鐘磬等聽留外，自餘民間銅器，悉令輸官。』〔一〕既有『外』字，不當更云『自餘』也。然《楚世家》或說頃襄王之辭，亦有『外其餘』字〔二〕。

【注釋】

〔一〕周世宗禁銅事：見《資治通鑑》卷二百九十二：『九月丙寅朔，敕始立監采銅鑄錢，自非縣官法物軍器及寺觀鐘磬鈸鐸之類聽留外，自餘民間銅器佛像，五十日内悉令輸官，給其直，過期隱匿不輸五觔以上，其罪死，不及者，論刑有差。』

〔二〕外其餘：見《史記·楚世家》：『齊、魯、韓、衛者，青首也；鄒、費、郯、邳者，羅鸗也，外其餘則不足射者。』

四十

揚雄之經〔一〕，宋祁之史〔二〕，江西諸子之詩〔三〕，皆斯文之蠹也。散文至宋人，始是真文字，詩則反是矣。（以上《滹南遺老集》三十七）

【注釋】

〔一〕揚雄之經：指其《法言》、《太玄》等。

〔二〕宋祁之史：《新唐書》宋祁所撰部分。

〔三〕江西諸子：黃庭堅等江西詩派。

卷一

一

世所傳《千注杜詩》〔一〕，其間有曰新添者四十餘篇。吾舅周君德卿嘗辨之云〔二〕：『唯《瞿塘懷古》、《呀鶻行》、《送劉僕射惜別行》爲杜無疑〔三〕，自餘皆非本真，蓋後人依仿而作，欲竊盜以欺世者，或又妄撰，其所從得，誣引名士以爲助，皆不足信也。東坡嘗謂太白集中，往往雜入他人詩〔四〕，蓋其雄放不擇，故得容僞，於少陵則決不能。豈意小人無忌憚如此！其詩大抵鄙俗狂瞽，殊不可讀〔五〕。蓋學步邯鄲，失其故態，求居中下且不得，而欲以爲少陵，真可憫笑。《王直方詩話》既有所取〔六〕，而鮑文虎、杜時可間爲注說〔七〕，徐居仁復加編次〔八〕，甚矣，世之識真者少也。其中一二雖稍平易，亦不免蹉跌〔九〕。至於《逃難》、《解憂》、《送崔都水》、《聞惠子過東溪》、《巴西觀漲及呈竇使君》等〔一〇〕，尤爲無狀。洎餘篇大似出於一手，其不可亂真也，如糞丸之在隋珠〔一一〕，不待選擇而後知，然猶不能辨焉。世間似是而相奪者，又何可勝數哉！予所以發憤而極論者，不獨爲此詩也。』吾舅自幼爲詩，便祖工部〔一二〕，其教人亦必先此。嘗與予語及新添之詩，則頻蹙曰：『人才之不同如其面焉，耳目鼻口相去亦無幾矣，然

諦視之，未有不差殊者。詩至少陵，他人豈得而亂之哉！』公之持論如此，其中必有所深得者，顧我輩未之見耳，表而出之，以俟明眼君子云。

【校記】

不可讀：原作『不可訓』，據滄生堂抄本改。

【注釋】

〔一〕《千注杜詩》：又名《千家注杜詩》，疑是北宋坊間所傳杜詩注本。《四庫提要》卷一四九《黃氏補注杜詩》提要稱，該書原名《補千家集注杜工部詩》，《四庫提要》推測此前坊間已有另一部《千家注杜詩》。王若虛所謂的《千家注杜詩》可能就是這一注本。

〔二〕周昂：字德卿（一一六二—一二一一），真定人。大定二十五年（一一八五）進士，調南和簿、良鄉令，入為尚書省令史，歷任監察御史、戶部員外郎等職，大安二年（一二一〇）隨完顏承裕抵抗蒙古入侵，兵敗自縊。有《常山集》，已佚。《中州集》卷三、《金史》卷一二六有傳。

〔三〕《送劉僕射惜別行》，即《惜別行送劉僕射判官》。

〔四〕東坡嘗謂：《蘇軾文集》卷四十九《答劉沔都曹書》：『李太白、韓退之、白樂天詩文，皆為庸俗所亂，可為太息。』《東坡志林》卷一：『近見曾子固編《李太白集》後，謂頗獲遺亡，而有《贈懷素草書歌》並《笑矣乎》數首，皆貫休、齊己辭格。二人皆號有知識者，故深可怪。如白樂天贈徐凝，退之贈賈島之類，皆世俗無知者所託，此不足多怪。』

〔五〕狂：悖理。瞽：不明。

〔六〕《王直方詩話》：内有《李杜逸詩》一則，見《詩話總龜》卷十一、《苕溪漁隱叢話》前集卷十三。

〔七〕鮑文虎：鮑彪字文虎，縉雲人，官至尚書郎。著有《戰國策注》，成書於紹興十七年（一一四七）。另有《杜詩譜論》一書，《能改齋漫錄》多次徵引。杜時可：杜田字時可，據《宋史》卷二百八，杜田著有《注杜詩補遺正謬》十二卷，《能改齋漫錄》等書多次引用。

〔八〕徐居仁：徐宅字居仁，有《集千家注分類杜工部詩》。

〔九〕蹉跌：失誤。

〔一〇〕《巴西觀漲及呈竇使君》：即《巴西驛亭觀江漲呈竇使君二首》。

〔一一〕隋珠：又作隨珠，傳說中的寶珠。

〔一二〕工部：杜甫。

二

吾舅嘗論詩云〔一〕：『文章以意為之主，字語為之役。主强而役弱，則無使不從。世人往往驕其所役，至跋扈難制，甚者反役其主。』可謂深中其病矣。又曰：『以巧為巧，其巧不足，巧拙相濟，則使人不厭。唯甚巧者，乃能就拙為巧，所謂遊戲者，一文一質，道之中也。雕琢太甚，則傷其全。經營過深，則失其本。』又曰：『頸聯頷聯，初無此說，特後人私立名字而已。大抵首二句論事，次二句猶須論事，首二句狀景，次二句猶須狀景，不能遽止。自然之勢，詩之大略，不外此也。』其論篤實之論哉！

【注釋】

〔一〕吾舅：即周昂。參《文辨》卷四第十二則注〔一〕。

三

史舜元作吾舅詩集序〔一〕，以為有老杜句法，蓋得之矣。而復云由山谷以入〔二〕，則恐不然。吾舅兒時，便學工部，而終身不喜山谷也。若虛嘗乘間問之，則曰：『魯直雄豪奇險，善為新樣，固有過人者。然于少陵初無關涉，前輩以為得法者，皆未能深見耳。』舜元之論，豈亦襲舊聞而發歟，抑其誠有所見也？更當與知者訂之。

【注釋】

〔一〕史舜元：史肅，字舜元，京兆人，僑居北京。進士及第，明昌五年（一一九二）曾任南皮縣令，泰和二年（一二〇二）在監察御史任，後貶官汾州卒。其作精緻，善用事，有《澹軒遺稿》。《中州集》卷五有小傳。吾舅詩集，指周昂《常山集》，集與序均佚。

〔二〕山谷：黄庭堅（一〇四五—一一〇五），字魯直，號山谷道人。

四

謝靈運夢見惠連而得『池塘生春草』之句，以為神助〔一〕。《石林詩話》云：『世多不解此

語為工，蓋欲以奇求之耳。此語之工，正在無所用意，猝然與景相遇，借以成章，故非常情所能到。』〔二〕冷齋云：『古人意有所至，則見於情，詩句蓋寓也。謝公平生喜見惠連，而夢中得之，此當論意，不當泥句。』〔三〕張九成云：『靈運平日好雕鎸，此句得之自然，故以為奇。』〔四〕田承君云：『蓋是病起忽然見此為可喜，而能道之，所以為貴。』〔五〕予謂天生好語，不待主張，苟為不然，雖百說何益。李元膺以為反復求之，終不見此句之佳〔六〕，正與鄙意暗同。蓋謝氏之誇誕，猶存兩晉之遺風，後世惑於其言而不敢非，則宜其委曲之至是也。

【校記】

借以成章：《歷代詩話》本《石林詩話》卷中後有『不假繩削』四字。

【注釋】

〔一〕謝靈運：謝玄之孫，襲封康樂公。惠連：謝靈運族弟謝惠連。池塘生春草：出自謝靈運《登池上樓》：『池塘生春草，園柳變鳴禽。』《南史》卷十九《謝惠連傳》曰：『族兄靈運嘉賞之，云「每有篇章，對惠連輒得佳語。嘗於永嘉西堂思詩，竟日不就，忽夢見惠連，即得『池塘生春草』，大以為工。嘗云此語有神功，非吾語也。」』

〔二〕『世多不解』七句：見《石林詩話》卷中。

〔三〕冷齋：釋惠洪（一〇七一—一一二八），著有《冷齋夜話》。所引文字見《冷齋夜話》卷三。

〔四〕張九成：字子韶（一〇九二—一一五九），號橫浦居士，又號無垢居士。著有《論語解》、《孟子傳》、《橫

浦集》等。所引文字出處不詳。

〔五〕田承君：田晝字承君，田況（一〇〇五—一〇六三）之從子，信都（今河北衡山市冀州區）人。有《田晝集》，已佚。《全宋詩》卷一二三一錄其詩四首。此處所引文字見《詩話總龜》前集卷七。

〔六〕李元膺：東平人。徽宗時為南京教授。長於詩詞，頗有時名。《全宋詩》卷一〇三二錄其詩十二首。所引文字見《冷齋夜話》卷三。

五

梅聖俞愛嚴維『柳塘春水漫，花塢夕陽遲』之句，以為天容時態，融和駘蕩，如在目前〔一〕。或者病之曰：『夕陽遲繫花，而春水漫不繫柳。』〔二〕苕溪又曰：『不繫花而繫塢。』〔三〕予謂不然，夕陽遲固不在花，然亦何關乎塢哉？詩言『春日遲遲』者，舒長之貌耳〔四〕。老杜云『遲日江山麗』〔五〕，此復何所繫耶？彼自詠自然之景，如『梨花院落溶溶月，柳絮池塘淡淡風』〔六〕，初無他意，而論者妄為云云，何也？裴光約詩云：『行人折柳和輕絮，飛燕銜泥帶落花。』〔七〕或曰：『柳常有絮，泥或無花。』〔八〕苕溪以為得其膏肓〔九〕，此亦過也。據一時所見，則泥之有花，不害於理，若必以常有責之，則絮亦豈所常有哉？

【注釋】

〔一〕梅聖俞：梅堯臣（一〇〇二—一〇六〇），字聖俞，宣城人。《宋史》卷四四三有傳。嚴維，字正文，越州

山陰人。唐至德二年（七五七）進士。《全唐詩》存詩一卷。『柳塘春水漫』二句：出自其《酬劉員外見寄》。所引梅堯臣語，出自歐陽修《六一詩話》，又見《苕溪漁隱叢話》前集卷二十。

〔二〕或者：指劉攽。劉攽（一〇二三—一〇八九），字貢父，號公非，劉敞之弟。《宋史》卷三一九有傳。所引文字出自其《中山詩話》。《苕溪漁隱叢話》前集卷二十亦引之。

〔三〕苕溪：胡仔（一一一〇—一一七〇），字元任，號苕溪漁隱，績溪人。撰有《苕溪漁隱叢話》前後集。所引文字出自前集卷二十，原文曰：『春水慢不須柳，此真確論；但夕陽遲則繫花，此論殊非是。蓋夕陽遲乃繫于塢，初不繫花，以此言之，則春水慢不必柳塘，夕陽遲豈獨花塢哉？』其中『慢』當是『漫』之訛。

〔四〕春日遲遲：《詩經·豳風·七月》：『春日遲遲，采蘩祁祁。』鄭注：『遲遲，舒緩也。』

〔五〕遲日江山麗：杜甫《絕句二首》：『遲日江山麗，春風花草香。泥融飛燕子，沙暖睡鴛鴦。』

〔六〕『梨花院落』二句：出自晏殊《無題》。

〔七〕裴光約：五代時人，餘不詳。『行人折柳』二句：非裴光約詩，而是出自五代皮光業佚詩。

〔八〕『柳常有絮』二句：為裴光約語。《苕溪漁隱叢話》前集卷二十：『余嘗愛《西清詩話》載吳越王時，宰相皮光業每以詩為己任，嘗得一聯云：「行人折柳和輕絮，飛燕銜泥帶落花。」自負警策，以示同僚，眾爭嘆譽。裴光約曰：「二句偏枯不為工，蓋柳當有絮，泥或無花。」此論乃得詩之膏肓矣。』

〔九〕得其膏肓：參見注〔八〕。

六

柳公權『殿閣生微涼』之句〔一〕，東坡罪其有美而無箴，乃為續成之〔二〕，其意固佳，然責人

亦已甚矣。呂希哲曰：『公權之詩，已含規諷。蓋謂文宗居廣廈之下，而不知路有暍死也。』〔三〕洪駒父、嚴有翼皆以為然〔四〕。或又謂五弦之薰，所以解愠阜財，則是陳善閉邪責難之意〔五〕。此亦强勉而無謂，以是為諷，其誰能悟？予謂其實無之，而亦不必有也。規諷雖臣之美事，然燕閑無事，從容談笑之暫，容得順適於一時，何必盡以此而繩之哉？且事君之法，有所寬乃能有所禁，略其細故於平素〔六〕，乃能辨其大利害於一朝。若夫煩碎迫切，毫髮不恕，使聞之者厭苦而不能堪，彼將以正人為仇矣，亦豈得為善諫耶？

【注釋】

〔一〕柳公權：字誠懸（七七八—八六五），唐代著名書法家。殿閣生微涼：為柳公權與唐文帝的聯句詩。《舊唐書》卷一六五《柳公權傳》：『文宗夏日與學士聯句。帝曰：「人皆苦炎熱，我愛夏日長。」公權續曰：「薰風自南來，殿閣生微涼。」』

〔二〕『東坡』二句：《蘇軾詩集》卷四十八《戲足柳公權聯句並引》：『《宋玉對楚王》：「此獨大王之雄風也，庶人安得而共之？」譏楚王知己而不知人也。柳公權小子與文宗聯句，有美而無箴，故為足成其篇云：「人皆苦炎熱，我愛夏日長。薰風自南來，殿閣生微涼。一為居所移，苦樂永相忘。願言均此施，清陰分四方。」』

〔三〕呂希哲：字原明，壽州人，呂公著長子，人稱滎陽先生。著有《呂氏家塾記》。《苕溪漁隱叢話》後集卷二十六引《藝苑雌黄》：『呂希哲《呂氏家塾廣記》云：「説者謂公權有諷諫之意，以文宗樂廣廈之涼，而不知路有暵死也。」此語良是。觀公權嘗以筆諫，蓋造次不忘納君於善者，豈於此而無箴邪？』暍死：中暑而死。

〔四〕洪駒父：洪芻，字駒父，黄庭堅外甥。有《洪駒父詩話》等。《苕溪漁隱叢話》後集卷二十六引《藝苑雌黄》云：『東坡《端午帖子皇帝閣》云：「微凉生殿閣，習習滿皇都。試問吾民愠，南風為解無。」原其意，蓋欲聖君推南風之德，以及于黎庶也。唐文宗與柳公權聯句，東坡以為公權有美而無箴，因續四句，其作《端午帖子》，用此意也。然洪駒父謂公權已含箴規之意，雖不必續可也。』嚴有翼：建安人，宣和六年（一一二四）進士。著有《藝苑雌黄》。《苕溪漁隱叢話》後集卷二十六引《藝苑雌黄》語，贊同吕希哲的説法。參見注〔三〕。

〔五〕『五弦之薰』三句：黄徹《䂬溪詩話》卷一：『或謂五弦之薰風，解愠阜財，已有陳善責難意。』解愠阜財：語出《孔子家語·辯樂解》：『昔者舜彈五弦之琴，造《南風》之詩，其詩曰：「南風之薰兮，可以解吾民之愠兮！南風之時兮，可以阜吾民之財兮！」』陳善閉邪責難：臣下對君主陳述善法美政，藉以堵塞君主的邪心妄念，勉勵君主做難做之事。《孟子·離婁上》：『責難於君謂之恭，陳善閉邪謂之敬，吾君不能謂之賊。』

〔六〕細故：小事。平素：平時。

七

杜詩稱李白云『天子呼來不上船』〔一〕，吴虎臣《漫録》以為范傳正《太白墓碑》云：『明皇泛白蓮池，召公作引，時公已被酒于翰苑中，乃命高將軍扶以登舟。』〔二〕杜詩蓋用此事。而夏彦剛謂蜀人以襟領為船〔三〕，不知何所據？《苕溪叢話》亦兩存之〔四〕。予謂襟領之説，定是謬妄，正使有據，亦豈詞人通用之語？此特以『船』字生疑，故爾委曲。然范氏所記，白被酒于翰苑，而少陵之稱，乃『市上酒家』，則又不同矣。大抵一時之事，不盡可考，不知太白凡幾醉，明皇凡幾召，而千載之後，必於傳記求其證邪？且此等不知，亦何害也？

【注釋】

〔一〕天子呼來不上船：杜甫《飲中八仙歌》：『李白一斗詩百篇，長安市上酒家眠，天子呼來不上船，自稱臣是酒中仙。』

〔二〕吳虎臣《漫錄》：吳曾《能改齋漫錄》。范傳正《李太白墓碑》云：『他日，泛白蓮池，公不在宴，皇歡既洽，召公作序。時公已被酒于翰苑中，仍命高將軍扶以登舟。優寵如是。』《能改齋漫錄》卷五：『唐范傳正作李白墓碑云……杜子美《八仙歌》云：「天子呼來不上船，自稱臣是酒中仙。」蓋謂此也。』

〔三〕以襟領為船：《能改齋漫錄》卷五引夏彥剛語，曰：『蜀人以襟領為船。』夏彥剛：唐人，生平不詳。孟啟《本事詩》曾引其評李賀詩語。

〔四〕《苕溪叢話》：《苕溪漁隱叢話》前集卷十一曰：『余讀史傳，及舊聞於知識間，得少陵詩事甚多，皆王原叔所不注者。……《飲中八仙歌》云：「天子呼來不上舡。」按范傳正《李太白墓碑》云：「明皇泛白蓮池，召公作序，公已被酒，命高將軍扶以登舟。」恐少陵用此事。或云蜀人呼衣襟紉為舡，有以見太白醉甚，雖見天子，披襟自若，其真率之至也。』

八

老杜《北征》詩云：『見耶背面啼。』〔一〕吾舅周君謂『耶』當為『即』字之誤〔二〕，其說甚當。前人詩中亦或用『耶娘』字〔三〕，而此詩之體，不應爾也。

【注釋】

〔一〕見耶背面啼：杜甫《北征》：『見耶背面啼，垢膩腳不襪。』

〔二〕周君：周昂。

〔三〕或用『耶娘』字：杜甫《兵車行》：『耶娘妻子走相送。』

九

近代詩話云〔一〕：『杜詩云「皂雕寒始急」〔二〕，白氏歌云「千呼萬喚始出來」〔三〕，人皆以為語病，其實非也。事之終始則音上聲，有所宿留則音去聲〔四〕。』予謂不然，古人淳至，初無俗忌之嫌，蓋亦不必辨也。

【注釋】

〔一〕近代詩話：指《李希聲詩話》。王觀國《學林》卷九引《李希聲詩話》曰：『「皂鵰寒始急」，「千呼萬喚始出來」，人皆以為語病，然始有二音，有所宿留而今甫然者，當從去聲。二詩自非語病。』李希聲：李錞，字希聲，江西南昌人。宣和三年（一一二一）曾官秘書丞，為宰相劉摯之婿。

〔二〕皂雕寒始急：杜甫《贈陳二補闕》：『皂雕寒始急，天馬老能行。』

〔三〕白氏歌：指白居易《琵琶行》。

〔四〕宿留：停留，等待。

十

荆公云：『李白歌詩豪放飄逸，人固莫及，然其格止於此而已，不知變也。至於杜甫，則發斂抑揚，疾徐縱橫，無施不可。蓋其緒密而思深，非淺近者所能窺，斯其所以光掩前人而後來無繼也。』〔一〕而歐公云：『甫之于白，得其一節，而精强過之。』〔二〕是何其相反歟？然則荆公之論，天下之公言也。

【注釋】

〔一〕荆公：王安石。所引王安石語，見《苕溪漁隱叢話》前集卷六所録《遁齋閑覽》：『或問王荆公云：「編四家詩，以杜甫為第一，李白為第四，豈白之才格詞致不逮甫也？」公曰：「白之歌詩，豪放飄逸，人固莫及，然其格止於此而已，不知變也。至於甫，則悲歡窮泰，發斂抑揚，疾徐縱横，無施不可。……蓋其詩緒密而思深，觀者苟不能臻其閫奥，未易識其妙處，夫豈淺近者所能窺哉？此甫所以光掩前人，而後來無繼也。」』

〔二〕歐公：指歐陽修。歐陽修《李白杜甫詩優劣説》：『杜甫于白得其一節，而精强過之，至於天才自放，非甫可到也。』

十一

退之《雪》詩有云〔一〕：『隨車翻縞帶，逐馬散銀盃。』世皆以為工。予謂雪者，其先所有，縞帶銀盃，因車馬而見耳，『隨』、『逐』二字甚不妥。歐陽永叔、江鄰幾以『坳中初蓋底，垤處遂

成堆』之句，當勝此聯。而或者曰：『未知退之真得意否？』〔二〕以予觀之，二公之評論實當，不必問退之之意也。

【注釋】

〔一〕《雪》詩：指《詠雪贈張籍》，見《韓昌黎詩繫年集釋》卷二。

〔二〕歐陽永叔：即歐陽修。江鄰幾，即江休復（一〇〇五—一〇六〇），《宋史》卷四四三有傳。所引二人語見《中山詩話》：『歐陽永叔、江鄰幾論韓《雪詩》，以「隨車翻縞帶，逐馬散銀杯」為不工，謂「坳中初蓋底，凸處遂成堆」為勝，未知真得韓意否也？』『坳中初蓋底』二句亦出自《詠雪贈張籍》。《詩話總龜》卷五、《紺珠集》卷九、《苕溪漁隱叢話》後集卷二十三亦載此語。

十二

退之《謁衡嶽》詩云：『手持盃珓導我擲，云此最吉餘難同。』〔一〕『吉』字不安，但言靈應之意可也。

【注釋】

〔一〕《謁衡嶽》：即《謁衡嶽廟遂宿嶽寺題門樓》，見《韓昌黎詩繫年集釋》卷二。杯珓：占卜之具。用蚌殼或形似蚌殼的竹木兩片，投空擲於地，視其俯仰，以定吉凶。

十三

退之詩云：『豈不旦夕念，為爾惜居諸。』〔一〕居諸，語辭耳〔二〕，遂以為日月之名，既已無謂，而樂天復云：『廢興相催逼，日月互居諸。』〔三〕『恩光未報答，日月空居諸。』〔四〕老杜又有『童丱聯居諸』之句〔五〕，何也？

【注釋】

〔一〕『豈不旦夕念』二句：出自韓愈《符讀書城南》，見《韓昌黎詩繫年集釋》卷九。

〔二〕居諸：《詩經·邶風·柏舟》：『日居月諸，胡迭而微。』

〔三〕『廢興相催逼』二句：出自白居易《冀城北原作》，見《白居易集箋校》卷九。

〔四〕『恩光未報答』二句：出自白居易《和除夜作》，見《白居易集箋校》卷二十二。

〔五〕童丱聯居諸：杜甫《別張十三建封》：『乃吾故人子，童丱聯居諸。』

十四

退之詩云：『泥盆淺小詎成池，夜半青蛙聖得知。』〔一〕言初不成池，而蛙已知之，速如聖耳。山谷詩云：『羅幃翠幕深調護，已被游蜂聖得知。』〔二〕此『知』字何所屬耶？若以屬蜂，則『被』字不可用矣。

【注釋】

〔一〕『泥盆淺小』二句：出自《盆池五首》之四，見《韓昌黎詩繫年集釋》卷九。

〔二〕『羅幃翠幕』二句：出自黄庭堅《次韻中玉早梅二首》之二，見《黄庭堅詩集注·山谷詩集注》卷十五。

十五

《雜說》譏退之笑長安富兒不解文字飲，而晚年有聲伎，罪李于輩諸人服金石，而自餌流黄〔一〕。陳後山亦有此論〔二〕。甚矣，其妄議人也。紅裙之誚，亦曰惟知彼而不知此，蓋詞人一時之戲言，非遂以近婦人為諱也。且詩詞豈當如是論，而遽以為口實邪？其罪李于輩，特斥其燒煉丹砂而祈長生耳〔三〕。病而服藥，豈所禁哉？樂天固云『退之服硫黄，一病訖不全』〔四〕，則公亦因病而出於不得已，初不如于輩有所冀幸以致斃也。抑前詩復有『盤饌羅膻葷』之句〔五〕，以二子繩之〔六〕，則又當不敢食肉矣。

【注釋】

〔一〕《雜說》：孔平仲撰，已佚。孔平仲，字毅夫，治平二年（一〇六五）進士，與其兄文仲、武仲並稱『清江三孔』。此處所引孔氏語見《苕溪漁隱叢話》前集卷十六：『退之晚年有聲妓，而服金石藥，張籍《哭退之》詩云：「中秋十五夜，圓魄天差清。為出二侍女，合彈琵琶箏。」白樂天《思舊詩》云：「閑日一思舊，舊遊如目前。微之煉秋石，未老身溘然。退之服硫黄，一病竟不痊。」退之嘗譏人「不解文字飲」，而自敗於女妓乎？作《李博士墓

誌》，戒人服金石藥，而自餌硫黄乎？』其中『不解文字飲』出自韓愈《醉贈張秘書》：『長安衆富兒，盤饌羅膻葷。不解文字飲，惟能醉紅裙。』《李博士墓誌》指《故太學博士李君墓誌銘》，李君為李于，見《韓昌黎文集校注》卷七。

〔二〕陳後山：即陳師道。《後山詩話》云：『退之詩云：「長安有富兒，盤饌羅膻葷。不解文字飲，惟能醉紅裙。」而此老有二妓，號絳桃、柳枝，故張文昌云「為出二侍女，合彈琵琶箏」也。又為《李于誌》，敘當世名貴，服金石藥，欲生而死者數輩，著之石，藏於地下，豈為一世戒耶！而竟以藥死。故白傅云「退之服硫黄，一病竟不痊」也。』此段文字又見《苕溪漁隱叢話》前集卷十六。

〔三〕其罪李於輩：見《韓昌黎文集校注》卷七《故太學博士李君墓誌銘》。

〔四〕『退之服硫黄』二句：白居易《思舊》：『退之服流黄，一病訖不痊。』見《白居易集箋校》卷二十九。

〔五〕前詩：指韓愈《醉贈張秘書》。

〔六〕二子：指孔平仲、陳師道。

十六

崔護詩云『去年今日此門中』，又云『人面祇今何處去』〔一〕，沈存中曰：『唐人工詩，大率如此，雖兩「今」字不恤也。』〔二〕劉禹錫詩云『雪裏高山頭白早』，又云『於公必有高門慶』，自注云：『高山本高，於門使之高，二義殊。』〔三〕三山老人曰：『唐人忌重疊用字如此。』〔四〕二説何其相反歟？予謂此皆不足論也。

【注釋】

〔一〕崔護詩：指其《題都城南莊》。

〔二〕沈存中：沈括（一〇三一—一〇九五）。『唐人工詩』云云：出自《夢溪筆談》卷十四：『崔護《題城南詩》其始曰：「去年今日此門中，人面桃花相映紅。人面不知何處去，桃花依舊笑春風。」後以其意未全，語未工，改第三句曰：「人面祇今何處在。」至今所傳此兩本，唯《本事詩》作「祇今何處在」。唐人工詩，大率多如此，雖有兩今字，不恤也，取語意為主耳。後人以其有兩今字，只多行前篇。』

〔三〕『雪裏高山』四句：劉禹錫《蘇州白舍人寄新詩有歎早白無兒之句因以贈之》：『莫嗟華髮與無兒，卻是人間久遠期。雪裏高山頭白早，海中仙果子生遲。于公必有高門慶，謝守何煩曉鏡悲。幸免如新分非淺，祝君長詠夢熊詩。』自注：『高山本高，于門使之高，二義殊，古之詩流曉此。』見《劉禹錫集》卷三十一。

〔四〕三山老人：胡舜陟（一〇八三—一一四三），字汝明，號三人老人，績溪人，胡仔之父。《宋史》卷三七八有傳。有《三山老人語錄》，《苕溪漁隱叢話》徵引甚多。此處所引見《苕溪漁隱叢話》前集卷十七。

十七

宋之問詩有云：『年年歲歲花相似，歲歲年年人不同。』〔一〕或曰：『此之問甥劉希夷句也。之問酷愛，知其未之傳人，懇乞之，不與，之問怒，乃以土袋壓殺之。』〔二〕此殆妄耳。之問固小人，然亦不應有是。年年歲歲，歲歲年年，何等陋語，而以至殺其所親乎？大抵詩話所載，不足盡信。『池塘生春草』有何可嘉，而品題者百端不已〔三〕。荊公《金牛洞》六言詩〔四〕，初亦常語，而晁無咎附之《楚辭》，以為二十四字而有六籍群言之遺味〔五〕。書生之口，何所不有哉？

【注釋】

〔一〕『年年歲歲』二句：出自劉希夷《代悲白頭吟》。宋之問（六五六—七一三），初唐詩人。

〔二〕以土袋壓殺之：這一傳聞見載於《劉賓客嘉話錄》、《唐語林》卷五、《詩話總龜》前集卷二十九。

〔三〕『池塘』二句：參見第四則相關注〔一〕。

〔四〕《金牛洞》：王安石《金牛洞》：『水泠泠而北去，山靡靡而旁圍。欲窮源而不得，竟悵望以空歸。』

〔五〕晁無咎：晁補之（一〇五三—一一一〇），字無咎，北宋詩人。《宋史》卷四四四有傳。其《續楚詞》，已佚。《韻語陽秋》卷十三曰：『晁無咎《續楚詞》載荆公詞，以為二十四言具六藝群言之遺味，故與經學典策之文俱傳，未曉其說也。』此論又見《竹莊詩話》卷九。

十八

樂天詩云〔一〕：『楚王疑忠臣，江南放屈平。晉朝輕高士，林下棄劉伶。一人常獨醉，一人常獨醒〔二〕。醒者多苦志，醉者多歡情。歡情信獨善，苦志竟何成！』夫屈子所謂獨醒者，特以為孤潔不同俗之喻耳，非真言飲酒也，詞人往往作實事用，豈不誤哉？

【注釋】

〔一〕樂天詩：題為《效陶潛體詩十六首》（其十三），見《白居易集箋校》卷五。

〔二〕一人常獨醒：《楚辭·漁夫》：『舉世皆濁我獨清，眾人皆醉我獨醒，是以見放。』

十九

樂天之詩，情致曲盡，入人肝脾，隨物賦形，所在充滿，殆與元氣相侔。至長韻大篇，動數百千言，而順適愜當，句句如一，無爭張牽强之態〔一〕。此豈撚斷吟鬚、悲鳴口吻者之所能至哉〔二〕！而世或以淺易輕之〔三〕，蓋不足與言矣。

【注釋】

〔一〕爭張：爭競、誇張。

〔二〕撚斷吟鬚：形容苦吟。唐盧延讓《苦吟》：「莫話詩中事，詩中難更無。吟安一個字，撚斷數莖鬚。險覓天應悶，狂搜海亦枯。不同文賦易，為著者之乎。」

〔三〕或以淺易輕之：《臨漢隱居詩話》：「白居易亦善作長韻敍事，但格制不高，局於淺切，又不能更風操，雖百篇之意，只如一篇，故使人讀而易厭也。」此論又見《苕溪漁隱叢話》前集卷三十二。

二十

郊寒白俗，詩人類鄙薄之〔一〕，然鄭厚評詩，荆公蘇黄輩曾不比數，而云樂天如柳陰春鶯，東野如草根秋蟲，皆造化中一妙〔二〕，何哉？哀樂之真，發乎情性，此詩之正理也。

【注釋】

〔一〕郊：孟郊。白：白居易。類：大都。蘇軾《祭柳子玉文》：『元輕白俗，郊寒島瘦。』

〔二〕鄭厚：字景韋，莆田人，鄭樵兄。紹興五年（一一三五）進士。著有《古易》、《藝圃折衷》、《詩雜說》、《湘鄉文集》等，皆佚。據《郡齋讀書志》，《藝圃折衷》原為六卷，現存一卷，見《說郛》（宛委山堂本）。《藝圃折衷》曰：『李謫仙，詩中之龍也，矯矯焉不受約束。杜則麟遊靈囿，鳳鳴朝陽，自是人間瑞物……孟東野則秋蛩草根，白樂天則春鶯柳陰，皆造化之一妙。餘皆象龍刻鳳，雖美無情，無取正焉。』其中沒有論及王安石、蘇軾、黃庭堅。比數：相提並論，考較計算。

二十一

皮日休詠房杜詩云：『黃閣三十年，清風一萬古。』〔一〕凡言千古萬古者，皆是無窮之意，今下『一』字，便有所止矣。（以上《滹南遺老集》卷三十八）

【注釋】

〔一〕『黃閣三十年』二句：出自皮日休《房杜二相國》。房：指房玄齡。杜：指杜如晦。《舊唐書》卷六十六有二人傳記。

卷二

一

《唐子西語錄》云：『古之作者，初無意於造語，所謂因事陳辭。老杜《北征》一篇，直紀行役耳，忽云：「或紅如丹砂，或黑如點漆。雨露之所濡，甘苦齊結實。」此類是也。文章即如人作家書乃是。』〔一〕慵夫曰：子西談何容易！工部之詩，工巧精深者，何可勝數，而摘其一二，遂以為訓哉？正如冷齋言樂天詩必使老嫗盡解也〔二〕。夫《三百篇》中亦有如家書及老嫗能解者，而可謂其盡然乎？且子西又嘗有所論矣，曰：『詩在與人商論，深求其疵而去之，等閒一字放過則不可，殆近法家難以言恕，故謂之詩律。立意之初，必有難易二途，學者不能强所劣，往往舍難而趨易，文章不工，每坐此也。』〔三〕又曰：『吾作詩甚苦，悲吟累日，僅能成篇，初未見可羞處，明日取讀，疵病百出，輒復悲吟累日，反覆改正，稍稍有加。數日再讀，疵病復出。如此數四，方敢示人，然終不能奇也。』〔四〕觀此二說，又何其立法之嚴，而用心之勞邪？蓋喜為高論而不本於中者，未有不自相矛盾也。退之曰：『文無難易，唯其是耳。』〔五〕豈復有病哉？

【注釋】

〔一〕唐子西：即唐庚。《唐子西文錄》又名《唐子西語錄》，為同時人强幼安所錄，現存。此處所引又見《苕

溪漁隱叢話》前集卷十二。

〔二〕冷齋：指惠洪。其《冷齋夜話》曰：『白樂天每作詩，令一老嫗解之。問曰解否？嫗曰解則錄之，不解則易之。故唐末之詩近於鄙俚。』此語又見《苕溪漁隱叢話》前集卷八。

〔三〕『詩在與人商論』十一句：見《唐子西文錄》，又見《苕溪漁隱叢話》前集卷八。

〔四〕『吾作詩甚苦』十四句：見唐庚《眉山文集》卷十，文字略有異同。《苕溪漁隱叢話》前集卷八亦引。

〔五〕『文無難易』二句：韓愈《答劉正夫書》：『又問曰：文宜易宜難？必謹對曰：無難易，惟其是爾。』見《韓昌黎文集校注》卷三。

二

歐公寄常秩詩云：『笑殺汝陰常處士，十年騎馬聽朝雞。』〔一〕伊川云：『夙興趨朝，非可笑事，永叔不必道。』〔二〕夫詩人之言，豈可如是論哉？程子之誠敬，亦已甚矣。

【注釋】

〔一〕歐公寄常秩詩：指《早朝感事》。常秩（一〇一九—一〇七七），字夷甫，潁州汝陰人，《宋史》卷三二九有傳。朝雞：早晨雞鳴。古人上朝早，途中或上朝時能聽到雞鳴聲。

〔二〕伊川：程頤（一〇三三—一一〇七），字正叔，洛陽人。世稱伊川先生。《二程遺書》卷十：『正叔言永叔詩「笑殺潁陰常處士，十年騎馬聽朝雞」，夙興趨朝，非可笑之事，不必如此說。』

三

荊公《詠雪》云：『試問火城將策試，何如云屋聽窗知。』〔一〕苑極之不愛其上句〔二〕。山谷云：『管城子無食肉相，孔方兄有絕交書。』〔三〕極之不愛其下句。此與人意暗同。

【校記】

試問：王安石《次韻酬府推仲通學士雪中見寄》作『為問』。

【注釋】

〔一〕荊公《詠雪》：指王安石《次韻酬府推仲通學士雪中見寄》。火城：朝會時的火炬儀仗。王安石此詩化用韓愈《喜雪獻裴尚書》詩句：『喜深將策試，驚密仰簷窺。……氣嚴當酒換，灑急聽窗知。』

〔二〕苑極之：苑中（一一七六—一二三二），字極之，金代後期詩人，官至滑州刺史，《中州集》卷八有傳。其論詩語不可考。

〔三〕『管城子』二句：出自黃庭堅《戲呈孔毅父》。

四

羅可雪詩有『斜侵潘岳鬢，橫上馬良眉』之句〔一〕，陳正敏以為信然〔二〕，卻是假雪耳。

【注釋】

〔一〕羅可：北宋人，嘗作百韻雪詩，為世所稱。現已佚。事見《墨客揮犀》卷十。潘岳：西晉詩人，頭髮早

白。其《秋興賦》曰：『余春秋三十有二，始見二毛。』馬良（一八七—二二二），三國時蜀人，『眉中有白毛』。《三國志·蜀書》卷九有傳。

〔二〕陳正敏：延平人，號遁翁，北宋人，著有《遁齋閑覽》十四卷。《苕溪漁隱叢話》前集卷二十九引《遁齋閑覽》云：『羅可嘗作百韻雪詩，其間有「斜侵潘岳鬢，横上馬良眉」，誠佳句也。』

五

盧延讓有『栗爆燒氈破，貓跳觸鼎翻』之句〔一〕，楊文公深愛〔二〕，而或者疑之〔三〕。予謂此語固無甚佳，然讀之可以想見明窗温爐間閑坐之適。楊公所愛，蓋其境趣也耶？

【注釋】

〔一〕盧延讓：宋代避太宗孫、英宗父趙允讓諱，或改作『盧延遜』，字子善，光化三年（九〇〇）進士。《全唐詩》卷七一五録其詩十餘首。『栗爆燒氈破』二句：原詩已佚。

〔二〕楊文公：楊億（九七四—一〇二〇），字大年，西崑體代表詩人。卒謚文。《詩話總龜》前集卷五引《詩史》曰：『如「栗爆燒氈破，貓跳觸鼎翻」，而楊文公愛之，不知何謂。』

〔三〕或者：可能指上引《詩史》之作者蔡居厚。其《詩史》即《蔡寬夫詩話》，已佚。

六

東坡詩云：『文章豈在多，一頌了伯倫。』〔一〕朱少章云：『唐《藝文志》有《劉伶文集》

三卷，則非無他文章也，坡豈偶忘于落筆之時乎？ 抑別有所聞也。』〔二〕予謂不然。 按《晉史》云：『伶未嘗措意文翰，惟著《酒德頌》一篇。』〔三〕坡亦據此而已。 且公意本謂只此一篇，足以道盡平生，傳名後世，則他文有無，亦不必論也。

【注釋】

〔一〕『文章』二句： 出自蘇軾《崔文學甲攜文見過，蕭然有出塵之姿，問之，則孫介夫之甥也。故復用前韻，賦一篇，示志舉》。原詩作『為文不在多』。 劉伶字伯倫，竹林七賢之一，有《酒德頌》。

〔二〕朱少章： 朱弁參本書卷一小傳。 所引文字出自《風月堂詩話》卷上。

〔三〕『伶未嘗』二句： 見《晉書》卷四十九《劉伶傳》。

七

東坡《章質夫惠酒不至》詩，有『白衣送酒舞淵明』之句〔一〕。《碧溪詩話》云： 『或疑舞字大過，及觀庾信《答王褒餉酒》云： 「未能扶畢卓，猶足舞王戎」，乃知有所本。』〔二〕予謂疑者但謂淵明身上不宜用耳，何論其所本哉？

【注釋】

〔一〕《章質夫惠酒不至》： 即《章質夫送酒六壺，書至而酒不達，戲作小詩問之》，見《蘇軾詩集》卷三十九。

〔二〕『或疑』三句：見黃徹《䂬溪詩話》卷八。《答王褒餉酒》：庾信詩題為《答王司空餉酒》。畢卓，字茂世，新蔡鮦陽人，嗜酒。《晉書》卷四十九有傳。王戎字濬沖，琅邪臨沂人，《晉書》卷四十三有傳。舞王戎：讓王戎興奮舞蹈。庾信《樂府·對酒歌》：『山間竹籬倒，王戎舞如意。』

八

東坡《題陽關圖》云：『龍眠獨識殷勤處，畫出陽關意外聲。』〔一〕予謂可言『聲外意』，不可言『意外聲』也。

【注釋】

〔一〕《題陽關圖》：《書林次中所得李伯時歸去來、陽關二圖後》，見《蘇軾詩集》卷三十。林次中，即林旦，嘉祐二年（一〇五七）進士。龍眠：李公麟（一〇四九—一一〇六），字伯時，號龍眠居士，舒州人，著名畫家。

九

東坡酷愛《歸去來辭》，既次其韻〔一〕，又衍為長短句〔二〕，又裂為集字詩〔三〕，破碎甚矣。陶文信美，亦何必爾，是亦未免近俗也。

【注釋】

〔一〕次其韻：指《和陶歸去來兮辭》，見《蘇軾詩集》卷四十七。

〔二〕衍為長短句：指《哨遍》（為米折腰）。
〔三〕集字詩：指《集歸去來詩》十首，見《東坡全集》卷三十二。

十

東坡和陶詩，或謂其終不近〔一〕，或以為實過之〔二〕，是皆非所當論也。渠亦因彼之意，以見吾意云爾，曷嘗心競而較其勝劣耶？故但觀其眼目旨趣之何如，則可矣。

【注釋】

〔一〕或謂其終不近：陳善《捫虱新話》卷七：『東坡亦嘗和陶詩百餘篇，自謂不甚愧淵明，然坡詩語亦微傷巧，不若陶詩體合自然也。』
〔二〕或以為實過之：黃庭堅《跋子瞻和陶詩》：『彭澤千載人，東坡百世士。出處雖不同，風味乃相似。』《王直方詩話》引黃庭堅語：『東坡在揚州和《飲酒》詩，只是如己所作；至惠州和《歸園田》六首，乃與淵明無異。』見《苕溪漁隱叢話》前集卷四。

十一

東坡云：『論畫以形似，見與兒童鄰。賦詩必此詩，定非知詩人。』〔一〕夫所貴於畫者，為其似耳。畫而不似，則如勿畫。命題而賦詩，不必此詩，果為何語！然則坡之論非歟？曰：論妙在形似之外，而非遺其形似，不窘於題，而要不失其題，如是而已耳。世之人不本其實，無

得於心，而借此論以為高〔二〕。畫山水者，未能正作一木一石，而託雲煙杳靄，謂之氣象。賦詩者茫昧僻遠，按題而索之，不知所謂，乃曰格律貴爾。一有不然，則必相嗤點，以為淺易而尋常，不求是而求奇，真偽未知，而先論高下，亦自欺而已矣，豈坡公之本意也哉？

【注釋】

〔一〕論畫以形似：《蘇軾詩集》卷二十九《書鄢陵王主簿所畫折枝二首》之一：『論畫以形似，見與兒童鄰。賦詩必此詩，定非知詩人。詩畫本一律，天工與清新。邊鸞雀寫生，趙昌花傳神。何如此兩幅，疏淡含精勻。誰言一點紅，解寄無邊春。』

〔二〕『世人』三句：似針對《王直方詩話》以下文字所發：『東坡作《韓幹馬圖詩》云：「韓生畫馬真是馬，蘇子作詩如見畫。世無伯樂亦無韓，此詩此畫誰當看。」又云：「論畫以形似，見於兒童鄰。賦詩必此詩，定非知詩人。詩畫本一律，天工與清新。」又云：「少陵翰墨無形畫，韓幹丹青不語詩。此畫此詩今已矣，人間駑驥謾爭馳。」余以為若論詩畫，於此盡矣。每誦數過，殆欲常以為法也。』見《詩話總龜》前集卷八、《苕溪漁隱叢話》前集卷三十。

十二

鄭厚云〔一〕：『魏晉已來，作詩倡和，以文寓意。近世倡和，皆次其韻，不復有真詩矣。詩之有韻，如風中之竹，石間之泉，柳上之鶯，牆下之蛩，風行鐸鳴，自成音響，豈容擬議〔二〕？夫笑而呵呵，歎而唧唧，皆天籟也，豈有擇呵呵聲而笑，擇唧唧聲而歎者哉？』慵夫曰〔三〕：鄭厚此論，似乎太高，然次韻實作者之大病也。詩道至宋人，已自衰弊，而又專以此相尚，才識

如東坡，亦不免波蕩而從之，集中次韻者幾三之一。雖窮極技巧，傾動一時，而害于天全多矣。使蘇公而無此，其去古人何遠哉？

【注釋】

〔一〕鄭厚：下引鄭厚語，出語失考，疑出其《藝圃折衷》。

〔二〕擬議：事先考慮。

〔三〕慵夫：王若虛自稱。

十三

東坡《薄薄酒》二篇，皆安分知足之語〔一〕，而山谷稱其憤世嫉邪〔二〕，過矣。或言山谷所擬勝東坡，此皮膚之見也。彼雖力加奇險，要出第二，何足多貴哉？且東坡後篇自破前說，此乃眼目，而山谷兩篇，只是東坡前篇意，吾未見其勝之也。

【注釋】

〔一〕《薄薄酒》：《蘇軾詩集》卷十四《薄薄酒二首並引》：『膠西先生趙明叔，家貧好飲，不擇酒而醉，常云：「薄薄酒，勝茶湯。醜醜婦，勝空房。」其言雖俚，而近乎達，故推而廣之，以補東州之樂府，既又以為未也，復自和一篇，聊以發覽者之一噱云耳。』其一：『薄薄酒，勝茶湯；麤麤布，勝無裳，醜妻惡妾勝空房。五更待漏靴滿霜，不

如三伏日高睡足北窗涼。珠襦玉柙萬人祖送歸北邙，不如懸鶉百結獨坐負朝陽。生前富貴，死後文章，百年瞬息萬世忙。夷齊、盜跖俱亡羊，不如眼前一醉是非憂樂兩都忘。』其二：『薄薄酒，飲兩鐘。麤麤布，著兩重。美惡雖異醉暖同，醜妻惡妾壽乃公。隱居求志義之從，本不計較東華塵土北窗風。百年雖長要有終，富死未必輸生窮。但恐珠玉留君容，千載不朽遭樊崇。文章自足欺盲聾，誰使一朝富貴面發紅。達人自達酒何功，世間是非憂樂本來空。』

〔二〕山谷稱其憤世嫉邪：黄庭堅《薄薄酒二章並引》：『蘇密州為趙明叔作《薄薄酒》二章，憤世疾邪，其言甚高。』其一：『薄酒可與忘憂，醜婦可與白頭。徐行不必駟馬，稱身不必狐裘。無禍不必受福，甘餐不必食肉。富貴於我如浮雲，小者譴訶大戮辱，一身畏首復畏尾。門多賓客飽僮僕，美物必甚惡，厚味生五兵。匹夫懷璧死，百鬼瞰高明。醜婦千秋萬歲同室，萬金良藥不如無疾。薄酒一談一笑勝茶，萬里封侯不如還家。』其二：『薄酒終勝飲茶，醜婦不是無家。醇醪養牛等刀鋸，深山大澤生龍蛇。秦時東陵千户食，何如青門五色瓜。傳呼鼓吹擁部曲，何如春雨一池蛙。性剛太傅促和藥，何如羊裘釣煙沙。綺席象床琱玉枕，重門夜鼓不停撾。何如一身無四壁，滿船明月臥蘆花。吾聞食人之肉，可隨以鞭朴之戮；乘人之車，可加以鈇鉞之誅。不如薄酒醉眠牛背上，醜婦自能搔背癢。』

十四

東坡雁詞云『揀盡寒枝不肯棲』〔一〕，以其不棲木故云爾，蓋激詭之致〔二〕，詞人正貴其如此。而或者以為語病〔三〕，是尚可與言哉？近日張吉甫復以『鴻漸于木』為辨，而怪昔人之寡聞〔四〕，此益可笑。《易》象之言，不當援引為證也。其實雁何嘗棲木哉？

【注釋】

〔一〕東坡雁詞：蘇軾《卜算子》：『缺月掛疏桐，漏斷人初靜。惟見幽人獨往來，縹緲孤鴻影。 驚起卻回頭，有恨無人省。揀盡寒枝不肯棲，寂寞沙洲冷。』

〔二〕激詭：標新立異

〔三〕以為語病：《苕溪漁隱叢話》前集卷三十九曰：『「揀盡寒枝不肯棲」之句，或云「鴻雁未嘗棲宿樹枝，惟在田野葦叢間，此亦語病也。」』

〔四〕張吉甫：張建字吉甫，金中期詩人，有《蘭泉老人集》，已佚。《中州集》卷七有傳。鴻漸于木：《周易》『漸』卦的卦辭。張建原話不可考。

十五

東坡《送王緘》詞云：『坐上別愁君未見，歸來欲斷無腸。』〔一〕此未別時語也。而言歸來，則不順矣。『欲斷無腸』，亦恐難道。《贈陳公密侍兒》云『夜來倚席曾親見』〔二〕，此本即席所賦，而下『夜來』字，卻是隔一日。

【注釋】

〔一〕《送王緘》詞：指《臨江仙·送王緘》：『忘卻成都來十載，因君未免思量。憑將清淚灑江陽，故鄉知好在，孤客自悲涼。 坐上別愁君未見，歸來欲斷無腸。殷勤且更盡離觴。此身如傳舍，何處是吾鄉。』

〔二〕《贈陳公密侍兒》：《鷓鴣天》序曰：『陳公密出侍兒素娘，歌紫玉簫曲，勸老人酒。老人飲盡，因為賦此詞。』詞云：『笑撚紅梅嚲翠翹，揚州十里最妖嬈。夜來綺席親曾見，撮得精神滴滴嬌。嬌後眼，舞時腰，劉郎幾度欲魂消。明朝酒醒知何處，腸斷雲間紫玉簫。』

十六

《王直方詩話》稱晁以道見東坡梅詞云：『便知道此老須過海，只為古今人不曾道到此，須罰教去。』〔一〕苕溪漁隱曰：『此言鄙俚，近於忌人之長，幸人之禍，直方無識，載之詩話，寧不畏人之譏誚乎？』〔二〕慵夫曰：此詞意屬朝雲也〔三〕，以道之言特戲云爾，蓋世俗所謂放不過者，豈有他意哉？苕溪譏直方之無識，而不知己之不通也。

【注釋】

〔一〕晁以道：晁說之。東坡梅詞：指蘇軾《西江月·梅花》：『玉骨那愁瘴霧，冰肌自有仙風。海仙時遣探芳叢，倒掛綠毛么鳳。素面翻嫌粉涴，洗妝不褪唇紅。高情已逐曉雲空，不與梨花同夢。』《王直方詩話》所載晁以道語，見《苕溪漁隱叢話》前集卷四十一：『說之初見東坡梅詞，便知此老須過海。只為古今人不曾道到此，須罰教去。』

〔二〕苕溪漁隱：胡仔，其語見《苕溪漁隱叢話》前集卷四十一。

〔三〕此詞意屬朝雲：認為蘇軾此詞是傷悼朝雲之作。惠洪《冷齋夜話》卷一：『梅花詞曰：「玉骨那愁瘴霧」者，其寓意為朝雲作也。』

十七

陳後山云：『子瞻以詩為詞，雖工非本色。今代詞手，唯秦七、黃九耳。』〔一〕予謂後山以子瞻詞如詩，似矣，而以山谷為得體，復不可曉。晁無咎云：『東坡詞多不諧律呂，蓋橫放傑出，曲子中縛不住者。』其評山谷則曰：『詞固高妙，然不是當行家語，乃著腔子唱如詩耳。』〔二〕此言得之。

【校記】

唱如詩：《能改齋漫錄》卷十六、《苕溪漁隱叢話》後集卷三十三作『唱好詩』。

【注釋】

〔一〕子瞻以詩為詞：見《後山詩話》，又為《苕溪漁隱叢話》前集卷四十九所引。秦七，指秦觀。黃九，指黃庭堅。

〔二〕晁無咎：晁補之。其語見《能改齋漫錄》卷十六、《苕溪漁隱叢話》後集卷三十三引《復齋漫錄》。文字略有差異。

十八

晁無咎云：『眉山公之詞短于情，蓋不更此境耳。』陳後山曰：『宋玉不識巫山神女，而能賦之，豈待更而後知？』〔一〕是直以公為不及於情也。嗚呼！風韻如東坡，而謂不及於情，

可乎？彼高人逸才，正當如是，其溢為小詞，而間及於脂粉之間，所謂滑稽玩戲，聊復爾爾者也。若乃纖豔淫媟，入人骨髓，如田中行、柳耆卿輩〔二〕，豈公之雅趣也哉？

【注釋】

〔一〕『眉山公之詞短於情』四句：《苕溪漁隱叢話》前集卷五十一引《後山詩話》云：『晁無咎言眉山公之詞短于情，蓋不更此境也。余謂不然，宋玉初不識巫山神女，而能賦之，豈待更而知也？』陳師道此論不見《歷代詩話》本《後山詩話》。《後山居士文集》卷九《書舊詞後》曰：『晁無咎云：眉山公之詞，蓋不更此境也。余謂不然，宋玉初不識巫山神女，而能賦之，豈待更而知也。』更，經歷。

〔二〕田中行：生平不詳，北宋中後期俗詞作者。《碧雞漫志》卷二《各家詞短長》：『田中行極能寫人意中事，雜以鄙俚，曲盡要妙，當在萬俟雅言之右，然莊語輒不佳。嘗執一扇，書句其上，云：「玉蝴蝶戀花心動。」語人曰：「此聯三曲名也，有能對者，吾下拜。」北里狹邪間横行者也。』柳耆卿，即柳永。

十九

陳後山謂子瞻以詩為詞〔一〕，大是妄論，而世皆信之，獨茅荆產辨其不然，謂公詞為古今第一〔二〕。今翰林趙公亦云〔三〕，此與人意暗同。蓋詩詞只是一理，不容異觀。自世之末作習為纖豔柔脆，以投流俗之好，高人勝士，亦或以是相勝，而日趨於委靡，遂謂其體當然，而不知流弊之至此也。文伯起曰：『先生慮其不幸而溺於彼，故援而止之，特立新意，寓以詩人句法。』〔四〕是亦不然。公雄文大手，樂府乃其遊戲，顧豈與流俗爭勝哉！蓋其天資不凡，辭氣

邁往，故落筆皆絕塵耳。

【注釋】

〔一〕以詩為詞：《後山詩話》：『退之以文為詩，子瞻以詩為詞，如教坊雷大使之舞，雖極天下之工，要非本色。』

〔二〕茅荆產：茅璞，字荆產，南宋人，著有《三餘錄》。其論已失傳。

〔三〕趙公：指趙秉文。明昌四年（一一九三）應奉翰林，後又任翰林修撰。詳本書卷三小傳。趙秉文關於東坡詞為古今第一之論，現已不可考。

〔四〕文伯起：文商。詳本書卷三《遺安先生言行碣》注〔一四〕。文伯起此論或出自南宋湯衡《張紫微雅詞序》：『東坡慮其不幸而溺於彼，故援而止之，惟恐不及。其後元祐諸公，嬉弄樂府，寓以詩人句法，無一毫浮靡之氣，實自東坡發之也。』

二十

東坡《南行唱和詩序》云：『昔人之文，非能為之為工，乃不能不為之為工也。山川之有云霧，草木之有華實，充滿勃鬱，而見於外，雖欲無有，其可得耶？故予為文至多，而未嘗敢有作文之意。』〔一〕時公年始冠耳〔二〕，而所有如此，其肯與江西諸子終身爭句律哉？

【注釋】

〔一〕《南行唱和詩序》：《蘇軾文集》卷十《南行前集序》：『夫昔之為文者，非能為之為工，乃不能不為之為工也。山川之有云霧，草木之有華實，充滿勃鬱，而見於外，夫雖欲無有，其可得耶？自少聞家君之論文，以為古之聖人有所不能自已而作者。故軾與弟轍為文至多，而未嘗敢有作文之意。』

〔二〕始冠耳：蘇軾《南行前集序》作於嘉祐四年（一〇五九），當時蘇軾二十四歲。

二十一

東坡，文中龍也，理妙萬物，氣吞九州，縱横奔放，若遊戲然，莫可測其端倪。魯直區區持斤斧準繩之説，隨其後而與之争，至謂未知句法。東坡而未知句法，世豈復有詩人？而渠所謂法者，果安出哉？〔一〕老蘇論揚雄，以為使有孟軻之書，必不作《太玄》〔二〕。魯直欲為東坡之邁往而不能，於是高談句律，旁出樣度，務以自立而相抗，然不免居其下也，彼其勞亦甚哉！向使無坡壓之，其措意未必至是。世以坡之過海為魯直不幸〔三〕，由明者觀之，其不幸也舊矣。

【注釋】

〔一〕『魯直區區』七句：當是就《苕溪漁隱叢話》前集卷四十九胡仔之語而發：『元祐文章，世稱蘇、黄。然二公當時争名，互相譏誚。東坡嘗云：「黄魯直詩文，如蝤蛑江珧柱，格韻高絶，盤餐盡廢。然不可多食，多食則

發風動氣。」山谷亦云：「蓋有文章妙一世，而詩句不逮古人者。」此指東坡而言也。二公文章，自今視之，世自有公論。豈至各如前言，蓋一時爭名之詞耳。俗人便以為誠然，遂為譏議，所謂「蚍蜉撼大樹，可笑不自量」者邪。』

〔二〕老蘇：指蘇洵。蘇洵《太玄論上》：『使雄有孟軻之書，而肯以為《太玄》邪？惟其所得之不足樂，故大為之名以僥倖於聖人而已。』

〔三〕坡之過海為魯直不幸：朱弁《風月堂詩話》卷上：『東坡文章，至黃州以後人莫能及，唯黃魯直詩時可以抗衡。晚年過海，則雖魯直亦若瞠乎其後矣。或謂東坡過海，雖為不幸，乃魯直之大不幸也。』

二十二

吳虎臣《漫錄》云：『歐陽季默嘗問東坡：「魯直詩何處是好？」坡不答，但極稱道。季默復問，如《雪》詩「臥聽疏疏還密密，起看整整復斜斜」，豈亦佳耶？坡云：「正是佳處。」』〔一〕慵夫曰：予於詩固無甚解，至於此句，猶知其不足賞也，當是所傳妄耳。徐師川亦嘗詠雪云：『積得重重那許重，飛時片片又何輕。』〔二〕曾端伯以為警策，且言『師川作此聯，因誦山谷「疏疏密密」之句，云我則不敢容易道』〔三〕。意謂魯直草率而已語為工也。噫！予之惑滋甚矣。

【注釋】

〔一〕吳虎臣《漫錄》：吳曾《能改齋漫錄》。所引文字見《能改齋漫錄》卷十一，文字略有出入。歐陽季默：歐陽修之子歐陽辯。『臥聽疏疏』二句，出自黃庭堅《詠雪奉廣平公》，『臥聽』作『夜聽』。

〔二〕徐俯：字師川（一〇七五—一一四一），洪州分寧（今江西修水）人，黃庭堅的外甥。所引詩句出自其

《戊午山間對雪》，全詩為：『雪中出去雪邊行，屋下吹來屋上平。積得重重那許重，飛來片片又何輕。簷間日暖重為雨，林下風吹再落晴。表裏江山應更好，溪山已後不勝清。』

〔三〕曾端伯：曾慥（？—一一五五），字端伯，號至游居士，編有《宋百家詩選》五十七卷。

二十三

王直方云：『東坡言魯直詩高出古人數等，獨步天下。』〔一〕予謂坡公決無是論，縱使有之，亦非誠意也。蓋公嘗跋魯直詩云：『每見魯直詩，未嘗不絕倒。然此卷語妙甚，能絕倒者已是可人。』〔二〕又云：『讀魯直詩，如見魯仲連、李太白，不敢復論鄙事。雖若不適用，然不為無補於世。』〔三〕又云：『如蝤蛑、江瑤柱，格韻高絕，盤餐盡廢，然多食則發風動氣。』〔四〕其許可果何如哉？

【注釋】

〔一〕『東坡』二句：王直方云其語出處不詳。

〔二〕『每見魯直詩』四句：《蘇軾文集》卷六十八《書黃魯直詩後二首》：『每見魯直詩文，未嘗不絕倒。然此卷語妙，殆非悠悠者所識。能絕倒者也，是可人。』《韻語陽秋》卷二、《詩話總龜》後集卷十三引。

〔三〕『讀魯直詩』五句：見《蘇軾文集》卷六十八《書黃魯直詩後二首》。

〔四〕『如蝤蛑』四句：見《蘇軾文集》卷六十八《書黃魯直詩後二首》。蝤蛑，鋸緣青蟹，一種梭子蟹。江瑤柱，乾貝。

二十四

山谷之詩，有奇而無妙，有斬絕而無横放〔一〕，鋪張學問以為富，點化陳腐以為新，而渾然天成，如肺肝中流出者，不足也。此所以力追東坡而不及歟？或謂論文者尊東坡，言詩者右山谷，此門生親黨之偏説〔二〕，而至今詞人多以為口實，同者襲其迹而不知返，異者畏其名而不敢非。善乎吾舅周君之論也〔三〕，曰：『宋之文章至魯直，已是偏仄處。陳後山而後，不勝其弊矣。人能中道而立〔四〕，以巨眼觀之〔五〕，是非真偽，望而可見也。』若虚雖不解詩，頗以為然。近讀《東都事略・山谷傳》云：『庭堅長於詩，與秦觀、張耒、晁補之游蘇軾之門，號四學士，獨江西君子以庭堅配軾，謂之蘇黄。』〔六〕蓋自當時已不以是為公論矣。

【校記】

偏仄：《四庫全書》本作『偏昃』。

【注釋】

〔一〕斬絕：陡峭，乾脆俐落。

〔二〕言詩者右山谷：王若虚有詩《山谷於詩，每與東坡相抗，門人親黨遂有言文首東坡、論詩右山谷之語，今之學者，亦多以為然。漫賦四詩，為商略之云》，可參看。

〔三〕吾舅周君：周昂。

〔四〕中道而立：《孟子・盡心上》：『君子引而不發，躍如也，中道而立，能者從之。』

〔五〕巨眼：善於鑒別是非真僞的眼力。
〔六〕《東都事略》：南宋初年王稱所著，爲紀傳體北宋史。《黄庭堅傳》見該書卷一一六。

二十五

山谷《題陽關圖》云：『渭城柳色關何事，自是行人作許悲。』〔一〕夫人有意而物無情，固是矣。然《夜發分寧》云：『我自只如常日醉，滿川風月替人愁。』〔二〕此復何理也？

【校記】

行人：黄庭堅《題陽關圖》作『離人』。

【注釋】

〔一〕《題陽關圖》：其二曰：『人事好乖當語離，龍眠貌出斷腸詩。渭城柳色關何事，自是離人作許悲。』
〔二〕《夜發分寧》：指《夜發分寧寄杜澗叟》：『陽關一曲水東流，燈火旌陽一釣舟。我自只如常日醉，滿川風月替人愁。』

二十六

山谷詩云：『語言少味無阿堵，冰雪相看有此君。』〔一〕夫阿堵者，謂阿底耳。〔二〕顧愷之云『傳神寫照，正在阿堵中』〔三〕，殷浩見佛經，云『理應阿堵上』〔四〕，謝安指桓溫衛士云『明公何須壁間阿堵輩』是也〔五〕。今去物字，猶此君去君字，乃歇後之語，安知其爲錢乎？

【注釋】

〔一〕「語言少味」二句：出自《次韻外舅喜王正仲三丈奉詔相南兵回至襄陽捨驛馬就舟見過三首》之三：「語言少味無阿堵，冰雪相看有此君。燈火詩書如夢寐，麒麟圖畫屬浮雲。平章息女能為婦，歡喜兒曹解綴文。憂樂同科唯石友，別離空復數朝曛。」

〔二〕阿堵：指示代詞，相當於「這個」、「那個」。

〔三〕「顧愷之云」句：《晉書·顧愷之傳》：「愷之每畫人成，或數年不點目睛，人問其故，答曰：四體妍蚩，本無闕少於妙處，傳神寫照，正在阿堵中。」闕，《世說新語·巧藝》作「關」。

〔四〕殷浩：字淵源（？—三五六），好《老》、《易》，負盛名。《晉書》卷七十七有傳。殷浩語見《世說新語·文學》。

〔五〕「明公何須」句：《世說新語·雅量》劉注：「按宋明帝《文章志》曰：……桓溫止新亭，大陳兵衛，呼（謝）安及（王）坦之，欲於坐害之。王入失厝，倒執手版，汗流霑衣。安神姿舉動，不異于常，舉目遍歷溫左右衛士，謂溫曰：「安聞諸侯有道，守在四鄰，明公何有壁間著阿堵輩？」溫笑曰：「正自不能不爾。」於是矜莊之心頓盡，命卻左右，促燕行觴，笑語移日。」

二十七

山谷《題嚴溪釣灘》詩云：「能令漢家九鼎重，桐江波上一絲風。」〔一〕說者謂東漢多名節之士，賴以久存，跡其本原，正在子陵釣竿上來。〔二〕予謂論則高矣，而風何與焉？嘗質之吾

舅周君，君笑曰：『想渠下此字時，其心亦必不能安也。』或曰：『詩人語不當如是論。』曰：『固也，然亦須不害於理乃可。如東坡《眉石硯》詩，指胡馬於眉間〔三〕，與此是一箇規模也，而豈有意病哉？』

【注釋】

〔一〕《題嚴溪釣灘》：即《題伯時畫嚴子陵釣灘》：『平生久要劉文叔，不肯為渠作三公。能令漢家重九鼎，桐江波上一絲風。』嚴光，字子陵，少年時與東漢光武帝劉秀（字文叔）同遊學，有高名。後劉秀即位，嚴子陵不仕，釣於富春江。其垂釣處後人稱為嚴子陵釣灘。

〔二〕『說者謂』四句：此論出自任淵。見《黃庭堅詩集注·山谷詩集注》卷九《題伯時畫嚴子陵釣灘》詩末注釋。

〔三〕《眉石硯》：《蘇軾詩集》卷二十四《眉子石硯歌贈胡誾》：『君不見成都畫手開十眉，橫雲卻月爭新奇。游人指點小顰處，中有漁陽胡馬嘶。又不見王孫青瑣橫雙碧，腸斷浮空遠山色。』

二十八

蘇黃各因玄真子《漁父詞》增為長短句〔一〕，而互相譏評〔二〕。山谷又取船子和尚詩為《訴衷情》〔三〕，而冷齋亦載之〔四〕。予謂此皆為蛇畫足耳，不作可也。

【注釋】

〔一〕玄真子：　唐人張志和，號玄真子。《漁父詞》指其《漁歌子》：『西塞山邊白鷺飛，桃花流水鱖魚肥。青箬笠，綠蓑衣，斜風細雨不須歸。』蘇軾《浣溪沙》序云：『玄真子《漁父詞》極清麗，恨其曲度不傳，故加數語，令以《浣溪沙》歌之。』詞曰：『西塞山邊白鷺飛，散花洲外片帆微。桃花流水鱖魚肥。　自庇一身青箬笠，相隨到處綠蓑衣，斜風細雨不須歸。』黃庭堅《浣溪沙》：『新婦磯頭眉黛愁，女兒浦口眼波秋，驚魚錯認月沉鈎。　青箬笠前無限事，綠蓑衣底一時休，斜風細雨轉船頭。』

〔二〕互相譏評：　吳曾《能改齋漫錄》卷十六《水光山色漁父家風》引徐俯語曰：『張志和《漁父詞》云……顧況《漁父詞》：「新婦磯邊月明，女兒浦口潮平。沙頭鷺宿魚驚。」東坡云：「玄真語極清麗，恨其曲度不傳，加數語以《浣溪沙》歌云……山谷見之，擊節稱賞，且云：「惜乎散花與桃花字重疊，又漁舟少有使帆者。」乃取張、顧二辭，合為《浣溪沙》云……東坡云：「魯直此詞清新婉麗，問其最得意處，以山光水色替卻玉肌花貌，真得漁父家風也。然才出新婦磯，便入女兒浦，此漁父無乃太瀾浪乎？」』《苕溪漁隱叢話》前集卷四十八亦載此語，可參。

〔三〕船子和尚：　指中唐僧人德誠。住蘇州華亭，常泛一小舟，隨緣度日，因號華亭和尚、船子和尚。《祖堂集》卷五、《景德傳燈錄》卷十四、《五燈會元》卷四有傳。船子和尚詩即指其《撥棹歌》四十首。其一曰：『千尺絲綸直下垂，一波纔動萬波隨。夜靜水寒魚不食，滿船空載月明歸。』其二曰：『三十年來江上游，水清魚見不吞鈎。釣竿斫盡重栽竹，不計工夫得便休。』其三曰：『三十餘年坐釣臺，竿頭往往得黃能。錦鱗不遇空勞力，收取絲綸歸去來。』見陳尚君輯校《全唐詩補編·全唐詩續拾》卷二十六。黃庭堅據船子和尚詩，作《訴衷情》詞：『一波纔動萬波隨，蓑笠一鈎絲。金鱗政在深處，千尺也須垂。　吞又吐，信還疑，上鈎遲。水寒江淨，滿目青山，載月

明歸。』

〔四〕冷齋亦載之：見惠洪《冷齋夜話》卷七。

二十九

山谷詞云：『新婦磯邊眉黛愁，女兒浦口眼波秋。』〔一〕自謂以山色水光替卻玉肌花貌，真得漁父家風，東坡謂其太瀾浪，可謂善謔〔二〕。蓋漁父身上，自不宜及此事也。

【注釋】

〔一〕山谷詞：指黄庭堅《浣溪沙》，參見上則【注釋】〔一〕。

〔二〕瀾浪：放浪無拘。參見上則【注釋】〔二〕。

三十

山谷最不愛集句，目為百家衣〔一〕，且曰『正堪一笑』〔二〕。予謂詞人滑稽，未足深誚也。山谷知惡此等，則藥名之作〔三〕，建除之體〔四〕，八音〔五〕、列宿之類〔六〕，獨不可一笑耶？

【注釋】

〔一〕百家衣：《冷齋夜話》卷三：『集句詩，山谷謂之百家衣體，其法貴拙速而不貴巧遲。』

〔二〕正堪一笑：《後山詩話》云：『王荆公暮年喜為集句，唐人號為四體，黄魯直謂正堪一笑爾。』《苕溪漁

隱叢話》前集卷三十五亦載《泠齋夜話》和《後山詩話》語。

〔三〕藥名詩：指藥名入詩的詩歌，始創於王融。黃庭堅有《荊州即事藥名詩八首》、《藥名詩奉送楊十三子問省親清江》。

〔四〕建除體：始創於鮑照，每句開頭冠以建、除、平、定、執、破、危、成、收、開、閉等字，共一十二聯二十四句。黃庭堅有建除體詩《定交詩效鮑明遠體呈晁無咎》、《碾建溪第一奉邀徐天隱奉議並效建除體》、《再作答徐天隱》、《重贈徐天隱》等詩。

〔五〕八音：古代稱金、石、絲、竹、匏、土、革、木為八音。陳代沈炯以八音分別冠於各句詩首，稱為八音詩。黃庭堅有《八音歌贈晁堯民》、《古意贈鄭彥能》、《贈無咎》等詩。

〔六〕列宿：二十八星宿。列宿體，指將二十八星宿名稱嵌入詩中的詩歌，始創于黃庭堅。黃庭堅有《二十八宿歌贈別無咎》。

三十一

山谷《雨絲》詩云：『煙雲杳靄合中稀，霧雨空濛落更微。園客繭絲抽萬緒，蛛蝥網面罩群飛。風光錯綜天經緯，草木文章帝杼機。願染朝霞成五色，為君王補坐朝衣。』〔一〕夫雨絲云者，但謂其狀如絲而已。今直說出如許用度，予所不曉也。

【注釋】

〔一〕《雨絲》：指《次韻雨絲雲鶴二首》（其二）見《黃庭堅詩集注·山谷集集詩注》卷十二。

三十二

山谷詞云：『杯行到手莫留殘，不道月明人散。』〔一〕嘗疑『莫』字不安，昨見王德卿所收東坡書此詞墨跡〔二〕，乃是『更』字也。（《滹南遺老集》卷三十九）

【注釋】

〔一〕山谷詞：指《西江月》：『斷送一生唯有，破除萬事無過。遠山横黛蘸秋波，不飲傍人笑我。花病等閒瘦弱，春來没個遮闌。杯行到手莫留殘，不道月明人散。』

〔二〕王德卿：王賓。亳州人，貞祐三年（一二一五）進士。《中州集》卷七有傳。

卷三

一

荆公有『兩山排闥送青來』之句〔一〕，雖用『排闥』字，讀之不覺其詭異。山谷云『青州從事斬關來』〔二〕，又云『殘暑已促裝』〔三〕，此與『排闥』等耳，便令人駭愕。

【校記】

促裝：黃庭堅《行次巫山宋楙宗遺騎送折花廚醞》作『俶裝』。

【注釋】

〔一〕兩山排闥送青來：出自王安石《書湖陰先生壁二首》：『茅簷長掃靜無苔，花木成畦手自栽。一水護田將綠遶，兩山排闥送青來。』排闥：推開門。

〔二〕青州從事斬關來：出自黃庭堅《行次巫山宋楙宗遺騎送折花廚醞》：『攻許愁城終不開，青州從事斬關來。喚得巫山强項令，插花傾酒對陽臺。』青州從事：指美酒。斬關：砍斷門閂，攻破城門。

〔三〕殘暑已促裝：出自黃庭堅《和邢惇夫秋懷十首》之一：『殘暑已俶裝，好風方來歸。未能疏團扇，且復製秋衣。高蟬遽如許，長吟送落暉。相戒趣女功，莎蟲能表微。』俶裝：整理行裝、

二

山谷《閔雨》詩云：『東海得無冤死婦，南陽應有卧雲龍。』〔一〕『得無』猶言『無乃』耳，猶欠有字之意。卧雲龍，真龍耶？則豈必南陽；指孔明耶？則何關雨事。若曰遺賢所以致旱，則迂闊甚矣。

【注釋】

〔一〕《閔雨》：指《六月閔雨》：『湯帝咨嗟徽六事，漢庭災異劾三公。聖朝罪己恩寬大，時雨愆期旱蘊隆。東海得無冤死婦，南陽疑有卧雲龍。傳聞已減大官膳，肉食諸君合奏功。』東海冤死婦：用《漢書·于定國傳》中

事：『東海有孝婦，少寡，亡子，養姑甚謹，姑欲嫁之，終不肯。姑謂鄰人曰：「孝婦事我勤苦，哀其亡子守寡。我老，久累丁壯，奈何？」其後姑自經死，姑女告吏：「婦殺我母。」吏捕孝婦，孝婦辭不殺姑。吏驗治，孝婦自誣服。具獄上府，于公以為此婦養姑十餘年，以孝聞，必不殺也。太守不聽，于公爭之，弗能得，乃抱其具獄，哭於府上，因辭疾去。太守竟論殺孝婦。郡中枯旱三年。後太守至，卜筮其故。于公曰：「孝婦不當死，前太守強斷之，咎黨在是乎？」於是太守殺牛自祭孝婦冢，因表其墓。天立大雨，歲孰。』南陽應有臥雲龍：諸葛亮隱於南陽，被稱臥龍。

三

《清明》詩云：『人乞祭餘驕妾婦，士甘焚死不封侯。』〔一〕士甘焚死，用介之推事也〔二〕。齊人乞祭餘〔三〕，豈寒食事哉？若泛言所見，則安知其必驕妾婦，蓋姑以取對，而不知其疏也，此類甚多。

【校記】

不封侯：黄庭堅《清明》作『不公侯』。

【注釋】

〔一〕黄庭堅《清明》：『佳節清明桃李笑，野田荒壟只生愁。雷驚天地龍蛇蟄，雨足郊原草木柔。人乞祭餘驕妾婦，士甘焚死不公侯。賢愚千載知誰是，滿眼蓬蒿共一丘。』

〔二〕介之推：春秋時晉人。據說，晉文公回國後，賞賜流亡時的從屬，他不在其列，就與其母親一同隱居于

綿山。文公逼他出來做官，放火燒山，他堅持不出，結果被燒死。參見《左傳·僖公二十四年》、《史記·晉世家》。

〔三〕齊人乞祭餘：《孟子·離婁下》：『齊人有一妻一妾而處室者，其良人出，則必饜酒肉而後反。……蚤起，施從良人之所之，遍國中無與立談者。卒之東郭墦間，之祭者，乞其餘，不足，又顧而之他。……與其妾訕其良人，而相泣於中庭。而良人未之知也，施施從外來，驕其妻妾。』

四

《食瓜有感》云：『田中誰問不納履，坐上適來何處蠅。』〔一〕是固皆瓜事〔二〕，然其語意，豈可相合也？

【注釋】

〔一〕黄庭堅《食瓜有感》：『暑軒無物洗煩蒸，百果凡材得我憎。蘚井筠籠浸蒼玉，金盤碧筯薦寒冰。田中誰問不納履，坐上適來何處蠅。此理一盃分付與，我思明哲在東陵。』見《黄庭堅詩集注·山谷詩外集補》卷四。

〔二〕皆瓜事：黄詩上句用古樂府《君子行》中語：『瓜田不納履，李下不正冠。』下句用《舊唐書·武儒衡傳》語：『時元稹依倚內官，得知制誥，儒衡深鄙之。會食瓜閤下，蠅集於上，儒衡以扇揮之曰：「適從何處來，而遽集於此？」同僚失色，儒衡意氣自若。』

五

《弈棋》云：『湘東一目誠甘死，天下中分尚可持。』〔一〕以湘東目為棋眼〔二〕，不愜甚矣，

且此聯豈專指輸局耶？不然，安可通也？

【注釋】

〔一〕《弈棋》：黄庭堅《弈棋二首呈任公漸》之二：『偶無公事客休時，席上談兵校兩棋。心似蛛絲游碧落，身如蜩甲化枯枝。湘東一目誠甘死，天下中分尚可持。誰為吾徒猶愛日，參横月落不曾知。』

〔二〕湘東王：梁元帝蕭繹，因其幼年得眼疾，盲一目。

六

《接花》云：『雍也本犁子，仲由元鄙人。升堂與入室，只在一揮斤。』〔一〕『揮斤』字無乃不安，且取喻何其迂也！

【注釋】

〔一〕《接花》：黄庭堅《和師厚接花》：『妙手從心得，接花如有神。根株穰下土，顔色洛陽春。雍也本犁子，仲由元鄙人。升堂與入室，只在一揮斤。』見《黄庭堅詩集注·山谷外集詩注》卷三。雍：指孔子弟子冉雍，字仲弓。《史記·仲尼弟子列傳》：『孔子以仲弓為有德行，曰：「雍也可使南面。」仲弓父賤人，孔子曰：「犁牛之子騂且角，雖欲勿用，山川其舍諸？」』仲由，孔子弟子，字子路。《史記·仲尼弟子列傳》：『子路性鄙，好勇力，志坑直，冠雄雞，佩猳豚，陵暴孔子。』斤，斧頭，接花時的工具。

七

士會自秦還晉，繞朝贈之以策〔一〕。蓋當時偶以此耳，非送行者必須策也。而山谷送人詩云：『願卷囊書當贈鞭。』〔二〕又云：『折柳當馬策。』〔三〕亦無謂矣。

【校記】

贈鞭：黄庭堅《王聖美三子補中廣文生》詩一本作『贈錢』。

【注釋】

〔一〕士會：晉人。繞朝：秦人。事見《左傳》文公十三年。

〔二〕願卷囊書當贈鞭：黄庭堅《王聖美三子補中廣文生》：『王家人物從來遠，今見諸孫總好賢。三級定知魚尾進，一鳴已作雁行連。愧無藻鑒能推轂，願卷囊書當贈錢。歸去雄誇向兒姪，舍中犢子賸狂顛。』

〔三〕折柳當馬策：黄庭堅《送張沙河遊齊魯諸邦》：『吾窮乏祖餞，折柳當馬策。』

八

秦繆公謂蹇叔曰：『中壽，爾墓之木拱矣。』〔一〕蓋墓木也。山谷云：『待而成人吾木拱。』〔二〕此何木耶？

【注釋】

〔一〕『秦繆公』二句：見《左傳·僖公三十二年》。

〔二〕待而成人吾木拱：出自黄庭堅《和舍弟中秋月》：『少壯幾時夏已秋，待而成人吾木拱。』

九

山谷《牧牛圖》詩〔一〕，自謂平生極至語〔二〕，是固佳矣，然亦有何意味？黄詩大率如此，謂之奇峭，而畏人説破，元無一事。

【注釋】

〔一〕《牧牛圖》詩：《題竹石牧牛》：『野次小崢嶸，幽篁相倚緑。阿童三尺箠，御此老觳觫。石吾甚愛之，勿遣牛礪角。牛礪角尚可，牛鬭殘我竹。』

〔二〕平生極至語：《苕溪漁隱叢話》前集卷四十七引《吕氏童蒙訓》云：『或稱魯直「桃李春風一杯酒，江湖夜雨十年燈」，以為極至。魯直自以此猶砌合，須「石吾甚愛之，勿使牛礪角。牛礪角尚可，牛鬥殘我竹」。此乃可言至耳。』

十

《吊邢淳夫》云：『眼看白璧埋黄壤，何況人間父子情。』〔一〕既下『何況』字，須有他人猶悼痛之意乃可。

【注釋】

〔一〕《吊邢淳夫》：黄庭堅詩題作《憶邢惇夫》：『詩到隨州更老成，江山為助筆縱横。眼看白璧埋黄壤，何況人間父子情。』邢惇夫（一〇六八—一〇八七），一作敦夫、淳夫，名居實，邢恕之子。生平見晁説之《邢惇夫墓表》。

十一

《猩毛筆》云：『身後五車書。』〔一〕按《莊子》：『惠施多方，其書五車。』〔二〕非所讀之書，即所著之書也，遂借為作筆寫字，此以自肯耳。而呂居仁稱其善詠物，而曲當其理〔三〕，不亦異乎？只『平生幾兩屐』，細味之亦疏〔四〕，而拔毛濟世事〔五〕，尤牽强可笑。以予觀之，此乃俗子謎也，何足為詩哉？〔六〕

【校記】

惠施：原作『施惠』，據《莊子·天下》改。

【注釋】

〔一〕《猩毛筆》：即《和答錢穆父詠猩猩毛筆》：『愛酒醉魂在，能言機事疏。平生幾兩屐，身後五車書。物色看王會，勳勞在石渠。拔毛能濟世，端為謝楊朱。』

〔二〕『惠施多方』二句：見《莊子·天下》。

〔三〕呂居仁：呂本中。《苕溪漁隱叢話》前集卷四十八引《呂氏童蒙訓》云：『東坡詩云：「賦詩必此詩，定知非詩人。」此或一道也。魯直作詠物詩，曲當其理，如《猩猩筆》詩：「平生幾兩屐，身後五車書。」其必此

詩哉！』

〔四〕平生幾兩屐：本是晉人阮孚的感歎。《世說新語·雅量》載阮孚語：『未知一生當著幾量屐？』量，通『緉』。

〔五〕拔毛濟世：指黃詩中的最後兩句：『拔毛能濟世，端為謝楊朱。』《列子·楊朱》：『禽子問楊朱曰：「去子體之一毛以濟天下，汝為之乎？」楊子曰：「世非一毛之所濟。」』《孟子·盡心上》也說：『楊子取為我，拔一毛而利天下，不為也。』

〔六〕此段觀點亦見劉祁《歸潛志》卷九：『王翰林從之嘗論黃魯直詩穿鑿、太好異……又云「《猩猩毛筆》『平生幾兩屐，身後一車書』，此兩事如何合得？且一猩猩毛筆安能寫五車書邪？」余嘗以語雷丈希顏，曰：「不然，一猩猩之毛如何只作筆一管？」』

十二

詩人之語，詭譎寄意，固無不可，然至於太過，亦其病也。山谷題惠崇畫圖云：『欲放扁舟歸去，主人云是丹青。』〔一〕使主人不告，當遂不知。王子端《叢臺》絕句云：『猛拍闌干問廢興，野花啼鳥不應人。』〔二〕若應人，可是怪事。《竹莊詩話》載法具一聯云：『半生客裏無窮恨，告訴梅花說到明。』〔三〕不知何消得如此，昨日酒間偶談及之，客皆絕倒也。

【校記】

主人：黃庭堅《題鄭防畫夾五首》之一作『故人』。

【注釋】

〔一〕題惠崇畫圖：指黃庭堅《題鄭防畫夾五首》之一：『惠崇煙雨歸雁，坐我瀟湘洞庭。欲喚扁舟歸去，故人言是丹青。』

〔二〕王子端：王庭筠。生平詳見卷三《寄王學士》注〔一〕，其《叢臺》絕句已佚。

〔三〕《竹莊詩話》：南宋何汶編，成書於開禧二年（一二〇六）。《竹莊詩話》卷二十一收錄吳僧法具《絕句》：『看了青燈夢不成，東風捲雪落寒聲。半生客裏無窮恨，告訴梅花說到明。』

十三

山谷贈小鬟《驀山溪》詞〔一〕，世多稱賞〔二〕，以予觀之，『眉黛壓秋波，儘湖南水明山秀』，『儘』字似工，而實不愜。又云『婷婷嫋嫋，恰近十三餘』〔三〕，夫近則未及，餘則已過，無乃相窒乎？『春未透，花枝瘦』，止謂其尚嫩，如『豆蔻梢頭二月初』之意耳〔四〕，而云『正是愁時候』，不知『愁』字屬誰？以為彼愁耶，則未應識愁；以為己愁耶，則何為而愁？又云：『只恐遠歸來，綠成陰，青梅如豆。』按杜牧之詩，但泛言花已結子而已〔五〕，今乃指為青梅，限以如豆，理皆不可通也。

【注釋】

〔一〕小鬟：指衡陽妓陳湘。黃庭堅《驀山溪》（贈衡陽妓陳湘）：『鴛鴦翡翠，小小思珍偶。眉黛斂秋波，盡

湖南，山明水秀。娉娉嫋嫋，恰近十三餘。春未透，花枝瘦，政是愁時候。　尋芳載酒，肯落誰人後。只恐遠歸來，綠成陰，青梅如豆。心期得處，每自不隨人，長亭柳。君知否，千里猶回首。』

〔二〕世多稱賞：《詩人玉屑》卷二十一引《雪浪齋日記》曰：『山谷小詞云：「春未透，花枝瘦，正是愁時候。」極為學者所稱賞。秦堪嘗有小詞云：「春透水波明，寒峭花枝瘦。」蓋法山谷也。』

〔三〕『娉娉』二句：杜牧《贈別》：『娉娉嫋嫋十三餘，荳蔻梢頭二月初。春風十里揚州路，捲上珠簾總不如。』

〔四〕『豆蔻梢頭』句：見上。

〔五〕杜牧之詩：杜牧《歎花》：『自是尋芳去校遲，不須惆悵怨芳時。狂風落盡深紅色，綠葉成陰子滿枝。』

十四

古之詩人，雖趣尚不同，體制不一，要皆出於自得。至其詞達理順，皆足以名家，何嘗有以句法繩人哉？魯直開口論句法〔一〕，此便是不及古人處。而門徒親黨以衣缽相傳，號稱法嗣〔二〕，豈詩之真理也哉？

【校記】

衣缽：原作『衣缽衣』，據澹生堂等本改。

【注釋】

〔一〕魯直開口論句法：黃庭堅《答王子飛書》：『其作詩淵源得老杜句法，今之詩人不能當也。』《與王觀復

書》：『熟觀杜子美到夔州後古律詩，便得句法，簡易而大巧出焉，平淡而山高水深。』《與洪駒父書》：『大體作省題詩，尤當用老杜句法，將有鼻孔者，便知是好詩也。』

〔二〕法嗣：禪宗稱繼承衣鉢的弟子為法嗣。《苕溪漁隱叢話》前集卷四十八載胡仔語曰：『呂居仁近時以詩得名，自言傳衣江西，嘗作《宗派圖》，自豫章以降，列陳師道、潘大臨、謝逸、洪芻、饒節、僧祖可、徐俯、洪朋、林敏修、洪炎、汪革、李錞、韓駒、李彭、晁沖之、江端本、楊符、謝薖、夏倪、林敏功、潘大觀、何覬、王直方、僧善權、高荷，合二十五人，以為法嗣，謂其源流皆出豫章也。』

十五

魯直於詩，或得一句而終無好對〔一〕，或得一聯而卒不能成篇〔二〕，或偶有得而未知可以贈誰〔三〕，何嘗見古之作者如是哉？

【注釋】

〔一〕得一句：《苕溪漁隱叢話》前集卷三十五引《呂氏童蒙訓》：『山谷嘗有句云：「麒麟臥葬功名骨。」終身不得好對。』

〔二〕得一聯：《石林詩話》卷上：『蜀人石異，黃魯直黔中時從游最久。嘗言見魯直自矜詩一聯云：「人得交游是風月，天開圖畫即江山。」以為晚年最得意，每舉以教人，而終不能成篇，蓋不欲以常語雜之。』《苕溪漁隱叢話》前集卷四十七、《詩人玉屑》卷十八亦引此文。

〔三〕偶有得：《苕溪漁隱叢話》前集卷四十八：『山谷云：嘗作得兩句云：「清鑒風流歸賀八，飛揚跋扈

付朱三。」未知可贈誰，遂不能成章。』

十六

山谷自謂得法於少陵〔一〕，而不許於東坡〔二〕。以予觀之，少陵，典謨也〔三〕；東坡，《孟子》之流；山谷，則揚雄《法言》而已。

【注釋】

〔一〕得法於少陵：未見山谷自謂語。黄庭堅推崇、學習杜詩告誡後學『請讀老杜詩，精其句法』（《山谷老人刀尺》卷四《與孫克秀才》），『作省題詩，尤當用老杜句法』（《山谷外集》卷十《與洪駒父書》），稱贊陳師道『得老杜句法』（《山谷集》卷十九《答王子飛書》）。倒是陳師道説過『豫章之學博矣，而得法於少陵』（《苕溪漁隱叢話》前集卷四十九引）。

〔二〕不許於東坡：《滹南遺老集》卷三十九《詩話》：『魯直區區持斤斧準繩之説，隨其後而與之爭，至謂未知句法。』

〔三〕典謨：《尚書》中《堯典》、《舜典》、《大禹謨》、《皋陶謨》的並稱。指代經典之文。

十七

魯直論詩，有奪胎換骨、點鐵成金之喻〔一〕，世以為名言，以予觀之，特剽竊之黠者耳。魯直好勝，而恥其出於前人，故為此强辭，而私立名字。夫既已出於前人，縱復加工，要不足貴。

雖然，物有自然之理，人有同然之見，語意之間豈容全不見犯哉？蓋昔之作者，初不校此，同者不以為嫌，異者不以為誇，隨其所自得，而盡其所當然而已。至其妙處，不專在於是也，故皆不害為名家，而各傳後世，何必如魯直之措意邪？

【注釋】

〔一〕奪胎換骨、點鐵成金：《冷齋夜話》卷一：『山谷云：詩意無窮而人之才有限，以有限之才，追無窮之意，雖淵明、少陵不得工也。然不易其意而造其語，謂之換骨法；窺入其意而形容之，謂之奪胎法。』黃庭堅《答洪駒父書》：『自作語最難，老杜作詩，退之作文，無一字無來處。蓋後人讀書少，故謂韓、杜自作此語耳。古之能為文章者，真能陶冶萬物，雖取古人之陳言入於翰墨，如靈丹一粒，點鐵成金也。』

十八

蜀馬良兄弟五人，而良眉間有白毫，時人為之語曰：『馬氏五常，白眉最良。』〔一〕蓋良實白眉，而良不在乎白眉也。而北齊陽休之《贈馬子結兄弟》詩云『三馬俱白眉』〔二〕，山谷《送秦少游》云：『秦氏多英俊，少游眉最白』〔三〕，豈不可笑哉？

【注釋】

〔一〕蜀馬良：《三國志・蜀書》卷九：『馬良字季常，襄陽宜城人也。兄弟五人，並有才名，鄉里為之諺

曰：「馬氏五常，白眉最良。」良眉中有白毛，故以稱之。』因其他四人字中都有一常字，故曰五常。

〔二〕三馬俱白眉：見《北齊書》卷四十一，原詩已佚。

〔三〕《送秦少游》：該詩題作《贈秦少儀》，秦少儀是秦觀之弟秦覯，王若虛誤為秦觀。全詩如下：『汝南許文休，馬磨自衣食。但聞郡功曹，滿世名籍籍。渠命有顯晦，非人作通塞。秦氏多英俊，少游眉最白。頻聞鴻雁行，筆皆萬人敵。吾早知有觀，而不知有覿。少儀袖詩來，剖蚌珠的皪。乃能持一鏃，與我箭鋒直。自吾得此詩，三日臥向壁。挽士不能寸，推去輒數尺。才難不其然，有亦未易識。』見《黄庭堅詩集注·山谷詩集注》卷十一。

十九

《王直方詩話》云：『秦少游嘗以真字題邢淳夫扇云〔一〕：「月團新碾瀹花瓷，飲罷呼兒課《楚辭》。風定小軒無落葉，青蟲相對吐秋絲。」〔二〕山谷見之，乃於扇背作小草云：「黄葉委庭觀九州，小蟲催女獻功裘。金錢滿地無人費，百斛明珠薏苡秋。」〔三〕少游後見之，復云「逼我太甚。」』〔四〕予謂黄詩語徒雕刻而殊無意味，蓋不及少游之作。少游所謂相逼者，非謂其詩也，惡其好勝而不讓耳。

【注釋】

〔一〕真字：楷書。邢淳夫：即邢居實。見前第十則注〔一〕。

〔二〕『月團』四句：詩題為《秋日》。月團：茶葉，茶餅。瀹：浸漬。課：考核，檢查。

〔三〕『黄葉』四句：黄庭堅詩為《題邢惇夫扇》，見《黄庭堅詩集注·山谷别集詩注》卷上。功裘，古代天子賜

給卿大夫穿的一種皮襖，此處泛指冬衣。薏苡，薏苡仁，薏米。

〔四〕該段文字見《苕溪漁隱叢話》前集卷五十。

二十

朱少章論江西詩律，以為用崑體功夫，而造老杜渾全之地〔一〕。予謂用崑體功夫，必不能造老杜之渾全，而至老杜之地者，亦無事乎崑體功夫，蓋二者不能相兼耳。茅璞評劉夷叔長短句〔二〕，謂以少陵之肉，傅東坡之骨，亦猶是也。

【注釋】

〔一〕朱少章：即朱弁。《風月堂詩話》卷下：『義山亦自覺，故別立門戶成一家，後人挹其餘波，號西崑體。句律太嚴，無自然態度。黃魯直深悟此理，乃獨用崑體工夫，而造老杜渾成之地。今之詩人，少有及此者。禪家所謂更高一著也。』

〔二〕茅璞：茅荆產，著有《三餘錄》。劉夷叔（？—一一五九），名望之，紹興十二年（一一四二）進士。茅璞評語出處不詳。

二十一

『且食莫踟躕，南風吹作竹。』此樂天《食筍》詩也〔一〕。朱喬年因之曰：『南風吹起籜龍兒，戢戢滿山人未知。急喚蒼頭斸煙雨，明朝吹作碧參差。』〔二〕『年年乞與人間巧，不道人間

巧更多。』此楊朴《七夕》詩也〔三〕。劉夷叔因之曰：『只因將巧畀人間，定卻向人間乞取。』〔四〕此江西之餘派，欲益反損，正堪一笑。而曾端伯以喬年為點化精巧〔五〕，茅荊產以夷叔為文婉而意尤長。嗚呼！世之末作，方日趨於詭異，而議者又從而簧鼓之〔六〕，其為弊何所不至哉！

【注釋】

〔一〕樂天《食筍》：白居易《食筍》：『此州乃竹鄉，春筍滿山谷。山夫折盈抱，抱來早市鬻。物以多為賤，雙錢易一束。置之炊甑中，與飯同時熟。紫籜坼故錦，素肌擘新玉。每食遂加餐，經時不思肉。久為京洛客，此味常不足。且食勿踟躕，南風吹作竹。』

〔二〕朱喬年：朱松（一〇九七—一一四三），朱熹之父。所引詩歌題作《春雨》，見《韋齋集》卷六，首句作『一雷驚起籜龍兒』。籜龍：竹筍。戢戢：密集的樣子。蒼頭：僕人。

〔三〕楊朴：一作楊璞，宋初詩人。《七夕》全詩如下：『未會牽牛意若何，須邀織女弄金梭。年年乞與人間巧，不道人間巧已多。』《全宋詩》卷二一據《後村千家詩》收錄。

〔四〕劉夷叔：劉望之。所引為其《鵲橋仙》詞句，原詞已佚。

〔五〕曾端伯：即曾慥，其語出自《宋百家詩選》，見《苕溪漁隱叢話》後集卷三十六所引。

〔六〕議者又從而簧鼓之：可參《苕溪漁隱叢話》後集卷三十六胡仔語：『《詩選》云：「朱喬年絕句：南風吹起籜龍兒，戢戢滿山人未知。急喚蒼頭斫煙雨，明朝吹作碧參差。蓋前人有《詠筍》詩云：急忙且吃莫踟躕，

一夜南風變成竹。喬年點化，乃爾精巧。」余觀魯直已先有此句，《從斌老乞苦筍》云：「煩君更致蒼玉來，明日風雨皆成竹。」前詩並蹈襲魯直也。』

二十二

王仲至《召試館中》詩有『日斜奏罷《長楊賦》』之句〔一〕，荆公改為『奏賦《長楊》罷』，云如此語乃健〔二〕。是矣，然意無乃復窒乎？

【注釋】

〔一〕王仲至：王欽臣，王洙之子，北宋中期詩人。藏書極豐，博學工詩。日斜奏罷《長楊賦》：《全宋詩》卷七四七《召試學士院試罷作》：『翠木陰陰白玉堂，老來方此試文章。日斜奏罷《長楊賦》，閑拂塵埃看畫牆。』

〔二〕『荆公改為』二句：《苕溪漁隱叢話》前集卷五十二引《西清詩話》：『王仲至召試館中，試罷作一絕題於壁云：「古木森森白玉堂，長年來此試文章。日斜奏罷《長楊賦》，閑拂塵埃看畫牆。」荆公見之甚歎愛，為改作「奏賦《長楊》罷」，且曰：「詩家語如此乃健。」』

二十三

張文潛詩云：『不用為文送窮鬼，直須圖事祝錢神。』〔一〕唐子西云：『脫使真能去窮鬼，自量無以致錢神。』〔二〕夫錢神所以不至者，唯其有窮鬼在耳。二子之語，似可喜而實不中理也〔三〕。

【校記】

自量：原作『自童』，據淡生堂本改。

【注釋】

〔一〕張文潛：張耒。『不用為文』二句：出自其《送窮》詩：『年年瀝酒拜清晨，風俗新正競逐貧。不用為文送窮鬼，直須圖事祝錢神。』

〔二〕唐子西：唐庚。所引詩歌題為《兒曹送窮以詩留之》：『世中貧富兩浮雲，已著居陶比在陳。就使真能去窮鬼，自量無以致錢神。柳車作別非吾意，竹馬論交只汝親。前此半癡今五十，欲將知命付何人。』

〔三〕似可喜而實不中理：此論或就胡仔而發。《苕溪漁隱叢話》前集卷五十三：『子西詩多佳句，如……「脱使真能去窮鬼，自量無以致錢神。」此用事對屬精切者。……子西尤工對屬，佳句不可盡舉，姑言其大概如此。』

二十四

李師中《送唐介》詩〔一〕，雜壓寒、删二韻，《冷齋夜話》謂其落韻〔二〕，而《緗素雜記》云『此用鄭谷等進退格』〔三〕，《藝苑雌黄》則疑而兩存之。予謂皆不然。謂之落韻者，固失之太粗〔四〕，而以為有格者，亦私立名字，而不足據，古人何嘗有此哉？意到即用，初不必校，古律皆然，胡乃妄為云云也？但律詩比古稍嚴，必親鄰之韻乃可耳。

【注釋】

〔一〕李師中：字誠之（一〇一三—一〇七八），楚丘人。《宋史》卷三三二有傳。唐介（一〇一〇—一〇六九），字子方，江陵人。《宋史》卷三一六有傳。唐介為人剛介有守，皇祐三年（一〇五一）貶官英州，李師中作《送唐介》（一本作《送唐介之貶所》），為世盛傳。詩如下：『直誠自許時不與，孤立敢言人所難。去路一身輕似葉，高名千古重於山。並游英俊顏何厚，已死奸雄骨尚寒。天意若為宗社計，肯教夫子不生還。』見《宋文鑒》卷二十四。《全宋詩》卷三九六收入，有異文。

〔二〕落韻：出韻。《冷齋夜話》卷四：『昔李師中作《送唐介謫官》詩曰：「去國一身輕似葉，高名千古重於山。並游英俊顏何厚，未死奸諛骨已寒。」云云。已而聞介赴月首上官，李大敬以書索其詩。唐公笑曰：「吾正不用此無對屬落顏詩」，遂以還之。李大敬久之乃悟。一身、千古非挾對，與荆公措意異矣。』

〔三〕進退格：指採取兩個相近的韻部來押韻的詩歌。《苕溪漁隱叢話》前集卷三十一引《緗素雜記》曰：『鄭谷與僧齊己、黃損等共定今體詩格云：「凡詩用韻有數格：一曰葫蘆，一曰轆轤，一曰進退。葫蘆韻者，先二後四；轆轤韻者，雙出雙入；進退韻者，一進一退。失此則繆矣。」余按《倦遊雜錄》載唐介為臺官，廷疏宰相之失，仁廟怒，謫英州別駕。朝中士大夫以詩送行者頗眾，獨李師中待制一篇為人傳誦。詩曰：「孤忠自許眾不與，獨立敢言人所難。去國一身輕似葉，高名千古重於山。並游英俊顏何厚，未死奸諛骨已寒。天為吾君扶社稷，肯教夫子不生還。」此正所謂進退韻格也。按《韻略》，難字第二十五，山字第二十七，寒字又在二十五，而還字又在二十七。一進一退，誠合體格，豈率爾而為之哉？近閱《冷齋夜話》載當時唐、李對答語言，乃以此詩為落韻詩，蓋渠伊不見鄭谷所定詩格有進退之說，而妄為云云也。』《詩人玉屑》卷二亦引此。

〔四〕太粗：一作太拘。

二十五

《冷齋夜話》云：『前輩作花詩，多用美女比其狀，如曰：「若教解語應傾國，任是無情也動人」〔一〕，塵俗哉！山谷作《酴醿》詩曰：「露濕何郎試湯餅，日烘荀令炷爐香。」〔二〕乃用美丈夫比之，特為出類。而吾叔淵材《詠海棠》則又曰〔三〕：「雨過溫泉浴妃子，露濃湯餅試何郎。」意尤佳也。』〔四〕慵夫曰：花比婦人，尚矣。蓋其於類為宜，不獨在顏色之間。山谷易以男子，有以見其好異之僻，淵材又雜而用之，益不倫可笑。此固甚紕繆者，而惠洪乃節節歎賞，以為愈奇，不求當而求新，吾恐他日復有以白皙武夫比之者矣，此花無乃太麁鄙乎？魏帝疑何郎傅粉〔五〕，止謂其白耳，施于酴醿尚可，比海棠則不類矣。且夫雨過、露濃，同於言濕而已，果何所異而別之為對耶？

【注釋】

〔一〕『若教解語』二句：出自羅隱《牡丹花》：『似共東風別有因，絳羅高卷不勝春。若教解語應傾國，任是無情亦動人。芍藥與君為近侍，芙蓉何處避芳塵。可憐韓令功成後，辜負穠華過此身。』

〔二〕《酴醿》：指黃庭堅《觀王主簿家酴醿》：『肌膚冰雪薰沉水，百草千花莫比芳。露濕何郎試湯餅，日烘荀令炷爐香。風流徹骨成春酒，夢寐宜人入枕囊。輸與能詩王主簿，瑤臺影裏據胡床。』

〔三〕淵材：即彭淵材，惠洪之叔。《詠海棠》：原詩已佚。

〔四〕惠洪語見《冷齋夜話》卷四《詩比美女美丈夫》。《詩話總龜》卷二十一、《苕溪漁隱叢話》前集卷四十七

亦引此語。

〔五〕何郎：指何晏（一九〇——二四九），字平叔。《世説新語·容止》：『何平叔美姿儀，面至白。魏明帝疑其傅粉，正夏月，與熱湯餅，既啖，大汗出，以朱衣自拭，色轉皎然。』

二十六

楊軒《牡丹》詩云：『楊妃歌舞態，西子巧謠魂。利劍斫不斷，餘妖鍾此根。』〔一〕東坡詠酴醿以『吳宫』、『紅粉』命意，而終之曰『餘妍入此花』〔二〕。山谷詠桃花，以『九疑萼緑花』命意，而終之曰『猶記餘情開此花』〔三〕；詠水仙以『淩波仙子』命意，而終之曰『種作寒花寄愁絶』〔四〕。是皆以美人比花，而不失其為花〔五〕。近世士大夫，有以《墨梅》詩傳于時者〔六〕，其一云：『高髻長眉滿漢宫，君王圖玉按春風。龍沙萬里王家女，不著黄金買畫工。』其一云：『五換鄰鐘三唱雞，雲昏月淡正低迷。風簾不著欄杆角，瞥見傷春背面啼。』〔七〕予嘗誦之於人，而問其詠何物，莫有得其仿佛者，告以其題，猶惑也。尚不知為花，況知其為梅，又知其為畫哉？自賦詩不必此詩之論興〔八〕，作者誤認而過求之，其弊遂至於此，豈獨二詩而已？東坡《眉石硯》、《醉道士石》等篇〔九〕，可謂横放而曠遠，然亦未嘗去題也。而論者猶戒其專力於是，則秉筆者曷少貶乎？

【注釋】

〔一〕楊軒：　字公遠，衛州人。《詩話總龜》卷六引《雲齋廣錄》曰：『淇州楊軒詠牡丹曰：「楊妃歌舞態，西子巧讒魂。利劍砍不斷，餘妖鍾此根。光華日已盛，欄檻豈長存。寄語尋芳者，須知松柏尊。」羅隱曰：「若教解語應傾國，任是無情也動人。」二人用意不同如此，軒詩雖撚風花，而有警戒。』《竹莊詩話》卷十八亦載此詩。

〔二〕東坡詠酴醿：　蘇軾《杜沂游武昌以酴醿花菩薩泉見餉二首》之一：『酴醿不爭春，寂寞開最晚。青蛟走玉骨，羽蓋蒙珠幰。不妝豔已絕，無風香自遠。淒涼吳宮闕，紅粉埋故苑。至今微月夜，笙簫來翠巘。餘妍入此花，千載尚清婉。怪君呼不歸，定為花所挽。昨宵雷雨惡，花盡君應返。』

〔三〕山谷詠桃花：　黄庭堅《效王仲至少監詠姚花用其韻四首》之二：『九疑山中萼綠華，黄雲承襪到羊家。真筌蟲蝕詩句斷，猶託餘情開此花。』

〔四〕詠水仙：　黄庭堅《王充道送水仙花五十枝欣然會心為之作詠》：『淩波仙子生塵襪，水上輕盈步微月。是誰招此斷腸魂，種作寒花寄愁絕。含香體素欲傾城，山礬是弟梅是兄。坐對真成被花惱，出門一笑大江横。』

〔五〕上面一段可參《苕溪漁隱叢話》前集卷四十七所載胡仔語：『蘇黄又有詠花詩，皆托物以寓意，此格尤新奇，前人未之有也。東坡《謝杜沂游武昌以酴醿見惠詩》云：「淒涼吳宮闕，紅粉埋故苑。至今微月夜，笙簫來絕巘。餘妍入此花，千載尚清婉。」山谷《詠水仙花詩》云：「淩波仙子生塵襪，水面盈盈步微月。是誰招此斷腸魂，種作寒花寄愁絕。」《詠桃花絕句》云：「九疑山中萼綠華，黄雲承襪到羊家。真筌蟲蝕詩句斷，猶託餘情開此花。」』

〔六〕《墨梅》：　劉仲尹所作。劉仲尹，字致君，號龍山。正隆二年（一一五七）進士，詩學江西。《中州集》卷三選其《墨梅十一首》。

〔七〕『五换鄰鐘』四句：又見劉祁《歸潛志》卷四，題作《梅影》：『五换嚴更三唱雞，小樓天淡月平西。風簾不著闌干角，瞥見傷春背面啼。』

〔八〕賦詩不必此詩：蘇軾《書鄢陵王主簿所畫折枝二首》：『論畫以形似，見與兒童鄰。賦詩必此詩，定非知詩人。詩畫本一律，天工與清新。』

〔九〕《眉石硯》：指《眉子石硯歌贈胡誾》：『君不見成都畫手開十眉，横雲卻月爭新奇。遊人指點小顰處，中有漁陽胡馬嘶。又不見王孫青瑣横雙碧，腸斷浮空遠山色。書生性命何足論，坐費千金買消渴。爾來喪亂愁天公，謫向君家書硯中。小窗虚幌相嫵媚，令君曉夢生春紅。毗耶居士談空處，結習已空花不住。試教天女為磨鉛，千偈瀾翻無一語。』見《蘇軾詩集》卷二十四。《醉道士石》指《楊康功有石，狀如醉道士，為賦此詩》：『楚山固多猿，青者黠而壽。化為狂道士，山谷恣騰蹂。誤入華陽洞，竊飲茅君酒。君命囚巖間，巖石為械杻。松根絡其足，藤蔓縛其肘。蒼苔眯其目，叢棘哽其口。三年化為石，堅瘦敵瓊玖。無復號雲聲，空餘舞杯手。樵夫見之笑，抱賣易升斗。楊公海中仙，世俗那得友。海邊逢姑射，一笑微俯首。胡不載之歸，用此頑且醜。求詩紀其異，本末得細剖。吾言豈妄云，得之亡是叟。』見《蘇軾詩集》卷二十六。

二十七

予嘗病近世《墨梅》二詩以為過，及觀《宋詩選》陳去非云：『粲粲江南萬玉妃，别來幾度見春歸。相逢京洛渾依舊，祇有緇塵染素衣。』〔一〕曹元象云：『憶昔神游姑射山，夢中栩栩片時還。冰膚不許尋常見，故隱輕雲薄霧間。』〔二〕乃知此弊有自來矣〔三〕。

【注釋】

〔一〕《宋詩選》： 曾慥《宋百家詩選》。陳去非： 陳與義。『粲粲江南』『四句： 出自陳與義《和張矩臣水墨梅五絕》之三。

〔二〕曹元象： 曹緯，字元象，潁昌人。曹組之兄。『憶昔神遊』四句： 出自曹元象《客有遺予畫梅花者，淡墨暈成，因命之曰梅影》。

〔三〕元人劉壎不同意王若虛此論。其《隱居通議》卷十一《詠墨梅》曰：『近世有詠墨梅者……評詩者謂去題太遠，不知其詠何物。簡齋陳去非詠墨梅云……曹元象云……評詩者亦謂其格調雖高，去題終遠。予謂後二詩尚見仿佛，前二詩委是懸遠，然卻是好詩。只欠換題目耳。坡翁云：「作詩必此詩，定知非詩人。」亦可執此語以自解。』

二十八

張舜民謂樂天新樂府幾乎罵，乃為《孤憤吟》五十篇以壓之〔一〕，然其詩不傳，亦略無稱道者，而樂天之作自若也。公詩雖涉淺易，要是大才，殆與元氣相侔，而狂斐之徒，僅能動筆，類敢謗傷〔二〕，所謂『爾曹身與名俱滅，不廢江河萬古流』也〔三〕。

【校記】

狂斐： 原作『杜斐』，據《畿輔叢書》本改。

【注釋】

〔一〕張舜民： 字芸叟，號浮休居士，邠州人。治平二年（一〇六五）進士。著有《畫墁集》。《宋史》卷三四七

有傳。《郡齋讀書志》卷十九曰：『其文豪重有理致，而最刻意於詩，晚年為樂府百餘篇。自序稱年踰耳順，方敢言詩，百世之後，必有知音者。』其《孤憤吟》已佚。

〔二〕狂斐之徒：狂妄無知者。類：大都。

〔三〕『爾曹』二句：杜甫《戲為六絕句》：『王楊盧駱當時體，輕薄為文哂未休。爾曹身與名俱滅，不廢江河萬古流。』

二十九

蕭閑云『風頭夢，吹無跡』〔一〕，蓋雨之至細，若有若無者，謂之夢，田夫野婦皆道之。而雷溪注以為『夢中雲雨』，又曰『雲夢澤之雨』〔二〕，謬矣。賀方回有『風頭夢雨吹成雪』之句，又云『長廊碧瓦，夢雨時飄灑』〔三〕，豈亦如雷溪之說乎？

【注釋】

〔一〕蕭閑：蔡松年（一一〇七—一一五九），字伯堅，號蕭閑老人。累官至尚書右丞相。金初著名詞人，著有《明秀集》六卷，現存三卷。《金史》卷一二五、《中州集》卷一有傳。所引詞句出處失考。

〔二〕雷溪：魏道明，字元道，易縣人，號雷溪子。為蔡松年作注，《蕭閑老人明秀集注》現存三卷，有四印齋所刻詞本。《中州集》卷八有傳。

〔三〕賀方回：即賀鑄。所引詞句出處不詳。

三十

蕭閑《憶恒陽家山》云〔一〕：『誰幻出，故山邱壑，謂予心目。』注以故山為江左〔二〕，非也，只是指恒陽而已〔三〕。『好在斜川三尺玉』，公宅前有池，可三畝，號小斜川，三尺字以廣狹深淺言之，俱不安。注以為漱玉堂泉〔四〕，按此堂自在北潭中，豈相干涉！予官門山〔五〕，嘗得板本，乃是『畝』字，意其不然，蓋如言幾頃玻璃之類耳。『暮涼白鳥歸喬木』，乃宅前真景也。而注云『潔身而退，如白鳥之歸林』〔六〕，何其妄哉？

【校記】

謂予心目：　蔡松年《明秀集》卷一作『慰予心目』。

【注釋】

〔一〕蕭閑《憶恒陽家山》：　指蔡松年《滿江紅》（安樂岩夜酌有懷恒陽家山）：『半嶺雲根，溪光淺，冰輪新浴。誰幻出，故山邱壑，慰予心目。深樾不妨清吹度，野情自與遊魚熟。愛夜泉，徽外兩三聲，琅然曲。　人間世，爭蠻觸。萬事付，金荷醁。老生涯，猶欠謝公絲竹。好在斜川三尺玉，暮涼白鳥歸喬木。向水邊，明秀倚高峰，平生足。』

〔二〕注以故山為江左：　魏道明《明秀集注》卷一該詞句下注曰：『故山，江左也。』

〔三〕恒陽：　今河北真定。

〔四〕『注以為』句：　魏道明《明秀集注》卷一該詞句下注曰：『真定北潭有漱玉亭，即彫水入苑處。其水瑩

碧如玉之三尺也。』

〔五〕予官門山：泰和七年（一二〇七），王若虛除門山令。縣治在今陝西省宜川縣北。

〔六〕『潔身而退』二句：見魏道明《明秀集注》卷一該詞句下注。

三十一

前人有『紅塵三尺險，中有是非波』之句〔一〕，此以意言耳。蕭閑詞云『市朝冰炭裏，滿波瀾』〔二〕，又云『千丈堆冰炭』〔三〕，便露痕跡。

【注釋】

〔一〕『紅塵』二句：出自北宋潘閬《闕下留別孫丁二學士歸舊山》：『名利路萬轍，我來意如何。紅塵三尺深，中有是非波。波翻幾潛沒，來者猶更過。歸去感知淚，永灑青松柯。』見《全宋詩》卷五十六。

〔二〕『市朝』二句：《明秀集》卷二《小重山》：『東晉風流雪樣寒。市朝冰炭裏，起波瀾。得君如對好江山。幽棲約，湖海玉孱顔。　梅月半斕斑。雲根孤鶴唳，淺雲灘。摩挲明秀酒中閑。浮香底，相對把漁竿。』

〔三〕千丈堆冰炭：蔡松年《永遇樂》上片：『正始風流，氣吞餘子，此道如綫。朝市心情，雲翻雨覆，千丈堆冰炭。高人一笑，春風卷地，只有大江如練。憶當時，西山爽氣，共君對持手版。』

三十二

樂天《望瞿塘》詩云：『欲識愁多少，高於灧澦堆。』〔一〕蕭閑《送高子文》詞云：『歸興

高於灩澦堆。』雷溪漫注〔二〕，蓋不知此出處耳。然樂天因望瞿塘，故即其所見而言，泛用之則不切矣。

【注釋】

〔一〕《望瞿塘》：白居易《夜入瞿唐峽》：『瞿唐天下險，夜上信難哉！岸似雙屏合，天如匹帛開。逆風驚浪起，拔篸闇船來。欲識愁多少，高於灩澦堆。』

〔二〕高子文：高士談。《送高子文》詞及魏道明注皆已失傳。

三十三

蕭閑《樂善堂賞荷花》詞云：『胭脂膚瘦薰沈水，翡翠盤高走夜光。』〔一〕世多稱之〔二〕。此句誠佳，然蓮體實肥，不宜言瘦。予友彭子升嘗易『膩』字〔三〕，此似差勝。若乃走珠之狀，惟雨露中然後見之。據詞意，當時不應有雨也。『山黛』、『月波』之類，蓋總述所見之景，而雷溪注云：『言此花以山為眉，波為眼，雲為衣。』〔四〕不亦異乎？至『一枝梅綠横冰蕚，淡雲新月炯疏星』之句〔五〕，亦如此說，彼無真見而妄意求之，宜其繆之多也。

【注釋】

〔一〕《樂善堂賞荷花》：指蔡松年《鷓鴣天》：『秀樾横塘十里香，水花晚色靜年芳。胭脂雪瘦熏沈水，翡翠

盤高走夜光。山黛遠，月波長，暮雲秋影蘸瀟湘。醉魂應逐淩波夢，分付西風此夜涼。』《中州樂府》和《全金元詞》都沒有標明題目。

〔二〕世多稱之：耶律鑄《雙溪醉隱集》卷二《采荷調》序：『泛舟方湖，見其荷盤布濩，露珠淩亂，有歌蔡蕭閑「翡翠盤高走夜光」詠蓮樂府催酒，遂以荷杯相屬。』可見該詞流布久遠。

〔三〕彭子升：名悅，真定人。事迹見《滹南遺老集》卷四十三《進士彭子升墓誌》。

〔四〕雷溪注：魏道明此注不見現存《蕭閑老人明秀集注》。

〔五〕『一枝梅綠』二句：該詞已佚。

三十四

蕭閑《使高麗》詞云『酒病賴花醫卻』〔一〕，世皆以花為婦人，非也。此詞過處既有『離索』、『餘香』、『收拾新愁』之語，豈復有婦人在乎？以文勢觀之，亦不應爾。其所謂花，蓋真花也。言其人已去，賴以解酲者，獨有此物而已，必當時之實事。李後主詩云『酒惡時拈花蕊嗅』〔二〕，公詠花詞亦喜用醒心香字，蓋取其清澈之氣，以滌除惡味耳。

【注釋】

〔一〕《使高麗》詞：指《石州慢》（高麗使還日作）：『雲海蓬萊，風霧鬢鬟，不假梳掠。仙衣捲盡雲霓，方見宮腰纖弱。心期得處，世間言語非真，海犀一點通寥廓。無物比情濃，覓無情相博。離索，曉來一枕餘香，酒病賴花醫卻。灩灩金尊，收拾新愁重酌。片帆雲影，載將無際關山，夢魂應被楊花覺。梅子雨絲絲，滿江干樓閣。』

〔二〕『酒惡時拈』句：李煜《浣溪沙》：『紅日已高三丈透，金爐次第添香獸。紅錦地衣隨步皺。佳人舞點金釵溜。酒惡時拈花蕊嗅，別殿遥聞簫鼓奏。』

三十五

蕭閑自鎮陽還兵府，贈離筵乞言者云：『待人間，覓箇無情心緒，著多情換。』〔一〕此篇有恨別之意，故以情為苦，而還羡無情，終章言之，宜矣。《使高麗》詞亦云：『無物比情濃，覓無情相博。』〔二〕次第未應及此也。

【注釋】

〔一〕贈離筵乞言者：蔡松年此詞已失傳。

〔二〕《使高麗》詞：見上則注〔一〕。

三十六

謝安謂王羲之曰：『中年以來，傷於哀樂。』羲之曰：『年在桑榆，自然至此，正賴絲竹陶寫，恒恐兒輩覺，減其歡樂之趣。』〔一〕坡詩用其事，云：『正賴絲與竹，陶寫有餘歡。』〔二〕夫『陶寫』云者，排遣消釋之意也。所謂歡樂之趣，有餘歡者，非陶寫其歡，因陶寫而歡耳。蕭閑屢使此字，而直云『陶寫歡情』，『陶寫餘歡』，『舊歡若為陶寫』〔三〕，似背元意。

【注釋】

〔一〕『謝安謂』九句：《世說新語·言語》：『謝太傅語王右軍曰：「中年傷於哀樂，與親友別，輒作數日惡。」王曰：「年在桑榆，自然至此，正賴絲竹陶寫，恒恐兒輩覺，損欣樂之趣。」』

〔二〕坡詩用其事：蘇軾《遊東西巖》：『謝公含雅量，世運屬艱難。況復情所鍾，感慨萃中年。正賴絲與竹，陶寫有餘歡。常恐兒輩覺，坐令高趣闌。獨攜縹緲人，來上東西山。放懷事物外，徒倚弄雲泉。』

〔三〕屢使此字：如《雨中花》（憶昔東山）：『正賴哀弦清唱，陶寫餘歡。』《念奴嬌》（念奴玉立）：『老子陶寫平生，清音裂耳，覺庾愁都釋。』

三十七

近歲諸公，以作詩自名者甚眾，然往往持論太高，開口輒以《三百篇》、《十九首》為准，六朝而下，漸不滿意，至宋人殆不齒矣〔一〕。此固知本之說，然世間萬變，皆與古不同，何獨文章而可以一律限之乎？就使後人所作，可到《三百篇》，亦不肯悉安於是矣。何者？滑稽自喜，出奇巧以相誇，人情固有不能已焉者。宋人之詩，雖大體衰于前古，要亦有以自立，不必盡居其後也。遂鄙薄而不道，不已甚乎？少陵以文章為小技〔二〕，程氏以詩為閑言語〔三〕，然則凡辭達理順，無可瑕疵者，皆在所取可也。其餘優劣，何足多較哉？（《滹南遺老集》卷四十）

【注釋】

〔一〕『近歲諸公』七句：如《苕溪漁隱叢話》前集卷二引《雪浪齋日記》曰：『欲知詩之源流，當看《三百篇》及《楚詞》、漢、魏等詩。前輩云：「建安才六七子，開元數兩三人。」前輩所取，其難如此。予嘗與能詩者論書止於晉，而詩止於唐。蓋唐自大曆以來，詩人無不可觀者，特晚唐氣象衰茶耳。』《苕溪漁隱叢話》後集卷一引《呂氏童蒙訓》曰：『大概學詩須以《三百篇》、《楚辭》及漢魏間人詩為主，方見古人妙處，自無齊梁間綺靡氣味也。』

〔二〕以文章為小技：杜甫《貽華陽柳少府》：『文章一小技，於道未為尊。』

〔三〕以詩為閑言語：《二程遺書》卷十八載程頤語：『某素不作詩，亦非是禁止不作，但不欲為此閑言語。且如今言能詩無如杜甫，如云「穿花蛺蝶深深見，點水蜻蜓款款飛」，如此閑言語，道出做甚？某所以不常作詩。』

輯文

論語辨惑

子曰：『《詩》三百，一言以蔽之，曰：「思無邪」。』〔一〕東坡曰：『《易》稱：「無思無為，寂然不動，感而遂通天下之故。」〔二〕凡有思者，皆邪也。而無思，則土木也。何能使有思而無邪，無思而非土木乎？〔三〕此孔子之所盡心也。作詩者未必有意於是，孔子取其有會於吾心者耳。孔子之於《詩》，有斷章之取也〔四〕。如必以是說施之於《詩》，則彼所謂無斁、無疆

者〔五〕，當何以說之？此近時學者之蔽也。』〔六〕予論蘇子此論，流於釋氏，恐非聖人之本旨。楊龜山曰〔七〕：『《書》曰思，曰睿，睿作聖〔八〕。孔子曰：「君子有九思。」〔九〕思可以作聖，而君子于貌言視聽必有思焉，而謂有思皆邪，可乎？《詩三百》出於國史，未能不思而得，然皆止乎禮義，則所謂無邪也。』〔一〇〕其說當矣。且孔子論《詩》，而其以本語蔽之〔一一〕，則所取者固詩人之意也。彼之意未必然，而吾以為然。果孔子之心乎？抑蘇氏之鑿也？己自為鑿而反病時學之不通，亦過矣。（《滹南遺老集》卷四）

【注釋】

〔一〕『《詩》三百』三句：見《論語·為政》。

〔二〕『無思無為』三句：《周易·繫辭上》：『《易》，無思也，無為也，寂然不動，感而遂通天下之故。』《東坡易傳》卷七曾引此語。

〔三〕『凡有思者』六句：見《蘇軾文集》卷六十四《續養生論》。

〔四〕斷章之取：『思無邪』出自《詩經·魯頌·駉》：『思無邪，思馬斯徂。』思本是無意的語音詞，孔子借為思想之思，確為斷章取義。

〔五〕無斁：不厭惡；不厭倦。《詩經·周南·葛覃》：『為絺為綌，服之無斁。』無疆：《詩經·豳風·七月》：『稱彼兕觥，萬壽無疆。』

〔六〕上引蘇軾語，自『此孔子之所盡心也』之後，出處不詳。

〔七〕楊龜山：楊時（一〇四四—一一三〇），字中立，號龜山，祖籍弘農華陰（今陝西華陰），南劍西鏞州（今屬福建將樂縣）人。熙寧九年（一〇七六）進士。歷官瀏陽、餘杭、蕭山知縣，荆州教授、工部侍郎、以龍圖閣直學士專事著述講學，著有《龜山集》。

〔八〕『《書》曰』三句：《尚書·洪範》：『五事。一曰貌，二曰言，三曰視，四曰聽，五曰思，貌曰恭，言曰從，視曰明，聽曰聰，思曰睿。明作哲，聰作謀，睿作聖。』

〔九〕君子有九思：《論語·季氏》：『孔子曰：「君子有九思：視思明，聽思聰，色思溫，貌思恭，言思忠，事思敬，疑思問，忿思難，見得思義。」』

〔一〇〕楊時此論見《龜山集》卷十四《答問》：『《書》曰思，曰睿，睿作聖。孔子曰：「君子有九思。」夫思可以作聖，人而君子，于貌言視聽必有思焉，而謂有思皆邪，可乎？《繫辭》曰：「《易》無思也，無為也，寂然不動，感而遂通天下之故。非天下之至神，其孰能與於此。」夫自「至神」而下，蓋未能無思也。惟無思為，足以感通天下之故，而謂「無思，土木也」，可乎？此非窮神知化，未足與議也。《詩三百》，出於國史，固未能不思而得。然而皆止於禮義，以其所思無邪而已。』

〔一一〕以本語蔽之：以《詩經》的語言來概括《詩經》的特點。

夫子以顏氏簞瓢陋巷不改其樂為賢〔一〕。周濂溪每令學者尋仲尼顏子樂處，所樂何事〔二〕。夫樂天知命，而胸中有道義之味，則外物不能累矣。豈必有所指哉？今乃如衲子下句曰〔三〕：『什麼是受用？吾門中何事？』此等語，呂與叔詩云〔四〕：『學如元凱方成癖，文

似相如反類俳。獨立孔門無一事，輸他顏子得心齋。〔五〕』一時好事者爭諷誦之。予按《論語》、《中庸》、《繫辭》所載，蓋夫子之於顏氏，博之以文，約之以禮，使欲罷不能。而彼其所從事者，皆遷善改過、服膺克己之實〔六〕，若乃『隳支體、黜聰明、心齋、坐忘』等語〔七〕，此出於莊周之徒，而吾黨引之以為美談，誣先賢而惑後學，其風殆不可長也。

【注釋】

〔一〕『夫子』句：《論語·雍也》：『子曰：賢哉回也，一簞食，一瓢飲，在陋巷，人不堪其憂，回也不改其樂，賢哉回也。』

〔二〕周濂溪：周敦頤（一〇一七——一〇七三），字茂叔，後人稱濂溪先生。朱熹《論語集注》卷三：程子又曰：『昔受學于周茂叔，每令尋仲尼顏子樂處，所樂何事？』見其《四書章句集注》。

〔三〕衲子：僧徒的別稱。

〔四〕呂與叔：呂大臨（一〇四六——一〇九二），字與叔，時稱芸閣先生，呂大防之弟。與謝良佐、游酢、楊時並稱程門四先生。

〔五〕『學如』四句：出自呂大臨《送劉戶曹》，見《全宋詩》卷一〇三〇。元凱：杜預（二二二——二八五），字元凱，京兆杜陵（今陝西西安）人，酷愛《左傳》，著有《春秋經傳集解》。《晉書·杜預傳》：『預嘗稱濟有馬癖，嶠有錢癖。武帝聞之，謂預曰：「卿有何癖？」對曰：「臣有《左傳》癖。」』相如：司馬相如。心齋：虛空的心齋。《莊子·人間世》：『回曰：「敢問心齋。」仲尼曰：「若一志，無聽之以耳而聽之以心，無聽之以心而聽

之以氣。耳止於聽，心止于符。氣也者，虛而待物者也。唯道集虛。虛者，心齋也。」』

〔六〕服膺：銘記在心，衷心信奉。

〔七〕『墮支體』數句：《莊子·大宗師》：『仲尼蹵然曰：「何謂坐忘？」顏回曰：「墮枝體，黜聰明，離形去知，同於大通，此謂坐忘。」』

『未可與權』與『唐棣之華』詩〔一〕，舊說以為一章，謂唐棣之華，偏然反而復合，權道亦先反常而後至於大順〔二〕。李清臣辨之曰〔三〕：『權之為名，猶物之在權，能不失其輕重而已。其於道之大經，蓋未嘗戾，而人倫之大經，未嘗亂也。公羊氏始有反經之說焉。孔子言「可與立，未可與權」，既已句斷，而別舉逸詩之文，彼作詩者因兄弟之乖離，而喻之以唐棣。子曰：「未之思也，夫何遠之有？」蓋云兄弟之不親，由己之友悌不至耳。意謂詩人失辭，所以刪而不取，而釋者附之於權，以符公羊之說，豈不妄哉！』〔四〕此論為勝。解詩之義，雖未敢必，而其為兩章者決無疑也。晦庵不知詩之所指，止當闕之，而云『上二句本無意義，但以興起下句』〔五〕，則當矣。程氏曰：『自漢以下，更無人識權字。』〔六〕此言亦太峻矣。唐德宗還自興元，欲因迎扈軍威使人代李楚琳〔七〕，陸贄諫曰：『若此，則事同脅執，議者或謂之權，臣竊未喻其理。權之為義，取類權衡。易一帥而虧萬乘之義，得一方而結四海之疑，乃是重其所輕，而輕其所重，謂之權也，不亦反乎！以反道為權，任數為智，君上行之必失眾，臣下用之必陷

身，歷代所以多喪亂而長姦邪，由此誤也。』〔八〕觀宣公之論，豈可謂『自漢以下無識權字』者邪？（以上《滹南遺老集》卷五）

【注釋】

〔一〕未可與權：《論語·子罕》：『子曰：「可與共學，未可與適道；可與適道，未可與立；可與立，未可與權。」』『「唐棣之華，偏其反而。豈不爾思，室是遠而。」子曰：「未之思也，夫何遠之有？」』

〔二〕舊說：上引兩則相連，或以為一章。如《論語注疏》卷九曰：『此逸詩也。唐棣，移也。其華偏然反而後合。賦此詩者，以言權道亦先反常，而後至於大順也。』

〔三〕李清臣：字邦直（一〇三二—一一〇二），安陽人。宋神宗召為兩朝國史編修官，撰河渠律曆選舉諸志。《宋史》卷三百二十八有傳。

〔四〕『權之』二十一句：見《宋文選》卷十八《李邦直文·春秋論下》，與原文有出入。

〔五〕晦庵：朱熹。《論語集注》卷五：『唐棣，郁李也。偏，《晉書》作翩。然則反亦當與翻同，言華之搖動也。而，語助也。此逸詩也，於六義屬興。上兩句無意義，但以起下兩句之辭耳。其所謂爾，亦不知其何所指也。』

〔六〕『自漢以下』二句：《二程遺書》卷二十二：『權之為義，猶稱錘也。能用權，乃知道，亦不可言權，便是道也。自漢以下，更無人識權字。』

〔七〕『唐德宗』二句：《資治通鑒》卷二百三十一：『上問陸贄，今至鳳翔，有迎駕諸軍，形勢甚盛，欲因此遣人代李楚琳，何如？』

〔八〕陸贄：字敬輿（七五四—八〇五），官至中書侍郎、門下同平章事。謚宣，故稱宣公。《舊唐書》卷一百

三十九、《新唐書》卷一百五十七有傳。陸贄原文見《陸贄集》卷十六《論替换李楚琳狀》。參見《資治通鑒》卷二百三十一。

孟子辨惑

孟子謂說《詩》者，不當以文害辭，辭害志。以意逆志，是爲得之。〔一〕趙氏曰：『欲使後人深求其意，以解其文，不但施於說《詩》也。』〔二〕此最知言。蓋孟子之言，隨機立教，不主故常，凡引人於善地而已，故雖委巷野人之所傳，苟可駕說以明道，皆所不擇。其辭勁，其氣厲，其變縱横而不測，蓋急於救世而然。以孔子微言律之，若參差而不合，所以生學者之疑。誠能以意逆志而求之，如合符契矣。趙氏雖及知此，而不能善爲發明，是以無大功於《孟子》。司馬君實著所疑十餘篇〔三〕，蓋淺近不足道也。蘇氏解《論語》，與《孟子》辨者八〔四〕，其論差勝，自以去聖人不遠，及細味之，亦皆失其本旨。張九成最號深知者〔五〕，而復不能盡。如論行仁政而王，王者之不作，曲爲護諱，不敢正言，而猥曰：『王者，王道也。』〔六〕此猶是鄭厚輩所見〔七〕。至於對齊宣湯武之問〔八〕，辨任人食色之惑〔九〕，皆置而不能措口。嗚呼，孟之意難明如此乎？（《滹南遺老集》卷八）

【注釋】

〔一〕『孟子謂』五句：《孟子・萬章上》：『故説詩者，不以文害辭，不以辭害志。以意逆志，是為得之。』

〔二〕趙氏：趙岐（？—二〇一），東漢京兆長陵人，原名嘉，字台卿，後更名岐，字邠卿。著有《孟子章句》及《三輔決録》。《後漢書》有傳。語見於《孟子注疏・孟子題辭解》。《孟子注疏》十四卷，漢趙岐注，宋孫奭疏。

〔三〕司馬君實：司馬光（一〇一九—一〇八六），字君實，陝州人。謚文正，追封溫國公。撰有《傳家集》八十卷，其中卷七十三《疑孟》包括《伯夷隘柳下惠不恭》、《陳仲子避兄離母》等十幾篇文章。

〔四〕蘇氏：蘇軾。解《論語》：指其《論語説》五卷，已佚。今舒大剛有輯補。《孟子》辨者八：本在《論語説》中，後人有輯録，如《邵氏聞見後録》卷一二、余允文《尊孟續辨》卷下。

〔五〕張九成：字子韶（一〇九二—一一五九），錢塘人，號橫浦居士，又號無垢居士。著有《論語解》、《孟子傳》、《橫浦集》等。

〔六〕王者王道也：見張九成《孟子傳》卷六。《四庫提要》卷三十五《孟子傳》提要徵引王若虚語評價《孟子傳》。

〔七〕鄭厚：字景韋，莆田人，鄭樵兄。紹興五年（一一三五）進士。著有《古易》、《藝圃折衷》、《詩雜説》、《湘鄉文集》等，皆佚。

〔八〕齊宣湯武之問：《孟子・梁惠王下》：『齊宣王問曰：「湯放桀，武王伐紂，有諸？」孟子對曰：「於傳有之。」曰：「臣弑其君，可乎？」曰：「賊仁者謂之賊，賊義者謂之殘，殘賊之人謂之一夫。聞誅一夫紂矣，未聞弑君也。」』

〔九〕任人食色之惑：《孟子・告子下》：『任人有問屋廬子曰：「禮與食孰重？」曰：「禮重。」「色與禮

孰重？」曰：「禮重。」曰：「以禮食，則饑而死。不以禮食，則得食。必以禮乎？親迎，則不得妻；不親迎，則得妻。必親迎乎？」屋廬子不能對，明日之鄒，以告孟子。孟子曰：「於答是也何有？不揣其本而齊其末，方寸之木，可使高於岑樓。金重於羽者，豈謂一鉤金與一輿羽之謂哉！取食之重者，與禮之輕者而比之，奚翅食重！取色之重者，與禮之輕者而比之，奚翅色重！往應之曰：紾兄之臂而奪之食，則得食，不紾則不得食，則將紾之乎？逾東家牆而摟其處子，則得妻，不摟則不得妻，則將摟之乎？」』

史記辨惑

《詩・頌》言『古帝命武湯』〔一〕，又曰『武王載斾』〔二〕。謂之『武』者，詩人之所加也，《殷紀》乃云：『湯曰：「吾甚武。」號曰武王。』〔三〕聖人決無此語。（《滹南遺老集》卷九）

【注釋】

〔一〕古帝命武湯：《詩經・商頌・玄鳥》：『天命玄鳥，降而生商，宅殷土芒芒。古帝命武湯，正域彼四方。』

〔二〕斾：同『旆』。武王載斾：《詩經・商頌・長發》：『武王載斾，有虔秉鉞。如火烈烈，則莫我敢曷。苞有三蘖，莫遂莫達，九有有截。韋顧既伐，昆吾夏桀。』

〔三〕《殷紀》：《史記・殷本紀》：『以告令師，作《湯誓》。於是湯曰：「吾甚武。」號曰武王。』

張安道題漢祖廟云〔一〕：『縱酒疏狂不治生，中陽有土不歸耕〔二〕。偶因世亂成功業，更向翁前與仲爭〔三〕。』此雖詩人一時之言，實中其病。方帝始亡賴時，豈誠有取天下之計，而可必其成功者乎？顧乃對衆矜衒以愧其父兄〔四〕，甚矣，自欺而不知禮也。（《滹南遺老集》卷二十五）

【注釋】

〔一〕張安道：張方平（一〇〇七—一〇九一），字安道，晚號樂全居士。仕至參知政事、太子少師，謚文定。有《樂全集》。《宋史》卷三百一十八有傳。其題漢高祖廟詩，見《樂全集》卷二《題中陽里高祖廟》：『縱酒疏狂不治生，中陽有土倚兄耕。晚遭亂世成功業，更向公前與仲爭。』

〔二〕中陽里：在今江蘇豐縣境內。《史記·高祖本記》：『高祖，豐邑中陽里人，姓劉氏。』

〔三〕翁前：父親面前。仲：仲兄，二哥。《史記·高祖本紀》：『未央宮成，高祖大朝諸侯群臣，置酒未央前殿，高祖奉玉巵，起為太上皇壽曰：「始大人常以臣無賴，不能治產業，不如仲力，今某之業所就，孰與仲多？」殿上群臣皆呼萬歲，大笑為樂。』

〔四〕愧其父兄：令其父兄慚愧。

臣事實辨

東坡詩云〔一〕：『景山沉迷阮籍傲〔二〕，畢卓竊盜劉伶顛〔三〕。貪狂嗜怪無足取，世俗喜異稱其賢。』雖詩人一時之言，其實公論也。然《志林》復云：『籍本有志於世，遭魏晉多故，乃一寓於酒〔四〕。』何邪？晉人放蕩，本其習俗，而好事者每為解說。子由所謂『借通達以濟淫欲』者〔五〕，誠中其病。古之君子，避世全身，固自有道。其不幸而不免，則命也。何必穢汙昏醉，為名教之罪人邪？蓋籍嘗戒其子矣，曰：『仲容已預吾此流，汝不得復爾。』〔六〕則亦心知其非而不能自克而已。（《滹南遺老集》卷二十七）

【校記】

稱其賢：《蘇軾詩集》卷五《謝蘇自之惠酒》作『矜其賢』。

【注釋】

〔一〕東坡詩：原詩見《蘇軾詩集》卷五《謝蘇自之惠酒》。以下所引僅為其中四句。

〔二〕景山：徐邈（一七一—二四九），字景山，薊（今天津市薊州區）人，好酒善畫。《三國志·魏書·徐邈傳》：『時科禁酒，而邈私飲至於沉醉。校事趙達問以曹事，邈曰：「中聖人。」達白之太祖，太祖甚怒，度遼將軍鮮于輔進曰：「平日醉客謂酒清者為聖人，濁者為賢人，邈性修慎，偶醉言耳。」竟坐得免刑。』阮籍：亦嗜酒

狂傲。

〔三〕畢卓：字茂世，新蔡鮦陽（今安徽臨泉）人。歷仕吏部郎、溫嶠平南長史。晉元帝太興末年為吏部郎，因飲酒而廢職。《晉書》卷四十九《畢卓傳》：『比舍郎釀熟，卓因醉夜至其甕間，盜飲之，為掌酒者所縛。明旦視之，乃畢吏部也，遽釋其縛，卓遂引主人宴于甕側，致醉而去。卓嘗謂人曰：「得酒滿數百斛船，四時甘味置兩頭，右手持酒杯，左手持蟹螯，拍浮酒船中，便足了一生矣。」』劉伶顛：平生嗜酒顛狂。《世說新語·任誕》：『劉伶病酒，渴甚，從婦求酒。婦捐酒毀器，涕泣諫曰：「君飲太過，非攝生之道，必宜斷之。」伶曰：「甚善，我不能自禁，唯當祝鬼神自誓斷之耳！便可具酒肉。」婦曰：「敬聞命。」供酒肉於神前，請伶祝誓。伶跪而祝曰：「天生劉伶，以酒為名，一飲一斛，五斗解醒。婦人之言，慎不可聽！」便引酒進肉，隗然已醉矣。』

〔四〕《志林》：《東坡志林》卷四：『嗣宗雖放蕩，本有志於世，以魏晉間多故，故一放於酒。』

〔五〕子由：蘇轍。《蘇轍集·欒城後集》卷十《王導》：『西晉之士，借通達以濟淫欲，風俗既敗，寇亂乘之，遂喪中國。』

〔六〕仲容：阮咸，阮籍兄之子。《晉書》卷四十九《阮籍傳》：『子渾，字長成，有父風，少慕通達，不飾小節，籍謂曰：「仲容已豫吾此流，汝不得復爾。」』

柳子厚附麗小人以得罪天子〔一〕，所謂『自貽伊戚』者〔二〕，安於流落可也。而乃刺譏怨懟〔三〕，曾無責己之意。其起廢之說，悲鳴可憐，至有羡于病顙馬、躄浮圖〔四〕。既不知非，又何其不知命也？

【注釋】

〔一〕『柳子厚』句：指柳宗元參加王叔文集團貶官永州司馬之事。

〔二〕自貽伊戚：《詩經·小雅·小明》：『心之憂矣，自貽伊戚。』意謂自尋煩惱。

〔三〕刺譏怨懟：《新唐書》卷一百六十八《柳宗元傳》：『既竄斥，地又荒癘，因自放山澤間，其堙厄感鬱，一寓諸文，仿《離騷》數十篇，讀者咸悲惻。』

〔四〕起廢之說：見《柳宗元集》卷十五《起廢答》。病顙馬：馬頭有病的小馬駒。躄浮圖：瘸腿的和尚。在文中二者先被廢，後又逢際會遭起用。永州人舉此二者以諷柳宗元『一廢不復』，柳宗元不以為是。

王介甫詩云：『今人未可非商鞅，商鞅能令政必行。』〔一〕又曰：『秦晉區區等亡國，可能王衍勝商君？』〔二〕介甫初以唐、虞之事責神廟〔三〕，以皋、夔、稷、契自任，漢唐而下，皆所不道，何其高也！及其憤新法之不行，則甘心為商鞅而羨慕之，又何其卑也！（以上《滹南遺老集》卷二十九《臣事實辨》）

【注釋】

〔一〕『今人』二句：《臨川先生文集》卷三十二《商鞅》：『自古驅民在信誠，一言為重百金輕。今人未可非商鞅，商鞅能令政必行。』

〔二〕『秦晉』二句：《臨川先生文集》卷三十二《謝安》：『謝公才業自超群，誤長清談助新紛。秦晉區區等

亡國，可能王衍勝商君？』可能：怎麼能。

〔三〕神廟：此指宋神宗。

議論辨惑

三良殉葬，秦伯之命〔一〕，詩人刺之〔二〕，左氏議之〔三〕，皆以見繆公之不道。而後世文士，或反以是罪三子。葛立方曰〔四〕：『君命之於前，眾驅之於後，三良雖欲不死，得乎？』〔五〕此說為當。東坡詩云〔六〕：『顧命有治亂，臣子得從違。魏顆真孝愛〔七〕，三良安足希？』若以魏顆事律之，則正可責康公耳〔八〕。柳子厚所謂『從邪陷厥父，吾欲討彼狂』是也〔九〕。呂氏《博議》，反復曲折以辨三子之非〔一〇〕，刻核尤甚。始予猶謂是少年場屋之文，出於一時之率爾，而《讀詩記·黃鳥篇》復引蘇氏語為解〔一一〕，乃知其所見之蔽，蓋終身也。（《滹南遺老集》卷三十）

【注釋】

〔一〕三良：秦穆公時的奄息、仲行、鍼虎。三良殯葬：《漢書》卷八十一《匡衡傳》應劭注：『秦穆與群臣飲酒，酒酣，公曰：「生共此樂，死共此哀。」於是奄息、仲行、鍼虎許諾。及公薨，皆從死。』秦伯：秦穆公，一作秦繆公。

〔二〕詩人刺之：《詩經·秦風·黃鳥序》：『黄鳥，哀三良也。國人刺穆公以人從死，而作是詩也。』

〔三〕左氏譏之：《左傳·文公六年》：『君子曰：「秦穆之不為盟主也，宜哉！死而棄民，先王違世，猶詒之法，而況奪之善人乎。」』

〔四〕葛立方：字常之（？—一一六四），號嬾真子。丹陽（今屬江蘇）人。紹興八年（一一三八）進士。曾任正字、校書郎及考功員外郎等職。後因忤秦檜而得罪，罷吏部侍郎，出知袁州、宣州。著有《韻語陽秋》等。

〔五〕『君命之於前』數句：見葛立方《韻語陽秋》卷九。

〔六〕東坡詩：見《蘇軾詩集》卷四十《和陶詠三良》。

〔七〕魏顆真孝愛：春秋晉大夫魏武子命其子魏顆以妾相殉葬，魏顆不從命，而嫁妾。事見《左傳·宣公十五年》。

〔八〕康公：秦穆公之子。

〔九〕『從邪』二句：見《柳宗元集》卷四十三《詠三良》詩。

〔一〇〕呂氏《博議》：呂祖謙《左氏博議》。反復曲折：《左氏博議》卷十七《秦穆公以子車氏之三子為殉》。

〔一一〕《讀詩記》：指呂祖謙《家塾讀詩記》，三十二卷。引蘇氏語為解：指引用蘇軾《和陶詠三良》，見《家塾讀詩記》卷十二。

高思誠詠白堂記〔一〕

有所慕於人者，必有所悦乎其事也。或取其性情、德行、才能、技藝之所長，與夫衣服儀度

之如何，以想見其彷彿，甚者至有易名變姓以自比而目之，此其嗜好趨向，自有合焉而不奪也。

吾友高君思誠，葺其所居之堂，以為讀書之所，擇樂天絕句之詩，列之壁間，而榜以『詠白』，蓋將日玩諸其目而諷誦諸其口也。一日，見告曰：『吾平生深慕樂天之為人，而尤愛其詩，故以是云，何如？』

予曰：『人物如樂天，吾復何議？子能於是而存心，其嗜好趨向，亦豈不佳？然慕之者欲其學之，而學之者欲其似之也。慕焉而不學，學焉而不似，亦何取乎其人耶！蓋樂天之為人，沖和靜退，達理而任命，不為榮喜，不為窮憂，所謂「無入而不自得」者〔二〕。今子方皇皇干祿之計，求進甚急，而得喪之念，交戰於胸中，是未可以樂天論也。樂天之詩，坦白平易，直以寫自然之趣，合乎天造，厭乎人意〔三〕，而不為奇詭以駭末俗之耳目。子則雕鐫粉飾，未免有侈心而馳騁乎其外〔四〕，是又未可以樂天論也。雖然，其所慕在此者，其所歸必在此。子以少年豪邁，如川之方增〔五〕，而未有涯涘，則其勢固有不得不然者。若其加之歲年而博以學，至於心平氣定，盡天下之變，而返乎自得之場，則樂天之妙，庶乎其可同矣。姑俟他日，復為子一觀而評之。』（《滹南遺老集》卷四十三）

【注釋】

〔一〕高思誠：疑是高斯誠。《歸潛志》卷五：『高斯誠，字法揚，大興人，至寧元年（一二一三）經義魁也。

讀書有學問，與王從之、李之純游，為詩文，恬澹自得。』

〔二〕無入而不自得：意謂無處不安然自得。語出《禮記·中庸》：『君子素其位而行，不願乎其外。素富貴行乎富貴，素貧賤行乎貧賤，素夷狄行乎夷狄，素患難行乎患難：君子無入而不自得焉。』

〔三〕合乎天造，厭乎人意：蘇軾《淨因院畫記》：『千變萬化，未始相襲，而各當其處，合於天造，厭於人意。』

〔四〕侈心：誇耀自大之心。

〔五〕川之方增：《詩經·小雅·天保》：『如川之方至，以莫不增。』

題淵明歸去來圖〔一〕

靖節迷途尚爾賒，苦將覺悟向人誇〔二〕。此心若識真歸處，豈必田園始是家？〔三〕

孤雲出岫暮鴻飛，去住悠然兩不疑〔四〕。我自欲歸歸便了，何須更說世相遺〔五〕。

拋卻微官百自由，應無一事掛心頭。銷憂更藉琴書力，借問先生有底憂〔六〕？

得時草木竟欣榮，頗為行休惜此生〔七〕。乘化樂天知浪語，看君於世未忘情〔八〕。

名利醉心濃似酒，貪夫袞袞死紅塵。折腰不樂翻然去〔九〕，此老猶為千載人。

【注釋】

〔一〕《題淵明歸去來圖》：此組詩入選《中州集》卷六。淵明歸去來圖：作者不詳。

〔二〕「靖節迷途」二句：《歸去來兮辭》：「實迷途其未遠，覺今是而昨非。」

〔三〕「此心若誤」二句：《歸去來兮辭》：「歸去來兮，田園將蕪，胡不歸？」

〔四〕「孤雲出岫」二句：《歸去來兮辭》：「雲無心以出岫，鳥倦飛而知還。」

〔五〕「我自欲歸」二句：《歸去來兮辭》：「歸去來兮，請息交以絶遊。世與我而相違，復駕言兮焉求？」

〔六〕「銷憂更藉」二句：《歸去來兮辭》：「悦親戚之情話，樂琴書以消憂。」

〔七〕「得時草木」二句：《歸去來兮辭》：「木欣欣以向榮，泉涓涓而始流。善萬物之得時，感吾生之行休。」

〔八〕「乘化樂天」二句：《歸去來兮辭》：「聊乘化以歸盡，樂夫天命復奚疑。」乘化，順隨自然。化，造化。

〔九〕「折腰不樂」句：《晉書·陶潛傳》：「吾不能為五斗米折腰，拳拳事鄉里小人邪。」

山谷於詩每與東坡相抗，門人親黨遂謂過之。而今之作者，亦多以為然，予嘗戲作四絶云

駿步由來不可追〔一〕，汗流餘子費奔馳〔二〕。誰言直待南遷後，始是江西不幸時〔三〕。

信手拈來世已驚，三江衮衮筆頭傾。莫將險語誇勍敵，公自無勞與若爭〔四〕。

戲論誰知是至公，蝤蛑信美恐生風〔五〕。奪胎換骨何多樣，都在先生一笑中〔六〕。

文章自得方為貴，衣鉢相傳豈是真〔七〕？已覺祖師低一著，紛紛法嗣復何人〔八〕！

【校記】

《中州集》卷六入選此詩，題作：『山谷於詩每與東坡相抗，門人親黨遂有言文首東坡，論詩右山谷之語，今人學者亦多以為然，漫賦四詩為商略之云』。

駿步：《中州集》卷六作『絕足』。借指蘇軾。與若爭：《中州集》卷六作『與物爭』。

是至公：《中州集》卷六作『出至公』。

復何人：《中州集》卷六作『更何人』。

【注釋】

〔一〕駿步：借指蘇軾。

〔二〕餘子：借指黃庭堅及江西詩派成員。汗流：《蘇軾文集》卷十七《潮州韓文公廟碑》：『汗流籍湜走且僵。』

〔三〕『誰言直待』二句：朱弁《風月堂詩話》卷上：『東坡文章，至黃州以後人莫能及，唯黃魯直詩時可以抗衡。晚年過海，則雖魯直亦若瞠乎其後矣。或謂東坡過海，雖為不幸，乃魯直之大不幸也。』

〔四〕勍敵：有力的對手。

〔五〕『戲論誰知』二句：《蘇軾文集》卷六十七《書黃魯直詩後二首》：『魯直詩文，如蝤蛑、江瑤柱，格韻高絕，盤餐盡廢，然不可多食，多食則發風動氣。』

〔六〕奪胎換骨：指詩文取法前人而化為己出。《詩話總龜》前集卷九引山谷云：『詩意無窮，人之才有限，

以有限之才，追無窮之意，雖少陵、淵明不得工也。然不易其意而造其語，謂之換骨法；規模其意而形容之，謂之奪胎法。』

〔七〕衣鉢相傳：指黃庭堅及江西詩派。《苕溪漁隱叢話》前集卷四十八載胡仔語曰：『呂居仁近時以詩得名，自言傳衣江西，嘗作《宗派圖》，自豫章以降，……合二十五人以為法嗣，謂其源流皆出豫章也。』

〔八〕祖師：江西詩派視黃庭堅為祖師。法嗣：禪宗稱繼承衣鉢的弟子為法嗣。

王子端云：『近來陸覺無佳思，縱有詩成似樂天。』其小樂天甚矣。予亦嘗和為四絕〔一〕

功夫費盡謾窮年，病入膏肓不可鐫。寄與雪溪王處士〔二〕，恐君猶是管窺天。

東塗西抹鬬新妍，時世梳妝亦可憐〔三〕。人物世衰如鼠尾〔四〕，後生未可議前賢。

妙理宜人入肺肝〔五〕，麻姑搔癢豈勝鞭〔六〕。世間筆墨成何事，此老胸中具一天。

百斛明珠一一圓，絲毫無恨徹中邊〔七〕。從渠屢受群兒謗，不害三光萬古懸〔八〕。

【校記】

該詩入選《中州集》卷六，題作：『王內翰子端詩：「近來陸覺無佳思，縱有詩成似樂天。」其小樂天甚矣。漫賦三詩為白傳解嘲。』

不可鐫：《中州集》卷六作『豈易鐫』。寄與：《中州集》卷六作『寄語』。

【注釋】

〔一〕王子端：即王庭筠。詳卷三《寄王學士》注〔一〕。詩律深嚴，七律尤好險韻。《歸潛志》卷十：『趙閑閑，……嘗云：『王子端才固高，然太為名所使，每出一聯一篇，必要使人皆稱之，故止是尖新。其曰：「近來陡覺無佳思，縱有詩成似樂天。」不免為物議也。』李屏山于前輩中止推王子端庭筠，嘗曰：『東坡變而山谷，山谷變而黄華，人難及也。』』

〔二〕雪溪王處士：王庭筠。

〔三〕時世梳妝：秦韜玉《貧女》：『誰愛風流高格調，共憐時世儉梳妝。』儉梳妝：怪異的妝扮。

〔四〕鼠尾：其意不詳，或是越來越衰落之意。

〔五〕『妙理宜人』句：《滹南遺老集》卷三十九《詩話》：『樂天之詩，情致曲盡，入人肝脾，隨物賦形，所在充滿，殆與元氣相侔。』

〔六〕麻姑：古仙女。葛洪《神仙傳》卷三：『麻姑手爪不如人爪，形皆似鳥爪，蔡經中心私言，若背大癢時，得此爪以爬背，當佳也。』杜牧《讀杜韓集》：『杜詩韓筆愁來讀，似倩麻姑癢處搔。』

〔七〕中邊：内外。

〔八〕三光：日、月、星。

卷五　元好問

元好問（一一九〇—一二五七），字裕之，號遺山，忻州秀容（今山西忻州）人。興定五年（一二二一）進士及第，不就選，正大元年（一二二四）中宏詞科，授儒林郎，充國史編修。歷任鎮平、内鄉、南陽縣令，正大八年（一二三一）受詔入都，任尚書省掾、左司都事等職。天興二年（一二三三）汴京城破，北渡羈管聊城，後往返於各地。晚年以著述自任。生平事迹見《金史》卷一二六、郝經《遺山先生墓銘》。著有《遺山文集》四十卷、《遺山詩集》二十卷、《遺山樂府》二卷，另編纂《中州集》等。

輯文

贈答楊煥然〔一〕

詩亡又已久，雅道不復陳〔二〕。人人握和璧，燕石誰當分〔三〕。關中楊夫子，高誼世所聞〔四〕。十年玄尚白，藜藿甘長貧〔五〕。有來《河水》篇〔六〕，四海付斯文。斯文有定在，桓生知子雲〔七〕。古來知己難，萬里猶比鄰〔八〕。千人國中和〔九〕，要非心所親。東楚西南秦〔一〇〕，望君勞我神。相逢不得語，别去徒殷勤。白雲不可贈〔一一〕，相思秋復春。（《元好問全集》卷一）

【注釋】

〔一〕楊焕然：名奐（一一八六—一二五五），乾州奉天（今陝西乾縣）人。金亡北渡，蒙古太宗十年（一一三八），參試東平，賦論第一，曾任河南路徵收課稅所長官兼廉訪使。號關西夫子，人稱紫陽先生。有《還山集》。《元史》卷一五三有傳。

〔二〕詩亡：本自《孟子·離婁下》：『王者之迹熄而詩亡，詩亡然後《春秋》作。』詩亡已久之論，又見元好問《別李周卿》、《東坡詩雅》、《論詩三十首》（其一）。

〔三〕和璧：指和氏璧。燕石：燕山所產似玉的石頭。

〔四〕高誼：高尚的德行。元好問《楊府君墓碑銘》：『今奐學為通儒，有關中夫子之目。……蓋自百餘年來，秦中士大夫有重望者，皆莫能出其右。』

〔五〕『十年』二句：謂楊奐長期未得功名，生活清貧。十年玄尚白：用揚雄著《太玄》之事。《漢書·揚雄傳》：『時雄方草《太玄》，有以自守，泊如也。或嘲雄以玄尚白，而雄解之，號曰《解嘲》。』顏師古注：『玄，黑色也。言雄作之不成，其色猶白，故無祿位也。』藜藿：兩種野菜。

〔六〕河水：一作『河冰』，當指楊奐詩作名，現已失傳。

〔七〕定在：定準。桓生：指桓譚。子雲：揚雄。《漢書·揚雄傳》：『時大司空王邑、納言嚴尤聞雄死，謂桓譚曰：「子嘗稱揚雄書，豈能傳於後世乎？」譚曰：「必傳。顧君與譚不及見也。凡人賤近而貴遠，親見揚子雲祿位容貌不能動人，故輕其書。……今揚子之書文義至深，而論不詭于聖人，若使遭遇時君，更閱賢知，為所稱善，則必度越諸子矣。」』

〔八〕萬里猶比鄰：曹植《贈白馬王彪》：『大夫志四海，萬里猶比鄰。』王勃《送杜少府之任蜀川》：『海內

存知己，天涯若比鄰。』

〔九〕千人國中和：　宋玉《對楚王問》：『客有歌於郢中者，其始曰《下里》、《巴人》，國中屬而和者數千人。』

〔一〇〕東楚：　指元好問寓居之地。西秦：　指楊奐的居住地。

〔一一〕白雲不可贈：　陶弘景《詔問山中何所有賦詩作答》：『山中何所有，嶺上多白雲。只可自怡悦，不堪持贈君。』

放言

韓非死孤憤〔一〕，虞卿著窮愁〔二〕。長沙一湘纍〔三〕，郊島兩詩囚〔四〕。人生定能幾，肺肝日相讎。井蛙奚足論，褌虱良足羞〔五〕。正有一朝樂，不償百年憂〔六〕。古來帝王師，或從赤松遊〔七〕。大笑人間世，起滅真浮漚〔八〕。曾是萬户封，不博一掉頭〔九〕。有來且當避〔一〇〕，未至吾何求。悠悠復悠悠，大川日東流。紅顔不暇惜，素髮忽已稠。我欲升嵩高，揮杯勸浮丘〔一一〕。因之兩黄鵠，浩蕩觀齊州〔一二〕。

【注釋】

〔一〕韓非死孤憤：　韓非入秦後，受到李斯等人的排斥和誣陷，被逼自殺。《史記·韓非子列傳》：『悲廉直不容於邪枉之臣，觀往者得失之變，故作《孤憤》、《五蠹》、《内外儲》、《說林》、《說難》十餘萬言。』

〔二〕虞卿：戰國名士，邯鄲人，為趙國上卿，故號為卿。他主張以趙為主聯合齊魏抵抗秦國。後因拯救魏相魏齊的緣故，拋棄高官厚祿離開趙國，終困於梁，遂發憤著書。《史記·平原君虞卿列傳》：『虞卿既以魏齊之故，不重萬戶侯卿相之印，與魏齊間行，卒去趙，困於梁。魏齊已死，不得意，乃著書，上采《春秋》，下觀近世，曰《節義》、《稱號》、《揣摩》、《政謀》，凡八篇。以刺譏國家得失，世傳之曰《虞氏春秋》。……太史公曰：……虞卿料事揣情，為趙畫策，何其工也！及不忍魏齊，卒困於大梁，庸夫且知其不可，況賢人乎？然虞卿非窮愁，亦不能著書以自見於後世云。』

〔三〕長沙：指賈誼，因貶官長沙王太傅，故名。湘纍：指屈原，因屈原投湘江而死。《漢書·揚雄傳》：『欽吊楚之湘累。』長沙一湘累：謂賈誼是位屈原式的人物。

〔四〕郊島：孟郊、賈島。詩囚：因郊島作詩多窮愁苦吟，故稱。元好問《論詩三十首》：『東野窮愁死不休，高天厚地一詩囚。』

〔五〕井蛙：井底之蛙。褌虱：褌中之虱。阮籍《大人先生傳》：『君子之處域中，何異夫虱處褌中乎？』

〔六〕『古來』二句：意謂一朝夕的短暫快樂，解決不了人生一輩子的憂患。

〔七〕帝王師：帝王之師，指張良。赤松子：秦漢傳說中的上古仙人。張良輔佐劉邦，劉邦對之言聽計從。《史記·留侯世家》：『留侯乃稱曰：「家世相韓，及韓滅，不愛萬金之資，為韓報讎强秦，天下振動，今以三寸舌為帝者師，封萬戶，位列侯，此布衣之極，於良足矣，願棄人間事，欲從赤松子遊耳。」』

〔八〕浮漚：水面上的泡沫。因其易生易滅，常比喻世事的無常、生命的短暫。

〔九〕萬戶封：指食邑萬戶的封賞，如張良。一掉頭：回首，指留戀之情。

〔一〇〕有來：指偶然得到的功名利祿。

〔一一〕嵩高：即嵩山。浮丘：傳説中的仙人浮丘公。郭璞《遊仙詩》：『左挹浮丘袖，右拍洪崖肩。』李善注：『浮丘公接王子喬，以上嵩高山。』元好問此句謂，欲登嵩山，勸浮丘公帶上自己升天漫遊。

〔一二〕黄鵠：即黄鶴。相傳古代仙人乘鶴升天。齊州：指中國。李賀《夢天》：『遥望齊州九點煙，一泓海水杯中瀉。』

學東坡移居八首（其七）〔一〕

東坡謫黄州〔二〕，符藥行江湖〔三〕。荒田拾瓦礫〔四〕，賤役分僮奴〔五〕。我讀移居篇〔六〕，感極為悲歔。九原如可作，從公把犂鋤〔七〕。我貧公亦貧，賦分無賢愚。論人雖甚愧，詩亦豈不如〔八〕？

【注釋】

〔一〕學東坡移居：蘇軾有《和陶移居二首》，似非元好問所學之詩。據元好問詩意，當指蘇軾《東坡八首》。然《東坡八首》並無移居之詞，疑元好問誤記蘇軾詩題。

〔二〕東坡謫黄州：蘇軾於元豐二年（一〇七九）貶官黄州團練副使。黄州，今湖北黄岡。

〔三〕符藥行江湖：指行醫於世。

〔四〕荒田拾瓦礫：蘇軾《東坡八首并敘》：『余至黄州二年，日以困匱，故人馬正卿哀余乏食，為於郡中請

故營地數十畝，使得躬耕其中，地既久荒，爲茨棘瓦礫之場，而歲又大旱，墾闢之勞，筋力殆盡。』其一曰：『端來拾瓦礫，歲旱土不膏。』

〔五〕賤役分僮奴：《東坡八首》之二：『家僮燒枯草，走報暗井出。』

〔六〕移居篇：指《東坡八首》。

〔七〕九原：春秋時晉國士大夫的墓地。作：興起，指起死回生。《國語》卷十四《晉語》八：『趙文子與叔向游於九原，曰：「死者若可作也，吾誰與歸？」』蘇軾《東坡八首》其七：『我窮交舊絕，三子獨見存。從我於東坡，勞餉同一飧。』

〔八〕詩亦豈不如：當就《學東坡移居八首》與《東坡八首》比較而言。元好問不至於自負地認爲其詩歌成就如同蘇軾。

與張仲傑郎中論文〔一〕

文章出苦心，誰以苦心爲。正有苦心人，舉世幾人知。工文與工詩，大似國手棋〔二〕。國手雖漫應〔三〕，一著存一機。不從著著看，何異管中窺。文須字字作，亦要字字讀。咀嚼有餘味，百過良未足〔四〕。功夫到方圓，言語通眷屬〔五〕。只許曠與夔，聞弦知雅曲〔六〕。今人誦文字，十行誇一目。閼顫失香臭，瞀視紛紅緑〔七〕。毫釐不相照，覿面楚與蜀〔八〕。莫訝荆山前，時聞刖人哭〔九〕。

【注釋】

〔一〕張仲傑：　名弘略（？—一二九六），易州定興（今河北定縣）人，張柔之子，係元好問弟子，曾任元順天路管民總管，行軍萬戶。《元史》卷一百四十七有傳。

〔二〕國手棋：　國家級水準的棋手。

〔三〕漫應：　漫不經手地應對。

〔四〕百過：　百遍。

〔五〕功夫到方圓：　意謂要用足功夫，方圓比喻詩歌的各個方面。眷屬：　親屬，比喻與語言相關的情感、意趣、形式技巧等等。

〔六〕曠：　師曠，春秋時晉國樂師。夔：　堯時樂師。《三國志・吳書・周瑜傳》注引《江表傳》：『瑜曰：「吾雖不及夔、曠，聞弦賞音，足知雅曲也。」』

〔七〕閼：　堵塞。顫：　鼻通。《莊子・外物》：『耳徹為聰，鼻徹為顫。』瞀視：　眼睛昏花，或謂色盲。

〔八〕覿面：　當面，迎面。

〔九〕刖人：　指和氏。《韓非子・和氏》：『楚人和氏得玉璞楚山中，奉而獻之厲王。厲王使玉人相之，玉人曰：「石也。」王以和為誑，而刖其左足。及厲王薨，武王即位，和又奉其璞而獻之武王，武王使玉人相之，又曰：「石也。」王又以和為誑，而刖其右足。武王薨，文王即位，和乃抱其璞，而哭于楚山之下，三日三夜，淚盡而繼之以血。王聞之，使人問其故，曰：「天下之刖者多矣，子奚哭之悲也。」和曰：「吾非悲刖也，悲夫寶玉而題之以石，

貞士而名之以誑，此吾所以悲也。』王乃使玉人理其璞而得寶焉，遂命曰和氏之璧。』

別李周卿三首（其二）〔一〕

風雅久不作，日覺元氣死〔二〕。詩中柱天手，功自斷鼇始〔三〕。古詩十九首〔四〕，建安六七子〔五〕。中間陶與謝，下逮韋柳止〔六〕。詩人玉為骨，往往墮塵滓〔七〕。衣冠語俳優，正可作婢使〔八〕。望君清廟瑟〔九〕，一洗筝笛耳〔一〇〕。

【注釋】

〔一〕李周卿：東平文人，餘不詳。《別李周卿》（其三）詩末自注：『周卿學有淵源，東州詩人未見其比，與予約西遊，如詩中所說。』元好問《御史張君墓表》：『東平幕府從事張昉，持文士李周卿所撰先御史君行事之狀，請於僕。』元好問另有《別周卿弟》詩。杜仁傑有《中秋夜宿普照喜周卿至》，疑是李周卿。

〔二〕風雅：指《詩經》以來的風雅傳統。元氣：本指天地未分前的混沌之氣，詩中比喻詩歌傳統的生命力。

〔三〕斷鼇：斬斷鼇足。《淮南子·覽冥訓》：『往古之時，四極廢，九州裂，天不兼覆，地不周載，火爁炎而不滅，水浩洋而不息，猛獸食顓民，鷙鳥攫老弱，於是女媧煉五色石以補蒼天，斷鼇足以立四極。』

〔四〕古詩十九首：漢代無名氏所作，始見於《文選》。

〔五〕建安六七子：泛指建安詩人，包括建安七子和三曹等人。

〔六〕陶：陶淵明。謝：謝靈運。韋：韋應物。柳：柳宗元。元好問《東坡詩雅引》曰：『五言以來，六朝之謝陶，唐之陳子昂、韋應物、柳子厚，最為近風雅，自餘多以雜體為之，詩之亡久矣。』

〔七〕『詩人』二句：意謂詩人本該高潔脱俗，但卻往往落入塵俗之中。

〔八〕『衣冠』二句：意謂有些衣冠之士說著俳優之類的語言，不自珍重，類似婢女一樣低下。

〔九〕清廟：《詩經·周頌》篇名。清廟瑟，比喻雅正之音。《禮記·樂記》：『《清廟》之瑟，朱弦而疏越，一倡而三歎，有遺音者矣。』

〔一〇〕箏笛：指與琴瑟相對的俗樂。蘇軾《聽賢師琴》：『歸家且覓千斛水，淨洗從前箏笛耳。』黄庭堅《寄題滎州祖元大師此君軒》：『王師學琴二十年，響如清夜落澗泉。滿堂洗盡箏琶耳，請師停手恐斷絃。』

繼愚軒和党承旨雪詩四首〔一〕

今古幾詩人，擾擾劇毛粟〔二〕。吾愛陶與韋，泠然如冰玉〔三〕。大雅久不作，聞韶信忘肉〔四〕。求音扣寂寞〔五〕，一歎動鄰屋。水風清鶴夢，月露洗蟬腹〔六〕。白頭兩遺編〔七〕，吟唱心自足。誰為起九原，寒泉薦芳菊〔八〕。（其二）

【注釋】

〔一〕愚軒：指金代詩人趙元，字宜之，號愚軒居士。詳參《中州集》卷五《愚軒居士趙元》。党承旨：指党懷英（一一三四—一二一一），字世傑，號竹溪，仕至翰林學士承旨。詳參《中州集》卷三《承旨党公》。党懷英《雪詩四首》現存，《中州集》卷三題作《雪中四首》。趙元的和詩現存兩首，題作《書懷繼元弟裕之韻四首》，其中第三、第四首為党懷英《雪中四首》其三、其四的和作。

〔二〕劇：繁多。毛粟：形容繁多。

〔三〕陶：陶淵明。韋：韋應物。泠然：形容聲音清脆。

〔四〕韶：虞舜時音樂，比喻具有大雅之音的詩歌。《論語·述而》：『子在齊，聞《韶》，三月不知肉味。』

〔五〕求音扣寂寞：語出陸機《文賦》說：『課虛無以責有，扣寂寞而求音。』

〔六〕清鶴夢：指超凡脫俗的嚮往。司空圖《與李生論詩書》：『地涼清鶴夢，林靜肅僧儀。』

〔七〕白頭：指晚年。兩遺編：指陶淵明、韋應物二人的詩集。

〔八〕起九原：讓他們起死回生。參前條注〔七〕。薦：祭奠。

愚軒具詩眼，論文貴天然〔一〕。頗怪今時人，雕鐫窮歲年。君看陶集中，飲酒與歸田〔二〕。此翁豈作詩，直寫胸中天。天然對雕飾，真贋殊相懸。乃知時世妝，粉綠徒爭憐〔三〕。枯淡足自樂，勿為虛名牽。（其四）

【注釋】

〔一〕詩眼：　鑒賞詩歌的眼光。趙元壯年失明，『無所營為，萬慮一歸於詩』（《中州集》卷五《愚軒居士趙元》）。趙元《書懷繼元弟裕之韻四首》其一：『初學悔大謬，篆刻工文辭。年來厭酸鹹，淡愛陶潛詩。愛詩固自佳，其如未忘機。』

〔二〕飲酒與歸田：　陶淵明有《飲酒詩》和《歸園田詩》組詩。

〔三〕時世妝：　白居易《時世妝》：『時世妝，時世妝，出自城中傳四方。時世流行無遠近，腮不施朱面無粉。烏膏注唇唇似泥，雙眉畫作八字低。妍媸黑白失本態，妝成盡似含悲啼。圓鬟無鬢椎髻樣，斜紅不暈赭面狀。』

寄英禪師，師時住龍門寶應寺〔一〕

我本寶應僧，一念墮儒冠。多生經行地，樹老井未眢〔二〕。一窮縛兩腳，寸步百里難。空餘中夜夢，浩蕩青林端。故人今何如，念子獨輕安〔三〕。孤雲望不及，冥鴻杳難攀〔四〕。前時得君詩，失喜忘朝餐。想君亦念我，登樓望青山。山中多詩人，杖屨時往還〔五〕。但苦詩作祟，況味同酸寒。清涼詩最圓〔六〕，相和尚住清涼。往往似方干〔七〕。半年臥床席，瘧我疥亦頑〔八〕。《本草》松枝條：松脂，塗疥頑者，三兩度〔九〕。濟甫詩最苦〔一〇〕，僧源字濟甫，宋州人。寸晷不識閑〔一一〕。傾身營一飽，船上八節灘〔一二〕。安行詩最工〔一三〕，慕容安行，山陽人，臨潼簿。六馬鳴和鸞〔一四〕。鬱鬱饑寒憂，慘慘日在顏。老秦詩最和〔一五〕，秦略字簡夫，陵川人。平易出深

艱。脱身豺虎叢，白髮羅惸鰥〔一六〕。張侯詩最豪〔一七〕，前登封令張效，字景賢，雲中人。驚風卷狂瀾。竅繁天和泄〔一八〕，外腴中已乾。城中崔夫子〔一九〕，崔遵字懷祖，燕人。老筆鬱盤盤。家無儋石儲〔二〇〕，氣壓風騷壇。我詩有凡骨，欲換無金丹。呻吟二十年〔二一〕，似欲見一斑。大笑揶揄生，已復不相寬〔二二〕。愛君梅花篇，入手如彈丸〔二三〕。愛君山堂句〔二四〕，深靜如幽蘭。詩僧第一代，無愧百年間。思君復思君，恨不生羽翰。何時溪上石，清坐兩蒲團。

【注釋】

〔一〕英禪師：名性英，號木庵，著名詩僧。詳參元好問《木庵詩集序》。龍門：山名，在今河南洛陽。

〔二〕多生：佛教認為生死輪回，故曰多生。智：枯竭。

〔三〕故人：指在三鄉的趙元、辛愿等詩友。輕安：輕鬆安穩。

〔四〕冥鴻：高飛的鴻雁。二句謂相距遙遠，交往困難。

〔五〕多詩人：指下面所列諸人。杖屨：手杖、鞋。

〔六〕清涼：清涼寺，據詩中自注，指居住其中的相和尚。相和尚：名弘相。元好問《清涼相禪師墓銘》：『予愛其文頗能道所欲言，詩則清而圓，有晚唐以來風調，其深入理窟，七縱八橫，則又于近世詩僧不多見也。』

〔七〕方干：字雄飛（八〇九—八八八），桐廬（今浙江桐廬）。師徐凝為詩，其詩受到姚合讚賞，後人評其詩『清奇雅正』（張為《詩人主客圖》），『清潤小巧』（葛立方《韻語陽秋》）。

〔八〕半年臥床席：當指相禪師因病臥床。瘧我疥亦頑：意謂相禪師傳染給自己嚴重的疥瘡。元好問《與

福院功德記』：『予居嵩前，往來清涼，如吾家別業。』可見，元好問曾與相禪師交往密切。

〔九〕《本草》：指宋唐慎微所撰《證類本草》。《證類本草》卷十二：『治疥癬：松膠香研細，約酌入少輕粉，衮令勻，凡疥癬上，先用油塗了，錯末，一日便乾，頑者，三兩度。』

〔一〇〕濟甫：除句後自注外，生平失考。

〔一一〕寸晷：短暫的時光。寸晷不識閑，言其作詩用心苦吟。

〔一二〕傾身營一飽：言其生活艱難。船上八節灘：言其作詩之苦難。八節灘：在伊河龍門段，白居易曾倡議開鑿，始能通船。周紫芝《竹坡詩話》引黃庭堅詩云：『花氣薰人欲破禪，心情其實過中年。春來詩思何所似，八節灘頭上水船。』

〔一三〕慕容安行：除句後自注外，生平失考。

〔一四〕六馬：古代天子馬車用六匹馬。和鸞：車鈴。《詩經·小雅·蓼蕭》：『和鸞邕邕，萬福攸同。』毛傳：『在軾曰和，在鑣曰鸞。』

〔一五〕老秦：秦略（一一六一？—一二二六？），字簡夫，號西溪道人，陵川（今山西陵川）人，詩尚雕刻，不欲見斧鑿痕。《中州集》卷七有傳。

〔一六〕脱身豺虎叢：疑指南渡經歷。惸鰥，惸獨鰥寡，指無兄弟妻子。秦略晚年喪偶，有《悼亡》詩傳世。

〔一七〕張侯：張效，生平不詳。元好問《送登封張令西上》：『罷縣人稱屈，悠悠復此行。渭城秋雁到，秦嶺暮雲平。道路衣從典，風塵劍已鳴。山西多俠客，莫說是書生。』《續夷堅志》卷四《張居士》：『登封令張效景說此事。』當是一人。

〔一八〕竅繁天和泄：言其機竅洩漏其天和之氣，當指其被罷縣令之事。天和：指人之元氣。《文子·下

德》：『七竅交爭，以害一性，日引邪欲，竭其天和。』

〔一九〕崔夫子：崔遵，字懷祖，北燕（今河北懷來）人。元好問與之有詩唱和。《中州集》卷七有傳。

〔二〇〕儋石儲：僅有少量米粟儲存。

〔二一〕呻吟二十年：元好問《南冠錄引》：『予自四歲讀書，八歲學作詩。』《龍門雜詩》：『學詩二十年，鈍筆死不神。乞靈白少傅，佳句儻能新。』

〔二二〕『大笑』二句：謂自己至今沒有功名，難免受人揶揄。《世說新語·任誕》劉注引《晉陽秋》載羅友事：『昨奉教旨，乃是首旦出門，于中路逢一鬼，大見揶揄，云：「我只見汝送人作郡，何以不見人送汝作郡？」』

〔二三〕梅花篇：英禪師詩篇名，已佚。元好問《木庵詩集序》：『出世，住寶應，有「山堂夜岑寂」及《梅花》等篇傳之京師。』

〔二四〕山堂：亦英禪師詩篇名，應是『山堂夜岑寂』一詩，已佚。耶律楚材《湛然居士集》卷十有《和少林和尚英粹中山堂詩韻》。

龍門雜詩二首

不見木庵師〔一〕，胸中滿泥塵。西窗一握手，大笑傾冠巾。青山有佳招，一遊負因循〔二〕。老筇動高興〔三〕，萬景森前陳。乾元先有期，清伊亦知津〔四〕。細看潛溪樹，高臥香山雲〔五〕。

學詩二十年，鈍筆死不神。乞靈白少傅，佳句儻能新〔六〕。遥遥洛陽城，梅花千樹春。山中有忙事，寄謝城中人。（其一）

【注釋】

〔一〕木庵師：性英禪師，號木庵。

〔二〕負因循：擺脱因循守舊之習，指對功名的追求。

〔三〕笻：竹子。

〔四〕乾元：蒼天。清伊：清澈的伊水。津：渡口。

〔五〕潛溪：在龍門山，另有潛溪寺。香山：與龍門山隔河相望，白居易葬於香山。

〔六〕白少傅：白居易，因任曾太子少傅，故云。儻：或許。

答王輔之〔一〕

我宅西山隅，君居潁之濱〔二〕。昨朝與君晤，憶我山中春。君家縣豪傑，交結通周秦〔三〕。四海盧御史，肯來作師賓〔四〕。風流被諸郎，文質猶彬彬。乃知父兄意，潤屋亦潤身〔五〕。喪亂幾何時，孤身走踆踆〔六〕。貂裘風霜老，獨有佳句新。被褐懷珠玉〔七〕，知君未全貧。我詩初不工，研磨出艱辛。雖欲尸祝之，芻狗難重陳〔八〕。顧方愧盈川，況敢同照鄰〔九〕。汾流清復

清〔一〇〕，堪君濯纓塵。居人與行客〔一一〕，早晚期相親。（以上《元好問全集》卷二）

【注釋】

〔一〕王輔之：其人不詳。耶律楚材有《過天德和王輔之》四首，未知是否其人。

〔二〕西山：指嵩山。潁：潁河發源於嵩山。

〔三〕周秦：指洛陽、關中等地。

〔四〕盧御史：其人不詳。師賓：老師與賓客。

〔五〕潤屋：指物質滋潤。潤身：指品德提升。《禮記·大學》：『富潤屋，德潤身。』

〔六〕踆踆：行走的樣子。

〔七〕被褐懷珠玉：形容物質匱乏、精神富有。阮籍《詠懷》：『被褐懷珠玉，顔閔相與期。』黄庭堅有《被褐懷珠玉》詩。

〔八〕尸祝：祭祀時對神主掌祝的人，即主祭人，這裏用作動詞，祭祀供奉。芻狗：草紮的狗，指卑賤之物。

〔九〕盈川：楊炯，曾任盈川令，故稱。照鄰：盧照鄰。《舊唐書·楊炯傳》：『吾愧在盧前，恥居王後。』

〔一〇〕汾流：汾河。王輔之當在汾河沿岸。

〔一一〕居人：指元好問。行客：指王輔之。

贈答張教授仲文〔一〕

秋燈搖搖風拂席，夜聞歎聲無處覓。疑作《金荃》怨曲《蘭畹》辭〔二〕，元是寒螿月中泣〔三〕。世間刺繡多絕巧，石竹殷紅土花碧〔四〕。窮愁入骨死不銷，誰與渠儂洗寒乞〔五〕。東坡胸次丹青國〔六〕，天孫繰絲天女織〔七〕。倒鳳顛鸞金粟尺〔八〕，裁斷瓊綃三萬匹〔九〕。辛郎偷發金錦箱〔一〇〕，飛浸海東星斗濕〔一一〕。醉中握手一長嗟，樂府數來今幾家〔一二〕。剩借春風染華髮〔一三〕，筆頭留看五雲花〔一四〕。七言長詩，於中獨一句九言，韋郎有此例，長吉亦有此例〔一五〕。（《元好問全集》卷四）

【注釋】

〔一〕張教授仲文：張仲文，彰德府教授。胡祗遹有《跋元遺山與怡軒先生、張仲文教授書帖》。

〔二〕《金荃》：溫庭筠詞集名。《蘭畹》：詞集名，宋孔方平所輯，收北宋前之詞，已佚。

〔三〕寒螿：秋蟬。

〔四〕石竹：石竹花，因其有莖節，似竹而名。花有紫紅、大紅等顏色。李白《宮中行樂詞》：『山花插寶髻，石竹繡羅衣。』土花：苔蘚。李賀《金銅仙人辭漢歌》：『畫欄桂樹懸秋香，三十六宮土花碧。』

〔五〕渠儂：他們。

〔六〕胸次：胸懷。丹青國：畫家的世界。

〔七〕天孫：指傳説中巧於織造的仙女。繅絲：煮繭抽絲。天女：即織女。
〔八〕倒鳳顛鸞：指絲織品上的圖案。金粟尺：飾有金粟的尺子。
〔九〕瓊綃：精美的絲織品。
〔一〇〕辛郎：辛棄疾。偷發金錦箱：言辛詞得益於蘇詞。
〔一一〕海東：東海。辛棄疾是濟南人，在東海之濱，故云飛浸海東。
〔一二〕樂府數來今幾家：元好問《遺山自題樂府引》：『樂府以來，東坡為第一，以後便至辛稼軒。』
〔一三〕剩：更。
〔一四〕五雲花：唐代韋陟用草書署名，曾自稱其『陟』字如五朵雲，時人多仿效，謂之郇公五雲體。葉夢得《石林燕語》卷四：『唐人初未有押字，但草書其名以為私記，故號花書。韋陟五雲體是也。』
〔一五〕韋郎：韋應物。長吉：李賀。二人七言詩中均有一句九言詩之例，韋詩如《馬明生遇神女歌》：『安期先生來起居，請示金鐺玉佩天皇書。』李詩如《苦篁調嘯引》：『伶倫採之自崑邱，軒轅詔遣中分作十二。』

送詩人秦略簡夫歸蘇墳別業〔一〕

三月不見君，渴心欲生塵〔二〕。論文一樽酒，雅道誰當陳〔三〕。昨朝見君臨水句〔四〕，乃知抽青配白非詩人〔五〕。南山明月北山雲，恨君不作由東鄰〔六〕。擊鮮為具非無好事者，天隨杞菊年年新〔七〕。石田茅屋連蘇墳〔八〕，兩兒力耕足養親。君詩或者昌晚節，不應道路長逡

逡〔九〕。白髮刁騷一幅巾〔一〇〕，豐年鄉社樂閑身。蹇驢馳入醉鄉去，袖中知有眉山春〔一一〕。

（《元好問全集》卷五）

【注釋】

〔一〕秦略：見上文《寄英禪師師時住龍門寶應寺》注。蘇墳：蘇軾、蘇轍之墳，在郟縣（今河南郟縣）。

〔二〕渴心生塵：喻思念殷切。盧仝《訪含曦上人》：『三入寺，曦未來。轆轤無人井百尺，渴心歸去生塵埃。』

〔三〕論文一樽酒：杜甫《春日憶李白》：『何時一樽酒，重與細論文。』

〔四〕『臨水』句：指其《白髮》詩。詩曰：『臨水時自照，照我須與眉。須眉何所似，恰似純白絲。從茲一白後，寧有再黑時。譬如花落地，不復還故枝。殷勤語須眉，聽我自解詩。幼小癡讀書，既壯多憂思。自苦有冰蘗，自潤無膏脂。勞生到今日，汝白將何辭。』

〔五〕抽青配白：比喻文句對偶工整。柳宗元《讀韓愈所著毛穎傳後題》：『世之模擬竄竊，取青媲白，肥皮厚肉，柔筋脆骨，而以為辭者之讀之也，其大笑固宜。』

〔六〕由東鄰：《新唐書·田游巖傳》：『長史李安期表其才，召赴京師。行及汝，辭疾入箕山，居許由祠旁，自號由東鄰，頻召不出。』二句謂秦略不願留在嵩山一帶。

〔七〕擊鮮為具：宰殺鮮活的食物備辦飲食。天隨：陸龜蒙號天隨子。有《杞菊賦》，其序曰：『天隨子宅荒少牆，屋多隙地，著圖書所，前後皆樹以杞菊。春苗恣肥，日得以採擷之，以供左右杯案。及夏五月，枝葉老硬，氣味苦澀，旦暮猶責兒童輩拾掇不已。人或歎曰：「千乘之邑，非無好事者家，日欲擊鮮為具以飽君者多矣。君

獨閉關不出，率空腸貯古聖賢道德言語，何自苦如此？」』

〔八〕石田：指貧瘠的土地。杜甫《醉時歌》：『先生早賦歸去來，石田茅屋荒蒼苔。』

〔九〕『君詩』二句：謂秦略的詩歌或許能為他晚年帶來好運。逡逡，徘徊不前。

〔一〇〕刁騷：頭髮稀落的樣子。

〔一一〕眉山春：酒名，當是蘇擴其地所產之酒。

黄金行 贈王飛伯〔一〕

王郎少年詩境新，氣象慘澹含古春。筆頭仙語復鬼語，只有溫李無他人〔二〕。天公著詩貧子身〔三〕，子曾不知乃自神。人間不買詩名用，一片青衫衡霍重〔四〕。兒貧女富母兩心，何論同袍不同夢〔五〕。入門喚婦不下機〔六〕，涙子垢面兒啼饑〔七〕。君詩祇有貧女謠，何曾夢見金縷衣〔八〕。外家翁媪日有語，嫁女書生徒爾為〔九〕。昆陽城下三更酒，醉膽輪囷插星斗〔一〇〕。一昔詩腸老蛟吼，十尺長人墮車走〔一一〕。斫頭不屈三萬言，欲向何門復低首〔一二〕。何人壽我黄金千，使君破鏡飛上天〔一三〕。（《元好問全集》卷六）

【注釋】

〔一〕黄金行：樂府舊題。王飛伯：名鬱（一二〇四—一二三二），大興（今北京大興）人。《中州集》卷七、

《歸潛志》卷三有小傳。

〔二〕『王郎』四句：《中州集》卷七《王鬱》：『鬱字飛伯，少日作樂府《擬古別離》，有「黄鶴樓高雲不飛，鸚鵡洲寒星已曙」之句，人多傳之。其後入京師，大為李欽叔所稱，與之詩云：「詩句媲國風，下者猶楚辭。」贈詩者甚多。』其後亦引此四句詩，可見此四句詩當就王郁《擬古別離》等樂府詩而發。溫李：溫庭筠、李商隱。

〔三〕『天公』句：言天公有意讓你貧困讓你寫出好詩。歐陽修《梅聖俞詩集序》：『蓋愈窮則愈工。然則非詩之能窮人，殆窮者而後工也。』

〔四〕衡霍：即衡山。衡山，一名霍山。

〔五〕同袍：指夫婦。同袍不同夢：指夫婦不和。

〔六〕機：織布機。蘇秦遊説秦王不成，『歸至家，妻不下紝，嫂不為炊，父母不與言』（《戰國策·秦策一》）。白居易《讀史五首》之五：『季子憔悴時，婦見不下機。』

〔七〕淚子垢面：淚珠弄髒了面孔。

〔八〕貧女謡：指表現貧困生活的詩歌。金縷衣：指代富貴生活。

〔九〕外家翁媪：指岳父母，句指其貧困為其岳父母所抱怨。

〔一〇〕昆陽：古地名，在今河南葉縣。輪囷：碩大貌。據《歸潛志》卷九，王鬱曾至葉縣與劉從益唱和《昆陽懷古》，有句曰：『落日一川英氣在，西風萬葉戰聲來。』

〔一一〕蛟吼：比喻驚人之聲。蘇軾《郭祥正家醉畫竹石壁上，郭作詩為謝，且遺二古銅劍》：『劍在床頭詩在手，不知誰作蛟龍吼。』十尺長人：指大個子男子。墮車走：因恐懼而落車而逃。

〔一二〕『斫頭』二句：言其個性剛强，才華横溢。

〔一三〕黃金千：千兩黃金。破鏡飛上天：喻指夫婦團圓。徐陵《玉臺新詠·古絶句》之一：『藁砧今何在，山上復有山。何當大刀頭，破鏡飛上天。』從末兩句來看，王鬱因貧困而夫妻不和。

答潞人李唐佐贈詩〔一〕

聞道嗟予晚，求師愧子賢〔二〕。泥塗終自拔，璞玉豈虚捐〔三〕。書破三千牘，詩論二百年〔四〕。文章有聖處，正脈要人傳。

【注釋】

〔一〕潞：今山西長治。李唐佐：其人不詳。

〔二〕『聞道』二句：李唐佐贈詩於元好問，欲拜師，元好問謙稱愧對於他。

〔三〕『泥塗』二句：謂李唐佐會走出困境，為人所重。捐，捐棄。

〔四〕三千牘：《史記·滑稽列傳》：『朔初入長安，至公車上書，凡用三千奏牘。』二百年：《南史·謝朓傳》：『（朓）長五言詩，沈約常云：「二百年來無此詩也。」』元好問《病中感寓贈徐威卿兼簡曹益謙高聖舉》：『讀書略破五千卷，下筆須論二百年。』

挽趙參謀二首（其二）〔一〕

篇什中州選，兵間僅補完〔二〕。風人定誰采，墨本賴君刊〔三〕。雅道湮沈易，幽光發越難〔四〕。高門有孫息〔五〕，玉立看儒冠。（以上《元好問全集》卷七）

【注釋】

〔一〕趙參謀：趙振玉字國寶，龍山（今遼寧建昌縣）人。金末降蒙古，曾任河北西路按察使兼帥府參謀，曾資助元好問刊刻《中州集》。

〔二〕中州選：指《中州集》。

〔三〕風人：古代采詩的官員。墨本：指刻本。張德輝《中州集後序》：『己酉秋，得真定提學龍山趙侯國寶資籍之，始鋟木以傳。』己酉：一二四九年。

〔四〕雅道：風雅之道。幽光：微弱之光。發越：播散。

〔五〕孫息：子孫。

李屏山挽章二首〔一〕

世法拘人虱處褌〔二〕，忽驚龍跳九天門〔三〕。牧之宏放見文筆，白也風流餘酒尊〔四〕。落落

久知難合在〔五〕，堂堂元有不亡存。中州豪傑今誰望〔六〕，擬喚巫陽起醉魂〔七〕。

【注釋】

〔一〕李屏山：李純甫，號屏山居士，卒於元光二年（一二二三）。生平參《中州集》卷四《屏山李先生純甫》。

〔二〕虱處褌：阮籍《大人先生傳》：「獨不見群虱之處褌中，逃乎深縫，匿乎壞絮，自以為吉宅也。行不敢離縫際，動不敢出褌襠，自以為得繩墨也。然炎丘火流，焦邑滅都，群虱處於褌中而不能出也。君子之處域內，何異夫虱之處褌中乎？」

〔三〕龍跳九天門：指李純甫之死。

〔四〕牧之：杜牧。《舊唐書·杜牧傳》：「牧好讀書，工為詩文。」白也：指李白。杜甫《春日憶李白》：「白也詩無敵，飄然思不群。」二句以杜牧、李白比喻李純甫。

〔五〕落落：磊落。難合：難以遇合於世。

〔六〕中州豪傑：《中州集》卷四《屏山李先生純甫》：「迄今論天下士，至之純與雷御史希顏，則以中州豪傑數之。」

〔七〕巫陽：傳說中的神巫。醉魂：《中州集》卷四《屏山李先生純甫》：「性嗜酒，未嘗一日不飲，亦未嘗一飲不醉。」

談塵風流二十年〔一〕，空門名理孔門禪〔二〕。諸儒久已同堅白〔三〕，博士真堪補《太

玄》〔四〕。孫況小疵良未害〔五〕，莊周陰助恐當然〔六〕。遺編自有名山在〔七〕，第一諸孤莫浪傳〔八〕。（以上《元好問全集》卷八）

【注釋】

〔一〕談麈：魏晉名士清談時，喜執麈尾。麈：揮麈、驅蟲類的工具。

〔二〕空門：指佛教。名理：指宋儒理學。孔門：指儒教。禪：禪理。該句謂李純甫援儒入佛。

〔三〕同堅白：戰國時公孫龍的『離堅白』和惠施的『合同異』之說。對『堅白石』這一命題，公孫龍認為『堅』、『白』是脫離『石』而獨立存在的實體，從而誇大了事物之間的差別性而抹殺了其統一性；惠施看到事物間的差異和區別，但以『合同異』的同一，否定了差別的客觀存在。

〔四〕博士：古代學官名。漢代揚雄仿《周易》作《太玄》，闡發易理。

〔五〕孫況：荀子名況，因避漢宣帝諱改姓孫。小疵：小缺陷。韓愈《讀荀子》：『荀與揚，大醇而小疵。』

〔六〕莊周陰助：蘇軾《莊子祠堂記》：『余以為莊子蓋助孔子者……莊子之言皆實予而文不予，陽擠而陰助之。』

〔七〕遺編：遺留下來的著述，主要指《鳴道集說》等。《歸潛志》卷一：『晚自類其文，凡論性理及關佛老二家者號內稿，其餘應物文字如碑誌、詩賦號外稿。蓋擬《莊子》內外篇。又解《楞嚴》、《金剛經》、《老子》、《莊子》，又有《中庸集解》、《鳴道集解》，號為中國心學西方文教數十萬言。』

〔八〕諸孤：眾孤兒。莫浪傳：不要隨意傳播。末句建議李純甫之子首先不要輕率傳播。

過三鄉望女几村追懷溪南詩老辛敬之二首（其二）〔一〕

萬山青繞一川斜〔二〕，好句真堪字字誇。棄擲泥塗豈天意，折除時命是才華〔三〕。百錢卜肆成都市〔四〕，萬古詩壇子美家〔五〕。欲就溪南問遺事，不禁衰涕落煙霞。（《元好問全集》卷九）

【注釋】

〔一〕三鄉：在今河南宜陽境內。女几：三鄉有女几山。溪南詩老：辛愿之號。

〔二〕「萬山」句：《中州集》卷十《溪南詩老辛愿》注：「《三鄉光武廟》云『萬山青繞一川斜』，到其處知為工也。」

〔三〕棄擲泥塗：指仕途困頓。折除時命：指命運受損。

〔四〕「百錢」句：漢代蜀人嚴君平卜筮於成都，得百錢即閉肆下簾而授《老子》，詳見《漢書》。

〔五〕子美：杜甫。該句謂辛愿得杜詩真傳。

寄謝常君卿〔一〕

百過新篇卷又披〔二〕，得君重恨十年遲〔三〕。文除嶺外初無例〔四〕，詩學江西又一奇〔五〕。

楊柳不隨春事老，貞松唯有歲寒知。仙鄉白鳳瀛洲近〔六〕，洗眼雲霄看後期。（《元好問全集》卷十）

【注釋】

〔一〕寄謝：傳告。常君卿：其人不詳。

〔二〕新篇：指常君卿的作品。披：披閱。

〔三〕『得君』句：意為因相識太晚而遺憾。蘇軾《次荆公韻四絕》其三：『勸我試求三畝宅，從公已覺十年遲。』

〔四〕嶺外文：指蘇軾貶官嶺南以後所作的文章。

〔五〕江西：江西詩派。當時北方詩人很少學習江西詩派，故曰奇。

〔六〕瀛洲：傳説中的仙島。唐太宗設立文學館，招納十八學士，入選者被人稱為登瀛洲。

論詩三十首丁丑歲三鄉作〔一〕

漢謡魏什久紛紜〔二〕，正體無人與細論〔三〕。誰是詩中疏鑿手〔四〕，暫教涇渭各清渾〔五〕？

【注釋】

〔一〕丁丑歲：興定元年（一二一七）。三鄉：村鎮名，在今河南宜陽縣境內。

〔二〕漢謠魏什：指漢魏時期的詩歌，包括樂府民歌和建安文人的創作。什：詩篇，《詩經》中的雅頌部分多以十篇為一組，故名。紛紜：迷亂。

〔三〕正體：相對於僞體而言，指符合風雅傳統的詩歌。杜甫《戲為六絕句》：『別裁僞體親風雅，轉益多師是汝師。』

〔四〕疏鑿手：疏通河道之人，比喻清理詩歌傳統之人。

〔五〕暫：立即。涇渭各清渾：指辯明正僞清濁。

曹劉坐嘯虎生風〔一〕，四海無人角兩雄〔二〕。可惜并州劉越石〔三〕，不教橫槊建安中〔四〕。

【注釋】

〔一〕曹劉：建安詩人曹植、劉楨。坐嘯：坐著嘯詠。虎生風：《淮南子・天文》：『虎嘯則谷風至。』

〔二〕角：角逐、較量。

〔三〕劉越石：西晉詩人劉琨，字越石，曾任并州刺史。

〔四〕槊：兵器，即丈八長矛。橫槊賦詩，指文武風流的不凡氣概。元稹《唐故檢校工部員外郎杜君墓係銘並序》：『曹氏父子鞍馬間為文，往往橫槊賦詩，其遒壯抑揚，冤哀悲離之作，尤極于古。』蘇軾《前赤壁賦》稱曹操

『釃酒臨江，横槊賦詩，固一世之雄也』。

鄴下風流在晉多〔一〕，壯懷猶見缺壺歌〔二〕。風雲若恨張華少〔三〕，溫李新聲奈爾何〔四〕？

鍾嶸評張華詩：『恨其兒女情多，風雲氣少。』

【注釋】

〔一〕鄴下：今河北臨漳縣境内。建安十八年（二一三），曹操為魏王，定都於此。鄴下風流：指當時三曹、七子為代表的文學創作。

〔二〕缺壺歌：晉大臣王敦不滿晉元帝，『每酒後輒詠魏武帝「老驥伏櫪，志在千里。烈士暮年，壯心不已」，以如意打唾壺為節，壺邊盡缺』（《晉書·王敦傳》）。

〔三〕張華：西晉作家。鍾嶸《詩品》中：『其體華豔，興託多奇，巧用文字，務為妍冶，雖名高曩代，而疏亮之士，猶恨其兒女情多，風雲氣少。』風云指崇高遠大的抱負和豪壯慷慨的詩風。

〔四〕溫李新聲：指溫庭筠、李商隱的綺豔詩歌。錢鍾書《談藝錄》：『按賀黃公《載酒園詩話》卷三：「高仲武稱李嘉祐綺靡婉麗涉于齊梁。余意此未見後人如溫李者耳。如舜造漆器而指以為奢也。」持論立意，與遺山如出一轍。蓋謂古人生世早，故亦涉世淺，不如後人之滄海曾經，司空見慣，史識上下千古，故不少見多怪。』（第四八八頁至第四八九頁）

一語天然萬古新〔一〕，豪華落盡見真淳〔二〕。南窗白日羲皇上〔三〕，未害淵明是晉人〔四〕。

陶淵明，唐之白樂天。

【注釋】

〔一〕一語天然萬古新：元好問《繼愚軒和党承旨雪詩四首》：『君看陶集中，飲酒與歸田。此翁豈作詩，直寫胸中天。天然對雕飾，真贋殊相懸。』

〔二〕真淳：真誠淳厚。《韻語陽秋》卷一：『陶淵明、謝脁詩，皆平澹而有思致，非後來詩人怵心劌目雕琢者所為也。……大抵欲造平澹，當自組麗中來，落其華芬，然後可造平澹之境。』黄庭堅《次韻楊明叔見餞十首》之八：『皮毛剝落盡，惟有真實在。』

〔三〕南窗白日羲皇上：陶淵明《與子儼等疏》：『少學琴書，偶愛閑靜。開卷有得，便欣然忘食。見樹木交蔭，時鳥變聲，亦復歡然有喜。常言五六月中，北窗下臥，遇涼風暫至，自謂是羲皇上人。』羲皇：伏羲氏。羲皇上人：指太古時代的人。

〔四〕未害：不妨礙。意謂陶淵明別具一格的詩風，不影響他是晉代傑出的詩人。

縱横詩筆見高情〔一〕，何物能澆塊磊平〔二〕？老阮不狂誰會得〔三〕？出門一笑大江横〔四〕。

【注釋】

〔一〕縱横詩筆：指阮籍才華出眾，氣勢縱横。杜甫《戲為六絕句》：『庾信文章老更成，淩雲健筆意縱横。』高情，高隱超然物外的情懷。

〔二〕塊磊：指心中鬱積的不平。《晉書·阮籍傳》：『籍容貌瑰傑，志氣宏放，傲然獨得，任性不羈。……本有濟世之志，屬魏晉之際，天下多故，名士少有全者，籍由是不與世事，遂酣飲為常。』《世說新語·任誕》：『王孝伯問王大：「阮籍何如司馬相如？」王大曰：「阮籍胸中壘塊，故須酒澆之。」』

〔三〕老阮：阮籍。會得：領會得到。《晉書·阮籍傳》：『籍容貌瓌傑，志氣宏放，傲然獨得。任性不羈，而喜怒不形於色。或閉戶視書，累月不出；或登臨山水，經日忘歸，博覽群籍，尤好莊老。嗜酒能嘯，善彈琴，當其得意，忽忘形骸，時人多謂之癡。』阮籍為避禍，常有佯狂舉動。

〔四〕出門一笑大江横：黄庭堅《王充道送水仙花五十枝欣然會心為之作詠》：『坐對真成被花惱，出門一笑大江横。』元好問借用黄庭堅的詩句，形容阮籍佯狂的境界。

心畫心聲總失真〔一〕，文章寧復見為人〔二〕？高情千古閑居賦〔三〕，爭信安仁拜路塵〔四〕？

【注釋】

〔一〕心畫心聲：揚雄《法言·問神篇》：『故言，心聲也；書，心畫也。聲畫形，君子小人見矣。』

〔二〕寧：哪能。

〔三〕《閑居賦》：潘岳所作，抒寫閑居的恬淡高潔情懷。

〔四〕安仁：潘岳字。《晉書·潘岳傳》：『岳性輕躁，趨世利，與石崇等諂事賈謐，每候其出，與崇輒望塵而拜。……既仕不達，乃作《閑居賦》。』錢鍾書《管錐編》：『此言冰雪文或出於熱中躁進者。』（第一三八八頁）

慷慨歌謠絕不傳〔一〕，穹廬一曲本天然〔二〕。中州萬古英雄氣〔三〕，也到陰山敕勒川〔四〕。

【注釋】

〔一〕慷慨歌謠：指漢魏歌謠慷慨的詩歌傳統。絕不傳：斷絕不傳。

〔二〕穹廬一曲：指《敕勒歌》，因其中有『天似穹廬，籠罩四野』之語，故名。本天然：指這首鮮卑族民歌本來就是一首天然之作。

〔三〕中州：中原。英雄氣：指中原剛健豪邁的詩歌傳統。

〔四〕《敕勒歌》：『敕勒川，陰山下，天似穹廬，籠罩四野。天蒼蒼，野茫茫，風吹草低見牛羊。』陰山山脈，西起河套西北，綿延內蒙古南境，東接大興安嶺。泛指北方。後兩句意謂中原一帶詩歌的慷慨之風，也傳到了北方大地。錢鍾書《談藝錄》：『《敕勒》之歌，自是高唱，故北人屢引以自張門面。』（一五九頁）

沈宋橫馳翰墨場〔一〕，風流初不廢齊梁〔二〕。論功若准平吳例〔三〕，合著黃金鑄子昂〔四〕。

【注釋】

〔一〕沈宋：初唐詩人沈佺期、宋之問。横馳：縱横馳騁。翰墨場：指詩壇。

〔二〕齊梁：指齊梁的綺豔華靡之風。《新唐書·宋之問傳》：『魏建安後訖江左，詩律屢變。至沈約、庾信，以音韻相婉附，屬對精密。及之問、沈佺期，又加靡麗，回忌聲病，約句准篇，如錦繡成文，學者宗之，號為沈、宋。』

〔三〕准：比照。平吴例：平吴的先例。據《吴越春秋》記載，越王勾踐滅吴之後，功臣范蠡歸隱江湖，勾踐用黄金為之立像。宗廷輔《古今論詩絶句》引查慎行語：『「平吴」二字妙在關合齊梁。』

〔四〕合著：應該用。杜甫《梓州過陳拾遺故宅》：『公生楊馬後，名與日月懸。』韓愈《薦士》：『國朝盛文章，子昂始高蹈。』貫休《古意》之四：『幾擬以黄金，鑄作鍾子期。』鄭獬《蠡口》：『若論破吴功第一，黄金只合鑄西施。』

闘靡誇多費覽觀〔一〕，陸文猶恨冗于潘〔二〕。心聲只要傳心了〔三〕，布穀瀾翻可是難〔四〕？

陸蕪而潘淨，語見《世説》。

【注釋】

〔一〕闘靡誇多：以辭藻靡麗繁多爭高低。

〔二〕陸：陸機。潘：指潘岳。《世説新語·文學》：『孫興公云：潘文淺而淨，陸文深而蕪。』

〔三〕心聲：言為心聲，指詩文作品。

〔四〕布穀：鳥名。瀾翻：水勢不停的樣子，比喻言辭滔滔不絶。蘇軾《戲用晁補之韻》：『知君忍饑空誦詩，口頰瀾翻如布穀。』

排比鋪張特一塗〔一〕，藩籬如此亦區區〔二〕。少陵自有連城璧，爭奈微之識碔砆〔三〕？事見元稹《子美墓誌》。

【注釋】

〔一〕排比鋪張：元稹《唐檢校工部員外郎杜君墓係銘》比較李白、杜甫，曰：『（李白）壯浪縱恣，擺去拘束，模寫物象，及樂府歌詩，誠亦差肩於子美矣。至若鋪陳終始，排比聲韻，大或千言，次猶數百，詞氣豪邁，而風調清深，屬對律切，而脱棄凡近，則李尚不能歷其藩翰，況堂奧乎？』元好問不同意元稹此說，認為排比鋪張只是杜詩的一個優長罷了。

〔二〕藩籬：籬笆，即元稹上文所言的『藩翰』。區區：狹隘，小。

〔三〕少陵：杜甫。連城璧：無價之寶。微之：元稹。碔砆：像玉的石頭。

眼處心生句自神〔一〕，暗中摸索總非真。畫圖臨出秦川景〔二〕，親到長安有幾人？

【注釋】

〔一〕眼處心生：指親眼所見，親身所感。

〔二〕秦川：泛指三秦大地，今陝西西安一帶。宋人范寬名作《秦川圖》，是後代臨摹對象。元好問有《范寬秦川圖》詩。

望帝春心托杜鵑〔一〕，佳人錦瑟怨華年〔二〕。詩家總愛西崑好〔三〕，獨恨無人作鄭箋〔四〕。

【注釋】

〔一〕望帝春心托杜鵑：出自李商隱《錦瑟》：『莊生曉夢迷蝴蝶，望帝春心托杜鵑。』

〔二〕佳人錦瑟：杜甫《曲江對雨》：『何時詔此金錢會，暫醉佳人錦瑟旁。』李商隱《錦瑟》：『錦瑟無端五十弦，一弦一柱思華年。』怨華年：劉學鍇、余恕誠《李商隱詩歌集解》：『「望帝春心托杜鵑，佳人錦瑟怨華年」，人但以轉述義山詩語視之，不知其實藉以發明詩旨也。……遺山實已揭櫫「鄭箋」之綱要矣。』

〔三〕西崑：指李商隱詩，非指北宋之西崑體。惠洪《冷齋夜話》卷四：『詩到李義山，謂之文章一厄，以其用事僻澀，時稱西崑體。』

〔四〕鄭箋：原指鄭玄《毛詩傳箋》，後引申為對古籍的注解。元好問之前，僅《西清詩話》記載劉克曾注李商隱詩。

萬古文章有坦塗，縱横誰似玉川盧〔一〕？真書不入今人眼〔二〕，兒輩從教鬼畫符〔三〕。

【注釋】

〔一〕玉川盧：指盧仝。盧仝號玉川子，以險怪詩風著稱。

〔二〕真書：楷書。

〔三〕兒輩：指晚輩。元好問《詩文自警》：『要奇古，不要鬼畫符。』

出處殊塗聽所安〔一〕，山林何得賤衣冠〔二〕？華歆一擲金隨重〔三〕，大是渠儂被眼謾〔四〕。

【注釋】

〔一〕出處：指出仕和隱居兩種生活態度。

〔二〕山林：指隱居者。衣冠，指仕宦者。據《晉書·謝萬傳》，謝萬曾撰《八賢論》，敘論漁父、屈原、季主、賈誼、楚老、龔勝、孫登、嵇康等『四隱四顯』，主張『以處者為優，出者為劣』。杜甫《清明》：『鐘鼎山林各天性，濁醪麤飯任吾年。』

〔三〕華歆擲金：見《世説新語·德行》：『管寧、華歆共園中鋤菜，見地有片金，管揮鋤與瓦石不異，華捉而擲去之。又嘗同席讀書，有乘軒冕過門者，寧讀如故，歆廢書出看。寧割席分坐：「子非吾友也。」』遺山此句意謂，華歆因為擲金而隨之被人看重，被舉孝廉。

〔四〕渠儂：他們，指看重華歆擲金之舉的人。謾：欺騙。

筆底銀河落九天〔一〕，何曾憔悴飯山前〔二〕？世間東抹西塗手，枉著書生待魯連〔三〕。

【注釋】

〔一〕銀河落九天：化用李白《望廬山瀑布水》：『飛流直下三千尺，疑是銀河落九天。』

〔二〕飯山：飯顆山，傳為唐代長安山名。據孟啟《本事詩》載，李白曾作詩嘲笑杜甫：『飯顆山頭逢杜甫，頭戴笠子日卓午。借問別來太瘦生，總為從前作詩苦。』宋人懷疑此詩非李白所作。遺山此句意謂李白作詩才華橫溢，不用惟悴苦吟。

〔三〕著：用。魯連：魯仲連，戰國時期縱橫家。李白喜以魯仲連自比。

切切秋蟲萬古情〔一〕，燈前山鬼淚縱橫〔二〕。鑒湖春好無人賦〔三〕，岸夾桃花錦浪生〔四〕。

【注釋】

〔一〕切切秋蟲：形容孟郊其人其詩。孟詩好寫秋蟲，好以秋蟲自比，如《秋蟲》：『幽幽草根蟲，生意如我微。』《病中吟》：『客子晝呻吟，徒為蟲鳥音。』前人也常將孟郊喻為秋蟲，如歐陽修《讀李太白集》：『下視區區郊與島，螢飛露濕吟秋草。』蘇軾《讀孟郊詩二首》：『夜讀孟郊詩，細字如牛毛。……何苦將兩耳，聽此寒蟲號。』

鄭厚《藝圃折中》：『李謫仙，詩中之龍也，矯矯焉不受約束……孟東野則秋蛩草根，白樂天則春鶯柳陰，皆造化中一妙。』(《說郛》卷三十一，涵芬樓本）嚴羽《滄浪詩話・詩評》：『李杜數公，如金翅擘海，香象渡河，下視郊島輩，直蟲吟草間耳。』

〔二〕『燈前山鬼』句：形容李賀詩歌幽冷愁苦的境界。

〔三〕鑒湖：又名鏡湖，在今浙江紹興。

〔四〕『岸夾桃花』句：出自李白《鸚鵡洲》：『煙開蘭葉香風暖，岸夾桃花錦浪生。』

切響浮聲發巧聲〔一〕，研摩雖苦果何心？浪翁水樂無宮徵〔二〕，自是雲山韶濩音〔三〕。水樂，次山事，又其《欸乃曲》云：『停橈靜聽曲中意，好是雲山韶濩音。』

【注釋】

〔一〕切響浮聲：沈約《宋書・謝靈運傳論》：『五色相宣，八音協暢，由乎玄黃律呂，各適物宜，欲使宮羽相變，低昂互節。若前有浮聲，則後須有切響。一簡之內，音韻盡殊；兩句之中，輕重悉異。妙達此旨，始可言文。』切響，指仄聲。浮聲，指平聲。

〔二〕浪翁：元結，字次山。水樂：元結《水樂說》：『元子于山中尤所耽愛者，有水樂。水樂，是南礵之懸水，淙淙然，聞之多久，於耳尤便。』宮徵，古代五聲音階中的第一音級和第四音級。

〔三〕韶濩：周代六舞之一，這裏指自然的古樸聲韻。

東野窮愁死不休〔一〕，高天厚地一詩囚〔二〕。江山萬古潮陽筆〔三〕，合在元龍百尺樓〔四〕。

【注釋】

〔一〕東野：孟郊。

〔二〕詩囚：孟郊《贈崔純亮》：『出門如有礙，誰謂天地寬。』《冬日》：『萬事有何味，一生虛自囚。』元好問《放言》：『長沙一湘纍，郊島兩詩囚。』

〔三〕潮陽筆：指韓愈的詩文，因韓愈曾貶官潮州。

〔四〕合在：應該在。元龍：陳登。百尺樓：據《三國志·魏書·陳登傳》載，劉備與許汜在劉表處共論天下人。許汜謂陳登『湖海之士，豪氣不除』，並言及自己昔日見陳登時，陳登『無客主之意，久不相與語，自上大牀臥，使客臥下牀』，劉備對許汜說：『君有國士之名，今天下大亂，帝王失所，望君憂國忘家，有救世之意。而君求田問舍，言無可采，是元龍所諱也，何緣當與君語！如小人，欲臥百尺樓上，臥君于地，何但上下牀之間邪？』

萬古幽人在澗阿〔一〕，百年孤憤竟如何〔二〕？無人說與天隨子〔三〕，春草輸贏較幾多〔四〕。

天隨子詩〔五〕：『無多藥草在南榮，合有新苗次第生。稚子不知名品上，恐隨春草鬭輸贏。』

【注釋】

〔一〕幽人：隱居之人，指陸龜蒙。澗阿：山澗隱曲之處。

〔二〕百年：指一輩子。陸龜蒙終生不仕，『幽憂疾痛』，『不喜與流俗交』（《新唐書·陸龜蒙傳》）。元好問《校笠澤叢書後記》：『然識者尚恨其多憤激之辭而少敦厚之義，若《自憐賦》、《江湖散人歌》之類，不可一二數。標置太高，分別太甚，鏤刻太苦，譏罵太過。唯其無所遇合，至窮悴無聊賴而死，故鬱鬱之氣不能自掩。』

〔三〕天隨子：陸龜蒙號。

〔四〕春草輸贏：指兒童鬬春草的遊戲。較：差。

〔五〕天隨子詩：所引詩題為《自遣詩》。無多：草藥名。

謝客風容映古今〔一〕，發源誰似柳州深〔二〕？朱弦一拂遺音在〔三〕，卻是當年寂寞心〔四〕。

柳子厚，晉之謝靈運。

【注釋】

〔一〕謝客：謝靈運小名。

〔二〕柳州：柳宗元，因貶官柳州，故名。元好問在《中州集》卷三王庭筠《獄中賦萱》注中評柳宗元《戲題階前芍藥》詩曰：『柳州怨之愈深，其辭愈緩，得古詩之正，其清新婉麗，六朝辭人少有及者……大都柳出於雅。』可見元好問推尊其雅正清麗，而非其騷怨詩風。

〔三〕朱弦：《禮記·樂記》：『清廟之瑟，朱弦而疏越，一倡而三歎，有遺音者矣。』
〔四〕寂寞心：指柳宗元詩中的幽怨寂寞之情。

窘步相仍死不前〔一〕，唱酬無復見前賢〔二〕。縱橫正有淩雲筆〔三〕，俯仰隨人亦可憐〔四〕。

【注釋】

〔一〕窘步：步履艱難。相仍：相隨。窘步相仍：形容次韻唱酬詩限於原唱韻腳和詩體等規定。
〔二〕無復：不再。前賢：中唐之前詩人唱酬基本不拘韻腳和詩體，相對自由。
〔三〕淩雲筆：杜甫《戲為六絕句》：『庾信文章老更成，淩雲健筆意縱橫。』
〔四〕俯仰隨人：黃庭堅《以右軍書數種贈邱十四》：『隨人作計終後人，自成一家始逼真。』《贈謝敞王博喻》：『文章最忌隨人後。』元好問《十七史蒙求序》：『及詩家以次韻相詩尚，以《蒙求》韻語也，故姑汾王琢又有《次韻蒙求》出焉。評者謂次韻是近世人之敝，以志之所之而求合他人律度，遷就傅會，何所不有？』《滹南詩話》卷中：『次韻實作者之大病也。詩道至宋人，已自衰弊，而又專以此相尚，才識如東坡，亦不免波蕩而從之。集中次韻者幾三之一，雖窮極技巧，傾動一時，而害于天全多矣，使蘇公而無此，其去古人何遠哉！』

奇外無奇更出奇，一波纔動萬波隨〔一〕。只知詩到蘇黃盡，滄海橫流卻是誰〔二〕？

【注釋】

〔一〕一波纔動萬波隨：出自德誠《撥棹歌》：『千尺絲綸直下垂，一波纔動萬波隨。』

〔二〕滄海橫流：指狂流氾濫。張戒《歲寒堂詩話》卷上：『蘇黃用事押韻之工，至矣盡矣。然究其實，乃詩人中一害，使後生只知用事押韻之為詩，而不知詠物之為工，言志之為本也。』宗廷輔《古今論詩絕句》：『自蘇黃更出新意，一洗唐調，後遂隨風而靡，生硬放佚，靡惡不臻，變本加厲，咎在作俑，先生慨之，故責之如此。』

曲學虛荒小說欺〔一〕，俳諧怒罵豈詩宜〔二〕？今人合笑古人拙，除卻雅言都不知〔三〕。

【注釋】

〔一〕曲學：邪曲之學。小說：小道之言。朱弁《風月堂詩話》卷上：『（參寥）嘗與客評詩，客曰：「世間故實小說，有可以入詩者，有不可以入詩者，惟東坡全不揀擇，入手便用，如街談巷說鄙俚之言，一經坡手，似神仙點瓦礫為黃金，自有妙處。」』

〔二〕俳諧：詼諧戲謔之辭。黃庭堅《答洪駒父書》：『東坡文章妙天下，其短處在好罵，慎勿襲其軌也。』

〔三〕今人：或指李純甫等人。《歸潛志》卷十：李純甫『文字多雜禪語葛藤，或太鄙俚不文』。合：應該。

有情芍藥含春淚，無力薔薇臥晚枝〔一〕。拈出退之《山石》句〔二〕，始知渠是女郎詩〔三〕。

【校記】

晚枝：秦觀《春日》其二作『曉枝』。

【注釋】

〔一〕晚枝：秦觀《春日》其二：『一夕輕雷落萬絲，霽光浮瓦碧差差。有情芍藥含春淚，無力薔薇臥曉枝。』

〔二〕退之：韓愈。韓愈《山石》：『升堂坐階新雨足，芭蕉葉大梔子肥。』

〔三〕女郎詩：《中州集》卷九《擬栩先生王中立》：『予嘗從先生學，問作詩究竟當如何。先生舉秦少游《春雨》詩云：「有情芍藥含春淚，無力薔薇臥晚枝。」此詩非不工，若以退之「芭蕉葉大梔子肥」之句校之，則《春雨》為婦人語矣。破卻工夫，何至學婦人。』《後山詩話》：『秦少游詩如詞。』敖陶孫《臞翁詩評》：『秦少游如時女步春，終傷婉弱。』

亂後玄都失故基〔一〕，看花詩在只堪悲〔二〕。劉郎也是人間客〔三〕，枉向東風怨兔葵〔四〕。

【注釋】

〔一〕亂後：指劉禹錫被貶十四年間皇權迭變、宦官專權、藩鎮割據的動亂時局。玄都：長安玄都觀。

〔二〕看花詩：指劉禹錫《元和十一年自朗州承召至京戲贈看花諸君子》：『紫陌紅塵拂面來，無人不道看花回。玄都觀裏桃千樹，盡是劉郎去後載。』

〔三〕劉郎：指劉禹錫，用劉禹錫詩中語。人間客：暗用劉晨入天台山之事。

〔四〕東風兔葵：出自劉禹錫《再游玄都觀並引》：『余貞元二十一年為屯田員外郎時，此觀未有花。是歲，出牧連州，尋貶朗州司馬。居十年，召至京師。人人皆言有道士手植仙桃，滿觀如紅霞，遂有前篇，以志一時之事。旋又出牧，于今十有四年，復為主客郎中，重游玄都，蕩然無復一樹，惟兔葵、燕麥動搖于春風耳。因再題二十八字，以俟後遊。時大和二年三月。』詩曰：『百畝中庭半是苔，桃花淨盡菜花開。種桃道士歸何處，前度劉郎今又來。』

金入洪爐不厭頻，精真那計受纖塵〔一〕？蘇門果有忠臣在〔二〕，肯放坡詩百態新〔三〕？

【注釋】

〔一〕計：計較。二句意謂真金不怕含有纖塵，因為可以反復冶煉。比喻蘇軾詩歌含有雜質，應該予以提煉。元好問認為，蘇軾詩中含有一些不符合詩雅傳統的『雜體』，所以編選《東坡詩雅》一書。其《東坡詩雅引》曰：『五言以來，六朝之謝陶，唐之陳子昂、韋應物、柳子厚，最為近風雅，自餘多以雜體為之，詩之亡久矣。雜體愈備，則去風雅愈遠，其理然也。近世蘇子瞻絕愛陶柳二家，極其詩之所至，誠亦陶柳之亞，然評者尚以其能似陶柳，而不能不為風俗所移為可恨耳。夫詩至於子瞻，而且有不能近古之恨，後人無所望矣。』

〔二〕蘇門忠臣：非指蘇門四學士或六君子，而是指自稱為蘇門忠臣的趙堯卿和文商。王若虛《滹南遺老集》卷三十一《著述辨惑》：『前人以杜預、顏師古為邱明、孟堅忠臣，近世趙堯卿、文伯起之於東坡，亦以此自任。予謂臣之事主，美則歸之，過則正之，所以為忠。觀四子之所發明補益，信有功矣，然至其失處，亦往往護諱，而曲為之說，恐未免妾婦之忠也。』趙堯卿，名夔，西蜀人，紹興年間南遷北歸，遍游桂林。曾注東坡詩，原注本已佚，其

序存于《王狀元集百家注分類東坡先生詩》。序中自許甚高，以蘇門忠臣自期。文伯起，名商，蔡州人，大定二十年（一一八六），王寂貶官蔡州，與他相識，稱之『博學高才』（《拙軒集》卷六《與文伯起書》），明昌五年（一一九四），受王寂推薦，任國子教授，遷登仕郎。生平散見《金史·章宗本紀》和《拙軒集》。著有《小雪堂詩話》，專論東坡詩詞。《滹南詩話》卷中曾徵引其言論。

〔三〕肯：豈肯。放：放任。百態新：新奇百態。末兩句批評後代的蘇軾崇拜者們，盲目崇拜蘇軾，放任蘇軾作品的百態出奇，並不能算是蘇軾忠臣。譬如文商《小雪堂詩話》就收錄了被元好問認為『鄙俚淺近，叫呼衒鬻』、『極害義理』的詞作。

百年纔覺古風回〔一〕，元祐諸人次第來〔二〕。諱學金陵猶有說〔三〕，竟將何罪廢歐梅〔四〕？

【注釋】

〔一〕百年：指北宋初期（九六〇—一〇六〇）。古風：詩歌古雅傳統。

〔二〕元祐：宋哲宗年號（一〇八六—一〇九三）。元祐諸人：指蘇軾、黄庭堅等一批優秀詩人。次第：依次。

〔三〕金陵：王安石罷相後，居金陵，故代指王安石。《苕溪漁隱叢話》前集卷三十四引王闢之《澠水燕談錄》云：『荆公之時，學者得出其門，自以為榮，一被稱與，往往名重天下。公之治經，尤尚解字，末流務為新奇，寖成穿鑿，朝廷患之。詔學者兼用舊傳注，不專治《新經》，禁援引《字解》，於是學者皆變所學。至有著書以詆公之學者，又諱稱公門人。』張舜民《哀王荆公》：『去來夫子本無情，奇字新經志不成。今日江湖從學者，人人諱道是

門生。』

〔四〕歐梅：歐陽修、梅堯臣。黄庭堅《跋梅聖俞贈歐陽晦夫詩》：『余三十年前欽慕聖俞詩句之高妙，未及識面而聖俞下世。二十年前官於汝州葉縣，聞歐陽君學詩於聖俞，又得贈行詩，而葉人能誦其詩。歐陽君已行，又不及識。元祐己巳、庚午，乃見歐陽君於京師。其人長鬣，眉目深沉，宜在丘壑中也。用聖俞之律作詩數千篇，今世雖已不尚，而晦夫自信確然。』可見元祐年間即已不尚梅詩。劉將孫《王荆公詩序》：『洛學盛行而歐蘇文不必作，江西派接而半山詩幾不復傳。』

古雅難將子美親〔一〕，精純全失義山真〔二〕。論詩寧下涪翁拜〔三〕，未作江西社裏人〔四〕。

【注釋】

〔一〕子美：杜甫。

〔二〕義山：李商隱。首兩句批評黄庭堅學杜甫，未學到其古雅，學李商隱，未學到其精純。此論當針對朱弁《風月堂詩話》而發。《風月堂詩話》卷下曰：『黄魯直深悟此理，乃獨用崑體工夫，而造老杜渾成之地。今之詩人少有及此者，禪家所謂更高一著也。』

〔三〕論詩：就黄庭堅詩作而論。或謂黄庭堅詩論。涪翁：黄庭堅。寧：寧願。

〔四〕江西社：指江西詩派，因吕本中作《江西詩社宗派圖》而得名。元好問《自題中州集後》：『北人不拾江西唾，未要曾郎借齒牙。』

池塘春草謝家春〔一〕，萬古千秋五字新〔二〕。傳語閉門陳正字〔三〕，可憐無補費精神〔四〕。

【注釋】

〔一〕池塘春草：謝靈運《登池上樓》：『池塘生春草，園柳變鳴禽。』

〔二〕萬古千秋五字新：葉夢得《石林詩話》：『「池塘生春草，園柳變鳴禽」，世多不解此語為工，蓋欲以奇求之耳。此語之工，正在無所用意，猝然與景相遇，藉以成章，不假繩削，故非常情所能到。』

〔三〕陳正字：陳師道，字無己，任秘書省正字。家境貧寒，愛苦吟。黃庭堅《病起荆江亭即事十首》之八：『閉門覓句陳無己，對客揮毫秦少游。正字不知溫飽未，西風吹淚古藤州。』《朱子語類》卷一百四十：『無己平時出行，覺有詩思，便急歸擁被，臥而思之，呻吟如病者，或累日而後成，真是閉門覓句。』

〔四〕可憐無補費精神：韓愈《贈崔立之評事》：『可憐無益費精神，有似黃金擲虛牝。』王安石《韓子》：『力去陳言誇末俗，可憐無補費精神。』《後山詩話》曰：『荆公詩云：「力去陳言誇末俗，可憐無補費精神」，而公平生文體數變，暮年詩益工，用意益苦，故知言不可不慎也。』

撼樹蚍蜉自覺狂〔一〕，書生技癢愛論量〔二〕。老來留得詩千首〔三〕，卻被何人校短長〔四〕。

【注釋】

〔一〕蚍蜉：一種大螞蟻。撼樹蚍蜉：自嘲評價前人自不量力。韓愈《調張籍》：『蚍蜉撼大樹，可笑不

自量。』

〔二〕技癢：急於表現自己的特長。

〔三〕老來：《論詩三十首》題下自注：『丁丑歲三鄉作。』據此實作於興定元年（一二一七）避難河南三鄉期間，元好問當時二十八歲，尚不能謂老。故有學者認為該組詩雖為早年所作，但晚年有所修訂。

〔四〕校：同較，比較。查慎行《初白庵詩評》：『文人習氣，好評量古人，而又恐人議己，先生亦復不免。』

題山谷小豔詩〔一〕

法秀無端會熱謾，笑談真作勸淫看〔二〕。只消一句修修利〔三〕，李下何妨也整冠〔四〕。（以上《元好問全集》卷十一）

【注釋】

〔一〕山谷：黄庭堅。小豔詩：指其樂府豔詞。

〔二〕法秀：北宋京城法雲寺僧，字圓通（一〇二七—一〇九〇），俗姓辛，秦州隴城（今甘肅天水）人。他性格嚴厲，道風峻潔。時人皆稱其為『秀鐵面』。熱謾：空泛無稽之談。黄庭堅《小山集序》：『余少時間作樂府，以使酒玩世，道人法秀獨罪予以筆墨勸淫，於我法中，當下犁舌之獄。』

〔三〕修修利：佛教咒語：『唵，修利修利，摩訶修利，修修利，薩婆訶。』

〔四〕『李下』句：《樂府詩集》卷三十二《君子行》：『君子防未然，不處嫌疑間；瓜田不納履，李下不正冠。』

自題二首

共笑詩人太瘦生〔一〕，誰從慘淡得經營。千秋萬古回文錦，只許蘇娘讀得成〔二〕。

【注釋】

〔一〕太瘦：很瘦。生：語助詞。孟啟《本事詩》載李白《戲贈杜甫》：『飯顆山頭逢杜甫，頭戴笠子日卓午。借問別來太瘦生，總為從前作詩苦。』歐陽修《六一詩話》：『太瘦生，唐人語也，至今猶以「生」為語助，如「作麼生」、「何似生」之類是也。』

〔二〕回文錦：前秦竇滔遠徙，其妻蘇蕙思念不已，織錦為回文詩，回環可讀。

千首新詩百首文，藜羹不糝日欣欣〔一〕。鏡中自照心語口，後世何須揚子雲〔二〕。（《元好問全集》卷十二）

【注釋】

〔一〕藜羹：野花湯。糁：米粒。不糁：沒有米粒。

〔二〕揚子雲：揚雄。揚雄刻苦著書，劉歆稱其《太玄》『恐後人用覆醬瓿』，揚雄死後四十年，『《法言》大行，而《玄》終不顯』（《漢書·揚雄傳》）。元好問詩末句云，後代不需要創作一些無用著作的文人。

又解嘲二首（其二）

詩卷親來酒盞疏〔一〕，朝吟《竹隱》暮《南湖》〔二〕。袖中新句知多少〔三〕，坡谷前頭敢道無〔四〕。

【注釋】

〔一〕『詩卷』句：謂勤於讀書，疏於飲酒。

〔二〕《竹隱》：指徐似道《竹隱集》。徐似道，字淵子，號竹隱，乾道二年（一一六六）進士，官至秘書少監，終朝散大夫。《南湖》：指張鎡《南湖集》。張鎡，字功甫，號約齋。居臨安，卜居南湖。二人詩學楊萬里，『皆參誠齋活法者』（錢鍾書《談藝錄》）。

〔三〕袖中新句：指《竹隱》、《南湖》兩部詩集中創意出新的詩句。

〔四〕坡谷：指蘇東坡、黃山谷。句謂徐似道、張鎡的『新句』在蘇、黃面前無足稱道。

劉壽之買南中山水畫障，上有朱文公元晦淳熙甲辰中春所題五言，得於太原酒家〔一〕

蜀山青翠楚山蒼，愛玩除教寶繪堂〔二〕。且道中州誰具眼〔三〕，晦庵詩掛酒家牆。

【注釋】

〔一〕劉壽之：其人不詳。南中：指南宋。障：屏風。朱文公：指朱熹，字元晦，號晦庵，謚文。淳熙甲辰：淳熙十一年（一一八四）。題中所云朱熹五言詩，當指其《淳熙甲辰中春精舍閑居，戲作武夷櫂歌十首，呈諸同遊，相與一笑》，見《全宋詩》卷二三九一。

〔二〕愛玩：喜愛把玩。寶繪堂：北宋王詵所建，收藏書畫作品。蘇軾為之作《王君寶繪堂記》。

〔三〕中州：指中原一帶。具眼：指具有識別事物獨特眼光。

感興四首（選三）

（其二）

詩印高提教外禪〔一〕，幾人針芥得心傳〔二〕。并州未是風流域〔三〕，五百年中一樂天〔四〕。

【注釋】

〔一〕印：佛教有法印之說，大乘有一法印，小乘有三法印四法印，是判別是否符合佛法知見的標準。教外禪：相對於教內禪而言。教內禪指傳統的禪學，又稱如來禪，以佛教經典為據，主張漸修。教外禪又稱祖師禪，以教外別傳為標識，主張頓悟。該句謂詩歌常與禪宗有著密切的關係。

〔二〕針芥：指針芥相投，磁石能引針，琥珀能收芥，比喻詩與禪配合默契。心傳：以心傳心。該句謂沒有多少人掌握詩禪關係。

〔三〕并州：太原。風流：指詩、禪兩方面。

〔四〕樂天：白居易（七七二—八四六），字樂天，祖籍太原。五百年，為約數。

（其三）

廓達靈光見太初〔一〕，眼中無復野狐書〔二〕。詩家關捩知多少〔三〕，一鑰拈來便有餘〔四〕。

【注釋】

〔一〕廓達：開朗通達。靈光：指人的善良本性發出的光華。太初：天地未分之前的混沌之氣。

〔二〕野狐書：指旁門左道之類的書。

〔三〕關捩：能轉動的裝置，比喻事物的關鍵處。耶律楚材《和賈摶霄韻二絕》之一：『祖師點破新關捩，且

指人心教外傳。』

〔四〕鑰：鑰匙。《通俗編》卷二十六引黄庭堅《答劉静翁頌》：『四萬八千關捩子，與君一個鑰匙開。』

好句端如緑綺琴〔一〕，静中窺見古人心。〔二〕陽春不比黄華曲〔三〕，未要千人作賞音。（其四）

【注釋】

〔一〕緑綺琴：古琴名。傳司馬相如作《玉如意賦》，梁王悦之，賜以緑綺琴。張載《擬四愁詩》：『佳人遺我緑綺琴，何以贈之雙南金。』

〔二〕『静中』句：《鶴林玉露》甲編卷二《無極太極》引游誠之詩：『閑處漫憂當世事，静中方識古人心。』游誠之（一一四二—一二〇六）名九言，福建建陽人，師從張栻，有《默齋集》。

〔三〕陽春：指《陽春》、《白雪》。黄華：即《皇華》，古俗曲名。

自題中州集後五首

鄴下曹劉氣儘豪〔一〕，江東諸謝韻尤高〔二〕。若從華實評詩品〔三〕，未便吴儂得錦袍〔四〕。

【注釋】

〔一〕鄴下：今河北臨漳縣境内。建安十八年（二一三），曹操為魏王，定都於此。曹劉：曹植、劉楨。
〔二〕江東諸謝：指南朝以謝靈運為首的謝氏家族詩人，如謝惠連、謝朓等人。
〔三〕華實：華麗與質實。
〔四〕吳儂：指南方詩人。武則天游龍門，命群臣賦詩，先成者賜錦袍。東方虯先得錦袍，宋之問詩成，奪其錦袍賜與宋之問。事見《唐詩紀事》卷十一。

陶謝風流到百家〔一〕，半山老眼淨無花〔二〕。北人不拾江西唾〔三〕，未要曾郎借齒牙〔四〕。

【注釋】

〔一〕陶謝：陶淵明、謝靈運。百家：指王安石所編《唐百家詩選》。
〔二〕半山：指王安石，號半山。
〔三〕北人：北方人，指金代詩人。江西：江西詩派。唾：唾液。
〔四〕曾郎：指南宋詩人曾慥，字端伯，編有《宋百家詩選》。該書推崇江西詩派。借齒牙：指說好話。

萬古騷人嘔肺肝〔一〕，乾坤清氣得來難〔二〕。詩家亦有長沙帖〔三〕，莫作宣和閣本看〔四〕。

【注釋】

〔一〕騷人：　詩人。嘔肺肝：　指詩人嘔心瀝血地創作詩歌。

〔二〕乾坤清氣：　意謂詩歌得天地之清氣。貫休《古意》：『乾坤有清氣，散入詩人脾。聖賢遺清風，不在惡木枝。千人萬人中，一人兩人知。』

〔三〕長沙帖：　北宋淳化年間（九九〇—九九四），宋太宗搜集前代帝王及名賢的書法，共十卷，令人臨摹刻印，是為淳化閣官帖。慶曆年間，潭州知州劉沆再加入原本没有的王羲之《霜寒帖》、《十七帖》以及顔真卿等書法墨帖，命書法名家錢易（字希白）臨摹刻印，是為慶曆長沙帖，又名潭帖。後來居上，品質超過了淳化帖。

〔四〕宣和：　宋代殿閣名。宣和閣本：　指淳化閣官帖。

文章得失寸心知〔一〕，千古朱弦屬子期〔二〕。愛殺溪南辛老子〔三〕，相從何止十年遲〔四〕。

【注釋】

〔一〕文章得失寸心知：　杜甫《偶題》：『文章千古事，得失寸心知。』

〔二〕子期：　鍾子期。該句用鍾子期聽伯牙鼓琴之典。

〔三〕辛老子：　指辛愿，號溪南詩老，長於品評，敢以是非黑白自任，參見《中州集》卷十《溪南詩老辛愿》。

〔四〕十年遲：　蘇軾《次荆公韻四絶》：『勸我試求三畝宅，從公已覺十年遲。』

平世何曾有稗官〔一〕，亂來史筆亦燒殘〔二〕。百年遺稿天留在〔三〕，抱向空山掩淚看。

【校記】

燒殘：《中州集》後所附詩作『摧殘』。

【注釋】

〔一〕平世：和平時代。稗官：指撰述野史的小官。

〔二〕史筆：指官方修史之筆。

〔三〕百年遺稿：指收錄金源百年詩歌的《中州集》。

藥山道中二首〔一〕

石岸人家玉一灣〔二〕，樹林水鳥靜中閑。此中未是無佳句，只欠詩人一往還。（其一）

【注釋】

〔一〕藥山：在濟南。

〔二〕玉一灣：指水潭。

樂天不能忘情圖二首〔一〕

得便宜是落便宜〔二〕，木石癡兒自不知〔三〕。就使此情忘得了，可能長在老頭皮〔四〕。

【注釋】

〔一〕《樂天不能忘情圖》：作者不詳。王惲《秋澗集》有多首《樂天不能忘情圖》。白居易《不能忘情吟序》：『樂天既老，又病風，乃錄家事，會經費，去長物。妓有樊素者，年二十餘，綽綽有歌舞態，善唱《楊枝》，人多以曲名名之，由是名聞洛下。籍在經費中，將放之。馬有駱者，駔壯駿穩，乘之亦有年，籍在長物中，將鬻之。圉人牽馬出門，馬驤首反顧一鳴，聲音間似知去而旋戀者。素聞馬嘶，慘然立，且拜，婉孌有辭，辭畢泣下。予聞素言，亦愍默不能對，且命迴勒反袂，飲素酒，自飲一盃。快吟數十聲，聲成文，文無定句，句隨吟之短長也，凡二百三十四言。噫予非聖達，不能忘情，又不至於不及情者。事來攪情，情動不可柅，因自哂，題其篇曰《不能忘情吟》。』

〔二〕落便宜：失去便宜。北宋宗賾《誡洗面文》：『受福人多惜福稀，得便宜是落便宜。』見《緇門警訓》卷八。

〔三〕木石癡兒：指感情冷漠之人。

〔四〕老頭皮：趙令畤《侯鯖錄》卷六：『真宗東封，訪天下隱者，得杞人楊朴，能為詩。召對，自言不能。上問：「臨行有人作詩送卿否？」朴言：「獨臣妻有詩一首云：更休落魄貪杯酒，亦莫倡狂愛詠詩。今日捉將官裏去，這回斷送老頭皮！」上大笑，放還。』

芙蓉脂肉紫霞漿〔一〕，別是仙家暖老方〔二〕。只枉柳枝拚下得〔三〕，忘情一馬亦何妨〔四〕。

【注釋】

〔一〕芙蓉脂肉：指年輕女子美麗光滑的容顏。紫霞漿：指美酒。

〔二〕暖老方：使老人身體暖和的方法。杜甫《獨坐二首》其一：『暖老須燕玉，充饑憶楚萍。』宋黄鶴《補注杜詩》：『趙曰：「燕玉，婦人也。古詩云：『燕趙多佳人，美者顏如玉。』得燕玉而暖，則孟子所謂七十非人不暖也。」』

〔三〕柳枝：指善於演唱《楊柳枝》的樊素。拚：捨棄。

〔四〕『忘情』句：意謂樂天不妨忘情於馬，將之出售。

益都宣撫田侯器之燕子圖詩傳本〔一〕，己亥秋七月余得於馮翊宋文通家〔二〕。會侯之子仲新自燕中來〔三〕，隨以歸之。仲新謂余言：『兵間故物，一失無所復望，乃今從吾子得之，煥若神明，頓還舊觀，似非偶然者。方謁時賢以嗣前作，幸吾子發其端。』因賦三詩，丙午春三月河東元某謹題〔四〕（選一）

古錦詩囊半陸沉〔五〕，吴楓句好入江深〔六〕。世間妾婦爭相妒，禽鳥區區卻賞音。首句謂怨家投李長吉詩廁中。（《元好問全集》卷十三）

【注釋】

〔一〕田侯器之：指田琢，字器之，蔚州安定人。明昌五年（一一九四）進士，仕至山東東路宣撫使，益都府事。燕子圖詩：據龐鑄《田器之燕子圖詩》所引田器之自序，明昌七年（一一九六），田器之從軍塞外，一雙燕子築巢其屋，秋日燕子南歸，田作詩贈別，繫於其足。泰和四年（一二〇四），田器之任職潞州，雙燕忽至，贈詩亦在。龐鑄為之畫圖，楊雲翼、趙秉文、李獻能等人為之作詩。

〔二〕己亥：一二三九年。馮翊：今陝西大荔。宋文通：其人不詳。

〔三〕田仲新：生平失考。

〔四〕丙午：一二四六年。

〔五〕古錦詩囊：據李商隱《李賀小傳》，李賀作詩，『恒從小奚奴，騎距驉，背一古破錦囊，遇有所得，即投書囊中』。半陸沉：指妒忌者將李賀詩投入廁中的佚事，事見張固《幽閒鼓吹》：『李藩侍郎嘗綴李賀歌詩，為之集序未成，知賀有表兄與賀筆硯之舊者，召之見，托以搜訪所遺。其人敬謝，且請曰：「某盡記其所為，亦見其多點竄者，請得所葺者視之，當為改正。」李公喜，並付之。彌年絕跡，李公怒，復召詰之，其人曰：「某與賀中外，自小同處，恨其傲忽，常思報之。所得兼舊有者，一時投於溷中矣。」李公大怒，叱出之，嗟恨良久，故賀篇什流傳者少。』

〔六〕吳楓句好：指初唐詩人崔信明的名句『楓落吳江冷』。入江深：指鄭世翼將其詩投入江中之事，事見《舊唐書·鄭世翼傳》：『世翼弱冠有盛名，武德中歷萬年丞、揚州錄事參軍，數以言辭忤物，稱為輕薄。時崔信明自謂文章獨步，多所淩轢，世翼遇諸江中，謂之曰：「嘗聞楓落吳江冷。」信明欣然示百餘篇，世翼覽之未終，曰：「所見不如所聞。」投之于江，信明不能對，擁楫而去。』

論詩三首

坎井鳴蛙自一天〔一〕，江山放眼更超然。情知春草池塘句〔二〕，不到柴煙糞火邊〔三〕。

【注釋】

〔一〕坎井：廢井，淺井。坎井鳴蛙：比喻見識短淺。《荀子·正論》：『坎井之蛙不可與語東海之樂。』自一天：自成天地。

〔二〕情知：深知。春草池塘：謝靈運《登池上樓》：『池塘生春草，園柳變鳴禽。』

〔三〕柴煙糞火：與春草池塘般清新相對，比喻污濁骯髒的環境。句謂在污濁骯髒的環境寫不出清新的詩歌。

詩腸搜苦白頭生〔一〕，故紙塵昏枉乞靈〔二〕。不信驪珠不難得〔三〕，試看金翅擘滄溟〔四〕。

【注釋】

〔一〕詩腸搜苦：搜腸刮肚般的苦吟。

〔二〕故紙塵昏：指積滿灰塵、字迹昏暗的古舊書籍。枉乞靈：白白地乞求靈感。

〔三〕驪珠：寶珠，傳說出自驪龍的頷下。

〔四〕金翅：古印度傳說中的大鳥。擘：分開。滄溟：指大海。句謂大鳥分開大海，征服驪龍，探取驪珠。

暈碧裁紅點綴勻〔一〕，一回拈出一回新〔二〕。鴛鴦繡了從教看，莫把金針度與人〔三〕。

【注釋】

〔一〕『暈碧』句：謂刺繡時繪畫、剪裁精當得體。暈，塗染。

〔二〕一回拈出一回新：指每次繡出的圖案都讓人耳目一新。

〔三〕從教看：隨便讓人看。度與人：傳授給他人。《五燈會元》卷十四：『鴛鴦繡出從君看，不把金針度與人。』

周才卿拙庵〔一〕

詩筆看君有悟門，春風過水略無痕。庵名未便遮藏得，拙裏元來大巧存〔二〕。

【注釋】

〔一〕周才卿：曾入趙天錫幕府，餘不詳。

〔二〕『拙裏』句：《老子》：『大巧若拙。』

答俊書記學詩〔一〕

詩為禪客添花錦〔二〕，禪是詩家切玉刀〔三〕。心地待渠明白了〔四〕，百篇吾不惜眉毛〔五〕。

【注釋】

〔一〕俊書記：嵩山僧人，為相禪師之徒。書記，禪林中掌管文書翰墨之人。

〔二〕『詩為』句：意為詩歌能為禪僧錦上添花。

〔三〕切玉刀：傳說中一種鋒利的寶刀。該句意謂禪是詩人的利器。

〔四〕『心地』句：意謂等他們心裏明白了詩禪的關係。

〔五〕惜眉光：禪家以為洩露機密就會脫落眉毛。宋紹隆《圓悟佛果禪師語錄》：『老僧不惜眉毛，通箇消息去也。』元詩意謂願意多傳授作詩奥妙。

贈祖唐臣〔一〕

詩道壞復壞，知言能幾人。陵夷隨世變〔二〕，巧偽失天真。鬼蜮姦無盡〔三〕，優伶伎畢

陳〔四〕。謗傷應眥裂〔五〕，淫褻亦肌淪〔六〕。瑉玉何曾辨〔七〕，風花衹自新〔八〕。憐君用幽意，老矣欲誰親。（以上《元好問全集》卷十四）

【注釋】

〔一〕祖唐臣：號愚庵，柘縣（今河南柘城縣）人，元好問另有《祖唐臣愚庵》、《祖唐臣母挽章》等詩。王若虛有《祖唐臣愚庵序》、王修齡有《黃葉行送祖唐臣歸柘縣》。

〔二〕陵夷：丘陵與平地，比喻詩歌盛衰。

〔三〕鬼蜮：傷人的精怪。

〔四〕優伶：指戲曲演員。

〔五〕眥裂：眼眶破裂，形容憤怒狀。

〔六〕淫褻：淫言褻語。肌淪：深入肌膚。杜牧《唐故平盧軍節度便巡官隴西李府君墓誌銘》：『嘗痛自元和已來有元白詩者，纖豔不逞，非莊士雅人，多為其所破壞。流於民間，疏於屏壁，子父女母，交口教授，淫言媟語，冬寒夏熱，入人肌骨，不可除去。』

〔七〕瑉：似玉的石頭。

〔八〕風花：比喻浮泛的花哨之作。

王黄華墓碑（節選）〔一〕

爲文能道所欲言，如《文殊院斵琴》、《飛來積雪賦》及《漢昭烈廟碑文》等〔二〕，辭理兼備，居然有臺閣體裁。暮年詩律深嚴，七言長篇，尤以險韻爲工，方之少作，如出兩手，可爲知者道也。有《叢辨》十卷、《文集》四十卷〔三〕，傳於世。世之書法，皆師二王〔四〕。魯直、元章號爲得法〔五〕，元章得其氣，而魯直得其韻。氣之勝者失之奮迅，韻之勝者流爲柔媚，而公則得於氣韻之間。百年以來，公與黄山、閑閑兩趙公〔六〕，人俱以名家許之。畫鑒既高，又嘗被旨與舅氏宣徽公汝霖品第秘府書畫〔七〕，因集所見及士大夫家藏前賢墨迹古法帖所無者，摹刻之，號《雪溪堂帖》一十卷〔八〕。至於筆墨遊戲，則山水有入品之妙，墨竹殆天機所到，文湖州以下不論也〔九〕。每作一幅，必以《千文》爲號〔一〇〕，不肯輕以予人。閑閑有上公詩云：『李白一杯人影月，鄭虔三絶畫詩書。』〔一一〕馮内翰挽章云：『詩名摩詰畫絶世，人品右軍書入神。』〔一二〕人以爲實録云。……銘曰：『……詩至夔州而仙〔一三〕，文以潮陽而雄〔一四〕。假公歲年，寧厄以窮？研摩於韓杜之後，宜愈困而愈工。』（《元好問全集》卷十六）

【注釋】

〔一〕王黄華：王庭筠。詳卷三《寄王學士》注〔一〕。

〔二〕《文殊院斲琴》、《飛來積雪賦》：二文已佚。《漢昭烈廟碑文》：現存，《金文最》卷七十一題作《涿州重修漢昭烈帝廟碑》，《八瓊室金石補正》卷一二六作《重修蜀先主廟碑》。郝經《陵川集》卷九《書黄華涿郡先主廟碑陰》、卷三十三《涿郡漢昭烈皇帝廟碑》盛讚此文。

〔三〕《叢辨》、《文集》：已佚。今人金毓黻輯其軼作為《黄華集》五卷。

〔四〕二王：王羲之、王獻之。

〔五〕魯直：黄庭堅。元章：米芾。

〔六〕兩趙公：趙渢和趙秉文。趙渢，號黄山，生平參《中州集》卷四《黄山趙先生渢》。趙秉文，號閑閑，生平參《中州集》卷三《禮部趙閑閑秉文》。

〔七〕宣徽公汝霖：張汝霖（？—一一九〇），字仲澤，官至平章政事，《金史》卷八十三有傳。《金史》卷一二六《王庭筠傳》：『命與秘書郎張汝方品第法書名畫，遂分入品者為五百五十卷。』可從。張汝方，字仲賢，為張汝霖之弟。

〔八〕《雪溪堂帖》：已佚。明李日華《六研齋筆記》卷三：『黄華老人刻《雪溪堂法帖》，有李贊皇真蹟。』李贊皇，指唐人李德裕（河北贊皇人）。

〔九〕文湖州：文同。

〔一〇〕千文：指周興嗣所撰《千字文》。

〔一一〕『李白』二句：趙秉文《滏水文集》卷七《寄王學士》：『寄語雪溪王處士，年來多病復何如。浮雲世態紛紛變，秋草人情日日疏。李白一杯人月影，鄭虔三絶畫詩書。情知不得文章力，乞與黄華作隱居。』李白《月下獨酌》：『花間一壺酒，獨酌無相親。舉杯邀明月，對影成三人。』《新唐書·鄭虔傳》：『虔善圖山水，好

書……嘗自寫其詩並畫以獻，帝大署其尾曰：「鄭虔三絕。」』

〔一二〕馮内翰：指馮璧。生平參《中州集》卷八《馮内翰璧》。原詩已佚。摩詰：王維。右軍：王羲之。

〔一三〕詩至夔州而仙：指杜甫夔州之後的詩歌創作。

〔一四〕文以潮陽而雄：指韓愈貶官潮州以後的散文創作。黄庭堅《與王觀復書》：『觀杜子美到夔州後為詩，韓退之自潮州還朝後文章，皆不煩繩削而自合矣。』

閑閑公墓銘（節選）〔一〕

唐文三變〔二〕，至五季〔三〕，衰陋極矣。由五季而為遼、宋，由遼、宋而為國朝，文之廢興可考也。宋有古文，有詞賦，有明經，柳、穆、歐、蘇諸人〔四〕，斬伐俗學，力百而功倍，起天聖，迄元祐〔五〕，而後唐文振。然似是而非、空虛而無用者，又復見於宣政之季矣〔六〕。遼則以科舉為儒學之極致，假貸剽竊，牽合補綴，視五季又下衰。唐文奄奄，如敗北之氣，没世不復，亦無以議為也。國初因遼、宋之舊，以詞賦、經義取士，豫此選者，選曹以為貴科，榮路所在，人爭走之。傳注則金陵之餘波〔七〕，聲律則劉、鄭之末光〔八〕，固已占高爵而釣厚禄，至於經為通儒，文為名家，良未暇也。及翰林蔡公正甫〔九〕，出於大學、大丞相之世業〔一〇〕，接見宇文濟陽、吴深州之風流〔一一〕，唐宋文派，乃得正傳，然後諸儒得而和之〔一二〕。蓋自宋以後百年，遼以來三百年，若党承旨世傑、王内翰子端、周三司德卿、楊禮部之美、王延州從之、李右司之純、雷御史希顔〔一三〕，

不可不謂之豪傑之士。若夫不溺於時俗，不汨於利禄，慨然以道德仁義、性命禍福之學自任，沉潛乎六經，從容乎百家，幼而壯，壯而老，怡然渙然，之死而後已者，惟我閑閑公一人。

……

所著《易叢説》十卷、《中庸説》一卷、《揚子發微》一卷、《太玄箋贊》六卷、《文中子類説》一卷、《南華略釋》一卷、《列子補注》一卷、《刪集論語孟子解》各一十卷〔一四〕，生平文章號《滏水集》者，前後三十卷〔一五〕，《資暇錄》十五卷〔一六〕。公究觀佛老之説，而皆極其指歸，嘗著論，以為害於世者特其教耳。又其徒樂從公遊，公亦嘗為之作文章，若碑誌詩頌甚多〔一七〕。晚年錄生平詩文〔一八〕，凡涉於二家者，不存也。

大概公之文，出於義理之學，故長於辨析，極所欲言而止，不以繩墨自拘。七言長詩，筆勢縱放，不拘一律，律詩壯麗，小詩精絕，多以近體為之，至五言則沉鬱頓挫似阮嗣宗〔一九〕，真淳古淡似陶淵明，以它文較之，或不近也。字畫則有魏晉以來風調，而草書尤驚絶，殆天機所到，非學能至。今宣徽舜卿使河湟〔二〇〕，夏人多問公及王子端起居狀〔二一〕，朝廷因以公報聘，已而輟不行〔二二〕。其為當時所重如此。公之葬也，孤子似以好問公門下士，來速銘〔二三〕，因考公平生，而竊有所歎焉。道之傳，可一人而足，所以宏之，則非一人之功也。唐昌黎公、宋歐陽公〔二四〕，身為大儒，繫道之廢興，亦有皇甫、張、曾、蘇諸人輔翼之〔二五〕，而後挾小辨者無異談。

公至誠樂易，與人交，不立崖岸，主盟吾道將四十年，未嘗以大名自居。仕五朝〔二六〕，官

六卿〔二七〕，自奉如寒士，而不知富貴為何物。生河朔鞍馬間〔二八〕，不本於教育，不階於講習，紹聖學之絕業，行世俗所背馳之域，乃無一人推尊之。此文章字畫在公為餘事，自以徒費日力者，人知貴之，而不知貴其道歟？桓譚有言：『凡人賤近貴遠，親見揚子雲，故輕其書。若使更閱賢善，為所稱道，其傳世無疑。』〔二九〕譚之言，今信矣，然則若公者，其亦有所待乎？

【校記】

將四十年：《中州集》卷三《禮部閑閑趙公秉文》作『將三十年』。

【注釋】

〔一〕閑閑公：指趙秉文（一一五九—一二三二）。詳卷三小傳。

〔二〕唐文三變：梁肅《補闕李君前集序》：『唐有天下幾二百載，而文章三變：初則廣漢陳子昂以風雅革浮侈，次則燕國張公說以宏茂廣波瀾，天寶已還，則李員外、蕭功曹、賈常侍、獨孤常州比肩而出，故其道益熾。』《新唐書》卷二百一《文藝傳》：『唐有天下三百年，文章無慮三變，高祖、太宗，大難始夷，沿江左餘風，絺句繪章，揣合低卬，故王楊為之伯。玄宗好經術，群臣稍厭雕琢，索理致，崇雅黜浮，氣益雄渾，則燕許擅其宗。是時唐興已百年，諸儒爭自名家。大曆、貞元間，美才輩出，擩嚌道真，涵泳聖涯，於是韓愈倡之，柳宗元、李翺、皇甫湜等和之，排逐百家，法度森嚴，抵轢晉魏，上軋漢周，唐之文完然為一王法，此其極也。』

〔三〕五季：指五代。

〔四〕柳、穆、歐、蘇：指柳開、穆修、歐陽修、蘇舜卿。

〔五〕天聖：宋仁宗年號(一〇二三—一〇三二)。元祐：宋哲宗年號(一〇八六—一〇九三)。

〔六〕宣政之季：指北宋末年。宣政是宋徽宗年號政和(一一一一—一一一七)與宣和(一一一九—一一二五)的並稱。

〔七〕傳注：對儒家經典的訓詁和注解。金陵：指王安石。王安石的新學以《三經新義》為代表。

〔八〕劉、鄭：其人不詳。或指金初辭賦家劉撝、鄭子聃。

〔九〕翰林蔡公正甫：指蔡珪，蔡松年之子，生平參《中州集》卷一《蔡太常珪》。

〔一〇〕大學：指蔡珪的祖父蔡靖，曾為述古殿大學士。大丞相：指蔡松年，曾任尚書右丞相。

〔一一〕宇文濟陽：指宇文虛中，生平參《中州集》卷一《宇文大學虛中》。吳深州：吳激，生平參《中州集》卷一《吳學士激》。

〔一二〕唐宋文派：又名國朝文派。諸儒：指党懷英、趙秉文等人。《中州集》卷一《蔡太常珪》：『國初文士，如宇文太學、蔡丞相、吳深州之等，不可不謂之豪傑之士，然皆宋儒，難以國朝文派論之。故斷自正甫為正傳之宗，党竹谿次之，禮部閑閑公又次之，自蕭戶部真卿倡此論，天下迄今無異議云。』

〔一三〕党承旨世傑：党懷英。王內翰子端：王庭筠。周三司德卿：周昂。楊禮部之美：楊雲翼。王延州從之：王若虛。李右司之純：李純甫。雷御史希顏：雷淵。

〔一四〕『所著《易叢說》』云云：諸書已佚。其中《刪集論語孟子解》當是《刪集論語解》、《刪集孟子解》兩書之合稱。《論語解》、《孟子解》，宋儒張九成著。

〔一五〕《滏水集》：現存二十卷，為元光二年(一二二三)所編。此後所作當編為《滏水集》後集十卷，已佚。

〔一六〕《資暇錄》：已佚。

〔一一七〕碑誌詩頌甚多：楊雲翼有《閑閑公為上清宫道士寫經，並以所養鵝付之，諸公有詩，某亦同作》。王若虚《趙内翰求城南訪道圖詩，辭不獲已，乃作絶句以戲，復為解之云：『……閑閑老子還多事，時向迦藍打一遭。』》

〔一一八〕晚年録生平詩文：當指其編纂《滏水集》後集之事。

〔一一九〕阮嗣宗：阮籍。

〔一二〇〕宣徽舜卿：指奥屯良弼（又作奥敦良弼），字舜卿，正大二年（一二二五）以禮部尚書為夏國報成使。後任宣徽使、尚書左丞等職。

〔一二一〕王子端：王庭筠。詳見卷三《寄王學士》注〔一〕。

〔一二二〕報聘：派使節回訪。趙秉文於正大三年（一二二六）冬使夏，到達邊境，因事罷其事。途中有詩記載行程。

〔一二三〕趙似：生於承安五年（一二〇〇），餘不詳。速：請。

〔一二四〕昌黎公：韓愈。歐陽公，歐陽修。

〔一二五〕皇甫、張、曾、蘇：分别指皇甫湜、張籍、曾鞏、蘇舜卿。

〔一二六〕五朝：指金世宗、金章宗、衛紹王、金宣宗、金哀宗五朝。

〔一二七〕六卿：隋唐以後，將吏、戸、禮、兵、刑、工六部尚書分當天、地、四時官，稱六卿。趙秉文曾任禮部尚書，故云官六卿。

〔一二八〕生河朔鞍馬間：指趙秉文生於正隆四年（一一五九），此後不久完顔亮發動南伐戰争。

〔一二九〕『桓譚有言』云云：見《漢書・揚雄傳》，原文是：『凡人賤近而貴遠，親見揚子雲禄位容貌不能動人，故輕其書。昔老聃著虚無之言兩篇，薄仁義，非禮學，然後世好之者尚以為過於《五經》，自漢文、景之君及司馬

遷皆有是言。今揚子之書文義至深，而論不詭于聖人，若使遭遇時君，更閱賢知，為所稱善，則必度越諸子矣。』

寄庵先生墓碑〔一〕（節選）

先生喜作詩，律切精嚴，似其為人，雅為王內翰子端、周員外德卿、趙禮部周臣、李右司之純之所激賞〔二〕。字畫得於蘇黃之間，盡入神品。賞識至到，當世推為第一。所在求謁者，縑素填積〔三〕，隨日月先後償之，謂之畫債。（以上《元好問全集》卷十七）

【注釋】

〔一〕寄庵先生：李遹（一一五六—一二二二），字平甫，號寄庵先生，欒城（今屬河北）人。參《中州集》卷五《李治中遹》。

〔二〕王內翰子端：王庭筠。周員外德卿：周昂。趙禮部周臣：趙秉文。李右司之純：李純甫。

〔三〕縑素：細絹，書畫材料。

內相文獻楊公神道碑銘（節選）〔一〕

自孔子考四科〔二〕，及中人下上之次〔三〕，故孟軻氏于樂正子，亦有二之中、四之下之

說〔四〕。蓋人之品不齊，而論人之目亦不一。有一鄉之士，有一國之士，有天下之士〔五〕，有一代之士，分限所在，不能以强人，而人亦不能躐等而取之也〔六〕。維金朝大定已還，文治既洽〔七〕，教育亦至，名氏之舊與鄉里之彦〔八〕，率由科舉之選、父兄之淵源、師友之講習，義理益明，利禄益輕，一變五代遼季衰陋之俗，迄貞祐南渡〔九〕，名卿材大夫，佈滿臺閣，若胥莘公和之之通明〔一〇〕，張左相信甫之樸直〔一一〕，張太保敬甫〔一二〕、兩趙禮部周臣、庭玉〔一三〕、馮亳州叔獻〔一四〕、王延州從之〔一五〕、李都司之純之儒學〔一六〕，王尚書充之〔一七〕、李都運有之〔一八〕、兩楊戶部正夫、叔玉〔一九〕、李坊州執剛之吏能〔二〇〕，張大理晉卿之平恕〔二一〕，商右司平叔之雅量〔二二〕，許司諫道真、陳留副正叔之直言極諫〔二三〕，康司農伯禄、雷御史希顔之剛棱疾惡〔二四〕，累葉得人，于兹為盛。若夫才量之充實，道念之醇正，政術之簡裁，言論之詳盡，粹之以天人之學，富之以師表之業，則我内相文獻楊公其人矣。……文章與閑閑公齊名〔二五〕，世號楊、趙。高文大册，多出其手，典貢舉三十年〔二六〕，門生半天下，而於奬借後進，初不以儒宗自居。

【注釋】

〔一〕内相：指翰林學士。文獻楊公，指楊雲翼。楊雲翼（一一七〇—一二二八），字之美，明昌五年（一一九四）進士，歷任禮部尚書、太常丞、翰林學士，卒謚文獻。《金史》卷一一〇、《中州集》卷四有傳。

〔二〕四科：指德行、政事、文學、言語。

〔三〕中人下上之次：《論語·雍也》：『子曰：「中人以上，可以語上也；中人以下，不可以語上也。」』

〔四〕二之中、四之下之説：見《孟子·盡心下》：『浩生不害問曰：「樂正子何人也？」孟子曰：「善人也，信人也。」「何謂善？何謂信？」曰：「可欲之謂善，有諸己之謂信，充實之謂美，充實而有光輝之謂大，大而化之之謂聖，聖而不可知之之謂神。樂正子，二之中、四之下也。」』在孟子看來，樂正子是在『善』和『信』二者之中，『美』、『大』、『聖』、『神』四者之下的人。

〔五〕『有一鄉之士』三句：《孟子·萬章下》：『孟子謂萬章曰：「一鄉之善士，斯友一鄉之善士；一國之善士，斯友一國之善士；天下之善士，斯友天下之善士。」』

〔六〕躐等：越級。

〔七〕大定：金世宗年號（一一六一—一一八九）。洽：周遍。

〔八〕名氏之舊：指世代相傳的大戶人家。鄉里之彦：指鄉里的俊才。

〔九〕貞祐南渡：指貞祐二年（一二一四）遷都汴京之事。

〔一〇〕胥莘公：指胥鼎（？—一二二五），字和之。仕至平章政事，封莘國公。《金史》卷一〇八、《中州集》卷二有傳。

〔一一〕張左相信甫：張行信（一一六三—一二三一），仕至尚書左丞、參知政事。《中州集》卷九、《金史》卷一百七有傳。

〔一二〕張太保敬甫：張行簡（一一五六—一二一五）字敬甫，大定十九年（一一七九）狀元，仕至太子少保、翰林學士承旨。《中州集》卷九、《金史》卷一百六有傳。

〔一三〕兩趙禮部周臣庭玉：指趙秉文、趙思文。趙思文（一一六四—一二三一），字庭玉，生平參《中州集》

卷八《趙禮部思文》。二人皆仕至禮部尚書。

〔一四〕馮亳州叔獻：　馮璧（一一六二—一二四〇），字叔獻，仕至同知集慶軍節度使事，集慶軍治在亳州，故云馮亳州。生平參《中州集》卷六《馮內翰璧》。

〔一五〕王延州從之：　王若虛，曾任延州刺史。詳卷四小傳，參《中州集》卷六《王內翰若虛》。

〔一六〕李都司之純：　李純甫，曾任左都司事。參見《中州集》卷四《屏山李先生純甫》。

〔一七〕王尚書充之：　王擴（一一五六—一二一九），字充之，曾行六部尚書。參見《中州集》卷八《王都運擴》。

〔一八〕李都運有之：　李特立（？—一二四二），字有之，曾任南京都轉運使，重刑罰，號『半截劍』。生平散見《歸潛志》卷七、《金史》卷一〇二。元好問有《都運李丈哀挽》。

〔一九〕楊正夫：　楊楨字正夫，吉州人，少擢第，有能名，南渡為左司員外郎，頗與權要辨爭，以罷，後為戶部侍郎，又行部河中。生平見《歸潛志》卷五。楊叔玉：　楊慥，字叔玉，曾任戶部侍郎，參見《中州集》卷九《楊戶部慥》。

〔二〇〕李坊州執剛：　李芳（？—一二三二），字執剛，曾任坊州刺史。參見《中州集》卷八《李坊州芳》。

〔二一〕張大理晉卿：　其人不詳。

〔二二〕商右司平叔：　商衡（一一八五—一二三二），字平叔，曾任右司都事，《金史》卷一二四有傳。

〔二三〕許司諫道真：　許古（一一五七—一二三〇），字道真，曾任右司諫，《金史》卷一〇九有傳。參見《中州集》卷五《許司諫古》。陳留副正叔：　陳規（？—一二二八），曾任右司諫、中京副留守。《金史》卷一〇九有傳。參見《中州集》卷五《陳司諫規》。

〔二四〕康司農伯祿：　康錫（一一八四—一二三二），字伯祿，曾任南京路司農丞。《金史》卷一一一有傳。參見《中州集》卷八《康司農錫》。雷御史希顏：　雷淵（一一八四—一二三一），字希顏，曾任監察御史，《金史》卷一

一〇有傳。參見《中州集》卷六《雷御史淵》。
〔二五〕閑閑公：趙秉文。
〔二六〕三十年：當是約數。《歸潛志》卷八：『南渡後，趙、楊諸公為有司，方於策論中取人。』

通奉大夫禮部尚書趙公神道碑〔一〕（節選）

報政之後〔二〕，庭宇清閑，日延賓客，論文把酒，與相娛樂。間作詩、樂府，傳達京師，群公為之屬和，文采風流，照映一時，至有『神仙官府』之目，前世江西道院蓋不足道也〔三〕。……為文不事雕飾，詩律精深，而氣質溫厚，讀者謂其宜至大用，有《耐辱居士集》二十卷傳于時〔四〕。（以上《元好問全集》卷十八）

【注釋】

〔一〕趙公：指趙思文，參《中州集》卷八《趙禮部思文》。
〔二〕報政：上報政績。
〔三〕江西道院：黃庭堅《江西道院賦序》載，江西諸州之民好訟，惟筠州例外，政優民和。筠州太守號為『守江西道院』，黃庭堅為其太守柳子宜作《江西道院賦序》。
〔四〕《耐辱居士集》：已佚。王惲《禮部尚書趙公文集序》：『其氣渾以厚，其格精以深，不雕飾，不表襮，遇

事遺興，因意達辭，略無幽憂憔悴、尖新艱險之語，信乎太平君子假樂有餘而神明與祐者也。』

内翰王公墓表〔一〕（節選）

所著文編，稱《慵夫》者若干卷〔二〕，《滹南遺老》者若干卷〔三〕，傳於世。公資稟醇正，且有師承之素，故於事親、待昆弟及與朋友交者，無不盡。學無不通，而不為章句所困，頗譏宋儒經學以旁牽遠引為誇〔四〕，而史學以探賾幽隱為功〔五〕，謂『天下自有公是，言破即足，何必呶呶如是？』〔六〕其論道之行與否云：『戰國諸子之雜說、寓言，漢儒之繁文末節，近世士大夫參之以禪機玄學，欲聖賢之實不隱，難矣。』〔七〕經解不善張九成〔八〕，史例不取宋子京〔九〕，詩不愛黄魯直〔一〇〕，著論評之，凡數百條〔一一〕，世以劉子玄《史通》比之〔一二〕。為人强記默識，誦古詩至萬餘首，他文稱是。文以歐、蘇為正脈，詩學白樂天〔一三〕。作雖不多，而頗能似之。秉史筆十五年〔一四〕，新進入館，日有記錄之課，書吏以呈，宰相必問：『王學士曾點竄否？』又善持論，李右司之純以辨博名天下〔一五〕，杯酒淋漓，談辭鋒起，公能三數語窒之，唯有嘆服而已。

高琪當國〔一六〕，崇獎吏道，從政者承望風旨，以榜掠立威〔一七〕。門人張仲傑為縣〔一八〕，公書喻之曰：『民之憔悴久矣，既不能救，又忍加暴乎？君子有德政而無異政，史傳循吏而不傳能吏。寧得罪於人，無獲罪於天，可也。』此書傳世〔一九〕，多有慚公者。朝臣論列〔二〇〕，所

見不能一，公從容決之，處置穩愜。至楊吏部之美、楊大參叔玉，亦推服焉〔二一〕。雅負人倫之學〔二二〕，黑白善惡皆了然於胸中，值真識者始一二言之。朝議以公於中外繁劇，至於坐廟堂，進退百官者，無不堪任。特以投閒置散，不自炫鬻〔二三〕，故百不一試耳。典貢舉二十年〔二四〕，門生半天下，而不立崖岸，雖小書生登其門，亦殷重之。滑稽無窮，談笑尤有味，而以雅重自持。朋會間春風和氣，周浹四坐〔二五〕，使人愛之而不忘也。自公沒，文章、人物公論遂絕。人哭之者云：『卻後幾何時，當復有如公者乎？嗚呼哀哉！』

【校記】

自有公是：《滹南遺老集》卷三十一《著述辨惑》『自有公是公非』。

【注釋】

〔一〕王公：王若虛。

〔二〕《慵夫》：詩文集名，元時已佚。

〔三〕《滹南遺老》：以雜著為主，現存四十五卷。

〔四〕『頗識』句：《滹南遺老集》卷一至卷八為《五經辨惑》、《論語辨惑》、《孟子辨惑》，多針對宋人經學而發。

〔五〕『史學』句：《滹南遺老集》卷九至卷二十四，為《史記辨惑》、《諸史辨惑》、《新唐書辨》。

〔六〕天下自有公是：《滹南遺老集》卷三十一《著述辨惑》：『張九成談聖人之道，如豪估市物，鋪張誇大，

惟恐其不售也。天下自有公是公非，言破即足，何必呶呶如是哉！《論孟解》非無好處，至其穿鑿迂曲，不近人情，亦不勝其弊矣。』

〔七〕『論道之行』二句：《滹南遺老集》卷三十《議論辨惑》：『甚矣，中道之難明也！戰國諸子託之以寓言假說，漢儒飾之以末節繁文，近世之士參之以禪機玄學，而聖賢之實益隱矣。』

〔八〕張九成：張九成（一〇九二—一一五九），字子韶。宋錢塘人。號橫浦居士，又號無垢居士。著有《論語解》、《孟子傳》。《滹南遺老集》多次徵引張九成之論，屢致批評。《滹南遺老集》卷三《論語辨惑序》：『至於謝顯道、張子韶之徒，迂談浮誇，往往令人發笑。』

〔九〕宋子京：宋祁，《新唐書》作者之一。《滹南遺老集》卷二十二《新唐書辨惑》：『作史與他文不同：寧失之質，不可至於蕪靡而無實；寧失之繁，不可至於疏略而不盡。宋子京不識文章正理而惟異之求，肆意雕鐫，無所顧忌，以至字語詭僻，殆不可讀。其事實則往往不明，或乖本意，自古史書之弊，未有如是之甚者。』

〔一〇〕詩不愛黄魯直：《滹南遺老集》卷三十九《詩話》：『山谷之詩，有奇而無妙，有斬絶而無横放，鋪張學問以為富，點化陳腐以為新，而渾然天成，如肺肝中流出者，不足也。』王若虚對黄庭堅批評甚多，詳見其《詩話》。

〔一一〕著論評之：王若虚對經學、史學及詩歌的評價，均見《滹南遺老集》。

〔一二〕劉子玄：劉知幾（六六一—七二一），字子玄，彭城（今江蘇徐州）人。所撰《史通》為史學理論名著。

〔一三〕詩學白樂天：《滹南遺老集》卷三十九《詩話》：『樂天之詩，情致曲盡，入人肝脾，隨物賦形，所在充滿，殆與元氣相侔。至長韻大篇，動數百千言，而順適愜當，句句如一，無爭張牽强之態。』

〔一四〕秉史筆十五年：王若虚於大安元年（一二〇九）任國史院編修，先後預修《章宗實録》、《宣宗實録》。

〔一五〕李右司之純：李純甫。

〔一六〕高琪：指朮虎高琪（？—一二二〇），女真人。宣宗貞祐四年（一二一六），進官尚書右丞相。生平散見《金史》。

〔一七〕榜掠：拷打。以榜掠立威：《歸潛志》卷七：『宣宗喜刑法，政尚威嚴，故南渡之在位者多苛刻。』

〔一八〕張仲傑：張弘略（？—一二九六），字仲傑，易州定興（今河北定州）人，張柔之子，曾任元順天路管民總管，行軍萬戶。《元史》卷一百四十七有傳。

〔一九〕此書傳世：原文見《滹南遺老集》卷四十四《答張仲傑書》。

〔二〇〕論列：討論、論述。

〔二一〕楊吏部之美：指楊雲翼，字之美，曾任吏部尚書。楊大參叔玉：指楊慥，字叔玉，曾權參知政事。大參，指參知政事。

〔二二〕人倫之學：指品評、鑒別人才的能力。

〔二三〕炫鬻：炫耀賣弄。

〔二四〕二十年：為約數。王若虛於興定四年（一二二〇）知貢舉。

〔二五〕周浹：普遍深入。

内翰馮公神道碑銘（節選）〔一〕

左丞董公紹祖奉使江左〔二〕，得公詩餞行，喜見顏閒，詩四韻〔三〕，每誦一句，輒為一舉觴。

李右司之純談笑此世為不足玩〔四〕，見公必為之悚然。王延州從之公於鑒裁〔五〕，為海內稱首，敬公名德，至不敢以同年生數之〔六〕。學長於《春秋》，詩筆清峻，似其為人；字畫楚楚有魏晉間風氣，雅為禮部閑閑公所激賞〔七〕；制誥典麗，當代少見其比；尺牘又其專門之學，風流藴藉，不減前世宋景文〔八〕。往在京師，渾源雷淵、太原王渥、河中李獻能、龍山冀禹錫從公問學〔九〕，其人皆天下之選，而好問與焉，自辛卯、壬辰以來〔一〇〕，不三四年，而吾五人惟不肖在耳。

【注釋】

〔一〕馮公：馮璧，參《中州集》卷六《馮内翰璧》。

〔二〕董紹祖：董師中（一一二九—一二〇二），字紹祖，承安二年（一一九七）進尚書左丞。據《金史》卷六十二《交聘表》，董師中於明昌四年（一一九三）七月，為賀宋生辰使。

〔三〕馮璧餞行詩：已佚。

〔四〕李右司之純：李純甫。

〔五〕王延州從之：王若虚。

〔六〕名德：名望與德行。同年生：馮璧與王若虚均為承安二年（一一九七）進士。

〔七〕閑閑公：趙秉文。

〔八〕宋景文：宋祁卒謚景文，故名。

〔九〕雷淵、王渥、李獻能、冀禹錫：四人生平參《中州集》卷六。

〔一〇〕辛卯：正大八年（一二三一）。壬辰：天興元年（一二三二）。

國子祭酒權刑部尚書內翰馮君神道碑銘（節選）〔一〕

在寧邊日，學詩於閑閑公〔二〕，從是詩律大進，緻密工巧，時輩少見其比。及入翰苑〔三〕，一日直宮省殿，上急召草官誥三篇，君援筆立就，文不加點。壽國高公大加賞異〔四〕，曰：『學士才藻如此，而汝礪不能盡知，慚負多矣。』因命錄所業以獻，君諾之，而不之奉也。或以為言：『丞相求君文甚勤，何自閉之深也？』君曰：『仕宦窮達，在我而已，何至假人邪？』吉鄉別業有溪水當其門〔五〕，故君以橫溪翁自號，有《橫溪集》若干卷行於世〔六〕。平生以《易》為業，及安置豐州〔七〕，止以《易》一編自隨，日夕研究，大有所得。既歸〔八〕，集前人章句為一書，目曰《學易記》〔九〕，藏於家。竊謂君於生死之際，剛決如此，殆有得于《易》之所謂知命者非邪〔一〇〕？（以上《元好問全集》卷十九）

【注釋】

〔一〕馮君：指馮延登（一一七六—一二三三），字子駿，參《中州集》卷五《馮內翰延登》。

〔二〕寧邊：治在今內蒙古清水河縣西。閑閑公：趙秉文。大安元年（一二〇九），馮延登任寧邊縣令，趙

秉文任寧邊州刺史。

〔三〕入翰苑：　馮延登元光二年（一二二三），任翰林修撰。

〔四〕壽國高公：　即高汝礪（一一五四—一二二四），歷任戶部尚書、參知政事、尚書左丞相，封壽國公。

〔五〕吉鄉：　今山西吉縣，為馮延登的家鄉。

〔六〕《橫溪集》：　已佚。

〔七〕豐州：　治在今呼和浩特東。安置豐州：　馮延登於正大元年（一二三一）因拒不招降鳳翔，被剃須監管於豐州。

〔八〕既歸：　馮延登於正大元年三月，回到汴京。

〔九〕《學易記》：　已佚。

〔一〇〕所謂知命者：　《周易·繫辭上》：　『樂天知命，故不憂。』

楊府君墓碑銘（節選）〔一〕

奐好古文〔二〕，戒之曰：　『無與同輩較優劣，能似古人，乃古文耳。吾雖不能，想理當然也。』有以白子西詩遺公者〔三〕，公笑曰：　『吾欲吾兒讀此耶？　必欲學詩，不當從毛詩讀耶？不然亦須讀杜工部詩耳。我見界上官榷場，兩國大商賈所聚，且苦無的貨〔四〕，況入小牙郎手〔五〕，復何望耶？　所謂讀毛詩者，喻如瓜果菜茹〔六〕，欲兒輩就地頭買之耳。』（《元好問全

集》卷二十二）

【注釋】

〔一〕楊府君：　名振（一一五三—一二一五），字純夫，楊奐之父。

〔二〕奐：　楊奐，詳卷五弟一條注〔一〕。

〔三〕白子西：　白皞字子西，北宋忻州人。元好問《兩山行記》：『此詩宋白皞子西曾次韻。』元好問《忻州天慶觀重建功德記》曾提及『岐公白子西之詩』。

〔四〕官榷場：　官方辦的交易市場。的貨：　真實可信的商品。

〔五〕牙郎：　買賣雙方間的中介人。

〔六〕茹：　蔬菜。

故河南路課税所長官兼廉訪使楊公神道之碑（節選）〔一〕

初，泰和、大安間〔二〕，入仕者惟舉選為貴科，榮路所在，人爭走之。程文之外，翰墨雜體〔三〕，悉指為無用之技，尤諱作詩，謂其害賦律尤甚〔四〕，至於經為通儒，文為名家，不過翰苑六七公而已〔五〕。君授學之後，其自望者不碌碌。舉業既成，乃以餘力作為詩文，下筆即有可觀，嘗撰《扶風福嚴院碑》〔六〕。宋內翰飛卿時宰高陵〔七〕，見之，奇其才，期君以遠大，與之書

曰：『吾子資稟如此，宜有以自愛。得於彼而失於此，非僕所敢知也。』君復之曰：『辱公特達之遇〔八〕，敢不以古道自期。』飛卿喜曰：『若如君言，吾知韓歐之門，世不乏人矣。』興定末，關中地震〔九〕。乾守呂君子成遍禱祠廟〔一〇〕，請為祝文，凡二十有四首，援筆立成，文不加點。在鄠下日〔一一〕，中秋燕集，一寓士忌君名〔一二〕，諷諸生作詩，請君屬和。君被酒，謂客曰：『欲觀詩者，舉酒；欲和，以次唱韻。』意氣閑逸，筆不停綴，長韻短章，終夕成三十九首，長安中目為《鄠郊即席唱和詩》傳之〔一三〕。性嗜讀書，博覽强記，務為無所不窺，真積力久，猶恐不及，寒暑饑渴，不以累其業也。中歲之後，目力差減，猶能燈下閲蠅頭細字，夜分不罷。作文鏟刮塵爛，創為裁制，以蹈襲剽竊為恥。其持論亦然。觀刪集韓文及所著書為可見矣〔一四〕。禮部閑閑趙公、平章政事蕭國侯公、内翰馮公、屏山李公皆折行位與相問遺〔一五〕。御史劉公光輔、編修張公子中諸人〔一六〕，與之年相若，而敬君加等。河朔士夫舊熟君名，想聞風采，又被三接〔一七〕，文衡有在〔一八〕，所過求見者，應接不暇，其為世所重如此。暮年還秦中，秦中百年以來號稱多士，較其聲聞赫奕，聳動一世，蓋未有出其右者。前世關西夫子之目〔一九〕，今以歸君矣。有《還山集》一百二十卷〔二〇〕、《概言》十卷、紀正大以來朝政號《近鑒》者三十卷、《正統》六十卷。〔二一〕

【注釋】

〔一〕楊公：楊奐。

〔二〕泰和：金章宗年號（一二〇一—一二〇八）。大安：衛紹王年號（一二〇九—一二一一）。

〔三〕程文：科舉應試類的文章。翰墨雜體：指詩文之類。

〔四〕賦律：指詞賦科所考的律賦。

〔五〕翰苑：翰林院。

〔六〕《扶風福嚴院碑》：已佚。

〔七〕宋飛卿：宋九嘉，參見《中州集》卷六《宋内翰九嘉》。高陵：今陝西高陵。

〔八〕特達之遇：特殊知遇。

〔九〕關中地震：據《金史》卷二十三《五行志》，興定三年（一二一九）四月，關中大震。

〔一〇〕乾守：乾州（今陝西乾縣）太守。吕子成：吕造，字子成，承安二年（一一九七）詞賦狀元。

〔一一〕鄠下：今陝西戶縣。

〔一二〕寓士：客寓文人。

〔一三〕《鄠郊即席唱和詩》：已佚。

〔一四〕刪集韓文：已佚。楊奐著述甚豐，參後文。

〔一五〕趙公：趙秉文。侯公：侯摯，興定四年（一二二〇）致仕，起復平章政事，封蕭國公。馮公：馮璧。李公：李純甫。折行位：降低行輩與地位。問遺：慰勞饋贈。

〔一六〕劉光輔：當作劉光甫，即劉祖謙，承安五年（一二〇〇）進士，曾任監察御史。參見《中州集》卷五《劉

鄧州祖謙》。張子中：《歸潛志》卷十二載『修撰張子忠』參與崔立碑始末，疑即此人，餘不詳。

〔一七〕三接：三度受接見。

〔一八〕文衡：評定文章高下的標準。

〔一九〕前世關西夫子：東漢名臣楊震被稱為『關西孔子』，見《後漢書·楊震傳》。

〔二〇〕《還山集》：已佚。現存《還山遺稿》僅二卷，為明人所輯。

〔二一〕《概言》、《近鑒》、《正統》諸書：已佚。

郝先生墓銘（節選）〔一〕

某既從之學〔二〕，先生嘗教之曰：『學者貴其有受學之器，器者何？慈與孝也。今汝有志矣，器如之何？』又曰：『今人學詞賦以速售為功〔三〕，六經百氏分裂補綴外〔四〕，或篇題句讀之不知，幸而得之〔五〕，且不免為庸人，況一敗塗地者乎？』又曰：『讀書不為文藝〔六〕，選官不為利養〔七〕，唯知義者能之。今世仕宦多用貪墨敗官〔八〕，皆苦於饑凍，不能自堅者耳。丈夫子處世不能饑寒，雖一小事亦不可立，況名節乎？汝試以吾言求之。』先生工于詩，嘗命某屬和，或言：『今之子欲就舉〔九〕，詩非所急，得無徒費日力乎？』先生曰：『君自不知，所以教之作詩，正欲渠不為舉子耳。』蓋先生惠後學者類如此，不特於某然也。（以上《元好問全集》卷二十三）

【注釋】

〔一〕郝先生：郝天挺（一一六一—一二一七），字晉卿，陵川（今山西陵川）人。《金史》卷一二七、《中州集》卷九有傳。

〔二〕某既從之學：元好問從學郝天挺，在泰和三年（一二〇三）。

〔三〕速售：趕快賣出去。此論批評科考詞賦寫作急功近利。

〔四〕六經百氏分裂補綴：為了應考，舉子將六經、百氏的原作按照科考習題分條目編排。

〔五〕得之：指考取進士。

〔六〕文藝：指撰述和寫作方面的學問。

〔七〕選官：科舉及第後由吏部選任官職。利養：財利。

〔八〕貪墨敗官：貪污腐敗官員。

〔九〕令：陵川縣令，指元好問嗣父元格。

校笠澤叢書後記〔一〕

右《叢書》〔二〕，予家舊有二本。一本是唐人竹紙番複寫〔三〕，元光間應辭科時，買於相國寺販肆中〔四〕。宋人曾校定，塗抹稠疊，殆不可讀。此本得於閻內翰子秀家〔五〕，比唐本，有

《春寒賦》、《拾遺詩》、《天隨子傳》，而無顏蕘後引〔六〕，其間脱遺有至數十字者。二本相訂正，乃為完書。向在内鄉〔七〕，信之、仲經嘗約予合二本為一〔八〕，因循至今，蓋八年而後卒業〔九〕；然所費日力，纔一旦暮耳〔一〇〕。嗚呼，學之不自力如此哉〔一一〕！惜一日之功為積年之負，不獨此一事也。此學之所以不至歟〔一二〕？

按龜蒙詩文如《叢書》與《松陵集》〔一三〕，予俱曾熟讀。龜蒙，高士也，學既博贍，而才亦峻潔，故其成就卓然為一家。然識者尚恨其多憤激之辭而少敦厚之義〔一四〕。若《自憐賦》、《江湖散人歌》之類〔一五〕，不可一二數〔一六〕。標置太高〔一七〕、分別太甚〔一八〕、鎪刻太苦、譏罵太過。唯其無所遇合，至窮悴無聊賴以死〔一九〕，故鬱鬱之氣不能自掩。推是道也，使之有君、有民、有政、有位，不面折庭爭、埋輪叩馬〔二〇〕，則奮髯抵几、以柱後惠文從事矣〔二一〕！何中和之治之望哉〔二二〕？宋儒謂唐人工於文章而昧於聞道，其大較然〔二三〕，非獨一龜蒙也。至其自述云『少攻歌詩，欲與造物者爭柄〔二四〕，遇事輒變化，不一其體裁。始則陵轢波濤、穿穴險固、囚鎖怪異、破碎陣敵〔二五〕，卒之造平淡而後已』者〔二六〕，信亦無愧云。甲午四月二十有一日〔二七〕，書於聊城寓居之西窗。（《元好問全集》卷三十四）

【注釋】

〔一〕《笠澤叢書》：唐陸龜蒙自編文集，四卷。

〔二〕右《叢書》：本文寫於《笠澤叢書》末尾，故云。

〔三〕竹紙：用嫩竹做原料製成的紙。番複寫：正反兩面書寫。

〔四〕元光：金宣宗年號（一二二二—一二二三）。應辭科：指參加詞賦考試。相國寺：在洛陽。

〔五〕此本：即上文所云『右《叢書》』，當是其校勘用的底本。閻子秀：名長言，號復軒，濟南長清人。承安五年（一二〇〇）辭賦狀元，在翰苑十年，出為河南府治中。

〔六〕顏蕘：唐詩人，吳郡（今蘇州）人，顏萱兄。與張祜、陸龜蒙交往，陸卒，蕘為書碑。顏蕘後引：當指顏蕘為《笠澤叢書》所撰後引。

〔七〕向在內鄉：元好問於正大四年至五年（一二二七—一二二八）任內鄉縣令。

〔八〕信之：麻革。仲經：張澄，字之純，別字仲經。《中州集》卷八有傳。二人當時皆隱居於內鄉。

〔九〕八年而後卒業：該文寫於天興三年（一二三四），上距正大四年（一二二七）為八年。

〔一〇〕一旦暮：一個白天和晚上，形容費時較少。

〔一一〕自力：自我努力。

〔一二〕不至：不到，沒有達到目標。

〔一三〕《松陵集》：皮日休與陸龜蒙的唱和詩集。

〔一四〕識者：有識之人。元好問借『識者』之論批評陸龜蒙過於憤激，而缺少敦厚情懷。

〔一五〕《自憐賦》：《自憐賦序》曰：『余抱病三年，於衡泌之下。醫甚庸，而氣益盛，藥非良而價倍高，每一把臂，一下杵，未嘗不解衣撤食而後致也。為窮且病，亦已至矣。聖人云五福六極之數，曰壽，曰富，曰康寧，曰貧，曰疾，曰憂。既貧且疾，能無憂乎？憂既盈矣，能無傷乎？人既傷矣，能無奪壽乎？是不蒙五福，偏被六極者

也。誰其憐之？作自憐賦。』《江湖散人歌》：現存，詩較長，多憤激之辭。

〔一六〕不可一二數：謂陸龜蒙類似《自憐賦》、《江湖散人歌》之類的詩文數量較多。

〔一七〕標置太高：謂其自我標榜太高。陸龜蒙《甫里先生傳》：『先生無大過，亦無出入人事，不傳姓名，世無有得之者，豈涪翁、漁父、江上丈人之流者乎？』

〔一八〕分别：區分、計較。

〔一九〕窮悴：困頓憔悴。

〔二〇〕面折庭爭：當面與人爭執。埋輪：表示決不後退。《後漢書·張綱傳》載，張綱奏彈梁冀時，『獨埋其車輪於洛陽都亭』。叩馬：勒住馬頭。《史記·伯夷列傳》：『伯夷、叔齊叩馬而諫。』

〔二一〕奮髯抵几：抖動鬍鬚，拍擊桌子。《漢書·朱博傳》：『齊郡舒緩養名，博新視事，右曹掾史皆移病臥……博奮髯抵几曰：「觀齊兒欲以此為俗邪！」』柱後惠文：法官、御史等所戴的帽子，後指代法官和御史。

〔二二〕中和之治：適度、恰當的處事方式。《禮記·中庸》：『喜怒哀樂之未發謂之中，發而皆中節謂之和。』

〔二三〕『宋儒謂』句：蘇轍《詩病五事》：『唐人工於為詩而陋於聞道。』其大較然：大概如此。

〔二四〕欲與造物者爭柄：要與大自然競爭。

〔二五〕陵轢：淩駕。穿穴：穿越、通過。囚鎖：囚禁、控制。破碎：擊破、消滅。以上幾句是陸龜蒙標榜自己的筆力非凡。

〔二六〕『其自述』云云：見陸龜蒙《甫里先生傳》。

〔二七〕甲午：天興三年（一二三四）。聊城：今山東聊城。當時金亡元好問羈押於聊城。

杜詩學引〔一〕

杜詩注六七十家，發明隱奥〔二〕，不可謂無功，至於鑿空架虚，旁引曲證，鱗雜米鹽，反為蕪累者亦多矣〔三〕。要之，蜀人趙次公作《證誤》〔四〕，所得頗多；託名於東坡者為最妄，非託名者之過，傳之者過也〔五〕。

竊嘗謂子美之妙，釋氏所謂學至於無學者耳〔六〕。今觀其詩，如元氣淋漓，隨物賦形，如三江五湖，合而為海，浩浩瀚瀚，無有涯涘〔七〕；如祥光慶雲〔八〕，千變萬化，不可名狀，固學者之所以動心而駭目。及讀之熟，求之深，含咀之久，則九經、百氏、古人之精華〔九〕，所以膏潤其筆端者，猶可髣髴其餘韻也。夫金屑、丹砂、芝、朮、參、桂〔一〇〕，識者例能指名之。至於合而為劑，其君臣佐使之互用〔一一〕，甘苦酸鹹之相入〔一二〕，有不可復以金屑、丹砂、芝、朮、參、桂而名之者矣。故謂杜詩為無一字無來處亦可也〔一三〕，謂不從古人中來亦可也。前人論子美用故事，有著鹽水中之喻〔一四〕，固善矣，但未知九方皋之相馬，得天機於滅沒存亡之間，物色牝牡，人所共知者，為可略耳〔一五〕。

先東巖君有言〔一六〕：近世唯山谷最知子美，以為今人讀杜詩，至謂草木蟲魚皆有比興，如試世間商度隱語然者，此最學者之病〔一七〕。山谷之不注杜詩，試取《大雅堂記》讀之，則知

此公注杜詩已竟。可為知者道，難為俗人言也。

乙酉之夏〔一八〕，自京師還，閑居嵩山，因錄先君子所教〔一九〕，與聞之師友之間者，為一書，名曰《杜詩學》，子美之傳誌、年譜及唐以來論子美者在焉，候兒子輩可與言，當以告之，而不敢以示人也。六月十一日河南元某引。

【注釋】

〔一〕《杜詩學》：元好問編著，《金史·元好問傳》作一卷，已佚。

〔二〕六七十家：大致包括王洙、王得臣、孫洙等人。發明隱奧：揭示深隱晦奧之意。

〔三〕鱗雜米鹽：形容瑣碎煩雜。

〔四〕趙次公：字彥材，蜀人，著《杜詩證誤》，又名《杜詩先後解》，原書亡佚，林繼中輯為《杜詩趙次公先後解輯校》。

〔五〕『託名』三句：杜詩偽蘇注，出現於南宋紹興十五年（一一四五）前後，或題《東坡杜甫事實》、《東坡杜詩故事》。《直齋書錄解題》卷十九《杜工部詩集注》目下：『世有稱《東坡杜詩故事》者，隨事造文，一一牽合，而皆不言其所自出，且其辭氣首末若出一口，蓋妄人依託以欺亂流俗者，書坊輒勦入《集注》中，殊敗人意。』

〔六〕學至於無學者：佛教聲聞乘四果，前三果為有學，第四果為無學。聲聞乘五道，前四道中有學，第五道為無學道，是小乘佛教的最高境界。

〔七〕涯涘：水邊，邊際。

〔八〕慶雲：一種彩雲，古人視為祥瑞之氣。

〔九〕九經：宋人以《易》、《書》、《詩》、《左傳》、《禮記》、《周禮》、《孝經》、《論語》、《孟子》為九經。

〔一〇〕金屑：黃金碎末。丹砂：硫化汞。二者均是古代道家煉藥之物。芝、朮、參、桂：草藥名。

〔一一〕君臣佐使：出自《神農本草經》：『上藥一百二十種為君，主養命；中藥一百二十種為臣，主養性；下藥一百二十種為佐使，主治病；用藥須合君臣佐使。』君臣佐使：形容各種藥材之間的關係。

〔一二〕相入：相互融合。

〔一三〕無一字無來處：語出黃庭堅《答洪駒父書》：『自作語最難，老杜作詩，退之作文，無一字無來處，蓋後人讀書少，故謂韓杜自作此語耳。』

〔一四〕著鹽水中：《苕溪漁隱叢話》前集卷十引《西清詩話》云：『杜少陵云：「作詩用事，要如禪家語，水中著鹽，飲水乃知鹽味。」此說詩家秘密藏也。如：「五更鼓角聲悲壯，三峽星河影動搖。」人徒見淩轢造化之工，不知乃用事也。』

〔一五〕九方臯：一名九方堙，春秋時善相馬者。據《列子·說符》載，伯樂推薦他為秦穆公訪求駿馬，『三月而反，報曰：「已得之矣，在沙丘。」穆公曰：「何馬也？」對曰：「牝而黃。」使人往取之，牡而驪。穆公不說。召伯樂而謂之曰：「敗矣！子所使求馬者，色物、牝牡尚弗能知，又何馬之能知也？」伯樂喟然太息曰：「一至於此乎！是乃其所以千萬臣而無數者也。若臯之所觀，天機也。得其精而忘其粗，在其內而忘其外。見其所見，不見其所不見；視其所視，而遺其所不視。若臯之相馬，乃有貴乎馬者也。」馬至，果天下之馬也。』物色：指馬的顏色、外形。牝牡：雌雄。

〔一六〕東巖君：元好問之父元德明。

〔一七〕山谷最知子美：黃庭堅《大雅堂記》：『子美詩妙處，乃在無意於文，夫無意而意已至，非廣之以《國風》、《雅》、《頌》，深之以《離騷》、《九歌》，安能咀嚼其意味，闖然入其門邪？故使後生輩自求之，則得之深矣。使後之登大雅堂者，能以余說而求之，則思過半矣。彼喜穿鑿者棄其大旨，取其發興於所遇林泉人物、草木魚蟲，以為物物皆有所託，如世間商度隱語者，則子美之詩委地矣。』商度：揣度，估計。隱語：謎語。

〔一八〕乙酉：正大二年（一二二五）。

〔一九〕先君子：已經去世的父親元德明。

東坡詩雅引〔一〕

五言以來，六朝之謝、陶〔二〕，唐之陳子昂、韋應物、柳子厚，最為近風雅，自餘多以雜體為之，詩之亡久矣〔三〕。雜體愈備，則去風雅愈遠，其理然也。近世蘇子瞻，絕愛陶、柳二家〔四〕，極其詩之所至，誠亦陶柳之亞〔五〕，然評者尚以其能似陶、柳，而不能不為風俗所移為可恨耳〔六〕。夫詩至於子瞻，而且有不能近古之恨，後人無所望矣，乃作《東坡詩雅目錄》一篇。正大己丑河南元某書于內鄉劉鄧州光父之東齋〔七〕。

【注釋】

〔一〕《東坡詩雅》：元好問所編蘇軾詩歌選本。《金史·元好問傳》作三卷，已佚。

〔二〕謝、陶：謝靈運、陶淵明。

〔三〕詩之亡久矣：元好問《別李周卿》：『風雅久不作，日覺元氣死。詩中柱天手，功自斷鼇始。《古詩十九首》，建安六七子。中間陶與謝，下逮韋柳止。』

〔四〕絕愛陶柳二家：蘇軾《評韓柳詩》：『柳子厚詩在陶淵明下，韋蘇州上。退之豪放奇險則過之，而溫麗靖深不及也。所貴乎枯澹者，謂其外枯而中膏，似澹而實美，淵明、子厚之流是也。』

〔五〕陶、柳之亞：意指僅次於陶、柳的詩人。

〔六〕『然評者』二句：謂蘇軾詩能接近陶、柳，卻又受到不良習氣的影響，寫了一些不符合風雅傳統的雜體詩。

〔七〕正大己丑：正大六年（一二二九）。河南：元好問先世曾落籍河南汝州，故稱。劉光父：即劉光甫，名祖謙，參見《中州集》卷五《劉鄧州祖謙》。

東坡樂府集選引〔一〕

絳人孫安常注坡詞〔二〕，參以汝南文伯起《小雪堂詩話》〔三〕，删去他人所作《無愁可解》之類五十六首〔四〕，其所是正，亦無慮數十百處〔五〕，坡詞遂為完本，不可謂無功。然尚有可論者，如『古岸開青葑』《南柯子》以末後二句倒入前篇〔六〕。此等猶為未盡，然特其小小者耳。就中『野店雞號』一篇極害義理〔七〕，不知誰所作，世人誤為東坡，而小說家又以神宗之言實之〔八〕，

云：『神宗聞此詞，不能平，乃貶坡黄州，且言教蘇某閑處袖手，看朕與王安石治天下。』安常不能辨，復收之集中，如『當時共客長安，似二陸初來，俱妙年。有胸中萬卷，筆頭千字，致君堯舜，此事何難？用舍由時，行藏在我，袖手何妨閑處看』之句，其鄙俚淺近、叫呼衒鬻，殆市駔之雄醉飽而後發之〔九〕，雖魯直家婢僕且羞道〔一〇〕，而謂東坡作者，誤矣！又前人詩文有一句或一二字異同者，蓋傳寫之久，不無訛謬，或是落筆之後，隨有改定。而安常一切以别本為是，是亦好奇尚異之蔽也。就孫集録取七十五首，遇語句兩出者擇而從之，自餘『玉龜山』一篇〔一一〕，予謂非東坡不能作。孫以為古詞，删去之，當自别有所據，姑存卷末，以俟更考。丙申九月朔，書于陽平寓居之東齋〔一二〕，元某引。

【注釋】

〔一〕《東坡樂府集選》：元好問所編蘇軾詞選本，已佚。

〔二〕孫安常：孫鎮，字安常，絳（今山西新絳）人。嘗中省試魁，承安二年（一一九七）以五赴廷試而賜進士第。後任陝縣（今河南三門峽）令。參《中州集》卷七《孫省元鎮》。著《注樂坡樂府》，明時尚存，今佚。

〔三〕文伯起：名商，蔡州人，明昌五年（一一九四）因王寂推薦而賜同進士出身，召為國子助教，遷登仕郎。所著《小雪堂詩話》，專論東坡，已佚。

〔四〕《無愁可解》：詞牌名，蘇軾詞集中《無愁可解》（光景百年），一説為陳慥所作。

〔五〕無慮：大約。

〔六〕古岸開青葑：　指蘇軾《南歌子》：『古岸開青葑，新渠走碧流。會看光滿萬家樓。記取他年扶路、入西州。　佳節連梅雨，餘生寄葉舟。只將菱角與雞頭。更有月明千頃、一時留。』文中《南柯子》應作《南歌子》，當是元好問誤記。倒入前篇：　前篇指《南歌子》（山與歌眉斂）。如何倒入，失考。

〔七〕野店雞號：　指蘇軾《沁園春》詞：『孤館燈青，野店雞號，旅枕夢殘。漸月華收練，晨霜耿耿；雲山摛錦，朝露漙漙。世路無窮，勞生有限，似此區區長鮮歡。微吟罷，憑征鞍無語，往事千端。　當時共客長安，似二陸初來俱少年。有筆頭千字，胸中萬卷；致君堯舜，此事何難？用舍由時，行藏在我，袖手何妨閑處看。身長健，但優游卒歲，且鬬尊前。』此詞為蘇軾所作，後人並無疑義。

〔八〕小說家言：　出處不可考。

〔九〕市駔：　馬販子，引申指市儈。

〔一〇〕魯直：　黃庭堅。

〔一一〕玉龜山：　指蘇軾《戚氏》：『玉龜山。東皇靈姥統群仙。絳闕岧嶢，翠房深迥，倚霏煙。幽閒。志蕭然。金城千里鎖嬋娟。當時穆滿巡狩，翠華曾到海西邊。風露明霽，鯨波極目，勢浮輿蓋方圓。正迢迢麗日，玄圃清寂，瓊草芊綿。　爭解繡勒香韉。鸞輅駐蹕，八馬戲芝田。瑤池近、畫樓隱隱，翠鳥翩翩。肆華筵。間作脆管鳴弦。宛若帝所鈞天。稚顏皓齒，綠髮方瞳，圓極恬淡高妍。　盡倒瓊壺酒，獻金鼎藥，固大椿年。縹緲飛瓊妙舞，命雙成、奏曲醉留連。雲璈韻響瀉寒泉。浩歌暢飲，斜月低河漢。漸綺霞、天際紅深淺。動歸思、回首塵寰。爛漫遊、玉輦東還。杏花風、數里響鳴鞭。望長安路，依稀柳色，翠點春妍。』

〔一二〕丙申：　一二三六年。陽平：　指冠氏縣（今山西冠縣）。冠氏縣舊屬陽平郡。

錦機引〔一〕

文章，天下之難事，其法度雜見於百家之書，學者不遍考之，則無以知古人之淵源。予初學屬文，敏之兄為予言如此〔二〕。興定丁丑〔三〕，閑居河南，始集前人議論為一編，以便觀覽。蓋就李嗣榮、衛昌叔家前有書而録之〔四〕，故未備也〔五〕。山谷與黄直方書云：『欲作《楚辭》，須熟讀《楚辭》，觀古人用意曲折處，然後下筆。喻如世之巧女，文繡妙一世，如欲織錦，必得錦機，乃能成錦。』〔六〕因以《錦機》名之。十一月日河東元某自題。

【注釋】

〔一〕《錦機》：元好問所编，集録前人精警言論，已佚。

〔二〕屬文：撰寫文章。敏之：元好古，元好問之兄。

〔三〕興定丁丑：興定元年（一二一七）。

〔四〕李嗣榮：其人不詳。衛昌叔：衛承慶，襄城（今河南襄城）人。參見《中州集》卷七《衛承慶》。

〔五〕故未備也：元好問晚年有所補充。元好問《答聰上人書》：『《錦機》已成，第無人寫潔本，年間得斷手，即當相付，亦倚公等成此志耳。』

〔六〕『欲作楚辭』九句：見《山谷外集》卷十。黄直方：應是王直方。

十七史蒙求序〔一〕

安平李瀚撰《蒙求》二千餘言〔二〕，李華作序，李良薦於朝〔三〕，蓋在當時，已甚重之。迄今數百年之間，孩幼入學，人挾此冊，少長則遂講授之。宋王逢原復有《十七史蒙求》〔四〕，與瀚並傳。及詩家以次韻相誇尚，以《蒙求》韻語也〔五〕，故姑汾王琢又有《次韻蒙求》出焉〔六〕。評者謂次韻是近世人之敝，以志之所之而求合他人律度，遷就傅會，何所不有？唯施之賦物、詠史，舉古人徵事之例，遷就傅會，或當聽其然，是則韻語、次韻為有據矣。

始予年二十餘，住太原學舍，交城吳君庭秀洎其弟庭俊，與予結夏課於由義西齋〔七〕，嘗以所撰《蒙求》見示，且言：『逢原既以十七史命篇矣，而間用《呂氏春秋》、《三輔決錄》、《華陽國志》、《江南野錄》〔八〕，謂之史，可乎？今所撰止於史書中取之，諸所偶儷，必事類相附，其次强韻〔九〕，亦力為搜討。自意可以廣異聞，子為我序之，可乎？』予欣然諾之，而未暇也。

後三十七年，予過鎮陽〔一〇〕，見張參議耀卿〔一一〕，耀卿受學於吳君之門者也，問以此書之存亡，乃云板蕩之後，得於田家故箱中，因得而序之。按李瀚自嫌文碎〔一二〕，此特自抑之辭，華謂可以『不出卷而知天下』〔一三〕，是亦許與太過。唯李良薦章謂其『錯綜經史，隨便訓釋，童子固多宏益，而老成頗覺起予』〔一四〕，此為切當耳。載籍之在天下，有棟宇所不能容，而牛馬所不能舉者，精力有限，記誦無窮，果使漫而無統，廣心浩大，將不有遺忘之謬乎？如曰『記事

者必提其要』〔一五〕，吾知《蒙求》之外，不復有加矣！古有之：『積絲成寸，積寸成尺。尺寸不已，遂成丈匹。』〔一六〕信斯言也！雖推廣三千言為十萬，其孰曰不可哉！吳君博覽强記，九經傳注率手自鈔寫，且諷誦不去口，史書又其專門之學，文賦華贍，有聲場屋間〔一七〕。教授生徒，必使知己之所知，能己之所能。時議以此歸之。貞祐兵亂〔一八〕，負母入山，道中遇害，年甫四十云〔一九〕。庚戌五月晦日新興元某敘〔二〇〕。

【校記】

李瀚：李華《蒙求序》作『李翰』，當是。

【注釋】

〔一〕《十七史蒙求》：有兩種，一是北宋王令仿李瀚《蒙求》而作，是以十七史為資料、四言韻語的蒙學讀物，現存。二是金代吳庭秀仿王令《十七史蒙求》而作，該書已佚。元好問此序為後者所作。

〔二〕安平李瀚撰《蒙求》二千餘言：安平，在今河北境內。李瀚，李翰，李華宗人，擢進士第，為文詳密。《蒙求》，原書現存多個版本，正文共二千三百八十四字。

〔三〕李華作序，李良薦於朝：李華序、李良薦表，現存，見於日本抄本。

〔四〕王逢原：王令（一〇三二—一〇五九），字逢原，初字鍾美，原籍元城（今河北大名）。占籍廣陵（今江蘇揚州）。以文學知名，有《廣陵先生文集》。生平見王安石《王逢原墓誌銘》及門人劉發《廣陵先生傳》。

〔五〕《蒙求》韻語：《蒙求》和《十七史蒙求》都採用四言韻語的句式。

〔六〕姑汾王琢：　王琢字器之，平陽（今山西臨汾）人，號姑汾漫士。參《中州集》卷七《姑汾漫士王琢》。《次韻蒙求》：　已佚。

〔七〕交城：　今山西交城。吳庭秀、吳庭俊：　兄弟二人，生平無考。結夏課：　舉子在夏日邀集同輩，讀書習文，以備秋季應試。元好問于崇慶元年（一二一二）在太原結夏課，時年二十三歲。

〔八〕《三輔決錄》：　漢趙岐著。《華陽國志》：　晉常璩著。《江南野錄》：　又名《江南野史》，宋龍袞著。以上各書都非正史，不在『十七史』之列。

〔九〕强韻：　險韻，生僻少用的韻。

〔一〇〕後三十七年：　一二五〇年。鎮陽：　今河北正定。

〔一一〕張參議耀卿：　張德輝（一一九三—一二七四），字耀卿，交城（今屬山西）人。《元史》卷一百六十三有傳。

〔一二〕『李瀚』句：　李華《蒙求序》：　『李公子以其文碎，不敢輕傳達識者，所務訓蒙而已，故以《蒙求》為名。』

〔一三〕不出卷而知天下：　李華《蒙求序》：　『安平李翰著《蒙求》一篇，列古人言行美惡，參之聲律，以授幼童，隨而釋之。比其終始，則經史百家之要，十得其四五矣。推而引之，源而流之，易於諷誦，形於章句，不出卷知天下，其《蒙求》哉！』

〔一四〕『李良薦章』句：　見李良《薦蒙求表》。起予：　啟發自己。《論語・八佾》：　『子曰：「起予者，商也，始可與言《詩》已矣。」』

〔一五〕記事者必提其要：　韓愈《進學解》：　『先生口不絕吟於六藝之文，手不停披於百家之編。記事者必

提其要，纂言者必鉤其玄。』

〔一六〕『積絲成寸』四句：當是古諺語。《後漢書》卷一百一十四《樂羊子妻傳》：『一絲而累，以至於寸，累寸不已，遂成丈匹。』

〔一七〕場屋：科舉考試的場所。

〔一八〕貞祐兵亂：指貞祐二年（一二一四）蒙古入侵之事。

〔一九〕年甫四十：以享年四十歲計，吳庭秀生於大定十五年（一一七五）。

〔二〇〕庚戌：一二五〇年。晦日：陰曆每月最後一天。新興：忻州隋時屬新興郡，故云。

如庵詩文敘〔一〕

密國公諱璹，字子瑜〔二〕，越王長子〔三〕，而興陵之諸孫也〔四〕。明昌初，已受封，公以例授金紫光祿大夫〔五〕，衛紹王時，除開府儀同三司〔六〕，宣宗南渡後，封胙國公〔七〕。哀宗正大初，進封密〔八〕。自明昌初，鎬厲等二王得罪後〔九〕，諸王皆置傅與司馬、府尉、文學，名為王府官屬，而實監守之。府門啟閉有時，王子若孫及外人不得輒出入，出入皆有籍，訶問嚴甚〔一〇〕。金紫若國公，雖大官，無所事事，止於奉朝請而已〔一一〕。密公班朝著者，如是四十年〔一二〕。

初燕都遷而南〔一三〕，危急存亡之際，凡車輅、宮縣、寶玉、秘器〔一四〕，所以資丕天之奉者〔一五〕，舟車輦運〔一六〕，國力不贍，至汴者千之一耳。而諸王公貴主，至有脫身而去者。公家

法書、名畫〔一七〕，連箱累篋，寶惜固護，與身存亡，故他貨一錢不得著身。方遷革倉卒〔一八〕，朝廷止以乏軍興為憂〔一九〕，百官俸給，減削幾盡。歲日所入，大官不能贍百指〔二〇〕，而密公又宗室之貧無以為資者，其落薄失次〔二一〕，為可見矣。元光以後，王薨，門禁緩〔二二〕，文士稍遂款謁，然亦不過三數人而止矣〔二三〕。

公資稟簡重，而至誠接物，不知名爵為何物。少日師三川朱巨觀學詩〔二四〕，龍岩任君謨學書〔二五〕，真積之久，遂擅出藍之譽。於書無所不讀，而以《資治通鑑》為專門，馳騁上下，千有三百餘年之事，其善惡是非、得失成敗，道之如目前，穿貫他書，考證同異，雖老於史學者不加詳也。名勝過門〔二六〕，明窗棐几〔二七〕，展玩圖籍，商略品第顧、陸、朱、吳筆虛筆實之論〔二八〕，極幽渺。及論二王筆墨〔二九〕，推明草書學究之説，窮高妙，而一言半辭，皆可紀錄。典衣置酒，或終日不聽客去。爐薰茗碗，或橙蜜一杯，有承平時王家故態，使人愛之而不能忘也。字畫得于蘇、黃之間，參禪於善西堂〔三〇〕，名曰『祖敬』。《自題寫真》有『枯木寒灰亦自神，應緣來現胙公身。只緣苦愛東坡老，人道前身趙德麟』之句〔三一〕。舊制，國公祭山陵〔三二〕，則佩虎符，乘傳〔三三〕，號曰『嚴祭』。若上清儲祥宮、若太乙宮、五嶽觀設醮〔三四〕，上方相藍大道場〔三五〕，則國公代行香，公多豫焉〔三六〕。又有詩自戲云：『借來羸馬鈍於牆〔三七〕，馬上官人病且尪〔三八〕。無用老臣還有用，一年三五度燒香。』蓋實錄云。公詩五卷，號《如庵小稿》者〔三九〕，汴梁鬻書家有之。樂府云：『夢到鳳凰臺上，山圍故國周遭。』〔四〇〕

又云：『咫尺又還秋也，不成長似雲閑。』〔四一〕識者聞而悲之。予竊謂古今愛作詩者，特晉人之自放於酒耳〔四二〕。吟詠情性，留連光景，自當為緩憂之一物〔四三〕，在公，則又以之遯世無悶、獨立而不懼者也〔四四〕。使公得時行所學，以文武之材，當顓面正朝之任〔四五〕，長轡遠馭，何必減古人？顧與槁項黄馘之士爭一日之長於筆硯間哉〔四六〕？朝家疏近族而倚疏屬〔四七〕，其敝乃至於此，可為浩歎也！

天興壬辰，曹王出質〔四八〕，公求見於隆德殿。上問：『叔父欲何言？』〔四九〕公奏：『聞孛德雖議和〔五〇〕，孛德不甚諳練，恐不能辦大事者。臣請副之，或代其行。』上慰之曰：『南渡後，國家比承平時有何奉養〔五一〕？然叔父亦未嘗沾丐〔五二〕。無事則置之冷地，無所顧藉，緩急則置於不測〔五三〕。叔父盡忠固可，天下其謂我何？叔父休矣！』於是君臣相顧泣下，未幾，公感疾，以其夏五月十有二日薨，春秋六十一。後二十有六年，此集再刻於大名〔五四〕，門下士河東人元某為之引〔五五〕。

【注釋】

〔一〕如庵：完顏璹號如庵。其詩文集號《如庵小集》，已佚。

〔二〕密國公諱璹：完顏璹（一一七二—一二三二），本名壽孫，一字仲實，封胙國公、密國公。《金史》卷八十五、《中州集》卷五有傳。

〔三〕越王：完顏永功（一一五四—一二二一），本名宋葛，又名廣孫，金世宗之子。大安二年（一二一〇）進封越王，《金史》卷八十五有傳。越王長子：據《金史·完顏永功傳》，越王長子為福孫。完顏璹為其次子。

〔四〕興陵：金世宗完顏雍墓號。

〔五〕受封事：《金史·完顏璹傳》：『明昌初，加銀青榮祿大夫。』

〔六〕『衛紹王』句：據《金史·衛紹王紀》，大安元年（一二〇九）十二月，完顏璹之父完顏永功進封譙王。完顏璹加封開府儀同三司，當在此前後。

〔七〕宣宗南渡：事在貞祐二年（一二一四）。

〔八〕正大初：正大元年（一二二四）。

〔九〕鎬厲等二王：鎬厲王，指完顏永中（？—一一九四），又作惟中、允中，金世宗長子，先後封許王、漢王、并王、鎬王。明昌五年（一一九四），其家奴告發他與侍妾言『我得天下，子為大王，以爾為妃』，被賜死。泰和七年，詔復永中王爵，賜謚曰厲。二王中的另一王，當是鄭王完顏永蹈。明昌四年，鄭王以謀反被誅。

〔一〇〕『諸王以之下』七句：《金史·完顏永中傳》：『（明昌）三年，判平陽府事，進封鎬王。初置王傅、府尉官，名為官屬，實檢制之也。府尉希望風旨，過為苛細。……四年，鄭王永蹈以謀逆誅，增置諸王司馬一員，檢察門戶出入，毬獵遊宴皆有制限，家人出入皆有禁防。』籍：登記。

〔一一〕朝請：朝見皇帝。奉朝請：指有參見皇帝、參加朝會的資格。

〔一二〕朝著：朝班。《左傳·昭公十一年》：『朝有著定。』杜注：『著定，朝內列位常處，謂之表著。』四十年：《金史·完顏璹傳》：『璹奉朝請四十年。』

〔一三〕初燕都遷而南：指貞祐二年（一二一四）將首都從燕京遷往汴京之事。

〔一四〕宮縣：古代鐘磬等樂器懸掛在架上，其形制因用樂者身份地位不同而有別。帝王懸掛四面，象徵宮室四面的牆壁，故名『宮縣』。縣：懸。秘器：棺材。

〔一五〕丕天：洪天。

〔一六〕輦運：運輸。

〔一七〕法書：古代名家書法作品。

〔一八〕遷革：變革，變遷。倉卒：倉促。

〔一九〕乏軍興：耽誤軍事行動或軍用物資的徵集調撥。

〔二〇〕百指：指十口人。不能贍百指：不能養活十口之家。

〔二一〕落薄：落魄。失次：失常。

〔二二〕元光以後：元光元年（一二二二）。王薨：完顏璹之父、越王完顏永功卒於興定五年（一二二一）。

〔二三〕款謁：叩見，拜謁。《金史·完顏璹傳》：『永功薨後，稍得出遊，與文士趙秉文、楊雲翼、雷淵、元好問、李汾、王飛伯輩交善。』

〔二四〕三川：或為朱巨觀之號，或為三鄉之誤。朱巨觀：朱瀾，字巨觀，福昌三鄉人，大定二十八年（一一八八）及第，為諸王文學。參見《中州集》卷七《朱宮教瀾》。

〔二五〕龍岩任君謨：任詢，字君謨，號龍岩，大定末為宮教。

〔二六〕名勝：有名望的才俊之士。

〔二七〕棐几：用棐木做的几桌，泛指几桌。

〔二八〕顧、陸、朱、吳：分別指顧愷之、陸探微、朱審、吳道子。

〔二九〕二王：王羲之和王獻之。
〔三〇〕善西堂：指金世宗時高僧圓通善國師，名广善。
〔三一〕《自題寫真》：又見《中州集》卷五。應緣：《中州集》作『因緣』，可從。趙德麟：趙令畤（一〇六一——一一三四），字德麟，北宋宗室，交多元祐勝流，坐與蘇軾遊，入黨籍。
〔三二〕山陵：帝王或皇后的陵墓。
〔三三〕乘傳：乘坐驛車。
〔三四〕上清儲祥宮、太乙宮、五嶽觀：道教宮觀，在開封周邊。
〔三五〕上方：佛寺。相藍：大相國寺。道場：指佛教、道教中規模較大的誦經禮拜儀式。
〔三六〕國公代行香：完顏璹先後被封為胙國公、密國公，故能代為行香。
〔三七〕羸馬：瘦弱的馬匹。鈍於牆：形容行走遲緩。
〔三八〕尫：瘦弱。
〔三九〕《如庵小稿》：當是完顏璹生前初刻詩詞集。《歸潛志》卷一：『公平生詩文甚多，晚自刊其詩三百首，樂府一百首，號《如庵小稿》，趙閑閑序之，行於世。』
〔四〇〕『夢到』二句：出自其《朝中措》：『襄陽古道灞陵橋，詩興與秋高。千古風流人物，一時多少雄豪。霜清玉塞，雲飛隴首，風落江皋。夢到鳳凰臺上，山圍故國周遭。』
〔四一〕『咫尺』句：原詞已佚。
〔四二〕自放於酒：自我放逐於嗜酒之中。
〔四三〕『吟詠』句：意謂以詩詞為排解憂愁之物。

〔四四〕『遯世』二句：出自《周易・大過》：『君子以獨立不懼，遯世無悶。』

〔四五〕顓面正朝：言擔任將相之類要職。古代君臣上朝時，皆按朝儀於廷中各專一面。《漢書・李尋傳》：『天官上相上將，皆顓面正朝，憂責甚重，要在得人。』

〔四六〕槁項黃馘：頸項枯瘦，面色蒼黃，形容落魄文人。

〔四七〕朝家：朝廷。疏近族：疏遠近親屬。倚疏屬：倚重遠宗之人。

〔四八〕天興壬辰：一二三二年。曹王：完顏訛可，荆王守純之子，該年三月受封為曹王，出質蒙古。

〔四九〕上：此指金哀宗。

〔五〇〕孛德：完顏守純第三子，曹王之弟，見《金史》卷九十三《完顏守純傳》。據此，孛德以議和的身份與其兄曹王一同赴蒙古軍營。

〔五一〕奉養：指生活待遇。

〔五二〕沾丐：使人受益。

〔五三〕緩急：指危急之時。

〔五四〕後二十有六年：一二五七年。大名：今河北大名。

〔五五〕門下士：門生。元好問曾出入完顏璹之門，故云。

雙溪集序〔一〕

燕中文士張顯卿、趙昌齡為予言〔二〕：『省寺賓客集今中令詩傳于時〔三〕，欲吾子為作序

引，其有意乎？』予復之曰：『詩與文同源而別派，文固難，詩為尤難。李長吉母以賀苦於詩，謂嘔出肝肺乃已耳〔四〕。又有論詩者云：「乾坤有清氣，散入詩人脾。千人萬人中，一人兩人知。」〔五〕其可謂尤難矣。前世詩人凡有所作，遇事輒變化，別不一其體裁，乃欲與造物者爭柄，囚鎖怪異，破碎陣敵，陵轢波濤，穿穴險固者，尤未盡也〔六〕。槁項黃馘，一節寒餓之士，以是物為專門〔七〕，有白首不能道劉長卿一字者〔八〕；青雲貴公子乃咳唾嚬呻而得之〔九〕，是可貴也。學道者有神遇〔一〇〕，有懸解〔一一〕，如以無礙辨才，遊戲翰墨，龍拏虎擲〔一二〕，動心駭目，不可致詰〔一三〕。彼區區者，方纓冠被髮〔一四〕，流汗而追之，九萬里風斯在下矣〔一五〕！中令天資高，於詩又夙習，故落筆有過人者，不足訝也。近時燕中兩詩人擅名一時〔一六〕，當其得意時，視《北征》、《南山》反有德色〔一七〕。然每見中令一詩出，必歡喜讚歎，失喜噎嘔〔一八〕，曰：『此長吉語也，義山語也，《樊川集》所無有也。』〔一九〕而中令慊然〔二〇〕，自以為不足，長轡遠馭，進進而不已，如欲「踔宇宙而遺俗，渺翩翩而獨征」者〔二一〕，尚奚以序引為哉！顯卿、昌齡為我謝中令君：朝議以四世五公待閣下〔二二〕，天下大夫士以太平宰輔望閣下〔二三〕，李文饒《一品集》，鄭亞有序〔二四〕；《陸宣公奏議》，蘇東坡有《劄子》〔二五〕；大書特書而屢書之，韓筆有例〔二六〕，子欲我敘《雙溪小集》而遂已乎？年月日，門下士河東元某題。

【注釋】

〔一〕《雙溪集》：即文中所云《雙溪小集》，又名《雙溪小稿》，耶律鑄早年作品集，為其賓客所編。原書已佚。現存《雙溪醉隱集》為清人從《永樂大典》輯錄而成。耶律鑄：耶律楚材之子。

〔二〕張顯卿：《續夷堅志》卷四《空中人語》：『張顯卿名德，遼州（今山西左權）人。明昌二年經童，貞祐四年（一二一六）進士。』趙昌齡：其人不詳。

〔三〕省寺：本指中央官署。這裏指中書省。省寺賓客：指中書省的官員。中令：耶律鑄任中書令。

〔四〕嘔出肝肺：見李商隱撰《李長吉小傳》。

〔五〕乾坤有清氣：出自貫休《古意》：『乾坤有清氣，散入詩人脾。聖賢遺清風，不在惡木枝。千人萬人中，一人兩人知。憶在東溪日，花開葉落時。幾擬以黃金，鑄作鍾子期。』

〔六〕『前世詩人』九句：出自陸龜蒙《甫里先生傳》，參見元好問《校笠澤叢書後記》。

〔七〕槁項黃馘：面色蒼黃不健康之人。是物：指詩歌。顓門：專門之學。

〔八〕劉長卿一字：劉長卿詩號為五言長城，享有盛名。計有功《唐詩紀事》卷二十六引皇甫湜語，謂時人『詩未有劉長卿一句，已呼阮籍為老兵矣；筆語未有駱賓王一字，已罵宋玉為罪人矣！』

〔九〕青雲貴公子：貴介公子。李白《江上贈竇長史》：『聞道青雲貴公子，錦帆遊戲西江水。』咳唾：咳嗽，唾沫。嚬呻：蹙眉，呻吟。咳唾嚬呻而得之：形容創作之易。

〔一〇〕神遇：以心靈去感知事理。《莊子·養生主》：『臣以神遇，而不以目視。官知止而神欲行。』

〔一一〕懸解：了悟。

〔一二〕龍拏虎擲：龍爭虎鬥。

〔一三〕致詰：究問，推究。

〔一四〕纓冠被髮：來不及將帽帶繫上，來不及將頭髮束好。形容匆忙、勉强。《孟子·離婁下》：『今有同室之人鬭者，救之，雖被髮纓冠而救之可也。』

〔一五〕九萬里風斯在下矣：見《莊子·逍遥游》，形容相距遥遠。

〔一六〕燕中兩詩人：指呂鯤、趙著。二人有《雙溪小稿序》傳世。麻革《雙溪小稿序》曰：『趙虎岩、呂龍山，世雄於歌詩，為之序引甚備。』

〔一七〕《北征》：杜甫所作。《南山》：韓愈所作。德色：得意的神色。

〔一八〕失喜：喜極不能自制。噎嘔：喉塞作嘔。韓愈《元和聖德詩》：『卿士庶人，黄童白叟，踴躍歡呀，失喜噎嘔。』

〔一九〕長吉：李賀。義山：李商隱。《樊川集》：杜牧撰。

〔二〇〕慊然：不滿足的樣子。

〔二一〕『踔宇宙而遺俗』二句：出自《後漢書·蔡邕傳》。踔，超越。

〔二二〕四世五公：《資治通鑒》卷六十一載，臧洪被袁紹俘虜，『洪據地瞋目曰：「諸袁事漢，四世五公，可謂受恩。」』胡注：『自袁安至袁隗四世，安為司徒，子敞為司空，孫湯為司空，曾孫逢為司空，隗為太傅，凡五公。』元好問之意，希望耶律鑄家族世代富貴。

〔二三〕宰輔：輔政的大臣，如宰相。

〔二四〕李文饒：唐人李德裕。《一品集》：即《會昌一品集》。鄭亞：字子佐，滎陽人，元和十五年（八二〇）擢進士第，聰悟絕倫，文章秀發。受知於李德裕。曾任監察御史、刑部郎中、桂州刺史、御史中丞等職。

已也。』

〔二五〕《陸宣公奏議》：陸贄撰。《劄子》：指蘇軾《乞校正陸贄奏議進御劄子》，見《蘇軾文集》卷三十六。

〔二六〕『大書特書』句：韓愈《答元侍御書》：『而足下年尚彊，嗣德有繼，將大書特書、屢書不一書而已也。』

鳩水集引〔一〕

德安鄭夢開以所編宋君周臣《鳩水集》見示〔二〕，云：『宋君以文章名海内久矣，世以不見全集為恨。今欲鋟木流布。子厚於宋者，請為題端。』某不敏，不足以知詩文正脈，嘗試妄論之。

文章雖出於真積之力，然非父兄淵源、師友講習、國家教養，能卓然自立者鮮矣〔三〕。自隋唐以來，以科舉取士，學校養賢，俊逸所聚，名卿材大夫為之宗匠〔四〕。琢磨淬礪，日就作新之功〔五〕。以德言之，則士君子之所為也；以文言之，則鴻儒碩生之所出也；以人物言之，則公卿大臣之所由選也。不必皆鴻儒碩生、公卿大臣〔六〕，而其材具故在是矣〔七〕。宋君起太行〔八〕，其經明行修〔九〕，蓋故家遺俗然，且得鄉先生李承旨致美、按察使簡之、宗盟内翰濟川、潞倅祐之父子、王孟州大用之所沾丐〔一〇〕。住太學十年，讀書績文〔一一〕，動為有用之學，使之得時行道，其所成就，顧豈出名卿材大夫之下哉？易代以來，佐東平幕二十年〔一二〕，當賢侯

擁篲之敬〔一三〕，不動聲氣酬酢〔一四〕，臺務皆迎刃而解〔一五〕。有用之學，僕既言之矣！嗚呼！文章，聖心之正傳，達則為經綸之業〔一六〕，窮則為載道之器，顧所遭何如耳！他日，人讀《鳩水集》，或以文人之文求之，渠特褦襶子耳〔一七〕！非吾心相科中人也〔一八〕。癸丑清明日〔一九〕，河東元某引。

【注釋】

〔一〕《鳩水集》：宋子貞所撰，已佚。

〔二〕德安：今湖北安陸。鄭夢開：生平不詳。宋周臣：名子貞（一一八六—一二六六），潞州長子（今山西長子縣）人。金末，宋將彭義斌守大名，辟為安撫司計議官，後率衆投奔東平行臺嚴實。蒙古破汴梁，子貞賑災，全活萬餘人。入元，歷翰林學士、參議中書省事、中書平章政事。《元史》卷一百五十九有傳。

〔三〕『然非』二句：此論又見《中州集》卷十《溪南詩老辛愿》、《元好問全集》卷二十四《張君墓誌銘》。

〔四〕名卿：有聲望的公卿。材大夫：有才華的士大夫。

〔五〕淬礪：淬火磨礪，比喻刻苦鍛煉。日就：每天有成就，形容精進不止。作新：新變，新進。

〔六〕碩生：品節高尚、學問淵博之士。

〔七〕材具：才幹，才能。

〔八〕宋君起太行：因宋子貞是長子人，出生於太行山下，故云。

〔九〕經明行修：通曉經學，品行端正。

〔一〇〕李承旨致美：　李晏，字致美，高平（今山西高平）人，仕為翰林學士承旨。按察使簡之：　指李晏之子李仲略，字簡之，大定二十二年（一一八二）進士。參見《中州集》卷二《李承旨晏》。宗盟：　同宗、同姓。內翰濟川：　宋楫，字濟川，長子人，天德三年（一一五一）進士，官至孟州防禦使。其子元吉，字祐之。參見《中州集》卷八《宋孟州楫》。王孟州大用：　王良臣，字大用，潞人，承安五年（一二〇〇）進士，興定初，自請北行，沒於軍中，贈孟州防禦使。參見《中州集》卷五《王防禦良臣》。

〔一一〕績文：　積累文才。

〔一二〕易代：　指金亡。東平幕：　進入東平行臺嚴實幕下。

〔一三〕擁篲：　手持掃帚，為貴賓在前面掃地引路，形容待客之禮極為誠敬。

〔一四〕酬酢：　賓主互相敬酒，泛指交際應酬。

〔一五〕臺務：　行臺事務。

〔一六〕經綸：　治理國家。

〔一七〕襏襫：　衣服粗重寬大，既不合身，也不合時，比喻不曉事，無能。襏襫子：　不曉事之人。

〔一八〕心相：　宗教術語，陳摶有《心相篇》，認為相由心生。

〔一九〕癸丑：　一二五三年。

楊叔能小亨集引〔一〕

貞祐南渡後〔二〕，詩學大行，初亦未知適從。溪南辛敬之、淄川楊叔能以唐人為指歸〔三〕，

敬之舊有聲河南，叔能則未有知之者。興定末，叔能與予會於京師〔四〕，遂見禮部閑閑公及楊吏部之美〔五〕，二公見其《幽懷久不寫》及《甘羅廟》詩〔六〕，嘖嘖稱歎，以為今世少見其比。及將往關中〔七〕，張左相信甫、李右司之純、馮內翰子駿皆以長詩贈別〔八〕，閑閑作引〔九〕，謂其詩學退之《此日足可惜》〔一〇〕，頗能似之，至比之『金膏水碧，物外自然奇寶；景星丹鳳，承平不時見之嘉瑞』〔一一〕。叔能用是名重天下，今三十年〔一二〕。然其客於楚〔一三〕，於漢沔〔一四〕，於燕趙魏齊魯之間〔一五〕，行天下四方多矣，而其窮亦極矣。叔能天資澹泊，寡於言笑，儉素自守，詩文似其為人，其窮雖極，其以詩為業者不變也，其以唐人為指歸者，亦不變也。今年其所撰《小亭集》成，其子復見予鎮州〔一六〕，以集引為請。予亦愛唐詩者，唯愛之篤而求之深，故似有所得，嘗試妄論之。

詩與文，特言語之別稱耳，有所記述之謂文，吟詠情性之謂詩，其為言語則一也。唐詩所以絕出於《三百篇》之後者〔一七〕，知本焉爾矣。何謂『本』？誠是也。古聖賢道德言語，布在方冊者多矣〔一八〕，且以『弗慮胡獲，弗為胡成』〔一九〕、『無有作好，無有作惡』〔二〇〕，『樸雖小，天下莫敢臣』較之〔二一〕，與『祈年孔夙，方社不莫』〔二二〕、『敬共明神，宜無悔怒』何異〔二三〕？但篇題句讀不同而已。故由心而誠，由誠而言，由言而詩也。三者相為一，情動於中而形於言。言發乎邇而見乎遠，同聲相應，同氣相求，雖小夫賤婦、孤臣孽子之感諷〔二四〕，皆可以厚人倫，美教化〔二五〕，無它道也，故曰不誠無物。夫惟不誠，故言無所主，心口別為二物，物我邈

其千里，漠然而往，悠然而來，人之聽之若春風之過馬耳〔二六〕。其欲動天地、感神鬼難矣〔二七〕。其是之謂本。唐人之詩，其知本乎！何溫柔敦厚、藹然仁義之言之多也〔二八〕！幽憂憔悴、寒饑困憊一寓於詩〔二九〕，而其厄窮而不憫、遺佚而不怨者〔三〇〕，故在也〔三一〕。至於傷讒疾惡不平之氣，不能自掩，責之愈深，其旨愈婉；怨之愈深，其辭愈緩。優柔饜飫〔三二〕，使人涵泳于先王之澤，情性之外，不知有文字〔三三〕。幸矣！學者之得唐人為指歸也。

初予學詩，以十數條自警云〔三四〕：『無怨懟〔三五〕，無謔浪〔三六〕，無驁狠〔三七〕，無崖異〔三八〕，無狡訐〔三九〕，無媕阿〔四〇〕，無傅會〔四一〕，無籠絡，無衒鬻〔四二〕，無矯飾，無為堅白辨〔四三〕，無為賢聖癲〔四四〕，無為妾婦妒〔四五〕，無為仇敵謗傷，無為聾俗鬨傳〔四六〕，無為瞽師皮相〔四七〕，無為黥卒醉橫〔四八〕，無為黠兒白捻〔四九〕，無為田舍翁木强〔五〇〕，無為法家醜詆，無為牙郎轉販〔五一〕，無為市倡怨恩〔五二〕，無為琵琶娘人魂韻詞〔五三〕，無為村夫子《兔園策》〔五四〕，無為算沙僧困義學〔五五〕，無為稠梗治禁詞〔五六〕，無為天地一我、今古一我〔五七〕，無為薄惡所移〔五八〕，無為正人端士所不道。』信斯言也，予詩其庶幾乎！惟其守之不固，竟為有志者之所先。今日讀所謂《小亨集》者，祇以增愧汗耳！予既以如上語為《集》引，又申之以《種松》之詩〔五九〕，因為復言：『歸而語乃翁，吾老矣，自為瓠壺之日久矣〔六〇〕，非夫子亦何以發予之狂言！』己酉秋八月初吉〔六一〕，河東元某序。

【注釋】

〔一〕楊叔能： 名宏道（一作弘道），字叔能（一一八七—一二七〇），號素庵，淄川（今山東淄博）人。金末曾監麟遊酒稅，金亡入宋，後北還故里，不再出仕。生平見《秋澗集》卷八十七《儒士楊弘道賜號事狀》。《小亨集》，原為十五卷，久佚，清人從《永樂大典》中輯成《小亨集》六卷。

〔二〕貞祐南渡： 指貞祐二年（一二一四）遷都汴京之事。

〔三〕溪南辛敬之： 辛愿，號溪南詩老，參見《中州集》卷十《溪南詩老辛愿》。指歸： 主旨、意向之所在。

〔四〕興定末： 興定五年（一二二一），楊宏道赴汴京參加進士考試，與元好問相識。

〔五〕閑閑公： 趙秉文。楊吏部之美： 楊雲翼。

〔六〕《幽懷久不寫》： 原題作《幽懷久不寫一首，效韓子此日足可惜，贈彥深》，見《小亨集》卷一。《甘羅廟》： 現存，見《小亨集》卷二。

〔七〕將往關中： 楊宏道落第後，入陝西為吏。

〔八〕張左相信甫： 張行中，又名行信，仕至尚書左丞。參見《中州集》卷九《張左丞行中》。李右司之純： 李純甫。馮內翰子駿： 馮延登。

〔九〕閑閑作引： 趙秉文序文及其餘諸人詩作已佚。

〔一〇〕《此日足可惜》： 韓詩題為《此日足可惜一首贈張籍》。

〔一一〕金膏水碧： 道教傳說中的仙藥，比喻出類拔萃的人物。景星： 大星，瑞星。金膏水碧以下數句，當是趙秉文序之原文。『自然奇寶』，疑中間有脫字。

〔一二〕今三十年： 元好問此文寫作於一二四九年，三十年，為約數。

〔一一三〕客於楚：楊宏道於天興三年（一二三四）遊蘄春，又至當塗、鎮江。

〔一一四〕於漢沔：楊宏道於天興二年（一二三三），流落襄陽。

〔一一五〕於燕趙魏齊魯：楊宏道於元太宗十一年（一二三九），回家鄉淄川，後移家濟南。海迷失后二年（一二四九），遊燕京。詳參王慶生《金代文學家年譜》。

〔一一六〕其子復：楊復生平無考。鎮州：真定（今河北正定）。

〔一一七〕絕出：傑出，突出。《三百篇》：《詩經》。

〔一一八〕布在方冊：《禮記·中庸》：『文武之政，布在方冊。』方冊：簡牘，典籍。

〔一一九〕『弗慮』二句：語出《尚書·太甲下》，意謂無所用心怎麼能有所得，無所作為，怎麼能成功。

〔一二〇〕『無有』二句：不要有自己的好惡之心。《尚書·洪範》：『無有作好，遵王之道；無有作惡，遵王之路。』

〔一二一〕『樸雖小』二句：《老子》：『道常無名，樸雖小，天下莫敢臣。』道樸雖小微妙，卻無人敢支使他。

〔一二二〕『祈年』二句：語出《詩經·大雅·雲漢》。祈年，祈禱豐年。孔夙，很早。方社，四方社稷之神。莫：暮，遲。意謂周王求雨，向天祈求豐年很早，向社稷之神祈求豐年也不遲。

〔一二三〕敬共明神，宜無悔怒：語出《詩經·大雅·雲漢》，意謂敬奉神明謙恭謹慎，應該沒有怨怒悔恨。

〔一二四〕小夫賤婦：出身微賤的民衆。孤臣：孤立無援的臣子。孽子：非正妻所生之子。

〔一二五〕厚人倫，美教化：《毛詩序》：『先王以是經夫婦，成孝敬，厚人倫，美教化，移風俗。』

〔一二六〕春風之過馬耳：比喻沒有意義。李白《答王十二寒夜獨酌有懷》：『吟詩作賦北窗裏，萬言不直一杯水。世人聞此皆掉頭，有如東風射馬耳。』

〔二七〕動天地、感神鬼：《毛詩序》：『故正得失，動天地，感鬼神，莫近於詩。』

〔二八〕溫柔敦厚：《禮記·經解》：『溫柔敦厚，《詩》教也。』藹然：和善的樣子。

〔二九〕幽憂：深重的憂愁。

〔三〇〕『厄窮』二句：《孟子·萬章下》：『遺佚而不怨，厄窮而不憫。』被人棄置而不怨恨，遭受困難而不憂愁。

〔三一〕故在：仍然存在。

〔三二〕優柔：不慌不忙地。饜：吃飽後滿足的樣子。飫：飽食。優柔饜飫，比喻從容舒緩地體味其含義，並從中得到滿足。

〔三三〕『情性』二句：皎然《詩式》卷一《重意詩例》：『兩重意已上，皆文外之旨，若遇高手如康樂公覽而察之，但見情性，不睹文字，蓋詣道之極也。』

〔三四〕以十數條自警：元好問曾編《詩文自警》，已佚。孔凡禮輯本不含以下內容。

〔三五〕無：毋，不要。怨懟：怨恨。

〔三六〕謔浪：戲謔放浪。

〔三七〕驁狠：驕矜，傲慢。

〔三八〕崖異：乖異，不合常理。

〔三九〕狡訐：狡辯、攻擊他人。

〔四〇〕媕阿：依違阿曲，隨聲附和。

〔四一〕傅會：附會。

〔四二〕衒鬻：誇耀賣弄。

〔四三〕堅白辨：詭辯。戰國時公孫龍有『堅石非石』、『白馬非馬』之辨。

〔四四〕賢聖癲：指極端自大的癲狂病態。元好問《東平府學記》曰：『心失位不已，合謾疾而為聖癲，敢為大言，居之不疑，始則天地一我，既而古今一我。』

〔四五〕妾婦妒：妾婦般的妒忌。元好問在《東平府學記》中亦批評『妾婦妒』。

〔四六〕聾俗：像聾子一樣愚昧無知的世俗。鬨傳：哄傳，紛紛傳說。

〔四七〕瞽師：盲人樂師。皮相：表面。

〔四八〕黥卒：臉上被刺字或塗面的逃犯。醉橫：醉酒橫臥。

〔四九〕黠兒：指說唱表演中的黠慧藝人。白：說白。捻：即興指物題詠、憑空捏造的詩詞。

〔五〇〕田舍翁：鄉間老翁。木强：木訥倔强。

〔五一〕牙郎：牙商，買賣中介。轉販：轉手買賣。

〔五二〕市倡：市井倡優。

〔五三〕琵琶娘人：賣藝的琵琶女。魂韻詞：優美、消魂的歌詞。《東平府學記》亦批評『為狐媚』之習。

〔五四〕《兔園策》：又作《兔園冊》。《新五代史·劉岳傳》：『《兔園冊》者，鄉校俚儒教田夫牧子之所誦也。』指膚淺通俗讀物。

〔五五〕算沙僧：計算沙子數量的僧人。《五燈會元》卷四《鹽官安國師法嗣》：『師謂之曰：「佛祖正法，直截亡詮。汝算海沙，于理何益？」』義學：關於佛教的學問。困義學：困於義學，不懂得教義。

〔五六〕稠梗治：東漢張道陵設二十四治，為傳教點。據《雲笈七籤》卷二十八《二十四治》，分上八治、中八

治、下八治。稠梗治為中八治之一，其地在四川新津縣。禁詞：道士所說的咒語。

〔五七〕天地一我，今古一我：謂唯我獨尊的狂妄自大。

〔五八〕薄惡：澆薄風俗。《漢書・禮樂志》：『自古以來，未嘗以亂濟亂，大敗天下如秦者也。習俗薄惡，民人抵冒。』

〔五九〕《種松》：元好問詩篇名，全詩如下：『百錢買松羔，植之我東牆。汲井涴塵土，插籬護牛羊。一日三摩挲，愛比添丁郎。昨宵入我夢，忽然變昂藏。昂藏上雲霄，慘澹含風霜。起來月中看，細鬣錯針芒。惘然一太息，何年起明堂。鄰叟向我言，種木本易長。不見河畔柳，顧盼百尺强。君自作遠計，今日何所望。』申之以《種松》詩：當是勉勵楊叔能之子。

〔六〇〕瓠壺：一種盛液體的大腹容器，比喻虛有其表。

〔六一〕己酉：一二四九年。初吉：初一。

新軒樂府引〔一〕

唐歌詞多宮體，又皆極力為之〔二〕，自東坡一出，情性之外，不知有文字，真有『一洗萬古凡馬空』氣象〔三〕，雖時作宮體，亦豈可以宮體概之！人有言：『樂府本不難作〔四〕，從東坡放筆後便難作。』此殆以工拙論，非知坡者。所以然者，《詩三百》所載，小夫賤婦幽憂無聊賴之語，特猝為外物感觸，滿心而發，肆口而成者爾。其初果欲被管弦、諧金石、經聖人手以與六

經並傳乎？小夫賤婦且然，而謂東坡翰墨游戲，乃求與前人角勝負〔五〕，誤矣。自今觀之，東坡聖處，非有意於文字之為工，不得不然之為工也。坡以來，山谷、晁無咎、陳去非、辛幼安諸公〔六〕，俱以歌詞取稱，吟詠情性，留連光景，清壯頓挫，能起人妙思，亦有語意拙直，不自緣飾，因病成妍者〔七〕，皆自坡發之。近歲新軒張勝予亦東坡發之者與？

新軒三世遼宰相家〔八〕，從少日滑稽玩世，兩坡二棗，所謂入其室而啖其炙者〔九〕，故多喜而謔之之辭。及隨計兩都，作霸諸彥〔一〇〕，時命不偶，至得補掾中臺〔一一〕。時南狩已久，日薄西山，民風國勢，有可為太息而流涕者，故又多憤而吐之之辭。予與新軒臭味既同，而相得甚歡，或別之久而去之遠，取其歌詞讀之，未嘗不灑然而笑，慨焉以歎，沉思而遠望，鬱搖而行歌，以為玉川子嘗孟諫議貢餘新茶，至四碗發輕汗時，『平生不平事，盡向毛孔散』〔一二〕，真有此理。退之《聽穎師彈琴》云：『昵昵兒女語，恩怨相爾汝。忽然變軒昂，勇士赴敵場。』吾恐穎師不足以當之。

予既以此論新軒，因說向屋梁子〔一三〕，屋梁子不悅，曰：『《麟角》、《蘭畹》、《尊前》、《花間》等集，傳播里巷〔一四〕，子婦母女交口教授，淫言媟語，深入骨髓，牢不可去〔一五〕，久而與之俱化，浮屠家謂筆墨勸淫，當下犂舌之獄〔一六〕。自知是巧，不知是業〔一七〕。陳後山追悔少作，至以《語業》命題〔一八〕，吾子不知耶？《離騷》之《悲回風》、《惜往日》〔一九〕，評者且以『露才揚己，怨懟沉江』少之〔二〇〕。若《孤憤》、《四愁》、《七哀》、《九悼》絕命之辭〔二一〕，《窮愁志》、

《自憐賦》〔二二〕，使樂天知命者見之，又當置之何地耶？治亂，時也；遇不遇，命也。衡門之下，自有成樂〔二三〕，而長歌之哀，甚于痛哭，安知憤而吐之者，非呼天稱屈耶？世方以此病吾子，子又以及新軒，其何以自解？』予謂屋梁子言：『子頗記謝東山對右軍哀樂語乎？「年在桑榆，正賴絲竹陶寫，但恐兒輩覺，損此歡樂趣耳。」〔二四〕東山似不應道此語，果使兒輩覺，老子樂趣遂少減耶？君且道如詩仙王南雲所說〔二五〕，「大美年賣珠樓前風物，彼打硬頭陀與長三者，《三禮》何嘗夢見？」』〔二六〕歲在甲寅十月望日，河東元某題。

【注釋】

〔一〕《新軒樂府》：張德謙詞集。張德謙，字勝予（又作聖予、聖俞），東平（今山東東平）人，號新軒。以文章名海內，工樂府。元好問《雲岩》序曰：『聖與三世相家，以文章名海內，其才情風調，不減前世賀東山、晏叔原。』

〔二〕唐歌詞：主要指溫庭筠等人的詞作。宮體：指花間詞之類表現女性生活或愛情題材的作品。

〔三〕一洗萬古凡馬空：杜甫《丹青引·贈曹將軍霸》：『斯須九重真龍出，一洗萬古凡馬空。』

〔四〕樂府：指詞。樂府本不難作云云，出處不詳。

〔五〕角勝負：爭勝負。王若虛《滹南詩話》卷中：『公（蘇軾）雄文大手，樂府乃其遊戲，顧豈與流俗爭勝哉！』

〔六〕山谷：黃庭堅。晁無咎：晁補之。陳去非：陳與義。辛幼安：辛棄疾。

〔七〕妍：美麗。

〔八〕三世遼宰相家：張勝予先世失考。

〔九〕兩坡：據元駱天驤《類編長安誌》卷三《館閣樓觀》：『古老相傳，秦樓青樓，俱在晝橋東平康坊。煙脂、翡翠，二坡相對。』李汾《州北》：『薄游却憶開元日，常逐東風醉兩坡。』元好問《鷓鴣天》（少日驪駒）：『西城燈火長安夢，滿意春風似兩坡。』二棗：其意不詳。『入其室』句：黃庭堅《再和元禮春懷十首序》：『然錢塘江東一都會，風煙花月，不知其幾坊幾曲，變否恍惚，使少年心醉而忘反，元禮蓋入其鄉啖其炙者也。』

〔一〇〕隨計：隨計吏而行，指參加科舉考試。作霸諸彥：指傑出於時輩。

〔一一〕中臺：指尚書省。

〔一二〕『玉川子』三句：指盧仝《走筆謝孟諫議寄新茶》。內云：『四碗發輕汗，平生不平事，盡向毛孔散。』

〔一三〕屋梁子：元好問虛擬之人物。

〔一四〕《麟角》、《蘭畹》、《尊前》、《花間》：晚唐五代詞集，其中前兩者已佚。

〔一五〕『子婦』四句：本是杜牧《唐故平盧軍節度巡官隴西李府君墓誌銘》中對元和體的指摘：『嘗痛自元和已來有元白詩者，纖豔不逞，非莊士雅人，多為其所破壞。流于民間，疏於屏壁，子父女母，交口教授，淫言媟語，冬寒夏熱，入人肌骨，不可除去。』

〔一六〕筆墨勸淫：黃庭堅《小山詞序》：『余少時間作樂府，以使酒玩世。道人法秀獨罪余以筆墨勸淫，於我法中當下犁舌之獄。』犁舌之獄：佛教指犯惡口、大妄語等作口業者死後所入的地獄。

〔一七〕業：佛教語，業障，指妨礙修行的言行。

〔一八〕《語業》：陳師道詞集名，一卷，見《宋史》卷二〇八。

〔一九〕《離騷》：這裏指代《楚辭》。

〔二〇〕露才揚己，怨懟沉江：劉勰《文心雕龍·辨騷》：『班固以為露才揚己，忿懟沉江。』

〔二一〕《孤憤》：《韓非子》篇名。《四愁》：張衡所作。《七哀》：王粲所作。《九悼》：王逸所作。

〔二二〕《窮愁志》：李德裕所作。《自憐賦》：陸龜蒙所作。

〔二三〕衡門：橫木為門，極其簡陋，喻貧者所居。《詩經·陳風·衡門》：『衡門之下，可以棲遲。』棲遲，猶言棲息、安身，此系隱居者安貧樂道之辭。

〔二四〕謝東山：謝安。右軍：王羲之。所言哀樂語，見《世說新語·言語》和《晉書》卷八十《王羲之傳》。

〔二五〕王南雲：王予可，字南雲，詳參《中州集》卷九《王先生予可》。

〔二六〕大美年：豐年。賣珠樓：疑是妓館。王予可《小重山》：『賣珠樓外串離腸。春殘夢，今夜擬高唐。』風物：景象。打硬：一种修行方式。頭陀：苦行僧。長三：或指妓女。

逃空絲竹集引〔一〕

南渡後〔二〕，李長源七言律詩〔三〕，清壯頓挫，能動搖人心，高處往往不減唐人。麻知幾七言長韻〔四〕，天隨子所謂『陵轢波濤，穿穴險固，囚鎖怪異，破碎陳敵』者〔五〕，皆略有之。然長源失在無穰茹〔六〕，知幾病在少持擇〔七〕，詩家亦以此為恨。仲梁材地有餘，而持擇功夫勝，其餘或亦有不迨二子者。絕長補短，大概一流人也。今二子亡矣。仲梁氣銳而筆健，業專而心精，極他日所至，當於古人中求之，不特如退之之於李元賓耶〔八〕。河東人元某書。（以上《元

好問全集》卷三十六）

【注釋】

〔一〕逃空絲竹集：杜仁傑詩集。杜仁傑，字仲梁，原名之元，字善夫，號止軒，濟南長清人。工詩曲，孫德謙輯有《善夫先生集》。

〔二〕南渡：指貞祐二年（一二一四）金室南遷。

〔三〕李長源：李汾，生平參《中州集》卷十《李講議汾》。

〔四〕麻知幾：麻九疇，生平參《中州集》卷六《麻徵君九疇》。

〔五〕天隨子：陸龜蒙。『陵轢波濤』四句：見陸龜蒙《甫里先生傳》。

〔六〕穰茹：釀酒、作餳之法，指以秸稈覆蓋器皿。《齊民要術》卷七：『十月初凍，尚暖未須茹甕，十一月、十二月，須黍穰茹之。』卷九《煮白餳法》：『以被覆盆甕，令暖，冬則穰茹。』無穰茹，意指李汾無包裹，詩歌偏於直露。

〔七〕持擇：堅持、選擇。

〔八〕退之：韓愈。李元賓：李觀字元賓。韓愈《書李元賓墓誌銘》稱其『文高乎當世，而行過乎古人』。

張仲經詩集序〔一〕

仲經出龍山貴族〔二〕，少日隨宦濟南，從名士劉少宣問學〔三〕，客居永寧〔四〕，永寧有趙宜

之、辛敬之、劉景玄〔五〕，其人皆天下之選，而仲經師友之，故早以詩文見稱。及予官西南〔六〕，仲經偕杜仲梁、麻信之、高信卿、康仲寧挈家就予內鄉〔七〕，時劉內翰光甫方解鄧州倅〔八〕，日得相從文字間。仲經之所成就，又非洛西時比矣。北渡後薄游東平〔九〕，謁先行臺嚴公〔一〇〕，一見即被賞識，待以師賓之禮，授館於長清之別墅〔一一〕，積十餘年，得致力文史，以詩為專門之學，此其出處之大略也。

今觀其詩，《永寧王趙幽居》云：『寒盡陰崖草有芽，竹梢殘雪墮冰花。號空老木風纔定，倒影荒山日又斜。天地悠悠常作客，干戈擾擾漫思家。煙村寂寞無人語，獨倚寒藤數莫鴉。』其落筆不凡類如此。及來內鄉，嘗阻雨板橋張主簿草堂〔一二〕，同賦《淅江觀漲》詩〔一三〕，仲經云：『一雨天地來，濤聲破清曉。』光甫大加賞歎，以為有前人風調。是年出居縣西南白鹿原，名所居為行齋，取『素貧賤，行貧賤』之義〔一四〕。行齋之南有菊水，湍流噴薄，景氣古澹。陽崖回抱，綠莎盈尺，臘月紅梅盛開，諸公藉草而坐，嘉肴旨酒〔一五〕，嘯詠彌日，仲經有詩云：『寒客遠峰猶帶雪，暖私幽圃已多花。』仲梁雖有『暖散春泉百汊流』之句，亦自以為不及也。其餘如《次韻見及》云：『長松偃蹇千年物，病鶴摧頹萬里心。』《春思》云：『一春常作客，連日苦多風。野樹淒迷綠，檐花暗澹紅。愁隨詩卷積，囊與酒樽空。巢燕如相識，頻來草舍中。』《書事》云：『故國三年夢，新愁兩鬢蓬。淚從南望盡，途自北來窮。破牖蠅烘日，枯梢鵲愛風。悵然搔白首，遠目過歸鴻。』《贈員善卿》云：『詩材雖滿腹，家具少於車。』〔一六〕《珍

珠泉感舊》云：『紅槿有情依壞砌，綠莎隨意上寒廳。』《秋興》云：『壞壁粘蝸艱國步，荒池漂蟻失軍容。』《秋日》云：『寒花矜晚色，病葉怯秋聲。』《憶永甯舊游寄魏内翰》云：『上閣寺高迎曉翠，游家樓小簇春紅。』〔一七〕獨腳云〔一八〕：『洛岸瀟瀟雨送春』、『老愛青山悟靜緣』、『問路前村犬吠人』、『病枕偏宜夜雨聲』、『林深鹿近人』、『年衰與杖宜』、『雲出祇園雨亦香』〔一九〕。又如《風琴》一首，《回軍謠》四首，《清明日陪諸公燕集東園》一首，《病中》一首，《移居學東坡》八首，《再到方山絕句》、《書陶詩後集句》，往往傳在人口。

内相文獻楊公有言：『文章天地中和之氣，太過為荒唐，不及為滅裂。』〔二〇〕仲經所得雍容和緩，道所欲言者而止，其亦得中和之氣者歟？為人資稟樂易，恬於進取，進退容止，皆有藴藉可觀。與人交，重然諾，敦分義，終始可以保任〔二一〕。使之束帶立朝，當言責之重，豈得輕負所學，忘禮諫之義乎？憂世既切，惠養是其所長。趙、張、三王〔二二〕，鉤距之吏〔二三〕，奮髯抵几，砉砉俊快〔二四〕，保其羞而不為。至於德讓君子之風〔二五〕，良有望焉。自丙午以後〔二六〕，參幕府軍事，當賢侯擁篲之敬〔二七〕，得寸行寸，謂當見之一日，未一試而病不起矣。其孤萼符持《橘軒詩集》〔二八〕，求予編次，感念平昔，不覺出涕，因題其後。嗚呼！有言可述，學者之能事；有子可傳，人道之大本。吾仲經言可述矣，子可傳矣，顧雖齎志下泉，其亦可以少慰矣夫。甲寅冬至日，詩友河東元某裕之題〔二九〕。

【注釋】

〔一〕張仲經：張澄字之純，又字仲經，號橘軒。生平參《中州集》卷八《張參議澄》。張仲經詩集：已佚。

〔二〕仲經出龍山貴族：《中州集》卷八《張參議澄》：「本出遼東烏惹族，國初遷之隆安。」

〔三〕劉少宣：劉勳，出身世家，客居濟南，風流藴藉。生平參見《中州集》卷七《劉勳》。

〔四〕永寧：今河南洛寧縣。

〔五〕趙宜之：趙元，生平參《中州集》卷五《愚軒居士趙元》。辛敬之：辛愿，生平參《中州集》卷十《溪老詩老辛愿》。劉景玄：劉昂霄，生平參《中州集》卷七《劉昂霄》。

〔六〕官西南：正大四年（一二二七），元好問任内鄉縣令。

〔七〕杜仲梁：杜仁傑，參見上文。麻信之：麻革，字信之，虞鄉（今山西永濟）人。高信卿：高永，《中州集》卷九有傳。康仲寧：康國，第進士。生平不詳。

〔八〕劉内翰光甫：劉祖謙，《中州集》卷五有傳。正大四年，劉祖謙除鄧州武勝軍節度。

〔九〕薄游：指為薄禄而宦游於外。東平：今山東東平。

〔一〇〕嚴公：東平萬戶嚴實。

〔一一〕授館：當塾師。長清：在今山東濟南。

〔一二〕張主簿：其人不詳。元好問有《阻雨張主簿草堂》、《張主簿草堂賦大雨》，時為正大五年六月。

〔一三〕《浙江觀漲》：《元好問全集》卷一有《浙江觀漲》詩。

〔一四〕行齋：《元好問全集》卷一有《行齋賦》。素貧賤，行貧賤：出自《禮記·中庸》：「君子素其位而行，不願乎其外。素富貴，行乎富貴；素貧賤，行乎貧賤。」

〔一五〕旨酒：　美酒。

〔一六〕員善卿：　員炎字善卿，同州（今陝西大荔）人，性豪蕩，嗜酒業詩，不事生產。元初一度監嵩州酒稅，旋即辭去。長遊河朔，褐衣麻履，居處惟詩稿、酒瓢，酒酣則以巨挺橫膝上，掉頭吟諷歌謠。楊弘道《小亨集》有《大名贈員善卿》詩，《元詩選》癸集錄其詩六首。生平見《秋澗大全集》卷四十九《員先生傳》。

〔一七〕魏內翰：　魏摶霄，生平參見《中州集》卷四《魏內翰摶霄》。

〔一八〕獨腳：　詩體名，僅一句。

〔一九〕祇園：　佛寺。

〔二〇〕文獻楊公：　楊雲翼，生平參見《中州集》卷四《禮部楊公雲翼》。所引楊文，出處不詳。滅裂：　草率，粗略。

〔二一〕保任：　保持。

〔二二〕趙、張、三王：　漢代趙廣漢、張敞、王尊、王章、王駿。《漢書·王吉傳》：『先是京兆有趙廣漢、張敞、王尊、王章，至駿皆有能名，故京師稱曰：「前有趙、張，後有三王。」』

〔二三〕鉤距：　輾轉推問，究得情實。《漢書·趙廣漢傳》：『尤善為鉤距，以得事情。鉤距者，設欲知馬賈，則先問狗，已問羊，又問牛，然後及馬，參伍其賈，以類相準，則知馬之貴賤不失實矣。』顏師古注引晉灼曰：『鉤，致；　距，閉也。使對者無疑，若不問而自知，眾莫覺所由以閉，其術為距也。』

〔二四〕碁碁：　形容迅速動作的聲音。

〔二五〕德讓君子之風：　禮讓之風。《漢書·循吏傳序》：『所居民富，所去見思，生有榮號，死見奉祀，此廩廩庶幾德讓君子之遺風矣。』

〔二六〕丙午：蒙古定宗元年（一二四六）。

〔二七〕賢侯：指嚴實之嗣子嚴忠濟。擁篲之敬：迎接貴賓的恭敬之禮。篲：掃帚。《史記·孟子荀卿列傳》：『（鄒衍）如燕，昭王擁篲先驅，請列弟子之座而受業。』

〔二八〕夢符：張孔孫（一二三二—一三〇七），字夢符，仕至翰林學士承旨。《元史》卷一百七十四有傳。《橘軒詩集》：張澄號橘軒，故名。已佚。

〔二九〕甲寅：蒙古憲宗四年（一二五四）。

陶然集詩序〔一〕

貞祐南渡後〔二〕，詩學為盛，洛西辛敬之、淄川楊叔能、太原李長源、龍坊雷伯威、北平王子正之等不啻十數人〔三〕，稱號專門，就諸人中其死生於詩者，汝海楊飛卿一人而已。李內翰欽叔工篇翰〔四〕，而飛卿從之游，初得『樹古葉黃早，僧閑頭白遲』之句，大為欽叔所推激，從是游道日廣，而學亦大進。客居東平將二十年，有詩近二千首，號《陶然集》，所賦《青梅》、《瑞蓮》、《瓶聲》、《雪意》，或多至十餘首，其立之之卓，鑽之之堅，得之之難，積之之多乃如此。此其所以為貴也歟。歲庚戌〔五〕，東平好事者求此集刊布之。飛卿每作詩，必以示予，相去千餘里，亦以見寄，其所得予亦頗能知之。飛卿于海內詩人，獨以予為知己，故以集引見託。

或病吾飛卿追琢功夫太過者，予釋之曰：詩之極致，可以動天地，感鬼神，故傳之師，本

之經，真積之力久〔六〕，而有不能復古者，自『匪我愆期，子無良媒』〔七〕，『自伯之東，首如飛蓬』〔八〕，『愛而不見，搔首踟躕』〔九〕，『既見復關，載笑載言』〔一〇〕之什觀之，皆以小夫賤婦，滿心而發，肆口而成，見取於采詩之官，而聖人刪詩亦不敢盡廢，後世雖傳之師，本之經，真積力久，而不能至焉者，何古今難易不相侔之如是邪？蓋秦以前民俗醇厚，去先王之澤未遠，質勝則野〔一一〕，故肆口成文，不害為合理，使今世小夫賤婦，滿心而發，肆口而成，適足以汙簡牘，尚可辱采詩官之求取耶？故文字以來，詩為難；魏晉以來，復古為難；唐以來，合規矩準繩尤難。夫因事以陳辭，辭不迫切而意獨至，初不為難，後世以不得不難為難耳〔一二〕。古律、歌行、篇章、操引、吟詠、謳謠、詞調、怨嘆，詩之目既廣，而詩評、詩品、詩說、詩式，亦不可勝讀，大概以脫棄凡近〔一三〕、澡雪塵翳〔一四〕、驅駕聲勢〔一五〕、破碎陣敵、囚鎖怪變〔一六〕、軒豁幽秘〔一七〕、籠絡今古，移奪造化為工〔一八〕，鈍滯僻澀、淺露浮躁、狂縱淫靡、詭誕瑣碎陳腐為病。『毫髮無遺恨』〔一九〕，『老去漸於詩律細』〔二〇〕，『佳句法如何』〔二一〕，『新詩改罷自長吟』〔二二〕，『語不驚人死不休』〔二三〕，杜少陵語也。『好句似仙堪換骨，陳言如賊莫經心』，薛許昌語也〔二四〕。『乾坤有清氣，散入詩人脾。』『千人萬人中，一人兩人知。』貫休師語也〔二五〕。『看似尋常最奇崛，成如容易卻艱難』，半山翁語也〔二六〕。『詩律傷嚴近寡恩』，唐子西語也〔二七〕。子西又言：『吾於它文不至蹇澀，惟作詩極艱苦，悲吟累日，僅自成篇，初讀時，未見可羞處，姑置之。後數日取讀，便覺瑕纇百出，輒復悲吟累日，反復改定，比之前作，稍有加

焉。後數日復取讀，疵病復出，凡如此數四，乃敢示人，然終不能工。李賀母謂賀必欲嘔出心乃已，非過論也。』〔二八〕今就子美而下論之，後世果以詩為專門之學，求追配古人，欲不死生於詩，其可已乎？雖然方外之學，有為道日損之說〔二九〕，又有學至於無學之說〔三〇〕，詩家亦有之。子美夔州以後，樂天香山以後，東坡海南以後，皆不煩繩削而自合〔三一〕，非技進於道者能之乎〔三二〕？詩家所以異於方外者，渠輩談道，不在文字，不離文字〔三三〕，詩家聖處，不離文字，不在文字〔三四〕。唐賢所謂『情性之外，不知有文字』云耳〔三五〕。以吾飛卿立之之卓，鑽之之堅，得之之難，異時霜降水落，自見涯涘。吾見其泝石樓、歷雪堂、問津斜川之上〔三六〕，萬慮洗然，深入空寂，蕩元氣於筆端，寄妙理於言外，彼悠悠者可復以昔之隱几者見待耶？〔三七〕《陶然後編》請取此序證之，必有以予為不妄許者。重九日遺山真隱序。

【注釋】

〔一〕陶然集：楊鵬詩集，已佚。楊鵬字飛卿，汝海（今河南汝州）人，曾任汝州詳議官。金亡客居東平。

〔二〕貞祐南渡：指貞祐二年（一二一四）遷都汴京。

〔三〕洛西辛敬之：辛愿，字敬之，福昌（今河南宜陽）人。淄川楊叔能：楊宏道，字叔能，淄川（今山東淄博）人。太原李長源：李汾，字長源，太原人。龍坊雷伯威：雷管，字伯威，坊州（今陝西黃陵）人。北平王子正：王元粹，字子正，平州（今河北盧龍）人。

〔四〕李內翰欽叔：李獻能，在翰院供職十年。生平參見《中州集》卷六《李右司獻能》。

〔五〕庚戌：蒙古海失迷后二年（一二五〇）。

〔六〕真積：《荀子·勸學》：『真積力久則入。』指認真積累，努力踐行。

〔七〕匪我愆期，子無良媒：出自《詩經·衛風·氓》。

〔八〕自伯之東，首如飛蓬：出自《詩經·衛風·伯兮》。

〔九〕愛而不見，搔首踟躕：出自《詩經·邶風·靜女》。

〔一〇〕既見復關，載笑載言：出自《詩經·衛風·氓》。

〔一一〕質勝則野：《論語·雍也》：『質勝文則野。』質樸多於文采，就會粗野。

〔一二〕『因事以陳辭』句：大意是說，前代因事作文，達意而已，並非難事，而後代必須在前代的基礎上，有所繼承和新變，所以成了難事。

〔一三〕脫棄凡近：擺脫平凡淺近。元稹《唐故工部員外郎杜君墓係銘並序》：『至若鋪陳終始，排比聲韻，大或千言，次猶數百，詞氣豪邁而風調清深，屬對律切而脫棄凡近，則李尚不能歷其藩翰，況堂奧乎！』

〔一四〕澡雪塵翳：洗盡塵垢。黃庭堅《再和元禮春懷十首並序》：『故其詩清壯崛奇，一揮毫數千字，澡雪塵翳，動搖人心。』

〔一五〕驅駕聲勢：司空圖《題柳柳州集後》：『愚嘗覽韓吏部歌詩數百首，其驅駕氣勢，若掀雷抉電，撐抉於天地之間，物狀奇怪，不得不鼓舞而徇其呼吸也。』

〔一六〕破碎陣敵，囚鎖怪變：陸龜蒙《甫里先生傳》：『少攻歌詩，欲與造物者爭柄。遇事輒變化，不一其體裁。始則淩轢波濤，穿穴險固，囚鎖怪異，破碎陣敵，卒造平淡而後已。』

〔一七〕軒豁：高大開闊。

〔一八〕移奪造化：《苕溪漁隱叢話》卷十引《詩眼》：『窮盡性理，移奪造化。』

〔一九〕毫髮無遺恨：杜甫《敬贈鄭諫議十韻》：『思飄雲物外，律中鬼神驚。毫髮無遺恨，波瀾獨老成。』

〔二〇〕老去漸於詩律細：杜甫《遣悶戲呈路十九曹長》：『晚節漸於詩律細，誰家數去酒杯寬。』

〔二一〕佳句法如何：杜甫《寄高十五書記》：『美名人不及，佳句法如何？』

〔二二〕新詩改罷自長吟：杜甫《解悶》：『陶冶性靈存底物？新詩改罷自長吟。』

〔二三〕語不驚人死不休：杜甫《江上值水如海勢聊短述》：『為人性僻耽佳句，語不驚人死不休。』

〔二四〕薛許昌：晚唐詩人薛能，有《薛許昌集》。《唐才子傳》稱其『耽癖於詩，日賦一章為課，性喜淩人，格律卑卑，且亦無甚高論。』所引『好句似仙堪換骨』二句，失考。

〔二五〕貫休：晚唐詩僧，有《禪月集》。貫休《古意九首》之四：『乾坤有清氣，散入詩人脾。聖賢遺清風，不在惡木枝。千人萬人中，一人兩人知。』

〔二六〕半山翁：王安石。其《題張司業詩》：『蘇州司業詩名老，樂府皆言妙入神。看似尋常最奇崛，成如容易卻艱辛。』

〔二七〕唐子西：北宋詩人唐庚，字子西，有《眉山文集》、《唐子西語錄》。《苕溪漁隱叢話》前集卷八引《唐子西語錄》云：『詩在與人商論，深求其疵而去之，等閒一字放過則不可，殆近法家，難以言恕矣，故謂之詩律。東坡云：「敢將詩律鬬深嚴。」予亦云：「詩律傷嚴近寡恩」。』

〔二八〕『子西又言』二十一句：出自唐庚《眉山文集》卷下《自說》，又見《苕溪漁隱叢話》前集卷八。

〔二九〕方外之學：指佛道學說。為道日損：出自《老子》：『為學日益，為道日損。』

〔三〇〕學至於無學：元好問《杜詩學引》：『竊嘗謂子美之妙，釋氏所謂學至於無學者耳。』無學是佛家所

謂學之最高境界。

〔三一〕繩削：木工彈墨、斧削。韓愈《南陽樊紹述墓誌銘》：『其富若生蓄萬物，必具海含地負，放恣橫縱，無所統紀，然而不煩於繩削而自合也。』黄庭堅《與王觀復書》：『觀杜子美到夔州後詩，韓退之自潮州還朝後文章，皆不煩繩削而自合矣。』朱弁《風月堂詩話》卷上：『東坡文章，至黄州以後，人莫能及，唯黄魯直詩可以抗衡。晚年過海，則雖魯直亦瞠乎其後矣。』《詩人玉屑》卷十七《南遷以後精深華妙》：『余觀東坡自南遷以後詩，全類子美夔州以後詩，正所謂老而嚴者也。子由云東坡謫居儋耳，獨善為詩，精深華妙，不見老人衰憊之氣。』

〔三二〕技進於道：《莊子·養生主》：『臣之所好者道也，進乎技矣。』技進於道，指詩歌技藝進入『道』的層面，即隨心所欲的境地。

〔三三〕渠輩：指方外之人，這裏主要是禪宗。不在文字，不離文字：禪宗主張不依文字，直以心相印證。《祖庭事苑》：『達摩西來，不立文字，直傳心印，直指人心，見性成佛。』

〔三四〕聖處：最高明之處。不離文字，不在文字：意謂詩人一方面依賴文字，詩歌是語言的藝術，另方面又超越文字，能夠隨心所欲而不逾矩。

〔三五〕唐賢：此指僧皎然。《詩式》卷一《重意詩例》：『兩重意已上，皆文外之旨，若遇高手如康樂公，覽而察之，但見情性，不睹文字，蓋詣道之極也。』

〔三六〕石樓：在洛陽龍門。白居易晚年居香山，石樓指代白居易詩歌。雪堂：蘇軾貶官黄州，在東坡建有雪堂。雪堂指代蘇軾詩歌。斜川：陶淵明遊覽之地，指代陶淵明詩歌。

〔三七〕悠悠者：大眾之人。《史記·孔子世家》：『悠悠者，天下皆是也。』隱几者：靠著几案之人。《莊子·齊物論》：『南郭子綦隱几而坐，仰天而噓。』

木庵詩集序〔一〕

東坡讀參寥子詩，愛其無蔬筍氣〔二〕，參寥用是得名，宣政以來〔三〕，無復異議。予獨謂此特坡一時語，非定論也。詩僧之詩所以自別于詩人者，正以蔬筍氣在耳〔四〕。假使參寥子能作柳州《超師院晨起讀禪經》五言〔五〕，深入理窟，高出言外，坡又當以蔬筍氣少之邪？

木庵英上人弱冠作舉子，從外家遼東，與高博州仲常游〔六〕，得其論議為多，且因仲常得僧服。貞祐初南渡河，居洛西之子蓋〔七〕，時人固以詩僧目之矣。三鄉有辛敬之、趙宜之、劉景玄〔八〕，予亦在焉，三君子皆詩人，上人與相往還，故詩道益進。出世住寶應，有『山堂夜岑寂』及《梅花》等篇〔九〕，傳之京師，閑閑趙公、內相楊公、屏山李公及雷、李、劉、王諸公〔一〇〕，相與推激，至以不見顏色為恨。予嘗以詩寄之云：『愛君山堂句，深靖如幽蘭。愛君梅花詠，入手如彈丸。詩僧第一代，無愧百年間。』〔一一〕曾說向閑閑公，公亦不以予言為過也。近年《七夕感興》有『輕河如練月如舟，花滿人間乞巧樓。野老家風依舊拙，蒲團又度一年秋』之句〔一二〕，予為之擊節稱歎，恨楊、趙諸公不及見之。

己酉冬十月〔一三〕，將歸太原，侍者出《木庵集》，求予為序引，試為商略之。上人才品高，真積力久，住龍門崧少二十年，仰山又五六年〔一四〕，境用人勝，思與神遇，故能遊戲翰墨道場，

而透脱叢林窠臼〔一五〕，於蔬筍中別為無味之味。皎然所謂『情性之外，不知有文字』者〔一六〕，蓋有望焉。正大中，閑閑公侍祠太室〔一七〕，會上人住少林久，倦于應接，思欲退席〔一八〕。閑閑公作疏留之云：『書如東晉名流，詩有晚唐風骨。』〔一九〕予謂閑閑雖不序《木庵集》，以如上語觀之，知閑閑作序已竟，然則向所許百年以來為詩僧家第一代者〔二〇〕，良未盡歟？

【校記】

己酉：原作『乙酉』。因為乙酉年（一二二五）楊雲翼、趙秉文等人尚在世。

【注釋】

〔一〕《木庵詩集》：英禪師詩集，已佚。英禪師名性英，字粹中，號木庵。住龍門、嵩山少林，與元好問交往甚密。

〔二〕參寥子：僧道潛。原名何曇潛，蘇軾與之交遊，將之更名為道潛。蔬筍氣：詩僧因生活環境所限，所用詩料多山、水、風、雲、花、竹、琴、僧、寺之類，故而詩風常不脱衲子習氣、蔬筍氣。蘇軾評價參寥子詩無蔬筍氣，原文不可考。他在《贈詩僧道通》中評價僧道通：『語帶煙霞從古少，氣含蔬筍到公無。』《詩話總龜》後集卷四十四引《西清詩話》：『東坡言僧詩要無蔬筍氣，固詩人龜鑑。』亦未直接指明參寥子。

〔三〕宣政：北宋政和、宣和年間（一一一一—一一二五）。

〔四〕『詩僧之詩』二句：南宋姚勉《題真上人詩稿》曰：『僧詩味不蔬筍，是非僧詩也。』

〔五〕柳州：柳宗元。《超師院晨起讀禪經》：原題《晨詣超師院讀禪經》：『汲井漱寒齒，清心拂塵服。閑

持貝葉書，步出東齋讀。真源了無取，妄跡世所逐。遺言冀可冥，繕性何由熟？道人庭宇靜，苔色連深竹。日出霧露餘，青松如膏沐。澹然離言說，悟悅心自足。』

〔六〕高博州仲常：高憲，字仲常，泰和三年（一二〇三）進士及第，釋褐博州防禦判官。生平參見《中州集》卷五《高博州憲》。

〔七〕貞祐：金宣宗年號（一二一三—一二一六）。子蓋：山名，又作紫蓋，在福昌三鄉。

〔八〕辛敬之：辛愿。趙宜之：趙元。劉景玄：劉昂霄。

〔九〕寶應：寺名，在洛陽龍門山上。山堂夜岑寂：當是英禪師某首詩的首句，詩題或為《山堂》。耶律楚材《湛然居士集》卷十有《和少林和尚英粹中山堂詩韻》。梅花篇：英禪師詩篇名，已佚。

〔一〇〕『閑閑趙公』句：分別指趙秉文、楊雲翼、李純甫、雷淵、李獻能、劉光甫、王若虛。

〔一一〕予嘗以詩寄之：元好問贈詩題為《寄英禪師師時住龍門寶應寺》，原詩曰：『愛君梅花篇，入手如彈丸。愛君山堂句，深靜如幽蘭。』句序與引文相異。

〔一二〕《七夕感興》：原詩已佚。

〔一三〕己酉：一二四九年。

〔一四〕仰山：在燕都宛平縣（今北京市豐臺區）境內。

〔一五〕叢林：僧人聚集的寺院。

〔一六〕皎然所謂：參見《陶然集詩序》注〔三五〕。

〔一七〕侍祠：陪人祭祀。太室：嵩山東峰。趙秉文侍祠太室，時間不詳，趙有《同英粹中賦梅》詩。

〔一八〕退席：退位，指退出少林寺住持之位。

〔一九〕閑閑公作疏：趙秉文原疏已佚。

〔二〇〕『向所許百年』句：指前文所引『詩僧第一代，無愧百年間』的評價。

暠和尚頌序〔一〕

歲甲寅秋七月，余自清涼還太原〔二〕，會乾明志公出其法兄弟萬壽暠和尚頌古百則語〔三〕，委余題端。余往在南都，侍閑閑趙公、禮部楊公、屏山李先生燕談〔四〕，每及青州以來諸禪老〔五〕，皆謂萬松老人號稱辨材無礙〔六〕，當世無有能當之者。承平時已有染衣學士之目〔七〕，故凡出其門者，望而知其為名父之子。雖東林隆高出十百輩〔八〕，而暠於是中猶為上首〔九〕。其語言三昧〔一〇〕，蓋不必置論。予獨記屏山語云：『東坡、山谷俱嘗以翰墨作佛事〔一一〕，而山谷為祖師禪〔一二〕，東坡為文字禪〔一三〕。』且道：『暠和尚百則語，附之東坡歟？山谷歟？』〔一四〕予亦嘗贈嵩山雋侍者學詩云：『詩為禪客添花錦，禪是詩家切玉刀。』〔一五〕暠和尚，添花錦歟？切玉刀歟？予皆不能知，所可知者，讀一則語未竟，覺冰壺先生風味，津津然出齒頰間〔一六〕，當是此老少年作舉子時，結習未盡爾〔一七〕。志公試以此語問阿師〔一八〕，當發一笑。中元日〔一九〕，遺山居士元某引。

【注釋】

〔一〕暠和尚：金末僧人，出自萬松行秀門下，主持萬壽寺。或疑為洪倪。餘不詳。頌：指其所作《頌古百則語》，已佚。北宋僧人雪竇重顯曾作《頌古百則語》。

〔二〕甲寅：蒙古憲宗四年（一二五四）。清涼：五臺山。

〔三〕乾明：寺名。志公：金末僧人，其人失考。

〔四〕南都：汴京。閑閑趙公：趙秉文。禮部楊公：楊雲翼。屏山李先生：李純甫。

〔五〕青州以來諸禪老：青州普照寺僧一辯，為曹洞宗淨因自覺法嗣，住燕京大萬壽寺，於宣和（一一一九—一一二五）年間，曾聚十方僧眾，拈提宗綱，設百問示眾，由慈雲覺遂一作答。其後，由元代林泉從倫逐一附頌，集成《青州百問》一書，宣示曹洞宗風，流行後世。

〔六〕萬松老人：指金末元初高僧萬松行秀，俗姓蔡，出自曹洞宗雪岩滿門下，長期住中都萬壽寺。

〔七〕承平：指金亡之前的和平歲月。染衣：僧人穿著黑色染的緇衣，因以『染衣』指出家為僧。

〔八〕東林隆：金末曹洞宗高僧，世稱東林志隆、東林隆公。元好問《少林藥局記》：『興定末，東林隆住少林。』金興定四年（一二二〇），志隆與居士王知非等人募資，重修面壁庵（初祖庵）和雪亭西舍，李純甫作《重修面壁庵記》及《新修雪庭西舍記》。《重修面壁庵記》文末注明『都勸緣少林禪寺住持傳法嗣祖沙門志隆立石』，『住持少林志隆施銀五十兩』。碑文曰：『今因少林主人隆公命其侍者海淨問訊屏山，曰：「照了居士王知非暨劉菩薩並其徒儲道人重修面壁庵，既已落成，請記其歲月。」時大金興定四年中元之前一日也。』

〔九〕上首：佛家語，指一座大眾中的主位。

〔一〇〕三昧：佛家指正定，此處指奧妙。

〔一一〕以翰墨作佛事：用文字筆墨來談佛法。

〔一二〕祖師禪：即南宗禪法，指初祖菩提達摩所傳之禪，主張教外別傳，不立文字，不依言語，直接由師父傳給弟子，祖祖相傳，心心相印，見性成佛。相對而言，黃庭堅以禪為本，以文字為末，故元好問稱之為祖師禪。

〔一三〕文字禪：是指通過學習和研究禪宗經典而把握禪理的禪學形式。相對而言，蘇軾以文字為本，以禪為末，故元好問稱之為文字禪。

〔一四〕屏山語：李純甫語出處不詳。

〔一五〕贈嵩山雋侍者學詩：元好問詩，題作《答俊書記學詩》，見《元好問全集》卷十四。

〔一六〕冰壺先生：《娱書堂詩話》卷下載：『太宗命蘇易簡講《文中子》，有「楊素遺子《食經》，羹藜含糗」之說。上因問：「食品何物最珍？」對曰：「物無定味，適口者珍。臣止知虀汁為美。臣憶一夕寒甚，擁爐痛飲，夜半吻燥，中庭月明，殘雪中覆一虀盎，引缶連沃，臣此時自謂上界仙廚鸞脯鳳臘，殆恐不及，屢欲作《冰壺先生傳》紀之，而未暇也。」上笑而然之。』

〔一七〕結習：佛家語，煩惱和習氣。

〔一八〕阿師：當指萬松行秀。

〔一九〕中元：農曆七月十五日。

中州集序〔一〕

商右司平叔衡，嘗手鈔《國朝百家詩略》〔二〕。云是魏邢州元道道明所集〔三〕，平叔為附益

之者，然獨其家有之，而世未之知也。歲壬辰，予掾東曹〔四〕。馮內翰子駿延登、劉鄧州光甫祖謙約予為此集〔五〕。時京師方受圍〔六〕，危急存亡之際，不暇及也。明年滯留聊城〔七〕，杜門深居，頗以翰墨為事。馮劉之言，日往來於心。亦念百餘年以來，詩人為多，苦心之士，積日力之久，故其詩往往可傳。兵火散亡，計所存者才什一耳，不總萃之，則將遂湮滅而無聞，為可惜也。乃記憶前輩及交遊諸人之詩，隨即錄之。會平叔之子孟卿攜其先公手鈔本來東平〔八〕，因得合予所錄者為一編，目曰《中州集》。嗣有所得，當以甲乙次第之。十月二十有二日，河東人元好問裕之引。（以上《元好問全集》卷三十七）

【校記】

中州集序：《中州集》卷首題作《中州鼓吹翰苑英華序》。

【注釋】

〔一〕《中州集》：元好問所編金代詩歌總集。

〔二〕商右司平叔：商衡字平叔，曹州（今山東荷澤）人。仕金為右司都司。生平參《元好問全集》卷二十《平叔墓銘》。《國朝百家詩略》：已佚。

〔三〕魏邢州元道：魏道明字元道，易縣人，仕至安國軍（治邢州）節度使。生平參見《中州集》卷八《雷溪先生魏道明》。

〔四〕壬辰：天興元年（一二三二）。掾東曹：指尚書省掾。

〔五〕馮內翰子駿：　馮延登字子駿，生平參見《中州集》卷八《馮內翰延登》。　劉鄧州光甫：　劉祖謙字光甫，生平參見《中州集》卷五《劉鄧州祖謙》。

〔六〕京師方受圍：　當時汴京被蒙古兵所圍困。

〔七〕明年滯留聊城：　天興二年五月，元好問被羈管於聊城。

〔八〕孟卿：　商挺字孟卿，曾受聘於東平萬戶嚴實，仕蒙古官至參知政事，《元史》卷一百五十九有傳。

范文正公真贊〔一〕

文正范公，在布衣為名士，在州縣為能吏，在邊境為名將，在朝廷則又孔子之所謂大臣者〔二〕，求之千百年之間蓋不一二見，非但為一代宗臣而已〔三〕。丁酉四月，獲拜公像於其七世孫道士圓曦〔四〕，乃為之贊云：　以將則視管樂為不忝〔五〕，以相則方韓富為有餘〔六〕，其忠可以支傾朝而寄末命〔七〕，其量可以際圓蓋而蟠方輿〔八〕。　朱衣玄冠，佩玉舒徐。　見於丹青，英風凜如。　古之所謂『垂紳正笏、不動聲氣，而措天下於泰山之安』者〔九〕，其表固如是歟？

【注釋】

〔一〕范文正公：　范仲淹，卒謚文正。　真：　畫像，寫真。

〔二〕所謂大臣：　《論語注疏》卷十一《先進》：　『所謂大臣者，以道事君，不可則止。』

〔三〕宗臣：世所敬仰的名臣。

〔四〕丁酉：蒙古太宗九年（一二三七）。圓曦：范煉師，全真道士，時住東平正一宮。元好問與之交往頗密，有《普照范煉師寫真三首》、《范煉師真贊》。

〔五〕管樂：春秋時的名將管仲、樂毅。不忝：不辱，不愧。

〔六〕方：比類。韓富：北宋名臣韓琦、富弼。

〔七〕末命：帝王臨終時的遺命。

〔八〕圓蓋：上天。方輿：大地。

〔九〕垂紳正笏：垂下衣帶的末端，恭敬地拿著朝笏，形容大臣莊重嚴肅的樣子。歐陽修《相州晝錦堂記》：『至於臨大事，決大議，垂紳正笏，不動聲氣，而措天下於泰山之安，可謂社稷之臣矣。』

趙閑閑真贊二首〔一〕

周旋於正廣道、宗平叔之間〔二〕，而獨能紹聖學之絕業〔三〕；斂避於蔡無可、党竹溪之後〔四〕，而竟推為斯文之主盟。不立崖岸之謂和，不置町畦之謂誠，不變燥濕之謂定，不污泥滓之謂清。藹然粹溫，見於丹青。雖無老成，人尚有典刑。鳳衰無周〔五〕，龍移啟魏〔六〕。殄瘁攸屬〔七〕，古為悲欷。人知為五朝之老臣〔八〕，不知其為中國百年之元氣。

興定初，某始以詩文見故禮部閑閑公〔九〕。公若以為可教，為延譽諸公間。又五年，乃得以

科第出公之門〔一〇〕。公又謂當有所成就也，力為挽之。獎借過稱〔一一〕，旁有不平者。宰相師仲安班列中倡言〔一二〕，謂公與楊禮部之美、雷御史希顏、李內翰欽叔為元氏黨人〔一三〕，公不之恤也。正大甲申，諸公貢某詞科〔一四〕。公為監試官，以例不赴院宿〔一五〕。一日，坐禮曹〔一六〕，欽叔從外至，誦某《秦王破竇建德降王世充露布》〔一七〕，公頗為聳動，顧坐客陳司諫正叔言〔一八〕：『人言我黨元子，誠黨之邪？』公之篤于自信蓋如此。壬辰冬，某以東曹掾知雜權都司〔一九〕，取行止卷觀之〔二〇〕，見公獨銜及楊、雷猥相薦引者十七章〔二一〕。竊自念言：公起布衣，仕五朝，官六卿，自奉養如寒士，不知富貴為何物。其自待如此。顧雖愛我，寧欲為利祿計、欲使之亟進、得以升斗活妻子邪？惟是愚陋，不足以當大賢特達之遇，兀兀近五十而迄無所成〔二二〕，用是為愧負耳！北渡後，求汴人趙濟甫為公寫真〔二三〕，因題贊其上。嗚呼！公道德文章，師表一世；如我乃得而事之！公初不以利祿期我，然則今所以事公者，雖出於門弟子之私、亦豈獨以門弟子之私也哉！

公無恙時，辱公陶甄〔二四〕，攜之提之，且挽且前。萬馬之所馳，不足以北公之轅；萬折之所礙，不足以回公之川〔二五〕。將私其私邪？抑以為文字之傳？匠石斫斤〔二六〕，子牙絕弦〔二七〕。千載一人，猶以旦暮；萬里一士，且謂比肩。念公生平，使我涕漣。顏如渥丹，雙瞳烱焉。彼粹而溫，既與不可傳者死矣，觀乎此，則又可以髣髴其足音之跫然〔二八〕。

【校記】

正廣道：　疑是王廣道之誤。《滏水文集》卷三《送李按察十首》：　『往時王廣道，山東化遺德。』王廣道（一一〇一—一一八四），名去非。山東平陰人。金代中期名儒，門人稱之為醇德先生。生平見党懷英《醇德王先生墓表》、《金史》卷一百二十七《王去非傳》。

【注釋】

〔一〕趙閑閑：　趙秉文。真：　畫像。

〔二〕宗平叔：　宗端修字平叔，大定二十二年（一一八二）進士，因避睿宗諱，改姓姬。《中州集》卷八《宗御史端修》稱其『好學喜名節，操履端勁，慕司馬溫公之為人。』趙秉文《滏水文集》卷十一有《姬平叔墓表》。

〔三〕聖學：　孔子之學。絕業：　中斷的事業。

〔四〕斂避：　退讓。蔡無可：　蔡珪，字正甫，號無可。生平參《中州集》卷一《蔡太常珪》。党竹溪：　党懷英，字世傑，號竹溪，生平參《中州集》卷三《承旨党公》。二人均是『國朝文派』的代表。

〔五〕鳳衰無周：　《論語・微子》：　『楚狂接輿歌而過孔子曰：　「鳳兮鳳兮，何德之衰。往者不可諫，來者猶可追。已而已而，今之從政者殆而。」』

〔六〕龍移啟魏：　《舊唐書・劉蕡傳》：　『昔龍逢死而啟殷，比干死而啟周，韓非死而啟漢，陳蕃死而啟魏。』

〔七〕殄瘁：　凋謝。

〔八〕五朝：　趙秉文歷仕世宗、章宗、衛紹王、宣宗、哀宗五朝。

〔九〕興定初：　興定元年（一二一七），元好問以詩文謁見禮部尚書趙秉文。

〔一〇〕『又五年』句：　興定五年（一二二一），元好問進士及第，趙秉文為讀卷官。

〔一一〕獎借：稱讚推許。過稱：過譽。

〔一二〕師仲安：師安石，字仲安，正大中任參知政事。《金史》卷一〇八有傳。班列：朝臣。

〔一三〕楊禮部之美：楊雲翼。雷御史希顏：雷淵。李內翰欽叔：李獻能。

〔一四〕正大甲申：正大元年（一二二四）。詞科：博學宏詞科。

〔一五〕院：翰林院。

〔一六〕禮曹：禮部衙門。

〔一七〕《秦王破竇建德降王世充露布》：現存《元好問全集》卷十五，題作《秦王擒竇建德降王世充露布》。

〔一八〕陳司諫正叔：陳規字正叔，正大元年任右司諫。參見《中州集》卷五《陳司諫規》。

〔一九〕壬辰：天興元年（一二三二）。東曹掾：尚書省掾。知雜權都司：尚書省左司下屬機構。

〔二〇〕行止卷：活動記錄卷宗。

〔二一〕銜及：連同。楊、雷：指楊雲翼和雷淵。猥：謙詞，等於說『辱』，指降低身分，用於他人對自己的行動。

〔二二〕兀兀：辛苦的樣子。

〔二三〕北渡：指金亡至聊城之後的歲月。趙濟甫：趙滋字濟甫，號蘧然子，汴人，《中州集》卷十有傳。

〔二四〕陶甄：陶冶、教化。

〔二五〕『萬馬之所馳』二句：意謂無論如何，都不能改變趙秉文的志向和立場。

〔二六〕匠石斫斤：《莊子·徐無鬼》：郢人堊慢其鼻端，若蠅翼，使匠石斫之。匠石運斤成風，聽而斫之，盡堊而鼻不傷，郢人立不失容。宋元君聞之，召匠石曰：『嘗試為寡人為之。』匠石曰：『臣則嘗能斫之。雖然，

臣之質死久矣。自夫子之死也，吾無以為質矣！吾無與言之矣。』

〔二七〕子牙絕弦：鍾子期死後，伯牙破琴絕弦，終身不復鼓琴。

〔二八〕跫然：腳步聲。

寫真自贊嵩山中作〔一〕

短小精悍，大有孟浪〔二〕，勃窣盤跚〔三〕，稍自振厲〔四〕。豪爽不足以為德秀之兄〔五〕，蕭散不足以為元卿之弟〔六〕。至於欽叔之雅重、希顏之高氣、京甫之蘊藉、仲澤之明銳〔七〕，人豈不自知，蓋天稟有限，不可以強而至。若夫立心於毀譽失真之後而無所恤，橫身於利害相磨之場而莫之避，以此而擬諸君，亦庶幾有措足之地。（以上《元好問全集》卷三十八）

【注釋】

〔一〕嵩山中作：元好問於興定二年至正大四年（一二一八—一二二七）住於嵩山。

〔二〕孟浪：疏闊而不精要；荒誕而無邊際。《莊子·齊物論》：『夫子以為孟浪之言，而我以為妙道之行也。』成玄英疏：『孟浪，猶率略也。』

〔三〕勃窣盤跚：匍匐而行，跛行。司馬相如《子虛賦》：『於是乃相與獠於蕙圃，媻姍勃窣上乎金堤。』辛棄疾《六州歌頭》（西湖萬頃）：『翡翠明璫，爭上金堤去，勃窣媻姍。』

〔四〕振厲：振作，淩厲。
〔五〕德秀：田紫芝，字德秀，滄州（今河北滄州）人，為人豪爽。《中州集》卷七有傳。
〔六〕元卿：王萬鍾，字元卿，秀容（今山西忻州）人，《中州集》卷七有傳。
〔七〕欽叔：李獻能。希顔：雷淵。京甫：冀禹錫。仲澤：王渥。四人《中州集》均有傳。

答聰上人書〔一〕

某頓首啟：四月末自太原來鎮州〔二〕，得春後手書，副以《寶刀》新什〔三〕，反復熟讀，且喜且歎，又愧衰謬，無以稱副好賢樂善之心耳。

僕自貞祐甲戌南渡河時〔四〕，犬焉之齒二十有五，遂登楊趙之門〔五〕，所與交如辛敬之、雷希顔、王仲澤、李欽叔、麻知幾諸人〔六〕，其材量、文雅皆天下之選。僕自以起寒鄉小邑，未嘗接先生長者餘論，内省缺然，故痛自鞭策，以攀逸駕〔七〕。後學時文，五七年之後，頗有所省，進而學古詩，一言半辭傳在人口，遂以為專門之業，今四十年矣。見之之多，積之之久，揮毫落筆，自鑄偉詞以驚動海内則未能，至於量體裁、審音節、權利病、證真贗，考古今詩人之變，有戇直而無姑息〔八〕，雖古人復生，未敢多讓。常記平生知己，如辛敬之、李欽叔、李長源輩數人〔九〕，每示之一篇，便能得人致力處，自諸賢凋喪，將謂無復真賞，乃今得方外三四友如上人者，其自

幸宜如何哉！

上人天資高，內學富，其筆勢縱橫，固已出時人畦畛之外〔一〇〕。唯前輩諸公論議，或未飽聞而饜道之耳。古人有言：『不見異人，必得異書。』〔一一〕可為萬世學者指南，可終身守之。此僕平生所得者，敢以相告。《錦機》已成〔一二〕，第無人寫潔本，年間得斷手〔一三〕，即當相付，亦倚公等成此志耳。人行遽，書不盡言，時暑，萬萬以道自護，不宣。

【注釋】

〔一〕聽上人：劉秉忠（一二一六—一二七四），字仲晦，初名侃，出家為僧，法名子聰，人稱『聰書記』，自號藏春散人。有《藏春集》五卷傳世。《元史》卷一百五十七有傳。

〔二〕四月末：該文寫於蒙古憲宗五年（一二五五）。鎮州：即真定（今河北正定）。

〔三〕《寶刀》：劉秉忠詩名，已佚。

〔四〕貞祐甲戌：貞祐二年（一二一四）。

〔五〕楊趙：楊雲翼、趙秉文。

〔六〕辛敬之：辛愿。雷希顏：雷淵。王仲澤：王渥。李欽叔：李獻能。麻知幾：麻九疇。

〔七〕逸駕：奔馳的車駕，比喻前輩名流。

〔八〕戇直：憨厚而剛直。

〔九〕李欽叔：李獻能，疑為李欽用之誤。李欽用：李獻甫，元好問『三知己』之一。李長源：李汾。

〔一〇〕畦畛：田間道路，比喻界限、領域。

〔一一〕不見異人，必得異書：《後漢書·王充傳》：『著《論衡》八十五篇。』李賢注引晉袁山松《後漢書》：『充所作《論衡》，中土未有傳者，蔡邕入吳始得之，恒秘玩以為談助。其後王朗為會稽太守，又得其書，及還許下，時人稱其才進。或曰：「不見異人，當得異書。」問之，果以《論衡》之益。』

〔一二〕《錦機》：元好問早年所編，收集前人論詩論文文字。現存《錦機引》作於興定元年（一二一七）。

〔一三〕第：但。斷手：完畢，完成。

麻杜張諸人詩評

麻信之、杜仲梁、張仲經正大中同隱內鄉山中〔一〕，以作詩為業，人謂東南之美，盡在是矣〔二〕。予嘗竊評之：仲梁詩如偏將軍將突騎〔三〕，利在速戰，屈于遲久，故不大勝則大敗；仲經守有餘，而攻戰不足，故勝負略相當；信之如六國合從，利在同盟，而敝於不相統一，有連雞不俱棲之勢〔四〕。雖人自為戰，而號令無適從，故勝負未可知。光弼代子儀軍，舊營壘也，舊旗幟也，光弼一號令而精彩皆變〔五〕。第恐三子者不為光弼耳〔六〕。

【注釋】

〔一〕麻信之：麻革，字信之，虞鄉（今山西永濟）人，河汾諸老之一。杜仲梁：杜仁傑字仲梁，濟南長清人，

參見《逃空絲竹引》。張仲經：張澄字仲經，號橘軒。參見《張仲經詩集序》。內鄉：今河南西峽縣。元好問正大年間曾任內鄉縣令。

〔二〕東南之美：指東南一方的優秀人物。《世說新語・言語》：『會稽賀生，體識清遠，言行以禮，不徒東南之美，實為海內之秀。』王勃《滕王閣序》：『賓主盡東南之美。』

〔三〕偏將軍：將軍的輔佐，地位偏低。突騎：用於衝鋒陷陣的騎兵。

〔四〕連雞：縛在一起的雞。《戰國策・秦策一》：『諸侯不一，猶連雞之不能俱上於棲之明矣。』

〔五〕『光弼代子儀軍』四句：《新唐書・李光弼傳》：『光弼用兵，謀定而後戰，能以少覆眾，治師訓整，天下服其威名，軍中指顧，諸將不敢仰視。初與郭子儀齊名，世稱李郭，而戰功推為中興第一。其代子儀朔方也，營壘、士卒、麾幟無所更，而光弼一號令之，氣色乃益精明云。』

〔六〕第恐：但恐，只怕。

酒裏五言說

『去古日已遠，百偽無一真。獨惟醉鄉地，中有羲皇醇〔一〕。聖教難為功〔二〕，乃見酒力神。誰能釀滄海，盡醉區中民。』此予三十六七時詩也〔三〕。壬辰北渡〔四〕，順天毛正卿、楊德秀與一傅生祈仙山寺中〔五〕，蘇晉降筆〔六〕，寫詩數十首，一詩有『百偽無一真，中有羲皇醇』之句。餘詩除『酒裏神仙我』五言外，多不成語。正卿、德秀初不知蘇晉為何代人，不論此詩何

人作也。而晉所批乃有此十字，晉豈予前身歟？抑嘗見予詩，竊以為已有者歟？將近時鬼物之不昧者〔七〕，記予詩以託名于晉以自神也，是皆不可知。晉既以予詩為渠所作，故予亦就『酒裏神仙我』五言取償于晉〔八〕，作樂府一篇：『繡佛長齋，半生枉伴蒲團過〔九〕。酒壚橫臥，一蹴虛空破〔一〇〕。頗笑張顛〔一一〕，自謂無人和。還知麼？醉鄉天大，少個神仙我。』（以上《元好問全集》卷三十九）

【校記】

羲皇：原作『羲黄』，據《元好問全集》卷一《飲酒五首》改。

【注釋】

〔一〕醉鄉：醉酒迷糊的境界。羲皇：伏羲氏，傳說中的遠古帝王。意謂只有在醉鄉才有遠古的醇樸。

〔二〕聖教：儒教。

〔三〕此予三十六七時詩：此詩題作《飲酒五首》，作於正大二年（一二二五），元好問當時三十六歲。

〔四〕壬辰：天興元年（一二三二）。北渡時間在次年。

〔五〕順天：今河北保定。毛正卿：毛居節字正卿，大名人，在順天張柔幕府任計議官，承辦營造順天府。元好問《順天府營建記》：『適衣冠北渡，得大名毛居節正卿，知其材幹强敏，足任倚辦，署為幕府計議官，兼領衆役。』楊德秀：其人不詳。傳生：不詳。

〔六〕蘇晉：盛唐詩人。數歲能屬文，作《八卦論》，吏部侍郎房穎叔、秘書少監王紹見而歎曰：『後來之王

粲也。』應進士，又舉大禮科，皆上第。先天中，累遷中書舍人，崇文館學士。開元十四年，為吏部侍郎。知選事，多賞拔。終太子左庶子。與李適之、賀知章等人號為『飲中八仙』。降筆：又叫降箕，舊時求神問卜的一種巫術。施術者扶箕在碎米、沙盤或紙上畫寫成文字，以示神靈降旨。

〔七〕不昧：不暗昧，聰明。

〔八〕取償：得到補償。

〔九〕『繡佛長齋』二句：寫蘇晉。杜甫《飲中八仙歌》：『蘇晉長齋繡佛前，醉中往往愛逃禪。』

〔一〇〕『酒壚橫臥』二句：寫李白。杜甫《飲中八仙歌》：『李白斗酒詩百篇，長安市上酒家眠。天子呼來不上船，自稱臣是酒中仙。』

〔一一〕張顛：張旭善草書，嗜酒，每大醉呼叫狂走，乃下筆。世號張顛。

跋閑閑自書樂善堂詩〔一〕

『人皆有兩足，不踐荆棘地。人皆有兩手，不劘虎兕齒〔二〕。如何身與心，擇善不如是。從善如登天，從惡如棄屣。而於趨舍乖，知之不審耳。盜蹠膾人肝〔三〕，顏子一瓢水〔四〕。均為一窖塵，誰光百世祀〔五〕。較其得失間，奚翅千萬里！所以賢達人，去彼而取此。道腴時雋永〔六〕，世味不染指。作詩銘吾堂，兼以勗諸己。』〔七〕閑閑公此詩為他人作，而皆公日用之實〔八〕。古人謂『有德者必有言』〔九〕，又曰『立言踐行』〔一〇〕，公無愧焉。今日見公心畫〔一一〕，

玩其辭旨，不覺斂衽生敬。公嘗為襄城廟學作《省齋銘》云〔一二〕：『言有非邪？行有違邪？君子之棄，而小人之歸邪？』銘不滿二十言，而於『三省』之義〔一三〕，委曲備盡，可以一倡而三嘆。惜今世不傳，因附於此。癸丑六月吉日〔一四〕，門生河東元某謹書。

【注釋】

〔一〕閑閑：趙秉文。樂善堂詩：趙秉文《滏水文集》不載此詩。

〔二〕劘：摩，觸摸。

〔三〕盜蹠：春秋戰國時期魯國的大盜。膾人肝：《莊子·盜跖》：『盜跖乃方休卒徒太山之陽，膾人肝而餔之。』蹠，同『跖』。

〔四〕顔子：顔回。一瓢水：《論語·雍也》：『一簞食，一瓢水，在陋巷，人不堪其憂，回也不改其樂。』

〔五〕一窖塵：一穴塵埃。常指人世一切皆如一窖塵土，終至全消。光：榮耀、昭著。

〔六〕道腴：某種學說、主張的精髓。

〔七〕勗：勉勵。

〔八〕日用：日常。

〔九〕有德者必有言：《論語·憲問》：『子曰：有德者必有言，有言者不必有德。』

〔一〇〕立言踐行：立其言，踐其行，指言行一致。《後漢書》卷六十三：『論曰：夫稱仁者，其道弘矣，立言踐行，豈徒徇名安己而已哉！將以定去就之槩，正天下之風，使生以理全，死與義合也。』

〔一一〕心畫：指書法。揚雄《法言・問神篇》：『言，心聲也；書，心畫也。』

〔一二〕襄城：今河南襄城。廟學：設立於孔廟內的學校。《省齋銘》：現存，題作《日省齋銘》，見《滏水文集》卷十七。

〔一三〕三省：《論語・學而》：『曾子曰：「吾日三省吾身：為人謀而不忠乎？與朋友交而不信乎？傳不習乎？」』

〔一四〕癸丑：蒙古憲宗三年（一二五三）。吉日：初一。

跋蘇叔黨帖〔一〕

叔黨文筆雄贍，殊有鳳毛〔二〕。坡嘗云：『海外無以自娛，過子每作文一篇，輒喜數日。』〔三〕蘇氏父子昆弟，文派若不相遠。俗子乃疑《黃樓賦》，坡亦嘗辯之〔四〕。《颶風賦》〔五〕，亦謂非坡不能作，不然，亦當增入筆點竄之也。風俗薄惡如此！文賦且不論，且如叔黨此帖，其得意處豈亦坡代書邪！可以發一笑也。閏月十八日書〔六〕。

【注釋】

〔一〕蘇叔黨：蘇過字叔黨，蘇軾幼子，善書畫，能詩文。

〔二〕鳳毛：比喻人子孫有才似其父輩者。《世說新語・容止》：『王敬倫風姿似父……桓公望之，曰：

「大奴固自有鳳毛。」』

〔三〕『海外無以自娛』三句： 出處不詳。

〔四〕《黄樓賦》： 蘇轍所作，現存。有人懷疑是蘇軾代筆，蘇軾《答張文潛县丞書》：『子由之文實勝僕，而世俗不知，乃以為不如……作《黄樓賦》乃稍自振厲，若欲以警發憒憒者。而或者便謂僕代作，此尤可笑。』

〔五〕《颶風賦》： 蘇過所作，現存。

〔六〕閏月： 指蒙古憲宗四年（一二五四）閏六月。

跋東坡和淵明飲酒詩後〔一〕

東坡和陶，氣象只是坡詩。如云：『三杯洗戰國，一斗消强秦。』淵明決不能辦此。獨恨『空杯亦嘗持』之句與論『無弦琴』者自相矛盾〔二〕，別一詩云：『二子真我客，不醉亦陶然。』〔三〕此為佳。丙辰秋八月十二日題〔四〕。

【注釋】

〔一〕東坡和淵明飲酒詩： 指蘇軾《和陶飲酒二十首》。

〔二〕空杯亦嘗持： 蘇軾《和飲酒二十首》：『偶得酒中趣，空杯亦常持。』無弦琴： 蕭統《陶靖節傳》：『淵明不解音律，而蓄無弦琴一張，每酒適，輒撫弄以寄其意。』蘇軾《和頓教授見寄用除夜韻》：『我笑陶淵明，種

秋二頃半。婦言既不用，還有責子歎。無弦則無琴，何必勞撫玩。』

〔三〕『二子真我客』句：出自蘇軾《和陶歲暮作和張常侍》。二子，指該詩序中所言吳遠遊、陸道士。

〔四〕丙辰：蒙古憲宗六年（一二五六）。

題許汾陽詩後〔一〕

眼醫許太丞彥清〔二〕，示其從祖汾陽君《山水圖詩》〔三〕，語意高妙，而其字畫與明昌辭人龍巖、黃華、黃山諸公〔四〕，各自名家，世尤寶惜之。其子右司諫道真，亦以能書稱〔五〕，今以汾陽筆法較之，父子如出一手。生平亦嘗見蔡大學安世、大丞相伯堅、濰州使君伯正甫三世傳字學〔六〕，雖明眼人亦不能辨。前輩守家法蓋如此。汾陽守澤州〔七〕，日戒子云：『婁相任唾面〔八〕，周廟貴緘口〔九〕。寸陰大禹惜〔一〇〕，三命考甫走〔一一〕。』吾河東人至今傳誦之。司諫在貞祐、興定間〔一二〕，直言極諫，與陳公正叔齊名〔一三〕，時號陳許。父子名流，在中朝百餘年，少有似者。而彥清承其後，何其幸邪！彥清隱於技者三十年，技既高，又所至以善良稱。謂之稱其家，蓋無愧也。此詩，渠家青氈〔一四〕，其寶秘之，當令後人知世德之所自云。丙辰夏六月二十一日〔一五〕，晚進河東元某謹書。

【注釋】

〔一〕許汾陽：許安仁（一一二九—一二〇五），字仁靜，獻州交河（今河北獻縣）人。大定七年（一一七七）進士，曾任翰林修撰、澤州刺史，汾陽軍節度度等職。與子許古俱為名臣。《金史》卷九十六有傳。《中州集》卷三錄其詩六首。

〔二〕許彥清：生平不詳。太丞：當是太醫院丞。

〔三〕從祖：叔祖父。《山水圖詩》：許安仁詩作名，已佚。

〔四〕龍巖：任詢，號龍巖。參見《中州集》卷二《任南麓詢》。元好問《如庵詩文序》：『少日師三川朱巨觀學詩，龍巖任君謨學書。』王惲《跋任龍巖烏夜啼帖》：『南麓書在京師為最多，其擘窠大書往往體莊而神滯，獨此帖豪放飛動，超乎常度。』黃華：王庭筠。黃山：趙渢。

〔五〕右司諫道真：許古字道真，曾任右司諫。《金史》卷一〇九有傳。亦以能書稱：《金史・許古傳》：『古平生好為詩及書，然不為士大夫所重，時論但稱其直云。』

〔六〕蔡大學安世：蔡靖，字安世，元符三年（一一〇〇）進士。蔡松年《一剪梅・送珪登第後還鎮陽》詞注：『公父大學諱靖字安世。』大丞相伯堅：蔡松年。濰州使君伯正甫：蔡珪。

〔七〕澤州：今山西晉城。

〔八〕婁相：婁師德。《新唐書・婁師德傳》：『其弟守代州，辭之官，教之耐事。弟曰：「人有唾面，絜之乃已。」師德曰：「未也，絜之，是違其怒，正使自乾耳。」』

〔九〕緘口：沉默，說話謹慎。劉向《說苑・敬慎》：『孔子之周，觀於太廟，右陛之前，有金人焉。三緘其口，而銘其背曰：「古之慎言人也，戒之哉，戒之哉！無多言，多言多敗。」』

〔一〇〕寸陰大禹惜：《晉書·陶侃傳》：『常語人曰：「大禹聖者，乃惜寸陰，至於衆人，當惜分陰。豈可逸遊荒醉，生無益于時，死無聞於後，是自棄也。」』

〔一一〕三命：周代封官爵分為九等，即九命，三命為公、侯、伯的卿。考甫：正考父，春秋時宋國大夫，孔子七世祖。《左傳·昭公七年》：『及正考父佐戴、武、宣，三命茲益共。故其鼎銘云：「一命而僂，再命而傴，三命而俯，循牆而走。」』

〔一二〕貞祐、興定間：金宣宗年號（一二一四—一二二一）。

〔一三〕陳公正叔：陳規字正叔，曾官右司諫。生平參見《中州集》卷五《陳司諫規》、《金史·陳規傳》。

〔一四〕青氈：指仕宦人家的傳世之物。《太平御覽》卷七〇八引晉裴啟《語林》：『王子敬在齋中臥，偷人取物，一室之內略盡。子敬臥而不動，偷遂登榻，欲有所覓。子敬因呼曰：「偷兒，石染青氈是我家舊物，可特置否？」於是群偷置物驚走。』按：《晉書·王獻之傳》也載此事。

〔一五〕丙辰：蒙古憲宗六年（一二五六）。

題學易先生劉斯立詩帖後〔一〕

學易先生詩，絶似東坡和陶，不應入江西派，閑閑之論定矣〔二〕。此詩予初到嵩山時曾見之，能得其意而不能記其辭，搜訪一十年〔三〕，北渡後將還太原，過東郡〔四〕，乃復見之鄉人王清卿家〔五〕。愛之深而不見之久，煥若神明，頓還舊觀，故喜為之書。予家唐劉長卿詩，學易堂舊

物，是先生手所校本，題云：『壬午六月，就夏英公、孫儀公家本校之。』〔六〕字畫楚楚，如唐人書《盤谷序》〔七〕。又儀真令諱蹟者，皇統宰相宣叔之父，是先生昆弟行，有詩文二冊，號《南榮集》，宣叔錄之，以備遺忘。亂後唯予家有之〔八〕，然則予于學易劉氏，豈世之所謂緣熟者邪〔九〕？戊戌八月六日謹書〔一〇〕。

【注釋】

〔一〕劉斯立：劉跂字斯立，祖籍東光（今河北東光），其父劉摯十歲時移居東平，遂為東平人。元豐二年（一〇七九）進士，累官朝奉郎，晚上築學易堂，號學易先生。著有《學易集》，已佚。《全宋詩》收其詩四卷。生平參《宋史》卷三百四十《劉摯傳》。

〔二〕閑閑：趙秉文。閑閑之論：《滏水文集》卷二十《題學易先生小詩》：『是未可以江西詩派論也。』

〔三〕一十年：疑為二十年之誤。元好問初到嵩山在興定二年（一二一八），北渡後還太原在蒙古太宗九年（一二三七），二者相距二十年。

〔四〕東郡：指東平。

〔五〕鄉人王清卿：王仲元字清卿，平陰（今山東平陰），與劉跂同為東平人。承安中進士，以能書名天下。參見《中州集》卷八《錦峰王仲元》。

〔六〕壬午：崇寧元年（一一〇二）。夏英公：北宋大臣夏竦（九八四—一〇五〇），字子喬，江州德安（今江西德安縣）人，仕至宰相，進封英國公。孫儀公：不詳。

〔七〕《盤谷序》：指韓愈《送李愿歸盤谷序》。據孫承澤《庚子消夏記》：『高從，貞元間人，所書《盤谷序》，

端勁有古法，世不多見。』

〔八〕儀真令諱蹟者： 指儀真縣令劉蹟。 皇統宰相宣叔： 指皇統年間擔任宰相的劉長言。《中州集》卷九《劉右相長言》：『長言字宣叔，東平人，宋相莘老之孫，而學易先生斯立之猶子也。父蹟年三十五，終於儀真令，工詩能文，有《南榮集》，傳東州，今獨予家有之。』劉長言與劉跂同輩。《南榮集》，已佚。

〔九〕緣熟： 佛教所謂十二因緣之一，第十一因緣『生』，即未來將生，時而緣熟，緣熟投胎。

〔一〇〕戊戌： 蒙古太宗十年（一二三八）。

題閑閑書赤壁賦後〔一〕

夏口之戰〔二〕，古今喜稱道之，東坡赤壁詞，殆戲以周郎自況也。詞纔百許字，而江山人物無復餘蘊，宜其為樂府絕唱。閑閑公乃以仙語追和之〔三〕，非特詞氣放逸，絕去翰墨畦徑，其字畫亦無愧也。辛亥夏五月以事來太原〔四〕，借宿大悲僧舍，田侯秀實出此軸見示〔五〕，閑閑七十有四，以壬辰歲下世〔六〕，今此十二日，其諱日也。感念疇昔，悵然久之，因題其後。《赤壁》，武元真所畫〔七〕。門生元某謹書。

【校記】

赤壁賦： 據下文『東坡赤壁詞，殆戲以周郎自況也，詞才百許字』，當作赤壁詞，即《念奴嬌·赤壁懷古》。

【注釋】

〔一〕閑閑：趙秉文。

〔二〕夏口之戰：指赤壁之戰。

〔三〕以仙語追和之：指趙秉文《大江東去·用東坡先生韻》：『秋光一片，問蒼蒼，桂影其中何物。一葉扁舟波萬頃，四顧粘天無壁。叩枻長歌，嫦娥欲下，萬里揮冰雪。京塵千丈，可能容此人傑？回首赤壁磯邊，騎鯨人去，幾度山花發。澹澹長空今古夢？只有歸鴻明滅。我欲從公，乘風歸去，散此麒麟髮。三山安在？玉簫吹斷明月。』

〔四〕辛亥：蒙古憲宗元年（一二五一）。

〔五〕田侯秀實：其人不詳。金初有一田秀實，見蔡松年《念奴嬌》（九江秀色）詞序及魏道明注，與元好問無涉。金代中後期有一田秀實，泰和六年書寫魏道明所撰《洪崖山壽陽院記》，見繆荃孫《藝風堂金石文字目》卷十四。元好問所說之田侯秀實，或是此人。

〔六〕壬辰：天興元年（一二三二）。

〔七〕武元直：字善夫，號廣漠道人，金代著名畫家。其《赤壁圖》，現存臺北故宮博物院。

趙閑閑書柳柳州、蘇東坡、党世傑、王內翰詩跋〔一〕

柳柳州《戲題階前芍藥》〔二〕、東坡『長春如稚女』及賦王伯颺所藏趙昌畫梅花、黄葵、芙

蓉、山茶四詩〔三〕、党承旨世傑《西湖芙蓉》、《晚菊》〔四〕、王內翰子端《獄中賦萱》〔五〕，凡九首，予請閑閑公共作一軸寫，自題其後云： 柳州怨之愈深，其辭愈緩，得古詩之正，其清新婉麗，六朝辭人少有及者。東坡愛而學之，極形似之工，其怨則不能自掩也。党承旨出於二家，辭不足而意有餘，王內翰無意追配古人而偶與之合，遂為集中第一。大都柳出於雅，坡以下皆有騷人之餘韻，所謂『生不並世俱名家』者也〔六〕。

【注釋】

〔一〕趙閑閑： 趙秉文。柳柳州： 柳宗元。党世傑： 党懷英。王內翰： 王庭筠。

〔二〕《戲題階前芍藥》： 詩如下：『凡卉與時謝，妍華麗茲晨。欹紅醉濃露，窈窕留餘春。孤賞白日暮，暄風動搖頻。夜窗藹芳氣，幽臥知相親。願致溱洧贈，悠悠南國人。』

〔三〕長春如稚女： 蘇軾《和陶和胡西曹示顧賊曹》：『長春如稚女，飄颻倚輕颸。卯酒暈玉頰，紅綃卷生衣。低顏香自斂，含睇意頗微。寧當娣黃菊，未肯姒戎葵。誰言此弱質，閱世觀盛衰。頩然疑薄怒，沃盥未可揮。瘴雨吹蠻風，凋零豈容遲。老人不解飲，短句餘清悲。』賦王伯颺所藏趙昌畫梅花、黃葵、芙蓉、山茶四詩： 指蘇軾《王伯敭所藏趙昌花四首》，見《蘇軾詩集》卷二十五。不俱引。

〔四〕党承旨世傑《西湖芙蓉》、《晚菊》： 指党懷英《西湖芙蓉》、《西湖晚菊》，二詩見《中州集》卷三。

〔五〕王內翰子端《獄中賦萱》： 王庭筠《獄中賦萱》，見《中州集》卷三。

〔六〕生不並世俱名家： 黃庭堅《題劉將軍雁》中的詩句。

閑閑公書擬和韋蘇州詩跋〔一〕

閑閑公以正大九年五月十二日下世〔二〕，此卷最爲暮年書，故能備鍾、張諸體〔三〕，於屋漏雨、錐畫沙之外〔四〕，另有一種風氣，令人愛之而不厭也。百年以來，詩人多學坡谷〔五〕，能擬韋蘇州、王右丞者，唯公一人。唯真識者乃能賞之耳。後廿二年三月五日門生元好問敬覽〔六〕。

（以上《元好問全集》卷四十）

【注釋】

〔一〕閑閑公：趙秉文。擬和韋蘇州：《滏水文集》卷五有《擬和韋蘇州二十首》。

〔二〕正大九年：一二三二年。

〔三〕鍾、張：指漢魏時期的書法家鍾繇、張芝。

〔四〕屋漏雨：書法術語。比喻用筆如破屋壁間之雨水漏痕，其形凝重自然。錐畫沙：書法術語，以錐子畫沙，起止無迹，比喻筆迹的圓渾。唐代褚遂良《論書》稱：『用筆當如錐畫沙。』黄庭堅《書扇》：『魯公筆法屋漏雨，未减右軍錐畫沙。』

〔五〕百年以來：指金王朝建立以來。坡谷：東坡、山谷。王右丞：王維。

〔六〕後廿二年：蒙古憲宗三年（一二五三）。

遺山自題樂府引

世所傳樂府多矣。如山谷《漁父詞》〔一〕：『青箬笠前無限事，綠蓑衣底一時休。斜風細雨轉船頭。』陳去非《懷舊》云〔二〕：『憶昔午橋橋下飲，坐中都是豪英。長溝流月去無聲。杏花疏影裏，吹笛到天明。　三十年來成一夢，此身雖在堪驚。閑登高閣賞新晴。古今多少事，漁唱起三更。』又云：『高咏楚辭酬午日，天涯節序匆匆。榴花不似舞裙紅。無人知此意，歌罷滿簾風。　萬事一身傷老矣，戎葵凝笑牆東。酒杯深淺去年同，試澆橋下水，今夕到湘中。』〔三〕如此等類，詩家謂之言外句〔四〕。含咀之久，不傳之妙，隱然眉睫間，惟具眼者乃能賞之〔五〕。古有之：『人莫不飲食，鮮能知味。』〔六〕譬之羸牸老羝〔七〕，千煮百煉，椒桂之香逆於人鼻，然一吮之後，敗絮滿口，或厭而吐之矣。必若金頭大鵝，鹽養之再宿，使一老奚知火候者烹之〔八〕，膚黃肪白，愈嚼而味愈出，乃可言其雋永耳。

歲甲午〔九〕，予所錄《遺山新樂府》成，客有謂予者云：『子故嘗言宋人詩大概不及唐，而樂府歌詞過之，此論殊然。樂府以來，東坡第一，以後便到辛稼軒，此論亦然。東坡、稼軒即不論，且問遺山得意時，自視秦、晁、賀、晏諸人何如？』〔一〇〕予大笑，拊客背云：『那知許事，且啖蛤蜊。』〔一一〕客亦笑而去。十月五日，太原元好問裕之題。（《元好問全集》卷四十二）

【注釋】

〔一〕山谷《漁父詞》：指黄庭堅《浣溪沙》：『新婦灘頭眉黛愁。女兒浦口眼波秋。驚魚錯認月沈鈎。青箬笠前無限事，緑蓑衣底一時休。斜風吹雨轉船頭。』

〔二〕陳去非《懷舊》：指陳與義《臨江仙·夜登小閣憶洛中舊遊》。

〔三〕高咏楚辭酬午日：詞牌《臨江仙》。

〔四〕言外句：歐陽修《六一詩話》：『必能狀難寫之景，如在目前，含不盡之意，見於言外，然後為至矣。』

〔五〕具眼者：對事物具有特殊之見識，或指具有特殊見識之人。

〔六〕人莫不飲食：《禮記·中庸》：『人莫不飲食也，鮮能知味也。』

〔七〕羸牸老羝：瘦老的母牛、公羊。

〔八〕老奚：老僕人。

〔九〕甲午：天興三年（一二三四）。

〔一〇〕秦、晁、賀、晏：分别指秦觀、晁補之、賀鑄、晏幾道。

〔一一〕蛤蜊：海蚌，味鮮美。那知許事，且啖蛤蜊：出自《南史·王融傳》：『融躁于名利，自恃人地，三十内望為公輔。初為司徒法曹，詣王僧祐，因遇沈昭略，未相識。昭略屢顧盼，謂主人曰：「是何年少？」融殊不平，謂曰：「僕出於扶桑，入于湯谷，照耀天下，誰云不知，而卿此問？」昭略云：「不知許事，且食蛤蜊。」』

詩文自警〔一〕

一、先東巖讀書十法〔二〕

一曰記事。記大事之綱目，不必繁冗，簡略而已，韓文所謂『記事必提其要』者也〔三〕。

二曰纂言。一句或二句，有當於吾心者，各別記之，韓文所謂『纂言必鈎其玄』者也〔四〕。

三曰音義。音如調度（原注：音大各反）、批鱗（原注：音白結反）之類〔五〕；義如《漢書》中『未幾』、『亡何』、『亡幾』、『居亡何』、『居亡幾何』，『居亡幾何』，而與『少之』、『頃之』同義之類〔六〕。其下各有注釋，又當以類書之。

四曰文筆。文字有可記誦者，別録之。

五曰凡例。《漢書》、《史記》『樊噲圍項籍陳，大破之』〔七〕、『叔孫通與所征三十人西』〔八〕、《董賢傳》『沒入財物縣官』〔九〕、《南粤王傳》『南粤告王朕志』〔一〇〕，此可為例。《翟義傳》先舉一事言『初』，復舉一事又言『初』〔一一〕。一傳中用兩『初』字，不以為重。《揚雄傳》前言『晏如也』，後言『泊如也』〔一二〕，亦不以為重。此類可為例。

六曰諸書關涉引用。退之《柳子厚墓銘》出《子華子》〔一三〕，盧仝《櫛銘》出蔡邕《女戒》〔一四〕。如此之類，可別集之，寧全錄本文。

七曰取則。修身齊家，涉世立朝，前賢行事，有於吾心可為法者，別記之。

八曰詩材。詩家可用，或事或語。別作一類字記之。

九曰持論。前賢議論或有未盡者，以己見商略之。

十曰缺文。辭義故實，凡我所不知者，皆別記之，他日以問知者，必使了然於胸中。

【注釋】

〔一〕《詩文自警》：元好問早年所撰，《金史·元好問傳》作十卷，《千頃堂書目》作一卷，久佚。孔凡禮從明人唐之淳《文斷》等書輯得十五則。

〔二〕先東巖：元好問父親元德明，參見《中州集》卷十《先大夫詩》。

〔三〕記事必提其要：出自韓愈《進學解》：「先生口不絕吟於六藝之文，手不停披於百家之編。記事者必提其要，纂言者必鉤其玄。」

〔四〕纂言必鉤其玄：同上。

〔五〕調度：《後漢書》卷二十五《魯恭傳》：「今始徵發，而大司農調度不足。」注：「度，音大各反。」《史記》卷八十六《荊軻傳》：「奈何以見陵之怨，欲批其逆鱗哉！」《集解》：「批，音白結反。」

〔六〕「義如」三句：舉《漢書》中相關詞語為例，而這些詞語顏師古均有注釋。

〔七〕樊噲圍項籍陳：《史記》卷九十五《樊噲列傳》：「噲還至滎陽，益食平陰二千戶，以將軍守廣武。一歲，項羽引而東。從高祖擊項籍，下陽夏，虜楚周將軍卒四千人。圍項籍于陳，大破之。」《漢書》卷四十一《樊噲傳》同此。

〔八〕『叔孫通』句：《史記》卷九十九《叔孫通列傳》：『叔孫通笑曰：「若真鄙儒也，不知時變。」遂與所徵三十人西。』《漢書》卷四十三《叔孫通傳》同此。

〔九〕沒入財物縣官：《漢書》卷九十三《董賢傳》：『臣請收沒入財物縣官，諸以賢為官者皆免。』

〔一〇〕南粵告王朕志：《漢書》卷九十五《南粵王傳》：『故使賈馳諭告王朕意，王亦受之，毋為寇災矣。』

〔一一〕『舉一事言「初」』句：《漢書》卷八十四《翟方進傳》附翟義傳：『初，三輔聞翟義起。』又曰：『初，義所收宛令劉立聞義舉兵。』

〔一二〕『前言「晏如也」』句：《漢書》卷八十七上《揚雄傳》曰：『家產不過十金，乏無儋石之儲，晏如也。』又曰：『時，雄方草《太玄》，有以自守，泊如也。』

〔一三〕《子華子》：子華子為春秋時晉國人，其說介於老莊之間。現存《子華子》一書為北宋人偽託。參見《詩文自警》第十三則。

〔一四〕盧仝《櫛銘》：全文如下：『人之有髮兮，旦旦思理。有身兮，有心兮，胡不如是？』蔡邕《女戒》：『心猶首面也，是以甚致飾焉。面一旦不修飾，則塵垢穢之；心一朝不思善，則邪惡入之。人咸知飾其面，不修其心。夫面之不飾，愚者謂之醜；心之不修，賢者謂之惡。愚者謂之醜猶可，賢者謂之惡，將何容焉？故覽照拭面，則思其心之潔也；傅脂則思其心之和也；加粉則思其心之鮮也；澤髮則思其心之順也；用櫛則思其心之理也；立髻則思其心之正也；攝鬢則思其心之整也。』

二

常山周德卿言：『文章工於外而拙於內者，可以驚四筵而不可適獨坐，可以取口稱而不

可以得首肯。』又言：『文章以意為主，以字語為役，主强而役弱，則無令不從。今人往往驕其所役，至跋扈難制，甚者反役其主，雖極辭語之工，豈文之正也哉！』〔一〕

【注釋】

〔一〕周德卿：周昂。周昂此論又見《滹南遺老集》卷三十七《文辨》、卷三十八《詩話》。

三

內相楊文獻公之美云：『文章天地中和之氣，過之則為荒唐，不及則為滅裂』〔一〕。

【注釋】

〔一〕楊文獻公：楊雲翼。此論又見元好問《張仲經詩集序》。

四

古人文章，須要遍參。山谷有言，設欲作楚辭，熟讀楚辭，然後下筆。喻如世之巧女，文繡妙一世，如欲織錦，必得錦機，乃能成錦〔一〕。人問司馬相如作賦法，相如曰：『能成誦千賦，則自能矣。』〔二〕山谷語如此。

【注釋】

〔一〕山谷有言：所引又見元好問《錦機引》。

〔二〕能成誦千賦：桓譚《新論·道賦》稱揚雄曰：『能誦千賦則善賦。』

五

人品凡劣，雖有工夫，決無好文章。

六

文章有常有變，如兵家有正有奇，審音可以知治忽〔一〕，察言可以定窮達，聲和則氣應，自然之理。

【注釋】

〔一〕治忽：治理與怠忽。

七

文章要有曲折，不可作直頭布袋〔一〕，然曲折太多，則語意繁碎，都整理不下，反不若直布袋之為愈也〔二〕。

【注釋】

〔一〕直頭布袋：比喻文章平直呆板、缺乏曲折變化。

八

文字千變萬化，須要主意在。山谷所謂『救首救尾』者〔一〕。若人自戰，則有連雞不俱棲之敗〔二〕。

【注釋】

〔一〕救首救尾：黄庭堅《答王子飛書》：『至於作文，深知古人之關鍵，其論事，救首救尾，如常山之蛇。』

〔二〕連雞：縛在一起的雞。《戰國策·秦策一》：『諸侯不一，猶連雞之不能俱上於棲之明矣。』

九

文須字字作，亦要字字讀。要破的，不要粘皮骨。要放下，不要費抄數〔一〕。要工夫，不要露椎鑿。要原委，不要著科臼。要法度，不要窘邊幅。要波瀾，不要無畔岸〔二〕。要明白，不要涉膚淺。要簡重，不要露鈍滯。要委曲，不要强牽挽。要變轉，不要生節目。要齊整，不要見間架〔三〕。要圓熟，不要拾塵爛。要枯淡，不要沒咀嚼。要感諷，不要出怨懟。要張大，不要似叫號。要敍事，不要似甲乙帳。要析理，不要似押韻文。要奇古，不要似鬼畫符。要驚絕，不要似敕壇咒〔四〕。要情實，不要似兒女相怨思。要造微，不要鬼窟中覓活計〔五〕。

【注釋】

〔一〕抄數：抄錄和統計。
〔二〕畔岸：邊際。
〔三〕間架：房屋梁與梁之間叫『間』，桁與桁之間叫『架』。
〔四〕敕壇咒：道教徒作法時的咒語。
〔五〕活計：謀生的材料。

十

魯直曰：『文章大忌隨人後。』〔一〕又曰：『自成一家乃逼真。』〔二〕孫元忠樸學士嘗問歐陽公為文之法〔三〕，公云：『于吾姪豈有惜，只是要熟耳。變化姿態，皆從熟處生也。』〔四〕

【校記】

大忌：黃庭堅《贈謝敞王博喻》作『最忌』。
乃逼真：黃庭堅《題樂毅論後》作『始逼真』。

【注釋】

〔一〕文章大忌隨人後：黃庭堅《贈謝敞王博喻》：『文章最忌隨人後，道德無多只本心。』
〔二〕自成一家乃逼真：黃庭堅《題樂毅論後》：『隨人作計終後人，自成一家始逼真。』

〔三〕孫元忠樸：孫樸字元忠，元祐間為秘書少監。學士：官名。

〔四〕『于吾姪』句：歐陽修原文出處不詳。張鎡《仕學規範》卷三十四所引，同此。

十一

呂居仁曰〔一〕：學者須做有用文字，不可盡力於虛言。有用文字，議論文字是也。須以董仲舒、劉向為主，《周禮》及《新序》、《說苑》之類，皆當貫穿熟考，則做一日工夫。近世如曾子固諸序〔二〕，尤須詳味。文章之妙，在敘事狀物。《左氏》記列國戰伐次第，敘事之妙也。韓退之、柳子厚諸序、記，可見狀物之妙。至於《禮記·曲禮》委曲教人〔三〕，《論語·鄉黨》記孔子言動，可謂至深厚。學者作文，若不本於此，未見其能大過人也。

【注釋】

〔一〕呂居仁：呂本中（一〇八四—一一四五），字居仁，世稱東萊先生，壽州人。《宋史》卷三百七十六有傳。所引文字出自呂本中《童蒙詩訓》，原書已佚，見《耆舊續聞》卷二、《仕學規範》卷三十五。

〔二〕曾子固：曾鞏。

〔三〕《禮記·曲禮》：主要記載具體細小的禮儀規範。

十二

東萊議論作文〔一〕：

須要言語健，須會振發轉換好，不要思量遠過，才過便晦。〔二〕

做文字不可放，令慢，轉處不假助語而自連接者為上。然會做文字者，亦一時用之於所當也。

作文法，一收一放，須成文理，有格段，不可碎。學散文要一意，若作段子，恐不流暢，文字結處，要緊切動人。〔三〕

作簡短文字，要轉處多，必有意思則可。〔四〕

文貴曲折斡旋，不要排事，須得明白坦然。

文字若緩，須多看雜文，須看到節簇緊處。若意思雜，轉處多，則自然不緩。善轉者，如短兵相接，蓋謂不兩行便轉也。講題若轉多，恐碎了文字，須轉處多，只是一意方可。若使攪得碎，則不成文字。若鋪敘間架，令新而不陳，多警句，則亦不緩。

文字不使事善遣文為妙。

作文之法，一篇之中，有數行整齊處，數行不整齊處，或緩或急，或顯或晦，間用之，使人不知其緩急顯晦。雖然，常使經緯相通，有一脈過接乎其間，然後可。蓋有緩急形者綱目，無形者血脈也。〔五〕

文字壯者近乎粗。

子細看所謂眼者，一篇中自有一篇中眼，一段中自有一段中眼，尋常警句是也。

如何是主意首尾相應，如何是一篇鋪敘次第，如何是抑揚開闔？〔六〕如何是警策，如何是下句下字有力處，如何是起頭換頭佳處，如何是繳結有力處，如何是實體貼題目處，如何是融化曲折剪截有力處。

文字至於辭意俱盡，復能於意外得新意者，妙。

須做過人工夫，便做過人文字。

收結文字，須要精神，不要閑語。

文字有一片生成之別。唯真眼人，乃能識之。

【注釋】

〔一〕東萊：指呂祖謙，人稱小東萊先生。以下所輯都是呂祖謙論文言論。

〔二〕『須要言語健』四句：出自其《麗澤文説》，原書已佚。此條與下一條見於《仕學規範》卷三十五。

〔三〕『作文法』十句：疑出自其《麗澤文説》，《仕學規範》無此内容。以下『文貴』條、『文字不便事』條、『文字壯者』條、『子細』條、『文字至於』條、『文字有一片』條，均同。

〔四〕『作簡短文字』三句：見《仕學規範》卷三十五。『文字恭緩』條、『須做過人』條、『收結文字』條同。

〔五〕『作文之法』十四句：出自呂祖謙《古文關鍵·總論·論作文法》。

〔六〕『如何是主意』三句：出自呂祖謙《古文關鍵·總論·看文字法》。下條同。

十三

蔡邕《女戒》曰：『夫心猶首面也，一旦不修飾，則塵垢穢之。人心不思善，則邪惡入之。人盛飾其面，莫修其心，惑之甚也。』盧仝《櫛銘》：『人有髮兮，旦旦思理，有一心焉，胡不如是？』用邕語也。〔一〕

《子華子》云〔二〕：『子車氏之猳〔三〕，其色粹而黑，一產而三豚焉。其二則粹而黑。其一則駁而白，惡其非類於己也，嚙而殺之，決裂其腸，糜盡而後止。其同於己者，字之唯謹。甚矣，心術之善移也。夫目眩於異同，而意出於愛憎，雖其所生，殺之弗悔，而況非其類矣乎！今世之人，其平居把握，附耳呫呫，相為然約，而自保其固，曾膠漆之不如也。及利勢一接，未有毫□之差〔四〕，蹴然變乎色，又從而隨之以兵。甚矣，心術之善移也，何以異子車之猳！』韓退之《柳子厚墓誌》本此〔五〕。

【注釋】

〔一〕用邕語：據上文《先東巖讀書十法》，元德明已指出盧仝《櫛銘》用蔡邕《女戒》中語。

〔二〕《子華子》：南宋人偽作，二卷，現存。

〔三〕猳：公豬。

〔四〕『及利勢一接』二句：《子華子》原文作：『及勢利之一接，未有毫澤之差。』

〔五〕韓退之《柳子厚墓誌》本此：韓愈《柳子厚墓誌銘》以下文字類似所引《子華子》中的文字：『嗚呼！

士窮乃見節義。今夫平居里巷相慕悦，酒食遊戲相征逐，詡詡强笑語以相取下，握手出肺肝相示，指天日涕泣，誓生死不相背負，真若可信；一旦臨小利害，僅如毛髮比，反眼若不相識。落陷穽，不一引手救，反擠之，又下石焉者，皆是也。此宜禽獸夷狄所不忍為，而其人自視以為得計。聞子厚之風，亦可以少媿矣。』二者雖相似，韓文卻未必源于《子華子》，因為學界普遍認為《子華子》為宋人僞作。

十四

《世説》：『陸文深而蕪，潘文淺而靜。』予為之説，云：深不免蕪，簡故能靜。牧之《獻詩啟》云：『牧苦心為詩，本求高絶，不務奇麗，不涉習俗，不古不今，處於中間。既無其才，多有其志，篇成在紙，多自笑之。』〔一〕

【校記】

陸文深而蕪，潘文淺而靜：《世説新語·文學》作『潘文淺而淨，陸文深而蕪』。

『既無其才』四句：《杜牧集繫年校注》作『既無其才，徒有其奇，篇成在紙，多自焚之』。

【注釋】

〔一〕牧之《獻詩啟》：杜牧《獻詩啟》，見《杜牧集繫年校注》第一〇〇二頁。

十五

『有情芍藥含春淚，無力薔薇臥晚枝。』此秦少游《春雨》詩也。非不工巧，然以退之《山

石》句觀之，渠乃女郎詩也。破卻工夫，何至作女郎詩！〔一〕（以上《元好問全集》卷五十二）

【校記】

晚枝：一作『曉枝』。

《春雨》：一作《春日》。

【注釋】

〔一〕『非不工巧』五句：本金人王中立之論，見《中州集》卷九《擬栩先生王中立》。

卷六　其他作者詩歌

輯文

四月十日遇周永昌〔一〕

馬定國

幼時種木已巢鳶，猶向花前作酒顛。郭外青山招曉出，圃中明月照春眠。世無蘇黄六七子〔二〕，天斷文章三十年。今日逢君如舊識，醉持杯杓望青天。

【注釋】

〔一〕周永昌：生平不詳。

〔二〕蘇黄六七子：指以蘇軾、黄庭堅為首的元祐文人。

懷高圖南〔一〕

馬定國

劉叉一狂士，尚得韓愈知〔二〕。君才百劉叉，知者果其誰。三隨計吏貢〔三〕，躡屩游京

師〔四〕。文章善變化，不以一律持。碧海涵萬類，青天行四時。去年高唐別〔五〕，河柳搖風枝。今年清明飲，高花見辛夷。茲來又幾日，軍檄忽四馳。尺書無處寄，相見果何期。白日鬬龍蛇〔六〕，黃塵笳鼓悲。春風獨無憂，吹花發江湄。一杯送歸雁，萬里寄相思。

【注釋】

〔一〕高圖南：名鯤化，平原（今山東平原）人。馬定國「六師友」之一，元好問說其詩「奇怪不凡」。

〔二〕劉叉：中唐詩人，以狂怪著稱。聞韓愈喜接士，則攜《冰柱》、《雪車》詩前往，名在盧仝、孟郊之上。

〔三〕三隨計吏貢：意謂三次參加科舉考試。

〔四〕躡屩：穿著草鞋。京師：北宋都城汴京。

〔五〕高唐：今山東高唐。

〔六〕鬬龍蛇：指戰爭。

宣政末所作〔一〕

馬定國

蘇黃不作文章伯〔二〕，童蔡翻為社稷臣〔三〕。三十年來無定論，到頭奸党是何人？

【注釋】

〔一〕宣政：宋徽宗宣和（一一一九—一一二五）、政和（一一一一—一一一七）年號的並稱。

〔二〕蘇黄：指蘇軾和黄庭堅。文章伯：文章大家。曾鞏《寄致仕歐陽少師》：『四海文章伯，三朝社稷臣。』北宋後期實行元祐黨禁，故曰『蘇黄不作文章伯』。

〔三〕童蔡：指童貫和蔡京，北宋奸臣。翻：反而。

太白捉月圖〔一〕

蔡　珪

寒江覓得釣魚船，月影江心月在天。世上不能容此老，畫圖常看水中仙〔二〕。（以上《中州集》卷一）

【注釋】

〔一〕太白捉月圖：原圖失考。

〔二〕水中仙：相傳李白於采石捉月而亡。

題吳彥高詩集後〔一〕

劉迎

片雲蹤跡任飄然，南北東西共一天。萬里山川悲故國〔二〕，十年風雪老窮邊〔三〕。名高冀北無全馬〔四〕，詩到西江別是禪〔五〕。頗憶米家書畫否〔六〕，夢魂應逐過江船〔七〕。

【注釋】

〔一〕吳彥高：吳激。《中州集》卷一《吳學士激》：『有《東山集》十卷並樂府行於世，東山其自號也。』

〔二〕故國：北宋。吳激為福建甌甯（今福建建甌）人。

〔三〕『十年』句：吳激於靖康二年（一一二七）使金被留，皇統二年（一一四二）去世。其間任職金上京。

〔四〕冀北：冀州北部，古代著名的產馬之地。無全馬：即馬空冀北，意謂吳激是冀北最傑出的人才。韓愈《送溫處士赴河陽軍序》：『伯樂一過冀北之野，而馬群遂空。夫冀北馬多天下。伯樂雖善知馬，安能空其群邪？解之者曰：「吾所謂空，非無馬也，無良馬也。伯樂知馬，遇其良，輒取之，群無留良焉。苟無良，雖謂無馬，不為虛語矣。」』

〔五〕西江：化用禪宗話語，同時兼指江西詩派。釋道原《景德傳燈錄》卷八《襄州居士龐蘊》：『後之江西，參問馬祖云：「不與萬法為侶者是什麼人？」祖云：「待汝一口吸盡西江水，即向汝道。」』全句謂吳激詩受江西詩派的影響，江西詩派在詩史上類似佛教中的禪宗。

〔六〕米家：米芾、米友仁父子，北宋著名書畫家。吳激為米芾之婿。

〔七〕過江船：指米家的書畫船。米芾為襄陽人，後定居潤州（今江蘇鎮江）。黄庭堅《戲贈米元章》：『滄江靜夜虹貫月，定是米家書畫舡。』

題歸去來圖〔一〕

劉　迎

筆端奇處發天藏〔二〕，事遠懷人涕泗滂。餘子風流空魏晉〔三〕，上人談笑自羲皇〔四〕。折腰五斗幾錢直〔五〕，去國十年三徑荒〔六〕。安得一堂重寫照〔七〕，為公桂酒瀉蕉黄〔八〕。

【注釋】

〔一〕《歸去來圖》：原圖失考。

〔二〕天藏：指人的軀體。范成大《問天醫賦》：『起死回骸，斡旋天藏。』首句是寫畫面的陶淵明形象。

〔三〕餘子：指陶淵明。空魏晉：超出魏晉所有人。

〔四〕羲皇上人：伏羲氏以前的人，比喻無憂無慮，生活閑適的人。陶潛《與子儼等疏》：『常言五六月中，北窗下臥，遇涼風暫至，自謂是羲皇上人。』

〔五〕『折腰』句：《晉書·陶潛傳》：『潛歎曰：「吾不能為五斗米折腰，拳拳事鄉里小人邪！」』

〔六〕國：鄉國。三徑：詳卷一第一條注〔四〕。

〔七〕寫照：寫生、畫像。

〔八〕桂酒：　用桂花浸製的美酒。　蕉黃：　形容桂酒的顔色。

吊石曼卿〔一〕

党懷英

城頭山色翠玲瓏〔二〕，尚憶清狂四飲翁〔三〕。　鐵馬冰車斷遺響，桃花石室自春風〔四〕。　生平詩價千鈞重，身後仙遊一夢空。　想見蓬萊水清淺，芙蓉城闕五雲中〔五〕。

【注釋】

〔一〕石曼卿：　石延年（九九二—一〇四〇），字曼卿，北宋詩人、書法家。　題下有自注：　『曼卿嘗通守朐山，遣人以泥封桃李核，彈之岩石間，其後花開滿山，又嘗攜妓飲山之石室間，鳴琴為冰車鐵馬聲。』朐山在海州，今江蘇連雲港境内。　党懷英於大定十年（一一七〇）任城陽軍事判官，有《朐山道中三首》等詩。《吊石曼卿》詩亦當作於大定十年至十二年任職城陽期間。

〔二〕山色：　指朐山。

〔三〕四飲：　張舜民《畫墁録》曰：　『蘇舜欽、石延年輩有名曰鬼飲、了飲、囚飲、鱉飲、鶴飲。　鬼飲者，夜不以燒燭；　了飲者，飲次挽歌哭泣而飲；　囚飲者，露頭圍坐；　鱉飲者，以毛席自裹其身，伸頭出飲，畢復縮之；　鶴飲者，一杯復登樹下再飲耳。』此為五飲。　党詩謂四飲，或為誤記，或别有所據。　此處是説石延年嗜酒。

〔四〕『鐵馬』二句：　參題下所注。　又，蘇軾《和蔡景繁海州石室》：　『芙蓉仙人舊游處，蒼藤翠壁初無路。　戲

將桃核裹黄泥，石間散擲如風雨。坐令空山出錦繡，倚天照海花無數。花間石室可容車，流蘇寶蓋窺靈宇。何年霹靂起神物，玉棺飛出王喬墓。當時醉臥動千日，至今石縫餘糟醑。仙人一去五十年，花老室空誰作主。手植數松今偃蓋，蒼髯白甲低瓊戶。我來取酒酹先生，後車仍載胡琴女。一聲冰鐵散巖谷，海為瀾翻松為舞。』

〔五〕『身後』三句：歐陽修《六一詩話》：『曼卿卒後，其故人有見之者，云恍惚如夢中，言我今為鬼仙也，所主芙蓉城，欲呼故人往游，不得，忿然騎一素騾去如飛。』石延年被稱為芙蓉仙人。

楚清之畫樂天『小娃撑小艇，偷採白蓮回。不解藏蹤跡，浮萍一道開』詩，因題其後〔一〕

党懷英

樂天歸臥湖山邊，閑買池塘娱暮年〔二〕。小蠻已老樊素去〔三〕，心地玲瓏如白蓮。室中誰遣散花天，故點禪衣香破禪〔四〕。鴛鴦為報竊花處〔五〕，題詩要戲小嬋娟〔六〕。紅粧秋水照明躅〔七〕，清之粉本清且妍〔八〕。道人無心被花惱，對畫作詩真適然。君不見元亮投名蓮社裏〔九〕，不妨更賦閑情篇〔一〇〕。

【注釋】

〔一〕楚清之：生平不詳。『小娃』四句：為白詩《池上二絶》之二。

〔二〕『閑買』句：白居易長慶四年（八二四）置第洛陽履道坊。坊内有小池。《池上二絶》作於大和九年（八三五），其時白居易六十四歲。

〔三〕小蠻樊素：白居易的家姬。白居易曾有詩稱讚她們：『櫻桃樊素口，楊柳小蠻腰。』白居易《春盡日宴罷感事獨吟》詩曰：『病共樂天相伴住，春隨樊素一時歸。』題下注：『開成五年三月三十日作。』據此，樊素於開成五年（八四〇）離開白居易。

〔四〕『室中』二句：當寫畫中景象。用天女散花的典故，表現白居易參禪景象。

〔五〕竊花：指白詩中的『偷采白蓮』。

〔六〕小嬋娟：小女孩，指白詩中的『小娃』。

〔七〕明蠲：明淨。黃庭堅《次韻曾子開舍人游籍田載荷花歸》：『紅粧倚荷蓋，水鏡寫明蠲。』

〔八〕粉本：畫稿，畫圖。

〔九〕元亮：陶淵明。蓮社：東晉慧遠居廬山，與劉遺民等同修淨土，寺中有白蓮池，因號蓮社。陶淵明並未加入蓮社，宋人李伯時《蓮社十八賢圖》在十八賢之外，繪有淵明及其隨行者的形象。元好問《追用座主閑閑公韻上致政馮內翰二首》：『巨源不入竹林選，元亮偶成蓮社圖。』

〔一〇〕閑情篇：指陶淵明《閑情賦》。

壬辰二月六日夜，夢作一絕句，其詞曰：『矯冗連天花，春風動光華。人眠不知眠，我佩絳紅霞。』夢中自以為奇絕，覺而思之，不能自曉，故作是詩以紀之〔一〕

党懷英

夢中作詩真何詩，夢中自謂清且奇。覺來反復深諷味，字偏句異誠難知〔二〕。豈非夢語本

真語，無乃造物為予嬉。君不見莊周古達士，栩栩尚作蝴蝶飛〔三〕。我生開眼尚如此，況在合眼夫何疑。（以上《中州集》卷三）

【注釋】

〔一〕壬辰：大定十二年（一一七二）。

〔二〕字偏句異：如『矯冗連天花』一句，則不知所謂。

〔三〕『莊周古達士』二句：《莊子·齊物論》：『昔者莊周夢為胡蝶，栩栩然胡蝶也，自喻適志與，不知周也。俄然覺，則蘧蘧然周也。不知周之夢為胡蝶與，胡蝶之夢為周與？周與胡蝶，則必有分矣。此之謂物化。』

讀陳後山詩〔一〕

周　昂

子美神功接混茫，人間無路可升堂〔二〕。一斑管內時時見，賺得陳郎兩鬢蒼〔三〕。

【注釋】

〔一〕陳後山：陳師道，詳卷一第三條注〔一〇〕。閉門苦吟，有『閉門覓句陳無己』之稱。

〔二〕『子美』二句：謂杜甫詩歌的神功上薄混茫的天際，後人無法企及他的境界。

〔三〕『一斑』二句：謂陳師道終生苦苦作詩，也只能管中窺豹，僅得其一斑而已。

魯直墨跡〔一〕

周昂

詩健如提十萬兵，東坡真欲避時名〔二〕。須知筆墨渾閑事，猶與先生抵死爭〔三〕。

【注釋】

〔一〕魯直：黃庭堅。這首詩借其墨跡來評價其詩。

〔二〕『詩健』二句：稱贊黃庭堅詩歌筆力非凡，蘇軾亦應有所避讓。

〔三〕先生：指蘇軾。抵死：竭力。北宋後期流行蘇黃爭名說，王若虛有《山谷於詩每與東坡相抗，門人親黨遂謂過之，而今之作者亦多以為然，予嘗戲作四絕云》。李治（一作冶）《敬齋古今黈》（《四庫全書》本）卷八：『人言山谷之於東坡，常欲抗衡而常不及，故其詩文字畫，別為一家。意若曰：「我為汝所為，要在人後；我不為汝所為，則必得以名世成不朽。」此其為論也隘矣。凡人才之所得，千萬而蔑有同之者，是造物者之大恒也。鳧自為短，鶴自為長，鳧豈為鶴而始短吾足，鶴豈為鳧而始長吾脛也哉！近世周戶部《題魯直墨蹟》云：「詩律如提十萬兵，東坡直欲避時名。須知筆墨渾閑事，猶與先生抵死爭。」周深于文者，此詩亦以世俗之口，量前人之心也。閑讀周集，因為此說，以喻世之不知山谷者。』

讀柳詩〔一〕

周　昂

功名翕忽負初心〔二〕，行和騷人澤畔吟〔三〕。開卷未終還復掩，世間無此最悲音。

【注釋】

〔一〕柳詩：柳宗元詩。

〔二〕翕忽：倏忽。初心：初衷，本意。

〔三〕騷人：屈原。沈德潛《說詩晬語》卷上：『柳州詩長於哀怨，得騷之餘意。』

分韻賦雪得雨字〔一〕

趙　渢

大雪初不知，開門已無路。驚喜視曆日，此瑞固有數。池冰凍欲合，林鴉噤仍聚。已成玉壺瑩，尚作寶花雨。造物固多才，中有無盡句。大兒擬圭璧，小兒比鹽絮〔二〕。後人例蹈襲，彌復入窘步。聚星號令嚴〔三〕，亦自警未悟。誰有五色筆，繪此天地素。好語覓不來，更待偶然遇。

【注釋】

〔一〕分韻：作詩時先約定以若干字為韻，各人分拈韻字，依韻作詩，叫作分韻。該詩作於明昌四年（一一九三）冬，參加詩會的尚有趙秉文、路鐸。趙秉文有《陪趙文孺路宣叔分韻賦雪》傳世。

〔二〕『大兒』二句：《世說新語・言語》：『謝太傅寒雪日内集，與兒女講論文義，俄而雪驟，公欣然曰：「白雪紛紛何所似？」兄子胡兒曰：「撒鹽空中差可擬。」兄女曰：「未若柳絮因風起。」公大笑樂。』其中胡兒為謝朗，兄女為謝道韞。

〔三〕聚星：聚星堂，詳卷一第十、十一條及注。後蘇軾作《聚星堂雪》詩，沿用這一規定，稱『禁體物語，於艱難中特出奇麗』，詩曰：『當時號令君聽取，白戰不許持寸鐵。』

李平甫為裕之畫繫舟山圖，閑閑公有詩，某亦繼作〔一〕

楊雲翼

名利走朝市，山居良獨難。況復山中人，讀書不求官。東巖有佳致〔二〕，書室方丈寬。彼美元夫子〔三〕，學道如觀瀾。孔孟澤有餘，曾顏膏未殘〔四〕。向來種德深，直與山根蟠。之子起其門，孤鳳騫羽翰〔五〕。計偕聊爾耳〔六〕，平步青雲端。竭來游京師〔七〕，士子拭目觀。禮部天下士，文盟今歐韓〔八〕。一見折行輩〔九〕，殆如平生歡。舞雩詠春風，期著曾點冠〔一〇〕。五言造平淡，許上蘇州壇〔一一〕。我嘗讀子詩，一倡而三歎。世人非無才，多為才所謾〔一二〕。高者足詆訶〔一三〕，下者或辛酸。吾子忠厚姿，不受薄俗漫〔一四〕。晴雲意自高，淵水聲無湍〔一五〕。

他日傳吾道，政要才行完〔一六〕。會使茲山名，與子俱不刊〔一七〕。

【注釋】

〔一〕李平甫：李遹，金代畫家，參見《中州集》卷五《李治中遹》。繫舟山：元好問之父元德明讀書處，在今山西忻州，又稱讀書山。《繫舟山圖》約作於興定五年（一二二一）前後，已佚。閑閑公有詩：指趙秉文《繫舟山圖》詩，見《中州集》卷三。《滏水文集》卷九作《題東巖道人讀書堂》，詩曰：『山頭佛屋五三間，山勢相連石嶺關。名字不經從我改，更稱元子讀書山。』另外，趙元亦有《題裕之家山圖》，見《中州集》卷五。

〔二〕東巖：元德明讀書堂位於系舟山之東岩，元德明因之號東巖道人。

〔三〕元夫子：元德明。

〔四〕曾顏：曾參、顏回。

〔五〕之子：指元好問。孤鳳：此時兄元好古已過世，故元好問成了『孤鳳』。騫羽翰：展翅高飛。

〔六〕計偕：參加科舉考試。從該句來看，其時元好問已經進士及第，時在興定五年三月之後。

〔七〕竭來：助詞。

〔八〕禮部：指趙秉文，曾任禮部尚書。歐、韓：歐陽修、韓愈。

〔九〕折行輩：降低輩份。

〔一〇〕『舞雩』二句：《論語・先進》：『（曾皙）曰：「暮春者，春服既成，冠者五六人，童子六七人，浴乎沂，風乎舞雩，詠而歸。」夫子喟然歎曰：「吾與點也。」』

〔一一〕蘇州：韋應物，曾任蘇州刺史，世稱『韋蘇州』。長於五古，風格沖淡閑遠，語言簡潔樸素。

〔一二〕謾：蒙蔽。

〔一三〕詆訶：指責。曹植《與楊德祖書》：『劉季緒才不能逮于作者，而好詆訶文章，掎摭利病。』

〔一四〕漫：玷污，污染。

〔一五〕『晴雲』二句：黄庭堅《次韻子真會靈源廟下池亭》：『晴雲有高意，闊水無湍聲。』

〔一六〕政要：正要。才行完：才華、品行完備。

〔一七〕不刊：不可磨滅。

為蟬解嘲〔一〕

李純甫

老蜣破衲染塵緇〔二〕，轉丸如轉造物兒。道在矢溺傳有之〔三〕，定中幻出嬋娟姿〔四〕。金仙未解羽人尸〔五〕，吸風飲露巢一枝。倚杖而吟如惠施〔六〕，字字皆以心為師〔七〕。千偈瀾翻無了時〔八〕，闢楗不落詩人詩〔九〕。屏山參透此一機〔一〇〕，髯弟皤兄何見疑〔一一〕。此理入玄人得知，髯弟恐我飡卻西山秀〔一二〕，皤兄勸我吸卻壺盧溪〔一三〕。因蟬倩我問渠伊〔一四〕，快掉葛藤復是誰〔一五〕，髯弟絕倒皤兄嘻。

【注釋】

〔一〕題下有自注：『獻臣、伯玉不平蟬解。』獻臣：高廷玉，參見《中州集》卷五《高治中廷玉》。伯玉：張

轂，參見《中州集》卷八《張轉運轂》。

〔二〕蛲：蛲螂。衲：僧衣。塵緇：塵汙，汙垢。

〔三〕道在矢溺：《莊子·知北遊》：東郭子問於莊子曰：「所謂道，惡乎在？」莊子曰：「無所不在。」東郭子曰：「期而後可。」莊子曰：「在螻蟻。」曰：「何其下邪？」曰：「在稊稗。」曰：「何其愈下邪？」曰：「在瓦甓。」曰：「何其愈甚邪？」曰：「在屎溺。」東郭子不應。』

〔四〕嬋娟姿：指蟬的美好形態。

〔五〕羽人：長於羽毛能飛行的人。

〔六〕『倚杖』句：《莊子·德充符》：『惠子曰：「不益生，何以有其身？」莊子曰：「道與之貌，天與之形，无以好惡內傷其身。今子外乎子之神，勞乎子之精，倚樹而吟，據槁梧而瞑，天選子之形，子以堅白鳴。」』

〔七〕以心為師：師心自造。

〔八〕千偈瀾翻：滔滔不絕的偈語，詩中指蟬鳴。

〔九〕詩人詩：指普通詩人流于套路的詩歌，如重視音律技巧之類。

〔一〇〕屏山：李純甫自指。

〔一一〕髯弟：指張轂，因其有長髯。皤兄：指高廷玉，因其大腹。

〔一二〕湌卻西山秀：句下有注：『張有《登樓詩》：昨日上高樓，西山翡翠堆。今日上高樓，西山如死灰。想見屏山老，療饑西山隈。湌卻西山色，高樓空崔嵬。』

〔一三〕吸卻壺盧溪：句下自注：高有《壺溪詩》云：『我觀壺盧溪，未易以蠡測。大若溪上翁，有口吸不得。壺中別是一洞天，溪上翁即壺中仙。畢竟人間無著處，杖頭挑取屏山去。』

〔一四〕渠伊：他們。

〔一五〕葛藤：葛草之藤，禪門中人謂文字言詮猶如葛藤。

趙宜之愚軒〔一〕

李純甫

羿窮射殺金畢逋〔二〕，老盧磔殺玉蟾蜍〔三〕。朝夕相避崑崙墟，忍見天公一目枯〔四〕。塵昏土眯萬萬古，雲眵雨淚寒模糊〔五〕。嗟哉區中人，么麼如蚍蜉〔六〕。書生不惜兩瞳子，長使看書如老奴〔七〕。水部一奇士〔八〕，西河君子儒〔九〕。二公正坐詩作祟，得句令人不敢書。先生有膽乃許大，落筆突兀無黃初〔一〇〕。軒昂學古澹，家法出《關雎》〔一一〕。暗中摸索出奇語〔一二〕，字字不減瓊瑤琚。神憎鬼妬天公怚〔一三〕，戲將片雲翳玄珠〔一四〕。九竅鑿開混沌死〔一五〕，罔象未必輸離朱〔一六〕。靜掃空花萬病除，一片古心含太虛〔一七〕。屏山有眼不如無〔一八〕，安得恰似愚軒愚，安得恰似愚軒愚。（以上《中州集》卷四）

【注釋】

〔一〕趙宜之：趙元，號愚軒居士，中年失明。參見《中州集》卷五《愚軒居士趙元》。

〔二〕羿窮：后羿，傳說是中國夏代有窮國的君主，曾射九日。金畢逋，即金烏，指太陽。

〔三〕老盧：盧仝。其《月蝕》詩曰：『地上蟣虱臣仝告愬帝天皇；臣心有鐵一寸，可刳妖蟆癡腸。』

〔四〕一目枯：指月蝕。盧仝《月蝕》：『頑冬何所好，偏使一目盲。』

〔五〕雲眵雨淚：形容日蝕、月蝕的情景。眵：眼睛分泌物。

〔六〕區中人：宇宙中人。幺麼：眇小。

〔七〕兩瞳子：雙眼。老奴：老僕。

〔八〕水部一奇士：指張籍，歷任太常寺太祝、水部員外郎等職。曾患目疾，一度幾乎失明，後痊癒。孟郊《寄張籍》稱之『窮瞎張太祝』。

〔九〕西河君子儒：指子夏。《論語·雍也》：『子謂子夏曰：「女為君子儒，無為小人儒。」』孔子歿後，居西河為教授。晚年因哭子喪明。

〔一〇〕黄初：魏文帝曹丕的年號(二二〇——二二六)。

〔一一〕《關雎》：《詩經·國風》中的首篇，借指《國風》。

〔一二〕暗中摸索：指其失明後的創作狀態。

〔一三〕怚：妒忌。

〔一四〕玄珠：指眼珠。

〔一五〕九竅：或是七竅之誤。混沌：傳說中的中央之帝。《莊子·應帝王》：『南海之帝為儵，北海之帝為忽，中央之帝為渾沌。儵與忽時相與遇於渾沌之地，渾沌待之甚善，儵與忽謀報渾沌之德。曰：「人皆有七竅，以視聽食息，此獨無有，嘗試鑿之。」日鑿一竅，七日而渾沌死。』

〔一六〕罔象：又稱象罔，古代傳說中的水怪，有象而無心。離朱，傳說中黄帝時人，能百步見秋毫之末，能千里見針鋒。《莊子·天地篇》：『黄帝遊乎赤水之北，登乎崑崙之丘，而南望還歸，遺其玄珠，使知索之而不得，

使離朱索之而不得，使喫詬索之而不得也，乃使象罔，象罔得之。黃帝曰：「異哉！象罔乃可以得之乎！」』

〔一七〕太虛：空寂玄奧之境。

〔一八〕屏山：李純甫。

書懷繼元弟裕之韻四首（其二）〔一〕

趙元

窗扉有生意，山間春到時。長安冠蓋塵〔二〕，游哉不如茲。西疇將有事，老農真吾師〔三〕。不見元魯山，夢寐役所思〔四〕。遺山乃其後，僻處政坐詩。時復一相過，照眼珊瑚枝。奇書多攜來，為子臥聽之〔五〕。

【注釋】

〔一〕元弟裕之：元好問。元詩不可考。

〔二〕長安冠蓋：長安車馬，指世俗名利生活。杜甫《夢李白》詩之二：『冠蓋滿京華，斯人獨憔悴。』

〔三〕西疇：農田。陶淵明《歸去來兮辭》：『農人告余以春及，將有事於西疇。』

〔四〕元魯山：元結，河南魯山人，元好問遠祖。

〔五〕臥聽之：趙元失明，不能閱讀，故云。

詩送辛敬之東歸二首〔一〕

趙　元

風埃憔悴舊霜袍，老去新詩價轉高。橡栗漫山猶可煮〔二〕，不須低首向兒曹〔三〕。

文章無力命有在，一點浩然天地間〔四〕。風雪滿頭人不識，又攜詩稿出西山〔五〕。

【注釋】

〔一〕辛敬之：辛愿。興定初年，趙元卜居盧氏（今河南盧氏），辛愿來訪，趙元寫此詩送其東歸女几山（在今河南宜陽境內）。

〔二〕橡栗：橡實，橡子。杜甫《乾元中寓居同谷縣作七首》：『有客有客字子美，白頭亂髮垂過耳，歲拾橡栗隨狙公。』

〔三〕低首向兒曹：《晉書·陶潛傳》：『吾不能為五斗米折腰，拳拳事鄉里小人邪！』

〔四〕文章無力：指文章不能改變自己的命運。一點浩然：指浩然正氣。

〔五〕西山：指盧氏山。

讀樂天無可奈何歌〔一〕

趙　元

鳧脛苦太短〔二〕，蚿足何其多〔三〕。物理斬不齊〔四〕，利劍空自磨。老跖富且壽〔五〕，元惡天

不訶〔六〕。伯夷豈不仁，餓死西山阿〔七〕。天意寓冥邈〔八〕，人心徒揣摩。不如且飲酒，流年付蹉跎。酒酣登高原，浩歌無奈何。（以上《中州集》卷五）

【注釋】

〔一〕樂天《無可奈何》歌：白居易《無可奈何》：『無可奈何兮，白日走而朱顏頹，少日往而老日催。生者不住兮，死者不回。況乎寵辱豐顇之外物，又何常不十去而一來？去不可挽兮，來不可推。無可奈何兮，已焉哉。惟天長而地久，前無始兮後無終。嗟吾生之幾何，寄瞬息乎其中。又如太倉之稊米，委一粒于萬鐘。何不與道逍遙，委化從容，縱心放志，洩洩融融。胡為乎分愛惡於生死，繫憂喜於窮通？倔强其骨髓，齟齬其心胸。合冰炭以交戰，秖自苦兮厥躬。彼造物者於何不為？此與化者云何不隨？或喣或吹，或盛或衰，雖千變與萬化，委一順以貫之。為彼何非？為此何是？誰冥此心？夢蝶之子。何禍非福，何吉非凶？誰達此觀？喪馬之翁。俾吾為秋毫之杪，吾亦自足，不見其小；俾吾為泰山之阿，吾亦無餘，不見其多。是以達人靜則脗然與陰合跡，動則浩然與陽同波。委順而已，孰知其他。時耶命耶，吾其無奈彼何！委耶順耶，彼亦無奈吾何。夫兩無奈何，然後能冥至順而合大和。故吾所以飲大和，扣至順，而為無可奈何之歌。』

〔二〕鳧脛：野鴨的小腿。《莊子·駢拇》：『是故鳧脛雖短，續之則憂；鶴脛雖長，斷之則悲。』

〔三〕蚿：千足蟲。

〔四〕物理：事物之理。斬：截然。

〔五〕跖：盜跖。《史記·伯夷列傳》：『盜蹠日殺不辜，肝人之肉，暴戾恣睢，聚黨數千人，横行天下，竟以壽終，是遵何德哉？』

〔六〕元惡：首惡。訶：責難。

〔七〕『伯夷』二句：《史記・伯夷列傳》：伯夷、叔齊恥食周粟，逃隱於首陽山，採集野菜而食之，『及餓將死，作歌。其辭曰：「登彼西山兮，采其薇矣。以暴易暴兮，不知其非矣。神農、虞、夏忽焉沒兮，我安適歸矣？於嗟徂兮，命之衰矣！」遂餓死於首陽山。』

〔八〕冥邈：邈遠。

題二蘇墳〔一〕

苑中

人知兩蘇文中龍〔二〕，不知道配義與忠。危言歷歷詆時政〔三〕，要觀瘴海蛟螭宮〔四〕。歸來萬里一捧腹〔五〕，鬢髮愈黑氣愈充。死生貴賤皆外物，喜功之輩將安同？平生雨夜對床約〔六〕，霜風吹落孤飛鴻〔七〕。天涯流落兩丘土，玉樹並掩佳城中〔八〕。舉杯三酹不忍去，萬葉索索聲秋空。（《三蘇墳資料彙編》）

【注釋】

〔一〕二蘇墳：蘇軾、蘇轍的墳墓，在今河南郟縣。苑中此詩作於正大初年（一二二四—一二二五），參見史學、屈子元《二蘇墓詩跋》。

〔二〕文中龍：《冷齋夜話》卷五載王安石語：『子瞻，人中龍也。』《滹南詩話》卷二：『東坡，文中龍也。』

〔三〕危言：直言。時政：包括王安石、司馬光等人不同的政治舉措。

〔四〕瘴海：指嶺南和海南。蛟螭：蛟龍。

〔五〕歸來：指從儋州歸來。一捧腹：形容其超脱的人生態度。

〔六〕平生雨夜對床約：蘇軾與蘇轍之間的約定。蘇軾《辛丑十一月十九日，既與子由別於鄭州西門之外，馬上賦詩一篇寄之》：『寒燈相對記疇昔，夜雨何時聽蕭瑟。』蘇轍《逍遥堂會宿二首并引》曰：『轍幼從子瞻讀書，未嘗一日相舍。既仕，將游宦四方，讀韋蘇州詩，至「安知風雨夜，復此對床眠」，惻然感之，乃相約早退為閑居之樂。故子瞻始為鳳翔幕府，留詩為別曰：「夜雨何時聽蕭瑟？」』

〔七〕『霜風』句：比喻二人先後去世。

〔八〕玉樹：比喻風度瀟灑的蘇軾兄弟。佳城：墳墓。

元裕之以山遊見招，兼以詩四首為寄，因以山中之意仍其韻（其四）〔一〕

麻九疇

《國風》久已熄，如火不再然〔二〕。流為《玉臺詠》〔三〕，鉛粉嬌華年。政須洗妖冶，八駿踏芝田〔四〕。青苔明月露，碧樹涼風天。塵土一一盡，象緯昭昭懸〔五〕。寂寥抱玉辨〔六〕，爭競搖尾憐。幸有元公子〔七〕，不為常語牽。

【注釋】

〔一〕元裕之：元好問，原詩為《繼愚軒和党承旨雪詩四首》，其三曰：『老麻臥雲壑，澗松上崢嶸。斯文要棟樑，頹圮可力撐。匠石殊未來，破屋燈青熒。乾坤有二鳥，一息當一鳴。區區用舍間，而亦隨重輕。百挽迹莫前，一怒已盈盈。臨風三太息，此意何時平。』該詩或作於正大二年（一二二五）。

〔二〕然：燃。

〔三〕《玉臺詠》：指《玉臺新詠》，徐陵所編的詩歌總集，多女性題材的作品。

〔四〕八駿：傳說中周穆王駕車用的八匹駿馬，能日行萬里。芝田：傳說神仙種靈芝的地方。

〔五〕象緯：指星象經緯，謂日月五星。

〔六〕抱玉辨：用《韓非子》和氏璧之事。

〔七〕元公子：元好問。

讀孔北海傳〔一〕

雷淵

漢室風流絕建安〔二〕，老瞞父子力排山〔三〕。可憐魯國真男子〔四〕，也著區區七子間〔五〕。

【注釋】

〔一〕《孔北海傳》：指《後漢書·孔融傳》。漢獻帝時，孔融曾任北海相，人稱孔北海。

〔二〕絕：中斷。建安：漢獻帝年號（一九六—二一九）。此後便是曹魏政權，故云。
〔三〕老瞞：曹操小名阿瞞，後人稱老瞞。
〔四〕魯國真男子：孔融為魯國（今山東曲阜）人，故稱魯國真男子。
〔五〕七子：建安七子。孔融是其中之一。

贈答麻信之並序〔一〕

雷淵

麻弟避兵渡河，徑謁裕之于崧高〔二〕，夤緣一見，相與之意甚厚〔三〕。既留數日，又將過吾景玄於女几之陰〔四〕。維元、劉國士也，而弟游於其間，則弟之為人可知已。臨行復長歌相贈〔五〕，清平豐融，蓋他日未易量也，愛仰不足，詩以送之。

五老英靈未陸沉〔六〕，一枝高秀出詞林。珪璋自是清朝器〔七〕，律呂偏諧治世音〔八〕。此去文章足知己，後來功用只齋心〔九〕。濟時相約元劉了〔一〇〕，索我雲山深復深〔一一〕。

【注釋】

〔一〕麻信之：麻革，字信之，虞鄉（今山西永濟）人，河汾諸老之一。該詩作於興定元年（一二一七），當時雷淵罷職閑居少室山玉華谷。

〔二〕崧高：嵩山。

〔三〕相與：相處。

〔四〕景玄：劉昂霄。女几：又名花果山，在河南宜陽境內。

〔五〕長歌：麻革原詩失考。

〔六〕五老：五老峰，在麻革家鄉虞鄉（今山西永濟）。

〔七〕珪璋：玉制的禮器，比喻傑出的人才。

〔八〕律呂：古代校正樂律的器具。用竹管或金屬管製成，共十二管。從低音管算起，成奇數的六個管叫作『律』；成偶數的六個管叫作『呂』，合稱『律呂』。後亦用以指樂律或音律。

〔九〕齋心：祛除雜念，使心神凝寂。

〔一〇〕濟時：濟世救時。元劉：元好問、劉景玄。

〔一一〕雲山深復深：指其隱居的深山。

題飛伯詩囊飛伯以布為囊，采當世名卿詩投其中〔一〕

李獻能

穎露毛錐祇自賢〔二〕，智如樗腹但求全〔三〕。迂疏差似淵才富〔四〕，羞澀猶無杜老錢〔五〕。收拾珠璣三萬斛〔六〕，貯儲風月一千篇。嘔心大勝奚奴錦〔七〕，要與風人被管弦。（以上《中州集》卷六）

【注釋】

〔一〕飛伯：王鬱，參見《中州集》卷七《王鬱》。

〔二〕『穎露』句：用毛遂自薦之典。《史記・平原君虞卿列傳》：『平原君曰：「夫賢士之處世也，譬若錐之處囊中，其末立見。今先生處勝之門下三年于此矣，左右未有所稱誦，勝未有所聞，是先生無所有也。先生不能，先生留。」毛遂曰：「臣乃今日請處囊中耳，使遂蚤得處囊中，乃穎脱而出，非特其末見而已。」』

〔三〕樗腹：《莊子・逍遥遊》：『惠子謂莊子曰：「吾有大樹，人謂之樗。其大本擁腫而不中繩墨，其小枝卷曲而不中規矩，立之塗，匠者不顧。」』

〔四〕淵才：一作淵材，即彭淵材（一作劉淵材），又名彭幾，北宋僧惠洪之叔，為人迂闊，擅長音樂，官至協律郎，『出入京兆貴人之門十餘年』。《冷齋夜話》卷九《劉淵材迂闊好怪》載其平生五恨：『第一恨鰣魚多骨，第二恨金橘太酸，第三恨蓴菜性冷，第四恨海棠無香，第五恨曾子固不能作詩。』

〔五〕杜老：杜甫。其《空囊》詩：『囊空恐羞澀，留得一錢看。』

〔六〕珠璣：珠玉，指其所收的當代名家詩歌。

〔七〕『嘔心』句：用李賀嘔心瀝血作詩典。李商隱《李賀吉小傳》：『恒從小奚奴，騎距驉，背一古破錦囊，遇有所得，即書投囊中，及暮歸，太夫人使婢受囊出之，見所書多，輒曰：「是兒要當嘔出心始已耳。」』

吊同年楊禮部之美〔一〕

趙思文

海內文章選〔二〕，人中道德師〔三〕。爭教衰病足，不到鳳皇池〔四〕。（《中州集》卷八）

【注釋】

〔一〕同年：同年進士及第者。楊禮部之美：楊雲翼（一〇七〇—一一二八），字之美，曾任禮部尚書，參見《中州集》卷四《禮部楊公雲翼》。楊雲翼與趙思文同爲明昌五年（一一九四）進士。

〔二〕海内文章選：《中州集》卷四《禮部楊公雲翼》：『明昌五年經義進士第一人，詞賦亦中乙科。……南渡後二十年與禮部閑閑公代掌文柄，時人號楊趙。』

〔三〕道德師：《中州集》卷四《禮部楊公雲翼》：『至今評者以爲百餘年以來，大夫士身備四科者，惟公一人而已。』四科含德行在内。又《中州集》卷八《趙禮部思文》：『南狩以後，趙吏部子文、楊禮部之美、趙禮部周臣、陳司諫正叔與庭玉皆完人，終始無玷缺者也。』

〔四〕鳳皇池：指中書省。《中州集》卷四《禮部楊公雲翼》：『興定末，拜吏部尚書，中外望其旦暮入相，竟以足疾不果。』

太白扇頭〔一〕

李端甫

巖冰澗雪謫仙才〔二〕，碧海騎鯨望不回〔三〕。今日霜紈見遺像〔四〕，飄然疑自月中來。

【注釋】

〔一〕太白扇頭：扇面上畫有李白像，該詩為題畫詩。

〔二〕巖冰澗雪：形容李白品貌清絕。

〔三〕騎鯨：騎鯨魚。杜甫《送孔巢父謝病歸游江東兼呈李白》：『幾歲寄我空中書，南尋禹穴見李白。』仇注：南尋句，『一作「若逢李白騎鯨魚」，非』。俗傳太白醉騎鯨魚，溺死采石，後用為詠李白之典。

〔四〕霜紈：白色絹布，指扇面。

讀張仲揚詩因題其上〔一〕

劉勳

布衣一日見明君〔二〕，俄有詩名四海聞。楓落吴江真好句，不須多示鄭參軍〔三〕。

【注釋】

〔一〕張仲揚：張著，字仲揚，永安人。參見《歸潛志》卷八、《中州集》卷七《張著》。

〔二〕『布衣』句：《中州集》卷七《張著》：『泰和五年，以詩名召見，應制稱旨，特恩授監御府書畫。』《歸潛志》卷八：『明昌承安間，作詩者尚尖新，故張翥仲揚，由布衣有名召用，其詩大抵皆浮豔語。』

〔三〕楓落吴江：指唐人崔明信的名句『楓落吴江冷』。鄭參軍：指鄭世翼。《舊唐書·鄭世翼傳》：『時崔信明自謂文章獨步，多所淩轢。（鄭）世翼遇諸江中，謂之曰：「嘗聞『楓落吴江冷』。」信明欣然示百餘篇。世

翼覽之末終，曰：「所見不如所聞。」投之于江。信明不能對，擁楫而去。』

贈趙宜之〔一〕

秦略

年時見君《行路難》〔二〕，喜於長安新得官〔三〕。日來見君《鄰婦哭》〔四〕，驚似藍田尋得玉〔五〕。愛官愛玉樂有涯，愛君之詩無盡期。古人骨冷不復作〔六〕，主張騷雅非君誰。

【注釋】

〔一〕趙宜之：趙元，字宜之。參見《中州集》卷五《愚軒居士趙元》。

〔二〕《行路難》：趙元該詩已佚。

〔三〕『喜於長安』句：句謂見到趙元的《行路難》，比自己在長安得到新官職還高興。鄭谷《靜吟》：『相門相客應相笑，得句勝於得好官。』

〔四〕《鄰婦哭》：見《中州集》卷五：『鄰婦哭，哭聲苦，一家十口今存五。我親問之亡者誰，兒郎被殺夫遭虜。鄰婦哭，哭聲哀。兒郎未埋夫未回，燒殘破屋不暇葺，田疇失鋤多草萊。鄰婦哭，哭不停，應當門戶無餘丁。追胥夜至星火急，并州運米雲中行。』

〔五〕藍田：在今陝西，著名的產玉地。

〔六〕作：起來，復活。

讀毛詩〔一〕

郭邦彥

含氣有喜怒〔二〕，觸物無不鳴。天機泄鳥跡，文字從此生〔三〕。誰言土葦器〔四〕，聲合天地清。樸壞犧氏瑟〔五〕，巧露媧皇笙〔六〕。末流不可障，聲律隨合并〔七〕。遍讀蕭氏選〔八〕，不見真性情。怨刺雜譏罵，名曰《離騷經》〔九〕。頌美獻諂諛，是謂之罘銘〔一〇〕。詩道初不然，自是時代更。秦火燒不死〔一一〕，此物如有靈。至今三百篇，殷殷金石聲。漢儒各名家，辯口劇分爭〔一二〕。康成獨麾戈，諸儒約連衡〔一三〕。祭酒最後出〔一四〕，千古老成精。我欲讀《爾雅》，不辨螯蟹名〔一五〕。尚憐沈謝輩，滿篋月露形〔一六〕。孔徒凡幾人，入室無長卿〔一七〕。三子論性命，舉世為譏評〔一八〕。白首草《太玄》，才得覆醬罌〔一九〕。不如匡鼎說，愈笑人愈聽〔二〇〕。

【注釋】

〔一〕毛詩：西漢時魯國毛亨和趙國毛萇所輯和注的古文《詩經》，也就是現在通行的《詩經》。

〔二〕含氣：含有氣息，形容有生命者。

〔三〕『天機』二句：傳説倉頡造字受到鳥迹的啟發。徐鉉《説文解字序》：『黄帝之史倉頡，見鳥獸蹄迒之迹，知分理之可相別異也，初造書契，百工以乂，萬品以察。』

〔四〕土葦器：土器、葦器的合稱。土器：指早期以陶土製成的樂器。葦器：蘆葦製成的簡單樂器。

〔五〕犧氏：伏羲。傳説他發明了瑟。

〔六〕媧皇：女媧，傳説她發明了笙。

〔七〕聲律：聲調、格律。

〔八〕蕭氏選：指蕭統所編《文選》。

〔九〕《離騷經》：指屈原《離騷》。王逸《楚辭章句》中稱之為《離騷經》。

〔一〇〕之罘銘：指之罘刻石銘文。秦始皇時所刻，原文見《史記·秦始皇本紀》。

〔一一〕秦火：指秦始皇焚書之事。

〔一二〕『漢儒』句：漢代解詩者眾，著名的有魯詩、齊詩、韓詩、毛詩等四家詩。

〔一三〕康成：鄭玄字康成，東漢末年的經學家，曾注釋古文經學的《毛詩》，後世稱為鄭箋。

〔一四〕祭酒：指孔穎達，唐代經學家，曾任國子祭酒，為《毛詩》作注，後世稱為《毛詩正義》。

〔一五〕《爾雅》：十三經之一，多釋草木蟲魚。螯蟹：螃蟹。

〔一六〕沈謝：沈約、謝朓。滿篋：滿箱。月露：《隋書·李諤傳》：『連篇累牘，不出月露之形；積案盈箱，唯是風雲之狀。』

〔一七〕孔徒：儒生。長卿：司馬相如。《史記·司馬相如列傳》：『相如雖多虛辭濫説，然其要歸引之節儉，此與《詩》之風諫何異？』

〔一八〕三子：不詳。

〔一九〕『白首』二句：指揚雄仿《周易》而著《太玄》之事。《漢書》卷八十七《揚雄傳》：『家素貧，耆酒，人希至其門，時有好事者載酒肴從遊學，而鉅鹿侯芭常從雄居，受其《太玄》、《法言》焉。劉歆亦嘗觀之，謂雄曰：

「空自苦，今學者有祿利，然尚不能明《易》，又如《玄》何？吾恐後人用覆醬瓿也。」』罌，大腹小口的容器。

〔二〇〕匡鼎：即匡衡，字稚圭，西漢經學家，以說《詩》著稱，元帝時位至丞相。《西京雜記》卷二：『衡能說詩，時人為之語曰：「無說詩，匡鼎來。匡說詩，解人頤。」』

書淵明傳後〔一〕

李　夷

南渡龍孫角禿顛〔二〕，不甘橫槊寄奴弦〔三〕。一襟義氣麾周粟〔四〕，滿簡清風削宋年〔五〕。雪徑低回松落落，霜籬健羨菊鮮鮮〔六〕。時屯謚輩輕頹節〔七〕，顏厚吾家草木賢〔八〕。（以上《中州集》卷七）

【注釋】

〔一〕淵明傳：根據詩中『削宋年』等內容，當指《宋書·陶潛傳》。

〔二〕南渡：指晉朝三一七年南渡。龍孫：指西晉司馬氏貴族。角禿顛：額角禿頭。

〔三〕寄奴：劉裕小名，本是東晉大將，後廢東晉自立，建立劉宋王朝。史稱宋武帝。

〔四〕『一襟』句：用伯夷、叔齊不食周粟之典。

〔五〕削宋年：不用劉宋的年號。《宋書·陶潛傳》：『自以曾祖晉世宰輔，恥復屈身後代，自高祖王業漸隆，不復肯仕。所著文章皆題其年月，義熙以前，則書晉氏年號，自永初以來唯云甲子而已。』

〔六〕『雪徑』二句：陶淵明《歸去來兮辭》：『三徑就荒，松菊猶存。』

〔七〕時屯：時世艱難。謐輩：賈謐等人。賈謐，晉惠帝時權臣，為人虛華傲慢。頹節：年光流逝。

〔八〕顔厚：臉皮厚，不知羞恥。吾家：李家，此處疑指唐相李德裕。李德裕退隱，築平泉莊，作《平泉山居草木記》、《平泉山居戒子孫記》等。《平泉山居草木記》將自己喜愛平泉草木與陶淵明喜歡松菊相比，曰：『陶歸衡宇，喜松菊之猶存。』《平泉山居戒子孫記》曰：『雖有泉石，杳無歸期，留此林居貽厥後代。鬻平泉者，非吾子孫也；以平泉一樹一石與人者，非佳子弟也。』

同東巖元先生論詩〔一〕

王敏夫

林逋仙去幾來年〔二〕，驚見梅花第二篇〔三〕。千歲冰霜松骨瘦，九秋風露鶴聲圓。騰輝定出連城上〔四〕，得趣知從太古前。邂逅茅齋話終夕，只疑人世改桑田。

【注釋】

〔一〕東巖元先生：元德明，號東巖，元好問之父。

〔二〕林逋：字君復（九六七—一〇二八），北宋詩人，喜植梅養鶴，以《山園小梅》等詠梅詩著名。

〔三〕『驚見』句：稱贊元德明的詠梅詩能與林逋詩媲美。元詩已佚。

〔四〕『騰輝』句：稱贊元詩價值連城。

贈趙宜之二首〔一〕（其一）

辛愿

夫子今詞伯，胡為遠帝京〔二〕。青雲無轍跡〔三〕，白髮有柴荊〔四〕。鬼戲多年病〔五〕，人高四海名。麟經方有缺，無惜繼丘明〔六〕。（《中州集》卷十）

【注釋】

〔一〕趙宜之：趙元。詩當為送趙元由汴京回定襄（今屬山西）之作。

〔二〕詞伯：擅長文詞的大家。遠帝京：指遠離汴京。

〔三〕『青雲』句：指其離開仕途，無法青雲直上。

〔四〕『白髮』句：謂其終生村居。柴荊：柴荊做的簡陋門戶。

〔五〕多年病：指目盲。

〔六〕麟經：孔子修《春秋》，絕筆於獲麟，後遂把《春秋》稱為麟經。丘明：左丘明。相傳左丘明晚年失明後，編纂《國語》。司馬遷《報任安書》：『左丘失明，厥有《國語》。』

題裕之樂府後〔一〕

王中立

常恨小山無後身，元郎樂府更清新〔二〕。紅裙婢子那能曉，送與淩煙閣上人〔三〕。（《中州集》卷九）

【注釋】

〔一〕裕之樂府：疑指元好問《摸魚兒》（恨人間情是何物），該詞作於泰和五年（一二〇五）。

〔二〕小山：晏幾道，號小山。元郎：元好問，當時元好問十六歲，故云。二句謂元好問詞得晏幾道之遺響，更加清新。

〔三〕紅裙婢子：指歌女。淩煙閣上人：唐太宗命閻立本在淩煙閣内所繪二十四位功臣。

詩

元德明

少有吟詩癖，吟來欲白頭〔一〕。科名不肯換〔二〕，家事幾曾憂〔三〕。含咀將誰語，研磨若自讎〔四〕。百年閑伎倆，直到死時休〔五〕。

【注釋】

〔一〕『少有』二句：《中州集》卷十《先大夫詩》引楊愷所撰《墓銘》曰：『放浪山水間，未嘗一日不飲酒賦詩。』

〔二〕『科名』句：《中州集》卷十《先大夫詩》：『明昌、承安間，科舉之學盛，大夫士非賦不談。人知先人有聲場屋間，其以詩文為業，則不知也。』

〔三〕『家事』句：《中州集》卷十《先大夫詩》引楊愷所撰《墓銘》曰：『自幼讀書，世俗鄙事，終其身不挂口。』

〔四〕自讎：與自己相對。

〔五〕百年：一輩子。閑伎倆：指作詩技巧。

燈下讀林和靖詩〔一〕

元德明

落葉落復落，清霜今幾番。疏燈照茅屋，山月入頹垣。老愛寒花淡，幽嫌宿鳥喧。卷中林處士，相對兩忘言。

【注釋】

〔一〕林和靖：林逋，謚和靖先生。

讀裕之弟詩稿，有『鶯聲柳巷深』之句，漫題三詩其後〔一〕

元敏之

阿翁醉語戲兒癡〔二〕，說著蟬詩也道奇。吳下阿蒙非向日〔三〕，新篇爭遣九泉知〔四〕。

鶯藏深樹只聞聲，不著詩家畫不成。慚愧阿兄無好語，五言城下把降旌〔五〕。

傳家詩學在諸郎〔六〕，剖腹留書死敢忘〔七〕。背上錦囊三箭在，直須千古說穿楊〔八〕。

【注釋】

〔一〕鶯聲柳巷深：元好問《内鄉雜詩》：『犬吠桃源近，鶯聲柳巷深。蒼苔留醉臥，青竹伴幽尋。』今按，元敏之死於貞祐二年（一二一四）忻州之難，元好問此前未到内鄉，故《内鄉雜詩》一題有誤，或以為當作《雜詩》。

〔二〕阿翁：指其父元德明。醉語：不可考。

〔三〕吳下阿蒙：原指三國時吳國名將呂蒙，後泛指缺少學識才幹的人。此句指元好問詩藝大進，已非舊日。

〔四〕新篇：指《内鄉雜詩》。九泉：其父已卒，故云。

〔五〕五言城：指五言詩作。劉長卿擅長五言詩，自稱五言長城。《新唐書》卷一百九十六《秦系傳》載：『（系）與劉長卿善，以詩相贈答。權德輿曰：「長卿自以為五言長城，系用偏師攻之。」』

〔六〕『傳家』句：元德明將其詩學傳給元好問、元好古兄弟。諸郎：指元氏兄弟。元好問在《杜詩學引》等文中多次稱引其父之論。

〔七〕剖腹留書：作者原注：『先人臨終，有剖腹留書之語。』死敢忘：至死不敢忘。

〔八〕三箭：王禹偁《五代史闕文》載，唐末將領、晉王李克用臨終前將三枝箭交給其子李存勖，曰：『一矢討劉仁恭，汝不先下幽州，河南未可圖也；一矢擊契丹，且曰阿保機與我把臂而盟結為兄弟，誓復唐家社稷，今背約附賊，汝必伐之；一矢滅朱溫。汝能成吾志，死無恨矣。』詩中比喻其父的遺願。穿楊：用養由基百步穿楊之典，比喻一流的詩歌技藝。

東坡《石鐘山記》墨蹟〔一〕

楊弘道

先生元豐後，筆法陵晉漢〔二〕。摹擬遍天下〔三〕，真偽紛相半。嘗經石鐘山，作記濡柔翰。流落百年間，水漬頗壞爛。從何得此本，裝軸成珍玩。卷舒眼增明，百偽莫能亂。夢奠微言絕〔四〕，箋注多乖叛〔五〕。先生傳家學，論著入條貫〔六〕。新經出王氏，但付一笑粲〔七〕。水經文簡省〔八〕，陋者亦欺謾〔九〕。事在耳目外，未可以臆斷〔一〇〕。李渤姑無論，道元亦足歎〔一一〕。

（《小亨集》卷一）

【注釋】

〔一〕《石鐘山記》墨蹟：趙秉文《滏山文集》卷四有《題東坡石鐘乳山記墨蹟》詩，題下自注曰：『書為水漬幾半。』

〔二〕元豐：宋神宗年號（一〇七八—一〇八五）。《石鐘山記》作於元豐七年（一〇八四）。

〔三〕摹擬：指後人摹擬蘇軾的書法作品。

〔四〕夢奠：出自《禮記・檀弓上》，孔子將死，曰：『予疇昔之夜，夢坐奠於兩楹之間……予殆將死也。』後因以『夢奠』指死亡。微言：精微之言。

〔五〕箋注：指對《論語》等儒家經典的解釋。乖叛：違背。

〔六〕『先生』二句：蘇軾繼續其父親治經傳道之志，曾注釋《周易》、《尚書》、《論語》，還有許多其他相關論述。

〔七〕新經：指王安石所指撰的《三經新義》。蘇軾對王氏新經頗多異議。

〔八〕『水經』句：《石鐘山記》曰：『《水經》云：「彭蠡之口有石鐘山焉。」酈元以為下臨深潭，微風鼓浪，水石相搏，聲如洪鐘。』又曰：『歎酈元之簡。』

〔九〕陋者：淺陋之人。《石鐘山記》：『陋者乃以斧斤考擊而求之，自以為得其實。』

〔一〇〕『事在』二句：《石鐘山記》：『事不目見耳聞，而臆斷其有無，可乎？』

〔一一〕『李渤』二句：李渤字浚元，唐貞元年間，與兄李涉隱居廬山白鹿洞，養鹿自娛，世稱白鹿先生。長慶年間，出任江州刺史，歷事三朝，有直諫聲，雖屢以言斥，而耿介不挫。《石鐘山記》曰：『至唐李渤訪其遺蹤，得雙石於潭上，扣而聆之，南聲函胡，北音清越，枹止響騰，餘韻徐歇。自以為得之矣。』又曰：『余是以記之，蓋歎酈元之簡，而笑李渤之陋也。』

贈裕之〔一〕

楊弘道

嘗讀田紫芝《麗華行》〔二〕，惜哉紫芝今不存。日者見君詩與文，知君在嵩少〔三〕，神馬已向西北奔〔四〕。國家三年設科應故事，君亦不能免俗東入京西門〔五〕。低頭拜君昂頭識君面，碧天青嶂秋月昇金盆〔六〕。未省田紫芝，何以稱臞元〔七〕，乃知紫芝文詞固豐豔。至於題品人物，猶作涇水渾〔八〕。入城市井喧，出城草木蕃。嗟我廢學胸次愈迫隘〔九〕，但覺擾擾俗物遮眼昏。天下本多事，君子宜慎言。譬之山之鄙人，終日木石間，而不見璵璠〔一〇〕。

【注釋】

〔一〕裕之：元好問。

〔二〕田紫芝：字德秀（一一九三—一二一五），少孤，依外家定襄趙氏，居於忻州。《中州集》卷七《田紫芝》：『外祖廣寧治中命賦《麗華引》，語意驚絕，人謂李長吉復生。』《麗華行》，已佚。

〔三〕知君在嵩少：元好問興定二年（一二一八）移家登封。

〔四〕『神馬』句：指金王朝在西北方向迎擊蒙古入侵。

〔五〕『國家』二句：金朝科舉每三年一次。興定五年（一二二一），元好問入京參加科考，進士及第。

〔六〕『碧天』句：形容元好問的形象。

〔七〕臞元：清瘦的元好問。田紫芝語不可考。趙元《寄裕之二首》亦稱元好問為臞元：『閑陪老秀春行

腳，悶欠臞元夜對床。』

〔八〕涇水渾：《詩經・邶風・谷風》：『涇以渭濁。』猶作涇水渾：意謂辯明清與濁。元好問《論詩三十首》：『誰是詩中疏鑿手，暫教涇渭各清渾。』

〔九〕迫隘：狹小。

〔一〇〕璵璠：美玉。

王子端溪橋蒙雨圖〔一〕

楊弘道

皇風皞皞吹王民〔二〕，樂哉大定明昌人〔三〕。文章與時相高下，黄山竹溪麗而醇〔四〕。秦碑晉帖落萬紙〔五〕，明珠白璧非常珍。興陵佳氣成五色〔六〕，聖孫龍袞居紫宸〔七〕。三十六宮誦佳句，翠簾不卷楊花春。子端振衣起遼海〔八〕，後學一變爭奇新。黄山驚歎竹溪泣，鼎鐘騷雅潛精神〔九〕。雲山煙水無常形，潑墨不復求形真。挽弓楊葉百中後〔一〇〕，衆人擊節高人顰〔一一〕。君不見傳呼畫師閻立本，池上愧汗沾衣巾〔一二〕。丹青馳譽尚如此〔一三〕，《溪橋蒙雨》徒自塵。淄川賤士長安客〔一四〕，品題不慮傍人嗔。（以上《小亨集》卷二）

【注釋】

〔一〕王子端：王庭筠，詳卷三《寄王學士》注〔一〕。《溪橋蒙雨圖》：已佚，未見他人題詠。

〔二〕『皇風』句：《孟子．盡心上》：『王者之民，皞皞如也。』皞皞，廣大自得貌、心情舒暢貌。

〔三〕大定：金世宗年號（一一六一——一一八九）。明昌：金章宗年號（一一九〇——一一九五）。大定、明昌是金王朝承平時期。

〔四〕黄山：趙渢，號黄山，長於書法。參見《中州集》卷四《黄山趙先生渢》。竹溪：党懷英，字世傑，號竹溪。亦長於書法。參見《中州集》卷三《承旨党公》。

〔五〕秦碑晉帖：謂其書法風格多樣。

〔六〕興陵：金世宗完顏雍葬於興陵。

〔七〕聖孫：指金世宗之孫、金章宗完顏璟。龍袞：皇帝穿的龍袍。紫宸：天子所居的宫殿。

〔八〕遼海：王庭筠為遼東人，故云。

〔九〕鼎鐘：古人在鐘鼎上刻銘文，以旌表功績。鼎鐘騷雅：稱讚王庭筠繼承騷雅之道。

〔一〇〕『挽弓』句：用百步穿楊典。《史記．周本紀》：『楚有養由基者，善射者也，去柳葉百步而射之，百發而百中之。』

〔一一〕高人顰：高人皺眉。

〔一二〕『傳呼畫師』二句：《舊唐書．閻立本傳》：『太宗嘗與侍臣學士泛舟於春苑，池中有異鳥，隨波容與。太宗擊賞數四，詔座者為詠，召立本令寫焉。時閤外傳呼云：「畫師閻立本。」時已為主爵郎中，奔走流汗，俛伏池側，手揮丹粉，瞻望座賓，不勝愧赧。退誡其子曰：「吾少好讀書，倖免牆面，緣情染翰，頗及儕流。唯以丹青見知，躬廝役之務，辱莫大焉！汝宜深誡，勿習此末伎。」』

〔一三〕丹青馳譽：時人對閻立本的評價。《舊唐書．閻立本傳》：『及為右相，與左相姜恪對掌樞密。恪

既歷任將軍，立功塞外；立本唯善於圖畫，非宰輔之器。故時人以《千字文》為語曰：「左相宣威沙漠，右相馳譽丹青。」』

〔一四〕淄川賤士：楊弘道為淄川人，故自稱淄川賤士。

答張仲髦〔一〕

楊弘道

韓杜遺編在〔二〕，今誰可主盟〔三〕。故人相敬愛，健筆過題評〔四〕。風鐸不成曲〔五〕，候蟲常自鳴。吾詩正如此，未敢受虛名。（《小亨集》卷三）

【注釋】

〔一〕張仲髦：其人不詳。

〔二〕韓杜遺編：韓愈、杜甫的詩歌。

〔三〕主盟：指主持詩壇。

〔四〕『健筆』句：指張仲髦的評價，現不可考。

〔五〕風鐸：風鈴。

孟浩然像

楊弘道

先生詩價動江湖〔一〕，乘興西遊到玉除〔二〕。解道氣蒸雲夢澤〔三〕，卻言多病故人疏〔四〕。

（《小亭集》卷五）

【注釋】

〔一〕詩價動江湖：王士源《孟浩然詩集序》：『五言詩，天下稱其盡美矣。間游秘省，秋月新霽，諸英華賦詩作會，浩然句曰：「微雲淡河漢，疏雨滴梧桐。」舉坐嗟其清絶，咸閣筆不復為繼。』

〔二〕玉除：指代朝廷。孟浩然四十歲西游長安，曾受王維之邀，進入内署。

〔三〕『解道』句：謂孟浩然懂得干謁他人。氣蒸雲夢澤：出自《望洞庭湖贈張丞相》：『八月湖水平，涵虚混太清。氣蒸雲夢澤，波撼岳陽城。欲濟無舟楫，端居恥聖明。坐觀垂釣者，徒有羡魚情。』

〔四〕多病故人疏：孟浩然《歲暮歸南山》：『不才明主棄，多病故人疏。』

李太白詩

楊弘道

長庚昔入夢〔一〕，名與少陵齊〔二〕。陳隋諸作者，稍覺氣焰低。軒昂傲權貴，反為嬖幸擠〔三〕。璘也一青蠅，安能點白圭〔四〕。采芝謝家英〔五〕，白骨埋黃泥。

【注釋】

〔一〕長庚：金星，又名太白星。李陽冰《草堂集序》：『驚姜之夕，長庚入夢，故生而名白，以太白字之。』

〔二〕少陵：杜甫。

〔三〕嬖幸：指被寵愛的姬妾或侍臣。

〔四〕『璘也』二句：李白參與永王李璘幕府，永王后敗，李白被流放夜郎。璘，永王李璘。青蠅，比喻讒佞之人。《詩經·小雅·青蠅》：『營營青蠅，止于樊，豈弟君子，無信讒言。』白圭，比喻清白之人。陳子昂《宴胡楚真禁所》詩：『青蠅一相點，白璧遂成冤。』

〔五〕采芝謝家英：李白對南朝宋時的謝靈運、齊時的謝朓推崇倍加，呼為『大小謝』，他們對李白山水詩創作產生了鉅大影响。

讀徐漢臣詠雪二首〔一〕（其一）

楊弘道

潁守多賓客〔二〕，玄冬燕賞時。聚星成故事，刻梓播妍辭〔三〕。吾子追遐躅，儒官下絳帷〔四〕。高吟三十韻，擬學二賢詩〔五〕。（以上《全金詩》卷一一〇）

【注釋】

〔一〕徐漢臣：徐之綱（一一九〇—一二六四），字漢臣，濟州人，少有文名，曾任益都路儒學教授、滕縣尉。有集，楊奐為之作序。生平見袁桷《清容集》卷二十九《滕縣尉徐君墓誌銘》。

〔二〕潁守： 指歐陽修、蘇軾等人。歐陽修於皇祐元年（一〇四九）知潁州，蘇軾於元祐六年（一〇九一）知潁州。二人在潁期間，不時宴集，故曰『多賓客』。

〔三〕聚星成故事： 指歐陽修、蘇軾二人的聚星堂雅集。歐陽修皇祐二年（一〇五〇）正月人日於聚星堂燕集，衆人作詠雪詩。《歐陽修全集》卷五十四《雪》詩題下自注：『時在潁州作。玉、月、梨、梅、練、絮、白、舞、鵝、鶴、銀等字，皆請勿用。』蘇軾於元祐六年作《聚星堂雪》詩，序曰：『元祐六年十一月一日，禱雨張龍公，得小雪，與客會飲聚星堂。忽憶歐陽文忠作守時，雪中約客賦詩，禁體物語，於艱難中特出奇麗，爾來四十餘年莫有繼者。僕以老門生繼公後，雖不足追配先生，而賓客之美殆不減當時，公之二子又適在郡，故輒舉前令，各賦一篇。』

〔四〕遐躅： 遠蹤。絳帷： 絳帳，紅色帷幕，後特指師門、講席。《後漢書·馬融傳》：『常坐高堂，施絳紗帳，前授生徒，後列女樂，弟子以次相傳，鮮有入其室者。』徐漢臣時任益都路儒學教授，故以絳帷比之。

〔五〕三十韻： 指徐漢臣《詠雪》詩，已佚。二賢： 指歐陽修、蘇軾。

贈出家張翔卿（節選）〔一〕

李俊民

安期當年本策士，意氣直謁扛鼎豪。平地作仙亦不惡，或恐上界官府名難逃〔二〕。君不見醉吟居士不歸海上山〔三〕，又不見昌黎先生屈曲自世間〔四〕。況非出塵風骨羽化難，夜叉白日守天關〔五〕。黃庭正恐坐誤讀〔六〕，鐵鎖縱垂那可攀。我笑學仙王屋著道冠〔七〕，只待河南李侯脫去然後還〔八〕。（《李俊民集》卷一）

【注釋】

〔一〕題下原注：『翔卿，河內人也。籌堂毀其簪冠，使復儒業。昔唐李素拜河南少尹，呂氏子炅棄其妻，著道士衣冠。謝母曰：「當學仙王屋山去。」數月復出，間詣公。公立之府門外，使吏卒脫道士冠，給冠帶，送付其母。事類翔卿，故書。』翔卿，生平不詳。籌堂，疑為王子榮，時任懷州刺史。金亡後，李俊民投靠於他。

〔二〕原注：『《後山詩話》：「昔之黠者，滑稽以玩世。」蒯通初善齊人安期生，安期生嘗干項羽，羽不能用其策，而項羽欲封此兩人，兩人卒不肯受。』参见《史記·田儋列傳》『太史公曰』。安期生，琅琊人，師從河上公，是秦漢期間燕齊方士活動的代表人物。蘇軾《安期生》：『安期本策士，平日交蒯通。嘗干重瞳子，不見隆準公。』

〔三〕醉吟居士：白居易。不歸海上山：出其《答客說》：『我學空門非學仙，恐君此說是虛傳。海山不是吾歸處，歸即應歸兜率天。』

〔四〕昌黎先生：韓愈。屈曲自世間：出其《記夢》詩：『乃知仙人未賢聖，護短憑愚邀我敬。我能屈曲自世間，安能從汝巢神山。』

〔五〕夜叉：佛教中半神半鬼之物。天關：天門，上天的通道。

〔六〕黃庭：《黃庭經》，秦漢時期道家經典，論述長生久視之道。

〔七〕王屋：王屋山，在今河南西北部。相傳黃帝問道於此，後成為道教名山，民眾多往之學仙。

〔八〕河南李侯：指唐代河南少尹李素。参见注〔一〕。

孟浩然圖二首

李俊民

卻因明主放還山〔一〕，破帽騎驢骨相寒〔二〕。詩句眼前吟不盡，北風吹雪滿長安〔三〕。

【注釋】

〔一〕明主放歸山：孟浩然《歲暮歸南山》：『不才明主棄，多病故人疏。』

〔二〕『破帽騎驢』句：孟浩然布衣終生，其畫像多為一寒苦詩人形象。王維畫有《孟浩然灞橋風雪騎驢圖》。

〔三〕『詩句』二句：當就孟浩然雪中吟詩而發。蘇軾《大雪青州道上，有懷東武園亭，寄交代孔周翰》：『又不見襄陽孟浩然，長安道上騎驢吟雪詩。』《贈寫真何充秀才》：『又不見雪中騎驢孟浩然，皺眉吟詩肩聳山。』

蹇驢卻指舊山歸，可笑先生五字詩〔一〕。仕為不求明主棄〔二〕，此行安得怨王維〔三〕？

【注釋】

〔一〕五字詩：指『不才明主棄』之句。

〔二〕『仕為不求』句：《新唐書·王維傳》：『（王）維私邀入內署，俄而玄宗至，浩然匿床下，維以實對。帝喜曰：「朕聞其人而未見也，何懼而匿？」詔浩然出，帝問其詩，浩然再拜，自誦所為，至「不才明主棄」之句，帝曰：「卿不求仕，而朕未嘗棄卿。奈何誣我？」因放還。』

〔三〕怨王維：孟浩然並無直接怨王維之語。其《留別王維》曰：『寂寂竟何待，朝朝空自歸。欲尋芳草去，

惜與故人違。當路誰相假，知音世所稀。只應守寂寞，還掩故園扉。』

淵明歸來圖

李俊民

一旦倉惶馬後牛〔一〕，衣冠從此折腰羞〔二〕。先生不是歸來早，束帶人前幾督郵〔三〕。

【注釋】

〔一〕馬後牛：晉時有讖語『牛繼馬後』，指司馬睿為牛氏之子，將代司馬氏繼承帝位。司馬睿後即位為東晉首位皇帝。

〔二〕衣冠：指士紳。折腰：《晉書·陶潛傳》：『郡遣督郵至縣，吏白應束帶見之，潛歎曰：「吾不能為五斗米折腰，拳拳事鄉里小人邪！」』

〔三〕督郵：督郵曹掾的簡稱，代表太守督察縣鄉，宣達政令兼司法等。每郡分若干部，每部設一督郵。

申元帥四隱圖〔一〕

李俊民

嚴子陵〔二〕

羊裘隱跡喚難回〔三〕，曾犯當年帝座來〔四〕。京洛江湖樂天性〔五〕，釣魚臺不羨雲臺〔六〕。

【注釋】

〔一〕申元帥：　申甫。李俊民《段侯行春顯聖觀喜雨》序稱『元帥申甫』，該詩作於癸卯年（一二四三）。

〔二〕嚴子陵：　名嚴光，字子陵，東漢著名隱士，會稽（今寧波餘姚市）人，與劉秀是同學好友。劉後為帝，多次徵召其為諫議大臣，嚴子陵婉拒之，並隱居富春江一帶，終老於林泉間。《後漢書》卷一百一十三有傳。

〔三〕『羊裘』句：　《後漢書·嚴光傳》：『及光武即位，乃變名姓，隱身不見。帝思其賢，乃令以物色訪之。後齊國上言：「有一男子，披羊裘釣澤中。」帝疑其光，乃備安車玄纁，遣使聘之。三反而後至。』

〔四〕『曾犯』句：　《後漢書·嚴光傳》：『帝從容問光曰：「朕何如昔時？」對曰：「陛下差增于往。」因共偃臥，光以足加帝腹上。明日，太史奏客星犯御坐甚急。帝笑曰：「朕故人嚴子陵共臥耳。」』

〔五〕京洛：　指代在朝中為官。江湖：　指代隱居江湖。

〔六〕釣魚臺：　嚴子陵於富春江的垂釣處。雲臺：　漢光武帝劉秀麾下有二十八員大將，助其一統天下、重興漢室江山，永平三年（六〇年），漢明帝在南宮雲臺閣命人畫下二十八大將的像，稱為雲臺二十八將。

陶淵明

迎門兒女笑牽衣〔一〕，回首人間萬事非〔二〕。自是田園有真樂〔三〕，督郵那解遣君歸。

【注釋】

〔一〕『迎門』句：　陶淵明《歸去來兮辭》：『僮僕歡迎，稚子候門。』

〔二〕『回首』句：　陶淵明《歸去來兮辭》：『實迷途其未遠，覺今是而昨非。』

〔三〕『自是』句：　陶淵明《歸去來兮辭》：『農人告余以春及，將有事於西疇。或命巾車，或棹孤舟。既窈窕

以尋壑，亦崎嶇而經丘。木欣欣以向榮，泉涓涓而始流。善萬物之得時，感吾生之行休。』

孟浩然

平生只有住山緣，北闕歸來也自賢〔一〕。破帽蹇驢風雪裏〔二〕，新詩句句總堪傳〔三〕。

【注釋】

〔一〕『北闕』句：孟浩然《歲暮歸南山》：『北闕休上書，南山歸敝廬。』

〔二〕『破帽』句：形容孟浩然吟詩情景。王維畫有《孟浩然灞橋風雪騎驢圖》。

〔三〕『新詩』句：杜甫《解悶十二首》之六：『復憶襄陽孟浩然，清詩句句盡堪傳。』

李太白

謫在人間凡幾年〔一〕，詩中豪傑酒中仙〔二〕。不因采石江頭月，那得騎鯨去上天〔三〕。（以上《莊靖先生遺集》卷五）

【注釋】

〔一〕『謫在』句：李白《對酒憶賀監二首並序》：『太子賓客賀公于長安紫極宫，一見余，呼余為謫仙人，因解金龜換酒為樂。』又《答湖州迦葉司馬問白是何人》：『青蓮居士謫仙人，酒肆藏名三十春。湖州司馬何須問，金粟如來是後身。』

〔二〕『詩中』句：杜甫《飲中八仙歌》：『李白斗酒詩百篇，長安市上酒家眠。天子呼來不上船，自稱臣是酒

中仙。』

〔三〕『不因』二句：祖傳李白於采石醉入江中撈月而死。梅堯臣《採石月贈功甫》：『採石月下聞謫仙，夜披錦袍坐釣船。醉中愛月江底懸，以手弄月身翻然。不應暴落饑蛟涎，便當騎鯨上青天。』

宋玉宅在宜城縣〔一〕

李俊民

離騷經裏見文章〔二〕，水綠山青是楚鄉〔三〕。往事一場巫峽夢〔四〕，秋風搖落在東牆〔五〕。

【注釋】

〔一〕宋玉宅：宋玉舊居，一說在秭歸。陸游《入蜀記》卷六：『訪宋玉宅，在秭歸縣之東。』宜城：今湖北宜城。

〔二〕離騷經：指代《楚辭》。

〔三〕楚鄉：指宜城，舊屬楚國。

〔四〕巫峽夢：出自宋玉《高唐賦》：『昔者先王嘗游高唐，怠而晝寢，夢見一婦人曰：「妾，巫山之女也。為高唐之客。聞君游高唐，愿薦枕席。」王因幸之。去而辭曰：「妾在巫山之陽，高丘之阻。旦為朝雲，暮為行雨。朝朝暮暮，陽臺之下。」』

〔五〕秋風搖落：宋玉《九辯》：『悲哉秋之為氣也！蕭瑟兮草木搖落而變衰。』

鳳林 孟浩然故居在襄陽縣南十里〔一〕

李俊民

天寶詩人去卻回，果曾北闕上書來〔二〕。若為耆舊無新語〔三〕，明主何曾棄不才。

注：張參議有『朝宗强欲相牽率，豈識先生玩世心。』〔四〕

【注釋】

〔一〕鳳林：山名，在襄陽境內。

〔二〕天寶詩人：指杜甫，杜甫祖籍襄陽。北闕上書：杜甫於天寶年間曾獻《三大禮賦》。

〔三〕耆舊無新語：杜甫《解悶十二首》之六：『復憶襄陽孟浩然，清詩句句盡堪傳。即今耆舊無新語，謾釣槎頭縮項鯿。』耆舊：年高望重者。

〔四〕張參議：張德輝（一一九五—一二七五），字耀卿，號頤齋，仕至參議中書省事。

杜甫故里〔一〕

李俊民

杜易簡〔二〕，預之遠裔〔三〕，有從弟曰審言〔四〕，生子閑〔五〕，閑生甫，世居襄陽，甫徙家鞏縣〔六〕。

不知故隱幾時離，天寶年間處處詩。過客不須尋世譜，萬山山下看沈碑〔七〕。

按杜詩：『吾家碑不昧，王氏井依然。』〔八〕注：杜預沈碑峴山之下。

【注釋】

〔一〕杜甫故里︰ 在湖北襄陽城南。

〔二〕杜易簡︰ 襄陽人，歷殿中侍御史、開州司馬等職。

〔三〕預︰ 杜預（二二二—二八五），字元凱，京兆杜陵（今陝西西安東南）人，歷官曹魏尚書郎、河南尹、度支尚書、鎮南大將軍、當陽縣侯，官至司隸校尉。任鎮南大將軍時居於襄陽。

〔四〕審言︰ 杜審言，杜甫祖父，字必簡，襄陽人，官修文館直學士。唐中宗時，因與張易之兄弟交往，被流放峰州（今越南越池東南）。

〔五〕閑︰ 杜閑（六八二—七四一），杜甫父親。歷郾城尉、奉天令、兗州司馬等職。

〔六〕鞏縣︰ 今河南鞏義市。

〔七〕萬山︰ 在襄陽。沈碑︰ 埋在地下的石碑。李俊民《沈碑》詩自注︰『在萬山下。杜元凱刻石為二碑，紀其勳績，一沈萬山之下，一立峴山之上。』杜預『好為後世名』，事見《晉書》本傳。

〔八〕『吾家』二句︰ 出自杜詩《回棹》。

競渡

李俊民

屈原以五月五日赴汨羅，土人追至洞庭，湖大舟小，莫得濟者，乃歌曰︰『何由得渡湖？』自此習以相傳，為之戲〔一〕。

憔悴沉湘楚大夫〔二〕，魂招魚腹肯來無。至今江上漁歌在，尚問何由得渡湖？

【注釋】

〔一〕『屈原』八句：出自《隋書·地理志》。又曰：『其迅楫齊馳，櫂歌亂響，喧振水陸，觀者如雲，諸郡率然，而南郡、襄陽尤甚。』

〔二〕楚大夫：屈原，曾任三閭大夫。

茲樓

李俊民

王粲樓〔一〕，按《襄陽雜詠》題曰『茲樓』〔二〕，蓋取粲《登樓賦》所謂『登茲樓以四望兮』〔三〕，《襄陽志》亦因之，而樓不存。

見說襄陽有古風〔四〕，可憐耆舊老無功〔五〕。當年漢主龍興地〔六〕，盡在登樓四望中。

【注釋】

〔一〕王粲：字仲宣（一七七—二一七），山陽高平（今山東鄒城西南）人，少時即有才名，獻帝初平四年（一九三），因避亂而南下襄陽依荆州牧劉表，在襄陽期間作《登樓賦》。

〔二〕《襄陽雜詠》：作者不詳。

〔三〕茲樓：《登樓賦》開篇：『登茲樓以四望兮，聊暇日以銷憂。』
〔四〕古風：古樸之風，襄陽多隱士。
〔五〕耆舊：指龐德公等人。
〔六〕漢主：指東漢光武帝劉秀，襄陽人。

文選樓

李俊民

在子城南門〔一〕。按祥符《圖經》云〔二〕：『梁昭明太子於此樓撰《文選》〔三〕，聚才人賢士劉孝威等一十餘人〔四〕，資給豐厚，日設珍饌，諸才子號曰高齋學士〔五〕。』又云：『世傳《文選》成，樓下所棄書與樓齊。』

朝朝暮暮蠹書魚，選盡人間得意書。常恐不能精此理〔六〕，祇緣老杜近樓居〔七〕。

注：杜詩：『熟精文選理。』又：『眼前文字積如山，想見中間筆削難。一自登樓開卷後，滿天依舊斗星寒。』〔八〕（以上《莊靖先生遺集》卷六）

【注釋】

〔一〕子城：大城所屬的小城，即內城及附郭的甕城或月城。
〔二〕祥符《圖經》：指李宗諤所撰《圖經》。《宋史》卷七《真宗紀》：大中祥符三年（一〇一〇）十二月，『翰

林學士李宗諤等上諸道《圖經》。』《宋史》卷二百〇四《藝文志》：『李宗諤《圖經》九十八卷，又《圖經》七十七卷，《越州圖經》九卷，《陽明洞天圖經》十五卷。』

〔三〕昭明太子：蕭統，生於襄陽，編有《文選》，人稱《昭明文選》。

〔四〕劉孝威：彭城（今江蘇徐州）人，早年為晉安法曹，改主簿。太清年間，升遷為中庶子、兼通事舍人。梁詩人。

〔五〕高齊學士：據下文『棄書與樓齊』，高齊學士或因此而得名。又有高齋學士之名，見《南史·庾肩吾傳》：『初為晉安王國常侍，王每徙鎮，肩吾常隨府。在雍州被命與劉孝威、江伯搖、孔敬通、申子悅、徐防、徐摛、王囿、孔鑠、鮑至等十人抄撰眾籍，豐其果饌，號高齋學士。』

〔六〕精此理：杜甫《宗武生日》：『詩是吾家事，人傳世上情。熟精《文選》理，休覓彩衣輕。』

〔七〕老杜近樓居：杜甫故里在襄陽城南，故云。

〔八〕『眼前文字』四句：出處不詳，疑為李俊民詩。

見丹陽每和詩詞篇篇猛烈〔一〕，有淩雲之志，然未識心見性，難以為準，故引古詩云

王　喆

一種靈禽舌軟柔，高枝獨坐叫無休。聲聲只道燒香火，未必心頭似口頭。（《全金詩》卷一四）

【注釋】

〔一〕丹陽：馬鈺（一一二三—一一八三），字玄寶，號丹陽子，寧海人。大定八年（一一六八），為王重陽度化出家入道。後成全真教祖師，著有《洞玄金玉集》十卷。王喆與馬鈺唱和頻繁。篇篇猛烈：如《丹陽繼韻》曰：『口善心慈性亦柔，萬種塵緣一旦休。若是心口不相應，愿受鐵鉗拔舌頭。』

贈華亭縣道友〔一〕

馬鈺

馬風慈願效維摩〔二〕，常病衆生受苦多！勸化詩詞如省悟〔三〕，免教投火似飛蛾。（《全金詩》卷一九）

【注釋】

〔一〕華亭：在甘肅。

〔二〕馬風：馬鈺自稱，又曰馬風子。維摩：維摩詰居士，早期佛教著名居士。

〔三〕勸化：勸進轉化，即勸進衆生轉惡為善、轉迷成解、轉凡成聖。全真教中常將詩詞作為勸化的工具。

東萊即墨之牢山〔一〕，三圍大海，背俯平川，巨石巍峨，群峰峭拔，真洞天福地，一方之勝境也。然僻于海曲，舉世鮮聞，其名亦不佳。予自昌陽醮罷〔二〕，

抵于王城永真觀〔三〕，南望煙靄之間，隱隱而見。道衆相邀，遷延數日而方屆，遂閑吟二十一首，易為鼇山，因清暢道風云耳（選二）

丘處機

初觀山色有無時，十日遷延尚未之。咫尺洞天行不到，空餘吟詠滿囊詩。

修真野客非才子，行到鼇山亦有詩。只欲洞天觀海日，不勞雲雨待青詞。（《全金詩》卷五一）

【注釋】

〔一〕即墨：今山東即墨。牢山：即嶗山。

〔二〕昌陽：縣名，在今山東萊陽。醮：道士祈禱神靈的祭禮。丘處機醮罷之時在泰和五年（一二〇五）。

〔三〕王城：在今山東萊西望城。

答虢縣猛安鎮國〔一〕

丘處機

酷愛無人境〔二〕，高飛出鳥籠〔三〕。吟詩閑度日，觀化靜臨風〔四〕。杖策南山北〔五〕，酣歌西坂東〔六〕。紅塵多少事，不到白雲中。

【注釋】

〔一〕虢縣：治在今陝西寶雞境內。猛安：金時軍政合一的組織及其首領名。《金史·百官三》：『猛安，從四品，掌修理軍務、訓練武藝、功課農桑，餘同防禦。』鎮國：其人不詳。

〔二〕酷愛無人境：陶淵明《飲酒》：『結廬在人境，而無車馬喧。』

〔三〕高飛出鳥籠：陶淵明《歸園田居》：『久在樊籠裏，復得返自然。』

〔四〕觀化：觀察教化。《漢書·張敞傳》：『今天子以盛年初即位，天下莫不拭目傾耳，觀化聽風。』

〔五〕南山：終南山，或是泛指。

〔六〕西坂：西邊坡地。

贈中山楊果正卿〔一〕

李遹

士道彫喪愁天公，陰霾慘慘塵濛濛。三冬不雪春未雨，野桃無恙城西紅。春光為誰作駘蕩〔二〕，造物若我哀龍鍾。數行墨浪合眼死〔三〕，一包閑氣終身窮〔四〕。中山公子文章雄〔五〕，雅隨童稚為彫蟲〔六〕。禰衡不遇孔文舉〔七〕，坡老懶事陳元龍〔八〕。唯之與阿將無同〔九〕，乾坤萬里雙飛蓬，飄飄南北東西風。（《中州集》卷五）

【注釋】

〔一〕楊果：字正卿，祁州蒲陰（今河北安國）人，歷偃師、蒲城、陝縣令，金亡入元，累官參知政事，《元史》卷一百六十四有傳。

〔二〕駘蕩：舒緩蕩漾的樣子。

〔三〕墨浪：李遹長於繪畫，故云。

〔四〕一包閑氣：一肚子閑氣，指與胡沙虎相抗之事。

〔五〕中山公子：楊果為古中山郡人，故云。

〔六〕彫蟲：指寫作詩文。

〔七〕禰衡：字正平（一七三—一九八），平原郡（今山東德州）人。恃才傲物，和孔融交好。孔文舉：孔融（一五三—二〇八），魯國（今山東曲阜）人。性好賓客，喜抨議時政，言辭激烈。

〔八〕坡老：蘇軾。陳元龍：陳登，字元龍，下邳淮浦（今江蘇漣水西）人。三國名士，曾任廣陵太守。蘇軾《次韻答邦直子由五首》其四：『恨無揚子一區宅，懶臥元龍百尺樓。』

〔九〕唯之與阿：《老子》：『唯之與阿，相去幾何。』唯，恭敬地答應。阿，怠慢地答應。將無同：大概沒有什麼不同。《世說新語・文學》：『阮宣子有令聞，太尉王夷甫見而問曰：「老莊與聖教同異？」對曰：「將無同。」』

秋陽觀作三首（其二）〔一〕

尹志平

我今信步亦閑遊，詩賦長吟興未休。遙想天長名重客，幾人再得到巖頭。

【注釋】

〔一〕秋陽觀：在縉山（今北京延慶）。

題閑閑公夢歸詩後用叔通韻〔一〕

劉從益

學道幾人知道味〔二〕，謀生底物是生涯〔三〕。莊周枕上非真蝶〔四〕，樂廣杯中亦假蛇〔五〕。身後功名半張紙，夜來鼓吹一池蛙〔六〕。夢間說夢重重夢，家外忘家處處家。

【注釋】

〔一〕閑閑公：趙秉文，參見《中州集》卷四《禮部閑閑趙公秉文》。《夢歸》詩：劉從益有《次韻閑閑夢歸》：『眉間喜色幾時黃，滿貯羈愁著瘦腸。萬里鄉關飛不到，十年岐路走空忙。杯心蘸月松梢影，鼻觀通風柏子香。最愛南山舊山色，夢中相覓不相忘。』考趙秉文《滏水文集》卷七，劉從益所次之詩當是其《記夢》：『六年京國鬢塵黃，一望家山一斷腸。病後始知謀退晚，夢中猶記和詩忙。風來竹裏娟娟好，水過花間冉冉香（夢句）。學

道無成還自笑，人生習氣果難忘。』叔通：宇文虛中，字叔通，參見《中州集》卷一《宇文太學虛中》。叔通韻：原詩不可考。

〔二〕『學道』句：就趙詩中『學道無成還自笑』而言，謂很少有人學成。道，此指佛教。

〔三〕底物：何物。生涯：生計。

〔四〕『莊周』句：用莊周夢蝶之典。《莊子·齊物論》：『昔者莊周夢為胡蝶，栩栩然胡蝶也，自喻適志與，不知周也。俄然覺，則蘧蘧然周也。不知周之夢為胡蝶與，胡蝶之夢為周與？周與胡蝶，則必有分矣。此之謂物化。』

〔五〕『樂廣』句：《晉書·樂廣傳》：『嘗有親客，久闊不復來，廣問其故，答曰：「前在坐，蒙賜酒，方欲飲，見杯中有蛇，意甚惡之，既飲而疾。」于時河南聽事壁上有角，漆畫作蛇。廣意杯中蛇即角影也。復置酒於前處，謂客曰：「酒中復有所見不？」答曰：「所見如初。」廣乃告其所以，客豁然意解，沉痾頓愈。』

〔六〕『夜來』句：《南齊書·孔稚珪傳》：『門庭之內，草萊不剪，中有蛙鳴，或問之曰：「欲為陳蕃乎？」稚珪笑曰：「我以此當兩部鼓吹，何必期效仲舉？」』黄庭堅《代書》：『已無富貴心，鼓吹一池蛙。』

答京叔文季昆仲〔一〕

楊奐

何處音書至〔二〕，劉家好弟兄。科名先世在〔三〕，詩律早年成。嶺北饒風雪〔四〕，淮南困甲兵〔五〕。論文吾有意，尊酒阻同傾。（《全金詩》卷一〇〇）

【注釋】

〔一〕京叔：劉祁。詳本書卷八卷前小傳。文季：劉郁字文季，號歸愚，劉祁之弟，入元仕監察御史。

〔二〕音書：劉祁兄弟原作不存。

〔三〕『科名』句：劉祁祖父劉撝為金朝狀元，父親劉從益為進士，故云。

〔四〕嶺北：指劉祁流落至北方。劉祁於天興二年（一二三三）五月，流落出城北渡，經彰德府，過燕山，入武川（今內蒙古呼和浩特市武川縣）。

〔五〕『淮南』句：指自己流落南方。楊奂於天興三年（一二三四）年流亡蘄陽，時為南宋淮南西路蘄州（今湖北省蘄春市）。

東坡赤壁圖〔一〕

曹之謙

先生矯矯人中龍〔二〕，京塵千丈不可容〔三〕。五年一夢落江海〔四〕，翩然野鶴開囚籠。雪堂閉門讀書史〔五〕，興來飄然弄雲水。黃泥坂下醉三更〔六〕，赤壁磯頭航一葦〔七〕。明月清風共一江〔八〕，邁往之氣無由降〔九〕。酒酣作賦記清賞，袖有巨筆如長杠。一朝騎鯨尋李白〔一〇〕，人間俯仰成今昔。續弦無處覓鸞膠〔一一〕，見畫思公空歎息。

【注釋】

〔一〕東坡赤壁圖：金代畫家武元直有《赤壁圖》傳世，上有趙秉文所書《念奴橋·赤壁怀古》。趙秉文《東坡赤壁圖》（《閑閑老人滏水文集》卷三）、李晏《題武元直赤壁圖》（《中州集》卷二）所題即是武元直所畫的《赤壁圖》。元好問《赤壁圖》、李純甫《赤壁風月笛圖》、盧洵《赤壁圖》詩（已佚）以及曹之謙《東坡赤壁圖》，所題或許也是武元直之作。

〔二〕人中龍：譬人之辭。

〔三〕『京塵』句：指其在京城為官的生活。

〔四〕五年一夢：指蘇軾在徐州和黄州的經歷。蘇軾《龜山辨才師》：『千里孤帆又獨來，五年一夢誰相對。』其中『五年』指自元豐二年至元豐七年（一〇七九—一〇八四）。

〔五〕雪堂：蘇軾在黄州所建。蘇軾《次韻孔毅甫久旱已而甚雨三首》：『今年刈草蓋雪堂，日炙風吹面如墨。』

〔六〕黄泥坂：在黄州東。《後赤壁賦》：『是歲十月之望，步自雪堂，將歸於臨皋。二客從予，過黄泥之坂。霜露既降，木葉盡脱。人影在地，仰見明月，顧而樂之，行歌相答。已而歎曰：「有客無酒，有酒無肴，月白風清，如此良夜何？」客曰：「今者薄暮，舉網得魚，巨口細鱗，狀如松江之鱸。顧安所得酒乎？」歸而謀諸婦。婦曰：「我有斗酒，藏之久矣，以待子不時之須。」』

〔七〕一葦：一葉扁舟。《前赤壁賦》：『縱一葦之所如，淩萬頃之茫然。』

〔八〕明月清風：《前赤壁賦》：『惟江上之清風，與山間之明月，耳得之而為聲，目遇之而成色。』

〔九〕邁往之氣：超凡脱俗、一往無前之才氣。

〔一〇〕騎鯨：指仙逝。相傳李白騎鯨而逝。

〔一一〕『續弦』句：據《海內十洲記·鳳麟洲》載，西海中有鳳麟洲，多仙家，煮鳳喙麟角合煎作膏，能續弓弩已斷之弦。

寄元遺山〔一〕

曹之謙

詩到夔州老更工〔二〕，只今人仰少陵翁〔三〕。自憐奕世通家舊〔四〕，不得論文一笑同。草綠平原愁落日，雁飛寒水怨秋風。黃金礦裏相思淚〔五〕，幾墮憑高北望中。

【注釋】

〔一〕元遺山：元好問。

〔二〕詩到夔州：杜甫在夔州時期的詩歌，是杜詩的一大高峰。黃庭堅《與王觀復書三首》：『觀子美到夔州後詩，韓退之自潮州還朝後文章，皆不煩繩屑而自合矣。』又曰：『但熟觀杜子美到夔州後古律詩，便得句法，簡易而大巧出焉，平淡而山高水深。』元好問《王黃華墓碑》：『詩至夔州而仙，文以潮陽而雄。』《陶然集詩序》：『子美夔州以後，樂天香山以後，東坡海南以後，皆不煩繩削而自合。』

〔三〕少陵翁：杜甫。金末詩人多學杜甫，故云。

〔四〕奕世：累世。通家：世交。元好問《益父曹弟見過，挽留三數日，大慰積年傾系之懷。其行也，漫為長句以贈。弟近詩超詣，殆欲度驊騮前，故就其所可至而勉之》：『從事舊慚三語掾，通家猶記十年兄。』

〔五〕『黃金』句：化用盧仝《與馬異結交詩》：『白玉璞裏斲出相思心，黃金礦裏鑄出相思淚。』

讀唐詩鼓吹〔一〕

曹之謙

傑句雄篇萃若林，細看一一盡精深。才高不似人間語，吟苦定勞天外心。白璧連城無少玷，朱弦三歎有遺音〔二〕。不經詩老遺山手，誰解披沙揀得金。（《金全詩》卷一三〇）

【注釋】

〔一〕《唐詩鼓吹》：元好問所編唐代七律選本，十卷，有郝天挺注。

〔二〕玷：白玉上面的斑點。『朱弦』句：元好問《論詩三十首》：『朱弦一拂遺音在，卻是當年寂寞心。』

荆公

張宇

作古非今禍已成〔一〕，亦知鬼責與天刑〔二〕。試看一病遺言處，猶勸傍人誦佛經〔三〕。

（《全金詩》卷一三一）

【注釋】

〔一〕作古：自我作古，指標新立異，與衆不同。非今：否定當下的。

〔二〕鬼責：鬼神的斥責。天刑：天降的懲罰。

〔三〕『試看』二句：王安石病時勸人誦佛經之事，失考。其《北窗》載其自讀佛經事：『病與衰期每强扶，雞壅桔梗亦時須。空花根蔕難尋摘，夢境煙塵費掃除。耆域藥囊真妄有，軒轅經匱或元無。北窗枕上春風暖，謾讀毗耶數卷書。』

隨流

姬志真

沿流端坐泛星槎，悟徹靈源卻是家。經卷詩囊閑戲具，藥爐丹鼎老生涯。清溪道士邀明月〔一〕，白石先生臥翠霞〔二〕。相對兩忘三益友〔三〕，一篇《秋水》一杯茶〔四〕。（《全金詩》卷一三三）

【注釋】

〔一〕清溪道士：唐代道士。高駢《步虛詞》：『清溪道士人不識，上天下地鶴一隻。洞門深鎖碧窗寒，滴露研朱點周易。』或為葉法善（六一六—七二〇），字道元，括州括蒼（今浙江麗水松陽）人。

〔二〕白石先生：指傳說中的神仙白石生。葛洪《神仙傳》卷一云：『白石先生者，中黃丈人弟子也……嘗煮白石為糧，因就白石山居，時人號曰白石生。』

〔三〕三益友：指松、竹、梅。

〔四〕《秋水》：指《莊子·秋水篇》。

詩魔二首

姬志真

詩魔潛跡懶看書，拙訥忘情若太愚〔一〕。卻坐太平閑日月，盡教人作馬牛呼〔二〕。

【注釋】

〔一〕拙訥：才疏口拙，不善應對。

〔二〕馬牛呼：《莊子·天道》：『昔者子呼我牛也，而謂之牛，呼我馬也，而謂之馬。』比喻不在乎別人的態度。

詩魔今已豎降旗，又著《南華》故紙癡〔一〕。打破這團迷種子〔二〕，白雲鄉裏笑嘻嘻〔三〕。

（《全金詩》卷一三五）

【注釋】

〔一〕《南華》：指《莊子》，因為漢代道教尊莊子為南華真人，故云。

〔二〕迷種子：不詳。

〔三〕白雲鄉：比喻仙鄉，自在快樂之鄉。《莊子·天地》：『乘彼白雲，游於帝鄉。』

讀杜詩三首

房皞

後學為詩務鬥奇〔一〕，詩家奇病最難醫。欲知子美高人處〔二〕，只把尋常話做詩〔三〕。

【注釋】

〔一〕後學：後代詩人。鬥奇：以奇巧爭勝。元好問《論詩三十首》：『奇外無奇更出奇，一波才動萬波隨。』

〔二〕子美：杜甫。高人處：高出他人之處。

〔三〕尋常話作詩：胡仔《苕溪漁隱叢話》前集卷十二引《唐子西語錄》：『古之作者，初無意於造語，所謂因事以陳辭，如《北征》一篇，直紀行役耳，忽云「或紅如丹砂，或黑如點漆，雨露之所濡，甘苦齊結實」，此類是也，文章只如人作家書乃是。』

穹礴冥搜枉費功〔一〕，天然一語自然工〔二〕。況兼詩是窮人物〔三〕，好句多生感慨中。

【注釋】

〔一〕穹礴冥搜：指刻意求工。

〔二〕『天然』句：元好問《論詩三十首》：『一語天然萬古新，豪華落盡見真淳。』

〔三〕詩是窮人物：鍾嶸《詩品序》：『使窮賤易安，幽居靡悶，莫尚於詩矣。』歐陽修《梅聖俞詩集序》：

『非詩之能窮人，殆窮者而後工也。』蘇軾《僧惠勤初罷僧職》：『非詩能窮人，窮者詩乃工。此語信不妄，吾聞諸醉翁。』《呈定國》：『信知詩是窮人物，近覺王郎不作詩。』

千里奔馳蜀道難〔一〕，草堂賓主罄交歡〔二〕。怒冠三掛簾鈎上〔三〕，誰謂將軍禮數寬〔四〕？

（《全金詩》卷一三八）

【注釋】

〔一〕『千里』句：指杜甫自秦州入蜀。

〔二〕草堂：杜甫於上元元年（七六〇）在成都所建的住所。賓主罄交歡：杜甫《草堂》詩曰：『舊犬喜我歸，低徊入衣裾。鄰舍喜我歸，酤酒攜胡蘆。大官喜我來，遣騎問所須。城郭喜我來，賓客隘村墟。』

〔三〕『怒冠』句：《新唐書·杜甫傳》：『（嚴）武以世舊，待甫甚善，親入其家。甫見之，或時不巾，而性褊躁傲誕，嘗醉登武床，瞪視曰：「嚴挺之乃有此兒！」武亦暴猛，外若不為忤，中銜之。一日欲殺甫及梓州刺史章彝，集吏於門。武將出，冠鈎於簾三，左右白其母，奔救得止，獨殺彝。』

〔四〕將軍禮數寬：杜甫《嚴公仲夏枉駕草堂兼携酒饌得寒字》：『非關使者徵求急，自識將軍禮數寬。』

馮弟自北山來〔一〕，出其舊所為詩三百餘篇，雖未暇盡讀，嘗鼎一臠足知餘味。吾弟離群索居，無師友之益，能自道其所志，蓋絕無而僅有者也。雖然，『掘井九仞而不及泉，猶為棄井耳』〔二〕。適漢臣張君見過〔三〕，論文話舊以及吾

弟之賢，因作詩許其所已能，而勉其所未至以寄之。幸時復觀覽以自警省，勿徒實篋笥而已

段克己

少年事業莫蹉跎，聽我尊前一曲歌。鑄劍必期經百煉，為文固自要三多〔四〕。凡胎須得丹砂換，壯志休辭鐵硯磨〔五〕。平地為山由一簣，詞源他日看銀河。（《全金詩》卷一四〇）

【注釋】

〔一〕馮弟：馮資深。段克己另有《送馮資深歸西山五首》詩。《光緒山西通志》卷一百五十五：『馮資深，鄉寧人，嘗從稷山二段先生游，能詩。遁庵居龍門，資深自山中訪之，出舊所為詩百餘篇，遁庵言其離群索居，無師友之益，能自道其所志，蓋絕無而僅有者。』

〔二〕『掘井』句：語出《孟子注疏》卷十三下《盡心上》。

〔三〕漢臣張君：張漢臣。段克己另有吊張漢臣下世詩，題作《歲己酉春正月十有一日，吾友張君漢臣下世，家貧不能葬，鄉鄰辦喪事，諸君皆有誄章，且邀余同賦，每一忖思，輒神情錯亂，秉筆復罷，今忽四旬矣。欲絕不言，無以表其哀，因作古意四篇，雖比興之不足，觀者足知予志之所在，則進知吾漢臣也無疑》。金末元初有多位張漢臣，此張漢臣為何人，待考。

〔四〕『為文』句：《後山詩話》：『永叔謂為文有三多：看多、做多、商量多也。』

〔五〕鐵硯磨：鐵硯磨穿，形容立志不移，持久不懈。《新五代史》卷二十九《桑維翰傳》：『桑維翰字國僑，河南人也。為人醜怪，身短而面長，常臨鑒以自奇曰：「七尺之身，不如一尺之面。」慨然有志於公輔。初舉進士，

主司惡其姓，以「桑」「喪」同音。人有勸其不必舉進士，可以從佗求仕者，維翰慨然，乃著《日出扶桑賦》以見志。又鑄鐵硯以示人曰：「硯弊則改而佗仕。」卒以進士及第。』

退之留别大顛圖〔一〕

段克己

吏部文章日月光〔二〕，平生忠義著南荒〔三〕。肯因一轉山僧語，换卻從來鐵石腸〔四〕。

（《全金詩》卷一四一）

【注釋】

〔一〕退之：韓愈。大顛：唐代著名高僧，俗名陳寶通（七三二—八二四），在潮陽弘揚曹溪六世禪風，弟子千余人，自號大顛和尚。元和十四年（八一九），韓愈因上《論諫佛骨表》而貶潮州，在潮州與大顛多有交往。留别大顛圖：作者不詳。

〔二〕吏部：韓愈，因任吏部侍郎，故名。日月光：與日月爭輝。蘇軾《沿流館中得二絶句》其一：『淮西功德冠吾唐，吏部文章日月光。』蘇軾所謂『吏部文章』，是指韓愈的《平淮西碑》。

〔三〕南荒：此指潮州。

〔四〕『肯因』二句：意謂韓愈不會因與大顛的交往而改變排佛的堅定立場。當時有人傳言，韓愈轉而信佛。韓愈《與孟尚書書》：『來示云：有人傳愈近少信奉釋氏，此傳之者妄也。潮州時，有一老僧號大顛，頗聰明，識道理，遠地無可與語者，故自山召至州郭，留十數日。實能外形骸以理自勝，不為事物侵亂。與之語，雖不盡解，要

自胸中無滯礙，以為難得，因與來往。及祭神至海上，遂造其廬。及來袁州，留衣服為別。乃人之情，非崇信其法，求福田利益也。』

李進之迂軒〔一〕

李　庭

先生貌古心亦古，干戈滿地冠章甫〔二〕。既不學敝裘季子佩印走六國〔三〕，又不學綠幘少年挾彈游三輔〔四〕。一軒塊坐工績文〔五〕，庭院不知漂麥雨〔六〕。長鬚倚門私自語，作奴莫作詩奴苦〔七〕。新吟初不療寒饑〔八〕，猶誦唐詩課兒女〔九〕。書生憐人不自憐，以江濟水吾猶汝。莫嘲醬瓿覆玄文，焉知後世無子雲〔一〇〕。

【注釋】

〔一〕李進之：李謙，字進之，太原太谷（今山西太谷）人。曾任真定府教官。元好問在《上中書耶律公書》中曾推薦過李謙，後又作《李進之迂軒二首》。

〔二〕章甫：儒者所戴的一種帽子。

〔三〕敝裘季子：蘇秦，字季子，戰國縱橫家。在遊說秦王時受挫。《戰國策》卷三：『說秦王書十上而說不行。黑貂之裘弊，黃金百斤盡，資用乏絕，去秦而歸。羸縢履蹻，負書擔橐，形容枯槁，面目犁黑，狀有歸色。歸至家，妻不下紝，嫂不為炊，父母不與言。』後說服六國合縱抗擊秦國，佩六國相印。

〔四〕綠幘：綠色的頭巾。綠幘少年：指漢代的董偃，為館陶公主所寵倖，稱作董君。《漢書·東方朔

傳》：『董君綠幘傳鞲，隨主前伏殿下。』綠幘少年，後用來指輕薄少年。李白《古風》：『綠幘誰家子，賣珠輕薄兒。』三輔：本指西漢時期治理京畿地區的三位官員，後用以指京畿地區。

〔五〕塊坐：獨坐。績文：撰寫文章。

〔六〕漂麥雨：大暴雨。《後漢書·高鳳傳》：『高鳳字文通，南陽葉人也。少為書生，家以農畝為業，而專精誦讀，晝夜不息。妻嘗之田，曝麥於庭，令鳳護雞，時天暴雨，而鳳持竿誦經，不覺潦水流麥。妻還怪問，鳳方悟之。其後遂為名儒。』

〔七〕詩奴：詩歌的奴僕，指好詩的苦吟詩人。龐鑄《雪谷曉裝圖》：『老奴寒縮私自語，作奴莫比詩奴苦。』

〔八〕療寒饑：解決溫飽等生計問題。

〔九〕課兒女：教年輕人讀書，當時李庭任真定府教官。

〔一〇〕玄：《太玄》。子雲：揚雄。二句用揚雄事。《漢書·揚雄傳》：『巨鹿侯芭常從雄居，受其《太玄》、《法言》焉，劉歆亦嘗觀之，謂雄曰：「空自苦！今學者有祿利，然尚不能明《易》，又如《玄》何？吾恐後人用覆醬瓿也。」雄笑而不應。』